NEW

TOPIK

新韓檢 中高級
High-Intermediate

滿分攻略

10回聽力×閱讀全真模擬試題

試·題·篇

차례 目錄

10回全真模擬 試題篇

제**1**회 | 실전 모의고사

New TOPIK 新韓檢實戰全真模擬試題 第1回

TOPIK Ⅱ

1교시	듣기, 쓰기

수험번호 (Registration No.)	
이 름 (Name)	한국어 (Korean)	
	영 어 (English)	

주 의 사 항
Information

1. 시험 시작 지시가 있을 때까지 문제를 풀지 마십시오.

   Do not open the booklet until you are allowed to start.

2. 수험번호와 이름을 정확하게 적어 주십시오.

   Write your name and registration number on the answer sheet.

3. 답안지를 구기거나 훼손하지 마십시오.

   Do not fold the answer sheet; keep it clean.

4. 답안지의 이름, 수험번호 및 정답의 기입은 배부된 펜을 사용하여 주십시오.

   Use the given pen only.

5. 정답은 답안지에 정확하게 표시하여 주십시오.

   Mark your answer accurately and clearly on the answer sheet.

   marking example   ① ● ③ ④

6. 문제를 읽을 때에는 소리가 나지 않도록 하십시오.

   Keep quiet while answering the questions.

7. 질문이 있을 때에는 손을 들고 감독관이 올 때까지 기다려 주십시오.

   When you have any questions, please raise your hand.

TOPIK II 듣기 (1번 ~ 50번)

※ [1~3] 다음을 듣고 알맞은 그림을 고르십시오. (각 2점)　　◀ Track 001

1.　① 　②

　③ 　④

2.　① 　②

　③ 　④

3.

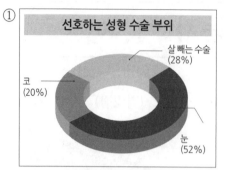

① 선호하는 성형 수술 부위
살 빼는 수술 (28%)
코 (20%)
눈 (52%)

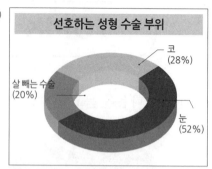

② 선호하는 성형 수술 부위
코 (28%)
살 빼는 수술 (20%)
눈 (52%)

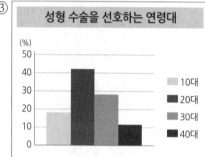

③ 성형 수술을 선호하는 연령대
(%)
50
40
30
20
10
0
10대
20대
30대
40대

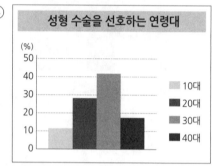

④ 성형 수술을 선호하는 연령대
(%)
50
40
30
20
10
0
10대
20대
30대
40대

※ [4~8] 다음 대화를 잘 듣고 이어질 수 있는 말을 고르십시오.
(각 2점)

🔊 *Track 002*

4. ① 머리카락이 짧아서 안 돼요.

② 그래도 모자를 꼭 써야 해요.

③ 요리 후에 모자를 써도 돼요.

④ 요리하려면 머리를 잘라야 해요.

5. ① 저도 한번 이용해 봐야겠어요.

② 저는 무료로 이용할 수 없어요.

③ 그러면 지금 회원 등록을 할게요.

④ 오늘 회원 등록을 할 걸 그랬어요.

6. ① 빨리 하는 게 좋을걸.

② 너무 늦어서 큰일이야.

③ 빨리 수강 신청을 할게.

④ 제시간에 끝나서 정말 다행이다.

7. ① 교환을 해서 다행이에요.

② 책상을 주문하면 좋겠어요.

③ 이쪽 공간으로 옮겨 볼게요.

④ 더 작은 사이즈로 바꿀게요.

8. ① 시간이 벌써 지났을지도 몰라.

② 휴대 전화를 봐서 그런 것 같아.

③ 30분 전에 쉬어 주면 괜찮을 거야.

④ 앞으로는 잠깐씩 눈을 쉬게 해 줘야겠어.

※ [9~12] 다음 대화를 잘 듣고 여자가 이어서 할 행동으로 알맞은 것을 고르십시오. (각 2점)

🔊 *Track 003*

9. ① 선배에게 주소를 물어본다.

② 자전거 동호회에 가입한다.

③ 남자와 자전거를 타러 간다.

④ 선배에게 자전거를 구입한다.

10. ① 해외 연수를 신청하러 간다.

② 해외 단기 연수에 참가한다.

③ 남자와 함께 단기 연수를 신청한다.

④ 홈페이지에서 단기 연수 관련 정보를 확인한다.

11. ① 남자와 점심을 먹으러 간다.

　　② 관리실에 다시 전화해 본다.

　　③ 점심시간이 끝나길 기다린다.

　　④ 의자를 재활용 센터에 보낸다.

12. ① 인터넷에서 논문을 검색한다.

　　② 도서관에서 논문을 찾아본다.

　　③ 다른 종류의 논문을 찾아본다.

　　④ 도서 대여 신청서를 작성한다.

※　[13~16] 다음을 듣고 내용과 일치하는 것을 고르십시오. (각 2점) ◀☰ *Track 004*

13. ① 밤에는 고궁을 열지 않는다.

　　② 고궁은 한국인들에게만 인기가 많다.

　　③ 고궁 입장표는 현장에서 구매할 수 없다.

　　④ 예약을 하지 않아도 고궁에 입장할 수 있다.

14. ① 갈아타야 마천역으로 갈 수 있다.

　　② 개롱역에서 내리면 갈아탈 수 있다.

　　③ 이 열차의 다음 정거장은 종착역이다.

　　④ 이 열차는 마천역을 향해 가는 열차이다.

15. ① 기존 시장에는 친환경 세제가 없었다.

　　② 친환경 세제는 오늘만 구입할 수 있다.

　　③ 기존 세제는 설거지가 깨끗이 안 된다.

　　④ 친환경 세제에는 화학 성분이 전혀 없다.

16. ① 남자는 소방관에게 연기를 배웠다.

② 영화 속에서 실제 소방관이 등장한다.

③ 남자는 영화 속에서 실제로 불을 껐다.

④ 영화는 개봉을 해서 인기를 끌고 있다.

※ [17~20] 다음을 듣고 남자의 중심 생각을 고르십시오. (각 2점) ◀ **Track 005**

17. ① 나라 이름이 새겨진 컵을 사야 한다.

② 외국으로 여행을 가면 컵을 사야 한다.

③ 여행에서 컵을 사기 위해 돈을 모아야 한다.

④ 기념품을 보면 여행했던 기억을 떠올릴 수 있다.

18. ① 거절할 때는 이유를 분명히 말해야 한다.

② 거절을 못 하면 나쁜 사람이 될 수도 있다.

③ 거절을 잘하면 이유를 말하지 않아도 된다.

④ 거절할 때는 상대방의 기분을 배려해야 한다.

19. ① 아파트에는 필요한 시설만 있다.

② 아파트에서 생활하는 것이 편리한 편이다.

③ 아파트보다 직접 지은 집이 더 관리하기 좋다.

④ 돈을 절약하기 위해 직접 집을 짓는 것이 좋다.

20. ① 칭찬을 받기 위해 서비스를 해야 한다.

② 할머니와 할아버지께 더 잘해 드려야 한다.

③ 고객이 만족할 때까지 서비스를 해야 한다.

④ 서비스할 때 고객의 입장에서 생각해야 한다.

21.　남자의 중심 생각으로 맞는 것을 고르십시오.

　① 가족과 함께 강아지를 키워야 한다.

　② 외로울 때 강아지를 키우는 것이 좋다.

　③ 혼자 살 때는 집을 비우지 말아야 한다.

　④ 집 비우는 시간이 많으면 강아지를 키우는 것이 좋지 않다.

22.　들은 내용으로 맞는 것을 고르십시오.

　① 남자는 현재 혼자 살고 있다.

　② 여자는 가족들과 함께 살고 있다.

　③ 여자는 집을 비우는 시간이 많다.

　④ 남자는 강아지를 키워 본 적이 없다.

23.　남자는 무엇을 하고 있는지 고르십시오.

　① 회의실 대여를 문의하고 있다.

　② 회의를 할 날짜를 정하고 있다.

　③ 회의실 사용 방법을 알아보고 있다.

　④ 회의실 위치에 대해서 물어보고 있다.

24.　들은 내용으로 맞는 것을 고르십시오.

　① 남자는 회의실을 예약하지 못했다.

　② 남자는 총무과에서 근무하고 있다.

　③ 회의 시작 전에 회의가 취소되었다.

　④ 여자는 회의실 예약을 취소하기로 했다.

25. 남자의 중심 생각으로 맞는 것을 고르십시오.

　① 부담 없이 자기소개서를 써야 한다.

　② 자기소개서를 잘 써야 합격할 수 있다.

　③ 경험한 이야기를 진실성 있게 써야 한다.

　④ 자기소개서에 사소한 이야기를 써야 한다.

26. 들은 내용으로 맞는 것을 고르십시오.

　① 남자는 자기소개서를 많이 써 봤다.

　② 남자는 인사부에서 일하는 사람이다.

　③ 사소한 이야기는 조금의 과장이 필요하다.

　④ 20대 초반의 사람들은 큰 사건을 겪지 않는다.

27. 여자가 9시 등교제에 어떤 입장을 취하고 있는지 고르십시오.

　① 9시 등교제에 대해 비판하고 있다.

　② 9시 등교제 폐지를 설득하고 있다.

　③ 9시 등교제에 대한 의문을 제기하고 있다.

　④ 9시 등교제의 문제점에 대해 조언하고 있다.

28. 들은 내용으로 맞는 것을 고르십시오.

　① 모든 학교가 9시 등교제를 시행하고 있다.

　② 9시 등교제로 인해 문제점이 많이 생겼다.

　③ 선진국 학생들은 성적이 모두 높은 편이다.

　④ 요즘에 학교에 지각하는 학생들이 많아졌다.

29. 남자는 누구인지 고르십시오.

① 공인중개사

② 건축 설계사

③ 주택 전문가

④ 공사장 감독관

30. 들은 내용으로 맞는 것을 고르십시오.

① 땅콩집은 사생활 침해의 문제가 없다.

② 땅콩집에서 한 공간에 두 가구가 산다.

③ 땅콩집은 공사비는 싸지만 관리비가 비싸다.

④ 땅콩집은 기존 아파트보다 난방비가 적게 든다.

※ [31~32] 다음을 듣고 물음에 답하십시오. (각 2점)   ◀€ *Track 011*

31. 남자의 생각으로 맞는 것을 고르십시오.

① 과장의 기준을 정할 수 있다.

② 요즘에는 과장된 광고가 없다.

③ 광고 때문에 혼란스러운 소비자가 많다.

④ 소비자가 광고의 정보를 분별할 수 있어야 한다.

32. 남자의 태도로 맞는 것을 고르십시오.

① 상대방의 의견에 동의하면서 반박하고 있다.

② 상대방의 주장에 대한 근거를 요구하고 있다.

③ 과장된 광고로 인한 피해의 책임을 묻고 있다.

④ 구체적인 사례를 들면서 의견을 주장하고 있다.

33.　무엇에 대한 내용인지 맞는 것을 고르십시오.

　　① 착각의 문제점

　　② 신비로운 인간의 뇌

　　③ 기억을 잘하는 방법

　　④ 착각을 일으키는 이유

34.　들은 내용으로 맞는 것을 고르십시오.

　　① 뇌는 스스로 기억을 편집하기도 한다.

　　② 인간의 뇌는 모든 정보를 다 기억한다.

　　③ 착각을 담당하는 특정 뇌 부위가 존재한다.

　　④ 사람들은 자신이 믿는 것을 확신하지 못한다.

35.　남자는 무엇을 하고 있는지 고르십시오.

　　① 보육 기관의 강사에 대해 설명하고 있다.

　　② 더 많은 사회적 일자리를 요청하고 있다.

　　③ 독서 나눔 프로그램의 의의를 밝히고 있다.

　　④ 독서 교육 프로그램의 필요성을 강조하고 있다.

36.　들은 내용으로 맞는 것을 고르십시오.

　　① 어린이들은 이 프로그램에 참가할 수 없다.

　　② 도서관에서 프로그램 진행 과정을 알 수 있다.

　　③ 주로 보육 기관에서 일하는 노인들이 참여한다.

　　④ 어르신들이 보육 기관에서 어린이들을 가르친다.

🔊 *Track 014*

37. 여자의 중심 생각을 고르십시오.
① 어떤 요리든지 열심히 하면 간단히 만들 수 있다.
② 삶에 지친 아이들에게 요리를 해 주는 것이 좋다.
③ 요리로 스트레스를 풀기도 하고 서로를 위로할 수 있다.
④ 요리를 하는 것보다 중요한 것은 서로 위로해 주는 것이다.

38. 들은 내용과 일치하는 것을 고르십시오.
① 작가는 딸에게 선물하기 위해 책을 썼다.
② 책은 작가의 인생 이야기를 다루고 있다.
③ 작가는 책에서 상황별로 알맞은 요리를 추천했다.
④ 기운이 없고 지친 날에는 매콤한 떡볶이를 추천한다.

※ [39~40] 다음은 대담입니다. 잘 듣고 물음에 답하십시오. (각 2점) 🔊 *Track 015*

39. 이 대화 앞의 내용으로 알맞은 것을 고르십시오.
① 세계적으로 원유 가격 결정의 문제가 심각하다.
② 세계 원유 매장량 중 많은 양이 일부 국가에 집중되어 있다.
③ 세계 원유 시장에서는 몇몇 국가들의 주도로 가격이 결정된다.
④ 원유 생산량을 줄이면 원유가 필요한 국가는 경제적 피해가 크다.

40. 들은 내용과 일치하는 것을 고르십시오.
① 산유국들은 이윤을 위해 원유를 대량 생산한다.
② 원유 가격이 오르면 국제기구가 시장에 개입한다.
③ 국제기구는 원유가 나지 않는 나라에 원유를 싸게 공급한다.
④ 원유 생산국의 원유 생산량에 의해서 세계 경제가 움직인다.

※ [41~42] 다음은 강연입니다. 잘 듣고 물음에 답하십시오. (각 2점) ◀◢ *Track 016*

41. 들은 내용과 일치하는 것을 고르십시오.
    ① 코끼리는 동족의 뼈 냄새를 찾아 다닌다.
    ② 파리는 암컷이 수컷에게 먹이를 선물로 준다.
    ③ 코끼리는 식량을 찾으러 먼 거리를 이동한다.
    ④ 코끼리는 암컷이 먹이를 먹는 동안 짝짓기를 한다.

42. 남자의 중심 생각으로 맞는 것을 고르십시오.
    ① 인간은 유일하게 생각하는 존재이다.
    ② 사람이라면 생각하고 움직여야 한다.
    ③ 사람도 동물에게 배울 수 있는 것들은 배워야 한다.
    ④ 동물이 감정을 느낄 수 없다는 편견을 버려야 한다.

※ [43~44] 다음은 다큐멘터리입니다. 잘 듣고 물음에 답하십시오.
(각 2점) ◀◢ *Track 017*

43. 맞춤형 복지 급여 제도를 도입하게 된 이유로 맞는 것을 고르십시오.
    ① 기초 생활 보장 제도를 널리 홍보하기 위해서
    ② 기초 생활 보장 제도의 문제점을 해결하기 위해서
    ③ 기초 생활 보장 제도의 지원을 점차 줄이기 위해서
    ④ 기초 생활 보장 제도의 수급자 수를 늘리기 위해서

44. 이 이야기의 중심 내용으로 맞는 것을 고르십시오.
    ① 맞춤형 복지 급여 제도의 혜택을 줄여야 한다.
    ② 수급자 스스로 일어설 수 있도록 도와야 한다.
    ③ 수급자 선정 기준을 단일화하는 것이 중요하다.
    ④ 맞춤형 복지 급여 제도는 정부가 홍보해야 한다.

45. 들은 내용과 일치하는 것을 고르십시오.

① 성분 표기가 있는 것은 불량 화장품이 아니다.

② 쇼핑몰은 성분 표기가 들어가 있는 제품을 다룬다.

③ 아이들이 어머니들과 함께 화장품을 쓰면 문제가 없다.

④ 아이들이 사용하는 색조 화장품은 대부분 불량 제품이다.

46. 남자의 태도로 가장 알맞은 것을 고르십시오.

① 화장품과 사용 방법과의 상관관계를 설명하고 있다.

② 연령보다 아름다움이 우선되어야 함을 주장하고 있다.

③ 화장품 판매를 위해 한국소비자원의 협조를 요청하고 있다.

④ 어린이의 화장품 사용에 부모님의 주의가 필요함을 주장하고 있다.

47. 들은 내용과 일치하는 것을 고르십시오.

① 로봇 월드컵은 4년에 한 번 개최된다.

② 로봇 월드컵은 한국에서 처음 시작됐다.

③ 한국 대학에는 200개 이상의 로봇 축구팀이 있다.

④ 로봇 축구는 종목마다 경기장의 크기가 모두 같다.

48. 여자가 말하는 방식으로 가장 알맞은 것을 고르십시오.

① 로봇과 선수들과의 관계를 분석하고 있다.

② 로봇 월드컵의 역사에 대하여 설명하고 있다.

③ 로봇 월드컵의 경기 종목을 분석하여 제시하고 있다.

④ 로봇 축구에 대해 설명하면서 미래의 일을 전망하고 있다.

[49~50] 다음은 강연입니다. 잘 듣고 물음에 답하십시오. (각 2점) 🔊 *Track 020*

49. 이야기한 내용과 일치하는 것을 고르십시오.

　　① 김기림은 신문사에서 일을 한 적이 있다.

　　② 이효석은 과수원을 직접 경영한 적이 있다.

　　③ 이효석은 1930년대에 〈기상도〉라는 시를 썼다.

　　④ 김기림은 서구 지향적 생활 태도를 지닌 사람이다.

50. 여자의 태도로 가장 알맞은 것을 고르십시오.

　　① 작가의 서구 문화에 대한 인식을 분석하고 있다.

　　② 작가와 작품의 공통점을 중심으로 설명하고 있다.

　　③ 역사·전기적 접근 방법의 부정성을 강조하고 있다.

　　④ 역사·전기적 접근 방법을 예를 통해 설명하고 있다.

TOPIK II 쓰기(51번~54번)

※ [51~52] 다음을 읽고 ⊙과 ⓒ에 들어갈 말을 각각 한 문장으로 쓰십시오.
(각 10점)

51.

- 잃어버린 휴대 전화를 찾습니다 -

　　지난 8월 5일에 도서관에서 잃어버린 휴대 전화를 찾습니다. 오전 11시쯤 책상 위에 휴대 전화를 두고 잠깐 화장실에 다녀왔는데 휴대 전화가 없어졌습니다. 그 안에는 (　　　　⊙　　　　). 그리고 제가 여행하면서 찍은 사진들도 들어 있습니다. 제 휴대 전화는 한국전기에서 나온 흰색 휴대 전화입니다. 저에게는 정말 중요한 물건입니다. 찾아 주신 분께는 사례하겠습니다. 가져가신 분은 꼭 돌려주시고, 혹시 제 휴대 전화를 (　　　　ⓒ　　　　).

• 이름: 박수미　　• 전화번호: 010-2828-8390

52.

　　우리는 모든 것을 다 잘할 수는 없다. 만일 모든 것을 다 잘하려고 한다면 (　　　⊙　　　). 그러므로 모든 것을 잘하려고 애쓰기보다는 내가 꼭 해야 하는 것과 내가 가장 잘할 수 있는 것을 몇 가지 정하고, 원하는 목표를 이루기 위해 실천하는 것이 중요하다. 이렇게 하면 (　　　ⓒ　　　).

53. 다음은 '60세가 넘어서 혼자 살아야 할 때, 행복한 삶을 위해서 꼭 필요하다고 생각하는 것'에 대해 60~75세의 노인 300명을 대상으로 실시한 설문조사입니다. 아래의 조사 결과를 비교하여 200~300자로 쓰십시오. (30점)

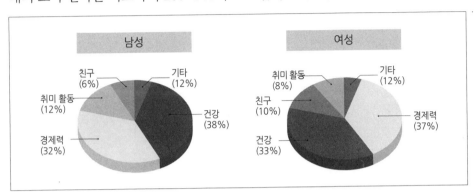

54. 다음을 주제로 하여 자신의 생각을 600~700자로 글을 쓰십시오. (50점)

> 대부분의 나라에서 출산율이 빠르게 감소하고 있습니다. 이러한 출산율의 변화가 미래 사회에 미치는 영향은 매우 다양합니다. 여러분은 출산율이 감소하는 원인이 무엇이며, 이러한 출산율의 감소가 사회에 미치는 영향은 무엇이라고 생각합니까? 또한 출산율을 높이기 위해 어떤 노력을 해야 한다고 생각하십니까? 이에 대해 쓰십시오.

* 원고지 쓰기의 예

| | 머 | 리 | 는 | | 언 | 제 | | 감 | 는 | | 것 | 이 | | 좋 | 을 | 까 | ? | | 사 |
| 람 | 들 | 은 | | 보 | 통 | | 아 | 침 | 에 | | 머 | 리 | 를 | | 감 | 는 | 다 | . | 그 |

> 제1교시 듣기, 쓰기 시험이 끝났습니다. 제2교시는 읽기 시험입니다.

제**1**회 | 실전 모의고사

New TOPIK 新韓檢實戰全真模擬試題 第1回

TOPIK Ⅱ

2교시	읽기

수험번호 (Registration No.)		
이 름 (Name)	한국어 (Korean)	
	영 어 (English)	

주 의 사 항
Information

1. 시험 시작 지시가 있을 때까지 문제를 풀지 마십시오.

   Do not open the booklet until you are allowed to start.

2. 수험번호와 이름을 정확하게 적어 주십시오.

   Write your name and registration number on the answer sheet.

3. 답안지를 구기거나 훼손하지 마십시오.

   Do not fold the answer sheet; keep it clean.

4. 답안지의 이름, 수험번호 및 정답의 기입은 배부된 펜을 사용하여 주십시오.

   Use the given pen only.

5. 정답은 답안지에 정확하게 표시하여 주십시오.

   Mark your answer accurately and clearly on the answer sheet.

   marking example　　　①　●　③　④

6. 문제를 읽을 때에는 소리가 나지 않도록 하십시오.

   Keep quiet while answering the questions.

7. 질문이 있을 때에는 손을 들고 감독관이 올 때까지 기다려 주십시오.

   When you have any questions, please raise your hand.

TOPIK II 읽기 (1번~50번)

※ [1~2] ( )에 들어갈 가장 알맞은 것을 고르십시오. (각 2점)

1. 오전에는 비가 많이 ( ) 지금은 날씨가 맑게 개었다.
   ① 오더니   ② 오더라도
   ③ 와 가지고   ④ 오는 대신에

2. 수민이는 "너무 피곤하니까 오늘은 일찍 집에 가서 ( )!" 하고 말했다.
   ① 쉴걸   ② 쉬더라
   ③ 쉬어야지   ④ 쉬기도 해

※ [3~4] 다음 밑줄 친 부분과 의미가 비슷한 것을 고르십시오. (각 2점)

3. 취업 준비생의 70% 이상이 면접시험 준비를 할 때 <u>외모로 인하여</u> 고민해 본 적이 있다고 말했다.
   ① 외모에 따라서   ② 외모를 비롯해서
   ③ 외모로 말미암아   ④ 외모에도 불구하고

4. 시험 기간 동안 공부하는 학생이 많아서 도서관에 밤새도록 불을 <u>켜 놓았다</u>.
   ① 켜야 했다   ② 켜곤 했다
   ③ 켜게 했다   ④ 켜 두었다

※ [5~8] 다음은 무엇에 대한 글인지 고르십시오. (각 2점)

5.

창문 열기 두려운 황사철
우리집 주치의
가습과 제습 기능은 기본, 온도 조절까지!

① 제습기　　　　② 가습기　　　　③ 온도계　　　　④ 공기 청정기

6.

지금 이 시간에도 어디선가 화재가 발생하고 있습니다.
장난 전화는 하지 마세요.

① 소방서　　　　② 경찰서　　　　③ 우체국　　　　④ 방송국

7.

한 달에 한 번 불우한 어린이들의 꿈을 기억해 주세요.
보내 주신 돈은 부모 없는 아동들의 복지, 교육 사업에 사용됩니다.

① 기부금　　　　② 보증금　　　　③ 교육비　　　　④ 생계비

8.

★★★★★
매우 만족

가격 대비 품질이 좋네요.
디자인도 마음에 쏙 들고요.
방송에서 본 것보다 훨씬 예뻐요.

① 이용 방법　　　　② 사용 후기　　　　③ 문의 사항　　　　④ 상품 설명

※ [9~12] 다음 글 또는 도표의 내용과 같은 것을 고르십시오. (각 2점)

9.

19회 부산 국제 영화제

- **일시:** 2015.10.02(금) ~ 2015.10.11(일)
- **장소:** 영화의 전당, 센텀시티 및 해운대 일대, 남포동 상영관
- **개막식 사회자:** 와타나베 켄, 문소리
- **폐막식 사회자:** 조진웅, 이정현
- **기타:** 79개국의 314편 작품을 상영
  영화제 기간 중 행사장 주변 교통 통제

① 개막식에서 조진웅 씨가 사회를 본다.

② 79개의 나라에서 영화를 1편씩 출품했다.

③ 영화의 전당에서 314편의 작품이 상영된다.

④ 영화제 기간에는 해운대 일대의 교통이 통제된다.

10.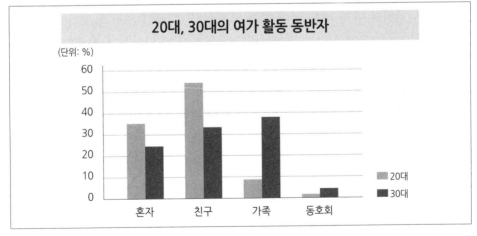

① 30대는 20대보다 동호회 활동을 더 기피한다.

② 20대, 30대 모두 혼자 있는 시간이 가장 많다.

③ 20대는 친구보다 가족과 더 많은 여가 시간을 보낸다.

④ 가족과 함께 보내는 시간을 중요하게 생각하는 것은 30대이다.

11.

　　한국도로공사가 최근 졸음운전과의 전쟁을 발표했다. 그래서 졸음운전의 위험성을 알리는 문구를 눈에 잘 띄는 곳에 모두 붙였다. 도로공사에 따르면 최근 5년간 연평균 180명이 졸음운전으로 인한 교통사고로 사망했다고 한다. 그동안 방송을 통해 캠페인을 벌였지만 그다지 효과가 없었는데 이번에 하는 대대적인 광고는 효과가 있을 것으로 기대된다.

① 이번에 시행하는 캠페인의 성공을 바라고 있다.
② 졸음운전을 예방하는 방송 캠페인을 벌일 예정이다.
③ 최근 5년간 교통사고로 사망한 사람은 연평균 180명이다.
④ 한국도로공사는 졸음운전 예방에 소극적인 태도를 취하고 있다.

12.

　　싱크홀은 도로를 포함한 땅이 한순간에 무너져 내려 거대한 구멍을 만드는 현상을 말한다. 특정 지역이 아니라 지구 곳곳에서 발생하고 있는 싱크홀은 지진과 달리 예고 없이 갑자기 일어나고, 생긴 모양과 크기도 다양하다. 한국은 그동안 싱크홀 안전지대라고 생각해 왔지만 최근에는 도심 곳곳에서 싱크홀이 나타나 이에 대한 대책이 필요해졌다.

① 싱크홀은 정해진 지역에서 주로 발생한다.
② 한국은 싱크홀 예방을 위해 노력하고 있다.
③ 최근에는 한국에서도 싱크홀이 나타나고 있다.
④ 싱크홀은 천천히 진행되므로 예측이 가능하다.

※ [13~15] 다음을 순서대로 맞게 배열한 것을 고르십시오. (각 2점)

13.

(가) 그동안 국세청은 세금을 걷는 곳이라고만 생각했다.

(나) 하지만 이제부터 국세청을 창업 도우미로 생각해도 된다.

(다) 국세청에는 지역별 업종 현황에 대한 자세한 정보가 있다.

(라) 창업하기 전에 국세청 홈페이지에서 이런 자료를 확인하면 실패 확률을 줄일 수 있다.

① (가)-(나)-(다)-(라) 　　② (가)-(다)-(라)-(나)

③ (다)-(나)-(라)-(가) 　　④ (다)-(라)-(나)-(가)

14.

(가) 이 앱은 경찰청과 통신 회사가 협동하여 제작하였다.

(나) 또한 휴대 전화를 흔들기만 하면 경고음이 울리는 '위험 알림' 기능도 있다.

(다) 최근 '안심 보행' 애플리케이션이 젊은 여성들의 늦은 귀갓길을 책임지고 있다.

(라) '안전한 길' 기능을 선택하면 보안등, CCTV 등 방범 시설물이 설치되어 있는 길을 안내한다.

① (다)-(가)-(나)-(라) 　　② (다)-(가)-(라)-(나)

③ (라)-(가)-(나)-(다) 　　④ (나)-(가)-(라)-(다)

15.

(가) 전주 한옥 마을은 오목대, 전동 성당 등 볼거리가 다양하다.

(나) 즉석에서 요리해 주는 이색 음식은 물론 각종 빵을 비롯한 간식들이 매력적이다.

(다) 볼거리도 많지만 한옥 마을이 인기를 끄는 건 맛있는 여행을 즐길 수 있기 때문이다.

(라) 특히 인기가 있는 것은 풍년제과의 수제 초코빵인데 풍년제과는 전국 5대 빵집 중 하나이다.

① (가)-(나)-(다)-(라) 　　② (가)-(다)-(나)-(라)

③ (다)-(라)-(가)-(나) 　　④ (다)-(라)-(나)-(가)

※ [16~18] 다음을 읽고 (   )에 들어갈 내용으로 가장 알맞은 것을 고르십시오. (각 2점)

16.

　　이번 사진 찍기 강좌에서는 '봄꽃 축제에서 멋진 사진을 찍는 방법'을 가르쳐 준다. 벚꽃 나무를 배경으로 예쁘게 사진 찍는 법은 물론 셀프 사진을 멋있게 찍는 방법도 배운다. (　　　) 사진 찍는 법을 배우다 보면 빛과 각도 등 과학과 관련된 상식이 저절로 풍성해질 것이다.

① 멋있는 포즈를 배우면서　　　　　　② 배경 사진을 감상하면서
③ 봄꽃의 명칭을 공부하면서　　　　　④ 사진의 원리를 이해하면서

17.

　　웰다잉(Well Dying)이란 준비된 죽음, 아름다운 죽음을 의미한다. 웰다잉은 '잘 살고 잘 마무리하는 인생의 전 과정'을 말하는 것으로 웰빙과 웰다잉은 그 의미가 서로 통 한다. 결국 살아 있는 동안 남은 삶을 가장 소중하고 아름답게 보낼 수 있도록 한다는 점에서 웰다잉의 목적이 (　　　)에 있다고 할 수 있다.

① 미래를 꿈꾸는 것　　　　　　　　② 죽음을 잘 준비하는 것
③ 현재의 삶을 잘 사는 것　　　　　④ 고통 없이 행복하게 죽는 것

18.

　　보건복지부 발표 자료에 따르면 2015년 한국인은 일주일에 12.2회 커피를 마신 것으로 나타났다. 직장인들의 월급봉투는 얇아졌지만 커피 소비량은 오히려 30% 증가했다. 반면 쌀밥은 계속 소비량이 줄어 주당 6.9회 먹는 것으로 나타났다. 한국인들의 (　　　) 보여 주는 이번 조사 결과로 한국인의 식습관이 점점 서구화되고 있음을 다시 한 번 확인할 수 있었다.

① 소비 형태의 변화를　　　　　　　② 생활비의 지출 내역을
③ 전통적인 식생활 모습을　　　　　④ 문화비와 식비의 차이를

※ [19~20] 다음을 읽고 물음에 답하십시오. (각 2점)

> 수많은 구직자들이 취업을 위해 최선을 다하지만 취업난으로 인해 합격의 기쁨을 누리는 구직자는 소수에 그치고 있다. 불합격자들은 채용 과정의 공정성과 신뢰성 확보를 위해 불합격 사유를 공개할 것을 요구한다. (   ) 회사 측에서는 채용 평가에는 객관화하기 힘든 부분이 많기 때문에 불합격 이유를 구체적으로 알려 주기가 곤란하다고 말하고 있다.

19. (   ) 에 들어갈 알맞은 것을 고르십시오.
   ① 아마　　　　　② 결국　　　　　③ 반면　　　　　④ 마침

20. 이 글의 내용과 같은 것을 고르십시오.
   ① 직업을 구하고 있는 사람이 별로 없다.
   ② 취업난 속에서도 수많은 합격자가 나오고 있다.
   ③ 회사에서는 불합격 사유를 공개하는 것을 꺼린다.
   ④ 합격자들은 합격 이유를 공개해 줄 것을 요구한다.

※ [21~22] 다음을 읽고 물음에 답하십시오. (각 2점)

> 우리는 병을 치료하기 위해 약을 먹는다. 하지만 그 약 때문에 더 큰 병이 생긴다면 차라리 약을 먹지 않는 것이 더 낫다. 과학도 이와 같다. 과학이 다수를 위해 옳게 사용될 때는 인류의 문제를 해결해 주는 고마운 존재가 되겠지만, 특정 소수의 불순한 이익을 위해 사용될 때는 무서운 결과를 가져올 것이다. 과학은 (   )과 같은 존재이다.

21. (   ) 에 들어갈 알맞은 것을 고르십시오.
   ① 양날의 칼　　　　　　　　② 양손의 떡
   ③ 그림의 떡　　　　　　　　④ 떠오르는 별

22. 이 글의 중심 생각을 고르십시오.

① 병을 치료하기 위해서는 약을 먹어야 한다.

② 과학이 옳게 사용될 때는 모든 병을 고칠 수 있다.

③ 약 때문에 병이 생긴다면 차라리 먹지 않는 것이 낫다.

④ 과학은 우리에게 병이 될 수도 있고, 약이 될 수도 있다.

※ [23~24] 다음을 읽고 물음에 답하십시오. (각 2점)

> 나는 매일 지하철로 등교한다. 지하철을 타고 가다 보면 여러 사람들의 다양한 모습을 보게 된다. 그런데 일주일에 서너 번 눈살을 찌푸리게 만드는 광경을 본다. 젊은 사람들이 자신의 자리인 양 '노약자석'에 앉아 신문이나 잡지를 읽고 있고, 노약자들은 그 앞에서 비를 맞은 나무처럼 힘겹게 서 있는 모습이다. <u>그런 광경을 볼 때마다 나는 얼굴이 화끈거린다.</u> 오늘도 지하철에 앉아 신문과 잡지로 세상을 읽는 당신, 당신이 무심코 앉은 자리가 혹시 노약자나 장애인을 위한 자리는 아닌지 확인해 보라. 노약자석은 우리 이웃을 위한 최소한의 배려이다. 신문이나 잡지로 세상을 보기 전에 주변을 먼저 보는 마음을 가지는 것이 어떨까?

23. 밑줄 친 부분에 나타난 나의 심정으로 알맞은 것을 고르십시오.

　① 어색하다　　　　　　　　② 창피하다

　③ 감격스럽다　　　　　　　④ 자랑스럽다

24. 이 글의 내용과 같은 것을 고르십시오.

　① 나는 지하철에서 신문과 잡지를 읽는다.

　② 노약자들은 주변을 먼저 보는 마음을 가지고 있다.

　③ 지하철에서 무심코 앉은 자리가 노약자석일 수도 있다.

　④ 젊은 사람들이 노약자석에 앉아 있는 것을 매일 볼 수 있다.

※ [25~27] 다음은 신문 기사의 제목입니다. 가장 잘 설명한 것을 고르십시오.
　　(각 2점)

25. | 얼어붙은 건축 시장에 봄바람, 소형 아파트가 경기 주도 |

① 건축 시장 상황이 안 좋아서 소형 아파트도 안 팔린다.
② 소형 아파트가 잘 팔리면서 건축 경기가 살아나고 있다.
③ 겨울이 지나고 봄이 오면 건축 시장이 활성화될 것이다.
④ 봄이 되자 건축 회사들이 주로 소형 아파트를 짓고 있다.

26. | 광고만 요란한 백화점 가격 할인, 품질은 별로 |

① 백화점에서 가격 할인 광고를 하는 상품은 품질이 의심스럽다.
② 백화점에서 품질이 약간 떨어지는 상품을 할인한다고 광고한다.
③ 백화점에서 할인 판매 광고를 많이 했는데 상품의 품질은 안 좋다.
④ 백화점에서 광고를 목적으로 품질이 좋은 상품을 할인해서 판매한다.

27. | 낮잠 자는 청소년 보호법, 갈 곳 없는 가출 청소년 |

① 청소년 보호법이 없어서 청소년들이 가출하고 있다.
② 청소년 보호법 제정이 늦어져서 가출하는 청소년이 늘고 있다.
③ 청소년을 보호하는 방법을 몰라서 가출한 청소년들이 방황하고 있다.
④ 청소년 보호법 제정이 늦어져서 가출한 청소년을 보호하지 못하고 있다.

※ [28~31] 다음을 읽고 ( )에 들어갈 내용으로 가장 알맞은 것을 고르십시오.
(각 2점)

28.

'아모니카'라는 악기는 서로 다른 양의 물로 채워진 유리컵들이다. 각각의 컵의 테두리를 손가락으로 문지르면 소리가 난다. 소리는 파동의 형태로 퍼지는데 짧은 파동이 높은 음을 만들어 내는 반면, 긴 파동은 낮은 음을 만들어 낸다. 적은 양의 물이 담긴 유리컵에는 긴 파동을 만들어 낼 만한 공간이 많이 남아 있어서 낮은 음을 만들어 낸다. 물이 거의 가득 찬 유리컵은 공간이 적어서 ( ).

① 파동은 짧아지고 음은 높아진다
② 파동은 길어지고 음은 높아진다
③ 파동은 짧아지고 음은 낮아진다
④ 파동은 길어지고 음은 낮아진다

29.

한 편의 글을 구성하는 가장 기초적인 단위는 단어이다. 이 단어들이 모여서 문장을 이루고, 여러 개의 문장이 모여 문단을 이루며, 문단이 여러 개가 모여 한 편의 글이 된다. 이렇게 완성된 한 편의 글을 대상으로 우리는 독해의 과정을 따라 다양한 활동을 하게 된다. 결국 한 편의 글을 독해한다는 것은 ( ) 내용을 확인하고, 추론하고, 비판하며, 심화 확장하거나 재구성하는 활동을 일컫는 개념이라고 할 수 있다.

① 이미 정해진 규칙에 따라서
② 글을 구성하는 단위와 상관없이
③ 사전에 약속된 기준과 비교해 가며
④ 글에 담겨진 기본적인 요소들을 바탕으로

30.

　　한국의 청년 일자리 문제가 스페인, 이탈리아 등 남유럽 국가들과 닮아 가고 있다. 우선 대학 졸업자 수는 크게 늘었는데 이들에게 돌아갈 양질의 일자리가 부족하다. 대기업과 중소기업, 정규직과 계약직 사이의 양극화도 남유럽 국가 못지않다. 근로자 간 임금 격차가 크게 벌어지면서 구직자들이 처음부터 연봉이 높은 대기업 정규직 일자리만 원하는 현상이 심화되고 있다. 청년층의 (　　　　)이 확대되고 있는 이유다.

① 자발적인 실업　　　　　　　　② 임시적인 실업

③ 불가피한 실업　　　　　　　　④ 강제적인 실업

31.

　　사랑을 하게 되면 사람들은 실제로 약간의 불안감을 느낀다고 한다. 연구에 따르면 이것은 세로토닌과 관계가 있다. 사랑에 빠진 연인들의 세로토닌 수치를 조사해 보니, 일반 사람들보다 40%나 낮게 나왔다. 이것이 불안과 우울증을 느끼게 하고 사랑에 빠지게 하는 것이다. 그러나 이 연인들이 1년이 지나 다시 검사를 받았을 때, 세로토닌 수치는 정상으로 되돌아가 있었다. 따라서 1년 뒤에 많은 연인들이 (　　　　) 놀랄 일은 아니다.

① 남녀 모두 우울해지는 것이

② 자신들의 관계에 싫증을 느끼는 것이

③ 세로토닌 수치가 훨씬 높아지는 것이

④ 서로에 대한 사랑이 더욱 강해지는 것이

32.

> 할랄(Halal) 식품은 이슬람 율법에 따라 무슬림들이 먹을 수 있는 식품을 말한다. 높은 출산율 때문에 2030년에는 무슬림이 세계 인구의 26%를 차지하게 될 것이라고 한다. 또한 주로 기독교와 천주교를 믿는 선진국보다 무슬림 국가들의 경제 성장 속도도 빠르다. 그래서 다국적 기업들은 일찍부터 할랄 전쟁에 뛰어들어 할랄 식품 시장의 80%를 장악하고 있다. 할랄을 특수한 종교 문화로 치부하지 않고 사업적 관점에서 시장을 공략한 결과이다.

① 할랄 식품은 무슬림이 먹어서는 안 되는 식품을 말한다.

② 2030년에는 무슬림이 세계 인구의 과반수를 차지하게 될 것이다.

③ 무슬림 국가는 인구 증가뿐만 아니라 경제 성장 속도 또한 빠르다.

④ 다국적 기업들은 할랄을 특수한 종교 문화로 받아들이고 활용했다.

33.

> 같은 내용이라도 글씨체에 따라서 다른 느낌을 준다. 명조체는 눈에 잘 띄지는 않지만 가독성이 높고 편안한 느낌을 준다. 그래서 부드러운 느낌을 주고 싶을 때 명조체를 사용한다. 반면 12세기에 이탈리아에서 처음 사용된 고딕체는 선이 굵고 균일하기 때문에 강인하고 단정한 느낌을 준다. 눈에 쉽게 들어오는 고딕체는 간판이나 포스터에 주로 이용된다. 서로 다른 이 두 글씨체를 혼합하면 새로운 이미지의 글씨체를 얻을 수 있다.

① 명조체는 강인하고 단정해 보인다.

② 명조체는 가독성이 높아서 눈에 쉽게 들어온다.

③ 고딕체는 눈에 잘 띄어서 간판에 많이 사용된다.

④ 고딕체는 다른 글씨체와 혼합하면 어울리지 않는다.

34.

> 월드비전은 1950년 한국 전쟁 당시에 굶주린 전쟁고아와 남편을 잃은 여인들을 위해 설립되었다. 40여 년 동안 해외의 원조를 받았던 한국은 1991년 세계의 이웃을 돌보기로 결정하고 자발적인 모금 운동인 '사랑의 빵 캠페인'을 시작했다. 빵 모양의 저금통을 통해 동전은 무서운 속도로 모였고, 이 돈은 세계의 이웃들을 위해 아동 후원, 보건 사업, 교육 사업 등에 사용되었다. 현재 월드비전은 전 세계 100여 개 회원국으로 구성되어 있다.

① 월드비전은 1991년부터 사랑의 빵을 팔기 시작했다.

② 월드비전은 한국을 돕기 위해 시작되어 전 세계로 확대되었다.

③ 월드비전은 처음에 세계의 아동들을 후원하기 위해 만들어졌다.

④ 월드비전은 모금을 해서 모은 돈으로 사랑의 빵 캠페인을 시작했다.

※ [35~38] 다음 글의 주제로 가장 알맞은 것을 고르십시오. (각 2점)

35.

> 숙면을 방해하는 대표적 원인은 잘못된 수면 자세이다. 사람들은 각자 잠잘 때 편안한 자세가 따로 있지만 이것이 숙면을 방해하는 것이다. 엎드리거나 옆으로 누워서 자는 자세는 몸에 통증을 유발한다. 옆으로 누워서 자면 똑바로 누울 때보다 허리에 약 3배의 압력이 더해지고, 엎드려서 자게 되면 머리의 무게가 목에 그대로 전해져 목과 어깨에 부담을 준다. 따라서 잠을 잘 때는 천장을 바라보고 반듯하게 누워서 자야 숙면할 수 있다.

① 숙면을 취한다면 엎드려서 자도 괜찮다.

② 편안한 자세보다는 올바른 자세로 자야 한다.

③ 평상시 잘못된 자세는 잠을 자는 자세에도 영향을 미친다.

④ 숙면을 취하기 위해서는 무엇보다도 허리 건강이 중요하다.

36.

'빚내서 집 사라'는 정부의 부동산 정책이 서민들을 위기에 몰아넣을 것이라는 걱정이 현실로 나타났다. 주택 담보 대출을 받은 사람의 절반 이상이 앞으로 집값이 떨어지거나, 소득이 줄어든다면 원리금을 제대로 갚지 못해 하우스 푸어로 전락할 수 있다는 것이다. 급격한 집값 하락과 금리 인상은 대부분의 서민들에게 재앙이다. 정부는 과연 이런 재앙을 예방할 대책을 갖고 있는지 묻지 않을 수 없다.

① 집값이 떨어지고 소득이 줄면 하우스 푸어가 된다.
② 정부는 '빚내서 집 사라'는 부동산 정책을 내놓았다.
③ 부동산 정책의 문제점을 해결할 정부 대책이 필요하다.
④ 정부의 부동산 정책으로 대출을 받는 사람들이 늘고 있다.

37.

시간이 없어서 혹은 귀찮아서 운동은 거르고 음식 섭취만 줄이는 다이어트를 하는 경우가 있다. 그러나 이 경우 오히려 음식에 중독될 수 있다. 음식은 우리 뇌에서 즐거움으로 인식되는데 굶는 다이어트를 자주하는 사람들은 먹는 즐거움을 더 크게 느낀다. 평소에 음식을 자주 먹지 않기 때문에 음식을 섭취했을 때 더 큰 심리적 보상을 얻는 것이다. 따라서 굶는 다이어트를 자주 하는 경우 뇌의 보상 시스템에 문제가 생길 수 있다.

① 더 큰 심리적 보상을 얻기 위해 굶는 것이 좋다.
② 음식 중독 방지를 위해서는 음식 섭취를 줄여야 한다.
③ 굶는 다이어트를 하는 경우 다이어트에 성공할 수 있다.
④ 음식 중독을 막기 위해 올바른 식사 습관을 되찾아야 한다.

38.

　　유명한 자동차 회사의 배출 가스 조작 파문이 전 세계를 뒤흔들고 있다. 이 회사는 글로벌 환경 기준에 최적화된 자동차를 생산하는 것으로 알려져 있었는데 실상은 경제적 이익을 위해 지구 환경이나 소비자의 건강 따위는 나 몰라라 한 것이다. 좋은 이미지로 신뢰를 쌓아 온 이 회사에 대한 소비자들의 배신감은 상상 그 이상이다. 모든 것을 밝히지 않고 당장의 위기를 모면하려 한다면 이 회사가 소비자의 마음을 돌리는 것은 불가능할 것이다.

① 자동차 회사는 질 좋고 저렴한 자동차를 제공해야 한다.

② 자동차 회사는 지구 환경을 지키기 위한 자동차를 생산해야 한다.

③ 자동차 회사는 잘못을 밝히고 다시 신뢰를 쌓기 위해 노력해야 한다.

④ 자동차 회사는 당장의 위기를 해결하기 위해 수단과 방법을 가리지 말아야 한다.

※ [39~41] 다음 글에서 〈보기〉의 문장이 들어가기에 가장 알맞은 곳을 고르십시오.
(각 2점)

39.

　　(㉠) 서울의 한 대학 연구팀이 중·고등학생 4,000명을 대상으로 수면 시간과 우울증 및 자살 충동과의 관련성을 조사했다. (㉡) 조사 결과, 수면 시간이 짧을수록 자살 충동이 많아지는 것으로 나타났다. (㉢) 7시간 미만으로 자는 학생들이 7시간 이상 자는 학생들보다 우울감이 더 강하고 자살 사고 위험이 더 큰 것으로 나타났다. (㉣) 주말에 수면 시간을 보충하기는 하지만 이는 턱없이 부족하다.

───〈보 기〉───

중·고등학생들은 평일에는 평균 6시간, 주말에는 8시간 51분을 자는 것으로 나타났다.

① ㉠　　　　　② ㉡　　　　　③ ㉢　　　　　④ ㉣

40.

　　'피겨스케이팅 여왕'으로 불리는 김연아 선수는 2010년 밴쿠버 동계 올림픽에서 세계 신기록을 세웠다. (㉠) 김연아 선수가 전 세계 사람들의 사랑을 받은 이유는 완벽한 점프와 탁월한 연기력에 있다. (㉡) 그뿐만 아니라 속도, 높이 모두 탁월하다는 평가를 받았다. (㉢) 또한 영화 〈007〉의 음악에 맞춰 관객의 반응을 이끌어 낸 그녀의 연기에 감동하지 않은 사람이 없었다. (㉣)

───────〈보　기〉───────

그녀의 점프는 '점프의 교과서'라고 불릴 정도로 정교하다.

① ㉠　　　　　② ㉡　　　　　③ ㉢　　　　　④ ㉣

41.

　　미숫가루는 몸에 좋은 여러 가지 곡물을 최대한 영양소가 파괴되지 않게 볶아서 가루로 만든 것이다. (㉠) 대부분의 사람들이 미숫가루를 여름철 음료로만 알고 있다. (㉡) 그런데 실제로 미숫가루는 사계절 식사 대용으로 훌륭한 식품이다. (㉢) 따라서 한 공기의 잡곡밥을 먹는 것과 같은 효과를 얻을 수 있다. (㉣) 특히 적은 양으로도 충분히 식사 대용이 되므로 다이어트를 하고 있는 여성들이 먹으면 더없이 좋다.

───────〈보　기〉───────

미숫가루에는 몸에 필요한 각종 영양소가 골고루 들어 있어, 몸의 기를 보강하고 속을 든든히 한다.

① ㉠　　　　　② ㉡　　　　　③ ㉢　　　　　④ ㉣

남편은 국이 없으면 밥을 잘 먹지 못한다. 그래서 그런지 특별히 반찬 투정은 하지 않으나 국에 대한 집착이 강한 편이다. 장맛이 좋기로 유명한 우리 집인데 올해는 웬일인지 장이 맛없게 되었다. 간장, 된장이 싱거우니 김칫국, 미역국 등 만드는 국마다 영 맛이 나질 않았다. 국을 만들 때 소금을 더 넣어도 진한 간장이나 된장으로 간을 할 때와는 그 맛이 전혀 달랐다. 남편은 열심히 요리를 한 내 입장을 생각해서 입 밖에 말을 꺼내지는 않았으나 국을 먹다가 이마가 살짝 찡그려지면서 수저의 놀림이 차츰 늦어지다가 숟가락을 놓곤 하는 때가 종종 있었다. 그럴 때면 <u>나는 입 안의 밥알이 갑자기 돌로 변하는 것을 느끼며 슬며시 고개를 돌리곤 했다.</u> 어떤 때 남편은 식욕을 충동시키고자 국에 고춧가루를 한 숟가락씩 떠 넣었다. 그럴 때면 매워서 눈이 빨개지고 이마에 주먹 같은 땀방울이 맺히곤 하였다. 오늘도 국에 고춧가루를 넣는 남편을 보면서

"고춧가루는 왜 그렇게 많이 넣어요?"

하는 말이 입에서 나오다가 그만 입이 다물어지고 말았다.

강경애 〈소금〉

42. 밑줄 친 부분에 나타난 나의 심정으로 알맞은 것을 고르십시오.

① 기가 막히다　　　　　　　　② 면목이 없다

③ 가슴이 벅차다　　　　　　　　④ 마음이 홀가분하다

43. 이 글의 내용과 같은 것을 고르십시오.

① 간장, 된장이 맛이 없으면 국도 맛이 없다.

② 남편은 국이 맛이 없어서 나에게 화를 냈다.

③ 국을 만들 때 소금으로 간을 하면 맛이 있다.

④ 남편은 꼭 국에 고춧가루가 들어가야 먹는다.

[44~45] 다음을 읽고 물음에 답하십시오. (각 2점)

> 직장에서 오전 10시 이전에 근무를 강요하는 것은 직원들의 건강과 피로, 스트레스를 악화시키는 고문 행위와 같다는 연구 보고서가 있다. 인간의 24시간 생체 리듬을 정밀 분석한 결과, 16세 학생들의 경우 오전 10시 이후에, 대학생들은 오전 11시 이후에 공부를 시작할 때 집중력과 학습 효과가 최고조에 달한다고 한다. 이와 마찬가지로 직장에서도 직원들에게 (   ) 작업 능률을 해칠 뿐 아니라 육체적 활동과 감정에 악영향을 미쳐 생체 시스템에 손상을 가져올 수 있다. 따라서 인간의 자연스러운 생체 시계에 맞도록 직장과 학교에서 일과 공부를 시작하는 시간을 조정할 필요가 있다.

44. 이 글의 주제로 알맞은 것을 고르십시오.

① 인간의 생체 리듬을 정밀 분석해 봐야 한다.

② 근무 시간은 인간의 감정에 악영향을 미친다.

③ 생체 리듬에 맞게 출근 및 등교 시간을 조정해야 한다.

④ 오전 10시 이전에 근무하는 것은 심신에 위협이 될 수 있다.

45. (   )에 들어갈 내용으로 알맞은 것을 고르십시오.

① 업무 시간을 조정하는 것은

② 이른 시간에 근무를 강요하는 것은

③ 과도한 업무를 하도록 지시하는 것은

④ 근무 시간 외의 근무를 요구하는 것은

※ [46~47] 다음을 읽고 물음에 답하십시오. (각 2점)

엘니뇨는 원래 태평양 연안에 위치한 에콰도르와 페루의 어민들이 쓰던 말이다. (㉠) 수년에 한 번씩 바닷물의 흐름이 역류하면서 따뜻한 해류가 이 부근을 덮게 되면 엘니뇨가 발생하고 기상에도 영향을 미친다. 기상 변화로 어획량이 떨어지면 이 지역 어민들은 경제적인 어려움을 겪게 된다. (㉡) 어느 때는 가볍게 지나가기도 하지만, 엘니뇨로 태평양의 해수면 온도가 비정상적으로 높아지게 되면 막대한 양의 에너지가 대기로 방출되고 이에 따라 세계 곳곳에서 폭염, 홍수, 가뭄, 폭설 등 다양한 형태의 이상 기상 현상이 나타나기도 한다. (㉢) 엘니뇨가 발생하는 원인에 대해서는 과학자들이 아직 밝혀 내지 못한 부분이 많다. (㉣)

46. 다음 문장이 들어가기에 가장 알맞은 곳을 고르십시오.

하지만 엘니뇨가 발생했다고 해서 기상에 미치는 영향이 항상 일정하지는 않다.

① ㉠   ② ㉡   ③ ㉢   ④ ㉣

47. 이 글의 내용과 같은 것을 고르십시오.
① 엘니뇨가 발생하면 따뜻한 해류로 인해 어획량이 증가한다.
② 최근 과학자들은 엘니뇨 발생 원인에 대해 명확하게 밝혀냈다.
③ 엘니뇨로 해수면 온도가 높아지면 많은 에너지가 대기로 나온다.
④ 폭염, 홍수, 가뭄 등 이상 기상 현상으로 인해 엘니뇨가 발생한다.

'예금자 보호 제도'에 대해 잘 모르는 사람들이 많다. 이는 금융 기관이 고객의 금융 자산을 반환하지 못할 경우, 예금 보호 기금을 통해 일정 금액 한도 내에서 예금을 돌려주는 제도이다. 나라에서 예금자의 예금을 보호하는 제도를 갖추고 있는 이유는 금융 회사가 고객의 예금을 지급하지 못하게 되면 예금자의 가계 생활이 불안정해지고 나아가 나라 전체의 금융 안정성도 큰 타격을 입게 되기 때문이다. 일반적으로 저축은 원금 손실의 위험이 매우 작아 안정적으로 이자 수입을 얻어 돈을 늘려 갈 수 있는 방법임은 두말할 필요가 없다. 이는 은행 등의 금융 회사가 영업 정지나 파산 등으로 인해 고객의 예금을 지급하지 못할 경우에 대비하여 예금자를 보호하는 법과 제도가 운영되고 있기 때문에 가능한 것이다. 현재 금융 회사가 (   ) 예금 보험 공사가 예금자 보호법에 의해 예금자에게 돌려줄 수 있는 보호 금액은 1인당 최고 5,000만 원이다.

48. 필자가 이 글을 쓴 목적을 고르십시오.
① 예금자 보호 제도에 대해 알려 주기 위해서
② 예금자 보호 제도의 폐해를 지적하기 위해서
③ 예금자 보호 제도의 필요성을 주장하기 위해서
④ 예금자 보호 제도의 안정성을 강조하기 위해서

49. (   )에 들어갈 내용으로 알맞은 것을 고르십시오.
① 고객의 개인 정보를 보호하지 못할 경우
② 고객의 금융 자산을 지급하지 못할 경우
③ 고객의 원금 손실의 위험을 막지 못할 경우
④ 고객의 예금으로 이자 수입을 얻지 못할 경우

50. 밑줄 친 부분에 나타난 필자의 태도로 알맞은 것을 고르십시오.
① 저축에 대한 이자 수입을 기대한다.
② 저축의 원금 보장 안정성을 신뢰한다.
③ 저축의 원금 보장 안정성에 대해 반신반의한다.
④ 저축으로 인한 적은 이자 수입에 대해 걱정한다.

제②회 | 실전 모의고사

New TOPIK 新韓檢實戰全真模擬試題 第2回

TOPIK Ⅱ

1교시	듣기, 쓰기

수험번호 (Registration No.)	
이 름 (Name) 한국어 (Korean)	
영 어 (English)	

주 의 사 항
Information

1. 시험 시작 지시가 있을 때까지 문제를 풀지 마십시오.

   Do not open the booklet until you are allowed to start.

2. 수험번호와 이름을 정확하게 적어 주십시오.

   Write your name and registration number on the answer sheet.

3. 답안지를 구기거나 훼손하지 마십시오.

   Do not fold the answer sheet; keep it clean.

4. 답안지의 이름, 수험번호 및 정답의 기입은 배부된 펜을 사용하여 주십시오.

   Use the given pen only.

5. 정답은 답안지에 정확하게 표시하여 주십시오.

   Mark your answer accurately and clearly on the answer sheet.

   marking example   ① ● ③ ④

6. 문제를 읽을 때에는 소리가 나지 않도록 하십시오.

   Keep quiet while answering the questions.

7. 질문이 있을 때에는 손을 들고 감독관이 올 때까지 기다려 주십시오.

   When you have any questions, please raise your hand.

※ [1~3] 다음을 듣고 알맞은 그림을 고르십시오. (각 2점)　◀Track 021

1.　①

②

③

④

2.　①

②

③

④

3.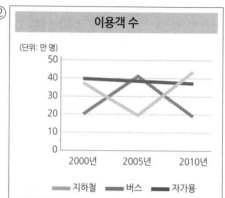

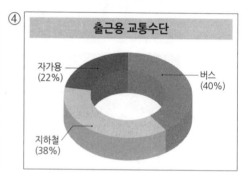

※ [4~8] 다음 대화를 잘 듣고 이어질 수 있는 말을 고르십시오. (각 2점) ◀❮ *Track 022*

4. ① 회사 위치를 잘 알고 있어요.

② 워크숍 장소로 정말 좋았어요.

③ 회사가 가까우면 더 좋을 것 같아요.

④ 가까우면 이동 시간이 적으니까 좋네요.

5. ① 비가 많이 올까 봐 걱정돼요.

② 감기가 빨리 나았으면 좋겠어요.

③ 날씨가 추우니까 감기 조심하세요.

④ 감기 걸리지 않게 옷을 따뜻하게 입으세요.

6. ① 강의를 들으면 돼.　　　　　② 시간이 맞아서 다행이다.
　　③ 강의가 끝나고 가도 늦지 않아.　④ 다음 수업은 바뀌지 않았더라고.

7. ① 다시 주문하고 있을게요.
　　② 커피가 뜨거우니까 조심하세요.
　　③ 차가운 커피로 다시 주문할게요.
　　④ 죄송합니다. 다시 만들어 드리겠습니다.

8. ① 그래서 현장에 많이 나갔군요.
　　② 현장 경험이 많아서 좋을 것 같아요.
　　③ 회사에서 현장에 나가면 좋을 것 같아요.
　　④ 이 일은 경험을 쌓는 데 많은 도움이 될 거예요.

※　[9~12] 다음 대화를 잘 듣고 여자가 이어서 할 행동으로 알맞은 것을 고르십시오. (각 2점)

◀€ *Track 023*

9. ① 닭고기 요리를 준다.　　　　② 잠든 남자를 깨운다.
　　③ 깨울 시간을 메모한다.　　　④ 닭고기 요리를 준비한다.

10. ① 서랍 안 잉크를 확인해 본다.　② 가게에 새 잉크를 사러 간다.
　　③ 인터넷에서 잉크를 검색한다.　④ 인쇄기 잉크 상태를 확인한다.

11. ① 남자와 함께 은행에 간다.

② 잔치에 올 친구를 기다린다.

③ 은행에 간 남자를 기다린다.

④ 카페에 생일잔치를 예약한다.

12. ① 전과 신청을 한다.

② 연구실로 찾아간다.

③ 교수님과 상담을 한다.

④ 학과 사무실에 전화한다.

※ [13~16] 다음을 듣고 내용과 일치하는 것을 고르십시오. (각 2점) ◀€ *Track 024*

13. ① 맞춤 가구는 오래전부터 유행했다.

② 맞춤 가구는 세일 기간에만 저렴하다.

③ 맞춤 가구를 만드는 방법은 복잡하다.

④ 맞춤 가구는 파는 가구보다 싼 편이다.

14. ① 외국인을 위한 해설 서비스가 있다.

② 무료 전시 해설은 외국어로 진행된다.

③ 무료 전시 해설은 두 시간 동안 진행된다.

④ 박물관 안에 어린이를 위한 체험 행사가 있다.

15. ① 성안길시장에는 외국어 안내판이 있다.

② 성안길시장은 필수 관광 코스가 되었다.

③ 가장 좋은 전통 시장이 어디인지 선정한 사람은 외국인이다.

④ 성안길시장은 좋은 전통 시장으로 선정된 후 관광객이 늘었다.

16. ① 재능 기부는 영화배우만 할 수 있다.

② 재능 기부는 어렵지 않게 할 수 있다.

③ 재능 기부를 한 여배우는 암 환자이다.

④ 대학교 안에서 재능 기부를 할 수 있다.

※ [17~20] 다음을 듣고 <u>남자</u>의 중심 생각을 고르십시오. (각 2점) ◀ *Track 025*

17. ① 저금은 조금만 하는 것이 좋다.

② 저금을 하면 미래가 불안하지 않다.

③ 자신을 위해 사고 싶은 것을 사야 한다.

④ 현재를 위해서 돈을 쓰는 것도 중요하다.

18. ① 수리는 전문가에게 맡기는 게 좋다.

② 전문 기술을 배워서 고치는 게 좋다.

③ 복사기는 꼭 수리를 하지 않아도 된다.

④ 직접 수리를 하면 돈을 절약할 수 있다.

19. ① 전철에서는 통화를 하면 안 된다.

② 공공장소에서는 남을 배려해야 한다.

③ 퇴근하는 길은 조용히 가는 것이 좋다.

④ 통화를 할 때는 작은 소리로 해야 한다.

20. ① 청소년들과 부모는 대화를 할 필요가 있다.

② 청소년들은 부모와 대화를 하지 않으면 위험해진다.

③ 청소년은 자신의 마음을 표현하는 법을 알아야 한다.

④ 많은 어른들은 요즘 청소년들의 마음을 알기 어려워한다.

21. 남자의 중심 생각으로 맞는 것을 고르십시오.

① 사람이 직접 빨래를 해야 한다.

② 세탁기의 성능을 믿지 않는 것이 좋다

③ 더러운 부분을 손으로 먼저 빠는 것이 좋다.

④ 세제가 좋으면 더러운 부분을 손으로 먼저 빨지 않아도 된다.

22. 들은 내용으로 맞는 것을 고르십시오.

① 세탁기가 고장이 났다.

② 여자는 손빨래를 했다.

③ 빨래 상태가 깨끗하지 않다.

④ 요즘 나오는 세제가 좋지 않다.

23. 남자는 무엇을 하고 있는지 고르십시오.

① 새로운 적금을 드는 방법에 대해서 묻고 있다.

② 가입한 적금을 중단하는 방법에 대해서 묻고 있다.

③ 적금을 들지 않아서 생겼던 문제에 대해 말하고 있다.

④ 이자율이 높은 상품을 찾기 위해 적금을 중단하고 있다.

24. 들은 내용으로 맞는 것을 고르십시오.

① 남자는 이전에 적금을 들어 본 적이 없다.

② 여자는 남자가 적금을 중단하기를 원한다.

③ 남자가 이용하는 적금 상품의 기간은 길다.

④ 남자가 이용하는 적금 상품은 이자가 낮다.

25. 남자의 중심 생각으로 맞는 것을 고르십시오.

　① 아이들은 다양한 경험을 통해서 성장한다.

　② 요즘 아이들은 스트레스를 많이 받는 편이다.

　③ 아이들은 템플스테이를 통해 느린 삶을 경험해야 한다.

　④ 부모는 아이에게 다양한 문화를 경험하게 해 줘야 한다.

26. 들은 내용으로 맞는 것을 고르십시오.

　① 템플스테이의 참가 경쟁이 심한 편이다.

　② 템플스테이에 참가하면 절에서 잘 수 있다.

　③ 템플스테이에 참가하는 아이들의 만족도가 높다.

　④ 템플스테이를 통해 다양한 문화를 경험할 수 있다.

27. 여자가 남자에게 말하는 의도를 고르십시오.

　① 주차 도움을 요청하기 위해

　② 대신 주차를 부탁하기 위해

　③ 주차하는 방법을 배우기 위해

　④ 주차를 연습할 시간을 얻기 위해

28. 들은 내용으로 맞는 것을 고르십시오.

　① 남자는 차에서 내려서 주차를 도와주고 있다.

　② 남자는 오늘 여자와 주차 연습을 하기로 했다.

　③ 남자는 주차 연습은 혼자 하는 것이 좋다고 생각한다.

　④ 여자는 예전에 주차를 하려다가 사고가 난 적이 있다.

29.　남자는 누구인지 고르십시오.

① 제품 협찬사

② 광고 제작자

③ 드라마 출연자

④ 드라마 제작자

30.　들은 내용으로 맞는 것을 고르십시오.

① 드라마 장소도 협찬을 받는다.

② 제품 협찬이 많을수록 제작비가 적게 든다.

③ 간접 광고로 인해 지역 경제에 피해를 준다.

④ 제작비를 아껴야 완성도 높은 드라마가 나온다.

31.　남자의 생각으로 맞는 것을 고르십시오.

① 사회 복지 향상을 위해서 세금을 많이 내야 한다.

② 범칙금 인상으로 교통 규칙 위반을 줄일 수 있다.

③ 범칙금을 많이 내면 교통 규칙 위반 사례가 줄어든다.

④ 교통 규칙 위반을 돈으로 해결하는 것은 나쁘지 않다.

32.　남자의 태도로 맞는 것을 고르십시오.

① 새로운 문제점에 대한 해결책을 제시하고 있다.

② 상대방의 의견을 존중하면서 타협점을 찾고 있다.

③ 앞으로 일어날 일에 대해서 예상하며 주장하고 있다.

④ 구체적인 사례를 들면서 상대방의 의견을 반박하고 있다.

33. 무엇에 대한 내용인지 맞는 것을 고르십시오.

   ① 전쟁에서 승리하는 방법

   ② 성공적인 전쟁 전략 소개

   ③ 젊은이들에게 필요한 마음가짐

   ④ 실패하는 인생과 전쟁의 닮은 점

34. 들은 내용으로 맞는 것을 고르십시오.

   ① 요즘 많은 젊은이들은 포기라는 것을 모른다.

   ② 성공적인 전쟁의 전략은 미리 구상되지 않는다.

   ③ 전쟁의 결과보다 인생의 결과를 예측하기 힘들다.

   ④ 세상에는 변수가 많기 때문에 쉽게 도전하면 안 된다.

※ [35~36] 다음을 듣고 물음에 답하십시오. (각 2점)   ◀€ *Track 033*

35. 남자는 무엇을 하고 있는지 고르십시오.

   ① 전국 경제 기업의 성과에 대해 평가하고 있다.

   ② 전국 경제 기업의 성장 과정을 보고하고 있다.

   ③ 청년 일자리 창출 사업 내용을 분석하고 있다.

   ④ 청년 일자리 창출 사업에 참여를 요청하고 있다.

36. 들은 내용으로 맞는 것을 고르십시오.

   ① 기업이 국내 경제를 활성화시키고 있다.

   ② 일자리 창출 사업은 기업의 주도로 이루어진다.

   ③ 이 모임은 정부 사업에 적극적으로 참여해 왔다.

   ④ 이 모임은 기업의 참여를 유도하기 위해 만들었다.

🔊 *Track 034*

37. 남자의 중심 생각을 고르십시오.

① 독서 경영의 경제적 효용성을 분석해야 한다.

② 행복한 삶을 살기 위해서는 책을 많이 읽어야 한다.

③ 독서 경영을 적극 활용하면 도시가 발전할 수 있다.

④ 책 읽기는 시의 미래 문화 사업으로 선정되어야 한다.

38. 들은 내용과 일치하는 것을 고르십시오.

① 독서 경영은 기술 발달을 위해 사용된다.

② 독서 경영을 전국적으로 실시하려고 한다.

③ 독서로 얻은 상상력은 기술보다 더 가치 있는 역량이다.

④ 이 시는 독서 경영을 통해 전국 우수 도시로 인정받았다.

39. 이 대화 앞의 내용으로 알맞은 것을 고르십시오.

① 전통적인 농촌의 새로운 기능이 주목받고 있다.

② 농촌의 사회·문화적인 가치가 새롭게 발견되었다.

③ 농촌은 여러 가지 지역 문화재를 발굴·보호하고 있다.

④ 농촌이 자연을 보호하는 녹색 혁명에 힘을 기울이고 있다.

40. 들은 내용과 일치하는 것을 고르십시오.

① 농촌이 공익적 가치를 가지기는 힘들다.

② 농촌의 홍보 강화는 국가 홍보에 부담을 준다.

③ 농촌의 기능은 사회·문화적 측면에 집중되어 있다.

④ 농촌 체험은 사회·문화적 기능 강화 방법 중 하나이다.

※ [41~42] 다음은 강연입니다. 잘 듣고 물음에 답하십시오. (각 2점) ◀ Track 036

41. 들은 내용과 일치하는 것을 고르십시오.

   ① 사람들은 부정적인 감정에 민감하다.

   ② 머피의 법칙은 과학적으로 증명되었다.

   ③ 불행한 감정을 없애야 행복함을 느낄 수 있다.

   ④ 나쁜 일이 생긴 사람은 계속 나쁜 일이 생긴다.

42. 남자의 중심 생각으로 맞는 것을 고르십시오.

   ① 자기 자신이 주체가 되어 삶을 끌어가야 한다.

   ② 머피의 법칙은 사실이 아니므로 믿지 말아야 한다.

   ③ 행복하게 살기 위해서는 긍정적으로 생각해야 한다.

   ④ 삶은 좋은 일과 나쁜 일이 교차된다는 것을 믿어야 한다.

※ [43~44] 다음은 다큐멘터리입니다. 잘 듣고 물음에 답하십시오.
   (각 2점) ◀ Track 037

43. 통일 펀드를 만든 이유로 맞는 것을 고르십시오.

   ① 통일을 이루는 데 도움을 주기 위해서

   ② 재테크를 통해 수익을 많이 내기 위해서

   ③ 통일 펀드를 통해 통일의 필요성을 알리기 위해서

   ④ 통일 펀드의 수익률을 다른 펀드와 비교하기 위해서

44. 이 이야기의 중심 내용으로 맞는 것을 고르십시오.

   ① 인기가 많은 통일 펀드에 투자를 해야 한다.

   ② 안정적인 펀드에 투자를 하는 것이 중요하다.

   ③ 통일 펀드는 장기적으로 꾸준히 투자해야 한다.

   ④ 통일 펀드를 단기성 수익 펀드로 생각하면 안 된다.

45. 들은 내용과 일치하는 것을 고르십시오.

  ① 현대 사회를 과학과 기술의 시대라고 한다.

  ② 현대에는 정보가 많을수록 돈을 많이 벌 수 있다.

  ③ 정보 사회에서는 정보가 국력을 좌우하기도 한다.

  ④ 과거에는 정보와 지식을 중요하게 생각하지 않았다.

46. 남자의 태도로 가장 알맞은 것을 고르십시오.

  ① 정보 사회가 나아갈 새로운 방향을 제시하고 있다.

  ② 미래를 주도할 과학과 기술의 개발을 촉구하고 있다.

  ③ 현대를 '정보의 시대'라고 부르는 이유를 설명하고 있다.

  ④ 여러 가지 사례를 근거로 과학의 신뢰성을 증명하고 있다.

※ [47~48] 다음은 대담입니다. 잘 듣고 물음에 답하십시오. (각 2점) ◀《 Track 039

47. 들은 내용과 일치하는 것을 고르십시오.

  ① 대안 학교에 보내는 것이 근원적 해결책이다.

  ② 자기 주도 학습에 지도 교사는 필요하지 않다.

  ③ 자기 주도 학습은 부모의 간섭이 많을수록 좋다.

  ④ 최근 공교육이 문제가 되며 탈학교 운동이 일어나고 있다.

48. 남자의 태도로 가장 알맞은 것을 고르십시오.

  ① 탈학교 운동 현상에 대해 불안해하고 있다.

  ② 자기 주도 학습 결과에 대해 확신을 갖고 있다.

  ③ 홈스쿨링이 대안적 학습이 될 것을 기대하고 있다.

  ④ 잘못된 자기 주도 학습 방법에 대해 비판하고 있다.

49. 이야기한 내용과 일치하는 것을 고르십시오.

　　① 일란성 쌍둥이들의 비생물학적 행동은 다른 편이다.

　　② 아인슈타인을 복제하면 복제 인간도 똑같이 천재가 된다.

　　③ 인간의 특성은 환경보다 유전자의 영향을 더 많이 받는다.

　　④ 복제 인간은 일란성 쌍둥이보다 환경의 영향을 더 많이 받는다.

50. 여자의 태도로 가장 알맞은 것을 고르십시오.

　　① 복제 인간의 사례를 설명하며 비판하고 있다.

　　② 인간 복제 현상에 대한 대비책을 제안하고 있다.

　　③ 복제 인간의 윤리 문제의 원인 규명을 강력하게 촉구하고 있다.

　　④ 묻고 답하는 방식을 통해 유전자와 환경과의 관계를 밝히고 있다.

TOPIK II 쓰기 (51번~54번)

※ [51~52] 다음을 읽고 ㉠과 ㉡에 들어갈 말을 각각 한 문장으로 쓰십시오. (각 10점)

51.

> **구합니다**
>
> 함께 살던 친구가 이번에 졸업하게 되어서 (㉠   ). 한국 대학교 정문에서 도보 5분 거리에 있으며 2015년에 새로 지은 아파트이기 때문에 (㉡   ). 방 3개, 화장실이 2개이고, 주방과 거실은 함께 사용합니다. 방이 필요하신 분은 저에게 연락해 주십시오. 연락처는 아래와 같습니다. 밤 10시 이후에는 문자로 연락해 주시기 바랍니다.
>
> 010-3546-0897, 박준수

52.

> 나에게 가장 좋은 스승은 과거의 중요한 순간에 내가 내렸던 결정들이다. 그것을 돌아보면 현재의 중요한 순간에 (㉠   ). 하지만 과거에 내가 내린 결정을 되돌아볼 때 스스로에게 너무 엄격할 필요는 없다. 잘못된 결정이나 후회되는 결정을 했더라도 지난 일은 이미 지나간 일일 뿐이다. 그러므로 과거의 결정을 후회하기보다는 (㉡   ).

53. 다음은 '대학 교육이 필요한 이유'에 대해 대학교 이상의 교육 기관에서 재학 중인 학생 천 명을 대상으로 실시한 설문 조사입니다. 아래의 표를 보고 조사 결과를 비교하여 200~300자로 쓰십시오. (30점)

(단위: %)

	남자	여자
좋은 직업을 갖기 위해	51.5	45.5
능력과 소질을 개발하기 위해	35.6	42
부모님의 기대 때문에	1.9	0.9
기타	11	11.6

54. 다음을 주제로 하여 자신의 생각을 600~700자로 글을 쓰십시오. (50점)

> 흡연은 폐암과 같은 질병을 유발할 수 있으며, 흡연자 본인뿐만 아니라 간접흡연을 하게 되는 주변 사람들에게도 피해를 끼칠 수 있습니다. 이러한 위험성 때문에 흡연율을 낮추기 위한 사회적 대책이 마련되고 있는데, 담뱃값 인상이 그중 한 가지 방법입니다. '담뱃값 인상과 흡연율의 관계'에 대해 아래의 내용을 중심으로 자신의 생각을 쓰십시오.
>
> • 흡연으로 인한 피해는 어떤 것이 있는가?
> • 담뱃값 인상이 흡연율에 영향을 미치는가? 그렇게 생각하는 이유는 무엇인가?

* 원고지 쓰기의 예

	머	리	는		언	제		감	는		것	이		좋	을	까	?		사
람	들	은		보	통		아	침	에		머	리	를		감	는	다	.	그

제1교시 듣기, 쓰기 시험이 끝났습니다. 제2교시는 읽기 시험입니다.

제 2 회 | 실전 모의고사

New TOPIK 新韓檢實戰全真模擬試題 第2回

TOPIK II

2교시	읽기

수험번호 (Registration No.)	
이 름 (Name) 한국어 (Korean)	
영 어 (English)	

주 의 사 항
Information

1. 시험 시작 지시가 있을 때까지 문제를 풀지 마십시오.

   Do not open the booklet until you are allowed to start.

2. 수험번호와 이름을 정확하게 적어 주십시오.

   Write your name and registration number on the answer sheet.

3. 답안지를 구기거나 훼손하지 마십시오.

   Do not fold the answer sheet; keep it clean.

4. 답안지의 이름, 수험번호 및 정답의 기입은 배부된 펜을 사용하여 주십시오.

   Use the given pen only.

5. 정답은 답안지에 정확하게 표시하여 주십시오.

   Mark your answer accurately and clearly on the answer sheet.

   marking example   ① ● ③ ④

6. 문제를 읽을 때에는 소리가 나지 않도록 하십시오.

   Keep quiet while answering the questions.

7. 질문이 있을 때에는 손을 들고 감독관이 올 때까지 기다려 주십시오.

   When you have any questions, please raise your hand.

TOPIK Ⅱ 읽기 (1번~50번)

※ [1~2] (　)에 들어갈 가장 알맞은 것을 고르십시오. (각 2점)

1. 비장애인도 쉽지 (　　　　) 불편한 몸으로 높은 산에 오르다니 정말 대단한 사람
   이다.
   ① 않을 텐데　　　　　　　　② 않을까 봐
   ③ 않을 테니까　　　　　　　　④ 않은 데다가

2. 앞으로 날씨가 따뜻해지면서 산이 점점 푸르게 (　　　　).
   ① 변해 갈 것이다　　　　　　② 변해 올 것이다
   ③ 변해 볼 것이다　　　　　　④ 변해 댈 것이다

※ [3~4] 다음 밑줄 친 부분과 의미가 비슷한 것을 고르십시오. (각 2점)

3. 친구가 입사 시험에 <u>합격하도록</u> 엿과 떡을 선물로 주었다.
   ① 합격하게　　　　　　　　　② 합격하거든
   ③ 합격하려고　　　　　　　　④ 합격할 만큼

4. 한 나라의 미래는 그 나라의 <u>교육 정책에 따라</u> 달라진다.
   ① 교육 정책이 되었다　　　　② 교육 정책일 수가 있다
   ③ 교육 정책에 달려 있다　　　④ 교육 정책으로 인한 것이다

※ [5~8] 다음은 무엇에 대한 글인지 고르십시오. (각 2점)

5.

'사랑이 답이다'
30년간 정신과 의사로 살아온 작가가 전하는 행복 지혜서

① 도서　　　② 연극　　　③ 영화　　　④ 드라마

6.

학원에 갈 시간이 없으십니까?
원하는 시간에, 편한 장소에서 국내 최고 강사의 수업을!

① 학원 수업　　② 학교 수업　　③ 인터넷 강의　　④ 문화 센터 강의

7.

오염된 바다에는 해수욕도 해산물도 없습니다.

바다를 죽이는 습관! 바다를 살리는 습관!
어떤 선택을 하시겠습니까?

① 음식 정보　　② 환경 보호　　③ 여행 계획　　④ 선택 장애

8.

2017년 5월 30일

• **쌍둥이자리** (05/21~06/21)
이성적인 판단이 필요한 날입니다. 힘든 일이 생기면 주변 사람들에게 도움을 구하십시오.

• **처녀자리** (08/23~09/23)
준비한 것이 있다면 행동으로 옮겨도 좋을 듯합니다. 좋은 결과를 기대할 수 있습니다.

• **천칭자리** (09/24~10/22)
몸도 마음도 지치겠지만 힘을 내십시오. 노력한 만큼 좋은 결과가 있을 것입니다.

① 점　　　② 사주　　　③ 띠별 운세　　　④ 별자리 운세

※ [9~12] 다음 글 또는 도표의 내용과 같은 것을 고르십시오. (각 2점)

9.

한우리 건축 박람회

■ **기간**: 2017년 8월 26일 ~ 8월 29일
■ **장소**: 주택 전시관 1층
■ **특별 전시관**: '한옥 건축의 모든 것' 코너 운영
■ **특징**: 아시아 최대 규모의 세계 친환경 건축 박람회
　　　사이버 건축 박람회와 동시에 진행
　　　(사이버 건축 박람회에서는 작년 전시 내용도 검색 가능)

① 아시아의 업체들만 참여할 수 있는 박람회이다.

② 이 박람회는 작년에 전시했던 것을 다시 전시한다.

③ 이 박람회에서는 한옥에 대한 정보를 얻을 수 있다.

④ 사이버 건축 박람회로는 아시아에서 가장 큰 규모이다.

10.

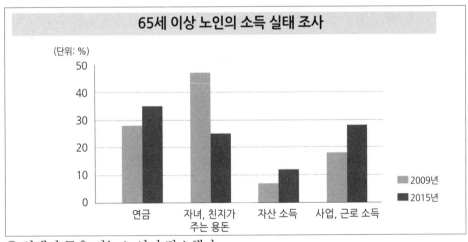

① 일해서 돈을 버는 노인이 감소했다.

② 두 해 모두 연금 비율이 제일 높게 나타났다.

③ 자녀나 친지가 주는 용돈만 줄고 나머지는 증가했다.

④ 2009년에는 자산 소득, 2015년에는 근로 소득 비율이 가장 낮았다.

11.

> 최근 공대가 타 대학보다 취직이 잘 된다는 인식이 퍼지면서 복수 전공, 부전공으로 공학을 선택하는 대학생이 늘고 있다. 서울대학교에서도 지난 학기에 61명이 부전공으로 공학을 선택했다. 이 중 인문, 사회 등 문과 계열 학생이 24명, 미술 대학 학생이 2명 이었다. 이런 비이공계 학생들이 가장 많이 선택한 학과는 컴퓨터공학과였다.

① 문과 계열 학생이 타 계열 학생보다 취직을 잘한다.

② 비이공계 학생도 부전공으로 공학을 선택할 수 있다.

③ 이공계가 아닌 학생은 컴퓨터공학만 선택할 수 있다.

④ 지난 학기에 복수 전공으로 공학을 선택한 학생은 24명이다.

12.

> 인체의 70%는 물이다. 근육의 75%, 뇌의 80%, 뼈의 50%는 물로 이루어져 있다. 따라서 물이 부족하다는 것은 근육이 굳어지고 뇌의 기능이 저하되며, 뼈가 힘을 잃어 간다는 것을 의미한다. 물은 인체에서 차지하는 비중이 높을 뿐만 아니라 기능 면에서도 중요한 역할을 한다. 물의 기능에는 혈액 순환, 체온 조절, 영양소 운반 등이 있다.

① 영양소는 물을 운반한다.

② 물이 부족하면 뼈가 약해진다.

③ 물은 인체에서 영양소의 역할을 한다.

④ 뇌보다 근육이 물을 더 많이 포함하고 있다.

※ [13~15] 다음을 순서대로 맞게 배열한 것을 고르십시오. (각 2점)

13.

> (가) 종이 섬유를 이용해서 만든 옷이 화제다.
> (나) 기능성 의류로서 가장 좋은 조건을 갖춘 것이다.
> (다) 이 옷은 종이처럼 얇고 가볍지만 물에 젖거나 찢어지지 않는다.
> (라) 더욱 놀라운 것은 통기성이다. 물은 못 들어가는데 공기는 통한다.

① (가)-(나)-(다)-(라) 　　② (가)-(다)-(라)-(나)
③ (다)-(나)-(라)-(가) 　　④ (다)-(라)-(나)-(가)

14.

> (가) 앞으로 착용 장치는 생활필수품이 될 것이다.
> (나) 건강 관리 기능뿐만 아니라 통신, 게임 등의 기능도 있다.
> (다) '입는 컴퓨터'라는 개념의 착용 장치가 새로운 이슈로 떠올랐다.
> (라) 이 장치를 착용하면 수면 시간, 열량 소모, 맥박 등 몸의 여러 데이터가
> 　　알아서 수집된다.

① (가)-(나)-(다)-(라) 　　② (가)-(다)-(나)-(라)
③ (다)-(가)-(나)-(라) 　　④ (다)-(라)-(나)-(가)

15.

> (가) 쉬고 싶을 때 휴가를 내서 자주 가는 곳이 있다.
> (나) 이제는 휴식이 필요할 때 굳이 일본까지 가지 않아도 된다.
> (다) 일본 메지로역 주변의 아주 한적하고 평범한 동네의 골목길이다.
> (라) 최근 그 골목길과 비슷한 길이 한국에도 있다는 것을 알게 되었다.

① (가)-(다)-(라)-(나) 　　② (가)-(라)-(다)-(나)
③ (나)-(가)-(다)-(라) 　　④ (나)-(다)-(라)-(가)

※ [16~18] 다음을 읽고 (   )에 들어갈 내용으로 가장 알맞은 것을 고르십시오.
(각 2점)

16.

> 나트륨은 고혈압, 신장 질환, 골다공증 등을 (   ). 나트륨이 주성분인 소금의 섭취를 줄여야 하는 것은 그 때문이다. 하지만 나트륨은 우리 인체에 꼭 필요하다. 우리 몸에서 심박 조절, 체내 수분량 조절, 근육 수축 등 생리 기능과 관계가 있기 때문이다.

① 치료하는 데 효과가 있다　　　　　② 일으키는 주범으로 꼽는다

③ 예방할 수 있는 유익한 성분이다　　④ 유발하는 인체에 무해한 물질이다

17.

> 서울 미술관은 토요일 4시에 좋은 영화를 상영하고 있다. 서울 미술관이 무료 영화 상영을 시작한 이후 (   ). 자연스럽게 미술관으로 발길이 이어지면서 '미술은 어렵다'라는 편견도 깨진 것이다. 이에 따라 미술관이 더 이상 불편한 곳이 아닌 지역 주민들의 문화 복지 공간으로 거듭나고 있다.

① 미술 전공자가 증가했다　　　　　② 영화 관람객이 많아졌다

③ 전시회 관람객도 늘었다　　　　　④ 문화 복지 공간이 생겼다

18.

> 'T커머스'란 TV에 인터넷을 연결하여 리모컨을 이용해 물건을 사고파는 서비스를 말한다. 소비자는 T커머스 방송에 나온 제품을 리모컨으로 골라 주문, 결제를 할 수 있다. T커머스는 동일한 시간에 한 가지 제품만 소개하는 (   ) 고객들이 인터넷 검색을 하듯이 여러 개의 상품을 마음대로 구매할 수 있다.

① 홈쇼핑과 달리　　② 백화점의 매장처럼

③ 온라인 쇼핑몰과 같이　　　　　④ 인터넷 사이트와 비교해서

※ [19~20] 다음을 읽고 물음에 답하십시오. (각 2점)

> 일주일에 배변 횟수가 세 번이 안 되면 변비다. 변비의 평균 발병률은 약 16%이다. 그래서 변비약을 찾는 사람이 많은데 변비약은 오래 먹으면 장의 민감성을 떨어뜨려 (   ) 증상이 악화될 수 있다. 이때는 약을 쓰는 대신, 배꼽 주변을 마사지하면서 따뜻하게 데워 보자. 그러면 배변 횟수가 일주일에 두 번 이상으로 늘어날 수 있다.

19. (   )에 들어갈 알맞은 것을 고르십시오.

① 드디어   ② 게다가   ③ 오히려   ④ 반드시

20. 이 글의 내용과 같은 것을 고르십시오.

① 변비약은 오래 먹으면 효과가 있다.

② 배를 마사지하면 배변 횟수가 줄어든다.

③ 변비에 걸렸을 때 배를 따뜻하게 하면 좋다.

④ 일주일에 배변 횟수가 3번 이상이면 변비다.

※ [21~22] 다음을 읽고 물음에 답하십시오. (각 2점)

> 요즘 사람들의 가장 큰 특징 중의 하나는 시각적인 요소를 중요하게 여긴다는 점이다. '백문이 불여일견'이란 말이 있듯이 백 번 듣는 것보다 한 번의 강한 시각적 이미지가 머릿속에 각인되면 기억에 더 오래 남는다. 이런 추세에 맞춰 기업들도 광고를 할 때 시각적인 요소에 주의를 기울여야 한다. 짧은 시간에 소비자들의 (   ) 사진 또는 영상을 준비하는 것이 좋다.

21. (   )에 들어갈 알맞은 것을 고르십시오.

① 시선을 끄는   ② 눈치를 보는

③ 발길이 잦은   ④ 손길이 가는

22. 이 글의 중심 생각을 고르십시오.

① 광고의 핵심은 기억에 남는 시각적 이미지다.

② 요즘 사람들은 눈에 보이는 것을 중요시한다.

③ 사진 또는 영상으로 만든 광고가 인기를 끈다.

④ 소리 없이 눈에 보이는 것이 더 오래 기억에 남는다.

※ [23~24] 다음을 읽고 물음에 답하십시오. (각 2점)

나의 막내 아들은 작년에 초등학교 1학년이 되었어야 할 나이다. 하지만 아직 학교 근처에도 못 가고 있다. 이 아이가 매우 드문 병에 걸린 것은 벌써 2년 전의 일이다. 그때 수술을 받고 지금까지 치료를 받아 왔다. 그런데 며칠 전부터 아이의 상태가 심상치 않았다. 아이는 계속 고열에 시달렸다. 우리 부부는 아이의 병이 다시 재발한다면 오늘날의 의학으로는 치료 방법이 없다는 것을 알고 있었다. 아이의 손목을 잡고 병원 문을 들어서는 우리 부부는 무거운 돌이 가슴을 누르는 듯해 숨을 쉬기도 어려웠다. 하지만 예상하지 못했던 검사 결과가 나왔다. 아이는 감기에 걸렸을 뿐, 예전의 병은 거짓말처럼 나은 것이다. 우리 부부는 너무 놀라서 한참 동안 움직일 수 없었다.

23. 밑줄 친 부분에 나타난 나의 심정으로 알맞은 것을 고르십시오.

① 불안하다   ② 억울하다

③ 허탈하다   ④ 한가하다

24. 이 글의 내용과 같은 것을 고르십시오.

① 아이의 병이 다시 재발했다.

② 병이 나았다는 말은 거짓말이었다.

③ 기대하지 않았던 검사 결과가 나왔다.

④ 아이는 1년 전에 초등학교에 입학했다.

※ [25~27] 다음은 신문 기사의 제목입니다. 가장 잘 설명한 것을 고르십시오.
(각 2점)

25.

가정용 소화기, 화재 초기에 소방차 한 대와 맞먹는 효과

① 가정용 소화기는 화재 초기에만 사용할 수 있다.

② 화재 초기에는 소방차 1대보다 가정용 소화기가 더 효과적이다.

③ 화재 초기에는 가정용 소화기가 소방차 1대의 역할을 할 수 있다.

④ 소방차가 부족하므로 소방차 대신 가정용 소화기를 보급해야 한다.

26.

통증 없는 획기적인 뇌 수술법, 세계인이 주목

① 세계 사람들이 아프지 않은 뇌 수술법이 개발되기를 기다리고 있다.

② 통증이 없는 새로운 뇌 수술법에 세계 사람들의 관심이 쏠리고 있다.

③ 세계 사람들이 아프지 않게 수술할 수 있는 뇌 수술법의 도움을 받았다.

④ 통증이 없는 뇌 수술법이 개발되어 세계 사람들이 그 효과를 확인하였다.

27.

딸과는 소통 상대적 양호, 아들과는 말이 안 통해

① 딸과 아들은 서로 의사소통이 잘 안 된다.

② 아들과 딸을 비교했을 때, 아들보다는 딸과 의사소통이 더 잘 된다.

③ 딸은 소통하려고 노력하지만 아들은 소통하려는 노력을 하지 않는다.

④ 딸은 다른 사람과 말을 잘하지만 아들은 다른 사람과 말을 잘 못한다.

(각 2점)

28.

    경찰이 '지정차로제' 원칙 위반 차량을 단속하는 것을 본 적이 없다. 운전자들이 지켜야 할 '지정차로제 3대 원칙'은 '추월은 반드시 왼쪽 차로로 하기, 추월 후 즉시 원래 차로로 복귀하기, 왼쪽 차로보다는 느리게, 오른쪽 차로보다는 빠르게 주행하기'이다. 이 간단한 규칙이 지켜지지 않는 것은 적극적으로 단속을 하지 않아서다. 큰 댐도 개미구멍 하나에 무너질 수 있다. (   ) 철저히 단속해야 교통질서를 유지할 수 있다.

① 가벼운 위반 사항이라도
② 지키기 어려운 법일수록
③ 누구나 이해하기 쉬운 규칙이기에
④ 지정차로제 원칙을 홍보하기 위해

29.

    과거 우리 조상들은 나무를 신성하게 생각했으며 숲은 성스러운 장소라고 생각했다. 집안의 평안이나 마을의 안녕을 기원했던 곳이 바로 나무와 숲이었다. 하지만 (   ) 나무를 베지 않았던 것은 아니다. 필요에 따라 나무를 베는 것은 인정했지만 커다란 나무와 고목, 사람들이 숭배하는 나무를 베는 것은 금기로 여겼다. 그런 나무를 베면 '나쁜 일이 생긴다'는 것이 우리 조상들의 생각이었다.

① 나무를 두려워해서
② 나무가 필요하지 않아서
③ 나무가 가벼운 존재로 생각돼서
④ 나무를 신성하게 여긴다고 해서

30.

누구나 배에서 꼬르륵거리는 소리를 들어 본 적이 있을 것이다. 이 소리는 장이 음식물을 으깨는 과정에서 내는 소리이다. 장은 음식물이 위에서 나온 다음 가는 장소이다. 장은 음식물을 소화시킬 수 있도록 운동을 하면서 음식물을 으깬다. 먹은 음식이 없더라도 장은 거의 언제나 움직이고 있다. 배가 고플 때는 장이 비어 있어서 꼬르륵거리는 소리가 더 크게 들린다. 꼬르륵거리는 소리는 특별한 것이 아니라, 단지 (   )일 뿐이다.

① 음식물을 삼키는 소리

② 장이 속을 비우는 소리

③ 장이 운동을 하고 있는 소리

④ 음식물이 위에서 장으로 가는 소리

31.

이솝우화 '개미와 베짱이'는 개미의 성실함을 칭찬한다. 하지만 모든 개미가 열심히 일하는 '일벌레'는 아니라는 연구 결과가 나왔다. 개미 사회에서도 베짱이처럼 놀기 좋아하는 부류가 있다는 것이다. 최근 국제 학술지 '동물 행동'에서는 일개미를 관찰한 결과, 45%는 아무 일도 하지 않았다.'고 밝혔다. 개미와 함께 (   ) 꿀벌도 마찬가지다. 꿀벌의 행동을 살핀 결과, 20%의 꿀벌이 절반 이상의 일을 해냈다.

① 노는 곤충으로 알려진   ② 게으른 곤충으로 알려진

③ 까다로운 곤충으로 알려진   ④ 부지런한 곤충으로 알려진

※ [32~34] 다음을 읽고 내용이 같은 것을 고르십시오. (각 2점)

32.

> 고령화 사회로 들어서면서 어떻게 잘 늙느냐가 중요해지고 있다. 노인이라도 운동을 꾸준히 하면 청년 못지않은 건강을 유지할 수 있다. 충분한 수면은 젊음의 열쇠다. 하루 5시간 미만을 자는 이들은 7~9시간을 자는 이들보다 피부의 자외선 저항력이 떨어진다고 한다. 그리고 무엇보다 중요한 것은 자신감이다. 주름과 흰머리를 감추려고만 하다가는 오히려 역풍을 맞기 쉽다. 화장을 옅게 하고 흰머리를 세련된 스타일로 뽐내는 게 더 낫다.

① 흰머리를 검은색으로 염색하면 젊어 보인다.
② 꾸준히 운동하면 청년 같은 외모를 가질 수 있다.
③ 충분한 수면을 취하면 피부의 자외선 저항력이 높아진다.
④ 자신감을 가지고 과감하게 화장하면 주름이 잘 안 보인다.

33.

> 평소에 우리가 마시는 우유는 원유를 열처리하여 미생물을 제거한 것이다. 원유를 열처리하는 방법에는 세 가지가 있다. 63도에서 30분간 열처리를 하는 '저온 살균법', 75도에서 15초간 열처리하는 '저온 순간 살균법', 134도에서 2~3초간 열처리하는 '초고온 처리법'이 있다. 저온 살균법이나 저온 순간 살균법으로 처리한 우유의 유통 기간은 5일 정도이다. 이에 반해 초고온 처리법으로 처리한 우유는 1개월 이상의 장기 유통이 가능하다.

① 저온 순간 살균법이 가장 시간이 많이 걸린다.
② 저온 살균법으로 처리한 우유는 유통 기간이 길다.
③ 열처리를 한 우유는 미생물이 많아져서 건강에 좋다.
④ 초고온 처리법은 가장 짧은 시간에 가장 높은 온도로 살균하는 방법이다.

34.

> '사이비 과학'은 과학적이지 않은 것들에 '과학적'이라는 말이 붙는 경우를 뜻한다. 최근 유행하는 '혈액형 심리학' 역시 이런 사이비 과학에 속한다. 혈액형과 상관관계가 전혀 없는 개인적 기질이나 성격을 혈액형과 연관시켜 설명하는 혈액형 심리학은 하나의 이론처럼 굳어져 버렸다. 어떤 통계적 결과치도 없고, 혈액형 심리학에서 설명하는 성격의 특성과 맞지 않는 사람들이 많음에도 불구하고 이러한 증거들은 무시되고 있다.

① 사이비 과학은 과학적인 현상을 설명한다.
② 혈액형 심리학은 통계적 수치로 증명된다.
③ 개인적인 기질이나 성격은 혈액형과 관계가 있다.
④ 비과학적이라는 증거가 있지만 사람들은 혈액형 심리학을 믿는다.

※ [35~38] 다음 글의 주제로 가장 알맞은 것을 고르십시오. (각 2점)

35.

> 모든 전철역에 승강장 안전문이 설치되고 있다. 최근 승객의 선로 추락 사고와 자살 사고가 잇따르자 이를 막기 위해 승강장 안전문 설치를 의무화했기 때문이다. 주의할 점은 화재 등 비상 시 승객들의 원활한 탈출을 위해 승강장 안전문을 모두 수동으로 여닫을 수 있도록 설치해야 한다는 것이다. 안전을 위해 설치된 문이 자동으로만 개폐되어 위급할 때 승객들의 탈출에 오히려 방해가 된다면 설치를 안 한 것만 못한 결과를 낳을 것이다.

① 안전을 위해 모든 전철역에 안전문 설치를 의무화해야 한다.
② 안전문 작동을 엄격히 제한해야 승객들의 안전을 지킬 수 있다.
③ 승강장 안전문을 설치해야 비상시 승객의 탈출에 도움을 줄 수 있다.
④ 비상시 승객의 안전을 위해 안전문을 수동으로 작동할 수 있어야 한다.

36.

> 금연에 실패하는 사람들이 많은데, 금연 보조제를 쓰면 금연에 도움을 줄 수 있다. 금연 보조제로는 전자식 금연 보조제와 니코틴 패치, 금연 껌 등이 있다. 전자식 금연 보조제는 금연에 효과적이지만 다른 금연 보조제보다 경제적 부담이 비교적 크다. 니코틴 패치는 피부를 통해 몸속에 니코틴을 서서히 공급해 주는 금연 보조제다. 니코틴이 일정량 들어 있는 금연 껌은 니코틴 패치와 같이 체내 니코틴 농도를 유지해 주는 제품이다.

① 금연은 의지만 있으면 성공할 수 있다.
② 금연할 때 니코틴 패치는 경제적으로 부담이 적다.
③ 금연 시 금연 보조제의 도움을 받는 것이 효과적이다.
④ 금연을 결심했다면 금연 껌을 씹는 것이 가장 좋은 방법이다.

37.

> 그동안 일회용 비닐봉지 사용을 자제하자는 캠페인을 꾸준히 벌여 왔다. 이에 대해 비닐봉지 옹호론자들은 비닐봉지가 다른 대체재보다 낮은 비용으로 생산이 가능하며 재활용을 할 수 있어 환경에 그다지 유해하지 않다고 반박한다. 오히려 종이봉투가 생산과 수송에 많은 원유와 나무가 소비되어 환경에 해롭다고 말한다. 그러나 문제는 비닐봉지를 재활용하더라도 매년 자연 분해가 되지 않는 40억 장의 비닐봉지가 쓰레기로 버려진다는 것이다.

① 일회용 비닐봉지 사용을 자제하자.
② 비닐봉지 쓰레기를 재활용해야 한다.
③ 쓰레기를 잘 처리하여 환경을 보호하자.
④ 종이봉투보다 비닐봉지를 사용해야 한다.

38.

　　다이어트를 망치는 제일 나쁜 습관은 빨리 먹는 것이다. 식사 속도가 빠르면 과식과 폭식으로 이어질 수 있다. 천천히 먹으면 적은 양을 먹어도 포만감을 느껴서 식사량을 줄일 수 있다. 하지만 너무 긴 시간에 걸쳐 먹으면 오히려 역효과가 난다. 긴 시간에 걸쳐서 먹으면 자신이 먹고 있다는 사실뿐만 아니라 과식하고 있다는 사실도 깨닫지 못하기 때문이다. 식사는 30분 안에 먹도록 권장하지만 가급적 1시간 안에 다 먹는 것이 바람직하다.

① 다이어트를 할 때는 조금씩 천천히 먹어야 한다.

② 다이어트를 할 때는 빠른 속도로 적은 양을 먹어야 한다.

③ 다이어트에 성공하기 위해서는 짧은 시간에 먹어야 한다.

④ 다이어트에 성공하기 위해서는 적당한 속도로 먹어야 한다.

※　[39~41] 다음 글에서 〈보기〉의 문장이 들어가기에 가장 알맞은 곳을 고르십시오.

(각 2점)

39.

　　(㉠) 식감과 맛이 좋은 콩나물은 잃어버린 식욕을 되찾게 해 주고 더위로 지친 신체를 보강해 준다. (㉡) 콩나물은 비타민C가 풍부하기 때문이다. (㉢) 그리고 체내에 들어온 바이러스의 세포 침입을 막아 주기도 하고, 면역 기능을 도와주기도 한다. (㉣) 또한 동의보감에 따르면 콩나물은 '온몸이 무겁거나 아플 때 치료제로 쓰이고, 열을 제거하는 효과가 뛰어나다'고 한다.

─────〈보　기〉─────

비타민 C는 피로를 푸는 데 도움을 줄 뿐만 아니라 감기와 빈혈 예방에도 좋다.

① ㉠　　　　② ㉡　　　　③ ㉢　　　　④ ㉣

40.

역사적인 인물 중에 소설이나 영화 속 주인공으로 등장한 사람이 많이 있다. (㉠) 그녀는 역사상 최고의 미모와 재능 그리고 도전 정신으로 충만했던 여성으로 평가받는다. (㉡) 아름다운 외모에 문학적, 음악적 재능을 갖춘 그녀는 미천한 신분으로도 당대의 지식인들과 대등하게 사귀었다. (㉢) 특히 황진이가 남긴 시들은 '시인들이 꼽은 최고의 시'에 여러 편이 올라가 있을 정도로 작품성이 뛰어나다. (㉣)

───────〈보 기〉───────

그중에 황진이만큼 대중의 사랑을 듬뿍 받은 인물도 흔치 않을 것이다.

① ㉠   ② ㉡   ③ ㉢   ④ ㉣

41.

쌀은 한국인의 주식이자 세계적으로도 가장 중요한 곡물 중 하나다. (㉠) 지구의 환경 변화 때문에 올해 상반기 지구 기온이 사상 최고를 기록했다. (㉡) 기후 변화에 관한 주요 연구 결과에 따르면 지구 온도가 1도 상승할 때마다 쌀 수확량은 10% 감소하는 것으로 조사됐다. (㉢) 머지않아 쌀은 농업 역사에서 경험해 본 바 없는 적응 불가능한 기후에 맞닥뜨릴 것이다. (㉣) 우리는 책임감과 혜안을 가지고 쌀을 지키기 위해 노력해야 한다.

───────〈보 기〉───────

하지만 식량 안보에 있어 쌀 또한 위험에 처해 있다.

① ㉠   ② ㉡   ③ ㉢   ④ ㉣

　　대구에서 서울로 올라오는 기차 안에서 생긴 일이다. 나와 마주 보는 자리에 어떤 남자가 앉아 있었다. 그는 옆에 앉은 여자에게 쉬지 않고 말을 붙였다. <u>팔짱을 낀 채 두 눈을 꼭 감고 이야기하고 싶지 않다는 신호를 노골적으로 나타내고 있음에도 불구하고 계속 말을 붙이는 것이다.</u> 계속 질문을 하고 스스로 대답하고 하다가 반응이 없자 이번에는 나에게로 눈길을 돌려 웃음을 보냈다. 나는 그의 시선을 피해 버렸다. 그는 잠깐 입을 다물고 멀거니 창밖을 내다보다가, 아무래도 말하지 않고는 못 참겠던지 문득 나에게로 향하며 경상도 억양으로 물었다.

　　"대구에는 무슨 일로 오셨습니까?"

　　"출장 왔다 돌아가는 길입니다."

　　나는 퉁명스럽게 대답했다.

　　"아, 그러세요? 저는 대구에서 살다가 미국으로 이민을 갔는데 15년 만에 와 보니 너무 많이 변했더라고요. 고향이 없어진 것 같아요."

　　나는 그의 말을 듣고 안쓰러운 마음이 들어 그를 향해 자리를 고쳐 앉으며 "만나고 싶은 사람은 만났습니까?" 하고 물었다.

현진건 〈고향〉

42. 밑줄 친 부분에 나타난 남자의 태도로 알맞은 것을 고르십시오.

① 가식적이다　　　　　　　　② 냉소적이다

③ 눈치가 없다　　　　　　　　④ 사려가 깊다

43. 이 글의 내용과 같은 것을 고르십시오.

① 나는 대구로 출장 가는 길이다.

② 남자는 다른 사람과 이야기하고 싶어 한다.

③ 남자의 옆에 앉은 여자는 남자에게 관심을 보였다.

④ 나는 맞은편에 앉은 남자가 처음부터 마음에 들었다.

※ [44~45] 다음을 읽고 물음에 답하십시오. (각 2점)

산후 우울증은 말 그대로 (　　　　) 우울증이다. 많은 산모들이 출산 후 짧은 기간 동안 약간의 우울감을 느끼는데 이는 지극히 정상적인 증상이다. 그러나 출산 여성의 10~20% 정도에서 나타나는 산후 우울증은 신생아를 방치해 사망에 이르게 하는 등 심각한 문제를 일으킬 수도 있다. 산후 우울증은 양육에 대한 두려움, 수면 부족, 가사 노동에 대한 부담감 등 다양한 요인에 의해 발생할 수 있지만 근본적으로 여성 호르몬의 급격한 저하가 원인이다. 산후에 두통, 복통, 식욕 저하 등의 증상이 나타난다면 산후 우울증을 의심해 보는 것이 좋다. 산후 우울증에 있어 전문적인 치료만큼 중요한 것이 산모의 가족과 남편의 역할이다. 가사 노동과 양육에 대한 부담을 덜어 주는 등 가족 모두가 함께 해결해야 하는 문제인 것이다.

44. 이 글의 주제로 알맞은 것을 고르십시오.

① 산후 우울증은 가족이 함께 노력해야 극복할 수 있다.

② 산후 우울증은 모든 산모들이 겪는 아주 심각한 병이다.

③ 산후 우울증을 치료하기 위해서는 전문적인 치료를 받아야 한다.

④ 산후 우울증은 신생아에게 해를 끼칠 수 있는 심각한 사회 문제이다.

45. (　　)에 들어갈 내용으로 알맞은 것을 고르십시오.

① 임신 후에 겪는

② 출산한 다음에 겪는

③ 임신이 안 될 때 겪는

④ 출산을 계획할 때 겪는

※ [46~47] 다음을 읽고 물음에 답하십시오. (각 2점)

> 화성 표면에 액체 상태의 물이 흐른다는 증거가 발견되면서 화성 생명체 탐사가 한층 활기를 띠는 가운데, 지구 물질로 인한 화성의 오염을 어떻게 방지할 것인가가 새로운 문제로 떠오르고 있다. (㉠) 화성 탐사선과 함께 화성까지 간 지구 물질들이 화성을 오염시킬 수 있다는 의견이 제기되었기 때문이다. (㉡) 국제기구인 국제 우주 공간 연구 위원회는 '행성 보호'라고 불리는 규정을 1967년에 제정했다. (㉢) 이 규정에 따르면, 생명체를 찾는 착륙선은 반드시 깨끗해야 한다. 다른 행성에 살고 있을 생명체를 탐사하는 것도 중요하지만, 무엇보다 다른 행성을 오염시키지 않고 탐사하는 것이 더욱더 중요하다는 것이다. ( )

46. 다음 문장이 들어가기에 가장 알맞은 곳을 고르십시오.

> 그러나 지구에서 보낸 탐사선이 다른 행성을 오염시키는 것을 막는 규정은 이미 존재한다.

① ㉠　　　　② ㉡　　　　③ ㉢　　　　④ ㉣

47. 이 글의 내용과 같은 것을 고르십시오.

① 화성에 생명체가 살고 있다는 증거가 발견되었다.

② 화성이 지구 물질로 인해 오염되어 문제가 되고 있다.

③ 국제 사회는 다른 행성을 오염시키지 않기 위해 노력하고 있다.

④ 국제 사회는 다른 행성의 오염을 막는 규정을 제정하려고 한다.

　　　　임금 피크제는 근로자의 계속 고용을 위해, 노사 간 합의를 통하여 일정 연령을 기준으로 임금을 조정하고 소정의 기간 동안 고용을 보장하는 제도이다. 다시 말해, 일정 연령이 된 근로자의 임금을 삭감하는 대신 정년까지 고용을 보장함으로써 고용을 유지하고, 임금을 삭감한 만큼 새로운 사람을 뽑을 수 있기 때문에 새 일자리를 창출하는 것이다. 기업 입장에서는 인건비를 줄이고, 근로자 입장에서는 (　　　　) 장점이 있다. 기업에서는 그렇게 삭감되는 임금의 상당액을 청년 채용에 투자하면, 청년 취업률 상승에 도움이 된다고 주장한다. 하지만 다른 한 편에서는 오히려 저임금으로, 숙련된 노동자의 노동력을 착취하는 제도로 악용될 우려가 없지 않다고 주장한다. 또한 정년이 늦어지면서 퇴직자가 감소하게 되면, 이는 결국 신규 채용을 어렵게 할 것이라고 맞서고 있다. <u>삭감된 임금이 과연 신규 채용으로 이어질지 의문이다.</u>

48.　필자가 이 글을 쓴 목적을 고르십시오.
　　① 임금 피크제에 대해 알려 주기 위해서
　　② 임금 피크제의 단점을 지적하기 위해서
　　③ 임금 피크제의 필요성을 주장하기 위해서
　　④ 임금 피크제의 효용성을 강조하기 위해서

49.　(　　)에 들어갈 내용으로 알맞은 것을 고르십시오.
　　① 임금이 올라가는　　　　　　　② 퇴직자가 증가하는
　　③ 고용 기간이 늘어나는　　　　　④ 청년 취업률이 하락하는

50.　밑줄 친 부분에 나타난 필자의 태도로 알맞은 것을 고르십시오.
　　① 임금 피크제의 효용성을 믿지 못하고 있다.
　　② 임금 피크제의 장점에 대해서 강조하고 있다.
　　③ 임금 피크제로 인한 일자리 창출에 대해 반대하고 있다.
　　④ 임금 피크제로 인해 청년 고용 문제가 해결될 것으로 확신하고 있다.

제**3**회 | 실전 모의고사

New TOPIK 新韓檢實戰全真模擬試題 第3回

TOPIK Ⅱ

1교시	듣기, 쓰기

수험번호 (Registration No.)	
이 름 (Name)	한국어 (Korean)	
	영 어 (English)	

주 의 사 항
Information

1. 시험 시작 지시가 있을 때까지 문제를 풀지 마십시오.

   Do not open the booklet until you are allowed to start.

2. 수험번호와 이름을 정확하게 적어 주십시오.

   Write your name and registration number on the answer sheet.

3. 답안지를 구기거나 훼손하지 마십시오.

   Do not fold the answer sheet; keep it clean.

4. 답안지의 이름, 수험번호 및 정답의 기입은 배부된 펜을 사용하여 주십시오.

   Use the given pen only.

5. 정답은 답안지에 정확하게 표시하여 주십시오.

   Mark your answer accurately and clearly on the answer sheet.

   marking example   ① ● ③ ④

6. 문제를 읽을 때에는 소리가 나지 않도록 하십시오.

   Keep quiet while answering the questions.

7. 질문이 있을 때에는 손을 들고 감독관이 올 때까지 기다려 주십시오.

   When you have any questions, please raise your hand.

TOPIK II 듣기 (1번~50번)

※ [1~3] 다음을 듣고 알맞은 그림을 고르십시오. (각 2점)　🔊 *Track 041*

1.

① 　②

③ 　④

2.

① 　②

③ 　④

3.   ① 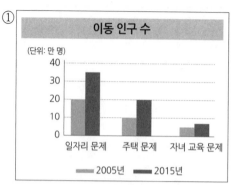   ②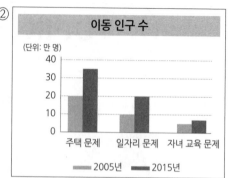

    ③   ④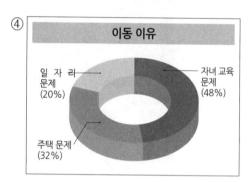

※ [4~8] 다음 대화를 잘 듣고 이어질 수 있는 말을 고르십시오. (각 2점) ◀€ *Track 042*

4.   ① 나갈 때 마스크를 사야겠어요.

    ② 오늘 외출을 안 해서 다행이에요.

    ③ 목이 아프니까 마스크를 쓰려고요.

    ④ 일기 예보를 잘 확인하도록 하세요.

5.   ① 더 싸게 파는 곳을 찾았거든.

    ② 싸고 편리해서 좋은 것 같아.

    ③ 환불하는 방법이 너무 어렵더라고.

    ④ 먼저 신청하는 게 더 좋을 것 같아서.

6. ① 활동이 많이 있어서 좋았어요.

　② 동아리에 가입해서 정말 좋아요.

　③ 봉사활동을 어디로 갈지 정해요.

　④ 다른 혜택에 대해서 더 알고 싶어요.

7. ① 다른 저축 상품에 가입했어요.

　② 이자가 높아서 마음에 들어요.

　③ 저축해 봤더니 이자가 높더라고요.

　④ 직장인들도 많이 사용하면 좋겠어요.

8. ① 설거지를 할 때 장갑이 필요해요.

　② 맨손으로 설거지를 할 걸 그랬어요.

　③ 설거지를 할 때 맨손이 더 편리하겠군요.

　④ 앞으로 꼭 장갑을 끼고 설거지를 해야겠어요.

※ [9~12] 다음 대화를 잘 듣고 여자가 이어서 할 행동으로 알맞은 것을 고르십시오. (각 2점)

🔊 *Track 043*

9. ① 작가에게 전화를 한다. 　② 책을 보러 서점에 간다.

　③ 인터뷰 장소를 알아본다. 　④ 작가에게 이메일을 보낸다.

10. ① 서류에 변경 내용을 적는다. 　② 김민수 씨와 날짜를 바꾼다.

　③ 부장님에게 휴가 서류를 낸다. 　④ 휴가 날짜를 바꿀 사원을 찾는다.

11. ① 남자에게 연락을 한다.
② 남자와 함께 식당에 간다.
③ 식당에 예약 확인을 한다.
④ 식당에 예약 전화를 한다.

12. ① 2시가 되기를 기다린다.
② 공부방 이용 신청서를 쓴다.
③ 신청서에 생년월일을 적는다.
④ 친구들에게 생년월일을 물어본다.

※ [13~16] 다음을 듣고 내용과 일치하는 것을 고르십시오. (각 2점) ◀ *Track 044*

13. ① 캠핑장은 이번 주말에 처음 연다.
② 남자는 전에 캠핑장에 가 본 적이 있다.
③ 주말에 캠핑장 당일 신청은 불가능하다.
④ 새로 생긴 캠핑장에는 음식이 준비되어 있다.

14. ① 학생들은 읽기 평가를 먼저 본다.
② 모의시험은 한 시간 동안 진행된다.
③ 시험 도중에는 화장실에 갈 수 없다.
④ 모의시험 중간에는 쉬는 시간이 없다.

15. ① 이 콘서트는 작년에 인기가 많았다.
② 지난번 콘서트는 서울에서만 열렸다.
③ 콘서트 시간이 지난번보다 길어졌다.
④ 콘서트 표는 인터넷에서만 살 수 있다.

16. ① 양심 계산대는 국내에 한 곳밖에 없다.

　② 양심 계산대에는 종업원이 한 명도 없다.

　③ 카페는 가난한 어린이들이 이용할 수 있다.

　④ 원래 커피값보다 많이 내는 손님이 더 많다.

※ [17~20] 다음을 듣고 <u>남자의 중심 생각</u>을 고르십시오. (각 2점)　◀€ *Track 045*

17. ① 각자 돈을 내는 것과 친한 것과는 관계없다.

　② 각자 먹은 음식값은 각자 계산하는 것이 좋다.

　③ 사랑하는 사람에게는 돈을 아끼지 말아야 한다.

　④ 데이트를 할 때에는 남자가 비용을 내는 게 좋다.

18. ① 중고 노트북을 사는 것은 좋지 않다.

　② 신제품은 가격이 비쌀 때 사야 한다.

　③ 새로 나온 제품을 먼저 쓰는 것이 좋다.

　④ 신제품을 중고로 팔아야 돈을 벌 수 있다.

19. ① 화장을 안 한 청소년이 더 예쁘다.

　② 청소년 때는 화장을 안 하는 게 좋다.

　③ 화장품은 비싼 화장품을 사용해야 한다.

　④ 연예인 때문에 청소년들이 화장을 한다.

20. ① 어렸을 때는 운동을 해야 한다.

　② 운동과 공부는 동시에 하기 힘들다.

　③ 은퇴 후의 계획을 미리 생각해야 한다.

　④ 훈련이 끝난 후에 공부를 하는 게 좋다.

21.　남자의 중심 생각으로 맞는 것을 고르십시오.

　　① 전자책은 종이 책보다 편리한 편이다.

　　② 무거운 책을 가지고 다니는 것은 좋지 않다.

　　③ 책을 읽다가 느낀 점은 바로 책에 적어야 한다.

　　④ 종이 책을 읽어야 제대로 책을 읽은 느낌이 든다.

22.　들은 내용으로 맞는 것을 고르십시오.

　　① 남자는 전자책에 대해 부정적이다.

　　② 전자책은 종이 책보다 비싼 편이다.

　　③ 여자는 스마트폰으로 책을 읽고 있다.

　　④ 남자는 전자책과 종이 책을 모두 읽는다.

※　[23~24] 다음을 듣고 물음에 답하십시오. (각 2점)　　　◀ᴱ *Track 047*

23.　남자는 무엇을 하고 있는지 고르십시오.

　　① 여자의 업무 능력을 평가하고 있다.

　　② 업무 평가제에 대해서 설명하고 있다.

　　③ 업무 평가의 중요성에 대해 알려 주고 있다.

　　④ 업무 평가 제도에 대한 장점을 소개하고 있다.

24.　들은 내용으로 맞는 것을 고르십시오.

　　① 업무 평가는 익명으로 진행된다.

　　② 업무 평가는 동료 사원들끼리 한다.

　　③ 부하 직원은 상사를 평가할 수 없다.

　　④ 업무 평가제는 이번에 처음 시행된다.

25. 남자의 중심 생각으로 맞는 것을 고르십시오.

① 다문화 센터의 한국어 강의를 더욱 늘려야 한다.

② 직접 가정으로 방문하여 한국어를 가르쳐 줘야 한다.

③ 결혼 이주민 여성들은 센터에 방문할 시간이 없는 편이다.

④ 결혼 이주민 여성들의 가장 큰 문제는 아이 돌봄 서비스이다.

26. 들은 내용으로 맞는 것을 고르십시오.

① 결혼 이주민 여성들은 강의에 잘 참여한다.

② 다문화 센터에는 원래 한국어 강의가 없었다.

③ 결혼 이주민 여성들은 주로 살림을 많이 한다.

④ 남자가 직접 가정으로 찾아가 한국어를 가르친다.

27. 여자가 남자에게 말하는 의도를 고르십시오.

① 최근의 소비 현상을 비판하기 위해

② 제품 구매에 대한 조언을 얻기 위해

③ 신제품에 대한 정보를 제공하기 위해

④ 스마트 시계의 사용 방법을 알려 주기 위해

28. 들은 내용으로 맞는 것을 고르십시오.

① 남자는 신제품에 별로 관심이 없다.

② 여자는 최근 스마트 시계를 구입했다.

③ 남자는 스마트 시계를 사고 싶은 마음이 있다.

④ 여자는 텔레비전 광고에서 스마트 시계를 봤다.

29. 남자는 누구인지 고르십시오.

① 이야기 작가

② 인터넷 만화가

③ 만화의 실제 주인공

④ 인터넷 만화 개발자

30. 들은 내용으로 맞는 것을 고르십시오.

① 남자는 주로 계획 없이 일을 하는 편이다.

② 정기적으로 독자들과 소통하는 날이 있다.

③ 인터넷 만화는 정해진 요일에 올려야 한다.

④ 인터넷 만화는 기존 만화보다 독자가 더 많다.

※ [31~32] 다음을 듣고 물음에 답하십시오. (각 2점)　◀≋ *Track 051*

31. 남자의 생각으로 맞는 것을 고르십시오.

① 국가가 나서서 개인의 결혼을 도와야 한다.

② 결혼을 하는 사람들이 세금을 더 내야 한다.

③ 국가가 개인의 의사 결정권을 침해하면 안 된다.

④ 싱글세 도입으로 사람들이 결혼을 많이 할 것이다.

32. 남자의 태도로 맞는 것을 고르십시오.

① 구체적인 근거를 대며 동의를 구하고 있다.

② 비교를 통해서 차이점을 분명하게 나타내고 있다.

③ 예상되는 문제를 말하며 해결책을 제시하고 있다.

④ 미래에 일어날 일에 대해 예상하며 반박하고 있다.

　　　◀Track 052

33. 무엇에 대한 내용인지 맞는 것을 고르십시오.

　　① 잘못된 저축 습관의 문제점

　　② 경기 침체를 불러일으키는 이유

　　③ 운동 경기장에서 지켜야 할 예절

　　④ 경제 분야에서 구성의 모순 사례

34. 들은 내용으로 맞는 것을 고르십시오.

　　① 개인에게 바람직한 일은 모두에게도 좋다.

　　② 국민들이 소비를 하지 않으면 저축이 늘어난다.

　　③ 구성의 모순은 모든 국민이 저축을 많이 할 때 나타난다.

　　④ 미래의 소득이 늘어나는 것은 모두에게 바람직하지 않다.

※　[35~36] 다음을 듣고 물음에 답하십시오. (각 2점)　　　◀Track 053

35. 남자는 무엇을 하고 있는지 고르십시오.

　　① 한국그룹의 방송 후원 의견을 조사하고 있다.

　　② 한국그룹의 사회적 공헌 활동에 대해 설명하고 있다.

　　③ 방송 프로그램 후원에 관련된 자료를 분석하고 있다.

　　④ 방송 프로그램 후원에 필요한 비용을 파악하고 있다.

36. 들은 내용으로 맞는 것을 고르십시오.

　　① 방송은 유명인에 관한 내용을 다룬다.

　　② 방송은 기업들을 위한 광고를 만들었다.

　　③ 한국그룹은 방송을 통한 홍보를 중시한다.

　　④ 방송 후원은 한국그룹의 첫 공헌 활동이다.

[37~38] 다음은 교양 프로그램입니다. 잘 듣고 물음에 답하십시오.
   (각 2점)

   ◀☰ *Track 054*

37. 여자의 중심 생각을 고르십시오.

   ① 앞으로 자원 재생 연구가 더 중요해질 것이다.

   ② 오염된 물을 식수로 만드는 과정은 쉽지 않다.

   ③ 식수가 오염되면 많은 사람들이 병에 걸릴 수 있다.

   ④ 상하수도 시설을 통해 도시인들의 건강을 지킬 수 있다.

38. 들은 내용과 일치하는 것을 고르십시오.

   ① 상수도는 시민들이 사용한 더러운 물을 처리한다.

   ② 많은 사람들이 하수도에 오염된 물을 버리고 있다.

   ③ 상하수도 시설이 잘된 도시는 병이 생기지 않는다.

   ④ 상하수도 연구소 활동은 환경 보전과도 관련이 있다.

※ [39~40] 다음은 대담입니다. 잘 듣고 물음에 답하십시오. (각 2점) ◀☰ *Track 055*

39. 이 대화 앞의 내용으로 알맞은 것을 고르십시오.

   ① 다른 곳에서 영화감독을 하다가 포기했다.

   ② 올림픽 공연을 꿈꾸며 무대 연출을 배웠다.

   ③ 올림픽 공연 총감독에 도전했으나 매번 떨어졌다.

   ④ 개인적인 활동 때문에 올림픽 개폐회식 감독직을 거절했다.

40. 들은 내용과 일치하는 것을 고르십시오.

   ① 여자는 이번 사회적인 공헌 활동이 처음이다.

   ② 여자는 그동안 자신의 일에 만족하지 못했었다.

   ③ 여자는 풍부한 공연 예술 경험을 살려 일하고 있다.

   ④ 여자는 올림픽 개폐회식 감독직을 위해 영화감독을 그만두었다.

[41~42] 다음은 강연입니다. 잘 듣고 물음에 답하십시오. (각 2점) ◀┊ *Track 056*

41. 들은 내용과 일치하는 것을 고르십시오.

　① 한국의 '겉치레' 문화는 최근에 발생했다.

　② '작은 웨딩'은 일반인들 사이에서 시작되었다.

　③ 한국에서는 결혼식에 쓰이는 비용이 적은 편이다.

　④ 한국인들은 결혼식에 하객이 많을수록 좋다고 생각한다.

42. 남자의 중심 생각으로 맞는 것을 고르십시오.

　① '작은 웨딩'을 하는 젊은이들이 많이 늘어야 한다.

　② 결혼식에는 소수의 지인들만 참석하는 것이 좋다.

　③ 다른 사람에게 보여 주기 식의 결혼식은 좋지 않다.

　④ '겉치레' 문화가 점차 퇴보하는 것은 좋은 현상이다.

※ [43~44] 다음은 다큐멘터리입니다. 잘 듣고 물음에 답하십시오.
　(각 2점)

◀┊ *Track 057*

43. 비타민을 미량 영양소라고 부르는 이유로 맞는 것을 고르십시오.

　① 인간이 에너지를 만들 확률이 낮아서

　② 인간은 스스로 영양소를 만들 수 없어서

　③ 적은 양이지만 필수적인 요소이기 때문에

　④ 부족한 영양소를 음식으로 섭취하기 때문에

44. 이 이야기의 중심 내용으로 맞는 것을 고르십시오.

　① 미량 영양소는 신체 발달에 도움을 준다.

　② 비타민 B군이 많을수록 에너지가 많아진다.

　③ 신체 성장을 위해서 비타민을 섭취해야 한다.

　④ 미량 영양소인 비타민은 사람에게 꼭 필요하다.

45. 들은 내용과 일치하는 것을 고르십시오.

① 수증기가 많아질수록 지구의 기후가 높아진다.

② 태양의 운동은 지구의 기후를 바꾸는 역할을 한다.

③ 음식을 조리할 때 배출되는 이산화탄소가 가장 적다.

④ 대기에서 온실 효과를 일으키는 것은 이산화탄소이다.

46. 남자의 태도로 가장 알맞은 것을 고르십시오.

① 온실 효과를 예방을 위해 협조를 요청하고 있다.

② 기후의 변화가 가져오는 문제점에 대해 경고하고 있다.

③ 인간의 활동과 기후 변화의 상관관계를 설명하고 있다.

④ 기후 변화의 원인 분석이 우선되어야 함을 주장하고 있다.

※ [47~48] 다음은 대담입니다. 잘 듣고 물음에 답하십시오. (각 2점) ◀⃨ *Track 059*

47. 들은 내용과 일치하는 것을 고르십시오.

① 옛 문헌에서 알 수 있는 정보는 한계가 있다.

② 양반이 아닌 일반 대중들이 쓴 편지가 존재한다.

③ 출간 연대가 오래될수록 가치 있고 귀한 책이다.

④ 옛날에 주고받았던 편지는 현재 흔히 볼 수 있다.

48. 남자의 태도로 가장 알맞은 것을 고르십시오.

① 역사적인 고증을 위해 편지 발굴을 촉구하고 있다.

② 옛 편지글 연구가 나아갈 새로운 방향을 제시하고 있다.

③ 옛 편지글의 가치를 설명하며 연구의 의의를 강조하고 있다.

④ 옛 편지글의 자료를 근거로 연구의 신뢰성을 증명하고 있다.

※ [49~50] 다음은 강연입니다. 잘 듣고 물음에 답하십시오. (각 2점) ◀ㅌ *Track 060*

49. 이야기한 내용과 일치하는 것을 고르십시오.

① 결혼 비용은 남성보다 여성의 지출이 더 많다.

② 남성의 연 소득은 연령이 증가할수록 줄어든다.

③ 남성의 결혼 비용은 연령이 증가할수록 늘어난다.

④ 여성은 배우자가 없는 사람보다 있는 사람이 더 오래 산다.

50. 여자의 태도로 가장 알맞은 것을 고르십시오.

① 결혼 정책의 사례를 설명하며 비판하고 있다.

② 결혼 정책의 결과를 분석하며 반성하고 있다.

③ 연령과 결혼 비용의 관계를 조사 결과로 설명하고 있다.

④ 연령에 따른 결혼 비용의 긍정적 변화를 찾아 제시하고 있다.

※ |[51~52] 다음을 읽고 ㉠과 ㉡에 들어갈 말을 각각 한 문장으로 쓰십시오.
(각 10점)

51.

색: 흰색

성별: 남

생년월일: 2015년 10월 1일

몸무게: 1kg

전화번호: 010-2345-9876

이름: 김강희

♥강아지 기르실 분♥

　제가 기르는 강아지가 새끼를 일곱 마리 낳았습니다. 집이 좁아서 일곱 마리와 함께 살 수 없기 때문에 (　　㉠　　). 얼굴이 잘생겼으며, 털이 짧고 귀여운 강아지입니다. 성격이 (　　㉡　　). 함께 지내는 데 어려움이 없을 것입니다. 특히 외로우신 분에게 좋은 친구가 될 것입니다. 끝까지 책임감을 가지고 강아지와 함께 살 수 있으신 분은 연락 주십시오.

52.

　　행복의 기준은 사람마다 다르지만 삶의 균형은 행복의 중요한 요소이다. 자신의 일 때문에 가족과 함께하는 시간을 줄이고, 현재 자신이 가진 것에 만족하기보다 가지지 못한 것을 욕심내면 (　　㉠　　). 이러한 삶의 불균형은 우리에게 우울함과 분노를 가져오기 쉽다. 그러므로 (　　㉡　　).

53. 청소년의 경우, 여가 시간에 주로 인터넷을 사용합니다. 그래프를 보고 청소년의
    하루 평균 인터넷 이용 시간과 인터넷 이용 유형에 대해 200~300자로 쓰십시오.
    (30점)

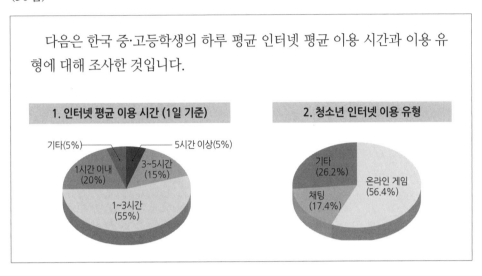

다음은 한국 중·고등학생의 하루 평균 인터넷 평균 이용 시간과 이용 유형에 대해 조사한 것입니다.

54. 다음을 주제로 하여 자신의 생각을 600~700자로 글을 쓰십시오. (50점)

현대 사회는 65세 이상인 고령자의 비율이 빠르게 늘어나고 있습니다. 이러한 고령화 현상은 경제적, 사회적 측면에서 많은 문제점을 야기하게 됩니다. 고령화란 무엇이며, 고령화가 사회에 미치는 경제적, 사회적인 문제점은 무엇이며 이를 해결하기 위해 어떤 노력이 필요한지에 대해 쓰십시오.

* 원고지 쓰기의 예

| | 머 | 리 | 는 | | 언 | 제 | | 감 | 는 | | 것 | 이 | | 좋 | 을 | 까 | ? | | 사 |
| 람 | 들 | 은 | | 보 | 통 | | 아 | 침 | 에 | | 머 | 리 | 를 | | 감 | 는 | 다 | . | | 그 |

제1교시 듣기, 쓰기 시험이 끝났습니다. 제2교시는 읽기 시험입니다.

제3회 실전 모의고사

New TOPIK 新韓檢實戰全真模擬試題 第3回

TOPIK II

| 2교시 | 읽기 |

수험번호 (Registration No.)		
이 름 (Name)	한국어 (Korean)	
	영 어 (English)	

주 의 사 항
Information

1. 시험 시작 지시가 있을 때까지 문제를 풀지 마십시오.

   Do not open the booklet until you are allowed to start.

2. 수험번호와 이름을 정확하게 적어 주십시오.

   Write your name and registration number on the answer sheet.

3. 답안지를 구기거나 훼손하지 마십시오.

   Do not fold the answer sheet; keep it clean.

4. 답안지의 이름, 수험번호 및 정답의 기입은 배부된 펜을 사용하여 주십시오.

   Use the given pen only.

5. 정답은 답안지에 정확하게 표시하여 주십시오.

   Mark your answer accurately and clearly on the answer sheet.

   marking example ① ● ③ ④

6. 문제를 읽을 때에는 소리가 나지 않도록 하십시오.

   Keep quiet while answering the questions.

7. 질문이 있을 때에는 손을 들고 감독관이 올 때까지 기다려 주십시오.

   When you have any questions, please raise your hand.

TOPIK II 읽기 (1번~50번)

[1~2] (　)에 들어갈 가장 알맞은 것을 고르십시오. (각 2점)

1. 올해는 과일 생산량이 (　　　　) 대체적으로 과일 가격이 내렸다.
   ① 는다면　　　　　　　　　　② 늘어야
   ③ 는다거나　　　　　　　　　④ 늘어서인지

2. 의사는 위염 환자에게 식사량을 (　　　　　).
   ① 조절하게 했다　　　　　　② 조절한다고 한다
   ③ 조절하려고 했다　　　　　④ 조절하게 되었다

※ [3~4] 다음 밑줄 친 부분과 의미가 비슷한 것을 고르십시오. (각 2점)

3. 꽃병에 개나리 꽃을 <u>꽂아다가</u> 책상 위에 놓으니 봄이 온 것 같다.
   ① 꽂을 뿐　　　　　　　　　② 꽂았기에
   ③ 꽂아 가지고　　　　　　　④ 꽂은 바람에

4. 정부의 노력에도 불구하고 국가의 경제 상황이 나아지지 않는 것이 <u>안타까울 따름</u>이다.
   ① 안타까울 뿐이다　　　　　② 안타까울 수 있다
   ③ 안타까울 정도이다　　　　④ 안타까울 리가 없다

※ [5~8] 다음은 무엇에 대한 글인지 고르십시오. (각 2점)

5.

상큼한 그녀 향기의 비결!
건강하게 빛나는 풍성한 머릿결!

① 향수　　　② 샴푸　　　③ 비누　　　④ 화장품

6.

특급 교통망! 쾌적한 자연환경!
단지 내 독서실 완비, 최고의 주거 조건

① 호텔　　　② 콘도　　　③ 아파트　　　④ 리조트

7.

한 장이 아닙니다. 두 장입니다.
뒷면도 앞면과 똑같습니다.

① 돈 절약하기　　② 책 물려주기　　③ 쓰레기 줄이기　　④ 종이 아껴 쓰기

8.

• 화상을 입었을 때 찬물로 식혀 준 후 병원으로 가세요.
• 눈에 먼지가 들어갔을 때 깨끗한 물로 씻어 주세요.

① 진찰　　　② 치료　　　③ 민간요법　　　④ 응급 처치

※ [9~12] 다음 글 또는 도표의 내용과 같은 것을 고르십시오. (각 2점)

9.

수화 상담 서비스 개통 안내
- 희망의 전화 129 -

■ 기간: 2016년 8월 26일 ~ 8월 29일
■ 개통 시기: 2016년 5월 20일부터
■ 이용 시간: 24시간 개방
■ 신청 방법:

  보건복지 콜센터 접속(www.129.go.kr) ➡
  '수화 상담 서비스 바로 가기' 클릭 ➡ 신청하기

※ 전문 수화 상담사가 화면을 통해 청각 장애인들의 고민을 상담해 줍니다.

① 이 서비스는 밤에는 이용할 수 없다.
② 이것은 수화를 가르쳐 주는 서비스이다.
③ 이 서비스를 신청하려면 129로 전화하면 된다.
④ 이것은 화상 통화로 상담을 해 주는 서비스이다.

10.

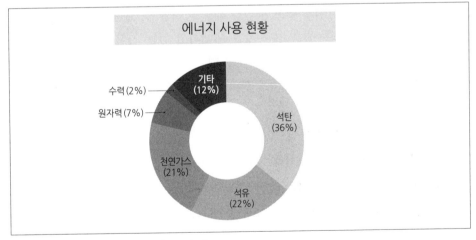

에너지 사용 현황

수력(2%)
원자력(7%)
천연가스(21%)
기타(12%)
석탄(36%)
석유(22%)

① 석유가 가장 많이 사용되고 있다.
② 천연가스와 석유 사용량의 격차가 크다.
③ 수력 에너지보다 원자력 에너지가 더 낮은 비율을 차지하고 있다.
④ 석탄이 가장 많은 비율을, 수력이 가장 적은 비율을 차지하고 있다.

11.

매년 약 25만 명이 신용 불량자로 전락하고 있다는 통계 결과가 나왔다. 은행 대출금을 못 갚아서, 신용 카드 대금을 못 갚아서 신용 불량자가 된 사람이 각각 35%로 가장 높은 비율을 보였고, 현금 서비스, 학자금 대출이 그 뒤를 이었다. 연령대별로는 50대가 32%로 가장 많았고, 직업별로는 자영업이 32%, 회사원이 24%로 나타났다.

① 신용 불량자 중에는 자영업자보다 회사원이 더 많다.

② 신용 불량자는 다른 연령대에 비해서 50대가 가장 비율이 낮았다.

③ 신용 카드 대금으로 인한 신용 불량자가 은행 대출금으로 인한 신용 불량자보다 적다.

④ 신용 불량자 중에 학자금을 대출 받은 사람보다 현금 서비스를 받은 사람의 비율이 높다.

12.

교보문고는 다음 달부터 전자책 서비스를 운영한다. 개별 책을 구입할 수도 있고, 한 달 단위로 필요한 만큼 책을 빌려볼 수 있는 '구독형 서비스'도 제공한다. 이미 종이 책을 상당 부분 대체하고 있는 전자책은 꾸준히 증가하는 추세에 있는데 특히 가볍게 읽을 수 있는 범죄 추리물이 인기이다. 요즘 추리물 작가의 1년 수입 중 절반은 전자책에서 나온다고 한다.

① 교보문고의 전자책은 대여가 가능하다.

② 서점에서 책을 사는 사람들이 늘고 있다.

③ 추리물 수입의 반 이상이 종이 책에서 나온다.

④ 종이 책은 이미 전자책을 상당 부분 대신하고 있다.

※ [13~15] 다음을 순서대로 맞게 배열한 것을 고르십시오. (각 2점)

13.

> (가) 그런데 실학자들이 등장하면서 이러한 시각이 바뀌었다.
>
> (나) 조선 시대에는 사람들이 어업은 등한시하고 농업을 중요시했다.
>
> (다) 특히 대표적인 실학자 정약전이 지은 '자산어보'는 사람들의 관심을 바다로 돌리기에 충분했다.
>
> (라) 해양 생물 155종을 기록한 이 책은 당시 세계적으로 보기 드문 과학적 탐구 방법을 보여 주고 있다.

① (나)-(가)-(다)-(라)　　　② (나)-(가)-(라)-(다)

③ (라)-(가)-(나)-(다)　　　④ (라)-(다)-(나)-(가)

14.

> (가) 설탕 과다 섭취는 한국도 예외가 아니다.
>
> (나) 탄수화물 섭취량이 많은 한국인에게 설탕은 소금만큼 위험하다
>
> (다) 꽤 많아 보이는 양이지만 이는 콜라 한 병만 마셔도 섭취하게 되는 양이다.
>
> (라) 미국 보건 당국이 하루 설탕 섭취량을 200kcal 이내로 제한하라고 권고했다.

① (가)-(나)-(라)-(다)　　　② (가)-(다)-(라)-(나)

③ (라)-(나)-(가)-(다)　　　④ (라)-(다)-(가)-(나)

15.

> (가) 화장품 회사들이 요즘 다른 분야와의 협동에 열심이다.
>
> (나) 화장품 케이스의 디자인으로 그들의 관심을 끌려는 것이다.
>
> (다) 이는 까다로운 여성들의 마음을 얻기 위해 선택한 전략이다.
>
> (라) 패션, 영화, 애니메이션 등 대중 예술 아티스트들과 손잡는 회사들이 늘고 있다.

① (가)-(나)-(라)-(다)　　　② (가)-(라)-(다)-(나)

③ (나)-(가)-(다)-(라)　　　④ (나)-(다)-(라)-(가)

※ [16~18] 다음을 읽고 ( )에 들어갈 내용으로 가장 알맞은 것을 고르십시오.
(각 2점)

16.

> '퇴고'란 글을 다 쓴 다음 글을 다시 확인하여 잘못된 곳을 고치고, 부족한 곳을 더 낫게 다듬는 일을 말한다. 퇴고를 얼마나 잘 하느냐에 따라서 ( ). 따라서 글을 쓴 후에는 꼭 다시 읽어 보면서 주제와 소재의 명확성, 내용의 정확성, 문법과 맞춤법 등을 확인하는 것이 좋다.

① 글이 길어지기도 한다
② 글의 완성도가 달라진다
③ 주제가 생기기도 하고 없어지기도 한다
④ 소재가 바뀌기도 하고 내용이 변하기도 한다

17.

> 영화배우나 가수 등 연예인이 아닌 이웃 주민이 모델로 등장하는 아파트 광고가 자주 눈에 띈다. 건설 회사들이 지역 주민을 모델로 한 광고를 찍어서 포스터를 시내 곳곳에 붙였기 때문이다. 아파트 분양 홍수 속에서, 건설 회사들이 그 지역의 아파트를 필요로 하는 지역 주민들을 대상으로 ( ) 지역 밀착형 마케팅을 강화하고 있는 것이다.

① 등을 돌리는
② 광고를 만들게 하는
③ 복지 혜택을 주려고
④ 친근감을 주기 위한

18.

　　바이올린이 맑은 소리를 내게 하기 위해서는, 악기가 될 만한 좋은 나무를 골라 오랜 기간 잘 건조시켜야 한다. 현과 활을 제작할 때도 마찬가지로 사람의 정성과 노력이 들어가야 소리가 맑은 명품이 탄생하게 된다. 물론 (　　　　). 들을 줄 아는 귀가 없는 사람이 어떻게 남의 귀를 즐겁게 하는 악기를 만들 수 있겠는가?

① 바이올린의 소리도 결정적이다

② 듣는 사람의 음악성도 필요하다

③ 연주가의 음악적 재능도 있어야 한다

④ 만드는 사람의 음악적 감각도 중요하다

※　[19~20] 다음을 읽고 물음에 답하십시오. (각 2점)

　　동물의 잠자기를 살펴보면 아주 재미있다. 사람처럼 꿈을 꾸는 동물이 있는가 하면, 꿈을 꾸지 않는 동물도 있고, (　　　　) 잠을 자지 않는 동물도 있다. 개구리와 같은 양서류 등의 하등 동물들은 잠을 자지 않고, 파충류 이상으로 발달된 고등 동물들은 잠을 잔다. 잠깐잠깐 자는 동물들도 있다. 특히 새는 나뭇가지에서 자면서도 떨어지지 않게 항상 긴장을 한다.

19. (　　)에 들어갈 알맞은 것을 고르십시오.
　　① 겨우　　　　　　② 훨씬　　　　　　③ 아예　　　　　　④ 고작

20. 이 글의 내용과 같은 것을 고르십시오.
　　① 발달된 동물일수록 잠을 잔다.
　　② 개구리는 잠을 자는 동물이다.
　　③ 새는 떨어지지 않으려고 잠을 안 잔다.
　　④ 사람과 동물의 잠자기는 닮은 점이 없다.

> 스케이트를 타다가 넘어져 부상을 입는 사람들 중에는 초보자보다 오히려 능숙한 실력자인 경우가 훨씬 더 많다. 운전을 할 때도 처음 운전을 시작하는 초보 운전자보다 일 년 이상의 운전 경력이 있는 사람들이 교통사고를 더 많이 낸다고 한다. 이는 자신의 실력이 늘어남에 따라 교만함도 늘어났기 때문이다. ( )는 말이 있듯이 스스로 경계하는 자세가 필요하다.

21. ( )에 들어갈 알맞은 것을 고르십시오.

① 고생 끝에 낙이 온다　　　　　② 떡 본 김에 제사 지낸다

③ 놓친 고기가 더 커 보인다　　　④ 벼는 익을수록 고개를 숙인다

22. 이 글의 중심 생각을 고르십시오.

① 사람은 실력이 늘어날수록 겸손해야 한다.

② 사람은 실력이 늘면 교만함도 늘기 마련이다.

③ 초보자는 사고가 나지 않도록 조심해야 한다.

④ 능숙한 실력자가 초보자보다 더 실수를 많이 하는 법이다.

> 텔레비전에서 그림자극을 보니 어린 시절 아빠와 함께 그림자놀이를 하던 기억이 떠올랐다. 손 모양을 바꿔 가며 귀여운 토끼도 만들고, 오리도 만들었던 생각이 났다. 또 그림자놀이와 함께 아빠가 들려주시던 옛날이야기도 새록새록 떠올랐다. 침대에 누워서 아빠가 들려주시는 이야기를 듣다 보면 나는 어느새 달콤한 꿈의 세계로 빠져들곤 했다. 하지만 지금은 이런 놀이에 흥미가 전혀 없다. 훨씬 더 재미있는 컴퓨터 게임이 있기 때문이다. 생각해 보면 내가 컴퓨터 게임을 하면서부터 아빠와 점점 멀어지게 된 것 같다. 오늘은 아빠와 함께 그림자놀이를 해 보고 싶다. 그러면 아빠와 다시 가까워질 수 있고, 옛 추억도 되살릴 수 있을 것만 같다.

23. 밑줄 친 부분에 나타난 나의 심정으로 알맞은 것을 고르십시오.

① 그립다　　　　② 낯설다

③ 담담하다　　　④ 억울하다

24. 이 글의 내용과 같은 것을 고르십시오.

① 어렸을 때 그림자놀이를 하다가 잠이 들곤 했다.

② 지금은 그림자놀이보다 컴퓨터 게임에 빠져 있다.

③ 지금도 토끼와 오리를 만드는 그림자놀이를 한다.

④ 컴퓨터 게임을 통해 아빠와 내가 가까워질 수 있었다.

※　[25~27] 다음은 신문 기사의 제목입니다. 가장 잘 설명한 것을 고르십시오.
　(각 2점)

25.
담뱃값 인상으로 금연 정책 성공? 담배 판매 다시 늘어

① 정부가 담뱃값을 올려서 금연하는 사람이 줄었다.

② 정부가 담뱃값을 내려서 담배 판매가 다시 늘었다.

③ 담뱃값 인상으로 금연 정책은 성공했으나 담배 판매는 오히려 늘었다.

④ 담뱃값을 올려서 흡연 인구를 줄이려는 정부의 정책이 실패로 돌아갔다.

26.
> 요즘 초등학생, 몸만 한국인! 의식은 서구인!

① 요즘 초등학생은 한국에서 생활하는 서양인을 좋아한다.

② 요즘 초등학생은 몸만 한국에 있을 뿐 서양에서의 삶을 선호한다.

③ 요즘 초등학생은 외모는 한국 스타일을, 의식은 서구 스타일을 좋아한다.

④ 요즘 초등학생은 몸은 한국인이지만 서양인과 같은 사고방식을 가지고 있다.

27.
> 중년층 호감 폭발적, 중년의 삶을 다룬 영화제 입상작 계약 경쟁

① 중년층은 영화제에서 계약 경쟁이 심했던 영화를 좋아한다.

② 중년층은 영화제에서 입상 후보에 오른 영화를 궁금해한다.

③ 중년층이 좋아하는 영화제 입상작을 계약하고 싶어 하는 사람이 많다.

④ 중년층의 관심을 끈 작품이 영화제에서 상을 받기 위해 경쟁하고 있다.

※ [28~31] 다음을 읽고 ( )에 들어갈 내용으로 가장 알맞은 것을 고르십시오.
(각 2점)

28.
> 사회 전반에 명품 신드롬이 거세게 불면서 각 기업들은 명품이란 단어를 사용하여 ( ). 국민 소득이 증가하면서 명품족이 늘어나는 것은 어찌 보면 당연한 일이다. 그러나 자신의 현실을 망각한 채 기업의 상업 전략에 넘어가 명품 구입에만 몰두하는 것은 심각한 문제다. 형편이 안 되는데도 명품에 집착함으로써 발생하는 문제는 개인적인 파산뿐 아니라 사회적인 문제로 확대될 수 있다.

① 신분을 과시하고 있다

② 소비 심리를 부추기고 있다

③ 사회 문제를 걱정하고 있다

④ 개인 파산을 유도하고 있다

29.

> 　　고대 그리스인들과 로마인들은 존경의 표시나 인사로 입, 눈, 손, 심지어 무릎이나 발에 키스를 하곤 했다. 초기 기독교인들도 만나면 서로 입술에 '성스러운 키스'를 하며 반가운 마음을 표현했다. 키스를 하는 관습은 계속되었지만 오늘날 대부분의 사람들은 키스를 '사랑을 표현하는 방법'으로 생각한다. 그러나 (　　　　) 키스의 예전 용도는 아직도 흔하다. 국가 지도자들은 만날 때 종종 서로의 볼에다 키스를 함으로써 인사를 한다.

① 존경이나 환영을 나타내던
② 사랑이나 존경을 표현하던
③ 이성 간의 애정을 나타내던
④ 종교인의 성스러움을 표현하던

30.

> 　　판소리계 소설이란 판소리의 사설이 소설로 정착된 것으로 당시의 사회상이나 지배 계층을 풍자하는 내용을 담고 있다. 따라서 판소리 사설에 나타나는 악인들과 일반 고전 소설 작품에 등장하는 악인들은 그 인간형에서 차이를 보인다. 후자의 경우는 지능적이고 계획적인 악의 유형을 보여 주는 반면, 전자의 경우는 악인이라도 우리가 증오하기보다는 (　　　　) 유형들이다.

① 웃음으로 받아넘기게 되는
② 사랑할래야 사랑할 수 없는
③ 무감각하게 받아들이게 되는
④ 건성으로 좋아할 수밖에 없는

31.

> 자장면은 중국인 이민자들이 한국 사람들의 입맛에 맞게 만들어 낸 비빔국수이다. 이 자장면의 내력을 살펴보면 중국 근대사의 흐름과 맞닥뜨리게 된다. 서구의 강대국에 종속된 상태에서 벗어나 부강한 나라를 만들겠다는 중국인의 목표 실현은 결코 쉽지 않았다. 대다수 민중의 고통이 극심했는데 삶의 뿌리가 뽑힌 민중의 일부는 정든 고향을 떠나 타지에 정착해야 했다. 따라서 자장면은 고난을 극복해 온 (   )의 상징이라 할 수 있다.

① 중국인 이민자들의 천재성
② 중국인 이민자들의 융통성
③ 중국 민중의 신선한 창의력
④ 중국 민중의 끈질긴 생명력

※ **[32~34] 다음을 읽고 내용이 같은 것을 고르십시오. (각 2점)**

32.

> 여름날 볼 수 있는 작은 파리가 있는데 바로 초파리다. 술을 좋아하는 초파리는 알코올 분해 효소도 가지고 있다. 초파리는 키우기 쉽고, 한살이가 일주일 남짓으로 매우 짧은 데다가 알을 많이 낳아 통계 처리가 용이하기 때문에 좋은 실험 모델로 오랫동안 사랑받아 왔다. 초파리는 당뇨, 암, 면역, 노화 등과 관련된 의학 연구에도 쓰이는데 이는 병을 유발하는 유전자가 사람과 75%나 유사하기 때문이다.

① 사람과 유전자가 같은 초파리는 당뇨와 암을 유발한다.
② 초파리는 키우기 쉽고, 오래 살아서 실험 모델로 사랑받는다.
③ 자손을 많이 퍼트리는 초파리는 통계 처리가 쉬운 장점이 있다.
④ 초파리는 번식력이 좋아서 최근 실험 모델로 사용되기 시작했다.

33.

> 글로벌 구인난이 심해지고 있다. 42개국 기업을 상대로 조사를 한 결과, 구인이 어렵다고 응답한 비율이 36%에 이르렀다. 대륙별로 보면 아시아, 태평양 지역이 48%로 가장 높게 나타났고 구인난이 가장 심한 나라는 일본으로, 81%의 기업이 사람을 구하는 데 애를 먹고 있다. 한국은 이번 조사에 포함되지 않았다. 구인난의 가장 큰 원인은 '일자리에 알맞은 기술을 갖춘 인물이 적다'는 점이었다. 구인난은 임금 상승의 요인으로 작용했다.

① 구인난으로 인해 임금이 삭감되었다.

② 세계적으로 사람들이 구직에 어려움을 겪고 있다.

③ 일본보다는 덜하지만 한국도 구인난이 심한 편이다.

④ 세계적으로 기업에서 원하는 기술을 보유하고 있는 인력이 부족하다.

34.

> 사람의 본성에는 분쟁의 주된 원인이 되는 세 가지가 있다. 그것은 경쟁심, 소심함, 명예욕이다. 경쟁심은 이득을 보기 위해, 소심함은 안전을 보장받기 위해, 명예욕은 좋은 평가를 듣기 위해 남을 해치도록 유도한다. 경쟁심은 타인과 재물을 자기 것으로 만드는 과정에서, 소심함은 자기 자신을 방어하는 과정에서, 명예욕은 자신뿐만 아니라 가족, 동료, 민족 등의 존엄성을 지키는 과정에서 인간으로 하여금 폭력을 사용하도록 만든다.

① 경쟁심, 소심함, 명예욕은 인간을 발전시킨다.

② 소심함 때문에 자신에 대한 평가에 민감해지게 된다.

③ 자신을 보호하기 위해 폭력을 사용하게 되는 것은 경쟁심 때문이다.

④ 가족을 위해 폭력을 사용하게 되는 것은 명예욕에서 비롯된 것이다.

※ [35~38] 다음 글의 주제로 가장 알맞은 것을 고르십시오. (각 2점)

35.

> 육아 휴직 제도를 이용해 아내와 육아 부담을 나누는 아빠들이 늘고 있다. 휴직으로 인한 경력 단절이 마음에 걸린다면 육아기 근로 시간 단축 제도를 이용하는 방법도 있다. 남성이 육아기 근로 시간 단축 제도를 이용하면 본인과 가족에게는 물론 기업에도 도움이 된다. 직원들의 스트레스가 줄어 직무 만족도가 증가하고, 일하는 방식의 변화로 더 효율적으로 일하게 되어 결국 기업의 생산성도 높아진다.

① 육아 휴직 때문에 경력이 단절되어서는 안 된다.

② 남성의 육아기 근로 시간 단축 제도를 장려해야 한다.

③ 남성의 육아 휴직 제도를 이용해 기업의 생산성을 높여야 한다.

④ 육아기 근로 시간 단축 제도보다 육아 휴직 제도를 이용하는 것이 좋다.

36.

> 수학은 학년이 올라갈수록 학생들이 가장 어려워하는 과목 중 하나다. 더욱이 교육 과정 개정으로, 계산 능력보다 사고력과 문제 해결력이 더욱 중요해졌다. 따라서 문제 풀이를 반복하는 기존의 학습 방법에서 벗어나, 사고력 강화 훈련을 할 필요가 있다. 이를 위해서는 다양한 교구를 활용한 활동과 발표, 토론 등 여러 의사소통 활동을 통해 지속적으로 자신의 사고를 되돌아봄으로써 잘못된 개념을 교정하여 개념과 원리를 확실하게 잡아야 한다.

① 수학은 고학년으로 올라갈수록 어려운 과목이다.

② 수학을 공부할 때는 개념과 원리의 이해가 중요하다.

③ 다양한 교구를 사용해야 사고력을 강화시킬 수 있다.

④ 문제 해결력을 키우기 위해 문제를 많이 풀어야 한다.

37.

중동, 아프리카에서 목숨을 걸고 유럽으로 탈출하는 난민의 참혹한 현실은 어제 오늘의 일이 아니다. 난민 규모도 2차 대전 이후 최대라고 한다. 난민 수용 문제를 놓고 분열되는 모습을 보이던 유럽 각국은 분노 여론에 밀려 한발 물러서는 모습을 보였다. 정치적 비난을 피하기 위해 마지못해 난민을 수용하는 식으로는 문제를 해결할 수 없다. 생명을 지키기 위해 죽음의 탈출을 감행하는 이들을 외면해서는 안 될 것이다.

① 난민 수용 문제로 유럽 각국이 분열해서는 안 된다.

② 유럽 각국은 적극적으로 나서서 난민을 보호해야 한다.

③ 유럽 각국은 난민을 수용해서 정치적 비난을 피해야 한다.

④ 난민의 위험한 처지를 세계에 알리는 것은 유럽 각국이 할 일이다.

38.

일반적으로 사람들은 밥을 먹은 후에 약을 먹어야 된다고 생각한다. 하지만 약마다 먹는 시간이 다르다. 혈압 약처럼 하루 한 번 먹는 약은 대부분 아침에 먹어야 효과가 있다. 아침에 일어났을 때 혈압이 가장 높은데, 그때 먹으면 약효가 좋기 때문이다. 반대로 종합 감기약, 코감기 약 등은 졸음, 나른함, 집중력 장애 등의 부작용이 나타날 수 있기 때문에 일상생활이 끝난 저녁에 먹는 게 좋다.

① 꼭 밥을 먹은 후에 약을 먹어야 한다.

② 약의 종류에 따라 약을 먹는 시간이 달라야 한다.

③ 부작용을 줄이기 위해 약은 저녁에 먹는 것이 좋다.

④ 부작용이 나타날 수 있는 약은 저녁에 먹어야 효과가 있다.

※ [39~41] 다음 글에서 〈보기〉의 문장이 들어가기에 가장 알맞은 곳을 고르십시오.

(각 2점)

39.

동의보감에 버섯은 기운을 돋우고 식욕을 증진시켜 위장을 튼튼하게 해 준다고 기록되어 있다. (㉠) 버섯은 콜레스테롤을 낮춰 주고 비만을 막아 주며 암을 예방하는 장수 식품으로도 각광받고 있다. (㉡) 이와 같은 효능의 중심엔 베타글루칸이라는 성분이 있는데, 이 성분은 우리 몸의 콜레스테롤을 낮추고 항암 효과에 탁월하다. (㉢) 또한 버섯은 90% 이상이 물이고 식이섬유가 풍부하다. (㉣)

〈보 기〉

따라서 수분이 부족해서 변비로 고생한다면 버섯을 자주 섭취하는 것이 좋다.

① ㉠   ② ㉡   ③ ㉢   ④ ㉣

40.

(㉠) 악전고투 끝에 우승한 골프 선수 박세리의 모습이 생중계되면서, IMF 구제 금융 시대에 실의에 빠졌던 한국인들은 다시 희망을 갖게 되었다. (㉡) 아버지의 권유로 골프를 시작한 박세리 선수는 초등학교 시절 어린 나이에 훈련장에서 새벽 2시까지 혼자 남아 훈련을 하는 등 스스로 최고가 되기 위해 엄격한 훈련을 한 것으로 알려져 있다. (㉢) 박세리 성공 신화 이후 전국적으로 골프를 배우는 어린이들이 늘어났다. (㉣)

〈보 기〉

이 무렵에 골프를 시작해서 성공을 거둔 몇몇 여자 골프 선수들을 '박세리 키즈'라고 한다.

① ㉠   ② ㉡   ③ ㉢   ④ ㉣

41.

자본주의 초기에는 기업이 단기 이익과 장기 이익을 구별하여 추구할 필요가 없었다. (㉠) 소자본끼리의 자유 경쟁 상태에서는 단기든 장기든 이익을 포기하는 순간에 경쟁에서 탈락하기 때문이다. (㉡) 그에 따라 기업은 치열한 경쟁에서 살아남기 위해 주어진 자원을 최대한 효율적으로 활용하여 가장 저렴한 가격으로 상품을 공급하게 되었다. (㉢) 이 단계에서는 기업의 소유자가 곧 경영자였기 때문에, 기업의 목적은 자본가의 이익을 추구하는 것으로 집중되었다. (㉣)

〈보　기〉

이는 기업의 이익 추구가 결과적으로 사회 전체의 이익도 증진시켰다는 의미이다.

① ㉠　　　　② ㉡　　　　③ ㉢　　　　④ ㉣

※ [42~43] 다음을 읽고 물음에 답하십시오. (각 2점)

작년 응오와 같이 추수를 했던 친구라면 더 묻지는 않으리라. 한 해 동안 가슴을 졸이며 알뜰히 가꾸던 벼를 거둬들임은 기쁜 일임이 틀림없었다. 꼭두새벽부터 일을 해도 괴로움을 몰랐다. 그러나 날이 캄캄해지도록 벼를 털고 나서 땅 주인에게 땅 빌린 값을 제하고 보니 남은 것은 등줄기를 흐르는 식은땀이 있을 뿐이었다. 같이 벼를 털어 주던 친구들이 뻔히 보고 서 있는데 빈손으로 집으로 돌아오는 건 진정 부끄럽기 짝이 없는 노릇이었다. 참다 참다 못해 응오의 눈에 눈물이 흘렀다.

풍작이었던 작년에도 그랬는데, 올해는 더구나 흉작이다. 샛바람과 비에 벼가 거의 시들어버렸다. 추수를 했다가는 먹을 게 남지 않음은 물론이요, 빚도 다 못 갚을 모양이다. 추수를 포기하고 내버려 두지 않을 수 없다. 벼를 거뒀다고 소문이 나면 땅 주인이 모두 가져갈 테니까.

그런데 그 논의 벼가 없어지자, 응오의 형, 응칠이가 범인으로 의심을 받게 되었다. 동생을 위해 땅 빌린 값을 깎아 달라고 부탁하러 갔다가 다툼 끝에 땅 주인의 뺨을 때렸기 때문이다.

김유정 〈만부방〉

42. 밑줄 친 부분에 나타난 응오의 태도로 알맞은 것을 고르십시오.

① 교활하고 불성실하다.　　　　② 절망스럽고 허탈하다.

③ 인색하고 냉소적이다.　　　　④ 경솔하고 사치스럽다.

43. 이 글의 내용과 같은 것을 고르십시오.

① 응오는 자기 땅에 농사를 짓는다.

② 응오는 벼를 수확해 빚을 다 갚았다.

③ 응오는 올해 벼를 수확하지 않을 생각이다.

④ 응오와 땅 주인은 서로 도와가며 농사짓는다.

※ [44~45] 다음을 읽고 물음에 답하십시오. (각 2점)

> 　　파킨슨병은 영국의 제임스 파킨슨 의사가 이름을 붙여 알려진 신경 퇴행성 질환 중 하나다. 파킨슨병은 뇌 신경 세포에 정보를 전달해 주는 뇌의 신경 전달 물질인 도파민의 분비가 감소해서 나타난다. 파킨슨병 환자들은 말을 똑바로 하지 못하거나, 신체의 경직으로 인해 비슷비슷한 표정을 짓고 있다. 또 신체의 떨림으로 (　　　　　), 신경계에 이상이 있기 때문에 땀뿐만 아니라 침도 많이 흘린다. 인간은 나이를 먹을수록 땀, 침 등 신체의 분비물이 줄어들게 된다. 그러므로 다른 특별한 증상이 동반되지 않았더라도 나이가 들면서 동년배보다 땀이나 침을 많이 흘리면 빨리 병원 진단을 받아 보는 것이 좋다.

44. 이 글의 주제로 알맞은 것을 고르십시오.

① 신체의 분비물이 줄어들면 빨리 병원 진단을 받아야 한다.

② 나이가 들면 특별한 증상이 없어도 건강 검진을 받아야 한다.

③ 신체가 노화되어 신경이 퇴화하면 파킨슨병을 조심해야 한다.

④ 나이가 들면서 땀과 침을 많이 흘리면 파킨슨병을 의심해 봐야 한다.

45. (　　)에 들어갈 내용으로 알맞은 것을 고르십시오.

① 말을 빨리 하게 되고　　　　　　　② 다양한 표정을 보여 주고

③ 원하는 대로 물건을 잡기 어려워지고　④ 걷는 속도가 빨라져서 통제가 안 되고

※ [46~47] 다음을 읽고 물음에 답하십시오. (각 2점)

> 　　남성 인력의 필요성이 점차 대두되고 있고, 취업난 속에서 안정적인 일자리
> 가 제공된다는 점에서 간호사라는 직업에 대한 남성들의 관심과 인기가 높아
> 지고 있다. (　㉠　) 요리, 미용, 패션 등 전통적으로 여성들이 하던 직종에 모
> 두 남성들이 들어가 맹위를 떨치고 있음에도 불구하고, 유독 간호사만 여전히
> 금남의 영역으로 인식된다. (　㉡　) 아직 간호사란 직업에 대해 성 편향적으
> 로 접근하는 문화가 남아 있고, 이에 도전하는 남성에게 사내답지 못하다는 평
> 가를 던지는 모습이 있기 때문이다. (　㉢　) 과거보다 여자 의사 비율은 폭발
> 적으로 증가한 데 비해 남자 간호사 수는 그만큼 늘지 않은 사실도 이를 뒷받
> 침해 준다. (　㉣　)

46. 다음 문장이 들어가기에 가장 알맞은 곳을 고르십시오.

> 하지만 남자 간호사를 바라보는 시선이 편견으로부터 완전히 자유로운 건 아니다.

①㉠　　　　　　②㉡　　　　　　③㉢　　　　　　④㉣

47. 이 글의 내용과 같은 것을 고르십시오.

① 간호사는 여성들이 가져야 하는 직종이다.

② 간호사란 직업에 대한 성적 차별이 존재한다.

③ 남자 간호사에 대한 개인적, 사회적 인식이 바뀌었다.

④ 간호 업무는 요리, 미용 등의 직종에 비해 남성의 접근이 용이하다.

"지금 전화 받는 사람은 아기를 가진 임신부입니다. 전화 예절은 배려의 시작입니다." 다음 달부터 임신 중인 여성 공무원의 자리로 유선 전화를 걸면 임신 사실과 함께 전화 예절을 부탁하는 안내문이 자동으로 흘러나온다. 임신·출산 공무원이 일과 가정을 양립할 수 있는 근무 환경을 조성하기 위한 취지다. 행정자치부 관계자는 임신 사실을 알리는 통화 연결 대기음을 통해 민원인뿐만 아니라 내부 직원들도 (   ) 문화를 만들기 위한 목적이라고 설명한다. 이 외에도 누구나 쉽게 임신한 여성임을 알 수 있도록 임신부 공무원의 신분증 케이스가 핑크색으로 바뀐다. 태교와 관련된 책과 음반의 대여 서비스도 실시한다. 또한 현재 여성 직원은 임신 중에만 당직이 면제됐는데 앞으로는 출산 후 1년까지로 면제 기간을 연장하기로 했다. 하지만 <u>이러한 행정자치부의 노력이 얼마나 실효성이 있을지는 아직 미지수이다.</u>

48. 필자가 이 글을 쓴 목적을 고르십시오.
   ① 임신·출산 공무원에게 전화 예절을 교육하기 위해서
   ② 임신·출산 공무원을 위한 복지 시설을 확충하기 위해서
   ③ 임신·출산 공무원의 개선된 근무 환경을 알리기 위해서
   ④ 임신·출산 공무원의 열악한 근무 환경을 고발하기 위해서

49. (   )에 들어갈 내용으로 알맞은 것을 고르십시오.
   ① 임신한 여성 직원의 일을 덜어 주는
   ② 여성 직원이 편안하게 임신할 수 있는
   ③ 임신한 여성 직원을 조금 더 배려해 주는
   ④ 행정자치부 소속의 임신한 여성 직원을 위한

50. 밑줄 친 부분에 나타난 필자의 태도로 알맞은 것을 고르십시오.
   ① 행정자치부의 노력에 대해 긍정적이다.
   ② 이러한 노력으로 인한 문제점에 대해 지적한다.
   ③ 이러한 노력에 대한 부정적인 결과를 걱정한다.
   ④ 행정자치부의 노력의 결과에 대해 반신반의한다.

제4회 실전 모의고사

New TOPIK 新韓檢實戰全真模擬試題 第4回

TOPIK Ⅱ

1교시	듣기, 쓰기

수험번호 (Registration No.)	
이 름 (Name) 한국어 (Korean)	
영 어 (English)	

주 의 사 항
Information

1. 시험 시작 지시가 있을 때까지 문제를 풀지 마십시오.

   Do not open the booklet until you are allowed to start.

2. 수험번호와 이름을 정확하게 적어 주십시오.

   Write your name and registration number on the answer sheet.

3. 답안지를 구기거나 훼손하지 마십시오.

   Do not fold the answer sheet; keep it clean.

4. 답안지의 이름, 수험번호 및 정답의 기입은 배부된 펜을 사용하여 주십시오.

   Use the given pen only.

5. 정답은 답안지에 정확하게 표시하여 주십시오.

   Mark your answer accurately and clearly on the answer sheet.

   marking example | ① ● ③ ④ |

6. 문제를 읽을 때에는 소리가 나지 않도록 하십시오.

   Keep quiet while answering the questions.

7. 질문이 있을 때에는 손을 들고 감독관이 올 때까지 기다려 주십시오.

   When you have any questions, please raise your hand.

TOPIK Ⅱ 듣기 (1번~50번)

※ [1~3] 다음을 듣고 알맞은 그림을 고르십시오. (각 2점)   🔊 *Track 061*

1. ①    ②

    ③    ④

2. ①    ②

    ③    ④

3.

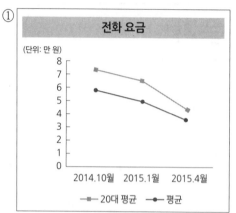
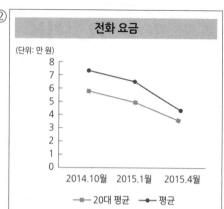
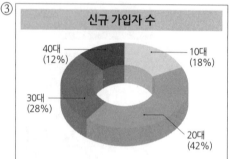
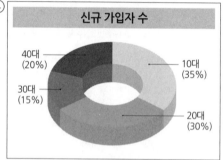

※ [4~8] 다음 대화를 잘 듣고 이어질 수 있는 말을 고르십시오. (각 2점) ◀ *Track 062*

4. ① 정말 많이 팔렸나 봐요.

② 저도 한번 가 볼 걸 그랬어요.

③ 중고 시장에 팔았으면 좋았을 텐데요.

④ 좋아요, 그냥 버렸으면 아까울 뻔했어요.

5. ① 서비스가 별로 안 좋은 것 같아요.

② 규칙이 바뀌면 편리해질 것 같아요.

③ 자전거는 시간이 많이 걸릴 것 같아요.

④ 오랜만에 자전거를 타고 싶었는데 아쉽네요.

6.　① 편리해서 예약하고 싶었어.　② 덕분에 편하게 잘 다녀왔어.

　　③ 생각보다 인원이 더 많아졌어.　④ 예약하는 게 어려울 수도 있어.

7.　① 그 드라마를 저도 한번 봐야겠어요.

　　② 드라마가 좀 더 재미있으면 좋겠어요.

　　③ 저도 정말 보고 싶은데 요즘 시간이 없어요.

　　④ 아이들에게 나쁜 영향이 있을까 봐 걱정이에요.

8.　① 커피 마시는 돈을 좀 줄여야겠어요.

　　② 가격이 비싸더라도 마셔 보고 싶어요.

　　③ 밥값이 너무 많이 나와서 걱정이에요.

　　④ 저도 이제부터 커피 대신 차를 마셔야겠어요.

※　[9~12] 다음 대화를 잘 듣고 <u>여자</u>가 이어서 할 행동으로 알맞은 것을 고르
　　십시오. (각 2점)　🔊 *Track 063*

9.　① 주사를 맞는다.

　　② 약을 처방받는다.

　　③ 열을 확인해 본다.

　　④ 약을 지으러 간다.

10.　① 출장 일정표를 다시 확인해 본다.

　　② 호텔에 연락해서 날짜를 연장한다.

　　③ 남자와 출장 일정을 다시 계획한다.

　　④ 부장님께 출장 일정에 대해 말씀드린다.

11. ① 차를 다른 곳에 주차한다.

② 다른 주차 구역을 찾아본다.

③ 옆 차 주인에게 전화를 한다.

④ 장애인 주차 구역에 주차한다.

12. ① 축제 때 사용할 옷을 주문한다.

② 옷을 받으러 전공 사무실에 간다.

③ 옷이 도착했는지 조교에게 물어본다.

④ 전공 사무실에 전화해서 옷을 받는다.

※ [13~16] 다음을 듣고 내용과 일치하는 것을 고르십시오. (각 2점) ◀╏ Track 064

13. ① 남자는 오늘 노래를 처음 들어 본다.

② 요즘 가게에 지오디의 노래가 안 나온다.

③ 오늘 강남역에 가면 지오디를 볼 수 있다.

④ 지오디의 앨범을 사면 사인을 받을 수 있다.

14. ① 사은품을 받기 위해서 영수증을 보여 줘야 한다.

② 오늘 받은 할인 쿠폰은 오늘부터 사용할 수 있다.

③ 오늘 고객 카드를 만들면 사은품을 받을 수 있다.

④ 고객들은 다음 쇼핑 때 할인 쿠폰을 받을 수 있다.

15. ① 시민 안전 근무조는 휴가철에 활동을 한다.

② 소방관들이 안전 근무조에서 함께 활동을 한다.

③ 안전 근무조가 초등학생들에게 안전 교육을 한다.

④ 시민이라면 누구나 안전 근무조에 지원할 수 있다.

16. ① 거리 예술단에는 일반 시민들이 참여한다.

② 거리 예술가들은 무료로 공연 활동을 한다.

③ 종로 전통 거리에는 전통 시장이 부족했다.

④ 시장은 앞으로 거리 예술단을 만들 예정이다.

※ [17~20] 다음을 듣고 남자의 중심 생각을 고르십시오. (각 2점) ◀〓 *Track 065*

17. ① 밖에서 파는 커피는 비싼 편이다.

② 커피를 마시면 일에 집중할 수 있다.

③ 커피를 많이 마시면 건강이 나빠진다.

④ 커피 대신 몸에 좋은 음료를 마셔야 한다.

18. ① 앞으로 명절 분위기가 달라져야 한다.

② 가족들과 함께 가는 여행은 의미가 있다.

③ 명절에는 가족들과 여행을 가는 게 좋다.

④ 전통적인 명절이 없어지는 것 같아 아쉽다.

19. ① 보통 사람들은 개성이 더 중요하다.

② 연예인이 모두 예뻐야 하는 건 아니다.

③ 연예인은 직업의 특성상 관리가 필요하다.

④ 예뻐지기 위해 위험한 수술을 하면 안 된다.

20. ① 젊을 때 실패를 많이 경험해 봐야 한다.

② 도전할 때는 실패를 두려워하지 말아야 한다.

③ 젊을 때 사업을 시작하는 것은 좋은 경험이다.

④ 사람들은 실패 때문에 도전을 두려워하게 된다.

21.   남자의 중심 생각으로 맞는 것을 고르십시오.
    ① 1일 1식은 하지 말아야 한다.
    ② 1일 1식은 위험한 다이어트 방법이다.
    ③ 검증되지 않은 방법은 방송하면 안 된다.
    ④ 정확한 다이어트 방법을 아는 사람은 없다.

22.   들은 내용으로 맞는 것을 고르십시오.
    ① 여자는 1일 1식을 해 본 적이 있다.
    ② 1일 1식의 위험성이 방송된 적이 있다.
    ③ 1일 1식이 요즘 TV에서 화제 거리이다.
    ④ 남자의 주변에 1일 1식을 하는 사람이 많다.

※   [23~24] 다음을 듣고 물음에 답하십시오. (각 2점)   ◀ Track 067

23.   남자는 무엇을 하고 있는지 고르십시오.
    ① 여자가 잊어버린 비밀번호를 찾아 주고 있다.
    ② 비밀번호를 찾는 방법에 대해 설명하고 있다.
    ③ 홈페이지 비밀번호를 바꾸기를 권유하고 있다.
    ④ 홈페이지에서 로그인하는 방법을 알려 주고 있다.

24.   들은 내용으로 맞는 것을 고르십시오.
    ① 여자는 홈페이지 주소를 잊어버렸다.
    ② 여자는 비밀번호를 변경하지 않아도 된다.
    ③ 남자는 여자에게 인증 번호를 보내야 한다.
    ④ 여자는 비밀번호를 알고 있지만 잘못 눌렀다.

25. 남자의 중심 생각으로 맞는 것을 고르십시오.

　　① 국토 대장정은 대학생 때 해야 가치가 있다.

　　② 대학생 때는 결과와 상관없이 도전을 해야 한다.

　　③ 대학교의 방학이 길수록 의미 있게 보내야 한다.

　　④ 많은 경험을 통해 다양한 친구를 사귀는 것이 좋다.

26. 들은 내용으로 맞는 것을 고르십시오.

　　① 남자는 인터넷으로 참가 신청을 하였다.

　　② 국토 대장정은 대학생만 참가할 수 있다.

　　③ 여러 지역에서 국토 대장정 참가자들이 모인다.

　　④ 남자는 이번에 두 번째로 국토 대장정에 참가한다.

27. 여자가 남자에게 말하는 의도를 고르십시오.

　　① '걸어서 등교하기 운동'의 동참을 권유하기 위해

　　② '걸어서 등교하기 운동'에 대한 조언을 하기 위해

　　③ '걸어서 등교하기 운동'의 참가 후기를 알리기 위해

　　④ '걸어서 등교하기 운동'의 수정 사항을 건의하기 위해

28. 들은 내용으로 맞는 것을 고르십시오.

　　① 남자와 여자의 학교는 집에서 먼 곳에 있다.

　　② '걸어서 등교하기 운동'은 기부를 목적으로 한다.

　　③ '걸어서 등교하기 운동'은 자전거를 이용할 수 없다.

　　④ '걸어서 등교하기 운동'에 가난한 사람들이 참여한다.

※　[29~30] 다음을 듣고 물음에 답하십시오. (각 2점)　　◀ *Track 070*

29.　남자는 누구인지 고르십시오.

　　① 청년 실업자

　　② 정책 연구가

　　③ 정부 관계자

　　④ 취업 센터 직원

30.　들은 내용으로 맞는 것을 고르십시오.

　　① 매해 청년 취업자 수가 증가하고 있다.

　　② 전공과 원하는 업무의 연관성이 낮은 경우가 많다.

　　③ 기업에서는 업무 능력 향상 프로그램을 제공하고 있다.

　　④ 남자는 청년들이 눈높이 때문에 취업을 못한다고 생각한다.

※　[31~32] 다음을 듣고 물음에 답하십시오. (각 2점)　　◀ *Track 071*

31.　남자의 생각으로 맞는 것을 고르십시오.

　　① 자기가 키우는 동물을 버려서는 안 된다.

　　② 유기견 대신 인간들이 희생을 해야 한다.

　　③ 보호소를 더 지어서 유기견을 보호해야 한다.

　　④ 인간의 편의를 위해 동물을 죽여서는 안 된다.

32.　남자의 태도로 맞는 것을 고르십시오.

　　① 현재 문제에 대한 자세한 상황을 제시하고 있다.

　　② 구체적인 해결 방안을 제시하면서 반박하고 있다.

　　③ 문제에 대한 근본 원인을 밝히면서 주장하고 있다.

　　④ 상대방의 주장을 반박하며 해결책을 모색하고 있다.

33. 무엇에 대한 내용인지 맞는 것을 고르십시오.
　　① 신종 자살 바이러스의 위험성
　　② 유명인 자살과 관련된 베스트셀러 소개
　　③ 일반인의 자살과 고전 문학의 상관관계
　　④ 유명인의 자살과 일반인 자살의 관련성

34. 들은 내용으로 맞는 것을 고르십시오.
　　① '젊은 베르테르의 슬픔'은 처음에 인기가 없었다.
　　② 일반인이 자살하는 것을 '베르테르 효과'라 한다.
　　③ 베르테르의 마음에 공감한 사람들이 자살을 했다.
　　④ 유명인의 자살은 일반인에게 영향을 주지 않는다.

35. 남자는 무엇을 하고 있는지 고르십시오.
　　① 조선 시대 의학서에 대해 설명하고 있다.
　　② 더 많은 의학 자료 전시를 요청하고 있다.
　　③ 의학 교육 프로그램의 필요성을 강조하고 있다.
　　④ 조선 시대 의학 서적 전시의 의의를 밝히고 있다.

36. 들은 내용으로 맞는 것을 고르십시오.
　　① 이 전시실에 어린이나 학생들은 입장할 수 없다.
　　② 조선 시대에 편찬된 의학 서적은 수가 많지 않다.
　　③ 조선 시대에는 백과사전 형식의 의학 서적은 없다.
　　④ 이 전시실에서 의학 서적의 편찬 과정에 대해 알 수 있다.

[37~38] 다음은 교양 프로그램입니다. 잘 듣고 물음에 답하십시오.
(각 2점)

◀ *Track 074*

37. 남자의 중심 생각을 고르십시오.

① 요즘 사람들은 시를 더 많이 읽어야 한다.

② 시는 짧더라도 사람들에게 큰 감동을 줄 수 있다.

③ 아이들은 어디에서나 밝고 힘차게 행동해야 한다.

④ 시를 쓰는 것보다 교육을 살리는 것이 더 필요하다.

38. 들은 내용과 일치하는 것을 고르십시오.

① 작가는 학생들에게 시를 가르치는 일을 해 왔다.

② 시집에는 교사들에게 희망을 주는 내용들이 많다.

③ 시집은 작가의 제자들이 지은 시들로 이루어져 있다.

④ 시집 이름은 제자가 잘 되기를 바라는 마음을 담고 있다.

※ [39~40] 다음은 대담입니다. 잘 듣고 물음에 답하십시오. (각 2점) ◀ *Track 075*

39. 이 대화 앞의 내용으로 알맞은 것을 고르십시오.

① 한국과 북한의 통일에 대한 인식 차이는 심각하다.

② 한국과 북한의 경제적 불균형이 통일을 어렵게 만든다.

③ 한국과 북한은 정부와 민간 차원의 교류에 대한 인식의 차이가 크다.

④ 한국과 북한은 통일이 반드시 필요한가에 대한 질문의 대답 차이가 크다.

40. 들은 내용과 일치하는 것을 고르십시오.

① 한국과 북한의 경제적 불균형의 차이는 심각하지 않다.

② 한국의 젊은이들은 대부분 통일이 필요하다고 대답하였다.

③ 통일을 위해 우선적으로 남북 간의 인식 차이를 개선해야 한다.

④ 북한의 젊은이들은 정부 간 교류를 더욱 확대해야 한다고 응답했다.

※ [41~42] 다음은 강연입니다. 잘 듣고 물음에 답하십시오. (각 2점) ◀€ *Track 076*

41. 들은 내용과 일치하는 것을 고르십시오.

① 보통 아빠는 편하고 엄마는 무서운 존재이다.

② 자녀에게는 엄마와 아빠 모두의 사랑이 중요하다.

③ 영국의 대학에서 조사한 대상의 나이는 각각 달랐다.

④ 아빠가 자주 목욕시킨 자녀의 30%는 친구를 제대로 사귀지 못했다.

42. 남자의 중심 생각으로 맞는 것을 고르십시오.

① 한국은 유교 문화가 강하게 남아 있는 편이다.

② 자녀의 성공에는 부모의 관심과 교육이 중요하다.

③ 가부장적인 아빠들은 작은 것부터 시작해야 한다.

④ 보통 아빠는 어렵고 무서운 이미지가 강한 편이다.

※ [43~44] 다음은 다큐멘터리입니다. 잘 듣고 물음에 답하십시오.
(각 2점)
◀€ *Track 077*

43. 동물들이 집을 짓는 이유로 맞는 것을 고르십시오.

① 인간을 피하여 살기 위해서

② 다양한 재료를 사용하기 위해서

③ 다른 동물들과 차별을 두기 위해서

④ 험한 자연에서 자신을 지키기 위해서

44. 이 이야기의 중심 내용으로 맞는 것을 고르십시오.

① 동물들은 인간들보다 먼저 집을 지어 왔다.

② 동물들은 본능적으로 안전한 곳에 집을 짓는다.

③ 지푸라기와 진흙으로 만든 집이 가장 튼튼하다.

④ 비버는 동물들 중에서 가장 집을 잘 짓는 편이다.

※ [45~46] 다음은 강연입니다. 잘 듣고 물음에 답하십시오. (각 2점) ◀€ *Track 078*

45. 들은 내용과 일치하는 것을 고르십시오.

① 미래에는 유전자를 조작하는 것이 합법이다.

② 유전 형질이 뛰어난 사람들은 유대감이 약한 편이다.

③ 유전자를 조작한다면 기형아 출산을 방지할 수 있다.

④ '슈퍼 신인류'의 세상이 온다면 경쟁이 더 심해질 것이다.

46. 남자의 태도로 가장 알맞은 것을 고르십시오.

① 유전자 조작의 한계와 그 대안을 제시하고 있다.

② '슈퍼 신인류'에 대한 자신의 의견을 제기하고 있다.

③ 유전자 조작에 대한 부정적인 의견을 제시하고 있다.

④ 유전자 조작 기술의 가능성에 대해 논리적으로 분석하고 있다.

※ [47~48] 다음은 대담입니다. 잘 듣고 물음에 답하십시오. (각 2점) ◀€ *Track 079*

47. 들은 내용과 일치하는 것을 고르십시오.

① 녹색 채소를 많이 먹으면 간에 도움이 된다.

② 녹색 채소는 콜레스테롤 수치를 떨어뜨릴 수 있다.

③ 맑은 액체로 된 주스는 몸에 이로운 섬유소가 많다.

④ 녹색 채소 외에 아무것도 먹지 않는 것이 다이어트에 도움이 된다.

48. 여자의 태도로 가장 알맞은 것을 고르십시오.

① 녹색 채소의 효능에 대한 의견을 보충하여 설명하고 있다.

② 언론이 발표한 녹색 채소의 효능을 근거를 들어 반박하고 있다.

③ 식사 대용으로 녹색 채소를 섭취하는 것의 효능을 분석하고 있다.

④ 녹색 채소가 다이어트에 도움이 된다는 말에 적극적으로 동의하고 있다.

[49~50] 다음은 강연입니다. 잘 듣고 물음에 답하십시오. (각 2점) ◀€ *Track 080*

49. 이야기한 내용과 일치하는 것을 고르십시오.

   ① 신재생 에너지는 환경 오염 문제를 해결할 수 있다.

   ② 한국의 경우 폐기물 에너지 공급의 비중이 가장 낮다.

   ③ 신재생 에너지 개발을 위해 선진국의 기술을 수입해야 한다.

   ④ 신재생 에너지는 유가의 불안정으로 인해 중요성이 떨어지고 있다.

50. 여자의 태도로 가장 알맞은 것을 고르십시오.

   ① 자원 부족 사례를 설명하며 비판하고 있다.

   ② 자원 부족 현상을 분석하며 반성하고 있다.

   ③ 신재생 에너지에 대한 현황과 대안을 제안하고 있다.

   ④ 신재생 에너지를 분야별로 세분화하여 제시하고 있다.

TOPIK II 쓰기(51번~54번)

※ [51~52] 다음을 읽고 ㉠과 ㉡에 들어갈 말을 각각 한 문장으로 쓰십시오. (각 10점)

51.

알립니다

우리 부서에서는 따뜻한 봄을 맞이하여 봄 야유회를 갑니다. 이번 야유회는 평창의 자연 휴양림에서 개최됩니다. 신선한 공기를 마시면서 숲을 산책하며 충분히 휴식을 할 수 있습니다. 사원 여러분께서는 (㉠   ).

- 다 음 -

■ **출발 시간:** 2015년 3월 21일, 토요일 오전 7시
■ **모임 장소:** 회사 앞 주차장
■ **회비:** 30,000원

※ 주의 사항: 산이기 때문에 (㉡   ) 따뜻한 옷을 한두 벌 더 준비해 오시기 바랍니다.

52.

보통 누군가와 이야기하다 보면 자기도 모르게 자신과 상대방을 비교하게 된다. 남과 비교를 하게 되면 자신을 객관적으로 바라볼 수 있다. 그러나 (㉠   ) 자신감이 떨어지기 마련이다. 그래서 자기를 긍정적으로 바라보는 힘이 약해지게 된다. 그러므로 때로는 이러한 비교에서 벗어나 (㉡   ).

53. 다음 표와 그래프를 보고 소비자 물가 상승률과 소비자 심리 지수의 관계에 대해
    쓰십시오. (30점)

	2015.04	2015.05	2015.06
전월 대비 물가 상승률(%)	0.3	0	0.4
소비자 심리 지수(포인트)	102	106	100

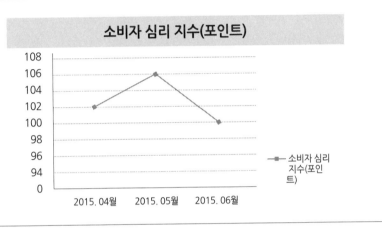

54. 다음을 주제로 하여 자신의 생각을 600~700자로 글을 쓰십시오. (50점)

> 한국에는 아직 장애인 편의 시설이 부족하여 장애인들이 일상생활에서 고
> 통을 겪고 있습니다. 장애인 편의 시설이 충분히 갖춰져야 하는 이유가 무엇
> 이라고 생각하십니까? 그리고 부족한 장애인 편의 시설을 만들기 위해서 어
> 떤 방법이 필요하다고 생각하십니까? 이에 대해 쓰십시오.

* 원고지 쓰기의 예

	머	리	는		언	제		감	는		것	이		좋	을	까	?		사
람	들	은		보	통		아	침	에		머	리	를		감	는	다	.	그

제1교시 듣기, 쓰기 시험이 끝났습니다. 제2교시는 읽기 시험입니다.

TOPIK Ⅱ

| 2교시 | 읽기 |

수험번호 (Registration No.)		
이 름 (Name)	한국어 (Korean)	
	영 어 (English)	

주 의 사 항
Information

1. 시험 시작 지시가 있을 때까지 문제를 풀지 마십시오.

   Do not open the booklet until you are allowed to start.

2. 수험번호와 이름을 정확하게 적어 주십시오.

   Write your name and registration number on the answer sheet.

3. 답안지를 구기거나 훼손하지 마십시오.

   Do not fold the answer sheet; keep it clean.

4. 답안지의 이름, 수험번호 및 정답의 기입은 배부된 펜을 사용하여 주십시오.

   Use the given pen only.

5. 정답은 답안지에 정확하게 표시하여 주십시오.

   Mark your answer accurately and clearly on the answer sheet.

   marking example   ① ● ③ ④

6. 문제를 읽을 때에는 소리가 나지 않도록 하십시오.

   Keep quiet while answering the questions.

7. 질문이 있을 때에는 손을 들고 감독관이 올 때까지 기다려 주십시오.

   When you have any questions, please raise your hand.

TOPIK II 읽기 (1번~50번)

※ [1~2] (　　)에 들어갈 가장 알맞은 것을 고르십시오. (각 2점)

1. 그의 행동을 보면 그는 (　　　　) 믿을 수가 없는 사람이다.

   ① 믿어도   ② 믿으려야

   ③ 믿더라도   ④ 믿는 통에

2. 나를 간호해 주시는 어머니의 손에서 사랑이 (　　　　).

   ① 느껴졌다   ② 느껴 봤다

   ③ 느끼는 듯했다   ④ 느낄 정도였다

※ [3~4] 다음 밑줄 친 부분과 의미가 비슷한 것을 고르십시오. (각 2점)

3. 한국의 대학교에 입학하고자 한국으로 오는 유학생들이 날로 증가하고 있다.

   ① 입학하고서   ② 입학해 봤자

   ③ 입학하자마자   ④ 입학하기 위해서

4. 무슨 일이든 처음 시작할 때는 힘든 법이다.

   ① 힘들어도 된다   ② 힘들기만 하다

   ③ 힘든 모양이다   ④ 힘들기 마련이다

※ [5~8] 다음은 무엇에 대한 글인지 고르십시오. (각 2점)

5.

초고속 인터넷, 생생한 통화 음질, 손에 쏙 들어오는 사이즈

① 라디오　　　　② 노트북　　　　③ 스마트폰　　　　④ 유선 전화기

6.

겨울밤에 어울리는 드라마 주제가를
화제의 장면과 함께 감상할 수 있는 시간,
그 감동의 시간으로 여러분을 초대합니다.

① 음악회　　　　② 영화 시사회　　　　③ 연극 발표회　　　　④ 뮤지컬 공연

7.

역사, 환경 등 17가지 주제를 직접 보고, 듣고, 느끼고!
교실 수업에 흥미 없던 아이들, 호기심 보이며 집중

① 미술 수업　　　　② 현장 학습　　　　③ 과학 실험　　　　④ 체육 교실

8.

· 뛰거나 걷지 않습니다.
· 노란색 안전선 안에 탑승합니다.
· 손잡이를 꼭 잡습니다.

① 사용 방법　　　　② 주의 사항　　　　③ 제품 안내　　　　④ 관리 비법

※ [9~12] 다음 글 또는 도표의 내용과 같은 것을 고르십시오. (각 2점)

9.

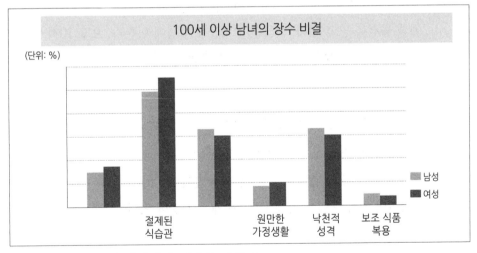

도자기 전시회 입장 교환권

- 유효 기간: 2017년 12월 31일
- 본 이용권을 매표소에서 입장권과 교환해서 사용하시기 바랍니다.
- 도난, 분실 등에 대하여 당사는 책임을 지지 않습니다.
- 현금 교환 및 환불이 불가합니다.
- 1매당 2인 사용 가능
- 문의 전화: 여주 도자기 전시회장(031-888-1234)

① 이 교환권으로 바로 전시회장 입장이 가능하다.
② 2017년 12월 31일까지 사용할 수 있는 교환권이다.
③ 4명이 도자기 축제에 가려면 교환권이 4장 필요하다.
④ 교환권을 잃어버리면 전시회장에서 재발급받으면 된다.

10.

100세 이상 남녀의 장수 비결

(단위: %)

절제된 식습관 / 원만한 가정생활 / 낙천적 성격 / 보조 식품 복용

남성 / 여성

① 식습관은 장수에 결정적인 영향을 미친다.
② 보조 식품을 복용하는 사람은 남성보다 여성이 더 많다.
③ 남녀 모두 장수의 가장 큰 비결로 규칙적인 생활을 꼽았다.
④ 여성은 유전보다 원만한 가정생활이 더 중요하다고 생각한다.

11.

> 다음 달부터 지하철과 버스 요금이 각각 250원과 150원씩 오른다. 또 사상 처음으로 '조조 할인제'가 도입된다. 이는 아침 6시 30분 이전에 교통 카드를 이용해서 버스와 지하철을 타는 승객에게 요금을 20% 할인해 주는 제도이다. 장거리를 운행하는 광역버스도 현행 1,850원에서 2,300원으로 인상된다. 하지만 청소년과 어린이 요금은 동결된다.

① 버스 요금과 지하철 요금은 똑같은 액수가 인상된다.
② 청소년과 어린이의 지하철 요금은 오르지 않고 그대로이다.
③ 장거리를 운행하는 버스는 지하철보다 요금이 조금 인상되었다.
④ 아침 6시 30분 이전에 버스를 타면 누구나 요금을 20% 할인받는다.

12.

> 남대문 시장은 600년의 역사와 전통이 있는 곳이다. 남대문 시장은 1만 2천여 개의 가게에서 1,700여 종의 물건이 거래되며, 하루 40만 명의 손님들에게 물건을 팔고 있다. 외국인 고객도 1만 명에 이른다. 오후 10시 30분부터 문을 열기 시작하여 새벽 2시면 소매상인들로 성황을 이루는 한국 최대의 종합 시장이다.

① 소매상인은 새벽 2시쯤에 가장 적다.
② 남대문 시장은 오전 10시 30분에 문을 연다.
③ 남대문 시장의 고객은 하루 40만 명에 달한다.
④ 600년의 역사가 있는 가게 1만 2천 개가 시장에 있다.

※ [13~15] 다음을 순서대로 맞게 배열한 것을 고르십시오. (각 2점)

13.

(가) 최근 홈쇼핑 업계를 둘러싼 상황이 딱 이렇다.

(나) 이제 홈쇼핑 업체들이 질 좋은 제품으로 경쟁력을 키워야 할 때다.

(다) '설상가상'이란 말이 있는데 이는 불행한 일이 잇따라 일어나는 것을 뜻하는 말이다.

(라) 영업 이익이 지난해보다 22% 급감한 데다가 새로운 홈쇼핑 업체가 더 생길 예정이다.

① (나)-(가)-(다)-(라)   ② (나)-(다)-(라)-(가)

③ (다)-(가)-(라)-(나)   ④ (다)-(라)-(가)-(나)

14.

(가) 높은 곳에 위치해 있어서 올라가기가 쉽지 않다.

(나) 남한산성은 해발 500미터에 달하는 남한산에 쌓은 성이다.

(다) 하지만 일단 성에 들어가면 자연 경관이 뛰어난 천혜의 요새임을 알 수 있다.

(라) 남한산성은 이런 지리적 조건에다가 성곽의 건축술이 뛰어나서 세계 문화유산에 등재되었다.

① (나)-(가)-(다)-(라)   ② (나)-(다)-(가)-(라)

③ (라)-(가)-(다)-(나)   ④ (라)-(나)-(다)-(가)

15.

> (가) 성인의 평균 보행 속도가 시속 4km라고 하니 1초에 약 1.1m를 걷는 셈이다.
>
> (나) 예를 들어 30m인 횡단보도는 30초에 예비 시간 7초를 더해 37초가 되는 것이다.
>
> (다) 보행 신호는 횡단보도의 길이 1m당 1초씩의 보행 시간에 7초의 예비 시간이 더해져서 결정된다.
>
> (라) 빨리 걷지 못하는 사람들을 배려하여 횡단보도의 보행 신호 시간을 이보다 조금 더 넉넉하게 잡아야 한다.

① (가)-(나)-(라)-(다) ② (가)-(다)-(나)-(라)

③ (다)-(가)-(나)-(라) ④ (다)-(나)-(가)-(라)

※ [16~18] 다음을 읽고 (   )에 들어갈 내용으로 가장 알맞은 것을 고르십시오.
(각 2점)

16.

> 펭귄들은 바다에서 먹이를 구해야 하지만 바다로 뛰어들기를 머뭇거린다. 바다에 숨어 있을지도 모르는 천적을 경계하기 때문이다. 그런데 무리 중에서 한 마리가 먼저 바다로 몸을 던지면 나머지 펭귄들도 일제히 뛰어들어 먹이를 잡는다. 무슨 일이든 (   ).

① 처음과 시작이 같아야 한다

② 부지런한 사람이 성공하는 법이다

③ 서로 힘을 모아야 좋은 결과를 얻는다

④ 시작하는 사람이 있어야 변화가 생긴다

17.

컴퓨터가 제대로 작동하지 않거나 온라인 게임에서 뜻한 대로 일이 풀리지 않을 때 버튼을 눌러 다시 시작한다. 이것을 '리셋'이라고 하는데 현실에서도 리셋이 가능하다고 착각하는 증상을 '리셋증후군'이라고 한다. 리셋증후군은 힘든 일에 부딪혔을 때 컴퓨터를 리셋 하듯이 (　　　　) 타인과의 관계를 쉽게 맺고 끊는 모습으로 나타난다.

① 과거를 돌아보며 반성하거나
② 책임감 없이 쉽게 포기하거나
③ 처음부터 계획을 철저히 세우거나
④ 새로운 각오로 최선을 다해서 일하거나

18.

런던 비즈니스 스쿨의 연구에 따르면, 성공한 기업인들의 상당수가 자신이 성공한 비결로 주의력 결핍 과잉 행동 장애를 꼽았다. 이것은 주의 산만, 과잉 행동, 충동성을 주 증상으로 보이는 정신 질환인데 이 장애를 극복하는 과정에서 집중력이나 상황 대처 능력 같은 다른 능력을 키울 수 있었다는 것이다. 완벽한 사람은 없다. (　　　　) 이를 인생의 동력으로 끌어올리려는 마음가짐이 필요하다.

① 숨겨진 재능을 발견하고
② 성공한 사람을 본받아서
③ 스스로 장점을 잘 살려서
④ 자신의 콤플렉스를 인정하고

> 디지털 카메라로 찍어 인터넷에 올린 젊은 사람들의 사진을 일부 네티즌들이 '얼짱'으로 지목하여 화제가 되면서 새로운 문화가 시작되었다. 이 얼짱 문화가 급속하게 확산되면서 외모가 가장 중요하다는 편협한 가치관을 사회 곳곳에 심어 놓았다. 처음에 인터넷 놀이 문화의 하나였던 얼짱 문화는 이제 상업주의, 외모 지상 주의 등이 결합되어 사회 문제로까지 확대되고 있다. (   ) 외모가 그렇게 중요한 것일까?

19. (   )에 들어갈 알맞은 것을 고르십시오.

① 괜히   ② 과연   ③ 하필   ④ 대개

20. 이 글의 내용과 같은 것을 고르십시오.

① 사회 문제 때문에 얼짱 문화가 확산되었다.

② 얼짱 문화는 인터넷 놀이 문화에서 비롯되었다.

③ 얼짱 문화는 우리 사회에 긍정적인 영향을 끼친다.

④ 젊은 사람들이 인터넷에 사진을 올리는 것은 얼짱 문화 때문이다.

※ [21~22] 다음을 읽고 물음에 답하십시오. (각 2점)

> 우리 사회에서는 미술품 수집가를 결코 고운 눈으로 봐 주지 않는다. 미술품을 구입하는 행위를 아주 사치스러운 소비 행태로 간주한다. 이것은 미술품 구입이라면 으레 유명한 작가의 값비싼 명작의 거래를 염두에 두기 때문이다. 하지만 그런 것은 (   ) 일이며 대개는 그저 평범한 미술 작품인 경우가 대부분이다. 돈이 있다고 모두 그림을 살 수 있는 것은 아니다. 그림을 볼 줄 아는 사람만이 그림을 살 수 있는 것이다.

21. (   )에 들어갈 알맞은 것을 고르십시오.

① 꿈도 못 꾸는   ② 색안경을 끼고 보는

③ 가뭄에 콩 나듯 하는   ④ 다람쥐 쳇바퀴 돌듯 하는

22. 이 글의 중심 생각을 고르십시오.

① 돈이 없는 사람도 그림을 살 수 있어야 한다.

② 미술품 수집가에 대한 인식이 바뀌어야 한다.

③ 그림값을 잘 아는 사람만이 미술품 수집가가 될 수 있다.

④ 값비싼 명작보다 평범한 미술 작품의 가치를 알아야 한다.

※ [23~24] 다음을 읽고 물음에 답하십시오. (각 2점)

> 내가 초등학교 3학년 때다. 어느 여름날 할아버지는 나를 옥상으로 데리고 가
> 시더니 망원경을 주시며 "자, 신라 갈빗집 간판을 한번 찾아 봐라. 찾으면 내일
> 돼지갈비 사 주마."라고 말씀하셨다. 나는 렌즈를 이리저리 돌려 초점을 맞추며
> 열심히 갈빗집 간판을 찾았다. 그런데 한참을 찾았으나 간판은 보이지 않았다.
> 할아버지가 "멀리만 보려니까 안 보이지." 하시며 가까운 곳을 찾아보라고 하셨
> 다. 옥상에서 불과 이십 미터 떨어진 거리에 갈빗집 간판이 크게 걸려 있었다. 순
> 간 멍한 기분이 들었다. 이십 년이 지난 지금도 나는 그 망원경을 가지고 있다.
> 나의 욕심으로 인해 내 자신이 부족하다고 느껴질 때면 나는 그날을 떠올리면서
> 내 가까이 있는 것, 내가 가지고 있는 것의 가치를 생각해 보곤 한다.

23. 밑줄 친 부분에 나타난 나의 심정으로 알맞은 것을 고르십시오.

① 어이없다　　　　　② 속상하다

③ 화가 나다　　　　　④ 마음이 놓이다

24. 이 글의 내용과 같은 것을 고르십시오.

① 나는 갈빗집 간판을 쉽게 찾을 수 있었다.

② 나는 할아버지가 주신 망원경을 간직하고 있다.

③ 갈빗집 간판은 옥상에서 멀리 떨어진 곳에 있었다.

④ 할아버지는 멀리 보는 것이 중요하다는 가르침을 주셨다.

25. | 불황의 시대, 주머니는 가벼워졌지만 소비 심리는 그대로 |

① 소비 심리가 예전과 같아서 불황이지만 돈을 많이 번다.

② 돈은 없지만 소비 심리가 그대로라서 불황의 시기를 초래했다.

③ 불경기라서 돈은 없지만 사고 싶은 마음까지 없어진 것은 아니다.

④ 경제 상황이 안 좋아서 주머니에 돈이 없으면 심리적으로 위축된다.

26. | 생태계 파괴, 주범은 외래어종 식인 물고기 |

① 외국에서 온 식인 물고기가 생태계 파괴의 원인이다.

② 외국에서 온 물고기가 사람을 해쳐서 생태계가 파괴되었다.

③ 생태계가 파괴된 것은 외국산 물고기를 많이 먹었기 때문이다.

④ 생태계가 파괴된 것은 식인 물고기를 외국으로 수출했기 때문이다.

27. | 일자리 부족, 상상을 초월하는 갖가지 방법 동원해도 허사 |

① 잘못된 방법으로 인해 일자리 부족 문제가 더 심각해졌다.

② 가능한 한 많은 방법을 동원해서 일자리 부족 문제를 해결했다.

③ 온갖 방법을 사용하여 일자리 부족 문제를 해결하려 했으나 실패했다.

④ 상상할 수 없을 만큼 많은 방법으로 일자리 부족 문제를 해결하려고 했다.

※ [28~31] 다음을 읽고 ( )에 들어갈 내용으로 가장 알맞은 것을 고르십시오. (각 2점)

28.

> 우리는 어떤 상점에서 특정 상품을 할인한다는 광고를 보면 많은 돈을 절약할 수 있을 것이라는 생각을 한다. 그러나 쇼핑을 끝냈을 즈음엔 원래 원했던 것보다 훨씬 더 많은 물건을 산 것을 알게 된다. 이것이 '특가품'의 힘이다. 아주 적은 이익만을 남기거나 심지어 손해를 보면서 파는 특가품의 목적은 더 많은 고객을 상점으로 유인해서 (   ) 것이다. 그래서 특가품을 전략적으로 유리한 곳에 배치한다.

① 상품을 싸게 팔려는
② 상점의 이미지를 바꾸려는
③ 다른 상품을 구입하게 하려는
④ 사람들에게 상품을 홍보하려는

29.

> 성인은 보통 1분에 10회에서 15회씩 눈을 깜박거린다. 그런데 아기들은 같은 시간에 한두 번만 눈을 깜박거린다. 아무도 그 이유를 정확히 알지 못한다. 어떤 이들은 아기가 성인보다 눈이 더 작기 때문에 눈 깜박임을 자주 유발하는 먼지나 흙이 눈에 덜 들어가기 때문이라고 말한다. 또 어떤 이들은 아기들은 하루에 15시간씩 자기 때문에 눈이 건조해질 가능성이 적기 때문이라고 말한다. 이유가 무엇이든 (   ) 정상이다.

① 아기가 어른보다 눈이 작은 것은
② 어른이 아기보다 잠을 적게 자는 것은
③ 아기가 어른보다 눈을 덜 깜박이는 것은
④ 어른이 아기보다 눈에 먼지가 더 들어가는 것은

30.

> 행동과 결과 간에 (　　　　) 행동이 학습되는 경우가 있다. 예컨대 스키너가 상자에 일정한 시간 간격으로 먹이를 자동적으로 내려보내도록 장치를 해 놓았을 때, 쥐가 우연히 벽을 기어오르다가 먹이가 내려오는 것과 맞닥뜨린 후, 그다음부터 쥐는 벽을 기어오르는 행동이 학습되고 말았다. 즉, 쥐는 벽을 기어오르면 먹이가 나온다는 확신을 갖게 된 것이다. 이렇게 착각으로 인해 학습이 이루어질 수도 있다.

① 인과 관계로 인해

② 치밀한 계획에 의해

③ 특별한 이유가 있어서

④ 아무런 관련이 없으면서도

31.

> 지도는 인간이 살아가는 공간에 대한 다양한 정보를 담고 있는데, 이들 정보는 당대 사람들의 삶에 의미가 있는 것들이다. 우리는 여러 가지 지도를 통해서 현재를 사는 사람들뿐 아니라 과거에 살았던 사람들, 한 번도 가 보지 못한 곳에서 살아가는 사람들을 만나서 그들의 삶의 모습을 접할 수 있게 된다. 이런 점에서 지도는 (　　　　) 할 수 있다. 우리가 지도를 통해 세상을 이해할 때 지도는 가치 있는 책이 된다.

① 세계를 바라보는 창이라고

② 공간 활용을 위한 도구라고

③ 길을 찾게 해 주는 안내도라고

④ 실생활에 도움이 되지 않는 책이라고

32.

> 우리에게 생소한 '보치아(Boccia)'는 뇌성마비 장애인이나 중증 장애인을 위한 재활 스포츠로, 장애인 올림픽 정식 종목이다. 보치아는 공을 던지거나 굴려서 표적인 하얀 공에 가까이 간 공이 많을수록 이기는 경기다. 겨울 스포츠인 컬링과 비슷하지만 남녀 구분 없이 경기한다는 점이 다르다. 선수 지시에 따라 투구를 돕는 보조원은 선수 쪽만 바라봐야 하고 코트 쪽을 절대 볼 수 없다. 장애 정도에 따라 등급을 나눠 경기가 진행된다.

① 보치아는 겨울 스포츠 컬링의 다른 이름이다.

② 보치아 경기는 아직 사람들에게 잘 알려지지 않았다.

③ 투구 보조원은 코트 쪽의 상황을 선수에게 알려 준다.

④ 보치아는 장애 정도와 상관없이, 남녀 구분 없이 경기를 한다.

33.

> 2008년에 문을 연 바레인 세계 무역 센터는 풍력 발전을 하는 세계 최초의 건축물로 기록되었다. 이 건물에는 50층짜리 건물 두 개 사이로 풍력 발전용 대형 바람개비가 설치돼 있다. 지름 29m의 바람개비 세 개에서 얻는 에너지로 이 건물에서 필요한 전기의 15%까지 공급할 수 있다. 설계자들은 바람이 건물 사이를 통과할 때, 바람의 속도를 높이기 위해 건물을 비행기의 날개처럼 유선형으로 설계했다.

① 바레인 세계 무역 센터는 세계 최초의 친환경 건물이다.

② 바레인 세계 무역 센터는 50층짜리 건물 3개로 구성되어 있다.

③ 바람개비의 날개는 바람의 속도를 높일 수 있는 디자인으로 설계됐다.

④ 바람개비 한 개가 건물에서 필요로 하는 전기의 5%를 공급할 수 있다.

34.

> 같은 개념을 가진 말이라도 긍정적이고 우호적인 의미를 가진 것이 있는가 하면 부정적이고 적대적인 의미를 지닌 것도 있다. '점술가'가 맡은 역할은 점잖아 보이지만, '점쟁이'가 하는 일은 천하게 보인다. '부인'이나 '아내'는 '마누라'보다 더 존중받는다. 앞에서 비교 대상이 된 단어들은 개념적 의미는 같지만 감정적 의미는 완전히 다르다. 사회의 변화에 따라 개념적 의미가 같아도 감정적 의미는 다른 단어들은 계속 생겨날 것이다.

① 개념적 의미가 같으면 감정적 의미도 같기 마련이다.
② 점술가와 부인은 긍정적이고 우호적인 의미를 가진 것이다.
③ 아내와 마누라는 부정적이고 적대적인 의미를 지닌 것이다.
④ 부인과 마누라는 개념적 의미가 다르지만 감정적 의미는 같다.

※ [35~38] 다음 글의 주제로 가장 알맞은 것을 고르십시오. (각 2점)

35.

> 누구에게나 아이디어는 있다. 하지만 누구나 창의적이라는 말을 듣지는 않는다. 실패에 대한 두려움으로 새로운 시도를 망설이기 때문이다. 효율성만 추구해서는 개인과 사회가 발전할 수 없다. 시행착오를 통해 창의적인 결과를 이끌어 내기 위해서는 위험을 감수해야만 한다. 아무리 훌륭한 아이디어가 있어도 실패로 인한 시간 낭비, 돈 낭비, 명예 훼손 등에 대한 공포를 이겨 내고 도전하지 않는다면 우리는 계속 현재에 머물게 될 것이다.

① 실패를 두려워하지 말아야 한다.
② 창의적인 아이디어를 개발해야 한다.
③ 시행착오를 줄여서 실패의 위험을 줄여야 한다.
④ 개인과 사회 발전을 위해 창의력을 키워야 한다.

36.

식품 안전 영양청의 조사 결과에 따르면 한국 국민의 72.6%가 하루 권장량에 미달하는 고기를 먹고 있다고 한다. 특히 소고기와 돼지고기의 경우 19~29세 남성은 하루에 80.8g을 섭취하는 것에 비해 65세 이상 여성은 불과 9.3g만 섭취해서 편차가 매우 큰 것으로 나타났다. 지나친 육류 섭취는 비만 등의 성인병을 유발하지만, 나이와 성별에 따른 적정량에 미달해도 건강 유지와 일상생활 수행에 지장을 초래할 수 있다.

① 노인 중에 여성이 육류 섭취를 더 많이 해야 한다.
② 지나친 육류 섭취는 성인병을 유발하므로 피해야 한다.
③ 한국 국민의 육류 섭취량은 하루 권장량에 미치지 못한다.
④ 건강 유지와 일상생활을 위해 권장량의 육류 섭취가 필요하다.

37.

타인이 창작한 글, 그림, 음악, 사진 등의 저작물을 원작자의 허락 없이 몰래 가져다가 자신의 것처럼 발표하거나 쓰는 행위를 '표절'이라고 한다. 표절 행위는 대중 매체와 인쇄 문화의 발달로 인하여 문학 작품뿐만 아니라 방송 드라마, 광고, 대중가요 등에서도 광범위하게 행해지고 있다. 하지만 표절은 불법 행위이다. 다른 사람의 저작권을 침해하기 때문에 저작권법 등에 의한 처벌을 받게 된다.

① 문학 작품의 글을 허락 없이 사용하면 안 된다.
② 대중 매체와 인쇄 문화 발달로 표절이 확산되고 있다.
③ 다른 사람의 저작권을 침해할 경우 법적인 처벌을 받는다.
④ 다른 사람의 저작권을 침해하는 행위는 어쩔 수 없는 일이다.

38.

> 모기에 물리지 않기 위해서는 모기가 집에 들어오지 않도록 하는 것이 제일 중요하다. 모기는 작은 틈만 있어도 몸을 오므려 비집고 들어온다. 따라서 집 안 창문 등에 설치한 방충망에 구멍이 있는지 미리 확인해야 한다. 또한 싱크대, 하수구 등을 타고 올라오기도 하기 때문에 저녁에는 뚜껑을 덮어 둬야 한다. 출입문에 붙어 있다가 사람이 문을 열면 그 사이에 들어오기도 하므로 모기약을 출입문 주변에 미리 뿌려 두는 것도 도움이 된다.

① 모기에 안 물리려면 방충망을 꼭 설치해야 한다.

② 모기에 물리지 않으려면 모기의 유입을 차단해야 한다.

③ 모기에 물리지 않기 위해서는 모기약을 많이 뿌려 둬야 한다.

④ 모기에 물리지 않도록 싱크대와 하수구의 뚜껑을 닫아야 한다.

※ [39~41] 다음 글에서 〈보기〉의 문장이 들어가기에 가장 알맞은 곳을 고르십시오. (각 2점)

39.

> 운동을 할 때, 언제 물을 마시는 것이 좋을까? 운동 전에는 물을 마실 필요가 없다고 생각하는 사람들이 많다. (㉠) 하지만 탈수증을 예방하기 위해서는 운동 30분 전에 물을 마셔 두는 것이 좋다. (㉡) 또한 격렬한 운동을 하고 나면 땀을 통해 많은 양의 수분이 배출되므로 운동 후에 반드시 수분을 보충해야 한다. (㉢) 운동 중에도 마찬가지다. (㉣) 운동 중이라고 갈증을 참지 말고 물을 마셔 가면서 운동을 해야 한다.

────────〈보 기〉────────

> 200cc 이상의 물을 미리 마셔 두면 운동 중 발생하는 두통도 방지할 수 있다.

① ㉠　　　　② ㉡　　　　③ ㉢　　　　④ ㉣

40.

슈트라우스가 작곡한 '체르비네타의 노래'는 최고음으로 쉬지 않고 불러야 하는 고난도 곡으로 유명하다. (㉠) 당시 슈트라우스는 인간이 이 곡을 부르는 것이 불가능하다고 판단해서 악보의 일부를 수정했다. (㉡) 수정이 되었음에도 불구하고 부를 수 있는 성악가가 그리 많지 않았다. (㉢) 세계에서 가장 어려운 곡으로 정평이 나 있는 곡을 원본으로 부르는 조수미의 등장에 음악가들은 비평을 넘어선 존재라는 평을 남겼다. (㉣)

───────〈보　기〉───────

그러나 1994년 전 세계가 경악할 만한 사건이 프랑스에서 발생하였다.

① ㉠　　　　　② ㉡　　　　　③ ㉢　　　　　④ ㉣

41.

어떻게 파일이나 CD 안에 수십만 장이 넘는 화면이 들어갈 수 있을까? 이는 컴퓨터에서 동영상을 본 사람은 누구나 궁금해했을 질문이다. (㉠) 동영상은 연속적인 화면의 모음이므로 모든 화면을 다 저장한다면 데이터의 양이 무척 클 것이다. (㉡) 따라서 막대한 크기의 동영상 데이터에서 필요한 정보만 남김으로써 데이터의 양을 수백분의 일까지 줄이는 기술이 필요하다. (㉢) 이러한 기술을 동영상 압축이라고 한다. (㉣)

───────〈보　기〉───────

동영상 압축에서는 일반적으로 화면 간 중복, 화소 간 중복, 통계적 중복 등을 이용한다.

① ㉠　　　　　② ㉡　　　　　③ ㉢　　　　　④ ㉣

반 년간 신문에 장편소설을 연재하여 원고료로 꽤 많은 돈을 받기로 했다. 그 원고료를 받기 전에 나는 며칠 동안 잠을 못 이루고 그 돈으로 무엇을 할까 하고 생각하고 또 생각하였다. 집 안의 가구를 모두 바꾸어 보기도 하고 멋있는 옷과 장신구로 나를 치장해 보기도 했다. 드디어 원고료가 내 손에 쥐어졌다. 나는 어쩔 줄을 모르며 기뻐했다. 그날 밤 나는 남편의 말을 들어 보기 위해 "이 돈으로 뭘 하면 좋을까?" 이렇게 물었다.

"글쎄……. 당신도 내 친구 형식이 알지? 사정이 딱하던데……. 딸이 많이 아파서 수술을 해야 하는데 수술비가 없어서 못 시켰다고 하더라고."

나는 뜻밖의 말에 순간 멍해졌다가 가슴에서 뜨거운 불길이 치솟는 걸 느꼈다. 결혼할 때 남들이 다 하는 결혼반지 하나 못 사 주었으면서 그런 것은 생각에도 없는 모양이었다. 나는 아무 말도 없이 외투를 들고 나와서 매서운 바람결에 눈이 씽씽 날리는 거리를 끝없이 걸었다. 처음에는 내가 힘들게 번 돈을 남에게 주자는 남편이 미워서 가슴이 터질 듯했는데 시간이 지날수록 자꾸만 형식 씨의 어린 딸 얼굴이 눈앞에 아른거렸다.

강경애 〈원고료 이백 원〉

42. 밑줄 친 부분에 나타난 나의 심정으로 알맞은 것을 고르십시오.

① 괘씸하다   ② 서먹하다

③ 안쓰럽다   ④ 흐뭇하다

43. 이 글의 내용과 같은 것을 고르십시오.

① 남편은 원고료로 친구를 도와주었다.

② 남편은 신문에 6개월 동안 글을 썼다.

③ 나는 원고료를 받아서 가구를 바꾸고 옷을 샀다.

④ 나는 결혼할 때 남편에게 결혼반지를 못 받았다.

※ [44~45] 다음을 읽고 물음에 답하십시오. (각 2점)

한국에서 결혼은 개인 대 개인의 만남이 아니라, 집안 대 집안의 만남으로 여겨진다. 이 때문에 특히 경제적으로 독립할 준비가 안 된 20대에 결혼하는 신혼부부는 결혼 비용을 부모에게 의지하게 되고, 자연스럽게 '남편은 집, 아내는 혼수'라는 옛 가치관에 맞춰 결혼을 준비하게 된다. 하지만 최근 여성의 사회 진출과 (   ) 등으로 인해 집값을 반반 부담하는 신혼부부들이 늘고 있다. 한국처럼 집값이 비싼 나라에서 주택 비용을 한 사람이 책임지는 것은 무척 부담스러운 일이다. 집값뿐만 아니라 모든 결혼 비용에 있어서 남자와 여자의 구분은 필요하지 않다. 서로의 상황에 맞게 조정해 나가는 것이 필요하다.

44. 이 글의 주제로 알맞은 것을 고르십시오.

① 상황에 맞춰 결혼 비용을 부담하는 것이 좋다.

② 결혼할 때 집은 남자가, 혼수는 여자가 준비해야 한다.

③ 주택 비용은 경제적 능력이 있는 사람이 부담해야 한다.

④ 결혼 비용을 부모에게 의지하는 신혼부부들이 늘고 있다.

45. (   )에 들어갈 내용으로 알맞은 것을 고르십시오.

① 전통적인 결혼관 고수

② 결혼에 대한 오해와 편견

③ 결혼에 대한 가치관의 변화

④ 여성들이 갖고 있는 결혼에 대한 환상

장기 불황으로 취업, 결혼, 출산을 포기하는 젊은 세대의 경제적 환경이 1인 가구의 급증을 야기한다는 설문 조사 결과가 나왔다. (㉠) 설문 조사 결과에 따르면 1인 가구 증가 현상은 손댈 수 없을 정도로 빠르게 진행되고 있다고 한다. 1인 가구 급증 현상은 노인 문제, 청년 실업 문제, 출산, 육아, 교육 문제 등 오래된 사회 문제를 정책적으로 해소하지 못한 데에 따른 필연적인 결과이다. (㉡) 특히 각종 세제, 복지, 주거 정책 등이 모두 4인 가구를 중심으로 설계돼 있어 1인 가구가 상대적으로 소외되고 있다. (㉢) 1인 가구가 느끼는 심리적, 경제적 불안감도 큰 문제이다. (㉣) 1인 가구에 대한 사회적 기반과 인식이 개선되어야 한다.

46. 다음 문장이 들어가기에 가장 알맞은 곳을 고르십시오.

1인 가구로 생활하는 데는 많은 어려움이 따른다.

① ㉠ ② ㉡ ③ ㉢ ④ ㉣

47. 이 글의 내용과 같은 것을 고르십시오.

① 1인 가구를 위한 복지, 주거 정책이 제정되어 있다.
② 1인 가구의 급증은 노인 문제, 청년 실업 문제를 심화시킨다.
③ 경제적 이유로 취업, 결혼, 출산을 포기하는 사람이 늘고 있다.
④ 빈곤과 심리적 불안감 때문에 결혼하는 사람들이 증가하고 있다.

명예는 한 개인의 인간적, 사회적 가치에 대한 사회적 평가를 의미한다. 최근 인터넷의 발달로 자유롭게 인터넷을 이용할 수 있게 되면서 인터넷상에서 타인의 명예를 훼손하는 것이 문제가 되고 있다. 인터넷 명예 훼손은 사람을 비방할 목적으로 정보 통신망을 통하여 (   ) 타인의 명예를 훼손하는 행위를 말한다. 인터넷 명예 훼손의 조건으로는, 먼저 사람을 비방할 목적이 있었다는 증거가 있어야 한다. 또한 타인의 인격에 대한 사회적 가치나 평가가 침해될 가능성이 있을 정도로 구체적이어야 한다. 따라서 인터넷상에서 한 사람의 사회적 가치에 대한 외부적 평가를 훼손시키는 행위가 바로 인터넷 명예 훼손죄에 해당하는 것이다. 인터넷상에서 자유롭게 의사 표현을 하는 것은 좋지만 타인의 명예를 훼손하는 일은 없어야 한다.

48. 필자가 이 글을 쓴 목적을 고르십시오.

① 인터넷 명예 훼손의 조건에 대해 알려 주기 위해서

② 인터넷 명예 훼손에 대한 경각심을 일깨우기 위해서

③ 인터넷 명예 훼손으로 인한 피해 사례를 제시하기 위해서

④ 인터넷 명예 훼손과 기존의 명예 훼손의 차이점을 설명하기 위해서

49. (   )에 들어갈 내용으로 알맞은 것을 고르십시오.

① 공공연하게 사실이나 거짓을 드러냄으로써

② 인터넷에 다른 사람의 개인 정보를 올림으로써

③ 인터넷을 통해 다른 사람의 행적을 알림으로써

④ 다른 사람의 소문을 가족이나 친구에게 말함으로써

50. 밑줄 친 부분에 나타난 필자의 태도로 알맞은 것을 고르십시오.

① 인터넷 명예 훼손의 실태를 고발한다.

② 인터넷 명예 훼손의 처벌 기준을 요구한다.

③ 인터넷 명예 훼손의 위험성에 대해 강조한다.

④ 인터넷 명예 훼손의 피해 대책 마련을 촉구한다.

제 5 회 | 실전 모의고사

New TOPIK 新韓檢實戰全真模擬試題 第5回

TOPIK II

1교시	듣기, 쓰기

수험번호 (Registration No.)		
이 름 (Name)	한국어 (Korean)	
	영 어 (English)	

주 의 사 항
Information

1. 시험 시작 지시가 있을 때까지 문제를 풀지 마십시오.

   Do not open the booklet until you are allowed to start.

2. 수험번호와 이름을 정확하게 적어 주십시오.

   Write your name and registration number on the answer sheet.

3. 답안지를 구기거나 훼손하지 마십시오.

   Do not fold the answer sheet; keep it clean.

4. 답안지의 이름, 수험번호 및 정답의 기입은 배부된 펜을 사용하여 주십시오.

   Use the given pen only.

5. 정답은 답안지에 정확하게 표시하여 주십시오.

   Mark your answer accurately and clearly on the answer sheet.

   marking example | ① ● ③ ④

6. 문제를 읽을 때에는 소리가 나지 않도록 하십시오.

   Keep quiet while answering the questions.

7. 질문이 있을 때에는 손을 들고 감독관이 올 때까지 기다려 주십시오.

   When you have any questions, please raise your hand.

TOPIK Ⅱ 듣기 (1번 ~ 50번)

※ [1~3] 다음을 듣고 알맞은 그림을 고르십시오. (각 2점)　　🔊 *Track 081*

1.　① 　②

③ 　④

2.　① 　②

③ 　④

3. ① 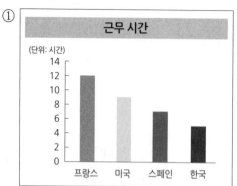 ②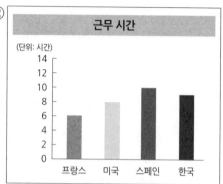

③ 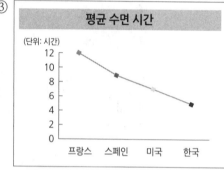 ④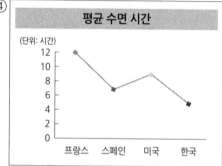

※ [4~8] 다음 대화를 잘 듣고 이어질 수 있는 말을 고르십시오. (각 2점) ◀ Track 082

4. ① 다음에는 꼭 같이 볼게요.

    ② 안 그래도 또 보려고 했어요.

    ③ 공연이 정말 훌륭했을 거예요.

    ④ 부모님도 정말 좋아하실 거예요.

5. ① 미리 정했으면 좋았을 거야.

    ② 역시 외국으로 갈 걸 그랬어.

    ③ 벌써 국내로 간다고 말씀드렸어.

    ④ 기차 여행도 나쁘지 않은 것 같은데.

6. ① 같이 가서 정말 좋았어요.

   ② 꼭 같이 갈 수 있을 거예요.

   ③ 이름이 있는지 확인해 볼게요.

   ④ 주말에는 많이 바쁠 것 같아요.

7. ① 벌써 다 팔렸더라고요.

   ② 간편해졌으면 좋겠어요.

   ③ 저도 빨리 먹어 보고 싶어요.

   ④ 한번 주스로 만들어 봐야겠어요.

8. ① 예정보다 시간이 늦어요.

   ② 낮잠을 잤더니 훨씬 좋았어요.

   ③ 그래도 있으면 좋을 것 같아요.

   ④ 퇴근 시간이 더 빠르면 좋겠어요.

※ [9~12] 다음 대화를 잘 듣고 여자가 이어서 할 행동으로 알맞은 것을 고르십시오. (각 2점)

◀≀ *Track 083*

9. ① 파는 물건에 대한 정보를 쓴다.

   ② 홈페이지에서 상인 등록을 한다.

   ③ 인터넷 장터에 물건을 등록한다.

   ④ 장터에서 팔 물건 사진을 찍는다.

10. ① 마케팅 팀과 회의 날짜를 정한다.

    ② 설문조사 내용을 기획안에 넣는다.

    ③ 인터넷에서 아르바이트생을 구한다.

    ④ 마케팅 팀과 기획안 회의를 진행한다.

11. ① 걸레를 빨아 온다.

    ② 바닥의 먼지를 닦는다.

    ③ 빗자루로 바닥을 쓴다.

    ④ 남자와 책장을 옮긴다.

12. ① 회의 시간을 부원들에게 알린다.

    ② 회의를 위해 회의실 예약을 한다.

    ③ 부원들에게 문자 메시지를 보낸다.

    ④ 남자에게 명단을 메일로 보내 준다.

※ [13~16] 다음을 듣고 내용과 일치하는 것을 고르십시오. (각 2점) ◀ Track 084

13. ① 이 식당은 대학생들이 많이 찾는다.

    ② 남자는 음식의 맛에 만족하고 있다.

    ③ 남자는 식당에서 아르바이트를 했다.

    ④ 최근에 식당 주인이 여러 번 바뀌었다.

14. ① 백화점 안내 데스크에서 지갑을 보관하고 있다.

    ② 빨간색 지갑을 잃어버린 곳은 여자 화장실이다.

    ③ 지갑을 분실한 사람은 안내 데스크에 알려야 한다.

    ④ 지갑을 주운 사람은 고객 센터로 가져다줘야 한다.

15. ① 사진전은 작가의 고향에서 열린다.

    ② 작가는 예전에 형과 함께 활동했다.

    ③ 사진에는 여러 외국인들이 등장한다.

    ④ 작가는 그동안 사진전을 연 적이 없다.

16. ① 남자는 매일매일 운동을 하는 편이다.

　② 남자가 직접 천연 팩을 만들어서 사용한다.

　③ 남자는 여자의 얼굴보다 열 살 어려 보인다.

　④ 남자는 부정적인 생각을 안 하려고 노력한다.

※　[17~20] 다음을 듣고 남자의 중심 생각을 고르십시오. (각 2점)　◀ᴇ Track 085

17. ① 전공대로 취업을 하는 것은 좋지 않다.

　② 졸업 후에 바로 취업을 하는 건 안 좋다.

　③ 취업할 때에는 여러 가지 자격이 필요하다.

　④ 취업하기 전에 다양한 경험을 쌓아야 한다.

18. ① 상품의 유통기한을 먼저 확인하는 것이 좋다.

　② 좋은 쇼핑 습관으로 합리적인 쇼핑을 할 수 있다.

　③ 쇼핑 시간이 길수록 합리적인 쇼핑을 할 수 있다.

　④ 쇼핑할 때 유통기한을 확인하면 시간이 오래 걸린다.

19. ① 금요일에는 회식을 하지 않는 게 좋다.

　② 금요일에 회식을 하면 주말에 피곤하다.

　③ 동료들과 이야기를 하기 위해 회식이 필요하다.

　④ 회식을 통해 동료들과 편하게 이야기할 수 있다.

20. ① 요즘 음식들은 자극적인 음식이 많다.

　② 하루에 한 번은 건강한 빵을 먹어야 한다.

　③ 다이어트를 할 때에는 싱거운 빵을 먹어야 한다.

　④ 빵을 만들 때는 건강을 가장 중요하게 생각한다.

※ [21~22] 다음을 듣고 물음에 답하십시오. (각 2점)

Track 086

21. 남자의 중심 생각으로 맞는 것을 고르십시오.

① 방송에 나와서 거짓말을 하면 안 된다.

② 맛없는 식당은 방송에 나오면 안 된다.

③ 방송의 내용을 모두 신뢰해서는 안 된다.

④ 거짓말을 해 달라고 부탁을 하면 안 된다.

22. 들은 내용으로 맞는 것을 고르십시오.

① 여자는 식당의 음식 맛에 실망했다.

② 이 식당은 유명해져서 방송에 나왔다.

③ 방송에 나오는 음식점은 대부분 맛이 없다.

④ 남자는 과거에 방송에 출연해 본 적이 있다.

※ [23~24] 다음을 듣고 물음에 답하십시오. (각 2점)

Track 087

23. 남자는 무엇을 하고 있는지 고르십시오.

① 환불 방법에 대해 알려 주고 있다.

② 환불 규정에 대해서 소개하고 있다.

③ 환불이 안 되는 이유를 설명하고 있다.

④ 여자가 구매한 제품을 환불해 주고 있다.

24. 들은 내용으로 맞는 것을 고르십시오.

① 유리컵은 어제만 판매하는 상품이다.

② 여자는 환불에 대해서 들은 적이 없다.

③ 여자는 영수증이 없어서 환불할 수 없다.

④ 여자는 환불 대신 물건을 교환하기로 했다.

25.　남자의 중심 생각으로 맞는 것을 고르십시오.

① 해외 직구는 배송료를 더 지불하지만 싼 편이다.

② 해외 직구는 문제점이 있지만 가격 경쟁력이 크다.

③ 소비자는 배송 기간 때문에 해외 직구를 선택한다.

④ 소비자들은 해외 사이트에서 주문하는 것을 좋아한다.

26.　들은 내용으로 맞는 것을 고르십시오.

① 해외 사이트는 외국어로만 안내되어 있다.

② 해외 직구를 하는 사람들이 감소하고 있다.

③ 해외 사이트와 국내 사이트의 배송료가 같다.

④ 해외 직구는 가격에 비해 품질이 좋은 편이다.

27.　여자가 남자에게 말하는 의도를 고르십시오.

① 피아노를 계속 배울 것을 권유하기 위해서

② 피아노를 배우는 태도에 대해서 지적하기 위해서

③ 피아노를 배우는 것의 중요성을 강조하기 위해서

④ 피아노를 배울 때의 어려운 점을 알려 주기 위해서

28.　들은 내용으로 맞는 것을 고르십시오.

① 남자는 피아노를 배우는 것이 싫어졌다.

② 여자는 예전에 악기를 배워 본 적이 있다.

③ 남자는 어릴 때 피아노를 배워 본 적이 있다.

④ 여자는 시간이 없어서 피아노를 배울 수 없다.

[29~30] 다음을 듣고 물음에 답하십시오. (각 2점)   ◀⟨ *Track 090*

29. 남자는 누구인지 고르십시오.

　① 의사

　② 보건소 직원

　③ 기상청 관계자

　④ 지구과학 연구원

30. 들은 내용으로 맞는 것을 고르십시오.

　① 폭염 때는 외출을 할 수 없다.

　② 음식은 냉장고에 오래 보관해야 한다.

　③ 폭염이 지나고 비가 많이 내릴 것이다.

　④ 폭염 때는 땀을 많이 흘리지 않게 해야 한다.

※ **[31~32] 다음을 듣고 물음에 답하십시오. (각 2점)**   ◀⟨ *Track 091*

31. 남자의 생각으로 맞는 것을 고르십시오.

　① 또래 집단은 동질성을 중요하게 여긴다.

　② 교복을 입으면 생기는 장점도 많이 있다.

　③ 학생들은 교복이 아닌 똑같은 옷을 입어야 한다.

　④ 학교에서는 학생들에게 교복을 강요하면 안 된다.

32. 남자의 태도로 맞는 것을 고르십시오.

　① 비교를 통해 상대방의 의견을 반박하고 있다.

　② 자신의 주장과 다른 점을 찾아 해명하고 있다.

　③ 객관적인 자료를 제시하며 주장을 펼치고 있다.

　④ 상대방의 의견을 존중하면서 자신의 의견을 주장하고 있다.

33. 무엇에 대한 내용인지 맞는 것을 고르십시오.

    ① 노력의 중요성

    ② 역대 대통령들의 평가

    ③ 경력과 성공의 상관관계

    ④ 훌륭한 대통령이 되는 방법

34. 들은 내용으로 맞는 것을 고르십시오.

    ① 주어진 환경이 성공을 좌우하는 편이다.

    ② 현재에 머물지 말고 미래를 위해서 노력해야 한다.

    ③ 미국 대통령들은 모두 불우한 어린 시절을 보냈다.

    ④ 대통령들은 아르바이트를 했기 때문에 성공을 했다.

※   [35~36] 다음을 듣고 물음에 답하십시오. (각 2점)   ◀ Track 093

35. 여자는 무엇을 하고 있는지 고르십시오.

    ① 겨울철 기온에 대해 안내하고 있다.

    ② 주말의 기상 상황에 대해 설명하고 있다.

    ③ 국립기상센터의 필요성을 강조하고 있다.

    ④ 봄이 언제 오는지 날씨를 통해 예측하고 있다.

36. 들은 내용으로 맞는 것을 고르십시오.

    ① 봄은 보름이 지나도 오지 않을 것이다.

    ② 예년 이맘때 주말 날씨는 덥지 않았다.

    ③ 다음 주 초에도 여전히 날씨가 더울 것이다.

    ④ 다음 주말 외출 시 옷을 가볍게 입어야 한다.

※ [37~38] 다음은 교양 프로그램입니다. 잘 듣고 물음에 답하십시오. (각 2점)

◀: *Track 094*

37. 남자의 중심 생각을 고르십시오.

　① 축구 경기에서는 관중의 함성이 필요 없다.

　② 축구 경기에서 심판의 판정은 공정해야 한다.

　③ 축구 경기에서 관중들이 크게 응원을 해야 한다.

　④ 열정적인 관중의 응원이 심판의 판정에 영향을 준다.

38. 들은 내용과 일치하는 것을 고르십시오.

　① 심판은 축구 경기에서 12번째 선수라고 불린다.

　② 박사는 선수로서는 성공했지만 연구자로는 실패했다.

　③ 응원을 들은 심판들은 반칙으로 판단하는 정도가 낮았다.

　④ 시험을 통해 선발되지 못한 심판들은 불공정한 심판을 한다.

※ [39~40] 다음은 대담입니다. 잘 듣고 물음에 답하십시오. (각 2점) ◀: *Track 095*

39. 이 대화 앞의 내용으로 알맞은 것을 고르십시오.

　① 사회적으로 어린이들 권리 침해가 심각하다.

　② 어린이집의 감시 카메라 설치가 의무화되고 있다.

　③ 어린이집의 감시 카메라 설치는 자율적으로 결정된다.

　④ 감시 카메라 설치 의무 대상을 모든 어린이집으로 확대하고 있다.

40. 들은 내용과 일치하는 것을 고르십시오.

　① 어린이들은 위험할 때 자기의 의사를 잘 표현한다.

　② 현재 모든 어린이집에 감시 카메라가 설치되어 있다.

　③ 현재 어린이를 법적으로 보호할 수 있는 법안이 부족하다.

　④ 과잉 체벌 사건이 일어난 어린이집에 감시 카메라가 있었다.

41. 들은 내용과 일치하는 것을 고르십시오.

① 인간을 제외한 모든 동물은 애착을 갖고 있지 않다.

② 살아 있는 어미 원숭이 두 마리를 가지고 실험을 했다.

③ 아기 원숭이는 우유병을 달고 있는 모형에 애착을 많이 느꼈다.

④ 아기 원숭이는 대부분 부드러운 천으로 만든 어미 원숭이에게 안겨 있었다.

42. 남자의 중심 생각으로 맞는 것을 고르십시오.

① 동물도 사람과 마찬가지로 애착을 가진다.

② 동물들은 사람들의 생각과 정반대로 행동한다.

③ 원숭이들은 따뜻하고 부드러운 천을 선호한다.

④ 동물은 본능에 의한 생존 법칙대로 사는 존재이다.

※ [43~44] 다음은 다큐멘터리입니다. 잘 듣고 물음에 답하십시오. (각 2점)

◀€ *Track 097*

43. 여름에 잠을 못 자는 가장 큰 이유로 맞는 것을 고르십시오.

① 정신적 스트레스가 심해지기 때문에

② 열을 체외로 내보내며 체온이 떨어지기 때문에

③ 사람들이 숙면의 원인을 파악하지 못하기 때문에

④ 외부의 온도가 높아지면서 체온이 떨어지지 않기 때문에

44. 이 이야기의 중심 내용으로 맞는 것을 고르십시오.

① 불면증을 종류별로 나눠 분석해야 한다.

② 사람의 몸에 맞는 적절한 온도를 찾아야 한다.

③ 여름에 발생하는 불면증의 원인을 알고 대비해야 한다.

④ 자기에게 맞는 숙면을 취할 수 있는 방법을 알아야 한다.

[45~46] 다음은 강연입니다. 잘 듣고 물음에 답하십시오. (각 2점) ◀ *Track 098*

45. 들은 내용과 일치하는 것을 고르십시오.

① 화재경보기의 발명은 과학의 결실 중 하나이다.

② 시계와 달력은 현대 생활에서 중요도가 낮아졌다.

③ 인공위성으로 인해 깨끗한 물을 마실 수 있게 됐다.

④ 단열재는 여름에 열이 밖으로 전달되는 것을 막는다.

46. 남자의 태도로 가장 알맞은 것을 고르십시오.

① 우주 과학의 이론을 논리적으로 분석하고 있다.

② 우주 과학 기술 발달의 무분별함을 비판하고 있다.

③ 지구 온난화 문제의 해결책으로 우주 과학을 제시하고 있다.

④ 우주 과학을 활용한 발명을 사례로 들며 중요성을 설명하고 있다.

※ [47~48] 다음은 대담입니다. 잘 듣고 물음에 답하십시오. (각 2점) ◀ *Track 099*

47. 들은 내용과 일치하는 것을 고르십시오.

① 로봇 코는 약 1만 가지의 냄새를 가려낼 수 있다.

② 로봇 코는 냄새의 강도를 숫자로 나타낼 수 있다.

③ 로봇 코는 유독 가스 노출 사고 현장에 투입되었다.

④ 로봇 코는 사람보다 더 많은 냄새를 구별할 수 있다.

48. 여자의 태도로 가장 알맞은 것을 고르십시오.

① 차세대 로봇 코 기술 개발을 지지하고 있다.

② 로봇이 인간의 노동을 대체하길 기대하고 있다.

③ 사람과 로봇의 코를 비교하며 전문가들의 의견에 반박하고 있다.

④ 로봇이 다양한 냄새를 구별하지 못하는 현재 기술력에 실망하고 있다.

49.　들은 내용과 일치하는 것을 고르십시오.

①　모유 수유 기간이 길수록 비만의 비율이 낮다.

②　6세 이하의 비만율은 2006년보다 현저히 줄었다.

③　전문가들은 영유아의 비만 원인을 모유 수유라고 주장한다.

④　생후 1개월이 된 영아의 비만율은 여아가 남아보다 더 높다.

50.　여자의 태도로 가장 알맞은 것을 고르십시오.

①　영유아의 분유 수유에 대해 월별로 세분하여 제시하고 있다.

②　영유아의 비만에 대해 정부 당국의 무능함을 비판하고 있다.

③　영유아의 비만에 대한 소아과 협회의 대비책을 강구하고 있다.

④　조사 자료를 근거로 영유아의 비만에 대한 원인을 분석하고 있다.

TOPIK II 쓰기(51번~54번)

※ [51~52] 다음을 읽고 ㉠과 ㉡에 들어갈 말을 각각 한 문장으로 쓰십시오. (각 10점)

51.

실험에 참여할 학생을 모집합니다

한국대학교 연구실에서는 얼굴의 움직임과 손의 움직임의 관계에 대해 연구하고 있습니다.

- **실험 참여 대상:** 18세 이상 30세 미만의 건강한 남자, 여자
- **실험 참여 일시:** 8월 10일~8월 20일,
  참여자와 상의하여 하루 선택(2~3시간 정도 걸림)
- **실험 장소:** 한국대학교 실험관 612호

실험에 참여할 학생들은 (㉠). 얼굴과 손의 움직임을 관찰해야 하기 때문에 사진이 필요합니다. 실험 보수는 4만 원이며, 실험을 모두 마친 후에 바로 계좌로 지급해 드립니다. 실험 보수 지급을 위해 (㉡). 서류를 꼭 가지고 오십시오.

문의: 02-4321-5678, e-mail: face@hankuk.ac.kr

52.

자원봉사는 개인적 측면에서 볼 때 남에게 인정받고 자아를 실현하고자 하는 인간적 욕구를 충족시킨다. 이는 자신이 가진 지식과 기술을 활용함으로써 (㉠). 또한 사회적인 측면에서는 시민 의식을 성숙시킬 뿐만 아니라 우수한 인적 자원을 활용해 사회를 발전할 수 있도록 한다. 그러므로 자원봉사는 (㉡).

53. 다음은 30~50대 남성 500명을 대상으로 시간을 활용하는 방법에 대해 조사한 것
입니다. 표를 보고 연령대별로 시간을 활용하는 방법이 어떻게 다른지에 대해 설
명하는 글을 200~300자로 쓰십시오. (30점)

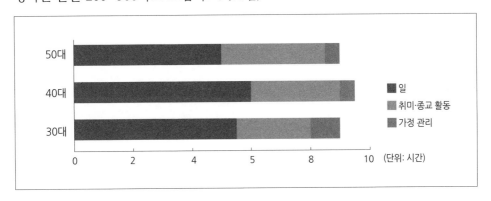

54. 다음을 주제로 하여 자신의 생각을 600~700자로 글을 쓰십시오. (50점)

> 다른 사람이 창작한 글, 영화, 음악, 디자인 등의 일부나 전부를 원작자의
> 동의 없이 임의로 사용하는 것을 표절이라고 합니다. 최근 학문이나 예술 등
> 거의 모든 분야에서 표절 논란이 끊임없이 발생하고 있습니다. 표절의 원인
> 과 표절로 인한 문제점은 무엇이라고 생각합니까? 또한 이러한 표절 문제 해
> 결을 위해 어떤 노력이 필요한지에 대해 자신의 생각을 쓰십시오.

* 원고지 쓰기의 예

	머	리	는		언	제		감	는		것	이		좋	을	까	?		사
람	들	은		보	통		아	침	에		머	리	를		감	는	다	.		그

제1교시 듣기, 쓰기 시험이 끝났습니다. 제2교시는 읽기 시험입니다.

제 5 회 | 실전 모의고사

New TOPIK 新韓檢實戰全真模擬試題 第5回

TOPIK II

2교시	읽기

주 의 사 항
Information

1. 시험 시작 지시가 있을 때까지 문제를 풀지 마십시오.

   Do not open the booklet until you are allowed to start.

2. 수험번호와 이름을 정확하게 적어 주십시오.

   Write your name and registration number on the answer sheet.

3. 답안지를 구기거나 훼손하지 마십시오.

   Do not fold the answer sheet; keep it clean.

4. 답안지의 이름, 수험번호 및 정답의 기입은 배부된 펜을 사용하여 주십시오.

   Use the given pen only.

5. 정답은 답안지에 정확하게 표시하여 주십시오.

   Mark your answer accurately and clearly on the answer sheet.

   marking example ① ● ③ ④

6. 문제를 읽을 때에는 소리가 나지 않도록 하십시오.

   Keep quiet while answering the questions.

7. 질문이 있을 때에는 손을 들고 감독관이 올 때까지 기다려 주십시오.

   When you have any questions, please raise your hand.

TOPIK II 읽기 (1번~50번)

※ [1~2] ( )에 들어갈 가장 알맞은 것을 고르십시오. (각 2점)

1. 노인 취업에 대한 설문 조사에서 건강이 ( ) 계속 일하고 싶다는 응답이 절반을 넘었다.

　① 허락하길래　　　　　　　　　② 허락하는 한
　③ 허락할지라도　　　　　　　　　④ 허락한다고 해도

2. 선영이는 미아에게 "미아 씨, 왜 이렇게 늦었어요? 제가 미아 씨한테 1시에 시작한다고 ( )." 하고 화를 냈다.

　① 했거든요　　　　　　　　　　② 했다니요
　③ 했더군요　　　　　　　　　　④ 했잖아요

※ [3~4] 다음 밑줄 친 부분과 의미가 비슷한 것을 고르십시오. (각 2점)

3. 이 아파트는 전망도 <u>좋거니와</u> 교통도 편리해서 인기가 많다.

　① 좋은데도　　　　　　　　　　② 좋은 만큼
　③ 좋은 체하고　　　　　　　　　④ 좋을 뿐만 아니라

4. 전공과목을 선택할 때 깊이 생각해 보고 잘 <u>선택할 걸 그랬다.</u>

　① 선택한 듯하다　　　　　　　　② 선택했어야 했다
　③ 선택한 셈 쳤다　　　　　　　　④ 선택했다고 본다

※ [5~8] 다음은 무엇에 대한 글인지 고르십시오. (각 2점)

5.

자외선 차단 지수 최고
두 시간에 한 번씩 발라 주세요~

① 연고　　　　② 향수　　　　③ 화장품　　　　④ 그림 물감

6.

실화를 바탕으로 한 화제의 원작
원작을 넘어섰다는 평론가들의 극찬
지금 스크린에서 확인하세요.

① 도서　　　　② 연극　　　　③ 영화　　　　④ 드라마

7.

기대 수명은 빠르게 증가
은퇴는 선진국보다 7~8년 빨라

① 노후 준비　　　② 진학 준비　　　③ 취업 준비　　　④ 양육 준비

8.

제품 구입 후 일주일 안에 가능합니다.
상표를 제거한 후에는 불가능합니다.

① 구입 방법　　　② 교환 안내　　　③ 반품 사유　　　④ 제품 문의

※ [9~12] 다음 글 또는 도표의 내용과 같은 것을 고르십시오. (각 2점)

9.

> ## 제1회 서울시 아기 사진 공모전
>
> ■ **응모 대상**: 아기를 키우고 있는 서울 시민(연령 제한 없음)
> ■ **응모 기간**: 2017년 9월 1일 ~ 2017년 9월 30일
> ■ **응모 방법**: 이메일 접수(edepal1026@saver.com)
>   ※ 돌 미만의 아기 사진 / 1인 1매 접수
> ■ **발표 및 시상**: 2017년 10월 5일 오전 10시 ~ 오후 5시
>   광화문 광장에서 시민의 스티커 투표 진행
>   행사 직후 현장에서 발표 및 시상

① 돌이 지난 아기의 사진을 응모하면 된다.

② 마음에 드는 아기 사진을 시민이 직접 뽑는다.

③ 공모전에 선발된 사람은 행사 후 홈페이지에 발표한다.

④ 서울 시민이면 연령에 관계없이 누구나 응모가 가능하다.

10.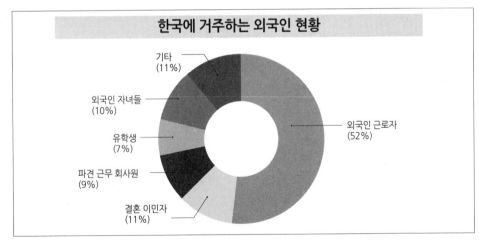

① 외국인 근로자가 절반 이하를 차지하고 있다.

② 결혼 이민자 수와 기타 외국인의 수가 다르다.

③ 한국에 살고 있는 외국인 유학생이 외국인 자녀들보다 많다.

④ 외국인 근로자 이외의 다른 외국인 비율은 서로 큰 차이가 없다.

11.

> 올해부터 '중학교 자유 학기제'가 도입된다. 이것은 중학교 과정 중 한 학기 동안 학생들이 시험 걱정 없이 능동적으로 학교생활을 할 수 있게 하자는 취지로 마련된 정책이다. 시험을 안 본다고 해서 교과 공부를 안 하는 것은 아니다. 오전에는 국어, 영어, 수학 등 교과 수업을 듣고 오후에는 다양한 체험 활동을 하는 형식으로 운영된다.

① 자유 학기에는 시험을 보지 않는다.
② 중학교에서 자유 학기제를 시행할 예정이다.
③ 자유 학기에는 교과 공부 대신 체험 활동을 한다.
④ 학교를 졸업한 후에 자유 학기제를 선택할 수 있다.

12.

> 대부분 아프리카의 이미지가 천편일률적이고 한쪽으로 치우쳐 있다. 세계 다른 곳과 마찬가지로 아프리카에 대해서도 균형 잡힌 이해가 필요하다. 아시아 대륙 안에 있다고 한국과 필리핀, 인도, 아프가니스탄을 모두 같다고 볼 수 없는 것처럼 아프리카도 그렇다. 아프리카 대륙은 우리의 생각보다 훨씬 크고 다양하며 다채롭다.

① 사람들은 아프리카에 대해 편견을 가지고 있다.
② 아프리카 대륙은 우리가 생각하는 것보다 단순하다.
③ 사람들은 아프리카에 관해서 다양하게 인식하고 있다.
④ 아프리카 대륙에 있는 국가들은 유사한 특징을 가지고 있다.

※ [13~15] 다음을 순서대로 맞게 배열한 것을 고르십시오. (각 2점)

13.

(가) 일반 상식 중에는 사실과 다른 것이 적지 않다.

(나) 술을 마시면 알코올이 혈관을 확장시켜 따뜻한 피를 피부 표면까지 끌어 올린다.

(다) 예를 들면 술은 몸을 따뜻하게 해 준다고 알려져 있지만 이것은 몸이 따뜻해진다고 착각을 하는 것뿐이다.

(라) 그래서 일시적으로 따뜻한 느낌이 들 뿐 오히려 체내의 열을 빼앗겨 위험에 처할 수 있다.

① (가)-(다)-(나)-(라)   ② (가)-(다)-(라)-(나)

③ (나)-(다)-(가)-(라)   ④ (나)-(라)-(가)-(다)

14.

(가) 핵심 비결은 놀랍게도 숙제의 힘에 있었다.

(나) 그래서 미국인 5만 명을 대상으로 가족의 일상에 관한 '학습 습관 연구'를 시작했다.

(다) 3년간 진행된 이 연구를 통해 학업, 정서, 사회성에서 성공을 경험한 아이들의 공통점을 밝혀냈다.

(라) 로버트 박사는 자녀를 훌륭한 인재로 양육한 가족들을 연구해서 새로운 교육 방법을 찾고자 했다.

① (가)-(나)-(다)-(라)   ② (가)-(나)-(라)-(다)

③ (라)-(나)-(가)-(다)   ④ (라)-(나)-(다)-(가)

15.

(가) 최근 초소형 주택에 관심을 갖는 사람이 증가하고 있다.

(나) 초소형 주택은 텃밭이나 주말농장에 설치해서 휴식 또는 숙식 공간으로 이용할 수 있다.

(다) 또한 초소형 주택은 특별한 허가 절차 없이 신고만 하면 만드는 것도 이동하는 것도 가능하다.

(라) 무엇보다 적은 비용으로 직접 자신이 원하는 집을 지음으로써 노동의 즐거움을 느낄 수 있다는 것이 가장 큰 장점이다.

① (가)-(나)-(다)-(라) ② (가)-(라)-(나)-(다)

③ (다)-(라)-(가)-(나) ④ (다)-(라)-(나)-(가)

※ [16~18] 다음을 읽고 ( )에 들어갈 내용으로 가장 알맞은 것을 고르십시오. (각 2점)

16.

엄마가 두 아이에게 피자를 나눠 줄 때, 한 아이에게 피자를 자르게 하고 다른 아이에게 (   ). 피자를 자른 아이가 피자를 나중에 선택한다는 걸 알면, 그 아이는 피자를 최대한 공평하게 자를 것이다. 피자를 자르지 않은 아이도 먼저 선택권을 얻으므로 불만이 없다.

① 먼저 고르게 하면 좋다

② 피자를 양보하도록 한다

③ 나중에 피자를 먹게 하면 된다

④ 크기가 같은지 확인하게 해야 한다

17.

한 나무꾼이 열심히 나무를 베고 있었는데, 갈수록 힘만 들고 나무는 잘 베어지지 않았다. 도끼날이 무뎌진 것을 알아채지 못한 것이다. 나무꾼은 나무를 계속 베다가 그만 지쳐 자리에 주저앉고 말았다. 이처럼 (   ) 무조건 노력한다고 해서 어떤 일이 이루어지지는 않는다.

① 자신의 능력을 잘 모르고
② 다른 사람의 조언을 듣지 않고
③ 원인을 찾아서 문제를 해결하지 않고
④ 자신의 능력에 비해 목표를 높게 잡고

18.

도로 교통량의 증가와 자동차 과속으로 인해 야생동물이 교통사고로 죽는 일이 지속적으로 발생하고 있다. 이를 막기 위해 생태 통로를 건설하였으나 (   ) 기대만큼의 성과는 거두지 못하고 있다. 야생동물 교통사고를 막으려면 동물들이 먹이를 구하기 위해, 새끼를 낳기 위해 본능적으로 움직이는 성향에 대한 연구가 먼저 이루어져야 한다.

① 동물의 출산 정보에 대해 무지해서
② 동물의 행동 특성에 대한 고려가 부족해서
③ 생태 통로 건설에 관한 첨단 기술이 없어서
④ 도로 교통량과 자동차 속도를 줄이지 못해서

> 오늘날 청소년들은 가장 크고 중요한 문화 소비층이 되었다. 따라서 미디어와 문화 산업은 온갖 광고와 판매 전략을 동원해 청소년들을 현혹하고 있다. (   ) 마음을 놓으면 문화 산업의 광고 전략에 넘어가기 십상이다. 요즘 거리에서 비슷한 외모에 비슷한 스타일, 비슷한 상품을 착용한 청소년들을 흔히 볼 수 있다. 청소년들이 주체적으로 사고하고 자신의 개성을 지켜야 할 때다.

19. (   )에 들어갈 알맞은 것을 고르십시오.

① 자칫   ② 미처   ③ 역시   ④ 절대

20. 이 글의 내용과 같은 것을 고르십시오.

① 거리에 개성이 넘치는 청소년들이 많다.

② 미디어와 문화 산업이 청소년들을 유혹하고 있다.

③ 비슷한 스타일을 한 청소년들을 찾아보기 힘들다.

④ 주체적인 청소년들이 문화 산업의 광고 전략에 넘어간다.

> 현실적으로 한국 사회는 남성들이 가사 노동에 참여하기 어려운 조건을 지니고 있다. 회사 일과 가사 노동, (   )은 매우 힘들다. 전통적인 성차별적 사고뿐만 아니라 직장에서의 경쟁, 직장 동료들이나 상사들과의 인간관계 등으로 인해 받는 스트레스는 남성들이 가사 노동을 하기 어렵게 만든다. 이는 일을 하는 여성들 또한 마찬가지다. 그러므로 부부의 가사 노동 분담은 각자 처한 상황에 따라 결정해야 할 문제다.

21. (   )에 들어갈 알맞은 것을 고르십시오.

① 활개를 펴는 것   ② 두 손을 드는 것

③ 두 다리를 쭉 뻗는 것   ④ 두 마리 토끼를 잡는 것

22. 이 글의 중심 생각을 고르십시오.

① 남성들도 가사 노동에 적극적으로 참여해야 한다.

② 남성들이 가사 노동에 참여하기 어려운 환경을 바꿔야 한다.

③ 남성들의 가사 노동을 어렵게 하는 성차별적 사고를 버려야 한다.

④ 부부가 처해 있는 사회적 조건에 따라 가사 노동을 분담해야 한다.

※ [23~24] 다음을 읽고 물음에 답하십시오. (각 2점)

> 지난겨울, 비용이 부담되어 아이들 독감 예방 접종을 건너뛰었다. 그 결과 독감에 걸려 학교도 못 간 딸아이에게 무척 미안했다. 올해는 꼭 접종해 주리라 마음먹고 아이들과 병원에 다녀왔다. 집에 돌아와 아이들에게 "오늘은 푹 쉬어야 해. 목욕도 하면 안 돼."하고 말했다. 그 말을 듣고 어머님이 말씀하셨다.
> "아범도 예전 같지 않아서 감기에 자주 걸리던데⋯⋯."
> "어머니, 작년엔 애들도 못 맞혔어요. 아범은 어린애도 아닌데요, 뭘."
> 퉁명스러운 나의 대답에 어머니는 "애, 너무 그러지 마라. 네 남편도 나에겐 하나뿐인 아들이란다." 하고 말씀하셨다. <u>순간 가슴이 쿵 내려앉았다.</u> 아이들 아빠가, 내 남편이 시어머니에게는 소중한 아들이었던 것이다.

23. 밑줄 친 부분에 나타난 나의 심정으로 알맞은 것을 고르십시오.

① 안쓰럽다　　　　　　　　② 서운하다

③ 깜짝 놀라다　　　　　　　④ 불만족스럽다

24. 이 글의 내용과 같은 것을 고르십시오.

① 남편은 예전에 감기에 자주 걸렸다.

② 올해 딸아이가 독감에 걸려 학교에 못 갔다.

③ 남편을 제외하고 우리 가족은 모두 예방 접종을 했다.

④ 작년 겨울에 비용 때문에 아이들 예방 접종을 못 했다.

※ [25~27] 다음은 신문 기사의 제목입니다. 가장 잘 설명한 것을 고르십시오. (각 2점)

25. | 기업의 업무 형태 변화, 서면 보고 없애고 온라인으로 대체 |

① 기업의 시스템이 전산화되어서 업무 형태에 변화를 가져올 것이다.

② 기업의 근무 환경이 바뀌어서 온라인으로 보고하는 사람이 늘었다.

③ 기업의 업무 형태가 바뀌어서 앞으로 보고서를 직접 제출해야 한다.

④ 기업의 업무 환경이 서류 대신 온라인으로 보고하는 형태로 바뀌었다.

26. | 봄 이사철 마무리, 전셋값 상승 주춤 |

① 봄 이사 기간이 끝날 때쯤 전셋값이 가장 낮다.

② 봄 이사 기간이 끝나서 전셋값 상승 추세가 멈추었다.

③ 사람들이 봄에 이사를 많이 하기 때문에 봄에 전셋값이 가장 높다.

④ 이사하기 가장 좋은 때가 봄이라서 전셋값이 계속 상승하고 있다.

27.

| 1인 가구 '쑥쑥', 간편식 관련 주식 들썩 |

① 1인용 가구가 잘 팔리면서 관련 회사의 주식이 올랐다.

② 간편한 가구를 만드는 회사들이 줄면서 1인용 가구의 매출이 줄었다.

③ 혼자 사는 사람이 늘면서 간편한 식사를 만드는 회사의 주가가 올랐다.

④ 혼자 사는 사람이 감소하면서 간단하게 먹을 수 있는 식품이 안 팔린다.

**[28~31] 다음을 읽고 (   )에 들어갈 내용으로 가장 알맞은 것을 고르십시오.
(각 2점)**

28.

> 남극 대륙을 제외한 모든 대륙에서 흔한 곤충인 쇠똥구리는 오직 동물의 배설물만을 먹고 산다. 그렇다면 쇠똥구리는 어떤 종류의 똥을 좋아하는가? 종마다 취향이 다르다. 대부분은 초식동물의 똥을 선호하지만 일부는 육식동물의 것을 찾기도 한다. 이러한 쇠똥구리는 (   ). 그들은 사막부터 숲까지 청소하는 청소부이다. 다른 동물의 배설물을 먹거나 묻어 둠으로써 토양에 영양분을 되돌려 주는 역할을 한다.

① 인간과 가까운 곤충이다

② 가장 지저분한 곤충이다

③ 보기보다 깨끗한 곤충이다

④ 환경에 중요한 공헌을 한다

29.

> 영화는 스크린이라는 곳을 통해 시간적으로 흐르는 예술이며, 연극 또한 무대라는 제한된 장소에서 시간적으로 형상화되는 예술이다. 두 예술 모두 (   )이라는 점에서, 다른 분야의 예술에 비해 가까운 위치에 놓여 있음을 알 수 있다. 또한 영화와 연극은 문학이나 미술처럼 한 사람의 창조적 노력만으로 이루어지는 개인 예술이 아니라 여러 부분의 예술을 종합하여 완성되는 예술이라는 점에서도 서로 통한다.

① 시간과 공간의 예술

② 공간과 배경의 예술

③ 배경과 인물의 예술

④ 인물과 행위의 예술

30.

우리 주위에서 볼 수 있는 동물 가운데 가장 흔히 접할 수 있고, 인간과 가장 친밀한 동물 중 하나가 바로 개이다. 개는 성질이 순하고 영리하며, 주인에 대한 충성심이 강한 동물이다. 그래서 옛날이야기에 나오는 개는 하나같이 (   ) 모습을 보인다. 가장 대표적인 이야기가 '오수의 개'이다. 이 이야기는 술에 취한 주인이 들에서 잠을 자고 있는데, 불이 나서 주인이 위험해지자 개가 주인을 살리려고 불을 끄다가 죽은 이야기이다.

① 힘든 일 앞에서 이기적인
② 낯선 이에게 경계심을 갖는
③ 인간을 위해 자신을 희생하는
④ 주인의 말을 안 듣고 마음대로 하는

31.

최근 하버드 대학교 연구팀이 판사들을 대상으로 조사한 결과, 딸을 가진 판사들이 여성에게 유리한 판결을 내리는 경향이 있음을 밝혀냈다. 판사가 남성이더라도 또 보수적인 성향의 판사라도, 딸이 있는 경우에 훨씬 더 여성 친화적인 판결을 내렸다. 이것은 가깝고 지속적인 관계를 통해서 입장이 다른 사람에 대한 이해와 공감 능력을 배울 수 있다는 것을 알려 준다. 결국 (   ) 판단에 영향을 미치는 것이다.

① 자신의 정체성이
② 자신의 성격이나 성향이
③ 자신이 가지고 있는 신념이
④ 자신이 맺고 있는 인간관계가

※ [32~34] 다음을 읽고 내용이 같은 것을 고르십시오. (각 2점)

32.

> 　동물마다 좋아하는 날씨가 다르다. 박쥐는 초음파 소리로 먹이의 위치를 파악하기 때문에 비가 오거나 바람이 부는 것을 싫어한다. 반면 개구리는 피부를 촉촉하게 해 주는 비 오는 날씨를 좋아한다. 파리는 푹푹 찌는 무더운 날씨를 좋아하고 북극곰은 눈이 펑펑 내리는 추운 날씨를 좋아한다. 눈이 잘 안 보이는 대신 냄새에 민감한 족제비는 냄새도 오래 남고 작은 소리도 잘 들리는 안개가 낀 날씨를 좋아한다.

① 족제비는 시각과 후각이 발달했다.
② 동물들은 대체로 맑은 날씨를 좋아한다.
③ 박쥐와 개구리는 좋아하는 날씨가 같다.
④ 파리와 북극곰이 좋아하는 날씨는 정반대이다.

33.

> 　'일용할 양식'은 '원미동 사람들'이라는 단편집에 수록된 11편의 작품 중 하나이다. 작품의 공간적 배경은 서울 외곽의 소도시에 있는 작은 동네인 원미동이고, 시대적 배경은 유선 방송이 유행처럼 번지기 시작하던 1980년대 겨울이다. 이 작품은 우리 집, 옆집 그리고 우리 동네의 슈퍼 얘기를 하는 듯한 착각을 불러일으킨다. 이 작품에서 담고 있는 이야기가 바로 우리 같은 소시민들의 일상생활 모습이기 때문이다.

① 이 작품은 변화한 동네를 배경으로 만들어졌다.
② 이 작품은 우리 동네의 이야기를 소재로 만들었다.
③ 이 작품은 우리 자신의 모습을 보는 느낌이 들게 한다.
④ 이 작품은 11편의 작품이 들어있는 단편집의 제목이다.

34.

> 사람들이 일상생활에서 사용하는 말을 잘 들어 보면 잘못된 발음을 하는 경우를 흔히 볼 수 있다. 글을 쓸 때는 어법에 맞게 하려고 노력을 많이 기울이지만 말할 때는 그렇지 않기 때문이다. 예를 들면 '곳곳에서'를 [곧꼬데서]라고 하거나, '뜻있는'을 [뜨신는]으로 발음하는 사람들이 많은데, [곧꼬세서]와 [뜨딘는]이 올바른 발음이다. 습관화된 발음은 결과적으로 쓰기에도 반영되는 경우가 많으므로 주의해야 한다.

① 발음은 쓰기에도 영향을 미친다.

② '뜻있는'의 정확한 발음은 [뜨신는]이다.

③ 바르게 쓰지 못하면 발음도 틀리게 된다.

④ 어법에 맞게 발음하려고 노력하는 사람들이 많다.

※ [35~38] 다음 글의 주제로 가장 알맞은 것을 고르십시오. (각 2점)

35.

> 앞으로 0~2세 자녀를 둔 여성들은 자신이 일을 하고 있거나 구직 활동 중임을 증명하는 서류를 내야 하루 12시간의 종일 보육 서비스를 받을 수 있게 된다. 그러나 이는 여성 노동자의 현실을 간과한 정책으로, 여성 노동자의 60%가 비정규직이라 취업 여부를 서류로 증명하기 불편한 실정이다. 정부는 취업 부모의 입장을 고려한 보육 정책을 제시하고 민간 보육 시설에 대한 관리 감독을 강화하며 국·공립 어린이집을 더욱 확충해야 한다.

① 비정규직 여성을 위한 보육 서비스를 마련해야 한다.

② 0~2세 자녀를 대상으로 종일 보육 서비스를 제공해야 한다.

③ 민간 보육 시설을 확충하여 여성 근로자의 근심을 덜어 줘야 한다.

④ 보육 문제에 있어 국가가 책임지는 정책과 시스템을 마련해야 한다.

36.

요즘에는 돌 전후의 아기들까지 교육용 스마트 기기를 사용한다. 스마트 기기는 집중도와 활용성이 높아서 많이 사용되지만 어린 아이들의 시력 발달에 악영향을 줄 수도 있다. 아이들을 관찰해 보면 태블릿 PC를 보여 주자마자 바로 자리에 앉아 화면에 집중하는 것을 볼 수 있다. 화면에 집중한 아이의 눈 깜빡임 횟수는 1분에 단 한 번뿐이었다. 이는 책을 볼 때 6번을 깜빡이는 것에 비해 현저히 적은 수치이다.

① 스마트 기기는 활용성이 높은 교육 도구이다.

② 스마트 기기를 사용하는 어린이는 집중력이 높다.

③ 스마트 기기는 어린 아이의 시력 발달에 직접적인 도움을 준다.

④ 스마트 기기의 사용은 아이들의 눈 건강에 안 좋은 영향을 미친다.

37.

대학 구조 개혁의 필요성은 정부뿐만 아니라 대학 측에서도 인정하고 있다. 대학 평가 결과에 따라 부실 대학이라는 평가를 받은 대학을 중심으로 구조 개혁이 필요하다는 것이다. 고등학교 졸업생 수가 줄어드는 추세를 볼 때 대학 구조 개혁이 없으면 부실 대학 문제는 시간이 흐를수록 더 커지게 되어 있다. 따라서 대학 구조 개혁이 때를 놓치고 흐지부지되는 일이 없도록 하루 빨리 법안을 통과시켜야 한다.

① 대학 평가는 공정하고 객관적으로 이루어져야 한다.

② 대학 구조 개혁을 위해 신속히 법적 근거를 마련해야 한다.

③ 앞으로 적당한 시기를 잘 잡아서 대학 구조 개혁을 해야 한다.

④ 정부와 대학 측은 대학 구조 개혁의 필요성을 인정하고 받아들여야 한다.

38.

> 우리 뇌는 몸에 필요한 에너지가 부족하면 '배고픔'이라는 신호를 보내 음식물을 섭취하도록 유도한다. 그런데 열량이 부족하지 않을 때도 뇌가 배고픔의 신호를 보낼 때가 있다. 이것이 바로 가짜 배고픔이다. 진짜 배가 고픈 것인지 아닌지를 구분하지 않고, 배고픔을 느낀다고 해서 바로 음식을 먹으면 지방은 분해되지 못하고 계속 체내에 축적된다. 이것은 결국 비만과 당뇨 등 만성병으로 이어진다.

① 배고픔은 비만과 당뇨와 같은 만성병을 유발한다.

② 우리의 뇌는 신호를 보내서 음식물을 섭취하게 한다.

③ 진짜 배고픔과 가짜 배고픔을 구분할 수 있어야 한다.

④ 뇌에서 배고픔이라는 신호를 보내면 음식을 섭취해야 한다.

※ [39~41] 다음 글에서 〈보기〉의 문장이 들어가기에 가장 알맞은 곳을 고르십시오. (각 2점)

39.

> 두부는 누구나 즐겨 먹는 식품으로, '밭에서 나는 쇠고기'라고 불리는 콩으로 만든다. (㉠) 두부는 고단백 저칼로리 식품으로 지방이 체내에 쌓이는 것을 막아 줘서 다이어트 식품으로 인기가 많다. (㉡) 두부는 다량의 단백질이 포함되어 있기 때문에 많이 먹으면 단백질 소화불량을 유발할 수 있다. (㉢) 또한 장기간 두부를 다량 섭취하면 신장에 부담을 줄 수 있다. (㉣) 두부는 하루에 100~150g 정도가 적정량이다.

―――〈보 기〉―――

하지만 몸에 좋은 건강식품이라도 너무 많이 먹으면 부작용이 생긴다.

① ㉠   ② ㉡   ③ ㉢   ④ ㉣

40.

박태환 선수는 5살 때 천식을 치료하기 위해 수영을 시작했다. (㉠) 물을 무서워했던 어린 박태환은 물의 공포를 이겨내고 마침내 한국을 빛낸 세계적인 수영 선수가 되었다. (㉡) 그는 불모지나 다름없는 한국 남자 자유형 수영에서 금메달을 목에 걸어 한국 수영의 오랜 꿈을 실현시켜 주었다. (㉢) 다른 나라와 큰 격차를 보이는 열악한 환경과 지원에도 불구하고 세계 정상에 우뚝 선 그의 노력과 땀을 인정한 것이다. (㉣)

〈보 기〉

금메달을 딴 박태환 선수를 수영 전문가들은 '노력형 천재'라고 부른다.

① ㉠   ② ㉡   ③ ㉢   ④ ㉣

41.

스노보드는 어떻게 움직일까? (㉠) 앞으로 나아가려는 쪽으로 몸의 무게 중심을 싣고 진행 방향 쪽 발에 살짝 힘을 주면, 진행 방향과 스노보드 방향이 일치하면서 앞으로 나간다. (㉡) 자세히 말해서, 반대쪽 발에 힘을 실어 스노보드의 방향을 진행 방향과 수직으로 만들어서 마찰력을 증가시키면 속도가 서서히 줄면서 멈추게 된다. (㉢) 즉, 진행 방향 쪽 발은 액셀, 반대쪽 발은 브레이크 역할을 한다. (㉣)

〈보 기〉

반대로 멈추려면 진행 방향 반대쪽 발에 힘을 주면 된다.

① ㉠   ② ㉡   ③ ㉢   ④ ㉣

"우리도 남과 같이 살아 봐야지요!"

예술가의 처에 대한 자부심이 대단한 아내는 좀처럼 이런 말을 입 밖에 내지 아니하였다. 그러나 무엇에 상당한 자극만 받으면 참고 참았던 이런 말을 하게 되는 것이다. 나도 이런 말을 들을 때마다 '그럴 만도 하다.'는 동정심이 없지 아니하나 오늘은 어쩐지 기분이 좋지 않았다. 이번에도 그런 아내가 이해는 되지만 불쾌한 생각을 억제하기 어려웠다. 잠깐 있다가 나는 불쾌한 빛을 드러내며, "급작스럽게 돈을 벌 방법을 찾으라면 어쩌란 말이오. 차차 될 때가 있겠지!" 하고 말했다.

"아이구, 차차란 말씀 그만두구려, 어느 천년에……."

아내의 얼굴에 붉은빛이 짙어지며 전에 없던 흥분한 어조로 이런 말까지 하였다. 자세히 보니 두 눈에 눈물이 괴어 있었다.

나는 그 순간 성난 불길이 치받쳐 올라왔다. 나는 참을 수 없었다.

<u>"돈 잘 버는 사람한테 시집을 갈 것이지 누가 내게 시집을 오랬어! 저 따위가 예술가의 처가 다 뭐야!"</u> 하고 사나운 어조로 소리를 꽥 질렀다.

현진건 〈빈처〉

---

42. 밑줄 친 부분에 나타난 나의 심정으로 알맞은 것을 고르십시오.

① 두렵고 후회스럽다.

② 부끄럽고 미안하다.

③ 홀가분하고 흐뭇하다

④ 실망스럽고 화가 난다.

43. 이 글의 내용과 같은 것을 고르십시오.

① 아내는 늘 이런 잔소리를 한다.

② 아내는 평범하게 살기를 원한다.

③ 아내는 예술가인 남편을 부끄러워한다.

④ 아내의 말을 나는 전혀 이해하지 못한다.

※ [44~45] 다음을 읽고 물음에 답하십시오. (각 2점)

노인들은 신체적 질병, 노화, 사별, 대인 관계 단절 등 개인의 자존감을 떨어뜨리는 많은 요인에 더 많이 노출되기 때문에 쉽게 우울증이 생길 수 있다. 약물 치료를 통해 우울증 증상을 개선할 수 있지만, 노인들은 다른 약을 먹고 있거나 만성 질환을 앓는 경우가 많아서 약 복용에 주의해야 한다. 이때는 약을 복용하는 것보다 다양한 사람들과 관계를 맺고, 가벼운 운동을 하는 것이 좋다. 그리고 정신 건강에 좋은 영향을 주는 콩, 견과류, 닭 가슴살 같은 (   ) 음식을 먹는 것이 좋다. 이 밖에 부족한 수면 시간, 흡연, 비만과 같은 요인들도 우울증의 원인이 될 수 있으므로 적극적인 노력을 통해 이러한 요인들을 제거하는 것이 좋다.

44. 이 글의 주제로 알맞은 것을 고르십시오.

① 다양한 사람들과 관계를 맺는 것이 중요하다.

② 우울증을 예방하는 생활 습관을 길러야 한다.

③ 우울증을 치료하기 위해 약물 치료에 집중해야 한다.

④ 나이가 들면서 자연스럽게 걸리는 병은 걱정하지 않아도 된다.

45. (   )에 들어갈 내용으로 알맞은 것을 고르십시오.

① 다이어트에 효과적인

② 포만감을 느끼게 해 주는

③ 다른 음식에 비해 열량이 많은

④ 행복을 느끼게 하는 물질을 만들어 내는

※　**[46~47] 다음을 읽고 물음에 답하십시오. (각 2점)**

> 　취업난과 비싼 대학 등록금 등 경제적 문제로 어려움을 겪는 20~30대를 지칭해 '3포 세대', '5포 세대', 'N포 세대'라는 별명이 생겼다. (㉠) 5포 세대는 연애, 결혼, 출산에 내 집 마련, 인간관계까지 포기한 이들을 말한다. 'N포 세대'는 N가지의 것들을 포기한 세대를 뜻하는 용어로 최근 청년 실업 문제에 시달리는 20~30대 한국 젊은이들의 암울한 현실을 일컫는 단어이다. (㉡) 물론 제일 처음에 나온 말은 3포 세대이다. 20~30대들이 좀처럼 연애를 안 하려 하고, 연애를 하더라도 결혼을 꺼리며, 결혼을 하더라도 출산을 포기하는 사회적인 현상을 말한다. (㉢) 이들이 점점 포기하는 것이 늘어남에 따라 '5포 세대', 'N포 세대'라는 용어가 생겼다. (㉣)

46.　다음 문장이 들어가기에 가장 알맞은 곳을 고르십시오.

> 3포 세대란 연애, 결혼, 출산을 포기한 세대라는 말이다.

①㉠　　　　　　②㉡　　　　　　③㉢　　　　　　④㉣

47.　이 글의 내용과 같은 것을 고르십시오.

　① 3포 세대, 5포 세대, N포 세대 순으로 용어가 생겼다.

　② 3포 세대의 3포는 연애, 내 집 마련, 인간관계를 말한다.

　③ N포 세대의 증가는 사회적 문제가 아닌 개인적인 문제이다.

　④ 경제적 문제로 어려움을 겪는 사람들을 가리켜 N포 세대라고 한다.

※ [48~50] 다음을 읽고 물음에 답하십시오. (각 2점)

이주 여성으로 구성된 이중 언어 강사의 고용 불안정이 다문화 교육의 걸림돌이 되고 있다. 지난 2009년 교육부가 도입한 이중 언어 강사 제도는 4년제 대졸 이상의 결혼 이주 여성을 (   ) 강사로 양성해 일선 학교에서 근무하도록 하는 것을 주요 내용으로 한다. 모 대학의 연구팀은 초등학교에서 한국어와 베트남어를 가르치는 이중 언어 강사 3명을 면담한 결과, 비정규직으로 고용이 불안정하다는 점이 이들의 학교생활을 어렵게 만드는 근본 원인이 되고 있다고 분석했다. 1년 단위로 고용 계약이 되다 보니 재계약을 위해 과도한 업무를 감내하는 경향이 있고, 다른 교사와의 소통과 연수 기회에도 한계가 있다는 설명이다. 아울러 이중 언어 강사 제도가 애초 계획과 달리 멋대로 운영되고 있다고 꼬집었다. 이중 언어 강사 제도는 다문화 교육의 성패를 좌우할 수 있으므로 이들의 처우 향상과 고용 안정성의 확보 방법 및 업무 범위를 명확하게 제시해야 한다.

48. 필자가 이 글을 쓴 목적을 고르십시오.
① 이중 언어 강사의 고용을 촉진하기 위해서
② 이중 언어 강사 제도의 실태를 고발하기 위해서
③ 이중 언어 강사 제도의 도입을 촉구하기 위해서
④ 이중 언어 강사들의 근무 태도를 지적하기 위해서

49. (   )에 들어갈 내용으로 알맞은 것을 고르십시오.
① 다문화 가정 청소년의 심리를 상담하는
② 다문화 가정 청소년에게 모국의 문화를 소개하는
③ 다문화 가정 청소년의 학교 성적 증진을 도와주는
④ 다문화 가정 청소년에게 한국어와 모국어를 가르치는

50. 밑줄 친 부분에 나타난 필자의 태도로 알맞은 것을 고르십시오.
① 이중 언어 강사의 효과와 필요성에 대해 강조한다.
② 이중 언어 강사의 처우 개선 문제에 대해서 부정적이다.
③ 이중 언어 강사 제도가 제대로 운영되지 않음을 지적한다.
④ 이중 언어 강사 제도 운영에서 발생하는 문제점을 해결하고자 한다.

제**6**회 | 실전 모의고사
New TOPIK新韓檢實戰全真模擬試題 第6回

TOPIK II

| 1교시 | 듣기, 쓰기 |

수험번호 (Registration No.)		
이 름 (Name)	한국어 (Korean)	
	영 어 (English)	

주 의 사 항
Information

1. 시험 시작 지시가 있을 때까지 문제를 풀지 마십시오.

   Do not open the booklet until you are allowed to start.

2. 수험번호와 이름을 정확하게 적어 주십시오.

   Write your name and registration number on the answer sheet.

3. 답안지를 구기거나 훼손하지 마십시오.

   Do not fold the answer sheet; keep it clean.

4. 답안지의 이름, 수험번호 및 정답의 기입은 배부된 펜을 사용하여 주십시오.

   Use the given pen only.

5. 정답은 답안지에 정확하게 표시하여 주십시오.

   Mark your answer accurately and clearly on the answer sheet.

   marking example | ① ● ③ ④ |

6. 문제를 읽을 때에는 소리가 나지 않도록 하십시오.

   Keep quiet while answering the questions.

7. 질문이 있을 때에는 손을 들고 감독관이 올 때까지 기다려 주십시오.

   When you have any questions, please raise your hand.

TOPIK II 듣기 (1번 ~ 50번)

※ [1~3] 다음을 듣고 알맞은 그림을 고르십시오. (각 2점)　◀€ *Track 101*

1.　① 　②

　③　④

2.　① 　②

　③ 　④

3.

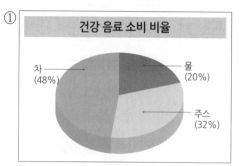

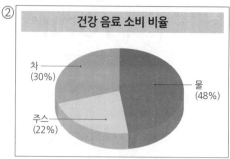

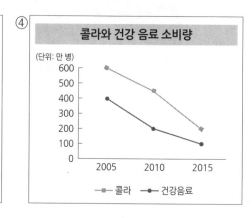

※　[4~8] 다음 대화를 잘 듣고 이어질 수 있는 말을 고르십시오. (각 2점) ◀ *Track 102*

4.　① 기다리지 않으셔도 돼요.

　　② 치료를 받으면 연락 주세요.

　　③ 신경 써 주셔서 감사합니다.

　　④ 치료를 받았더니 좋아졌어요.

5.　① 운동을 많이 해서 힘들겠다.

　　② 아침에 늦지 않아서 다행이야.

　　③ 살이 찌지 않도록 조심해야 돼.

　　④ 운동도 좋지만 음식도 조절해야겠어.

6. ① 책을 반납해서 다행이에요.

　② 제가 이름을 확인해 볼게요.

　③ 이름만 적으면 빌릴 수 있네요.

　④ 연체료가 얼마인지 알려 주세요.

7. ① 사진 찍는 법을 배워야겠어.

　② 올리는 방법을 잘 모르겠어.

　③ 사진 찍는 것은 힘들 것 같아.

　④ 인터넷에서 사진을 찾아볼게.

8. ① 벌써 회의가 시작되었습니다.

　② 다음에 초대하도록 하겠습니다.

　③ 전화가 오면 확인해 보겠습니다.

　④ 최종 확인 후에 전화해 보겠습니다.

※　[9~12] 다음 대화를 잘 듣고 여자가 이어서 할 행동으로 알맞은 것을 고르십시오. (각 2점)

◀ *Track 103*

9. ① 면허증을 기다린다.

　② 운전 면허증을 접수한다.

　③ 증명사진을 찍으러 간다.

　④ 사진관에서 사진을 찾는다.

10. ① 이메일을 확인한다.

　② 부서 회의에 참석한다.

　③ 수정된 서류를 검토한다.

　④ 서류에 틀린 것을 수정한다.

11. ① 책상을 버리러 간다.

② 새 책상을 사러 간다.

③ 남자와 책상을 옮긴다.

④ 경비실에 신고하러 간다.

12. ① 학원에 학생증을 가져간다.

② 학교 요가 수업을 신청한다.

③ 시간표를 다시 확인해 본다.

④ 요가 학원에 등록하러 간다.

※ [13~16] 다음을 듣고 내용과 일치하는 것을 고르십시오. (각 2점) ◀ Track 104

13. ① 여자는 수리를 받은 적이 있다.

② 여자는 수리비 3만 원을 내야 한다.

③ 전자사전의 전원 버튼이 깨져 있다.

④ 여자는 전자사전을 떨어뜨린 적이 있다.

14. ① 사인회가 끝난 뒤에 강연회가 열린다.

② 강연회는 4시간 동안 진행될 예정이다.

③ 강연회가 늦어진 이유는 작가 때문이다.

④ 사인회는 강연회와 같은 장소에서 진행된다.

15. ① 여성 전용 택시의 색은 분홍색이다.

② 남성 단체에서는 택시 이용을 반대한다.

③ 남성은 여성 전용 택시를 이용할 수 없다.

④ 여성 전용 택시는 전국에서 이용 가능하다.

16. ① 시에는 다양한 노인 정책이 있다.

② 이곳에서 체육 활동을 할 수 있다.

③ 노인 프로그램은 1년 동안 진행된다.

④ 이곳은 노인들만 이용할 수 있는 공간이다.

※ [17~20] 다음을 듣고 남자의 중심 생각을 고르십시오. (각 2점) ◀ *Track 105*

17. ① 저녁에 과식을 하는 것은 좋지 않다.

② 뷔페에 가면 다양한 음식을 먹을 수 있다.

③ 뷔페에 가면 소화가 안될 정도로 먹게 된다.

④ 특별히 먹고 싶은 게 없으면 뷔페에 가는 게 좋다.

18. ① 휴학하고 시간을 낭비하면 안 된다.

② 미리 계획을 세워서 휴학을 해야 한다.

③ 돈보다 시간을 소중하게 생각해야 한다.

④ 휴학 때 아르바이트를 하며 돈을 모아야 한다.

19. ① 계획 없이 떠나는 여행은 무서울 수 있다.

② 스트레스를 해소하려면 여행을 가야 한다.

③ 계획 없는 여행으로 스트레스가 해소될 수 있다.

④ 스트레스를 받을 때는 생각을 하지 말아야 한다.

20. ① 사회생활을 미리 체험해 보는 게 중요하다.

② 사회생활은 입사 원서를 쓸 때 도움이 된다.

③ 적성에 안 맞는 일을 하면 불행해질 수 있다.

④ 요즘 대학생들은 학점을 중요하게 생각한다.

21.　남자의 중심 생각으로 맞는 것을 고르십시오.

　　① 틈틈이 운동을 해야 효과가 있다.

　　② 돈을 내고 운동을 해야 열심히 한다.

　　③ 일상생활에서 운동을 하는 것이 좋다.

　　④ 엘리베이터 대신 계단을 이용해야 한다.

22.　들은 내용으로 맞는 것을 고르십시오.

　　① 여자는 회사에 있는 시간이 많다.

　　② 남자와 여자는 같이 운동을 하기로 했다.

　　③ 남자는 회사에서 틈틈이 운동을 하고 있다.

　　④ 여자는 운동을 하려고 헬스클럽에 등록했다.

23.　남자는 무엇을 하고 있는지 고르십시오.

　　① '카페 내 금연법'의 잘못된 점을 설명하고 있다.

　　② '카페 내 금연법'의 필요성에 대해 주장하고 있다.

　　③ '카페 내 금연법' 시행에 대한 반응을 말하고 있다.

　　④ '카페 내 금연법' 시행에 대한 결과를 예상하고 있다.

24.　들은 내용으로 맞는 것을 고르십시오.

　　① 카페 직원들에게도 반응을 물어봤다.

　　② 카페 흡연실에서만 담배를 피울 수 있다.

　　③ 올해부터 카페 내 흡연실을 없애야 한다.

　　④ 이 카페의 흡연실은 현재 사용할 수 없다.

25. 남자의 중심 생각으로 맞는 것을 고르십시오.

　① 골목길에 벽화를 그리는 것이 좋다.

　② 벽화를 통해 길의 분위기를 바꿀 수 있다.

　③ 벽화가 없는 벽은 어둡고 무섭게 느껴진다.

　④ 그림을 좋아하는 사람들이 벽화를 그리는 게 좋다.

26. 들은 내용으로 맞는 것을 고르십시오.

　① 주로 골목길에 벽화를 그린다.

　② 벽화에는 생명과 관련된 것을 그린다.

　③ 봉사 단원 모집 기간에 지원할 수 있다.

　④ 미술을 공부해야 벽화 봉사를 할 수 있다.

27. 여자가 남자에게 말하는 의도를 고르십시오.

　① 소비자들의 소비 유형을 분석하기 위해

　② 남자의 소비 행태에 대해 지적하기 위해

　③ 회사의 잘못된 경영 철학에 책임을 묻기 위해

　④ 베낀 디자인으로 경쟁하는 회사를 비판하기 위해

28. 들은 내용으로 맞는 것을 고르십시오.

　① 여자는 물건을 선택할 때 디자인을 중시한다.

　② 남자는 저렴한 가격에 대해서 만족하고 있다.

　③ 같은 디자인을 선호하는 회사들이 많아지고 있다.

　④ 소비자들은 상품의 질을 기준으로 상품을 선택한다.

29. 남자는 누구인지 고르십시오.

　① 심리 상담사

　② 감정 노동자

　③ 회사 관계자

　④ 직업 소개사

30. 들은 내용으로 맞는 것을 고르십시오.

　① 감정을 억누르면 스트레스를 덜 받는다.

　② 감정 노동자는 감정을 잘 느끼지 못한다.

　③ 서비스업 종사자들은 주로 감정 노동을 한다.

　④ 고객들은 감정 노동자의 상황을 모른 척한다.

31. 남자의 생각으로 맞는 것을 고르십시오.

　① 역사 수업 시간을 늘려서는 안 된다.

　② 역사를 필수 과목으로 지정해야 한다.

　③ 역사 교육을 평가 도구로 사용하면 안 된다.

　④ 사교육 강화로 역사의 중요성을 알게 해야 한다.

32. 남자의 태도로 맞는 것을 고르십시오.

　① 근거에 대한 사실 여부를 확인하며 반박하고 있다.

　② 상대방의 의견에 어느 정도 동의하며 주장하고 있다.

　③ 구체적인 사례를 통해 자신의 주장을 뒷받침하고 있다.

　④ 상대방의 의견과 자신의 의견의 차이점을 비교하고 있다.

33.　무엇에 대한 내용인지 맞는 것을 고르십시오.

　　① 백로의 희소성

　　② 백로 효과 비판

　　③ 백로 효과의 정의

　　④ 백로 효과의 사례

34.　들은 내용으로 맞는 것을 고르십시오.

　　① 남들과 차별화된 소비는 과소비를 부른다.

　　② 백로 효과는 돈을 절약하게 만드는 효과이다.

　　③ 과시 소비를 하는 사람들을 백로라고 부른다.

　　④ 차별화된 소비를 하기 위해 백로를 구입한다.

35.　남자는 무엇을 하고 있는지 고르십시오.

　　① 재개관한 미술관에 관련된 자료를 분석하고 있다.

　　② 지역 사회 프로그램들을 지역민에게 안내하고 있다.

　　③ 재개관한 미술관에 대해 방문객에게 설명하고 있다.

　　④ 미술관 개관식에 참여한 방문객 수를 조사하고 있다.

36.　들은 내용으로 맞는 것을 고르십시오.

　　① 미술관은 이번에 6개월간 공사에 들어간다.

　　② 이전 미술관에는 주차할 수 있는 공간이 없었다.

　　③ 재개관한 미술관에는 엘리베이터가 새로 생겼다.

　　④ 미술관에는 지역 사회 프로그램이 진행되고 있다.

※ [37~38] 다음은 교양 프로그램입니다. 잘 듣고 물음에 답하십시오. (각 2점)

◀€ *Track 114*

37. 여자의 중심 생각을 고르십시오.
   ① 공공장소의 물건을 절약해서 써야 한다.
   ② 낭비의 기준은 한계가 정해져 있는 것이 아니다.
   ③ 필요 없는 것을 쓰지 않는 것이 진정한 절약이다.
   ④ 양심의 명령에 따른 절약을 실천하는 것이 중요하다.

38. 들은 내용과 일치하는 것을 고르십시오.
   ① 낭비의 기준은 한계가 정해져 있지 않다.
   ② 소비 자체보다 더 중요한 것이 절약이다.
   ③ 내 것이 아닌 것을 쓰는 것이 낭비에 해당한다.
   ④ 낭비는 내 것이라고 생각하고 마음대로 쓰는 것이다.

※ [39~40] 다음은 대담입니다. 잘 듣고 물음에 답하십시오. (각 2점) ◀€ *Track 115*

39. 이 대화 앞의 내용으로 알맞은 것을 고르십시오.
   ① 많은 꿀벌들이 전자파로 인해 죽음을 당했다.
   ② 전자파가 사람에게 미치는 위험성이 매우 높다.
   ③ 휴대 전화 사용 시간과 뇌종양의 관계에 대해 연구하였다.
   ④ 국내 공공 보건연구소에서 뇌종양의 원인에 대해 연구했다.

40. 들은 내용과 일치하는 것을 고르십시오.
   ① 사람들은 휴대 전화 전자파에 대한 관심이 적다.
   ② 전자파는 동물보다 사람에게 더 많은 영향을 끼친다.
   ③ 휴대 전화를 많이 사용하면 뇌종양에 걸릴 확률이 높다.
   ④ 뇌종양을 예방하기 위해서 휴대 전화를 사용하지 말아야 한다.

41. 들은 내용과 일치하는 것을 고르십시오.

① 카푸치노의 거품은 뜨거운 우유로 만든다.

② 머랭과 마카롱에 쓰이는 거품은 각각 다르다.

③ 카스텔라와 케이크는 우유 거품으로 만들었다.

④ 우유 거품은 열을 차단하여 커피를 따뜻하게 한다.

42. 남자의 중심 생각으로 맞는 것을 고르십시오.

① 카푸치노에는 우유 거품이 반드시 필요하다.

② 거품으로 만들 수 있는 요리는 다양한 편이다.

③ 모든 요리에 우유 거품을 사용하는 것이 좋다.

④ 부드러운 맛을 내기 위해서는 거품이 필요하다.

※ [43~44] 다음은 다큐멘터리입니다. 잘 듣고 물음에 답하십시오. (각 2점)

◀ *Track 117*

43. 인류가 지구가 아닌 곳에서 살 수 없는 이유로 맞는 것을 고르십시오.

① 우주 탐사 기술이 발달하지 못했기 때문에

② 생명체의 구성 성분의 70%가 수분이기 때문에

③ 인류가 새로운 환경에 적응하지 못하기 때문에

④ 아직까지 물이 있는 행성을 발견하지 못했기 때문에

44. 이 이야기의 중심 내용으로 맞는 것을 고르십시오.

① 인류는 제2의 지구를 빨리 찾아야 한다.

② 인류는 물 없이는 생존할 수 없는 존재이다.

③ 인류는 아직까지 지구를 떠나서 살 수 없다.

④ 지구는 인류가 생존하는 데 최적의 조건을 갖추었다.

45. 들은 내용과 일치하는 것을 고르십시오.

① 대기 오염의 주요 원인은 석유를 쓰는 자동차이다.

② 하이브리드 자동차는 환경을 전혀 오염시키지 않는다.

③ 도시인들이 자동차를 타지 않으면 소나무를 심을 수 있다.

④ 수소 자동차에 비해 하이브리드 자동차가 연료 효율성이 좋다.

46. 남자의 태도로 가장 알맞은 것을 고르십시오.

① 대기 오염의 주요 원인을 조사하고 있다.

② 대기 오염과 도시의 상관관계를 설명하고 있다.

③ 자동차를 타지 않도록 도시 사람들의 협조를 요청하고 있다.

④ 자동차로 인한 대기 오염 감소 대안을 예를 들어 설명하고 있다.

47. 들은 내용과 일치하는 것을 고르십시오.

① 붉은 피를 오래 보고 있으면 몸이 쉽게 피로해진다.

② 의사가 초록색 수술복을 입으면 판단력이 정확해진다.

③ 초록색 수술복을 입음으로써 보색 잔상을 예방할 수 있다.

④ 빛의 자극에 의한 잔상 효과는 피를 볼 때 발생하지 않는다.

48. 여자의 태도로 가장 알맞은 것을 고르십시오.

① 잔상 효과를 예방할 수 있는 다른 방법을 찾고 있다.

② 수술실에서 의사가 지켜야 하는 규칙에 대해 강조하고 있다.

③ 보색 잔상의 문제점을 해결할 수 있는 방안을 제시하고 있다.

④ 초록색 수술복을 입는 이유에 대해 용어를 정의하며 설명하고 있다.

※ [49~50] 다음은 강연입니다. 잘 듣고 물음에 답하십시오. (각 2점) ◀ᚔ *Track 120*

49. 들은 내용과 일치하는 것을 고르십시오.

① 속담의 의미는 쉬운 일도 조심히 하라는 뜻이다.

② 냇가나 강가의 물 깊이는 실제보다 깊어 보인다.

③ 수영장에서 사람의 다리는 실제보다 길어 보인다.

④ 빛이 한 물질에서 다른 물질로 옮겨 갈 때 방향은 그대로이다.

50. 여자의 태도로 가장 알맞은 것을 고르십시오.

① 일할 때 쉽게 하는 방법에 대해 조언하고 있다.

② 속담의 의미를 과학에 근거하여 비판하고 있다.

③ 속담과 과학 간의 부정적인 관계를 분석하고 있다.

④ 속담 속에 담긴 과학적 원리에 대해 설명하고 있다.

※ [51~52] 다음을 읽고 ㉠과 ㉡에 들어갈 말을 각각 한 문장으로 쓰십시오.
(각 10점)

51.

◉◉◉

받는 사람: 사원 복지부

제목: 건의 사항

　　안녕하십니까? 저는 영업부에서 근무하는 박준수입니다. 건의 사항이 있어서 이 글을 씁니다. 저는 회사에 주차 공간이 더 있었으면 좋겠습니다. 저는 회사에 걸어서 출근을 하는데 도로변과 회사 입구에 주차된 차들 때문에 (　　　　㉠　　　　). 그리고 주차하려고 하는 차들 때문에 가끔 위험하기도 합니다. 이것은 회사에 주차 공간이 충분하지 않기 때문이라고 생각합니다. 그래서 (　　　　㉡　　　　) 건의합니다. 감사합니다.

52.

　　의견 차이는 어디에서든지 있을 수 있다. 중요한 것은 이러한 의견 차이를 어떻게 조정하여 얼마나 더 좋은 결과를 이끌어 내느냐는 것이다. 의견 조정을 위해서는 우선 (　　　　㉠　　　　). 상대방의 의견을 들은 후에 (　　　　㉡　　　　). 다음으로 각자 제시한 의견에 대해 서로의 생각이 다를 수 있음을 인정해야 한다. 그리고 각 의견의 장단점을 고려한 후에 다수가 만족할 만한 결론을 찾아가는 과정이 필요하다.

53. 다음은 남성 근로자를 대상으로 남성의 육아 휴직에 대해 설문 조사를 한 것입니다. 다음의 설문 결과를 바탕으로 남성의 육아 휴직이 활성화되기 위해 필요한 방안에 대해 200~300자로 쓰십시오. (30점)

8세 이하의 자녀를 둔 남성 근로자 1천 명을 대상으로 설문 조사를 한 결과입니다.

1. 육아 휴직을 받은 적이 있는가?

■ 있다(8.8%)
■ 없다(91.2%)

2. 육아 휴직을 받지 못하는 이유는 무엇인가?

■ 직장 분위기상 사용이 어렵다(48.1%)
■ 사용이 제도적으로 불가능하다(24.9%)
■ 경제적 어려움이 걱정된다(16.1%)

3. 육아 휴직을 활성화하기 위한 방안에는 어떤 것이 있는가?

■ 육아 휴직 근무자에 대한 불이익 금지(55%)
■ 가족의 중요성에 대한 경영 인식의 변화(32%)
■ 기타(13%)

54. 다음을 주제로 하여 자신의 생각을 600~700자로 글을 쓰십시오. (50점)

　　현대 사회의 가장 주목할 만한 발명품 중 하나는 스마트 기기입니다. 우리는 스마트 기기를 통해서 언제 어디서든지 이메일을 확인하고, 온라인 게임을 할 수 있으며, 최신 소식을 접할 수 있습니다. 또한 사회네트워크시스템(SNS)을 이용하여 자신의 소식을 다른 사람에게 실시간으로 알릴 수 있습니다. 이러한 편리성 때문에 스마트 기기 중독자가 갈수록 늘어나고 있습니다. 스마트 기기 중독이란 무엇이며, 이와 같은 스마트 기기 중독 때문에 나타나는 문제점과 이를 해결하기 위한 방안에 대해서 자신의 생각을 쓰십시오.

* 원고지 쓰기의 예

	머	리	는		언	제		감	는		것	이		좋	을	까	?		사
람	들	은		보	통		아	침	에		머	리	를		감	는	다	.	그

제1교시 듣기, 쓰기 시험이 끝났습니다. 제2교시는 읽기 시험입니다.

제 **6** 회 | 실전 모의고사

New TOPIK 新韓檢實戰全真模擬試題 第6回

TOPIK II

2교시	읽기

수험번호 (Registration No.)		
이 름 (Name)	한국어 (Korean)	
	영 어 (English)	

주 의 사 항
Information

1. 시험 시작 지시가 있을 때까지 문제를 풀지 마십시오.

   Do not open the booklet until you are allowed to start.

2. 수험번호와 이름을 정확하게 적어 주십시오.

   Write your name and registration number on the answer sheet.

3. 답안지를 구기거나 훼손하지 마십시오.

   Do not fold the answer sheet; keep it clean.

4. 답안지의 이름, 수험번호 및 정답의 기입은 배부된 펜을 사용하여 주십시오.

   Use the given pen only.

5. 정답은 답안지에 정확하게 표시하여 주십시오.

   Mark your answer accurately and clearly on the answer sheet.

   marking example ① ● ③ ④

6. 문제를 읽을 때에는 소리가 나지 않도록 하십시오.

   Keep quiet while answering the questions.

7. 질문이 있을 때에는 손을 들고 감독관이 올 때까지 기다려 주십시오.

   When you have any questions, please raise your hand.

TOPIK Ⅱ 읽기 (1번 ~ 50번)

※ [1~2] (　)에 들어갈 가장 알맞은 것을 고르십시오. (각 2점)

1. 아기를 힘들게 재웠는데 전화벨이 (　　　) 아기가 깨서 울었다.
   ① 울리고서야　　　　　　　② 울리는 김에
   ③ 울리는 탓에　　　　　　　④ 울릴 테니까

2. 유나는 "열심히 노력해서 이번에는 꼭 (　　　)!" 하고 다짐했다.
   ① 합격하거든　　　　　　　② 합격하다니
   ③ 합격해야지　　　　　　　④ 합격하는구나

※ [3~4] 다음 밑줄 친 부분과 의미가 비슷한 것을 고르십시오. (각 2점)

3. 여러분도 <u>아시다시피</u> 요즘 세계 경제가 좋지 않습니다.
   ① 아시든지　　　　　　　　② 아시더라도
   ③ 아시는 반면　　　　　　　④ 아시는 것처럼

4. 대학을 졸업하고, 취직해서 현장 경험을 쌓은 후에 대학원에 <u>가면 좋겠다</u>.
   ① 가고 싶다　　　　　　　　② 갈 리 없다
   ③ 가고자 한다　　　　　　　④ 갈지도 모른다

5.

> 바다의 신선함을 여러분의 식탁으로!
> 상하지 않게 아이스박스에 포장해 드려요.

① 농산물　　② 수산물　　③ 축산물　　④ 공산품

6.

선풍기를 사면 제주도에 보내 준다고?
추첨을 통해 제주도 여행권, 최신 영화 관람권을 드립니다.
추첨일시: 9월 5일 15시

① 영화관　　② 여행사　　③ 복권 판매점　　④ 전자제품 판매점

7.

찾아가는 음악회
문화 소외 지역 저소득층 아동에게 희망을 선물하다

① 여가 활동　　② 봉사 활동　　③ 경제 활동　　④ 사회 활동

8.

- 몸속의 독소를 제거해 줍니다.
- 노화 방지, 시력 보호에 도움을 줍니다.
- 각종 세균에 대한 저항력을 키워 줍니다.

① 약의 효능　　② 약의 재료　　③ 약의 용법　　④ 약의 용량

※ [9~12] 다음 글 또는 도표의 내용과 같은 것을 고르십시오. (각 2점)

9.

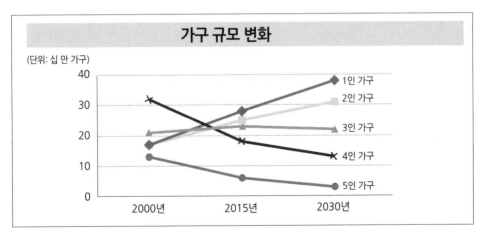

**올림픽 경기장을 열정으로 가득 채울
자원봉사자를 기다립니다!**

- **모집 분야**: 통역 요원, 행사 진행 요원
- **신청 기간**: 2017년 3월 1일 ~ 2017년 3월 30일
- **신청 방법**: 평창 동계 올림픽 홈페이지를 통해 신청
- **신청 자격**: 20~30세의 대학생과 일반인
  ※ 외국어 가능자 우대

2018 평창 동계 올림픽 조직 위원회

① 외국어를 잘하는 사람에게 불리한 조건을 제시하고 있다.
② 직접 지원서를 제출하지 않고 인터넷으로 신청하면 된다.
③ 2018년 동계 올림픽까지 계속 자원봉사자를 뽑을 예정이다.
④ 31세의 영어를 잘하는 대학생은 통역 요원에 지원할 수 있다.

10.

가구 규모 변화

(단위: 십 만 가구)

- 1인 가구
- 2인 가구
- 3인 가구
- 4인 가구
- 5인 가구

2000년 · 2015년 · 2030년

① 3인 가구의 경우 30년간 특별한 변화가 없다.
② 2015년 이전에 4인 가구가 가장 많이 늘었다.
③ 2015년 이후부터 5인 가구가 늘어날 전망이다.
④ 1인 가구보다 2인 가구의 수가 더 늘고 있는 추세다.

11.

> 지난달 13일, 프랑스 파리 유네스코 본부 1층 전시장에서 '제주도 해녀 사진전'이 열렸다. 해녀는 특별한 장비 없이 물속에 들어가서 해산물을 채취하는 여자를 뜻한다. 현재 남은 제주도 해녀는 4,500명 정도인데 대부분 고령인 탓에 해마다 수가 감소하고 있다. 현재 제주도 해녀를 유네스코 세계무형유산에 등재하는 작업을 진행 중이다.

① 대부분의 해녀들은 연세가 많다.

② 제주도 해녀는 4,500명으로 증가했다.

③ 제주도에서 해녀 사진전이 개최되었다.

④ 제주도 해녀는 유네스코 세계무형유산이다.

12.

> 짧은 시간 심하지 않은 정도의 스트레스는 집중력을 높여 학습 능력을 크게 키운다고 한다. 또한 같은 이야기를 할 때도 말의 높낮이나 리듬에 변화를 주면 듣는 사람을 긴장시켜 훨씬 많은 내용을 기억하게 한다고 한다. 스트레스는 적절한 경우 발전의 원동력이 되고 생활의 활력소가 되는 것이다.

① 스트레스는 발전을 방해한다.

② 스트레스를 잠깐 받으면 생활이 재미있어진다.

③ 장기간 적절한 스트레스를 받으면 학습 능력이 향상된다.

④ 말의 높낮이나 리듬을 변화시키면 듣는 사람이 잘 기억한다.

※ [13~15] 다음을 순서대로 맞게 배열한 것을 고르십시오. (각 2점)

13.

> (가) 이는 작년 같은 달보다 0.8% 상승한 수치이다.
>
> (나) 지난달 청년 실업률이 15년 만에 가장 높은 수치를 기록했다.
>
> (다) 지난달에 공무원 시험 원서 접수를 한 청년들이 많았던 것이 원인이다.
>
> (라) '구직 활동을 했지만 4주 안에 직업을 갖지 못한 사람'을 실업자로 정의 하기 때문이다.

① (가)-(나)-(다)-(라)　　　　② (가)-(다)-(나)-(라)

③ (나)-(가)-(다)-(라)　　　　④ (나)-(다)-(가)-(라)

14.

> (가) 또 다른 공통점은 원천 기술이 대부분 국방부에서 탄생했다는 점이다.
>
> (나) 미국 정부는 국방부에서 개발한 기술에 대해 특허권을 고집하지 않는다.
>
> (다) 로봇, 무인 차는 앞으로 미래 산업을 이끌어 갈 산업이라는 공통점을 가 지고 있다.
>
> (라) 이렇게 새로운 기술을 민간에서 자유롭게 쓰기 때문에 항상 미국에서 새 로운 산업이 출현한다.

① (나)-(가)-(라)-(다)　　　　② (나)-(라)-(다)-(가)

③ (다)-(가)-(나)-(라)　　　　④ (다)-(나)-(라)-(가)

15.

(가) 감염성 질환을 치료할 신약 개발의 가능성이 열린 것이다.

(나) 서구화된 생활은 위생 상태의 개선으로 질환 예방에 큰 역할을 했다.

(다) 하지만 그 과정에서 우리 몸에 이로운 세균도 줄어들어 새로운 감염성 질환이 늘었다.

(라) 아마존 원주민들이 서구인보다 두 배나 많은 종류의 세균을 갖고 있다는 연구 결과는 의미가 있다.

① (나)-(가)-(라)-(다)　　　　② (나)-(다)-(라)-(가)

③ (라)-(가)-(다)-(나)　　　　④ (라)-(나)-(가)-(다)

※ [16~18] 다음을 읽고 (　)에 들어갈 내용으로 가장 알맞은 것을 고르십시오. (각 2점)

16.

　　아르바이트는 원래 안정된 직장을 찾기 전에 잠시 시간을 내 용돈을 벌기 위해 하는 일로 인식되곤 했다. 하지만 최근에는 취업문이 막힌 청년들이 (　　　　　) 그 성격이 바뀌고 있다. 학교를 졸업한 청년들이 최악의 취업 한파에 억지로 아르바이트로 내몰리고 있는 것이다.

① 경력을 쌓기 위해 하는 일로

② 당당하게 받아들이는 일자리로

③ 평생 직장의 개념으로 선택하는 일로

④ 어쩔 수 없이 선택해야 하는 생계 수단으로

17.

들판에 피어나는 다양한 꽃들이 봄을 더욱 아름답게 한다. 갖가지 색채로 산을 물들이는 단풍은 가을을 더욱 풍요롭게 한다. 이처럼 자연은 서로 다른 것들이 조화를 이루어 아름다운 세상을 만들어 내는 것이다. 하지만 우리는 (   ) 편견을 드러낼 때가 있다. '다름'은 '틀림'이 아니다. 다름을 인정하는 사회가 꽃처럼 아름다운 사회이다.

① 똑같은 것이 아름답다는

② 서로 다른 것이 자연스럽다는

③ 무조건 하나는 옳고 하나는 틀리다는

④ 자신의 개성을 내세우는 것이 당연하다는

18.

대부분의 사람들은 기계가 감정을 느낄 수 없다고 생각한다. 인공 지능 학자들조차도 컴퓨터가 감정을 갖게 되는 것에 대해 (   ). 그러나 실제 우리는 감정을 조절하는 두뇌 작용을 정보 처리 측면에 어느 정도 적용할 수 있다. 감정 조절 원리를 잘 응용하면 컴퓨터는 머지않아 감정까지도 가질 수 있을 것으로 예상된다.

① 긍정적으로 평가하고 있다

② 적극적으로 노력하고 있다

③ 호의적인 자세를 취하고 있다

④ 회의적인 태도를 보이고 있다

> 남극은 방대한 생물 자원과 지하자원을 갖추고 있다. (   ) 과거의 변화가 그대로 기록되어 있어서 연구 가치가 크다. 최근 수천 년 동안의 남극 환경 변화에 관한 연구 재료는 바다 속에 가라앉은 퇴적물이다. 기후와 수온에 따라 번성했던 생물의 종이 다르고, 그 변화가 퇴적물 속에 그대로 기록되어 있기 때문이다. 그 내용을 살펴보면 대기나 해류 같은 기후 변화 요인도 유추할 수 있다.

19. (   )에 들어갈 알맞은 것을 고르십시오.

① 게다가　　　　　② 차라리　　　　　③ 아무리　　　　　④ 도리어

20. 이 글의 내용과 같은 것을 고르십시오.

① 남극은 자원이 빈약한 곳이다.

② 책에 남극의 변화 모습이 기록되어 있다.

③ 기후와 수온에 따라 다른 종류의 생물이 살았다.

④ 바닷속 퇴적물 연구를 통해서 지하자원을 개발할 수 있다.

> 우리 속담에 (   )는 말이 있듯, 말의 표현이 조금만 달라도 듣는 사람이 받아들이는 감정은 큰 차이가 있다. 우리는 종종 언어를 효과적으로 사용하지 못해 상대의 오해와 불만을 사는 경우를 보게 된다. 이는 때와 장소, 상대방의 입장이나 기분에 따라 적절한 표현을 하지 못해 발생한 것이다. 따라서 말을 할 때 어떤 단어를 선택하고, 그것을 어떻게 전달할 것이냐를 결정하는 일은 매우 중요한 문제이다.

21. (   )에 들어갈 알맞은 것을 고르십시오.

① '아' 다르고 '어' 다르다　　　　　② 말 한 마디에 천 냥 빚을 갚는다

③ 가는 말이 고와야 오는 말이 곱다　　　　　④ 낮말은 새가 듣고 밤말은 쥐가 듣는다

22. 이 글의 중심 생각을 고르십시오.

① 말의 표현보다 의미가 더 중요하다.

② 상대방의 입장과 기분에 맞는 말을 해야 한다.

③ 항상 말로부터 오해와 불만이 생기기 마련이다.

④ 말할 때 조심스럽게 단어를 선택하고 표현해야 한다.

※ [23~24] 다음을 읽고 물음에 답하십시오. (각 2점)

고향 선배의 권유로 '목욕 관리사' 일을 시작했다. 처음에는 당장 먹고 살 걱정에 몇 년만 하고 그만둘 생각이었다. 그런데 막상 하고 보니 꽤 매력적인 직업이었다. 무엇보다 땀 흘려 일한다는 점이 적성에 잘 맞았다. 그런데 하루는 아들이 학교에서 가정 환경 조사서를 받아 왔다. 아이 얼굴이 떠올라서 <u>부모 직업란에 '목욕 관리사'라고 쓰지 못하고 나는 잠시 망설였다</u>. 그날 이후 10년 동안 모은 돈으로 식당을 열었다. 하지만 경험 없이 차린 식당이 잘 될 리가 없었다. 결국 큰 빚을 지고 1년 만에 식당 문을 닫았다. 가장 잘할 수 있는 일을 찾던 나는 목욕탕으로 다시 돌아갔다. 나는 사람들의 몸을 닦는 예술가로 다시 돌아온 것이다.

23. 밑줄 친 부분에 나타난 나의 심정으로 알맞은 것을 고르십시오.

① 뿌듯하다　　　　　　② 곤란하다

③ 안타깝다　　　　　　④ 허무하다

24. 이 글의 내용과 같은 것을 고르십시오.

① 아들이 식당 일을 추천했다.

② 목욕 관리사로 일하면서 많은 빚을 졌다.

③ 나에게 가장 잘 맞는 직업은 '목욕 관리사'다.

④ 몇 년만 하고 그만둘 생각으로 식당을 개업했다.

[25~27] 다음은 신문 기사의 제목입니다. 가장 잘 설명한 것을 고르십시오. (각 2점)

25. 10대들의 고민에 귀 기울이는 '라디오가 좋다', 청소년 대화의 광장으로

① 고민이 많은 10대들이 라디오 듣는 것을 좋아한다.

② 라디오를 좋아하는 10대들이 대화를 잘하고 고민도 잘 들어 준다.

③ '라디오가 좋다' 프로그램을 즐겨 듣는 청소년들이 광장으로 모였다.

④ 10대 청소년들이 '라디오가 좋다' 프로그램에서 고민을 함께 나눈다.

26. 양복 대신 평상복, 일과 휴식의 경계를 허물다

① 일할 때는 양복을, 쉴 때는 평상복을 입어야 한다.

② 일할 때 평상복을 입어서 편하게 일할 수 있게 되었다.

③ 일이 끝난 후에는 편한 옷으로 갈아입고 쉬는 것이 좋다.

④ 사람의 옷차림을 보면 일하는 중인지, 쉬는 중인지 알 수 있다.

27. 내리막길 걷던 홈쇼핑 업계, 이달 들어 강한 상승세로 반전

① 조금씩 감소하던 홈쇼핑 매출이 이달에는 반대로 약간 증가했다.

② 홈쇼핑 회사의 수가 조금씩 감소하다가 이달에는 많이 감소했다.

③ 홈쇼핑 회사의 수가 조금씩 늘다가 이번 달에는 반대로 많이 줄었다.

④ 매출이 계속 줄던 홈쇼핑 회사들이 이번 달에는 매출이 대폭 늘었다.

※ [28~31] 다음을 읽고 (　)에 들어갈 내용으로 가장 알맞은 것을 고르십시오.
(각 2점)

28.

> 　　최근 오페라 형태의 뮤지컬이 종종 나오고 있다. 하지만 그것은 뮤지컬로 불리지 오페라라고 불리지는 않는다. 뮤지컬은 뮤지컬만이 가지고 있는 특징이 있기 때문이다. 뮤지컬은 오페라의 요소를 모두 포함하고 있으면서 비오페라적인 요소, 즉 (　　　　　) 포함한다. 반면 오페라는 대사를 용납하지 않고, 한순간이라도 음악이 받쳐 주지 않으면 오페라로서의 지위가 실격된다.

① 대사와 음악이 모두 있는 장면을
② 대사와 음악이 모두 없는 장면을
③ 음악이 없이 대사만 하는 장면을
④ 대사 없이 음악만 나오는 장면을

29.

> 　　한 소년이 아버지와 길을 가다가 자동차에 치여 큰 부상을 입었다. 수술실에 들어온 외과 의사가 소년을 본 순간, "내 아들 영수야!"하고 소리쳤다. 이 의사와 소년은 어떤 관계일까? 당연히 의사는 소년의 어머니가 되어야 함에도 불구하고, 대부분의 사람들이 '의사는 소년의 또 다른 아버지'라고 대답했다. 이는 많은 사람들이 (　　　　　) 주로 남성들이 차지하고 있다는 사고방식을 지녔다는 것을 보여 준다.

① 사람들이 외면하는 직업은
② 여성들이 선호하는 직업은
③ 우리 사회에서 흔한 직업은
④ 의사와 같은 지위의 직업은

30.

> 　　최근 포털과 모바일로 기사를 읽는 독자가 크게 늘어나면서 온라인 뉴스 시장의 판매 경쟁은 더 치열해졌다. 따라서 (　　　　) 더욱 커졌다. 제목에 기사의 핵심을 담지 못하면 편파나 왜곡이라는 비판을 받는다. 응축에 실패하면 간결하기는커녕 뜻조차 모호해진다. 기사의 내용을 핵심적인 단어 몇 개에 응축해서 표현하되, 자극적이지 않은 말로 독자의 마음을 훔치고 독자들의 호기심을 예리하게 찔러야 좋은 제목이라고 말할 수 있다.

① 기사 제목의 중요성이
② 글쓰기 기술의 필요성이
③ 정확한 기사 내용의 필요성이
④ 사회의 핵심을 다룬 기사의 중요성이

31.

> 　　외래종이란 본 서식지에서 새로운 지역으로 옮겨 온 식물이나 동물의 종을 말한다. 새로운 장소에서 외래종은 천적이 없어 무제한으로 자라고 번식할 수 있다. 최근 강원도의 한 저수지에서 아마존산 식인어가 발견된 데 이어, 북미에서 들여온 악어거북도 발견되었다. 외래종의 잇단 출현에 환경 단체에선 과거 외래종인 황소개구리처럼 (　　　　) 생태계를 교란시킬 가능성을 제기하고 있다.

① 토종의 천적을 해쳐서
② 재래종과 잘 공생하여
③ 토종 생물의 생존을 위협하여
④ 재래종이 외래종을 멸종시켜서

※ [32~34] 다음을 읽고 내용이 같은 것을 고르십시오. (각 2점)

32.

> 정부에서 새로운 유형의 사이버 공격이 발생했다고 발표했다. 이 사이버 공격은 웹사이트들을 마비시키는 것으로, 바이러스와는 다른 것이다. 재정적인 손실이나 중요한 정보 소실에 대한 보고는 없었지만, 이 사이버 공격으로 인해 많은 사람들이 주식 거래와 은행 업무를 보는 데 어려움을 겪었다. 정부는 이러한 공격을 피하기 위해서는 내려받는 파일의 출처를 확인하고, 컴퓨터에 바이러스 점검 프로그램을 실행하는 것이 좋다고 말했다.

① 이 사이버 공격은 새로운 방식의 바이러스이다.
② 이 사이버 공격에 의해 재정적인 피해를 입었다.
③ 이 사이버 공격은 웹사이트 사용을 힘들게 한다.
④ 이 사이버 공격을 피하려면 접속 사이트의 출처를 알아본다.

33.

> 맹자의 어머니가 맹자의 교육을 위해 세 번 이사했다는 것은 우리에게 잘 알려진 이야기이다. 선비가 대접받는 '사농공상'의 사회적 신분제에 대한 개념은 맹자 이후에 만들어진 유교 이념이다. 맹자가 살았던 2,500년 전의 시대에는 학문을 하는 선비들이 사회적으로 가장 낮은 계층이었다. 이런 시대 상황에서 맹자의 어머니가 자녀의 교육을 위해 이사를 세 번 했다는 것은 당시의 유행이나 풍조에 반하는, 큰 용기를 필요로 하는 것이었다.

① '사농공상'의 신분 질서에서 선비는 가장 낮은 계층이었다.
② 맹자가 살았던 시대에는 선비가 인정받지 못하는 직업이었다.
③ 맹자의 어머니는 당시의 시대 상황에 맞게 아들을 교육시켰다.
④ 맹자는 당시의 사람들이 부러워하는 직업을 갖기 위해 노력했다.

34.

> 비정부기구(NGO)는 세상을 좀 더 살기 좋은 곳으로 만들고자 한다. 전쟁이 있는 나라에 의사와 간호사를 보내고, 가난한 사람들을 위해 집이나 농장 짓는 것을 돕고, 정부가 여성에게 교육 기회를 주지 않는 나라에서 여성들을 위한 교육을 제공한다. 이러한 활동들은 많은 희생이 따르는 결코 쉽지 않은 일이다. NGO의 자원봉사자들이 자국민과 다른 나라 국민을 위해 위험을 감수하고 있기에 가능한 것이다.

① NGO 자원봉사자들은 어려운 환경에서 일하고 있다.
② NGO 활동가들은 각 나라가 원하는 봉사 활동을 한다.
③ NGO 활동가들은 좋은 세상을 만들기 위해 정부에서 일한다.
④ NGO 자원봉사자들은 자기 나라 국민을 위해 일하지는 않는다.

※ [35~38] 다음 글의 주제로 가장 알맞은 것을 고르십시오. (각 2점)

35.

> 항생제 오남용은 기후 변화나 테러만큼 위협적인 문제이다. 우리 몸에 꼭 필요한 균까지 죽일 뿐 아니라, 항생제를 더 많이 사용할수록 기존 항생제에 대한 내성을 갖게 되기 때문이다. 결국 기존 항생제가 듣지 않는 슈퍼 박테리아가 등장하게 되는데, 새로운 슈퍼 박테리아의 등장 속도를 항생제 개발 속도가 따라가지 못하는 점이 문제이다. 항생제 오남용 문제는 정부와 의사, 환자의 협력 없이는 해결할 수 없다.

① 항생제 오남용은 테러만큼 위협적인 국제 문제이다.
② 슈퍼 박테리아의 등장으로 항생제 개발이 촉진되고 있다.
③ 항생제 오남용을 줄이기 위해 다각적인 노력이 필요하다.
④ 항생제 오남용을 막기 위해서 정부가 강력하게 대응해야 한다.

36.

> 창작물에서 역사는 신중히 다뤄야 한다. 역사에 기록되지 않은 부분에 상상력을 더해 만드는 이야기를 가지고 왜곡을 논하는 것은 어폐가 있다. 하지만 역사를 소재로 하는 이상 아무리 순수한 의도로 만든 작품이라도 여러 집단 사이의 이해관계로 인해 확대되고 재생산될 우려가 있다. 해당 매체의 파급 효과가 클 때 이런 현상은 더욱 심하다. 역사는 과거에 끝나 버린 사건이 아니라 현재까지 이어지는 일이므로 조심해서 다뤄야 한다.

① 역사를 소재로 하면 파급 효과가 커진다.

② 창작물에서 역사를 다룰 때 왜곡해서는 안 된다.

③ 역사를 다룬 창작물은 상상을 바탕으로 제작해야 한다.

④ 역사를 소재로 한 창작물은 순수한 의도로 만들어야 한다.

37.

> 안보와 통일 준비 간의 우선순위에 대한 국민적 논의가 시급하다. 전문가들은 이구동성으로 통일을 위해서는 튼튼한 안보보다 교류 협력 확대가 더 필요함을 역설한다. 하지만 북한의 군사 도발에 대한 우려가 증폭되고 있는 상황에서 교류 협력 확대를 통해 북한을 개혁과 개방으로 이끌어가야 한다는 목소리가 커지고 있는 것은 모순이다. 통일 시대를 미리 준비하는 것도 중요하지만 당장 북한의 군사적 위협에 대한 대책이 더 시급하다.

① 통일을 위해 교류 협력을 확대할 필요가 있다.

② 통일을 위한 국민적인 논의는 아직 시기상조이다.

③ 북한과의 교류 협력 확대보다 국가의 안보가 먼저이다.

④ 북한의 개혁과 개방이 먼저 이루어져야 통일을 할 수 있다.

38.

> 양치질은 언제 하는 것이 좋을까? 일반적으로 음식을 먹은 뒤 3분 안에 이를 닦는 게 좋다고 알려져 있다. 하지만 이는 잘못된 상식이다. 밥, 음료 등을 먹고 가볍게 입안을 헹구고 나서 30~60분이 지난 후에 하는 것이 좋다. 특히 신 과일이나 토마토, 탄산음료를 먹은 후에 바로 양치하는 것은 삼가야 한다. 음식에 든 산 성분이 치아를 약하게 만들기 때문이다. 하지만 단 음식을 먹은 후에는 바로 양치질을 하는 것이 좋다.

① 양치질은 식후 3분 안에 하는 것이 좋다.

② 먹은 음식에 따라 양치질을 하는 시간이 달라야 한다.

③ 신 과일을 먹고 난 후에 바로 양치질을 하면 소용이 없다.

④ 음식을 먹은 후 30~60분이 지난 다음에 양치질을 해야 한다.

※ [39~41] 다음 글에서 〈보기〉의 문장이 들어가기에 가장 알맞은 곳을 고르십시오.　　　　　　　　　　　　　　　　　　　　　　　　(각 2점)

39.

> 먹다 남은 수박은 랩이나 비닐로 포장하거나 밀폐 용기에 담아 보관하게 된다. (㉠) 하지만 전문가들은 두 보관 방법 모두 세균이 많이 번식한다고 말한다. (㉡) 수박 보관 방법에 따라 세균이 얼마나 증식되는지 실험을 하였다. (㉢) 그 결과 보관 방법에 관계없이 냉장고에 보관한 수박에서 모두 하루만 지나도 식중독균이 검출됐다. (㉣) 또한 수박을 먹을 때는 수박을 자른 후에 가급적 빨리 먹는 것이 좋다.

──────〈보　기〉──────

따라서 수박을 자르기 전에 칼을 깨끗이 세척하는 게 좋다.

① ㉠　　　　　　② ㉡　　　　　　③ ㉢　　　　　　④ ㉣

40.

(㉠) 지휘자 금난새는 음악이 주는 즐거움, 황홀함을 삶에서 만끽하고 있는 사람이다. 돈이 없거나 장소가 마땅하지 않거나 관객이 없다는 한계는 그에게 문제가 되지 않는다. (㉡) 또한 단순히 듣는 음악으로만 소통하는 것이 아닌, 곡에 대한 모든 이야기를 풀어 놓는 '해설이 있는 콘서트'는 지휘자 금난새만의 특징이 되었다. (㉢) 그는 늘 음악과 청중과 함께하는 삶을 살고 싶다고 말한다. (㉣)

〈보 기〉

어디서든 음악을 즐길 수 있도록 건물 로비에서도, 도서관에서도 공연을 열었다.

① ㉠   ② ㉡   ③ ㉢   ④ ㉣

41.

'신어'란 새로 생겨난 개념 혹은 사물을 표현하기 위해 지어낸 말을 의미한다. (㉠) 또한 이미 있던 말이라도 새 뜻을 갖게 된 것과 다른 언어로부터 빌려 쓰는 외래어도 포함한다. (㉡) 신어는 사람들에 의해서 자연스럽게 만들어져 쓰이는 것과 언어 정책상 계획적으로 만들어져 보급되는 것이 있다. (㉢) 이러한 신어들은 현실적인 필요에 의해 만들어진다. (㉣)

〈보 기〉

그리고 기존의 표현을 새롭게 바꾸려는 대중적 욕구 때문에 생겨나는 것도 있다.

① ㉠   ② ㉡   ③ ㉢   ④ ㉣

> 호텔이 도시의 중심지에 있고 방이 거리 쪽에 있는 까닭에 창가에 의자를 가져가면 바로 눈 아래 거리가 내려다보인다. 창으로는 사람도 자그마하게 보이고 줄줄이 늘어선 자동차도 단정하게 보이며 모든 것이 잘 정돈되어 보인다. 나는 이 전망이 마음에 들어서 방에 머무르고 있는 대부분의 시간을 창가 의자에서 보냈다. 저녁 식사 후 거리에 막 가로등이 켜지기 시작할 때와 지금처럼 아침 일찍 해가 뜨는 거리에 사람들의 왕래가 차츰차츰 늘어 갈 때가 가장 아름다운 때이다. 호텔 식당에서는 지금쯤 한식, 일식, 중식 등 다양한 음식이 준비되어 투숙객들을 기다리고 있을 것이다. 호텔 조식의 메뉴를 머리에 떠올려 보다가 식당으로 내려가기조차 귀찮아서 아침 식사는 그냥 방에서 빵과 커피로 대신하기로 했다. (중략)
>
> "더 필요한 건 없으세요?"
>
> 식탁 위에 음식 그릇을 늘어놓은 후에도 종업원은 돌아가지 않고 시간을 끌었다. 내가 팁을 주기를 기다리는 모양이었다. <u>나는 주머니에 손을 넣어 천 원짜리 지폐를 잡았다가 그만뒀다.</u> 그리고 "네." 하고 짧게 대답했다.
>
> 이효석 〈합이빈〉

42. 밑줄 친 부분에 나타난 나의 태도로 알맞은 것을 고르십시오.

① 인색하다　　② 겸손하다

③ 무례하다　　④ 자상하다

43. 이 글의 내용과 같은 것을 고르십시오.

① 나는 호텔 식당에서 아침 식사를 했다.

② 종업원은 한식, 일식, 중식을 가져다주었다.

③ 지금은 거리에 막 가로등이 켜지기 시작할 때이다.

④ 나는 호텔 방에서 거리를 내려다보는 것을 좋아한다.

※ [44~45] 다음을 읽고 물음에 답하십시오. (각 2점)

대부분의 사람들은 외국어로 말하거나 발표하는 자리를 꺼리는데 그 이유는 실수가 두렵기 때문이다. 그러나 중요한 것은 사람들은 외국어로 말하는 사람이 어떠한 실수를 하는지에 대해서보다는 외국어로 말하는 것 자체에 대해 감탄을 한다는 사실이다. 외국어를 배워서 말하는 것이 얼마나 어려운지 알기에 그렇게 말하기까지의 노력과 성취에 대해 감탄할 수밖에 없는 것이다. (   ) 사람들은 당신이 완벽하게 말하는 것을 기대하지도 않을 뿐더러 실수는 배움의 일부분임을 이해하기 때문이다. 언어의 목적은 서로 이해하고 대화하는 것이지, 완벽하고자 하는 것이 아니라는 것을 기억해야 한다.

44. 이 글의 주제로 알맞은 것을 고르십시오.

① 외국어를 할 때 실수를 두려워하지 마라.

② 대부분의 사람들은 외국어로 말을 못한다.

③ 열심히 노력하면 외국어로 대화할 수 있다.

④ 외국어를 배울 때는 시간과 노력이 많이 든다.

45. (   )에 들어갈 내용으로 알맞은 것을 고르십시오.

① 모국어라고 하더라도

② 모국어 사용자가 아니기 때문에

③ 외국어는 잘 배워야 하기 때문에

④ 말을 잘하는 사람은 없기 때문에

숨겨진 카메라로 여성의 신체를 몰래 촬영해 유포하는 '몰카(몰래 카메라)' 범죄가 크게 늘고 있다. (㉠) 경찰은 몰카 범죄의 확산을 차단하기 위해 몰카용 카메라의 생산과 소지를 제한하는 법을 추진하는 한편 인구 밀집 지역에 수사원들을 집중 배치하겠다는 대책을 내놨다. (㉡) 경찰로서는 어떤 대책이라도 마련해야겠지만 이런 조치로 몰카 범죄가 근절되지는 않을 것이다. (㉢) 분명한 것은 이런 몰카 행위의 확산이 사회 병리적 현상으로 자리 잡는 것을 차단할 필요가 있다는 점이다. (㉣) 여성 신체를 대상으로 한 몰카는 장난이나 호기심으로 시도할 행위가 아니며 심각한 성범죄라는 인식이 사회 전반에 확고하게 자리 잡아야 한다.

46. 다음 문장이 들어가기에 가장 알맞은 곳을 고르십시오.

이는 스마트폰의 확산과 영상 촬영 기기의 소형화에 따라 범죄도 동반해서 증가하는 양상으로 풀이된다.

① ㉠　　　　　② ㉡　　　　　③ ㉢　　　　　④ ㉣

47. 이 글의 내용과 같은 것을 고르십시오.

① 몰카 범죄는 사람이 드문 지역에서 주로 발생한다.

② 장난이나 호기심 때문에 몰래 촬영한 것은 범죄가 아니다.

③ 여성의 신체를 몰래 촬영하여 유포하는 범죄가 확산되고 있다.

④ 경찰은 몰카 범죄 예방을 위한 실질적인 해결책을 마련하였다.

※ [48~50] 다음을 읽고 물음에 답하십시오. (각 2점)

간접흡연 또한 직접 흡연만큼 건강에 안 좋다는 것은 아무리 강조해도 지나치지 않다. 최근 실내 흡연 규제에 관한 논의가 활발한 가운데 직접 흡연뿐 아니라 간접흡연도 건강에 심각한 악영향을 끼칠 수 있다는 지적이 많다. 담배가 타면서 발생하는 연기가 간접흡연의 대부분을 차지하는데, 이때의 연기는 입자의 크기가 작고 독성이 강한 화학 물질로 농도도 높아 폐의 깊은 부분까지 도달할 수 있기 때문에 건강에 상당히 치명적이다. 특히 발암 물질인 카드뮴이 간접흡연을 통해 체내에 축적되는 것은 매우 심각한 문제다. 최근 한국 국민의 전체적인 흡연율은 낮아지고 있는 추세이지만 간접흡연 노출률은 오히려 높아진 경향을 보여 간접흡연에 대한 적극적인 관리와 대책이 필요한 실정이다. 흡연은 (   ) 훨씬 잘 관리되는 질환이므로 혼자 해결하려고 하지 말고 전문적인 금연 치료를 받아 흡연자 본인은 물론, 가족의 건강까지 지켜야 할 것이다.

48. 필자가 이 글을 쓴 목적을 고르십시오.
① 간접흡연으로 인한 피해 사례를 알리기 위해서
② 간접흡연 관리와 대책의 필요성을 알리기 위해서
③ 간접흡연 시 발생하는 경제적 손실을 알리기 위해서
④ 간접흡연으로 인해 논의되는 규제들을 알리기 위해서

49. (   )에 들어갈 내용으로 알맞은 것을 고르십시오.
① 몸에 좋은 음식을 먹으면
② 꾸준한 운동과 식이요법을 하면
③ 강한 의지를 가지고 관리를 하면
④ 의사의 도움과 약물 치료를 받게 되면

50. 밑줄 친 부분에 나타난 필자의 태도로 알맞은 것을 고르십시오.
① 간접흡연으로 인한 폐해를 고발하고 있다.
② 간접흡연의 위험성에 대해 주장하고 있다.
③ 간접흡연으로 인한 불편함을 호소하고 있다.
④ 간접흡연 시 발생하는 문제점을 간과하고 있다.

제**7**회 | 실전 모의고사
New TOPIK 新韓檢實戰全真模擬試題 第7回

TOPIK II

1교시	듣기, 쓰기

수험번호 (Registration No.)	
이 름 (Name)	한국어 (Korean)	
	영 어 (English)	

주 의 사 항
Information

1. 시험 시작 지시가 있을 때까지 문제를 풀지 마십시오.

   Do not open the booklet until you are allowed to start.

2. 수험번호와 이름을 정확하게 적어 주십시오.

   Write your name and registration number on the answer sheet.

3. 답안지를 구기거나 훼손하지 마십시오.

   Do not fold the answer sheet; keep it clean.

4. 답안지의 이름, 수험번호 및 정답의 기입은 배부된 펜을 사용하여 주십시오.

   Use the given pen only.

5. 정답은 답안지에 정확하게 표시하여 주십시오.

   Mark your answer accurately and clearly on the answer sheet.

   marking example ① ● ③ ④

6. 문제를 읽을 때에는 소리가 나지 않도록 하십시오.

   Keep quiet while answering the questions.

7. 질문이 있을 때에는 손을 들고 감독관이 올 때까지 기다려 주십시오.

   When you have any questions, please raise your hand.

※ [1~3] 다음을 듣고 알맞은 그림을 고르십시오. (각 2점) 🔊 *Track 121*

1. ①

②

③

④

2. ①

②

③

④

3.

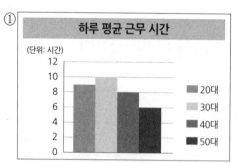

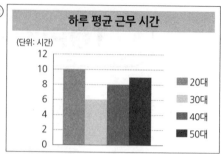

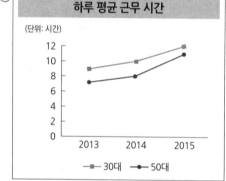

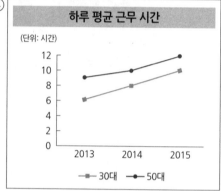

※　[4~8] 다음 대화를 잘 듣고 이어질 수 있는 말을 고르십시오. (각 2점) ◀<Track 122

4.　① 공연 시간이 생각보다 짧네요.

　　② 다음에는 좀 일찍 와야겠어요.

　　③ 7시까지는 늦지 않고 올 수 있어요.

　　④ 시간이 남아서 예매할 수 있었어요.

5.　① 운동하기 전에 해 보세요.

　　② 스트레칭을 못 할 뻔했어요.

　　③ 근육이 아플까 봐 걱정이에요.

　　④ 스트레칭 방법을 알려 드릴게요.

6. ① 저도 제출해 봐야겠어요.

② 이미 과제를 제출한 후에요.

③ 시간보다 늦어질 것 같아요.

④ 교수님 연락처 좀 알려 주세요.

7. ① 디자인을 보고 싶어요.

② 마음에 들면 좋겠어요.

③ 밝은 분위기라서 좋아요.

④ 거실이 더 밝은 것 같아요.

8. ① 계획 짜는 것 좀 도와줘.

② 바꿨더니 훨씬 좋아졌어.

③ 계획을 바꾸는 게 좋겠다.

④ 늦잠을 자서 힘들 것 같아.

※ [9~12] 다음 대화를 잘 듣고 여자가 이어서 할 행동으로 알맞은 것을 고르십시
오. (각 2점)
🔈 *Track 123*

9. ① 경찰서까지 운전한다.

② 잠시 길에 차를 세운다.

③ 사람들에게 길을 묻는다.

④ 지도에서 위치를 찾는다.

10. ① 복사기를 수리할 사람을 부른다.

② 수리 센터 전화번호를 찾아본다.

③ 다른 층에 가서 서류를 복사한다.

④ 복사기 수리 센터에 전화를 한다.

11. ① 영수증을 확인한다.

    ② 쿠폰에 도장을 찍는다.

    ③ 쿠폰으로 커피를 계산한다.

    ④ 영수증 이벤트에 참가한다.

12. ① 학과 게시판을 확인한다.

    ② 학과 사무실에 전화한다.

    ③ 사무실 조교에게 찾아간다.

    ④ 학과 홈페이지에 접속한다.

※ [13~16] 다음을 듣고 내용과 일치하는 것을 고르십시오. (각 2점) ◀ Track 124

13. ① 남자는 여자에게 연체료를 빌려주기로 했다.

    ② 여자는 연체료가 없어서 책을 반납할 수 없다.

    ③ 본인이 직접 도서관에 가서 책을 반납해야 한다.

    ④ 여자는 일주일 전에 도서관에 책을 반납해야 했다.

14. ① 비행 중에는 선반을 열면 안 된다.

    ② 잠을 잘 때에도 좌석 벨트를 매야 한다.

    ③ 비행기는 아직 공항에서 출발하기 전이다.

    ④ 비행기는 지금 기류 변화로 흔들리고 있다.

15. ① 이번에 민속촌이 처음 만들어졌다.

    ② 민속촌은 다음 달에 새 단장을 시작한다.

    ③ 학생들은 학생증이 있어야 할인을 받는다.

    ④ 새 단장을 한 민속촌은 이번 달에 개장한다.

16. ① 남자는 오늘 부대표가 되었다.

   ② 남자는 이 회사의 영업 사원이다.

   ③ 남자는 오래전에 농사를 지었다.

   ④ 남자는 30년 동안 회사에서 일했다.

※ [17~20] 다음을 듣고 <u>남자</u>의 중심 생각을 고르십시오. (각 2점) ◀Track 125

17. ① 부모님에게 선물을 드리는 게 좋다.

   ② 감정이 상할 선물은 안 하는 게 좋다.

   ③ 부모님을 잘 모르면 선물을 고르기가 힘들다.

   ④ 부모님에게 필요한 걸 물어보고 선물하는 게 좋다.

18. ① 아파트 주민들이 게시판을 봐야 한다.

   ② 아파트에 살면 분리수거를 잘 해야 한다.

   ③ 분리수거 방법을 잘 보이는 곳에 붙여야 한다.

   ④ 아파트 주민들이 분리수거 방법을 잘 모르고 있다.

19. ① 회사에서 추우면 겉옷을 껴입으면 된다.

   ② 요즘 가정에서 에너지를 낭비하고 있다.

   ③ 회사보다 일반 가정이 에너지를 더 절약하고 있다.

   ④ 에너지 절약은 정부나 회사에서 먼저 실천해야 한다.

20. ① 소통하는 방법을 바꾸면 갈등이 줄어들 수 있다.

   ② '자기 감정 중심'의 말하기 방식은 갈등을 만든다.

   ③ 잘못된 소통 방법으로 인해 서로 갈등이 생겨난다.

   ④ 상대의 기분을 고려한 소통으로 갈등을 줄일 수 있다.

Track 126

21. 남자의 중심 생각으로 맞는 것을 고르십시오.

① 무조건 싸다고 해서 좋은 물건은 아니다.

② 인터넷과 매장의 가격을 잘 비교해야 한다.

③ 오래 쓰는 물건은 매장에 가서 사는 것이 더 좋다.

④ 물건에 따라 매장에서 사는 것이 더 좋을 수도 있다.

22. 들은 내용으로 맞는 것을 고르십시오.

① 침대 가격은 인터넷이 더 싼 편이다.

② 여자는 인터넷에서 침대를 주문했다.

③ 여자는 매장에서 파는 침대 가격을 모른다.

④ 남자는 여자에게 더 싼 곳을 추천하고 있다.

※　[23~24] 다음을 듣고 물음에 답하십시오. (각 2점)

Track 127

23. 남자는 무엇을 하고 있는지 고르십시오.

① 이력서 내용을 수정할 것을 제안하고 있다.

② 수정된 이력서 내용에 대해 보고하고 있다.

③ 개인 정보 보호 방법에 대해 알려 주고 있다.

④ 개인 정보 유출에 대한 문제점을 말하고 있다.

24. 들은 내용으로 맞는 것을 고르십시오.

① 이력서를 통해 업무와 관련된 정보를 알 수 없다.

② 이력서 내용에 아버지의 직업을 적는 부분이 있다.

③ 지원자들이 개인 정보 유출 문제를 걱정하고 있다.

④ 개인 정보를 잘못 적으면 정보 유출의 위험이 있다.

※ [25~26] 다음을 듣고 물음에 답하십시오. (각 2점)

25. 남자의 중심 생각으로 맞는 것을 고르십시오.

① 미용 전문점에는 가지 않는 것이 좋다.

② 스스로 인터넷에서 미용 정보를 구해야 한다.

③ 불황기에는 미용에 가급적 돈을 쓰지 않는 것이 좋다.

④ 미용 기기를 사서 셀프미용을 하는 것이 더 경제적이다.

26. 들은 내용으로 맞는 것을 고르십시오.

① 피부 관리실에서 미용 기기를 직접 판매한다.

② 여성들이 전문점에서 관리를 받고 싶어 한다.

③ 미용 전문가들이 인터넷에 미용 정보를 올린다.

④ 요즘 여성들이 집에서 스스로 미용 관리를 한다.

※ [27~28] 다음을 듣고 물음에 답하십시오. (각 2점)

27. 여자가 남자에게 말하는 의도를 고르십시오.

① 일회용 컵 사용에 대해 비판하기 위해

② 환경 보호의 필요성에 대해 주장하기 위해

③ 다양한 환경 보호 방법에 대해 설명하기 위해

④ 개인이 환경 보호에 참여하는 것의 중요성을 강조하기 위해

28. 들은 내용으로 맞는 것을 고르십시오.

① 환경 보호에 기업들의 참여가 부족하다.

② 남자는 종이컵 사용을 선호하는 편이다.

③ 요즘 카페에서는 머그컵을 사용하지 않는다.

④ 환경 보호를 위해 정부에서 여러 해결책을 냈다.

29. 남자는 누구인지 고르십시오.

   ① 교수

   ② 경찰

   ③ 은행 직원

   ④ 정책 관계자

30. 들은 내용으로 맞는 것을 고르십시오.

   ① 남자는 최근 전화 사기를 당했다.

   ② 전화 사기단은 오래 전에 검거했다.

   ③ 모르는 사람의 전화를 받으면 안 된다.

   ④ 피해자들은 전화로 비밀번호를 알려 줬다.

※ [31~32] 다음을 듣고 물음에 답하십시오. (각 2점) ◀⁝ *Track 131*

31. 남자의 생각으로 맞는 것을 고르십시오.

   ① 특색 있는 도시에는 기념관이 있어야 한다.

   ② 기념관 건립은 관광객 유입을 목적으로 한다.

   ③ 관광객들 유입이 많아지면 시민들이 불편해진다.

   ④ 시민들이 힘을 모아서 평화 기념관을 만들어야 한다.

32. 남자의 태도로 맞는 것을 고르십시오.

   ① 상대방의 동의를 구하며 타협점을 찾고 있다.

   ② 상대방 주장의 문제점에 대해 지적하고 있다.

   ③ 단호한 태도로 자기 의견을 주장을 하고 있다.

   ④ 실제 사례를 예로 들며 의견을 구체화하고 있다.

33. 무엇에 대한 내용인지 맞는 것을 고르십시오.

     ① '너무'의 사용 방법

     ② 문법 공부의 어려움

     ③ 문법 체계의 변화 가능성

     ④ '너무 좋다'라는 문장이 틀린 이유

34. 들은 내용으로 맞는 것을 고르십시오.

     ① 앞으로 '너무'를 사용하지 않기로 했다.

     ② 사람들이 '너무'를 긍정문에서도 많이 사용했다.

     ③ 사람들이 '너무'를 많이 사용해서 문제가 되었다.

     ④ '너무'를 부정문에서만 사용하는 것으로 바뀌었다.

35. 여자는 무엇을 하고 있는지 고르십시오.

     ① 회사의 성과에 대해 보고하고 있다.

     ② 다른 회사와 수익 성장률을 비교하고 있다.

     ③ 자체 실시한 고객 만족도를 분석하고 있다.

     ④ 회사 일에 열심히 참여할 것을 요청하고 있다.

36. 들은 내용으로 맞는 것을 고르십시오.

     ① 직원들은 회사 소유 물건을 소중히 다룬다.

     ② 회사는 부피가 작은 물품을 운송하고 있다.

     ③ 회사는 지난 3년 동안 수익이 25% 증가하였다.

     ④ 이 회사는 고객 만족도가 높은 편으로 나타났다.

Track 134

37. 남자의 중심 생각을 고르십시오.

① 붓에는 정형화 된 펜과는 다른 독특함이 있다.

② 붓글씨를 통하여 얻는 것에는 모두 차이가 있다.

③ 서도는 붓글씨와 사람의 성품이 조화가 돼야 한다.

④ 서도를 통해서 마음을 수양하는 자세를 배워야 한다.

38. 들은 내용과 일치하는 것을 고르십시오.

① 서법은 붓으로 쓰는 예술을 의미한다.

② 오래된 글씨를 따라 써야 수양이 된다.

③ 펜은 글씨의 굵고 약함을 조절할 수 있다.

④ 서법, 서예, 서도는 붓으로 글을 쓰는 것이다.

※　[39~40] 다음은 대담입니다. 잘 듣고 물음에 답하십시오. (각 2점)　*Track 135*

39. 이 대화 앞의 내용으로 알맞은 것을 고르십시오.

① 학습지는 높은 학습 효과를 거두고 있다.

② 학부모들이 비싼 학원비로 고생하고 있다.

③ 저렴한 학습지 때문에 학원이 망하고 있다.

④ 학습지는 아이의 특성에 맞게 선택해야 한다.

40. 들은 내용과 일치하는 것을 고르십시오.

① 학습지는 싼 가격으로 학습 효과를 높일 수 있다.

② 최근에 학원을 이용하는 학부모가 늘어나고 있다.

③ 수준에 맞는 학습지를 선택하는 것은 어렵지 않다.

④ 학습지는 학교에서 배운 내용을 보충해 주지 못한다.

41.　들은 내용과 일치하는 것을 고르십시오.

　　① 중앙아메리카에서는 주로 숲에서 소를 키운다.

　　② 미국의 햄버거는 중앙아메리카에서 만들어진다.

　　③ 소를 키우기 위해 나무를 베고 숲을 없애고 있다.

　　④ 숲이 없어지게 되면 지구의 온도가 떨어지게 된다.

42.　남자의 중심 생각으로 맞는 것을 고르십시오.

　　① 햄버거 커넥션이 지구의 이상 기후를 만들 수 있다.

　　② 숲을 만들어 지구의 이상 기후 현상을 막아야 한다.

　　③ 지구의 온도가 오르게 되면 사람의 생명이 위험해진다.

　　④ 햄버거를 먹는 양을 줄여서 숲이 없어지는 것을 막아야 한다.

※　[43~44] 다음은 다큐멘터리입니다. 잘 듣고 물음에 답하십시오. (각 2점)

◀€ Track 137

43.　환경이 파괴되면 위험한 이유로 맞는 것을 고르십시오.

　　① 주변의 환경이 소중하기 때문에

　　② 처음의 상태로 되돌리기 어렵기 때문에

　　③ 사람들이 죄책감을 느끼지 않기 때문에

　　④ 환경의 파괴는 빠르게 진행되기 때문에

44.　이 이야기의 중심 내용으로 맞는 것을 고르십시오.

　　① 길거리에 쓰레기를 함부로 버리면 안 된다.

　　② 환경이 파괴되는 이유는 생활 습관 때문이다.

　　③ 평소에 재활용을 철저히 하는 습관이 필요하다.

　　④ 환경을 지키기 위해 작은 습관부터 바꿔야 한다.

45. 들은 내용과 일치하는 것을 고르십시오.

　　① 3급을 줄이면 기름을 많이 낭비하게 된다.

　　② 운전 습관을 바꾸면 에너지를 절약할 수 있다.

　　③ 차 안의 짐이 많을수록 기름이 적게 소비된다.

　　④ 최근 모든 차량들이 급출발과 급가속을 하지 않았다.

46. 남자의 태도로 가장 알맞은 것을 고르십시오.

　　① 운전자들의 안 좋은 운전 습관을 비판하고 있다.

　　② 자동차로 인한 환경 문제에 대하여 염려하고 있다.

　　③ 운전 습관을 토대로 자동차 연료 사용량을 분석하고 있다.

　　④ 연구 결과를 근거로 경제적인 운전 습관에 대한 정보를 제시하고 있다.

47. 들은 내용과 일치하는 것을 고르십시오.

　　① 두뇌의 발달은 보통 4살 이후까지 지속된다.

　　② 한국의 학생들은 영양 섭취가 부족한 편이다.

　　③ 아침 식사를 한 학생들의 시험 성적이 높았다.

　　④ 미국의 학생들이 한국 학생들보다 시험을 잘 봤다.

48. 여자의 태도로 가장 알맞은 것을 고르십시오.

　　① 아침을 먹지 않는 현상의 원인에 대해 설명하고 있다.

　　② 학생들이 아침 식사를 하지 않는 것에 대해 염려하고 있다.

　　③ 학생들에게 학습의 성취도를 높일 수 있도록 장려하고 있다.

　　④ 아침 식사와 학습의 상관관계에 대한 연구 결과를 토대로 조언하고 있다.

49. 들은 내용과 일치하는 것을 고르십시오.

    ① 조선 시대에는 총 5번의 큰 홍수가 있었다.

    ② 홍수는 조선 시대에 처음 나타난 자연재해였다.

    ③ 조선 시대에는 댐을 건설하여 홍수를 대비하였다.

    ④ 세종 때 청계천에는 강물의 수위를 재는 수표가 있었다.

50. 여자의 태도로 가장 알맞은 것을 고르십시오.

    ① 기상 관측의 중요성에 대해 강조하고 있다.

    ② 현재와 과거의 홍수의 차이점을 비교하고 있다.

    ③ 역사적으로 홍수를 예측한 방법을 설명하고 있다.

    ④ 조선 시대의 홍수 대비법에 대하여 소개하고 있다.

※ [51~52] 다음을 읽고 ⊙과 ⓒ에 들어갈 말을 각각 한 문장으로 쓰십시오.
(각 10점)

51.

알립니다

요즘 (⊙   ) 아래층에 사는 주민들이 많은 불편을 겪고 있습니다. 아파트는 함께 생활하는 공간이므로 (ⓒ   ).

- 아이들이 집안에서 뛰지 않도록 해 주세요.
- 저녁 9시 이후에 집 안에서 운동을 하지 말아 주세요.
- 저녁 9시 이후에 세탁기나 청소기를 사용하지 말아 주세요.

서로 예절을 잘 지킨다면 더 쾌적하고 즐거운 아파트 생활이 될 것입니다.

한국아파트 관리 사무소

52.

　　인생을 살아가다 보면 어제 잡은 기회 때문에 다음날 더 좋은 기회를 놓치게 되거나 반대로 (⊙   ). 이처럼 인생은 어제의 손해가 반드시 오늘의 손해로 이어지는 것은 아니라고 할 수 있다. 그러므로 오늘 하나의 기회를 놓치더라도 그것을 후회하기보다는 (ⓒ   ) 자세가 필요하다.

53. 최근 청소년의 놀이 문화에 대한 관심이 높습니다. 다음 자료를 참고하여 청소년 놀이 문화의 유형에 대해 설명하는 글을 200~300자로 쓰십시오. (30점)

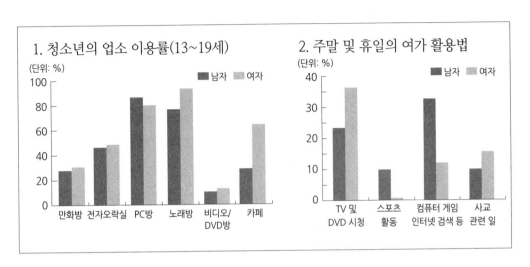

54. 다음을 주제로 하여 자신의 생각을 600~700자로 글을 쓰십시오. (50점)

전 세계가 글로벌화되면서 각 나라 간의 관계는 빠르게 변화하고 있습니다. 이러한 변화 속에서 자기 나라의 역사를 제대로 아는 것은 매우 중요합니다. 대부분의 나라들이 역사 교육을 강조하고 있는데 여러분은 왜 역사 교육이 필요하다고 생각하십니까? 이러한 역사 교육을 통해 우리가 배울 수 있는 점은 무엇이며, 역사 교육이 우리 사회에 가져오는 이득은 무엇인지 대해 자신의 생각을 쓰십시오.

* 원고지 쓰기의 예

	머	리	는		언	제		감	는		것	이		좋	을	까	?		사
람	들	은		보	통		아	침	에		머	리	를		감	는	다	.	그

제1교시 듣기, 쓰기 시험이 끝났습니다. 제2교시는 읽기 시험입니다.

제 7 회 실전 모의고사

New TOPIK 新韓檢實戰全真模擬試題 第7回

TOPIK Ⅱ

2교시	읽기

수험번호 (Registration No.)	
이 름 (Name) 한국어 (Korean)	
영 어 (English)	

주 의 사 항
Information

1. 시험 시작 지시가 있을 때까지 문제를 풀지 마십시오.

   Do not open the booklet until you are allowed to start.

2. 수험번호와 이름을 정확하게 적어 주십시오.

   Write your name and registration number on the answer sheet.

3. 답안지를 구기거나 훼손하지 마십시오.

   Do not fold the answer sheet; keep it clean.

4. 답안지의 이름, 수험번호 및 정답의 기입은 배부된 펜을 사용하여 주십시오.

   Use the given pen only.

5. 정답은 답안지에 정확하게 표시하여 주십시오.

   Mark your answer accurately and clearly on the answer sheet.

   marking example | ① ● ③ ④ |

6. 문제를 읽을 때에는 소리가 나지 않도록 하십시오.

   Keep quiet while answering the questions.

7. 질문이 있을 때에는 손을 들고 감독관이 올 때까지 기다려 주십시오.

   When you have any questions, please raise your hand.

TOPIK Ⅱ 읽기 (1번~50번)

※ [1~2] (　)에 들어갈 가장 알맞은 것을 고르십시오. (각 2점)

1. 사랑하지 않는 사람과 (　　　) 차라리 평생 혼자 살겠다.
   ① 결혼하느니　　　　　　　　② 결혼하더니
   ③ 결혼하도록　　　　　　　　④ 결혼한다고 해도

2. 길가에 핀 꽃이 너무 (　　　) 차를 세우고 사진을 찍었다.
   ① 예쁜 듯　　　　　　　　　② 예쁘기에
   ③ 예쁘고도　　　　　　　　④ 예쁠 정도로

※ [3~4] 다음 밑줄 친 부분과 의미가 비슷한 것을 고르십시오. (각 2점)

3. 공부만 아니면 내 삶은 참 행복할 것이다.
   ① 공부뿐이면　　　　　　　② 공부만 있으면
   ③ 공부만 같아도　　　　　　④ 공부를 제외하면

4. 영화를 본 관객이 1,000만 명이 넘은 걸 보니까 그 영화가 재미있나 보다.
   ① 재미있기는 하다　　　　　② 재미있기만 하다
   ③ 재미있는 것 같다.　　　　④ 재미있기 마련이다

※ [5~8] 다음은 무엇에 대한 글인지 고르십시오. (각 2점)

5.
영양분이 살아 있는 깨끗한 물!
당신의 건강을 책임집니다.

① 세탁기　　　② 정수기　　　③ 에어컨　　　④ 식기 세척기

6.
고객의 재산을 안전하게 키워 드립니다
온라인 자산 관리 서비스 강화

① 은행　　　② 병원　　　③ 경찰서　　　④ 연구소

7.
세계화 시대!
외국과의 활발한 교류로 인해 국제결혼 증가

① 이혼 가정　　　② 이민 가정　　　③ 다문화 가정　　　④ 한 부모 가정

8.

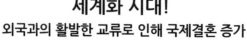

• 포장지를 뜯지 말고 냉장고에 두십시오.
• 3일 이후에 드시려면 냉동실에 넣어 주십시오.

① 포장 방법　　　② 사용 안내　　　③ 보관 방법　　　④ 상품 안내

※ [9~12] 다음 글 또는 도표의 내용과 같은 것을 고르십시오. (각 2점)

9.

천년의 축제, 강릉 단오제

- **행사 장소:** 강릉시 남대천 단오장 및 지정 행사장
- **행사 기간:** 2015년 6월 16일 ~ 2015년 6월 23일 (8일간)
- **유네스코 무형유산 선정 10주년 기념 축하 행사:** 6월 16일 오후 2시
- **이용 요금:** 무료
- **연계 관광:** 행사장에서 20분 이내 거리에 경포 해수욕장과 오죽헌이
  있습니다.

① 강릉 단오제 행사장 내에 오죽헌이 있다.

② 강릉 단오제는 10년의 전통을 가진 축제이다.

③ 10년 전에 강릉 단오제가 유네스코 문화유산에 선정되었다.

④ 행사 기간 중 매일 유네스코 선정 기념 축하 행사가 진행된다.

10.

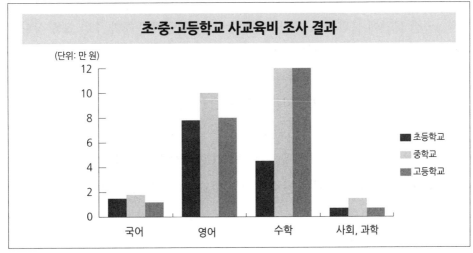

① 중학생은 영어 사교육비가 제일 적게 든다.

② 중·고등학생은 수학 사교육비 부담이 가장 크다.

③ 국어 사교육을 받는 학생의 비율은 중학생보다 초등학생이 더 높다.

④ 고등학생에 비해 중학생이 사회, 과학 교육비를 덜 지출하는 편이다.

11.

> 요즘 도서관의 '떠오르는 핵심 고객'은 노년층이다. 자료를 보면 10년 전에 비해 60대 이상의 비율이 200% 늘었다. 그런데 특이한 점은 60대 이상 남녀 비율이 거의 99:1이라는 것이다. 할머니 비율도 10년 전보다 증가한 것은 사실이지만 여전히 격차가 크다. 전문가들은 할머니들이 손주의 육아와 살림에 바쁜 현실이 반영된 것이라고 말한다.

① 도서관 고객의 99%는 60대 이상의 노인들이다.

② 할아버지들은 손주와 도서관에 다니느라고 바쁘다.

③ 할머니 고객이 증가하여 도서관의 주요 고객이 되었다.

④ 할머니들은 손주 보는 일과 가사 일로 도서관에 갈 시간이 없다.

12.

> 영화에 나오는 똑똑한 무인 자동차를 타고 도로를 달릴 날도 멀지 않았다. 국내외 자동차 기업들이 인간의 조종이 필요 없는 무인 자동차의 상용화 시기를 15년 뒤로 잡고 있다. 지금 시험 운행 중인 무인 자동차의 사고 빈도는 6년간 11건에 불과했다. 무인 자동차는 사람과 달리 주행과 주변 교통 상황 파악에 집중할 수 있기 때문에 더 안전하다.

① 15년 후에는 무인 자동차를 타고 달릴 수 있다.

② 무인 자동차보다 사람이 운전하는 것이 더 안전하다.

③ 시험 운행 중인 무인 자동차는 사고가 많아서 불안하다.

④ 상용화된 이후 무인 자동차의 사고 빈도는 6년간 11건이다.

13.

> (가) 많은 사람들이 근육이 많을수록 건강하다고 생각한다.
>
> (나) 남성은 체중의 80~85%, 여성은 75~80%로 근육을 유지하는 것이 적당하다고 한다.
>
> (다) 근육량이 지나치게 많으면 콩팥에 무리가 가고, 심장과 간에도 영향을 미친다는 것이다.
>
> (라) 그런데 과도한 근육을 가진 사람이 사망률이 높다는 연구 결과가 나와서 충격을 주고 있다.

① (가)-(라)-(나)-(다)　　　　② (가)-(라)-(다)-(나)

③ (나)-(다)-(라)-(가)　　　　④ (나)-(라)-(가)-(다)

14.

> (가) 한국인 대부분이 소나무를 유별히 사랑한다.
>
> (나) 그래서인지 소나무 숲은 한국의 산림 면적의 23%를 차지한다.
>
> (다) 그런데 문제는 소나무 숲을 비롯한 침엽수림이 재해에 취약하다는 점이다.
>
> (라) 침엽수는 뿌리가 얕아서 바람이나 집중호우에 잘 쓰러지고 산사태에 약하다.

① (가)-(나)-(다)-(라)　　　　② (가)-(라)-(나)-(다)

③ (다)-(가)-(나)-(라)　　　　④ (다)-(라)-(나)-(가)

15.

(가) 이는 이슬람교도의 높은 출산율과 높은 청년 인구 비율 때문이다.

(나) 미래에는 전 세계 이슬람교도 수가 기독교도 수를 능가할 것이란 전망이 나왔다.

(다) 이슬람교도 여성 한 명이 낳는 자녀의 수는 평균 3.1명이고, 이슬람교도의 34%가 15세 이하이다.

(라) 2050년이면 이슬람교도의 비중이 기독교도와 비슷해지다가 2071년 이후부터는 역전될 것이라고 한다.

① (나)-(라)-(가)-(다) 　　　② (나)-(라)-(다)-(가)

③ (다)-(나)-(라)-(가) 　　　④ (다)-(라)-(가)-(나)

※ [16~18] 다음을 읽고 ( )에 들어갈 내용으로 가장 알맞은 것을 고르십시오. (각 2점)

16.

참나무가 갈대에게 힘 자랑을 했다. 약한 바람에도 쉽게 굽힌다는 참나무의 놀림에 갈대는 그저 고개를 숙이고 있었다. 그때 거센 바람이 불었다. 갈대는 이리저리 흔들리면서 바람을 이겨냈지만, ( ) 참나무는 결국 부러지고 말았다.

① 힘은 세지만 마음이 여린

② 갈대를 위로하고 도와주던

③ 바람에 휘어져서 쉽게 굴복한

④ 힘만 믿고 바람에 맞서 버티던

17.

인간은 사회의 문화를 익히고 사회에서의 자신의 역할을 습득함으로써 그 사회의 한 구성원이 되어 간다. 이러한 과정을 '사회화'라고 한다. 그런데 사회 구성원들은 사회의 역할 기대나 문화 규범을 따르기만 하는 것이 아니라 (   ). 따라서 사회화는 개인과 사회의 상호작용 과정이라고 할 수 있다.

① 그것들을 앞서서 나가기도 한다

② 그것들을 끊임없이 재구성해 나간다

③ 그것들과 대등 관계에 놓이기도 한다

④ 그것들과 다른 독자적인 행동을 하기도 한다

18.

간판은 건물의 내부에서 벌어지는 사건을 안경점, 분식점, 서점 하는 식으로 축약된 형태로 이야기해 준다. 그러므로 간판 없이 상업 행위가 일어나지 않고 간판 없이 도시가 존재하지 않는 것처럼 보인다. 간판이 없으면 우리는 감기약을 사기 위해 오랜 시간을 헤매야 할 것이다. 간판은 도시에서 (   ) 보여 주는 것이다.

① 도시인의 다양한 직업을

② 화려하게 번쩍이는 이유를

③ 무언가를 사고파는 행위가 벌어지고 있음을

④ 무엇이 자연 발생적으로 생겨나고 있는지를

> 외국어 조기 교육에 대한 찬반양론은 아직도 팽팽하게 맞서 있어 어느 쪽이 옳다 그르다 쉽게 말하기가 어렵다. (   ) 발음 한 가지만을 놓고 볼 때는 일찍 시작할수록 좋다는 점을 누구나 인정한다. 하지만 아직 주체적 판단이 부족한 어린이들에게 외국어를 습득시키다 보면 어린이들이 자기 문화와 전통을 소중히 여기는 의식이 희박해질 것은 이미 예견된 일이다.

19. (   )에 들어갈 알맞은 것을 고르십시오.
    ① 마침   ② 혹시   ③ 다만   ④ 끝내

20. 이 글의 내용과 같은 것을 고르십시오.
    ① 외국어는 일찍 배울수록 도움이 된다.
    ② 외국어 조기 교육과 발음은 상관관계가 있다.
    ③ 외국어 조기 교육에 반대하는 사람보다 찬성하는 사람이 더 많다.
    ④ 자기 나라의 문화와 전통 교육을 위해 외국어 조기 교육이 필요하다.

> 미생물을 실험실에서 배양하면 어느 순간까지는 잘 자라다가 일정 시간이 지나면 먹이 고갈과 노폐물 축적으로 성장을 멈추고 끝내 죽게 된다는 것은 우리에게 잘 알려진 바이다. 인류라고 해서 예외일 수는 없다. 만약 인류가 생산 활동의 부산물인 대기 오염, 수질 오염 및 토양 오염을 그대로 방치할 경우, 환경 문제는 환경 오염의 차원을 넘어 환경 파괴로 치닫게 될 것이다. 그 다음 결과는 (   ) 일이다.

21. (   )에 들어갈 알맞은 것을 고르십시오.
    ① 불 보듯 뻔한   ② 사서 고생하는
    ③ 손꼽아 기다리는   ④ 물불을 가리지 않는

22. 이 글의 중심 생각을 고르십시오.

① 미생물은 실험실에서 자랄 경우 생명이 짧다.

② 인류는 환경 보호를 위해 생산 활동을 멈춰야 한다.

③ 환경 문제를 방치할 경우 인류가 멸종 위기에 처할 수 있다.

④ 인간도 미생물처럼 자연 상태에서 살면 더 오래 생존할 수 있다.

※ [23~24] 다음을 읽고 물음에 답하십시오. (각 2점)

> 방학이 되자 학교 도서실에서 독서 캠프를 열었다.
> "여러분, 소원을 들어주는 마법 램프 이야기 들어 봤나요?" 잘 아는 동화 이야기에 아이들은 어느새 수업에 흠뻑 빠져들었다. 간절한 꿈을 매일 스무 번씩 말하고 노력하면 꼭 이루어진다고 하자 아이들은 저마다 소원을 이야기했다. 부자가 되고 싶다는 아이도 있었고, 가수가 되겠다는 아이도 있었다. 그러나 재우는 아무 말이 없었다.
> 수업이 끝나고 집으로 돌아가는 길에 재우를 보았다. 재우는 혼자 고개를 푹 숙인 채 터덜터덜 걷고 있었다. 가까이 가자 재우의 중얼거리는 소리가 들렸다.
> "엄마, 아빠랑 같이 산다. 엄마, 아빠랑 같이 산다." 재우의 목소리가 얼마나 간절하던지 나는 코끝이 찡했다.

23. 밑줄 친 부분에 나타난 나의 심정으로 알맞은 것을 고르십시오.

① 괘씸하다   ② 섭섭하다   ③ 답답하다   ④ 안쓰럽다

24. 이 글의 내용과 같은 것을 고르십시오.

① 재우는 부자가 되고 싶다고 말했다.

② 재우는 선생님이 한 말을 믿고 있다.

③ 재우는 지금 엄마, 아빠와 함께 산다.

④ 재우는 독서 캠프에 참가하지 못했다.

※ [25~27] 다음은 신문 기사의 제목입니다. 가장 잘 설명한 것을 고르십시오.
(각 2점)

25. | 최고 인기 만화, 무대에 오르니 글쎄? |

① 인기 있는 만화의 홍보 자리를 마련하였다.

② 화제가 되었던 만화가 연극 무대에 올랐다.

③ 화제가 된 만화를 영화로 만들어 인기가 있다.

④ 인기 있는 만화가 연극 무대에서는 반응이 별로다.

26. | 휴양림 내 펜션 '성수기, 비수기 따로', 이젠 옛말 |

① 과거에는 휴양림 안에 있던 펜션이 인기가 없었다.

② 최근 휴양림 안에 있는 펜션에는 항상 이용객이 많다.

③ 휴양림 안에 있는 펜션은 요즘 성수기와 비수기가 따로 있다.

④ 옛날에 휴양림 안에 있는 펜션은 성수기보다 비수기가 길었다.

27. | 대졸 여성 취업 청신호, 남녀 연봉 격차 문제는 풀어야 할 숙제 |

① 남녀의 연봉 격차 때문에 대졸 여성 취업자의 불만이 많다.

② 대졸 여성들을 뽑는 회사가 늘어서 남녀 연봉 격차 문제가 해소될 것이다.

③ 대졸 여성 취업자가 늘 예정이나 남녀 연봉 격차 문제는 여전히 남아 있다.

④ 대졸 여성들을 채용하는 회사가 늘 전망이나 여전히 남성 취업자가 더 많을 것이다.

※ [28~31] 다음을 읽고 ( )에 들어갈 내용으로 가장 알맞은 것을 고르십시오.
(각 2점)

28.

　　어떤 나라에서는 (　　　　　) 몸짓이 다른 나라에서는 자연스럽게 사용되는 몸짓일 수 있다. 예를 들어 한국에서는 집게손가락을 둥글게 감아서 다른 사람을 가리키는 행동을 해서는 안 된다. 하지만 미국인은 그러한 손짓으로 웨이터를 부르기도 한다. 팔꿈치를 밖으로 향하면서 손을 허리에 올리는 몸짓도 한국에서는 거만한 자세로 보이지만 미국에서는 그 사람이 개방적이고 포용력이 있다는 것을 나타낸다.

① 자신감이 넘치는　　　　　　　　② 긍정적인 느낌을 주는
③ 무례한 행동으로 보이는　　　　　④ 바람직한 행동으로 여겨지는

29.

　　최근 학생들의 부정행위로 문제가 됐던 모 대학교의 자연과학대학이 '무감독 시험제'를 도입하기로 해 화제가 되고 있다. 이는 '시험 감독을 더욱 강화하라'는 대학 본부의 최근 지침과는 방향이 다르다. 자연과학대 학장은 시험 감독을 강화하는 것보다 자신의 명예에 대한 올바른 인식을 심어 주고, 스스로 부정행위에 대한 (　　　　　) 교육하는 것이 더 낫다고 말했다.

① 관심을 끌도록
② 거부감을 없애도록
③ 흥미를 유발하도록
④ 유혹을 뿌리칠 수 있도록

30.

> 가령 어두운 황야에서 벼락을 만나 공포에 시달린 사람이 그로 인해 과거에 저지른 죄를 뉘우치고 새 삶을 시작하게 되었다고 하자. 그렇다면 이때의 벼락은 (   ) 신의 형벌이라고 말할 수 있다. 이 경우 전자가 현상에 대한 과학적 해석이라면, 후자는 인간적 해석이라 할 수 있다. 과학의 법칙이 지배하는 영역이 있는가 하면 그렇지 않은 부분도 있는 것이다.

① 자연 현상이 아니라
② 신의 선물이 아니라
③ 인간의 능력이 아니라
④ 과학 현상의 예외가 아니라

31.

> 대개의 경우, 영화 제작자들은 (   ) 촬영을 한다. 그래서 필름을 2시간 전후 분량으로 편집을 한다. 그들은 장면을 선택하고 모으면서 잘 어울리지 않는 부분을 잘라내고 때로는 질질 끄는 듯한 장면들을 줄이거나 잘라냄으로써 생동감 있는 장면으로 연출한다. 그 작업은 몇 달이 걸리기도 하는데, 모든 장면들이 올바른 순서로 합쳐지면 비로소 영화 상영 준비가 완료되는 것이다.

① 필요한 분량 이상으로
② 잘라내지 않을 부분만
③ 영화 내용의 순서대로
④ 생동감 있는 장면을 살리면서

※ [32~34] 다음을 읽고 내용이 같은 것을 고르십시오. (각 2점)

32.

> 화장품 회사들이 화장품의 사용 기한을 식품의 유통 기한처럼 쉽고 명확하게 바꾸기로 했다. 기쁨화장품 등 한국의 대표적인 화장품 회사들이 내년부터 제품의 사용 기한을 'O년 O월까지'로 표기할 예정이라고 밝혔다. 그동안 제품 제조 연월일과 개봉 후 사용 기간을 제품에 표기했으나 제조 연월일만으로는 사용 기한을 알기 어렵고 '6M(6개월)', '12M(12개월)' 등의 개봉 후 사용 기한 역시 소비자들이 혼동할 여지가 있다는 판단에 따른 것이다.

① 식품의 유통 기한을 쉽게 표기할 예정이다.
② 그동안 화장품의 사용 기한을 명확하게 표기해 왔다.
③ 앞으로 화장품 사용 기한을 6M, 12M으로 표기할 계획이다.
④ 내년에는 사용 기한이 새롭게 표기된 화장품을 구입할 수 있다.

33.

> 나이에 따라 추위를 느끼는 정도가 다르다. 추위의 정도는 기온보다 체온 조절 기능에 의해 결정되는데, 체온 조절 기능에 관여하는 것이 지방 조직이다. 지방 조직은 흰색 지방과 갈색 지방으로 나뉘는데, 갈색 지방은 열을 생산하는 역할을 하고 흰색 지방은 열이 체외로 빠져 나가지 않도록 막아 주는 역할을 한다. 인간은 갈색 지방을 가지고 태어나며, 나이가 많아짐에 따라 점차 줄어들다가 노인이 되면 더 이상 생성되지 않는다.

① 기온에 따라서 추위의 정도가 결정된다.
② 흰색 지방은 열을 만들고 보호하는 역할을 한다.
③ 노인은 갈색 지방이 부족해서 추위를 많이 느낀다.
④ 나이가 어릴수록 흰색 지방이 많고 갈색 지방이 적다.

34.

> 나무 모양을 닮은 브로콜리는 항암 효과가 뛰어난 채소이다. 브로콜리는 야채 중에 철분을 가장 많이 함유하고 있고 저칼로리 음식이면서 풍부한 섬유질을 갖고 있기 때문에 다이어트 음식으로도 좋다. 브로콜리의 효능을 살리려면 조리법이 중요하다. 생 브로콜리는 모든 영양소를 유지하고 있어 좋기는 하지만 장을 자극해서 가스를 발생시킨다. 오래 삶거나 끓일 경우에는 효능이 약화되기 쉬우므로 살짝 데쳐 먹는 것이 가장 좋다.

① 브로콜리는 나무의 한 종류이다.

② 브로콜리는 푹 삶아서 먹는 것이 좋다.

③ 브로콜리는 날 것으로 먹으면 효능이 떨어진다.

④ 브로콜리는 살짝 데치면 건강에 좋은 성분이 유지된다.

※ [35~38] 다음 글의 주제로 가장 알맞은 것을 고르십시오. (각 2점)

35.

> 스마트 기기의 발달로 인간이 더욱 자유로워질 것이라는 긍정적인 미래가 예측되었다. 하지만 대부분이 스마트폰을 갖게 된 지금, 직장인들은 오히려 고통을 호소한다. 24시간 언제 어디에서든 업무를 처리할 수 있게 되면서 여가 시간에 잔업을 하는 일이 허다하기 때문이다. 물론 업무의 효율성을 높인다는 긍정적인 부분도 있다. 하지만 근무 시간 외에도 일 처리를 해야 한다는 강박에 시달릴 수밖에 없다.

① 스마트 기기의 발달로 직장인의 근무 환경이 바뀌었다.

② 스마트 기기의 발달로 직장인들의 업무 효율이 향상되었다.

③ 스마트 기기의 발달로 직장인들은 회사로 출근하지 않아도 된다.

④ 스마트 기기의 발달로 직장인들은 새로운 업무 스트레스를 받는다.

36.

　　땅콩은 시원한 맥주와 함께 먹는 안주로 인기가 많다. '심심풀이 땅콩'이라는 말이 있을 정도로, 한국 사람들에게 땅콩은 건강을 위해서 먹는 음식이 아니라 주전부리 정도로 인식되고 있다. 하지만 땅콩의 기능성을 알고 나면 생각이 달라질 것이다. 땅콩에는 바나나보다 칼륨이 많이 포함되어 있어 인체 내에 있는 나트륨을 밖으로 배출하는 기능이 탁월하므로 짠 음식을 많이 먹는 한국인에게 특히 유용하다.

① 땅콩은 시원한 맥주와 함께 먹는 것이 좋다.

② 땅콩에는 바나나보다 칼륨이 많이 들어 있다.

③ 땅콩은 주전부리이므로 많이 먹으면 건강에 안 좋다.

④ 땅콩은 짠 음식을 많이 먹는 사람에게 좋은 음식이다.

37.

　　반려견과 함께 산책을 나갈 때 반드시 개가 착용해야 하는 것이 있다. 바로 목줄이나 가슴 줄이다. 외형적으로만 보면 목줄보다 가슴 줄이 좀 더 자유롭게 움직일 수 있어 보이지만 무엇이든지 장·단점이 있는 법이다. 어떤 줄이 산책할 때 더 좋다는 정답은 없다. 이는 용도와 기능 자체가 다르기 때문이다. 두 가지 다 산책할 때 사용에 큰 무리가 없으니 반려견과 함께 걷기에 안전하고 편한 줄을 선택하면 된다.

① 반려견과 산책 시 신체적 부담을 줄여야 한다.

② 반려견과 산책할 때는 반드시 가슴 줄을 착용해야 한다.

③ 반려견과 산책 시 목줄을 사용하든 가슴 줄을 사용하든 상관없다.

④ 반려견과 산책할 때는 반려견을 통제할 수 있는 줄을 선택해야 한다.

38.

> 사람들은 칼로리를 소모하기 위해 일부러 시간을 내서 운동을 하려고 한다. 그러나 일상생활 속에서도 칼로리를 소모할 수 있다. 예를 들어, 60분 동안 바닥을 닦으면 114kcal, 요리를 하면 68kcal, 다림질을 하면 65kcal를 소모할 수 있다. 단순히 웃는 것만으로도 33kcal가 소모된다. 앉아 있는 시간 줄이기, 스트레칭하기, 엘리베이터 대신 계단 이용하기 등 생활 습관을 바꾸면 평소보다 더 많은 칼로리를 소모할 수 있다.

① 칼로리를 소모하는 제일 좋은 방법은 청소이다.

② 칼로리 소모를 위해 집안일을 열심히 해야 한다.

③ 작은 생활 습관의 변화로도 칼로리를 더 많이 소모할 수 있다.

④ 시간을 내서 운동을 해야만 칼로리를 더 많이 소모할 수 있다.

※ [39~41] 다음 글에서 〈보기〉의 문장이 들어가기에 가장 알맞은 곳을 고르십시오. (각 2점)

39.

> 창업을 준비하는 사람들이 정부 지원보다 더 중요하게 여기는 것이 있다. (㉠) 다시 말해 성공한 선배 창업가들에게 창업 시 고려 사항, 실패 과정 및 창업 성공 스토리 등 다양한 정보와 사례를 듣는 것이다. (㉡) 실패를 통해 배운 점과 성공의 노하우를 공유함으로써 시행착오를 줄일 수 있기 때문이다. (㉢) 이렇듯 선배 창업가에게서 다양한 정보를 얻는 것이 예비 창업가들에게는 무엇보다도 가장 중요한 창업의 첫걸음이다. (㉣)

> ─────〈보　기〉─────
> 바로 창업에 성공한 선배들에게 돈 주고 살 수 없는 실전 경험을 전수받는 것이다.

① ㉠　　　② ㉡　　　③ ㉢　　　④ ㉣

40.

한국을 넘어 일본 최고의 타자로 우뚝 선 이승엽 선수는 단순히 신체적인 힘으로만 홈런을 치는 선수는 아니었다. (㉠) 투수로서도 뛰어난 선수였기에 상대 투수가 어떤 볼을 던질지 미리 예측할 수 있었다. (㉡) 하지만 팔꿈치 부상으로 인해 처음 투수에서 타자로 전향했을 때는 누구도 그의 성공을 장담할 수 없었다. (㉢) 지금 국민 타자로 사랑받기까지 엄청난 노력이 있었기에 가능했다. (㉣)

─────〈보 기〉─────

그는 두뇌 플레이를 할 줄 아는 영리한 선수로 투수에서 타자로 전향한 선수였다.

① ㉠   ② ㉡   ③ ㉢   ④ ㉣

41.

쌍둥이는 일란성과 이란성으로 구분할 수 있다. 일란성 쌍둥이는 수정란이 분열하여 세포가 되었을 때 세포들이 각각 독립된 개체로 자란 것을 말한다. (㉠) 따라서 일란성 쌍둥이는 성별뿐만 아니라 혈액형, 유전자가 동일하다. (㉡) 수정란이 세포 분열한 후 분리되는 이유는 아직 정확하게 밝혀지지 않고 있다. (㉢) 반면 이란성 쌍둥이는 한꺼번에 배란된 2개 이상의 난자가 각각 다른 정자와 수정되어 자란 것이다. (㉣)

─────〈보 기〉─────

그러므로 유전자도 다르고 성도 다를 수 있다.

① ㉠   ② ㉡   ③ ㉢   ④ ㉣

"이렇게 바람이 부는데 네 아버지 배는 괜찮을까?"

"아버지 배는 새 배니까 안전할 거예요."

아들의 안부를 몰라 가슴을 태우는 늙은 할머니의 물음에 이렇게 대답을 하기는 하였으나 딸도 불안하기는 마찬가지였다. 태풍이 거세질수록 아버지의 생사가 배의 운명과 함께 어찌 되지나 않을까 불안에 떨어야 했다.

"일기 예보에서 태풍이 올 거라고 했으니까 오늘은 배를 타지 마세요."

"태풍은 밤에 온다니까 일찍 나갔다 오면 괜찮을 거다."

딸이 계속 말렸음에도 불구하고 멀리 나가지 않겠다는 약속을 하고 새벽에 아버지는 집을 나섰다. 그런데 오전부터 한 방울, 두 방울 빗방울이 떨어지더니 오후에 들어서면서 소나기로 변했고 거센 바람이 불기 시작했다. 태풍은 점점 세지는데 새벽에 나간 아버지는 밤이 늦도록 돌아오지 않고 있다. 딸은 속이 까맣게 타는 것 같았다. 전화벨이 울렸다. 급한 일이 생겨서 고기잡이를 나가는 대신 서울에 가셨다는 아버지의 말을 듣고 <u>딸은 다리에 힘이 풀려 그 자리에 주저앉고 말았다.</u>

이익상 〈어촌〉

42. 밑줄 친 부분에 나타난 딸의 태도로 알맞은 것을 고르십시오.

① 안도하고 있다 ② 의심하고 있다

③ 원망하고 있다 ④ 기대하고 있다

43. 이 글의 내용과 같은 것을 고르십시오.

① 낮부터 태풍이 불기 시작했다.

② 아버지는 아침 일찍 새 배를 타고 나갔다.

③ 아버지는 딸의 말을 듣고 배를 타지 않았다.

④ 딸은 아버지의 안부가 걱정이 되어 쓰러졌다.

> 대형 사고가 나면 우왕좌왕하며 그 원인을 남의 탓으로 돌리기 쉽다. 특히 최근 발생하는 대형 사고의 원인을 국민의 안전 불감증 탓으로 돌려버리는 일이 잦아지고 있다. 하지만 단순히 (   ) 이러한 잘못이 반복되는 원인을 찾아 재발을 방지하는 것이 무엇보다 중요하다. 그러기 위해서는 재발 방지를 위한 정책 개발과 현장에서의 정책 효과에 대한 면밀한 평가가 필요하다. 안전 선진 국가들을 살펴보면 안전 사회를 지지하는 엄중한 현장 안전 규제 시스템이 작동한다는 사실을 직시하게 된다. 정부는 온갖 제도를 만들고 발표하는 것에 그치지 말고 현장에서 이 제도가 제대로 작동되는지, 실효성이 있는지에 관심을 가져야 한다.

44. 이 글의 주제로 알맞은 것을 고르십시오.

① 안전 선진 국가들의 정책을 본받아야 한다.

② 대형 사고의 책임 규명을 분명하게 해야 한다.

③ 재발 방지 정책의 효과에 대한 국민의 관심이 커져야 한다.

④ 대형 사고가 재발하지 않도록 정부가 관리·감독해야 한다.

45. (   )에 들어갈 내용으로 알맞은 것을 고르십시오.

① 대형 사고 방지 교육을 실시하기보다는

② 사고 방지 제도를 만들고 발표하기보다는

③ 안전에 대한 개인의 부주의함을 탓하기보다는

④ 안전 규제에 대한 정책 부제를 질책하기보다는

술을 마신 후 머리가 아프고 속이 쓰린 이유는 무엇일까? 술은 주성분이 물과 에탄올이다. (㉠) 술을 마시면 나타나는 여러 현상은 에탄올 때문이다. (㉡) 소장과 위에서 흡수된 에탄올은 우리 몸 안의 독극물 분해 장소인 간에서 순차적으로 아세트알데히드와 아세트산으로 바뀐다. (㉢) 에탄올에서 아세트알데히드로 바뀌는 것은 사람들마다 크게 차이가 없으나 아세트알데히드가 아세트산으로 바뀌는 것은 사람들마다 큰 차이가 있다. 아세트알데히드를 얼마나 빨리 분해할 수 있느냐에 따라서 사람들마다 술을 마시는 정도의 차이가 나타난다. (㉣) 그래서 과학적으로 술을 잘 마시는 사람은 아세트알데히드의 분해 능력이 뛰어난 사람이라 할 수 있다.

46. 다음 문장이 들어가기에 가장 알맞은 곳을 고르십시오.

아세트알데히드는 속이 쓰리고 머리를 아프게 하는 숙취 물질로 독성이 강하다.

① ㉠　　　　　② ㉡　　　　　③ ㉢　　　　　④ ㉣

47. 이 글의 내용과 같은 것을 고르십시오.

① 술의 주성분은 아세트알데히드와 아세트산이다.

② 아세트알데히드를 분해하지 못하는 사람은 술에 약하다.

③ 에탄올에서 아세트산으로 바뀌는 것은 사람마다 차이가 크다.

④ 술을 마신 후 머리가 아프고 속이 쓰린 것은 아세트산 때문이다.

※ [48~50] 다음을 읽고 물음에 답하십시오. (각 2점)

　　기업의 청년 인턴제 사업 참여를 확대하기 위해 인증제 도입이 필요하다는 주장이 나왔다. 청년고용포럼은 25일 서울 중구 한국프레스센터에서 학계와 경제 단체, 청년과 대학생 등이 참여한 '청년의 일 경험 관련 대토론회'를 열었다. 포럼에 참가한 한 교수는 각 부처 등에 산재된 현장 실습, 인턴제, 직장 체험 프로그램 등을 (　　　) 일과 직장에 대한 경험 사업을 체계적으로 관리해야 한다고 주장했다. 직무 체험형 인턴 사업은 학생들의 직무 경험 수요가 높아진 것에 맞춰 재정 지원을 늘려 대폭 확대하고, 취업 연계형 인턴 사업은 국가 근로 장학금 사업 등과 연계하는 방안 등을 제시했다. 이 교수는 인턴제 사업에 중견 기업 등 양질의 기업 참여를 확대하기 위해 인증 제도가 필요하다며 청년 인턴제 인증 기업이 아니면 일 경험 사업에 참여할 수 없도록 하는 방안을 검토해야 한다고 목소리를 높였다.

48. 필자가 이 글을 쓴 목적을 고르십시오.
① 청년 인턴제 사업의 효과를 홍보하기 위해서
② 청년 인턴제 사업의 문제점을 해결하기 위해서
③ 청년 인턴제 사업에 인증제 도입을 촉구하기 위해서
④ 청년 인턴제 사업의 효율적인 운영 방법을 제시하기 위해서

49. (　　)에 들어갈 내용으로 알맞은 것을 고르십시오.
① 현장 실습 위주로 운영해
② 다양한 프로그램을 제공해
③ 청년 인턴제 인증 기업을 위해
④ 직무 체험형과 취업 연계형으로 표준화해

50. 밑줄 친 부분에 나타난 필자의 태도로 알맞은 것을 고르십시오.
① 청년 인턴제에 참여한 기업 인증의 효과에 대해 기대한다.
② 청년 인턴제에 참여한 기업 인증의 필요성에 대해 강조한다.
③ 청년 인턴제에 참여한 기업 인증의 문제점에 대해 걱정한다.
④ 청년 인턴제에 참여한 기업 인증의 실효성에 대해 회의적이다.

제 8 회 실전 모의고사

New TOPIK 新韓檢實戰全真模擬試題 第8回

TOPIK Ⅱ

1교시	듣기, 쓰기

수험번호 (Registration No.)		
이 름 (Name)	한국어 (Korean)	
	영 어 (English)	

주 의 사 항
Information

1. 시험 시작 지시가 있을 때까지 문제를 풀지 마십시오.

   Do not open the booklet until you are allowed to start.

2. 수험번호와 이름을 정확하게 적어 주십시오.

   Write your name and registration number on the answer sheet.

3. 답안지를 구기거나 훼손하지 마십시오.

   Do not fold the answer sheet; keep it clean.

4. 답안지의 이름, 수험번호 및 정답의 기입은 배부된 펜을 사용하여 주십시오.

   Use the given pen only.

5. 정답은 답안지에 정확하게 표시하여 주십시오.

   Mark your answer accurately and clearly on the answer sheet.

   marking example   ① ● ③ ④

6. 문제를 읽을 때에는 소리가 나지 않도록 하십시오.

   Keep quiet while answering the questions.

7. 질문이 있을 때에는 손을 들고 감독관이 올 때까지 기다려 주십시오.

   When you have any questions, please raise your hand.

TOPIK II 듣기 (1번 ~ 50번)

※ [1~3] 다음을 듣고 알맞은 그림을 고르십시오. (각 2점)　🔊 *Track 141*

1.　① 　②

③ 　④

2.　① 　②

③ 　④

3.
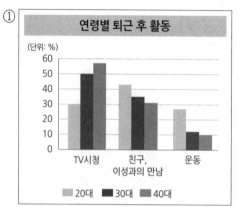
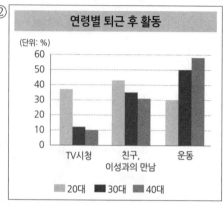
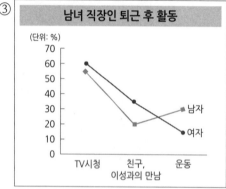
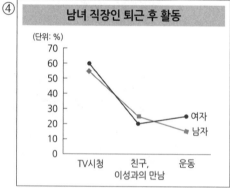

※　[4~8] 다음 대화를 잘 듣고 이어질 수 있는 말을 고르십시오. (각 2점) ◀ *Track 142*

4.　① 표를 다시 확인해 볼게요.

　　② 미리 예약을 하는 게 좋아요.

　　③ 창가보다는 이곳에 앉을게요.

　　④ 다른 칸으로 가는 게 좋겠어요.

5.　① 사무실에 있을게요.　　　　② 가격을 알아볼게요.

　　③ 그 정도면 적당해요.　　　　④ 주문이 돼서 다행이에요.

6. ① 바꾸지 말 걸 그랬어.

　② 수업을 듣기는 힘들겠다.

　③ 이미 지난 학기에 들었어.

　④ 그럼 이번에 같이 수업을 듣자.

7. ① 청소를 시작할게요.

　② 얼룩을 닦고 올게요.

　③ 걸레를 빨고 있을게요.

　④ 이제는 깨끗한 것 같아요.

8. ① 택시를 타야겠어요.

　② 회사 위치가 어떻게 돼요?

　③ 신고서를 작성하려고 해요.

　④ 지갑을 찾으면 알려 주세요.

※ [9~12] 다음 대화를 잘 듣고 여자가 이어서 할 행동으로 알맞은 것을 고르십시오. (각 2점)

🔊 *Track 143*

9. ① 사이트에서 가격을 비교한다.

　② 사이트를 즐겨 찾기에 등록한다.

　③ 가방에 대한 상품 평을 읽어 본다.

　④ 가격 비교 사이트에 회원 가입을 한다.

10. ① 2차 면접 장소를 공지한다.

　② 남자에게 이메일을 보낸다.

　③ 서류 전형 합격자를 뽑는다.

　④ 김 대리에게 명단을 보낸다.

11. ① 예약한 공항버스 표를 인쇄한다.

② 전철역 앞에서 공항버스를 탄다.

③ 공항까지 걸리는 시간을 확인한다.

④ 공항버스 표를 인터넷에서 예약한다.

12. ① 대여가 가능한 날짜를 확인해 본다.

② 남자가 대여할 책을 함께 찾아본다.

③ 남자가 대여할 책을 예약 신청해 준다.

④ 남자에게 도서 대여 예약 문자를 보낸다.

※ [13~16] 다음을 듣고 내용과 일치하는 것을 고르십시오. (각 2점) ◀ Track 144

13. ① 여자는 채식을 해 본 적이 있다.

② 달걀을 먹는 채식주의자도 있다.

③ 남자와 여자는 채식을 하기로 했다.

④ 채식의 방법에는 한 가지 방법이 있다.

14. ① 올해 회사 워크숍은 회사에서 진행된다.

② 회사 워크숍은 해마다 진행되는 행사이다.

③ 장기자랑에 참가한 부서는 회식비를 받는다.

④ 이번 워크숍에는 사원들끼리 대화할 수 있다.

15. ① 요즘 점심값은 커피값보다 싼 편이다.

② 기계가 고장 나면 무료로 수리를 해 준다.

③ 이 기계는 사무실에서만 사용이 가능하다.

④ 빌리는 사람이 커피 기계를 관리해야 한다.

16. ① 동호회는 한국 사람들만 가입할 수 있다.

　　② 한복을 입는 유행은 서울에서 시작되었다.

　　③ 한복을 입는 것은 지방에서 유행하고 있다.

　　④ 한복을 입는 것이 유행하면서 동호회가 생겼다.

※　[17~20] 다음을 듣고 **남자**의 중심 생각을 고르십시오. (각 2점) ◀⎓ Track 145

17. ① 밥을 먹고 나서 물을 마셔야 한다.

　　② 습관을 고치는 일은 어려운 일이다.

　　③ 잘못된 식습관은 노력해서 바꿔야 한다.

　　④ 밥을 먹고 바로 물을 마시면 건강에 좋지 않다.

18. ① 자가용을 이용하면 교통비가 많이 든다.

　　② 대중교통을 이용하면 불편한 점이 있다.

　　③ 아침에 운전해서 오면 길이 많이 막힌다.

　　④ 출근 시간에는 대중교통을 이용하는 게 좋다.

19. ① 여자가 혼자 사는 것은 위험할 수도 있다.

　　② 앞으로 혼자 사는 사람이 더 증가할 것이다.

　　③ 안전하게 살기 위해 친구와 함께 살아야 한다.

　　④ 여자가 나쁜 일을 당하면 바로 도와줘야 한다.

20. ① 자원봉사에는 힘든 일만 있는 것은 아니다.

　　② 자원봉사는 자신의 재능대로 하는 것이 좋다.

　　③ 도움을 받는 입장에서 생각을 할 필요가 있다.

　　④ 전문적인 지식을 가진 사람들이 봉사를 해야 한다.

※ [21~22] 다음을 듣고 물음에 답하십시오. (각 2점)   ◀﹦ *Track 146*

21. 남자의 중심 생각으로 맞는 것을 고르십시오.

① 개인의 사생활은 보호받아야 한다.

② SNS에 사진을 올리지 않는 게 좋다.

③ SNS를 통해 친구들의 소식을 알 수 있다.

④ SNS를 통한 사생활 노출을 조심해야 한다.

22. 들은 내용으로 맞는 것을 고르십시오.

① 남자는 SNS를 하지 않는다.

② 여자는 SNS에 사진을 올렸다.

③ 여자는 SNS에서 친구를 찾았다.

④ 남자는 사생활이 노출된 적이 있다.

※ [23~24] 다음을 듣고 물음에 답하십시오. (각 2점)   ◀﹦ *Track 147*

23. 남자는 무엇을 하고 있는지 고르십시오.

① 이티켓 사용을 추천하고 있다.

② 공항 이용 방법을 소개하고 있다.

③ 비행기 표 받는 방법을 알려 주고 있다.

④ 비행기 표 예약하는 방법을 설명하고 있다.

24. 들은 내용으로 맞는 것을 고르십시오.

① 여자는 인터넷 면세점에서 물건을 구매했다.

② 인터넷 면세점에서 이티켓을 이용할 수 있다.

③ 이티켓은 공항에서 짐을 부칠 때 받을 수 있다.

④ 비행기 표가 있어야 인터넷 면세점을 이용할 수 있다.

25. 남자의 중심 생각으로 맞는 것을 고르십시오.

　① 요즘에 나오는 가요는 자극적이다.

　② 옛날 가요의 가사는 전달력이 있다.

　③ 옛날 가요는 요즘 가요와는 다른 매력이 있다.

　④ 요즘 가요보다 오래된 가요의 장점이 더 많다.

26. 들은 내용으로 맞는 것을 고르십시오.

　① 오래된 가요는 중독성이 있는 편이다.

　② 기성세대보다 신세대들의 반응이 더 좋다.

　③ 신세대들은 이 노래를 통해 향수를 느낀다.

　④ 옛날 가요의 가사를 바꿔서 다시 만들었다.

27. 여자가 남자에게 말하는 의도를 고르십시오.

　① 강아지를 돌봐 달라고 부탁하기 위해

　② 애견 호텔의 필요성을 강조하기 위해

　③ 애견 호텔에 대한 정보를 제공하기 위해

　④ 애견 호텔 서비스에 대해 의논하기 위해

28. 들은 내용으로 맞는 것을 고르십시오.

　① 여자는 이번에 외국으로 휴가를 가기로 했다.

　② 남자는 휴가 때 친구에게 강아지를 맡기기로 했다.

　③ 휴가지에서 휴대 전화로 강아지 상태를 알 수 있다.

　④ 애견 호텔에서 강아지와 주인이 함께 머물 수 있다.

29. 남자는 누구인지 고르십시오.

   ① 블로그 운영자

   ② 블로그 개발자

   ③ 블로그 방문자

   ④ 블로그 연구가

30. 들은 내용으로 맞는 것을 고르십시오.

   ① 남자는 처음부터 식당에 대한 글을 올렸다.

   ② 남자는 식당에서 일을 하면서 돈을 벌고 있다.

   ③ 남자는 블로그를 시작하면서 일을 그만두었다.

   ④ 남자는 블로그에서 사람들로부터 정보를 얻는다.

31. 남자의 생각으로 맞는 것을 고르십시오.

   ① 물가가 올라도 담뱃값을 올리지 않아야 한다.

   ② 담배를 피우는 사람들은 세금을 더 내야 한다.

   ③ 담배는 서민들의 기호품이므로 가격을 인하해야 한다.

   ④ 담뱃값을 인상하는 대신 흡연자를 위해 사용해야 한다.

32. 남자의 태도로 맞는 것을 고르십시오.

   ① 실제적인 수치를 말하며 주장을 펼치고 있다.

   ② 대안을 제시하며 상대방의 의견에 반대하고 있다.

   ③ 상대방의 주장을 인정하며 타협점을 제시하고 있다.

   ④ 현재 상황을 비판하면서 상대방의 의견을 지지하고 있다.

※ [33~34] 다음을 듣고 물음에 답하십시오. (각 2점)　　　◀┋ *Track 152*

33. 무엇에 대한 내용인지 맞는 것을 고르십시오.

　　① 처음의 중요성

　　② 좋은 부모의 조건

　　③ 부모 교육의 필요성

　　④ 실수가 끼치는 영향

34. 들은 내용으로 맞는 것을 고르십시오.

　　① 좋은 부모들은 모두 부모 교육을 받았다.

　　② 부모 교육은 자녀들과 함께 들을 수 있다.

　　③ 현명한 사람들도 자식을 잘 못 키울 수 있다.

　　④ 경험이 많은 사람들은 실수를 잘 하지 않는다.

※ [35~36] 다음을 듣고 물음에 답하십시오. (각 2점)　　　◀┋ *Track 153*

35. 남자는 무엇을 하고 있는지 고르십시오.

　　① 창조 경제 사업 내용을 분석하고 있다.

　　② 벤처 기업의 성장 과정을 보고하고 있다.

　　③ 벤처 기업의 성과에 대해 평가하고 있다.

　　④ 창조 경제 사업에 참여를 요청하고 있다.

36. 들은 내용으로 맞는 것을 고르십시오.

　　① 창조 경제 사업은 벤처 기업이 주도하고 있다.

　　② 창조 경제 사업은 일자리를 만들지 못할 것이다.

　　③ 정부는 대기업 주도의 경제 성장을 기대하고 있다.

　　④ 세계적으로 창조 경제 사업과 정책을 시행하는 국가가 있다.

🔊 *Track 154*

37. 여자의 중심 생각을 고르십시오.
     ① 광합성 작용을 위해서 해조류는 꼭 필요한 존재이다.
     ② 다시마의 효용성을 분석하여 바다를 청정화해야 한다.
     ③ 깨끗한 지구를 위해 바다에 해조류를 많이 심어야 한다.
     ④ 해조류는 바다뿐만 아니라 지구 청정화에 큰 기여를 한다.

38. 들은 내용과 일치하는 것을 고르십시오.
     ① 해조류는 엽록소로 인해 광합성을 한다.
     ② 해조류는 바다와 땅의 숲을 이루는 식물이다.
     ③ 해조류는 산소를 흡수하여 이산화탄소를 만든다.
     ④ 다시마는 지구에서 발생하는 산소의 대부분을 만든다.

※   [39~40] 다음은 대담입니다. 잘 듣고 물음에 답하십시오. (각 2점)   🔊 *Track 155*

39. 이 대화 앞의 내용으로 알맞은 것을 고르십시오.
     ① 물 부족으로 일어나는 여러 가지 문제들이 있다.
     ② 요즘 물 부족 국가가 점차 늘어나고 있는 추세이다.
     ③ 물 부족 사태를 개선할 수 있는 방법은 과학 기술이다.
     ④ 물 부족 해결을 위해 환경 개선을 우선적으로 해결해야 한다.

40. 들은 내용과 일치하는 것을 고르십시오.
     ① 해수담수화는 환경 개선을 위한 과학 기술이다.
     ② 해수담수화는 현재 제한된 지역에서 사용되고 있다.
     ③ 최근에 세계 인구의 30%가 물 부족으로 고생하고 있다.
     ④ 2025년도에는 세계 인구의 절반 정도가 물 부족을 겪을 것이다.

41. 들은 내용과 일치하는 것을 고르십시오.

① 갯벌이 주기적으로 만들어지는 곳이 있다.

② 갯벌은 여러 가지 오염 물질을 깨끗하게 만든다.

③ 갯벌은 사람의 콩팥처럼 생겨서 자연의 콩팥이라 한다.

④ 육지에서 미생물에 의해 자연 분해된 것들이 갯벌에 모인다.

42. 남자의 중심 생각으로 맞는 것을 고르십시오.

① 앞으로 갯벌에 다양한 생물이 필요하다.

② 갯벌은 생태계를 건강하게 하는 데 중요하다.

③ 환경을 깨끗하게 하기 위해 갯벌을 만들어야 한다.

④ 갯벌은 오염 물질을 자연 분해하는 기능이 필요하다.

※ [43~44] 다음은 다큐멘터리입니다. 잘 듣고 물음에 답하십시오. (각 2점)

◀Track 157

43. 사람들이 꽃말에 관심을 많이 갖는 이유로 맞는 것을 고르십시오.

① 꽃과 관련된 선물의 의미가 신선하기 때문에

② 젊은 사람들이 선물을 잘 고르지 못하기 때문에

③ 기념일에 꽃으로 하는 고백이 성공률이 높다고 해서

④ 젊은 층에서 의미가 담긴 꽃으로 하는 고백이 인기를 끌어서

44. 이 이야기의 중심 내용으로 맞는 것을 고르십시오.

① 젊은이들은 드라마의 영향을 많이 받는 편이다.

② 요즘에는 의미가 담긴 선물이 인기를 끌고 있다.

③ 사랑을 고백할 때는 말보다는 꽃 선물이 더 낫다.

④ 앞으로 꽃말에 대한 관심은 계속 이어질 전망이다.

※ [45~46] 다음은 강연입니다. 잘 듣고 물음에 답하십시오. (각 2점) ◀ Track 158

45. 들은 내용과 일치하는 것을 고르십시오.

① 자녀와의 대화를 위해서는 관심이 제일 중요하다.

② 자녀와의 공감을 위해 부모들의 적극적인 행동이 필요하다.

③ 자녀와의 소통을 방해하는 말은 감정적 대립을 유발할 수 있다.

④ 자녀와의 원활한 소통을 위해 자녀들의 요구를 들어주어야 한다.

46. 여자가 말하는 방식으로 가장 알맞은 것을 고르십시오.

① 자녀와의 대화 유형을 분류하여 분석하고 있다.

② 자녀와의 대화에 대한 문제와 원인을 비판하고 있다.

③ 부모와 자녀 간 대화의 좋은 예를 들어 비교하고 있다.

④ 부모가 자녀와 대화를 잘하는 방법에 대해 설명하고 있다.

※ [47~48] 다음은 대담입니다. 잘 듣고 물음에 답하십시오. (각 2점) ◀ Track 159

47. 들은 내용과 일치하는 것을 고르십시오.

① 커피는 끓이는 온도가 달라도 맛이 같다.

② 커피는 취향에 따라 끓이는 온도가 다르다.

③ 풍부한 맛을 즐기려면 95℃에서 커피를 내려야 한다.

④ 100℃ 이하에서 커피를 내리면 카페인이 많이 나온다.

48. 여자의 태도로 가장 알맞은 것을 고르십시오.

① 커피 추출 연구소가 발표한 내용을 비판하고 있다.

② 취향에 따라 원두커피를 즐기는 방법에 대해 설명하고 있다.

③ 커피에 포함된 카페인 성분의 부작용에 대하여 분석하고 있다.

④ 높은 온도에서 커피를 끓이는 사람들에게 위험성을 알리고 있다.

49. 들은 내용과 일치하는 것을 고르십시오.

① 일본 원숭이들은 원래 감자를 먹지 않았다.

② 극소수의 동물들은 화가 나면 상대를 공격한다.

③ '이모 원숭이'는 다른 원숭이들에게 감자를 씻는 방법을 가르쳤다.

④ '이모 원숭이' 사례를 통해 동물도 학습 능력이 있다는 것을 알 수 있다.

50. 여자의 태도로 가장 알맞은 것을 고르십시오.

① 동물이 감정과 생각을 가지지 않기를 희망하고 있다.

② 동물들의 감정에 대해 관심을 가질 것을 강조하고 있다.

③ 동물이 생각을 할 수 있는지를 예를 통해 설명하고 있다.

④ 사람들이 동물에게 느끼는 감정에 대하여 분석하고 있다.

TOPIK Ⅱ 쓰기(51번~54번)

※ [51~52] 다음을 읽고 ㉠과 ㉡에 들어갈 말을 각각 한 문장으로 쓰십시오.
(각 10점)

51.

> ## 오픈 마켓을 개최합니다
>
> 옷, 신발, 가방, 전자 제품 등 모든 중고 물건을 판매합니다. 나에게는 불필요하지만 (㉠   ). 새 것과 같은 제품을 저렴한 가격에 구매할 수 있는 기회입니다. 또한 버려질 물건을 활용하는 것이기 때문에 (㉡   ). 개최 시간과 장소는 다음을 참고하여 주십시오.
>
> ■ **개최 일시:** 5. 31(토), 11:00~16:00
> ■ **개최 장소:** 문화공원
> ■ **참여 대상:** 학생, 시민 누구나

52.

> 목표를 정할 때 (㉠   ). 지금 자신에게 가장 중요하고 필요한 것을 고려하여 한두 가지의 목표만 선택하는 것이 적당하다. 목표를 선택한 후에는 정해진 목표에 집중하는 것이 중요하다. 이처럼 목표를 이루는 데 있어 가장 중요한 것은 (㉡   ).

53. 직업을 결정하는 것은 중요한 일입니다. 20대 남녀가 직업을 선택할 때 중요하게 고려하는 요인이 무엇인지에 대해 다음 표를 참고하여 200~300자로 쓰십시오.

> 20대 남녀 500명에게 직업을 선택할 때 가장 중요하게 생각해야 할 요인에 대해 설문조사를 실시하였다.
>
> | 항목 | 남자(%) |
> | --- | --- |
> | 수입 | 32.8 |
> | 안정성 | 26 |
> | 적성·흥미 | 22.7 |
> | 기타 | 18.5 |
>
> | 항목 | 여자(%) |
> | --- | --- |
> | 수입 | 29.3 |
> | 안정성 | 26.4 |
> | 적성·흥미 | 26.3 |
> | 기타 | 18 |

54. 다음을 주제로 하여 자신의 생각을 600~700자로 글을 쓰십시오. (50점)

> 과학의 발달은 장점과 단점을 모두 가지고 있습니다. 그 중에서도 유전자 조작 식물, 인공 장기, 복제 생물과 같은 유전 공학 분야의 발달은 더욱 그러합니다. 유전 공학 발달이 가져오는 장점과 단점은 무엇이며, 우리가 유전 공학 연구에서 고려해야 할 점이 무엇인지에 대해 자신의 생각을 쓰십시오.

* 원고지 쓰기의 예

	머	리	는		언	제		감	는		것	이		좋	을	까	?		사
람	들	은		보	통		아	침	에		머	리	를		감	는	다	.	그

제1교시 듣기, 쓰기 시험이 끝났습니다. 제2교시는 읽기 시험입니다.

제8회 실전 모의고사

New TOPIK 新韓檢實戰全真模擬試題 第8回

TOPIK II

2교시	읽기

수험번호 (Registration No.)	
이 름 (Name)	한국어 (Korean)	
	영 어 (English)	

주 의 사 항
Information

1. 시험 시작 지시가 있을 때까지 문제를 풀지 마십시오.

   Do not open the booklet until you are allowed to start.

2. 수험번호와 이름을 정확하게 적어 주십시오.

   Write your name and registration number on the answer sheet.

3. 답안지를 구기거나 훼손하지 마십시오.

   Do not fold the answer sheet; keep it clean.

4. 답안지의 이름, 수험번호 및 정답의 기입은 배부된 펜을 사용하여 주십시오.

   Use the given pen only.

5. 정답은 답안지에 정확하게 표시하여 주십시오.

   Mark your answer accurately and clearly on the answer sheet.

   marking example   ① ● ③ ④

6. 문제를 읽을 때에는 소리가 나지 않도록 하십시오.

   Keep quiet while answering the questions.

7. 질문이 있을 때에는 손을 들고 감독관이 올 때까지 기다려 주십시오.

   When you have any questions, please raise your hand.

TOPIK Ⅱ 읽기 (1번 ~ 50번)

※ [1~2] (　)에 들어갈 가장 알맞은 것을 고르십시오. (각 2점)

1. 정말 최선을 다 (　　　) 더 이상 아쉬움은 없다.
　　① 했다가　　　　　　　　　② 했건만
　　③ 했으므로　　　　　　　　④ 했거니와

2. 아무리 (　　　) 건강을 위해서 아침을 꼭 먹는 것이 좋다.
　　① 바빠도　　　　　　　　　② 바쁘나
　　③ 바쁘던데　　　　　　　　④ 바쁘거든

※ [3~4] 다음 밑줄 친 부분과 의미가 비슷한 것을 고르십시오. (각 2점)

3. 일하러 경주에 <u>가는 김에</u> 문화재와 유적지를 둘러보려고 한다.
　　① 갈 텐데　　　　　　　　　② 가는 길에
　　③ 가는 바람에　　　　　　　④ 가기가 무섭게

4. 오늘 우리 학교 야구팀이 결승전에서 연장전까지 갔지만 아쉽게도 <u>지고 말았다.</u>
　　① 져야 했다　　　　　　　　② 질 뻔했다
　　③ 지곤 했다　　　　　　　　④ 져 버렸다

※ [5~8] 다음은 무엇에 대한 글인지 고르십시오. (각 2점)

5.

부드러운 소가죽 제품!
굽이 높아도 운동화처럼, 사계절 편안하게!

① 구두　　　② 장화　　　③ 슬리퍼　　　④ 운동화

6.

빠른 포장, 친절한 서비스!
당신의 소중한 물건을 안전하게 옮겨 드립니다.
※ 피아노, 금고 등 무거운 물건은 추가 요금 있음.

① 관리실　　　② 선물 가게　　　③ 이삿짐센터　　　④ 고객 지원 센터

7.

"엄마, 아빠, 학교 가고 싶어요."
학생들이 행복한 학교!
정부에서 만들겠습니다.

① 교육 정책　　　② 교육 과정　　　③ 교육 안내　　　④ 교육 평가

8.

바람이 많이 불고 쌀쌀한 날씨가 계속 이어지고 있습니다.
오늘은 올해 들어 일교차가 가장 큰 날이 되겠습니다.
감기에 걸리지 않도록 조심하십시오.

① 일기 예보　　　② 예방 접종　　　③ 건강 보험　　　④ 태풍 주의보

※ [9~12] 다음 글 또는 도표의 내용과 같은 것을 고르십시오. (각 2점)

9.

'이효석 문학의 숲'에서 소설 속의 주인공이 되어 보세요

- 겨우내 통제하던 문학의 숲, 드디어 개방 -

■ **기간:** 2017년 8월 26일 ~ 8월 29일

■ **입장료:** 성인 2,000원 / 학생 1,500원 / 어린이 1,000원
　　　　(이효석 문학관 관람객은 500원 할인해 드립니다.)

■ **이용 시간:** 오전 9시 ~ 오후 5시

※ 숲속에 이효석의 소설 '메밀꽃 필 무렵'의 배경이 되는 시장과 등장인물을 그대로 재현했습니다.

① 문학의 숲은 연중무휴로 운영된다.

② 단체 관람객 어린이는 500원에 입장할 수 있다.

③ 숲속에서 소설 속의 등장인물의 모습을 볼 수 있다.

④ 이효석 문학관에 소설 속의 시장 모습을 똑같이 만들었다.

10.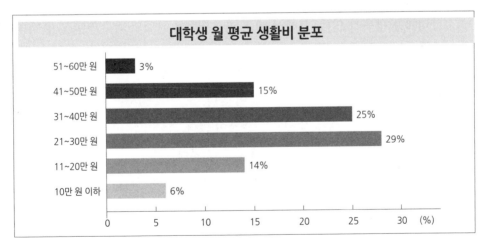

대학생 월 평균 생활비 분포

구간	비율
51~60만 원	3%
41~50만 원	15%
31~40만 원	25%
21~30만 원	29%
11~20만 원	14%
10만 원 이하	6%

① 21~40만 원을 사용하는 학생이 전체의 반을 넘는다.

② 41~50만 원을 사용하는 학생 비율이 가장 높게 나타났다.

③ 전체적으로 사용하는 생활비 액수가 거의 비슷한 수준이다.

④ 51~60만 원을 사용하는 학생이 10만 원 이하를 사용하는 학생보다 많다.

11.

불황 속에서도 젊은 여성들 사이에 디저트 열풍이 불고 있다. 적지 않은 가격에도 불구하고 디저트 카페가 계속 확대되고 있는 것은 비교적 싼 가격에 고급스러움을 향유할 수 있는 물건이나 서비스를 즐기려는 사람이 늘고 있기 때문이다. 비싼 차와 비싼 집은 못 사더라도 일상에서 누릴 수 있는 작은 사치를 통해 행복을 느끼려고 하기 때문이다.

① 젊은 여성들은 적은 돈으로 사치를 누리고 싶어 한다.
② 디저트 가격이 싸기 때문에 디저트 열풍이 불고 있다.
③ 경제 상황이 좋아지면서 디저트 카페가 증가하고 있다.
④ 사람들은 비싼 차와 비싼 집으로 행복을 느끼려고 한다.

12.

클래식을 감상할 때는 몰입을 위해 곡이 완전히 끝난 후에 박수를 친다. 하지만 재즈를 감상할 때는 멤버 한 사람씩 즉흥 연주가 끝날 때마다 박수를 친다. 그런데 상당수의 관객은 언제 박수를 치는지 몰라 남이 박수를 칠 때 따라하는 경우가 많다. 그래서 재즈 연주자들은 관객의 박수를 듣고 관객의 수준을 가늠한다고 한다.

① 박수 소리가 클수록 관객의 수준이 높다.
② 박수를 쳐야 할 때를 잘 모르는 관객이 많다.
③ 관객들은 클래식 곡 연주 중간에 박수를 친다.
④ 재즈를 감상할 때는 다른 사람과 함께 박수를 쳐야 한다.

[13~15] 다음을 순서대로 맞게 배열한 것을 고르십시오. (각 2점)

13.

> (가) 기존에도 평면 사진이나 동영상으로 이러한 것을 볼 수는 있었다.
>
> (나) 즉, 기구를 착용하면 두뇌가 실제로 그 현장에서 직접 보는 것처럼 느끼는 것이다.
>
> (다) 하지만 가상 현실은 3D 입체 영상을 통해 생생히 경험할 수 있다는 점이 다르다.
>
> (라) 가상 현실이란 생생한 이미지, 영상, 음성을 통해 마치 현실인 것처럼 느끼게 해 주는 기술이다.

① (가)-(나)-(다)-(라)　　　　② (가)-(다)-(나)-(라)

③ (라)-(가)-(나)-(다)　　　　④ (라)-(나)-(가)-(다)

14.

> (가) 경찰의 음주 운전 단속을 알려 주는 내비게이션이 나왔다.
>
> (나) 따라서 안전 운행에 득이 될지, 실이 될지 논란이 일고 있다.
>
> (다) 사용자가 많지 않은 애플리케이션과 달리 내비게이션은 파급 효과가 크다.
>
> (라) 비슷한 기능을 하는 스마트폰 애플리케이션은 있었지만 내비게이션은 처음이다.

① (가)-(나)-(다)-(라)　　　　② (가)-(라)-(다)-(나)

③ (다)-(가)-(라)-(나)　　　　④ (다)-(라)-(나)-(가)

15.

> (가) 음식을 편식하지 않고 영양을 골고루 섭취해야 몸이 건강하다.
>
> (나) 정보도 마찬가지로 한쪽으로 치우치지 않도록 다양하게 습득해야 한다.
>
> (다) 그러므로 인터넷보다는 종이 신문을 통해 균형 잡힌 정보를 접하는 것이 좋다.
>
> (라) 인터넷으로 뉴스를 보면 관심 분야에 대한 기사, 포털 사이트에 자주 노출되는 기사만을 접하게 된다.

① (가)-(나)-(라)-(다)　　　　② (가)-(다)-(나)-(라)

③ (라)-(가)-(다)-(나)　　　　④ (라)-(나)-(가)-(다)

※ [16~18] 다음을 읽고 (　)에 들어갈 내용으로 가장 알맞은 것을 고르십시오. (각 2점)

16.

> 　휴대 전화가 (　　　　　) 어떻게 해야 하는가? 그럴 때 바로 서비스 센터에 갈 수 없다면 쌀통에 넣어 두면 된다. 쌀이 습기를 흡수해 부품을 보호해 주기 때문이다. 다만 휴대 전화를 넣어 두었던 쌀통의 쌀은 먹을 수 없게 되므로 쌀을 덜어 내어 사용하는 것이 좋다.

① 물에 빠졌을 때

② 배터리가 없을 때

③ 전원이 안 켜질 때

④ 떨어져서 깨졌을 때

17.

생명을 절대 가치로 보는 종교계와 인간답게 고통 없이 삶을 정리하고 싶어 하는 일반인들 사이의 괴리는 어디서나 존재한다. 일부 국가에서는 안락사를 허용하고 있지만 아직 살인으로 보는 나라가 많다. 따라서 '자살을 도와주는 것이 의료인가'에 대한 논란은 여전하다. 하지만 회생 불가능한 중증 환자에 대한 치료 중단은 (   ) 수용할 때도 됐다.

① 인간의 생명 보호를 위해서
② 인간의 수명 연장을 위해서
③ 인간의 존엄성을 지켜 주기 위해서
④ 인간의 종교적 신념을 지켜 주기 위해서

18.

해외 주요 박물관에서 '셀카봉 금지'가 확산되고 있다. 셀카봉은 휴대 전화를 긴 막대기에 연결해 혼자서도 넓은 풍경을 배경으로 사진을 찍을 수 있게 만든 도구이다. 요즘 여행객들의 필수 아이템으로 떠올랐지만 박물관에선 (   ). 유물이나 전시품을 훼손할 수 있다는 우려와 감상 분위기를 어수선하게 만든다는 관람객의 불만이 주된 이유다.

① 민폐 아이템으로 등극했다
② 골칫덩어리 해결사로 떠올랐다
③ 없어도 되는 아이템으로 전락했다
④ 있으나 마나 한 물건으로 추락했다

> 가정에서 남자들은 어렸을 때부터 남자답게 행동하도록 강요받고, 여자들은 여자답게 처신하도록 길러진다. 가정 교육뿐만 아니라 학교에서 배우는 교과서와 교육 제도 또한 성차별을 정당화시킨다. 여성 해방의 주체는 여성이다. 하지만 이는 남성에게도 중요한 문제다. 여자가 해방되어 남자와 평등한 위치에 서게 될 때 (   ) 남자도 가부장적 이념의 구속에서 해방될 수 있다.

19.   (   )에 들어갈 알맞은 것을 고르십시오.
① 여전히   ② 비로소   ③ 억지로   ④ 그다지

20.   이 글의 내용과 같은 것을 고르십시오.
① 여성 해방의 문제는 여성만의 문제이다.
② 학교에서는 성차별이 옳지 않다고 가르친다.
③ 여성의 지위가 높아지면 남자는 가부장적 이념에 빠지게 된다.
④ 어릴 때부터 남자는 남자처럼, 여자는 여자처럼 자라도록 양육된다.

※ [21~22] 다음을 읽고 물음에 답하십시오. (각 2점)

> (   )라는 말이 있다. 높은 곳에 이르기 위해서는 낮은 곳부터 차근차근 밟아야 하듯이 일의 순서를 생각하지 않으면 목표한 것을 얻기가 어려운 법이다. 그 어떤 위대한 인물도 단번에 높은 곳으로 뛰어오른 적은 없다. 공부도 마찬가지다. 기본 원리를 익히지 않고서 문제부터 해결하려는 조급한 마음을 버려야 한다. 기초부터 탄탄히 다져야만 문제 앞에서 당당해질 수 있다.

21.   (   )에 들어갈 알맞은 것을 고르십시오.
① 울며 겨자 먹기   ② 같은 값이면 다홍치마
③ 천 리 길도 한 걸음부터   ④ 구슬이 서 말이라도 꿰어야 보배

22. 이 글의 중심 생각을 고르십시오.

① 기본 원리부터 차근차근 공부해야 한다.

② 일의 순서를 먼저 생각하고 일해야 한다.

③ 좋은 성적을 받으려면 문제를 많이 풀어야 한다.

④ 조급한 마음을 버려야 문제를 빨리 해결할 수 있다.

※ [23~24] 다음을 읽고 물음에 답하십시오. (각 2점)

> 오늘도 내 휴대 전화에선 휘파람 소리가 들린다. 벨 소리로 정할 만큼 난 휘파람 소리가 좋다. 휘파람 소리를 들으면 나도 모르게 얼굴에 미소가 떠오르고 가슴이 콩닥거린다. 거기엔 내 첫사랑이 녹아 있기 때문이다. 25년 전, 나를 따라다니던 수줍음 많던 소년이 있었다. 어느 날, 소년이 물었다.
>
> "혹시 휘파람 소리 못 들었니?"
>
> 내가 못 들었다고 하자 그 소년은 "매일 저녁 일곱 시에 네 창문 밖에서 불었는데." 하고 말했다.
>
> 그 뒤 신기한 일이 일어났다. 한 번도 들린 적 없던 휘파람 소리가 귓가에 선명하게 울렸다.
>
> "휘익~ 휘익~."
>
> 어김없이 저녁 7시면 그 소리가 들렸다. 시간이 지나면서 나는 점점 그 소리가 들리기를 기다리게 되었고, 지금 나는 휘파람을 불던 그 소년과 결혼해 알콩달콩 살고 있다.

23. 밑줄 친 부분에 나타난 나의 심정으로 알맞은 것을 고르십시오.

① 놀라다   ② 설레다   ③ 긴장하다   ④ 부끄럽다

24. 이 글의 내용과 같은 것을 고르십시오.

① 나는 첫사랑인 남자와 결혼하고 싶다.

② 지금도 저녁 7시면 휘파람 소리가 들린다.

③ 내 휴대 전화 벨 소리는 '휘파람'이라는 노래다.

④ 25년 전 휘파람을 불던 소년은 나의 첫사랑이다.

※ [25~27] 다음은 신문 기사의 제목입니다. 가장 잘 설명한 것을 고르십시오.
(각 2점)

25. | 제주 한라산에 1,400mm '물 폭탄', 하늘 길도 바닷길도 묶였다 |

① 제주 한라산에 비가 많이 와서 하늘과 바다가 안 보인다.
② 제주 한라산에 비가 많이 와서 비행기와 배가 다닐 수 없다.
③ 제주 한라산에 비가 많이 와서 하늘과 바다가 구별되지 않는다.
④ 제주 한라산에 비가 많이 왔기 때문에 비행기든 배든 같은 시간이 걸린다.

26. | 세계 각국 영화의 신세계로 출항 준비 완료, 더위 날려 줄 영화 축제 기대 |

① 세계 각국에서 열리는 여름 영화 축제가 기대된다.
② 배를 타고 영화 축제로 유명한 세계 여러 나라로 떠날 것이다.
③ 세계 각국의 영화를 볼 수 있는 영화 축제가 곧 시작될 것이다.
④ 여름에 열리는 영화 축제를 보기 위해 해외로 떠날 준비가 되었다.

27. | 용돈 연금, 전 세계 유례없는 거북이 개혁 |

① 용돈을 연금으로 전환하기 위해 개혁하고 있다.
② 용돈으로 지급되는 연금은 전 세계 어디에서도 볼 수 없다.
③ 용돈밖에 안 될 정도로 적은 연금을 개혁하는 속도가 느리다.
④ 용돈을 마련할 수 있는 연금 제도가 빠른 속도로 변화하고 있다.

※ [28~31] 다음을 읽고 (   )에 들어갈 내용으로 가장 알맞은 것을 고르십시오.
(각 2점)

28.

> 산수화는 자연을 그린 그림인데 서양의 풍경화처럼 자연의 객관적인 재현을 목적으로 하지는 않는다. 마음속의 산수, 즉 실제로 존재하지는 않지만 이상향의 자연 풍경을 그리는 것이다. 실제의 경치를 그리더라도 시각적인 사실 묘사가 아니라 경치에 비추어 자신의 마음을 표현한다. 그래서 산수화에는 평범한 경치가 아닌 빼어나게 아름다운 비경이 많이 보인다. 따라서 산수화는 (   )이라는 점에서 풍경화와 구별되는 양식이다.

① 경치를 그대로 옮긴 그림
② 마음을 빗대어 표현한 그림
③ 사실적으로 똑같이 그린 그림
④ 아름다운 자연의 모습을 담은 그림

29.

> 개에게 초콜릿을 먹이면 위험하다. 얼마나 위험한지는 (   ) 다르다. 초콜릿은 테오브로민이라고 불리는 화학 물질을 함유하는데, 인간과 달리 개는 카페인과 비슷한 테오브로민을 효율적으로 소화시킬 수 없다. 특히 화이트 초콜릿보다 다크 초콜릿이 테오브로민 수치가 높아서 더 위험하다. 적은 양의 초콜릿이라도 개에게 배탈과 구토를 일으킬 수 있고, 많은 양을 먹으면 내출혈과 심장마비까지 생길 수 있다.

① 개의 건강과 증상에 따라
② 개의 종류와 소화 능력에 따라
③ 초콜릿의 종류와 먹은 양에 따라
④ 초콜릿의 원료와 만드는 방법에 따라

30.

임금 피크제란 일정 연령이 되면 임금을 삭감하거나 동결하는 대신, 정년을 연장하는 제도를 말한다. 이 제도를 도입하면 근로자는 일찍 퇴직하는 것을 피할 수 있다. 하지만 임금 피크제를 선택하는 비율이 업종에 따라 다른 것으로 나타났다. 임금 피크제 전환 후에도 직책 변경 없이 하던 일을 계속할 수 있는 생산직 근로자와 달리, 사무직 근로자들은 (   ) 임금 피크제 선택을 꺼리는 것으로 나타났다.

① 퇴직에 대한 두려움 때문에

② 업무에 대한 부담감으로 인해

③ 주변 사람들의 차가운 시선 때문에

④ 기존 상하 관계가 바뀌는 부담감으로 인해

31.

어떤 상품을 고객의 인기를 얻어 비싼 값에 많이 팔리게 하기 위해서는 그 내용보다는 눈에 보이는 겉의 디자인, 상표, 포장 등을 훨씬 아름답게 만들도록 힘써야 한다. 인간도 마찬가지다. 지금은 '자기 자신을 값비싸게 팔 수 있는 기술'이 중시되는 사회이다. 화장품이나 약품 등의 상품이 그 자체의 기능적 가치보다 용기의 디자인이나 화려한 광고로 소비자들의 마음을 잡는 것처럼, 인간의 가치도 (   )에 따라 좌우된다.

① 인간성이 얼마나 좋은가

② 내면이 어떻게 채워졌느냐

③ 남에게 얼마나 아름답게 보이는가

④ 성장하기 위해 얼마나 노력했느냐

32.

> 백열전구는 발광 효율이 아주 낮고 안에 있는 필라멘트가 끊어지기 쉬워 수명도 짧다. 발광 효율이란 소비 전력이 빛으로 변환되는 비율을 말한다. 양 끝에 필라멘트가 있는 형광등은 백열전구가 소비하는 전력의 30% 정도로 같은 밝기의 빛을 낼 수 있다. 또한 백열전구에 비해 적외선 방출도 적고 수명도 5~6배 정도 길다. 반면에 LED는 필라멘트와 같은 가열체가 없으므로 형광등에 비해 수명이 길고 에너지 손실이 적다.

① 수명이 가장 긴 것은 형광등이다.

② 필라멘트가 없는 것은 LED뿐이다.

③ 전력 소비가 가장 많은 것은 LED다.

④ 백열전구는 형광등의 30% 전력을 소비한다.

33.

> 벌에 물렸을 때 대개 물린 부위 주변이 부으면서 통증이 나타난다. 벌 독이 전신에 퍼지는 것을 막으려면 재빨리 지혈대를 감아야 한다. 벌에 쏘인 부위가 눈으로 확인된다면 신용 카드같이 얇고 단단한 물건을 이용해 피부를 밀어내듯 긁어서 침을 빼 주는 것이 좋다. 손으로 무리하게 제거하려고 하면 침이 피부 속으로 더 깊이 박힐 수 있고 온몸에 독이 퍼질 수 있다. 벌침을 제거한 후에는 얼음찜질을 해 주는 것이 좋다.

① 벌에 쏘이면 병원에 가는 것이 좋다.

② 벌에 물렸을 때 도구를 이용하면 좋다.

③ 벌에 물리면 손으로 긁어서 침을 뺀다.

④ 벌에 쏘였을 때 침을 건드리면 안 된다.

34.

> 탱고는 아르헨티나의 하층민에 의해 시작된 것으로 그들의 고단한 삶을 달래 주는 춤이었다. 당시 아르헨티나의 지배 계급은 탱고를 '부둣가에서나 추는 천박한 춤'이라고 멸시했지만 특유의 전염성으로 이민자들을 통해 유럽으로 번져 나갔다. 20세기에 유럽에서 탱고가 전성기를 누리자 아르헨티나의 주류 엘리트들도 차츰 탱고를 배우기 시작했다. 탱고는 현재 아르헨티나의 주요한 관광 자원이 되었다.

① 탱고는 20세기에 유럽에서 크게 유행했다.

② 초기의 탱고는 아르헨티나의 엘리트들이 즐기는 춤이었다.

③ 아르헨티나 사람들은 유럽에 탱고를 적극적으로 전파했다.

④ 유럽 사람들은 전염병과 함께 탱고를 피해야 하는 것으로 여겼다.

※ [35~38] 다음 글의 주제로 가장 알맞은 것을 고르십시오. (각 2점)

35.

> 한류에 열광하는 사람들은 자연스럽게 한국 제품에 친밀감을 느끼기 마련이다. 한류가 지속적으로 성장하려면 콘텐츠 자체의 경쟁력을 높여야 한다. 요즘 한류 콘텐츠가 식상해졌다는 비판이 많다. 문화 상품은 한때의 유행과 비슷해 끊임없이 새로운 트렌드를 창출해야 살아남을 수 있다. 정부와 콘텐츠 기업은 눈앞의 이익만을 좇을 것이 아니라 해외 활로 확장과 함께 콘텐츠 다양화 전략을 고민하여 장기 계획을 세워야 한다.

① 문화 콘텐츠 개발보다 한류 상품의 개발이 시급하다.

② 한류의 지속적인 성장을 위해 해외 활로를 확장해야 한다.

③ 한류 열풍을 지속하기 위해서는 다양한 문화 콘텐츠를 제공해야 한다.

④ 한류 열풍과 더불어 한국 제품에 친밀감을 높일 수 있는 전략이 필요하다.

36.

> 일에서 벗어나 스트레스 없이 매일 생활하면 얼마나 좋을까? 문득 이런 생각을 떠올려 본 사람들이 있을 것이다. 그런데 실직 상태가 길어지면 부정적인 영향을 줄 수 있다는 연구 결과가 나와 관심이 쏠리고 있다. 연구 결과에 따르면, 실직 기간이 긴 남녀 대상자들은 '친화성'이 이전보다 떨어지는 것으로 나타났다. 그리고 실직 상태가 길어져서 부정적인 생각에 젖어 들게 되면 재취업하기 어려운 악순환에 빠지게 되는 것으로 나타났다.

① 일에서 벗어나고 싶어 하는 사람이 많다.

② 쉬는 기간이 길수록 정신 건강에 악영향을 끼친다.

③ 실직 기간과 우리 정신 건강과는 전혀 상관이 없다.

④ 쉬었다가 다시 일을 시작하면 업무 효율이 떨어진다.

37.

> 최근 젊은 나이에도 불구하고 노안으로 불편함을 느끼는 사람이 많다. 통계청 자료에 따르면 30~40대의 젊은 연령층에서 노안, 백내장 환자가 계속 증가하고 있다. 한 번 떨어진 시력은 수술 이외의 방법으로는 회복하기 힘들기 때문에 평소 눈 건강에 신경을 써야 한다. 가까운 곳, 먼 곳을 번갈아 바라보면서 초점을 맞추는 습관을 갖고 눈을 자주 쉬어 주면 노안 예방을 할 수 있을 뿐만 아니라 동시에 작업 능률을 높일 수 있다.

① 떨어진 시력은 습관 개선을 통해 회복할 수 있다.

② 가까운 곳보다 먼 곳을 보는 것이 눈 건강에 좋다.

③ 젊은 사람도 노안을 예방하기 위해 노력해야 한다.

④ 젊을 때 눈 건강에 신경을 쓰면 나이가 들어서 노안을 예방할 수 있다.

38.

> 산과 바다 중 어디로 여름휴가를 가는 것이 좋을까? 만약 무릎이 좋지 않은 사람이라면 바닷가가 최상의 휴가지이다. 무더위에 달궈진 백사장에서 뜨거워진 모래를 덮고 10~15분 정도 있는 것만으로도 혈액 순환이 원활해져서 근육과 관절이 이완된다. 또한 푹신한 모래사장에서 걸으면 무릎에 가해지는 충격을 줄일 수 있다. 해수욕도 관절에 좋다. 바닷물에는 칼슘, 마그네슘, 칼륨 등 각종 미네랄이 풍부해 신진대사가 촉진된다.

① 여름철 가장 인기가 많은 휴가지는 산과 바다이다.

② 무릎이 아픈 사람은 바닷가로 휴가를 가는 것이 좋다.

③ 모래사장을 걸음으로써 혈액 순환을 촉진시킬 수 있다.

④ 모래찜질을 위해서 산보다 바다로 여름휴가를 가야 한다.

※ [39~41] 다음 글에서 〈보기〉의 문장이 들어가기에 가장 알맞은 곳을 고르십시오. (각 2점)

39.

> 두통을 자주 겪는 사람들은 보통 통증을 참지 않고 진통제에 손을 뻗는다. (㉠) 하지만 진통제를 자주 먹으면 오히려 약 때문에 더 심한 두통에 시달릴 수 있으므로 주의해야 한다. (㉡) 약을 먹어도 증상이 나아지지 않는다. (㉢) 그리고 일상생활을 못 할 정도로 심한 두통이 2~3일에 한 번씩 나타나기 시작한다. (㉣) 또한 두통과 함께 구토, 불안, 초조, 우울 같은 증상이 나타날 수도 있다.

──────〈보 기〉──────

약물 과용으로 인해 두통이 생기면 다음과 같은 증상이 나타난다.

① ㉠   ② ㉡   ③ ㉢   ④ ㉣

40.

　　같은 한국인이라는 것만으로 뿌듯한 이름이 있다. 바로 반기문 UN 사무총장이다. (　㉠　) 그는 고등학교 시절, "세계에 봉사하고 당신의 나라를 사랑하라."는 존 F. 케네디의 연설을 들은 후 외교관이 되기로 결심했다. (　㉡　) 외교관을 꿈꾸던 소년은 여러 인생 굴곡을 겪으며 그 꿈을 실현시켜 현재 UN 사무총장이 되었다. (　㉢　) 그는 신중하고 조심스러운 사람이다. (　㉣　) 그는 조용하면서도 위트가 있는 지도자로 평가를 받고 있다.

───────〈보　기〉───────

그러면서도 외국 기자들의 거침없는 발언에 잘 대응하며, 유머러스한 모습으로 반전을 보이기도 한다.

① ㉠　　　　　② ㉡　　　　　③ ㉢　　　　　④ ㉣

41.

　　(　㉠　) 정전기가 생기는 이유는 마찰 때문이다. (　㉡　) 건조한 겨울철에 털이 많은 스웨터를 벗을 때나 금속으로 된 문고리를 잡다가 전기가 통한 적이 있을 것이다. (　㉢　) 그때마다 우리 몸과 물체가 전자를 주고받으며 몸과 물체에 조금씩 전기가 저장된다. (　㉣　) 한도 이상 전기가 쌓였을 때 적절한 유도체에 닿으면 그동안 쌓았던 전기가 순식간에 불꽃을 튀기며 이동하는데, 이것이 바로 정전기다.

───────〈보　기〉───────

이렇게 생활하면서 주변의 물체와 접촉하면 마찰이 일어나기 마련이다.

① ㉠　　　　　② ㉡　　　　　③ ㉢　　　　　④ ㉣

성운은 흐르는 강물을 하염없이 바라보고 또 바라보았다. 10년 전 아버지가 돌아가신 후에 처음으로 찾아온 고향이었다. 강을 바라보는 그의 마음은 서글펐다. 그는 그동안 성공을 향해 앞만 보고 열심히 달렸다. 그러다 어느 날 문득 일만 하는 일벌레가 되어 있는 자신을 발견하고 무작정 여행을 떠났다. 정신을 차려 보니 자신이 어릴 적 놀던 강가에 앉아 있었다. 오늘 성운은 아버지가 너무 그리웠다.

성운의 아버지는 농사꾼으로 일생을 보냈다. 그는 남의 논밭을 빌려 농사를 지어 가난한 삶을 살면서도 성운에게 공부를 가르치려는 희망으로 힘든 줄을 모르고 살았다. 성운이 대학교를 졸업하고 작은 회사의 입사 시험에 합격했을 때 성운의 아버지는 자기 아들이 무슨 큰 성공이나 한 것같이 여기며 어깨를 으쓱해했다.

성운은 소매를 걷고 팔에 물을 적셔 보고 물을 만지기도 하고 얼굴에 물을 끼얹기도 했다. 조용히 흐르는 물소리가 아버지의 따뜻한 음성같이 느껴졌다. 성운의 눈에서 굵은 눈물방울이 뚝 떨어졌다.

조명희 〈낙동강〉

42. 밑줄 친 부분에 나타난 아버지의 심정으로 알맞은 것을 고르십시오.

① 당황스럽다   ② 고통스럽다

③ 자랑스럽다   ④ 후회스럽다

43. 이 글의 내용과 같은 것을 고르십시오.

① 성운은 그동안 일을 아주 열심히 했다.

② 성운은 아버지가 그리워서 여행을 떠났다.

③ 성운은 오래 전부터 계획했던 여행을 하고 있다.

④ 성운은 아버지가 돌아가신 후 자주 고향을 찾아왔다.

※ [44~45] 다음을 읽고 물음에 답하십시오. (각 2점)

> 　한국 역사 교과서를 국정으로 전환하는 문제를 두고 찬반 논란이 뜨겁다. 국
> 정이란 단 하나의 교과서만을 채택한다는 의미다. 국정제 찬성론자들은 불필
> 요한 이념 논쟁과 역사 왜곡을 줄이고 국가 정체성을 유지하기 위해서 검증된
> 하나의 역사로 가르쳐야 한다고 주장한다. 그러나 이는 국가에 의한 일률적 역
> 사 해석을 주입시킬 수 있는 위험이 있다. 국정제보다는 자유 발행제가 교육의
> 정치적 중립성을 보장하는 데 바람직하다. 역사는 다양한 해석이 가능하기 때
> 문에 학생들에게 여러 견해를 소개하고 교육할 필요가 있다. (　　　　) 하나
> 의 역사를 가르쳐야 한다는 주장은 억지 논리이다.

44. 이 글의 주제로 알맞은 것을 고르십시오.

① 한국 역사 교과서를 국정으로 전환하는 것은 문제가 있다.

② 역사에 대한 다양한 해석은 오히려 혼란을 일으킬 수 있다.

③ 역사 왜곡을 막기 위해 검증된 하나의 역사를 가르쳐야 한다.

④ 한국 역사 교과서를 국정으로 전환하는 문제에 대해 토론이 필요하다.

45. (　　) 에 들어갈 내용으로 알맞은 것을 고르십시오.

① 정치적 중립성을 지키기 위해

② 전문적이고 균형 잡힌 교육을 위해

③ 단일한 역사란 있을 수가 없기 때문에

④ 역사란 살아남은 자들의 기록이기 때문에

（　㉠　）뇌의 크기는 보통 무게로 나타낸다. 지금까지 알려진 사람의 뇌 가운데 가장 작은 것은 0.45㎏, 가장 큰 뇌는 2.3㎏인데 둘 다 지능은 보통이었다. （　㉡　）동물 중에서는 고래의 뇌가 5~8㎏ 정도로 가장 크지만, 인간보다는 지능이 훨씬 낮다. 뇌의 크기보다는 뇌의 비율이 오히려 지능과 더 관계가 깊다. （　㉢　）예를 들어, 고래의 몸에서 뇌가 차지하는 비율은 약 2,000분의 1로 매우 작다. 하지만 사람은 약 50분의 1로 지구상의 어떤 동물보다 그 비율이 높다. （　㉣　）사람의 뇌 비율이 다른 동물보다 큰 것은 대뇌가 크게 발달했기 때문이다. 동물의 진화를 살펴보면 대뇌의 크기가 점점 커지는 방향으로 진행되어 왔다는 것을 알 수 있다.

46.　다음 문장이 들어가기에 가장 알맞은 곳을 고르십시오.

뇌가 크면 지능이 더 높을까?

①　㉠　　　　　　②　㉡　　　　　　③　㉢　　　　　　④　㉣

47.　이 글의 내용과 같은 것을 고르십시오.

①　지능은 뇌의 크기와 관계가 깊다.

②　고등 동물일수록 대뇌가 발달되어 있다.

③　인간의 뇌 중에서 대뇌가 차지하는 비율이 제일 낮다.

④　지구에 있는 동물 중에서 뇌의 비율이 가장 큰 동물은 고래이다.

'여성 고용 할당제'란 여성에 대한 차별을 없애기 위한 법적·정치적 수단으로, 여성 참여의 몫이 일정한 비율에 이를 때까지 여성이 일정한 요건 아래에서 우선적으로 고려되는 조치이다. 즉 채용과 승진 시 일정량의 인원을 법률 및 정부 규제에 의해 여성에게 배분하는 제도이다. 이를 찬성하는 입장에서는 여성이 똑같은 고용의 기회를 갖고 사회적 소수가 아닌 주류로서의 정당한 권리를 행사하기 위해서 이 제도가 필요하다고 말한다. 하지만 <u>단순히 여자라는 이유로 채용, 승진에서 우대되는 것이 과연 정당한 일인가?</u> 여성의 사회적 위상이 높아지고 있는 가운데, 여성을 일정한 비율로 고용하는 것은 남녀불평등이며, 오히려 남성에 대한 역차별로 볼 수 있다. 여성 할당제는 기회의 평등이 아닌 무조건적인 결과의 평등을 보장하는 불평등한 제도이므로, 이런 방법보다는 (   ) 교육 시스템이나 훈련 체제를 구축해야 한다.

48. 필자가 이 글을 쓴 목적을 고르십시오.

① 여성 할당제의 장점을 알리기 위해서

② 여성 할당제의 도입을 촉구하기 위해서

③ 여성 할당제의 필요성을 강조하기 위해서

④ 여성 할당제의 문제점을 지적하기 위해서

49. (   )에 들어갈 내용으로 알맞은 것을 고르십시오.

① 여성의 사회 진출을 확대하는

② 여성의 경쟁력과 능력을 키워 주는

③ 여성이 유리한 기회를 얻을 수 있는

④ 여성도 평등하게 대우받고 기회를 얻을 수 있는

50. 밑줄 친 부분에 나타난 필자의 태도로 알맞은 것을 고르십시오.

① 여성 고용 할당제에 대해서 적극적이다.

② 여성 고용 할당제에 대해서 부정적이다.

③ 여성 고용 할당제에 대해서 풍자적이다.

④ 여성 고용 할당제에 대해서 반신반의하다.

제 9 회 | 실전 모의고사

New TOPIK 新韓檢實戰全真模擬試題 第9回

TOPIK II

| 1교시 | 듣기, 쓰기 |

수험번호 (Registration No.)		
이 름 (Name)	한국어 (Korean)	
	영 어 (English)	

주 의 사 항
Information

1. 시험 시작 지시가 있을 때까지 문제를 풀지 마십시오.

   Do not open the booklet until you are allowed to start.

2. 수험번호와 이름을 정확하게 적어 주십시오.

   Write your name and registration number on the answer sheet.

3. 답안지를 구기거나 훼손하지 마십시오.

   Do not fold the answer sheet; keep it clean.

4. 답안지의 이름, 수험번호 및 정답의 기입은 배부된 펜을 사용하여 주십시오.

   Use the given pen only.

5. 정답은 답안지에 정확하게 표시하여 주십시오.

   Mark your answer accurately and clearly on the answer sheet.

   marking example | ① ● ③ ④ |

6. 문제를 읽을 때에는 소리가 나지 않도록 하십시오.

   Keep quiet while answering the questions.

7. 질문이 있을 때에는 손을 들고 감독관이 올 때까지 기다려 주십시오.

   When you have any questions, please raise your hand.

TOPIK Ⅱ 듣기 (1번~50번)

※ [1~3] 다음을 듣고 알맞은 그림을 고르십시오. (각 2점)　　　🔊 *Track 161*

1.　① 　②

③ 　④

2.　① 　②

③ 　④

3.

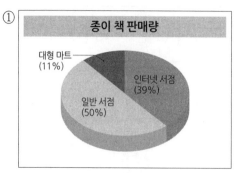

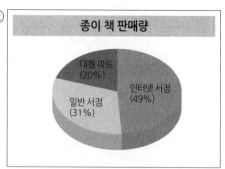

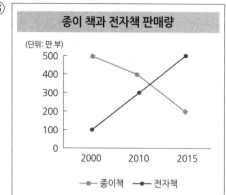

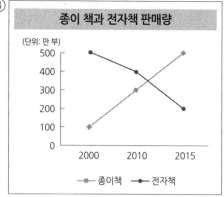

※ [4~8] 다음 대화를 잘 듣고 이어질 수 있는 말을 고르십시오. (각 2점) ◀ *Track 162*

4. ① 언어가 다양해서 좋았어요.

　② 저는 이해하기 쉽더라고요.

　③ 다음에는 다양한 언어로 안내해요.

　④ 그러면 몇 개 국어가 필요한지 알아볼게요.

5. ① 대신 주말엔 쉬도록 할게요.

　② 그러면 저도 좀 쉬어야겠어요.

　③ 만약에 피곤하면 말씀해 주세요.

　④ 그래도 나왔으니까 열심히 해 봐요.

6. ① 수업이 들을 만했어.

② 재미있을 것 같은데.

③ 말을 타서 재미있었어.

④ 방학에 가면 좋았을 거야.

7. ① 이미 감기에 걸렸어요.

② 병원에 가는 게 좋겠어요.

③ 감기가 빨리 낫길 바라요.

④ 추울 때는 집에서 쉬세요.

8. ① 그렇게 싱거운지 몰랐어요.

② 저도 한번 만들어 봐야겠어요.

③ 그래도 밥을 먹는 게 좋겠어요.

④ 건강을 위해서는 싱겁게 먹는 게 나아요.

※ [9~12] 다음 대화를 잘 듣고 여자가 이어서 할 행동으로 알맞은 것을 고르십시오. (각 2점)

🔊 *Track 163*

9. ① 강아지 샴푸를 바꾸러 간다.

② 인터넷 애견 카페에 가입한다.

③ 동물 병원에 강아지를 데려간다.

④ 병원에서 남자에게 전화를 한다.

10. ① 신청서를 받으러 인사팀에 간다.

② 무료 영어 수업 신청을 취소한다.

③ 회사에서 무료 영어 수업을 듣는다.

④ 남자와 함께 영어 수업을 신청한다.

11. ① 인터넷에서 쿠폰을 인쇄한다.

　　② 우편으로 할인 쿠폰을 받는다.

　　③ 인터넷에서 본인 확인을 받는다.

　　④ 휴대 전화로 할인 쿠폰을 보여 준다.

12. ① 학교 게시판에 글을 올린다.

　　② 무료 식권 이벤트에 참가한다.

　　③ 식당 서비스에 대해 평가한다.

　　④ 평가 애플리케이션을 다운로드 받는다.

※ [13~16] 다음을 듣고 내용과 일치하는 것을 고르십시오. (각 2점) ◀ Track 164

13. ① 학생이 아니면 공동 구매를 하기 어렵다.

　　② 여자는 학생 때 공동 구매를 해 본 적이 있다.

　　③ 공동 구매는 일반 구매보다 시간이 더 걸린다.

　　④ 공동 구매자가 많을수록 기다리는 시간이 길다.

14. ① 채소는 시장이 더 저렴한 편이다.

　　② 알뜰 시장은 주민만 사용할 수 있다.

　　③ 알뜰 시장의 이용시간은 제한이 있다.

　　④ 알뜰 시장 수박은 배달이 불가능하다.

15. ① 뮤지컬의 이야기는 외국인이 썼다.

　　② 미국에서 뮤지컬 공연을 한 적이 있다.

　　③ 뮤지컬 의상은 실제로 옛날에 쓰던 것이다.

　　④ 한국적인 이야기는 보통 미국인들에게 인기가 좋다.

16. ① 인간 복제 기술은 지금 사용되고 있다.

② 인간 복제 기술로 사람들이 죽지 않는다.

③ 인간 복제의 위험성에 대한 경고가 부족하다.

④ 인간 복제 기술로 범죄율이 낮아진다는 연구가 있다.

※ [17~20] 다음을 듣고 남자의 중심 생각을 고르십시오. (각 2점) ◀€ *Track 165*

17. ① 영양가 없는 라면은 먹지 말아야 한다.

② 하루 중에 점심을 가장 잘 먹어야 한다.

③ 회의가 있으면 점심을 빨리 먹어야 한다.

④ 컵라면은 간단하게 먹을 수 있어서 좋다.

18. ① 남산에 가면 야경을 봐야 한다.

② 피곤할 때는 쉬면서 여행해야 한다.

③ 여행을 왔으면 야경을 꼭 봐야 한다.

④ 여행은 야경을 볼 수 있는 곳으로 가야 한다.

19. ① 외국인과 결혼하면 많이 싸우게 된다.

② 사랑하는 마음이 있으면 문제가 없다.

③ 문화가 다른 외국인과 결혼을 하면 안 된다.

④ 국제결혼은 문화 차이가 있다는 문제점이 있다.

20. ① 온돌 문화는 외국인에게 불편한 문화이다.

② 하룻밤은 따뜻한 바닥에서 잠을 자야 한다.

③ 한국 문화를 체험하려면 바닥에서 자야 한다.

④ 해외여행을 갈 때는 주거 문화를 체험해 봐야 한다.

21. 남자의 중심 생각으로 맞는 것을 고르십시오.

① 상품을 많이 팔려면 한류 스타 얼굴을 넣어야 한다.

② 외국인 관광객이 많아지는 것은 한류 열풍 때문이다.

③ 한국 문화를 체험하려면 직접 서울 관광을 해야 한다.

④ 한국 문화를 직접 체험할 수 있는 상품을 만들어야 한다.

22. 들은 내용으로 맞는 것을 고르십시오.

① 서울에서 한류 스타들을 볼 수 있다.

② 한류와 관련된 상품은 다양한 편이다.

③ 서울에 외국인 관광객이 감소하고 있다.

④ 외국인들이 한류 스타와 관련된 물건을 산다.

23. 남자는 무엇을 하고 있는지 고르십시오.

① 다른 방법을 제안하고 있다.

② 직원들의 휴가 일정을 짜고 있다.

③ 휴가 신청 방법을 알려 주고 있다.

④ 휴가 신청할 수 없는 이유를 설명하고 있다.

24. 들은 내용으로 맞는 것을 고르십시오.

① 여자는 주말에 일을 했다.

② 휴가를 신청한 사람이 많다.

③ 부장님에게 신청서를 받아야 한다.

④ 여자는 마지막 주에 휴가를 내려고 한다.

25. 남자의 중심 생각으로 맞는 것을 고르십시오.

　① 독거노인들은 사람을 많이 그리워한다.

　② 주말이나 명절에 배달 봉사를 더 많이 해야 한다.

　③ 노인들은 주말이나 명절에 외로움을 더 많이 느낀다.

　④ 도시락을 배달할 때 독거노인들을 직접 만나서 드려야 한다.

26. 들은 내용으로 맞는 것을 고르십시오.

　① 독거노인들에게 자식이 필요하다.

　② 독거노인들이 직접 도시락을 배달한다.

　③ 한번 봉사를 시작했으면 그만두면 안 된다.

　④ 독거노인들의 친구가 되어 주는 것이 의의가 더 크다.

※ [27~28] 다음을 듣고 물음에 답하십시오. (각 2점)　🔊 *Track 169*

27. 여자가 남자에게 말하는 의도를 고르십시오.

　① 화장품 세일 제도의 효과를 강조하기 위해

　② 화장품 세일 제도의 의문을 제기하기 위해

　③ 화장품 세일 기간에 대한 정보를 얻기 위해

　④ 화장품 세일 기간에 대한 소식을 알리기 위해

28. 들은 내용으로 맞는 것을 고르십시오.

　① 화장품 가게는 모두 같은 날 세일을 한다.

　② 여자는 주로 세일 기간에 화장품을 구매한다.

　③ 세일 기간에 화장품을 구매하면 손해를 본다.

　④ 화장품 회사는 세일 행사를 통해 얻는 이익이 없다.

[29~30] 다음을 듣고 물음에 답하십시오. (각 2점) ◀◌ Track 170

29. 남자는 누구인지 고르십시오.

    ① 의사

    ② 방송국 PD

    ③ 잡지사 기자

    ④ 다이어트 전문가

30. 들은 내용으로 맞는 것을 고르십시오.

    ① 밥을 먹으면 거식증을 치료할 수 있다.

    ② 다이어트에 실패하면 거식증에 걸리지 않는다.

    ③ 음식을 섭취하지 않아서 다이어트에 실패한다.

    ④ 다이어트에 성공한 사람들이 거식증에 많이 걸린다.

※ **[31~32] 다음을 듣고 물음에 답하십시오. (각 2점)** ◀◌ Track 171

31. 남자의 생각으로 맞는 것을 고르십시오.

    ① 동물 실험에는 어느 정도 규제가 필요하다.

    ② 동물을 살아 있는 생명체로 여기면 안 된다.

    ③ 동물 실험은 인류의 발전을 위해 불가피하다.

    ④ 동물 실험을 하면 사람이 병에 걸리지 않게 된다.

32. 남자의 태도로 맞는 것을 고르십시오.

    ① 자신의 주장을 재확인하며 설득시키고 있다.

    ② 상대방의 의견을 반박하며 타협하지 않고 있다.

    ③ 새로운 가설에 대한 사실 정보를 제시하고 있다.

    ④ 앞으로 발생할 문제점을 지적하며 반박하고 있다.

※ [33~34] 다음을 듣고 물음에 답하십시오. (각 2점) Track 172

33. 무엇에 대한 내용인지 맞는 것을 고르십시오.

　① 저렴한 제품의 인기 비결

　② 사람들이 립스틱을 사는 이유

　③ 불황으로 인해 바뀐 소비 경향

　④ 불황인 상황에서 돈을 아끼는 방법

34. 들은 내용으로 맞는 것을 고르십시오.

　① 불황기에 저가 화장품이 잘 팔리고 있다.

　② 경기가 나빠질수록 과시 소비가 늘어난다.

　③ 과시하기 위해 디저트를 사는 사람이 많다.

　④ 경기가 나빠져서 사람들이 소비를 안 한다.

※ [35~36] 다음을 듣고 물음에 답하십시오. (각 2점) Track 173

35. 남자는 무엇을 하고 있는지 고르십시오.

　① 미술관의 특징에 대해 설명하고 있다.

　② 미술 작품의 과거 전시 방법을 밝히고 있다.

　③ 미술관 보안 시스템의 장점을 강조하고 있다.

　④ 미술관 관람 시 유의 사항에 대해 말하고 있다.

36. 들은 내용으로 맞는 것을 고르십시오.

　① 미술관 건물은 모두 4층으로 구성되어 있다.

　② 미술관은 이 도시에서 가장 먼저 생긴 건물이다.

　③ 이곳에서 가장 오래된 작품은 미술관 맨 위층에 있다.

　④ 미술관의 보안 시스템은 이 도시에서 가장 오래되었다.

◀€ *Track 174*

37. 남자의 중심 생각을 고르십시오.

① 적극적 읽기를 위해 책을 많이 읽어야 한다.

② 독서 전에 체계적인 지식을 쌓는 것이 중요하다.

③ 적극적 읽기를 위해 수준에 맞는 책을 골라야 한다.

④ 글의 내용에 따라 다양한 질문을 만들 수 있어야 한다.

38. 들은 내용과 일치하는 것을 고르십시오.

① 독서량은 독서 능력과 비례한다.

② 적극적 읽기는 맥락을 이해하며 읽는 것이다.

③ 읽기 능력이 부족해도 적극적 읽기를 할 수 있다.

④ 요즘 부모님들은 자녀들의 책 읽기에 신경을 쓰지 않는다.

※ [39~40] 다음은 대담입니다. 잘 듣고 물음에 답하십시오. (각 2점) ◀€ *Track 175*

39. 이 대화 앞의 내용으로 알맞은 것을 고르십시오.

① 요즘 교육계는 열린 교육이 유행이다.

② 요즘 아이들이 박물관 가는 것을 싫어한다.

③ 최근 현장 체험 학습이 점차 확대되고 있다.

④ 박물관과 교육관은 좋은 현장 체험 공간이다.

40. 들은 내용과 일치하는 것을 고르십시오.

① 열린 교육은 박물관에서도 이루어질 수 있다.

② 과학관과 박물관이 아이들의 놀이터로 바뀌고 있다.

③ 최근 열린 교육의 움직임은 점차 감소하는 추세이다.

④ 박물관과 과학관에 숙제를 하러 가는 아이들이 많아졌다.

※ [41~42] 다음은 강연입니다. 잘 듣고 물음에 답하십시오. (각 2점) ◀€ *Track 176*

41. 들은 내용과 일치하는 것을 고르십시오.

① 텔레비전을 오래 보면 잠을 잘 잘 수 있다.

② 아이들은 텔레비전이 있는 방에서 잠을 더 잔다.

③ 어린 어린이들이 텔레비전으로 인해 수면 장애를 많이 겪는다.

④ 남자 어린이보다 여자 어린이가 텔레비전의 영향을 더 많이 받는다.

42. 남자의 중심 생각으로 맞는 것을 고르십시오.

① 나이가 어릴수록 깊은 잠을 자는 것이 중요하다.

② 어릴 때일수록 텔레비전 보는 시간을 줄여야 한다.

③ 될 수 있으면 아이들 방에는 텔레비전이 없는 게 좋다.

④ 나이가 한 살이라도 많을 때 텔레비전 시청을 끊어야 한다.

※ [43~44] 다음은 다큐멘터리입니다. 잘 듣고 물음에 답하십시오. (각 2점)

◀€ *Track 177*

43. 생태 탐사 행사가 유명해진 이유로 맞는 것을 고르십시오.

① 도시 한복판에서 개최된 행사라서

② 학생과 일반인까지 참여할 수 있는 행사라서

③ 다양한 생물을 아무 조건 없이 조사할 수 있어서

④ 도시 사람들에게 생물종에 대한 관심을 불러 일으켜서

44. 이 이야기의 중심 내용으로 맞는 것을 고르십시오.

① 새로운 생물종의 조사는 전문가들이 해야 한다.

② 생물의 다양성에 대한 일반인의 관심이 많아져야 한다.

③ 대도시에서 진행하는 행사에는 많은 학생들이 참여해야 한다.

④ 대도시에서 함께 사는 생물에게 관심을 가질 수 있는 행사가 열린다.

※ [45~46] 다음은 강연입니다. 잘 듣고 물음에 답하십시오. (각 2점) ◀€ *Track 178*

45. 들은 내용과 일치하는 것을 고르십시오.

① 사람들은 위험한 곳에는 로봇을 보내지 않는다.

② 바닷속을 탐사하는 로봇은 타이타닉호를 찾아냈다.

③ '롭해즈'는 한국과학기술원과 한 회사가 함께 만들었다.

④ 사람들은 옛날부터 전쟁터에서 일하는 로봇을 사용해 왔다.

46. 남자의 태도로 가장 알맞은 것을 고르십시오.

① 기준을 제시하면서 대상을 제거하고 있다.

② 안정된 논리로 청중의 협조를 구하고 있다.

③ 예리한 관찰을 통해 현상을 분석하고 있다.

④ 구체적인 사례로 자신의 의견을 제시하고 있다.

※ [47~48] 다음은 대담입니다. 잘 듣고 물음에 답하십시오. (각 2점) ◀€ *Track 179*

47. 들은 내용과 일치하는 것을 고르십시오.

① 특별상은 장애가 가장 심한 선수에게 준다.

② 특별상을 받으면 사회에서 당당히 자리 잡게 된다.

③ 특별상은 장애인 기능 올림픽에서 매번 시상되었다.

④ 남자는 장애를 극복하고 다른 사람을 위한 삶을 살았다.

48. 남자의 태도로 가장 알맞은 것을 고르십시오.

① 장애를 극복한 선수들과의 관계를 중요시한다.

② 장애인을 위해 자신이 한 일을 부끄러워하고 있다.

③ 장애인들이 한 사람의 사회인으로 자리 잡기를 원하고 있다.

④ 기능 올림픽을 통해 장애인의 권리가 강화되기를 기대하고 있다.

※ [49~50] 다음은 강연입니다. 잘 듣고 물음에 답하십시오. (각 2점) ◀ *Track 180*

49. 들은 내용과 일치하는 것을 고르십시오.

① 대중문화의 소비자는 용의주도하다.

② 대중문화는 소비자를 이용해 이익을 추구한다.

③ 대중문화는 전략적 마케팅이 필요한 고급문화이다.

④ 대중문화는 소비자의 욕구에 맞는 상품을 만들어 낸다.

50. 남자의 태도로 가장 알맞은 것을 고르십시오.

① 대중문화의 변화에 대해 비관적이다.

② 대중문화의 생산자에 대해 우호적이다.

③ 대중문화의 바람직한 변화상을 제시하고 있다.

④ 대중문화의 문제를 우회적으로 비판하고 있다.

※ [51~52] 다음을 읽고 ㉠과 ㉡에 들어갈 말을 각각 한 문장으로 쓰십시오.
(각 10점)

51.

○○○

제목: 예약을 변경하고 싶습니다.

안녕하세요? 다음 주에 제주도 여행을 예약한 김강희입니다.
제가 회사에 급한 일이 생겨서 (㉠   ).
하지만 다음 달에는 시간 여유가 많아서 괜찮을 것 같습니다.
혹시 (㉡   )?
갑자기 날짜를 바꾸게 되어서 죄송합니다.
여행 일정 변경에 대한 빠른 답변 부탁드립니다.

52.

    음식물 쓰레기는 다른 쓰레기에 비해 처리가 힘들고, 비용도 많이 든다. 그러므로 (㉠   ). 음식물 쓰레기를 줄이기 위해서 가정에서 할 수 있는 방법은 다음과 같다. 우선 식품을 구매할 때 미리 (㉡   ). 적당한 양의 식품을 구매한 후에는 냉장고에 한 번 먹을 정도의 분량으로 나누어 담아 알아보기 쉽게 보관하는 것이 좋다. 그리고 보관된 음식을 정기적으로 정리하는 것이 필요하다. 무엇보다 한 번에 먹을 사람의 수와 양을 고려하여 적절한 양을 조리하는 것이 좋다.

53. 다음은 2016년도 20~30대 취업 준비생의 취업 현황입니다. 현재의 취업률은 전년도와 비교했을 때 변화가 없습니다. 그러나 취업 분야에는 변화가 있었습니다. 어떤 변화가 있었는지에 대해 설명하는 글을 200~300자로 쓰십시오. (30점)

제조업	사업시설관리 및 사업지원서비스업	숙박·음식점업	농림·어업	금융·보험업
17만 명	8만 9천 명	7만 5천 명	-9만 1천 명	-6만 2천 명
3.9% ↑	7.6% ↑	3.5% ↑	5.7% ↓	7.4% ↓

54. 다음을 주제로 하여 자신의 생각을 600~700자로 글을 쓰십시오. (50점)

> 옛날부터 발생하여 전해 내려오는 그 나라 고유의 문화를 전통문화라고 합니다. 빠르게 변해 가는 현대 사회의 흐름 속에서도 전통문화를 지켜야 한다는 주장이 많습니다. 전통문화가 가지는 가치와 의미는 무엇이며, 우리가 이러한 전통문화를 계승하고 보존해야 하는 이유가 무엇인지에 대해 자신의 생각을 쓰십시오.

* 원고지 쓰기의 예

	머	리	는		언	제		감	는		것	이		좋	을	까	?		사
람	들	은		보	통		아	침	에		머	리	를		감	는	다	.	그

제1교시 듣기, 쓰기 시험이 끝났습니다. 제2교시는 읽기 시험입니다.

제**9**회 │ 실전 모의고사

New TOPIK新韓檢實戰全真模擬試題 第9回

TOPIK Ⅱ

2교시	읽기

수험번호 (Registration No.)	
이 름 (Name)	한국어 (Korean)	
	영 어 (English)	

주 의 사 항
Information

1. 시험 시작 지시가 있을 때까지 문제를 풀지 마십시오.

   Do not open the booklet until you are allowed to start.

2. 수험번호와 이름을 정확하게 적어 주십시오.

   Write your name and registration number on the answer sheet.

3. 답안지를 구기거나 훼손하지 마십시오.

   Do not fold the answer sheet; keep it clean.

4. 답안지의 이름, 수험번호 및 정답의 기입은 배부된 펜을 사용하여 주십시오.

   Use the given pen only.

5. 정답은 답안지에 정확하게 표시하여 주십시오.

   Mark your answer accurately and clearly on the answer sheet.

   marking example   ① ● ③ ④

6. 문제를 읽을 때에는 소리가 나지 않도록 하십시오.

   Keep quiet while answering the questions.

7. 질문이 있을 때에는 손을 들고 감독관이 올 때까지 기다려 주십시오.

   When you have any questions, please raise your hand.

TOPIK Ⅱ 읽기 (1번~50번)

※ [1~2] (　)에 들어갈 가장 알맞은 것을 고르십시오. (각 2점)

1. 그는 가정 형편이 어려워 (　　　　) 고등학교도 못 갔다.
   ① 대학교조차　　　　　　　　② 대학교마저
   ③ 대학교는커녕　　　　　　　④ 대학교야말로

2. 술을 한잔하면서 친구에게 속마음을 털어 (　　　　) 마음이 가벼워졌다.
   ① 놓던데　　　　　　　　　　② 놓았더니
   ③ 놓기에는　　　　　　　　　④ 놓는데도

※ [3~4] 다음 밑줄 친 부분과 의미가 비슷한 것을 고르십시오. (각 2점)

3. 화가 많이 났었는데 그의 이야기를 <u>듣고 보니</u> 그의 행동이 이해가 되었다.
   ① 듣고 나니　　　　　　　　② 듣는 만큼
   ③ 듣고 해서　　　　　　　　④ 듣는 사이에

4. 왜 돈을 그렇게 많이 찾아요? 그 돈을 다 어디에 <u>쓰게요</u>?
   ① <u>쓰고요</u>　　　　　　　　② 쓸까요
   ③ 쓰려고요　　　　　　　　④ 쓰는지 알아요

※ [5~8] 다음은 무엇에 대한 글인지 고르십시오. (각 2점)

5.

단순한 가구가 아닙니다.
쾌적한 수면으로 당신의 아침이 달라집니다.

① 침대   ② 소파   ③ 책상   ④ 옷장

6.

봄꽃으로 꾸민 도시락 만들기
여름을 이겨 낼 수 있는 보양식 만들기

① 꽃꽂이   ② 요리 교실   ③ 미술 교실   ④ 공예 교실

7.

'나 하나쯤이야!' 하고 생각하십니까?
당신은 우리의 얼굴입니다.
질서는 우리 모두의 인격입니다.

① 안전 규칙   ② 공익 광고   ③ 상업 광고   ④ 도로 교통법

8.

• 냄새가 나거나 물이 새는 제품은 비닐로 쌉니다.
• 깨지기 쉬운 유리 제품은 종이나 스티로폼 상자에 담습니다.

① 제품 문의   ② 고객 불만   ③ 포장 방법   ④ 주문 안내

※ [9~12] 다음 글 또는 도표의 내용과 같은 것을 고르십시오. (각 2점)

9.

주민 센터 건강 프로그램

시간 (오후)	프로그램	수강료	기간
7:00 ~ 8:00	노래 교실	45,000원	1월 ~ 3월 (3개월간)
8:00 ~ 9:00	웰빙 댄스	50,000원	
9:00 ~ 10:00	요가	40,000원	

※ 매주 일요일은 휴무
※ 대상: 희망동에 거주하는 주민
※ 복수 신청 시 프로그램당 5,000원 할인

① 모든 프로그램의 수강료가 동일하다.
② 3개월간 매일 저녁마다 프로그램이 진행된다.
③ 한 사람이 하나의 프로그램만 신청할 수 있다.
④ 희망동에 살고 있는 사람이면 누구나 신청이 가능하다.

10.

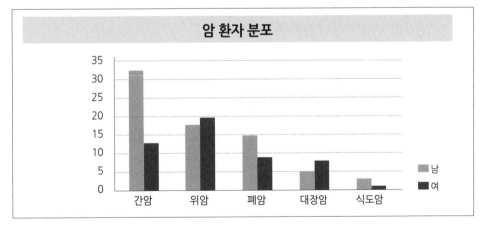

① 폐암은 남녀가 비슷한 분포를 보였다.
② 위암과 식도암은 남자보다 여자가 더 많다.
③ 남자는 다른 암보다 대장암에 많이 걸린다.
④ 남녀가 가장 큰 격차를 보인 것은 간암이다.

11.

> 매년 5월 1일은 근로자의 날이다. 근로자의 날은 근로기준법에 따라 유급 휴일로 정의된다. 따라서 5인 이상을 고용하는 사업장의 경우 5월 1일에 근무하면 평상시의 1.5배에 해당하는 휴일 수당을 지급하게 되어 있다. 하지만 이와 같은 규정은 여전히 많은 노동자에게 '그림의 떡'인 상황이다.

① 근로자의 날은 한 달에 한 번씩 돌아온다.

② 근로자의 날 관련 규정이 현장에서 잘 지켜지지 않고 있다.

③ 5월 1일에 일을 안 해도 평상시의 1.5배의 휴일 수당을 받을 수 있다.

④ 5인 이상 근무하는 사업장의 직원들이 근로자의 날에 일하면 돈을 50% 덜 받는다.

12.

> 요즘 20~30대 남성들 사이에서 똑같은 옷을 입고 사진관에 가서 사진을 찍는 '우정 사진'이 유행하고 있다. SNS에서도 군 입대를 앞두고, 취직 기념 등 갖가지 사연을 담은 남자 단체 사진을 흔히 볼 수 있다. 과거 남녀가 커플 사진을 찍듯 남자들끼리 사진을 찍는다. 한편 여성들 사이에서는 이미 오래 전부터 우정 사진이 유행하고 있었다.

① SNS에 올리기 위해서 우정 사진을 찍는다.

② 우정 사진은 커플인 남자들이 찍는 사진이다.

③ 여자들보다 남자들이 먼저 우정 사진을 찍기 시작했다.

④ 요즘 젊은 남녀들이 다양한 이유로 우정 사진을 찍는다.

※ [13~15] 다음을 순서대로 맞게 배열한 것을 고르십시오. (각 2점)

13.

(가) 결국 자동차 유리에 햇빛 차단 필름을 붙이게 되었다.

(나) 자동차에 유리가 부착되기 시작한 것은 1910년대부터다.

(다) 그런데 투명한 유리를 사용하니 뜨거운 태양열이 문제였다.

(라) 자동차 속도가 오르면서 공기 저항이 커지자 바람을 막는 장치로 앞이 보이는 유리가 사용되었다.

① (나)-(다)-(가)-(라) ② (나)-(라)-(다)-(가)

③ (라)-(가)-(다)-(나) ④ (라)-(다)-(나)-(가)

14.

(가) 그러나 지금은 세계인들이 모두 모여 즐기는 축제로 발전했다.

(나) 동남아시아에는 4월부터 5월까지 물과 관련된 이색 축제가 연이어 개최된다.

(다) 전통문화가 놀이로 바뀌어 관광객들을 끌어들이는 콘텐츠로 거듭난 셈이다.

(라) 원래 이 축제들은 나쁜 기운을 없애고 모두의 안녕과 풍년을 기원하는 전통 의식이었다.

① (나)-(라)-(가)-(다) ② (나)-(라)-(다)-(가)

③ (다)-(나)-(가)-(라) ④ (다)-(라)-(나)-(가)

15.

> (가) 뿐만 아니라 이는 자살과도 연관성이 있다.
>
> (나) 미세 먼지나 오존 같은 대기오염 물질은 호흡기 질환의 원인이 된다.
>
> (다) 따라서 정부에서 자살 예방 대책을 세울 때 대기오염과의 연관성을 고려할 필요가 있다.
>
> (라) 미세 먼지가 많고 오존 농도가 높을수록 우울증이 심해지면서 자살로 이어질 가능성이 높다.

① (나)-(가)-(라)-(다)　　　　② (나)-(라)-(다)-(가)

③ (라)-(가)-(나)-(다)　　　　④ (라)-(다)-(나)-(가)

※　[16~18] 다음을 읽고 (　)에 들어갈 내용으로 가장 알맞은 것을 고르십시오. (각 2점)

16.

> 피에로가 슬픈 이유는 삶의 초점이 자신의 행복이 아니라 타인의 웃음에 맞춰져 있기 때문이다. 우리가 행복하지 못한 이유는 (　　　　)에 대해 집착하기 때문이다. 모두에게 좋은 사람이 될 수는 없다. 욕먹는 것을 두려워하지 말고 각자 자신만의 행복을 찾아 나서야 한다.

① 내가 생각하는 나

② 타인이 평가하는 나

③ 솔직하고 객관적인 나

④ 인맥을 활용하지 못하는 나

17.

'영원함'을 뜻하는 다이아몬드는 세상에서 가장 단단한 물질로, 오랜 세월 수많은 연인들의 변치 않을 사랑을 약속하는 증표로 활용되어 왔다. 하지만 다이아몬드는 17세기 이전에는 (   )이었다. 따라서 다이아몬드는 17세기까지 국민들이 두려워하면서도 공경했던 왕족들의 장식물로 활용되었다.

① 권력과 허세의 상징

② 겸손과 공손의 상징

③ 지혜와 교양의 상징

④ 권위와 존경의 상징

18.

우주인이 우주선에서 달리기를 하려면 끈으로 몸을 운동 기구에 고정시켜야 한다. 무중력 상태에서는 몸이 공중에 떠서 몸에 무게가 실리지 않기 때문이다. 그런데 이렇게 하면 끈이 몸을 잡아당기기 때문에 몹시 불편하다. 그럼에도 불구하고 우주인들은 건강을 위해 정기적으로 (   ). 그렇지 않으면 근육의 밀도가 급속도로 낮아지기 때문이다.

① 무산소 운동을 해야 한다

② 체중을 줄이는 운동을 해야 한다

③ 몸에 체중이 실리는 운동을 해야 한다

④ 무중력 상태에서 떠다니는 운동을 해야 한다

> 속담 속에 나타난 동물의 이미지를 보면 중립적인 경우가 가장 많고, 부정적 이미지, 긍정적 이미지가 그 뒤를 잇는다. (   ) 긍정적 이미지보다 부정적 이미지가 더 많은 것은 속담이 가지는 특징인 교훈성 때문이다. 한국 속담에서 개미와 벌은 근면한 동물로, 굼벵이와 늑대는 게으른 동물로 나타난다. 또한 개는 책임감 있는 동물로, 원숭이는 변덕스럽고 자만심에 가득 찬 동물로 그려진다.

19. (   )에 들어갈 알맞은 것을 고르십시오.

① 마침내   ② 그러면   ③ 도저히   ④ 대체로

20. 이 글의 내용과 같은 것을 고르십시오.

① 한국 속담에서 개는 긍정적인 이미지로 등장한다.

② 속담에 나오는 동물은 부정적 이미지가 가장 많다.

③ 교훈을 주는 속담에는 긍정적인 표현이 많이 쓰인다.

④ 한국 속담에서 개미와 벌은 부정적인 이미지로 나온다.

> 최근 우리 사회에 웰빙 바람이 한창이다. 하지만 웰빙 바람이 대부분 음식 섭취와 주거 등에 한정된 육체적인 건강 운동으로 받아들여지고 있는 점은 우려를 낳게 한다. 정신적인 평화와 서로에 대해 감사하는 마음, 이것을 보통의 삶으로 일상화시키는 변화 없이는 참된 웰빙은 어렵다. 경쟁이 일상화된 환경에서 (   ) 식의 살벌한 조직 생활을 하면서 유기농 야채를 먹고 건강한 집에서 산다고 해서 웰빙이 될 리 없다.

21. (   )에 들어갈 알맞은 것을 고르십시오.

① 꿩 먹고 알 먹기   ② 땅 짚고 헤엄치기

③ 죽기 아니면 까무러치기   ④ 닭 잡아먹고 오리 발 내놓기

22. 이 글의 중심 생각을 고르십시오.

① 웰빙은 육체적인 건강을 말한다.

② 정신적으로 건강한 삶이 진정한 웰빙이다.

③ 음식과 주거 분야에 웰빙 바람이 불고 있다.

④ 조직 생활과 웰빙은 공존할 수 없는 관계이다.

※ [23~24] 다음을 읽고 물음에 답하십시오. (각 2점)

> "새로운 미래가 온다"라는 책으로 유명한 미래 학자, 다니엘 핑크가 한국을 방문했을 때의 일이다. 나는 그에 대한 기사를 쓰기 위해 그와 인터뷰를 했다. 한국의 젊은이들에게 해 주고 싶은 조언을 부탁하자 그는 이렇게 대답했다. "계획을 세우지 마십시오." 그의 대답을 듣고 어리둥절해하는 나에게 그는 이렇게 설명했다. "세상은 복잡하고 빨리 변해서 절대 예상대로 되지 않습니다. 계획을 세우는 대신 뭔가 새로운 것을 배우고, 새로운 것을 시도해 보는 것이 중요합니다." 그리고 그는 멋진 실수의 필요성을 강조하면서, 중요한 것은 실수를 하지 않는 것이 아니라, 어리석은 실수를 반복하지 않는 것이라는 말을 남겼다.

23. 밑줄 친 부분에 나타난 나의 심정으로 알맞은 것을 고르십시오.

① 갑작스럽다   ② 감격스럽다

③ 존경스럽다   ④ 당황스럽다

24. 이 글의 내용과 같은 것을 고르십시오.

① 나는 "새로운 미래가 온다"라는 책을 썼다.

② 실수는 하되 같은 실수를 반복하지는 말아야 한다.

③ 계획을 세우는 것보다 실수를 하지 않는 것이 중요하다.

④ 다니엘 핑크는 미래 학자로서 계획의 필요성을 강조했다.

25. ┌───┐
    '생계 외면 경영 외면', 노사 모두 최저 임금 액수에 불만
    └───┘

   ① 노동자와 사용자 모두 최저 임금 액수가 만족스럽지 않다.

   ② 사용자는 최저 임금이 적어서 경영하기 힘들다고 생각한다.

   ③ 노동자와 사용자 모두 최저 임금 액수가 너무 많다고 생각한다.

   ④ 사용자는 생계를 유지하는 데 최저 임금 액수가 부족하다고 생각한다.

26. ┌───┐
    골라 태우는 콜택시, '행선지 가까우면 묵묵부답, 장거리는 바로 배차'
    └───┘

   ① 콜택시는 먼 곳에 가는 승객을 환영한다.

   ② 콜택시는 가까운 거리에 있는 승객을 태운다.

   ③ 콜택시는 일하는 시간을 자기 마음대로 결정한다.

   ④ 콜택시는 가까운 곳은 천천히 가고 먼 곳은 바로 간다.

27.

┌───┐
사이버 테러인가? 증시와 항공 줄줄이 먹통
└───┘

   ① 사이버 테러 때문에 증시와 항공이 모두 마비되었다.

   ② 증시와 항공이 마비된 원인을 사이버 테러로 추측하고 있다.

   ③ 사이버 테러로 인해 증시와 항공이 차례대로 공격을 받았다.

   ④ 증시와 항공이 교대로 공격 받는 이유를 사이버 테러로 확신하고 있다.

※ [28~31] 다음을 읽고 ( )에 들어갈 내용으로 가장 알맞은 것을 고르십시오.
(각 2점)

28.

　　이 세상의 모든 직업에는 그 나름의 존재 이유가 있다. 그중에서도 의사라는 직업에는 특별한 뜻이 숨겨져 있다. (　　　　) 인간의 생명을 지킨다는 것과 아픈 이웃의 상담자요, 교사가 되어야 한다는 데 있다. 이런 이유에서 누구든지 돈을 벌 목적만으로 의사가 되어서는 안 된다. 의사는 자신보다 환자를 먼저 배려해야 하고, 자기 자신에 대해 떳떳한 윤리적인 의사가 되고자 노력해야 한다.

① 의사라는 직업이 생긴 것은
② 의사라는 직업이 귀한 까닭은
③ 의사라는 직업이 돈을 못 버는 것은
④ 의사라는 직업이 인기가 있는 이유는

29.

　　만화는 기호를 통해 현실을 재현한다. 만화에 등장하는 인물은 영화의 연기자처럼 실재하는 인물은 아니지만, 기호를 통해 작품 속에서 살아 있는 인물이 되는 것이다. 스마일 마크가 (　　　　) 웃는 얼굴로 받아들여지는 것처럼 만화 캐릭터는 독자들에게 친숙한 기호들을 통해 받아들여진다. 비현실적인 인물이나 사건, 배경이 독자들을 효과적으로 설득할 수 있는 것도 바로 이 때문이다.

① 장면의 전환을 통해
② 날카로운 풍자를 통해
③ 독자 자신의 경험을 통해
④ 한두 개의 선과 점을 통해

30.

요즘 텔레비전 프로그램을 보면 국민 의식 수준을 높일 수 있는 프로그램 보다는 오락 프로그램 위주로 편성되어 있는 것을 볼 수 있다. 시청률이 광고료의 액수를 좌우하기 때문이다. 따라서 방송국의 경영진은 텔레비전 프로그램 편성에 강력한 영향력을 행사하여 시청률이 높은 오락 프로그램을 황금 시간대에 배치한다. 하지만 방송이 이렇게 (   ) 방송의 가장 중요한 가치인 공익성을 잃게 된다.

① 공정성만 따지면

② 보도 역할만 강조하면

③ 정보 전달만을 추구하면

④ 상업성만 추구하다 보면

31.

조정래는 한국에서 유명한 소설가이다. 그의 대표적인 장편소설 3편을 읽다 보면 (   ) 알 수 있다. '아리랑'은 1904년부터 1945년 광복에 이르기까지의 시기를 배경으로 당시 한민족이 겪었던 수난을 묘사한 작품이다. '태백산맥'은 1950년 6.25 전쟁과 그로 인한 분단의 아픔을 다루었다. '한강'은 1959년 이후 30년 동안 산업화를 이룬 한국인의 땀과 눈물을 증언하고 있다.

① 한국의 근현대 역사를

② 한국인의 정서와 애정관을

③ 한국인의 사상과 미래관을

④ 한국의 고대사와 고전 문화를

※ [32~34] 다음을 읽고 내용이 같은 것을 고르십시오. (각 2점)

32.

> 상품의 특성에 적합한 이미지를 가진 인물이 광고를 해야 광고 효과가 좋다. 예를 들어 자동차, 카메라, 치약과 같은 상품의 경우에는 자체의 성능이나 효능이 중요하므로 전문성과 신뢰성을 갖춘 인물이 적합하다. 반면 감성적인 느낌이 중요한 보석, 초콜릿, 여행 같은 상품은 매력성과 친근성을 갖춘 모델이 잘 어울린다. 그런데 유명인이 여러 상품 광고에 중복 출연하면 이미지가 분산되어 광고 효과에 부정적인 영향을 미친다.

① 카메라는 신뢰감이 느껴지는 모델이 광고하는 것이 좋다.
② 치약은 친근감을 주는 인물이 광고를 하는 것이 효과적이다.
③ 중복 출연하더라도 유명인을 광고 모델로 쓰는 것이 효과적이다.
④ 초콜릿 광고는 자체의 성능이나 효능을 중심으로 광고를 해야 한다.

33.

> 몸이 아플 때는 통증을 느끼는데 통증이 없다면 치료 시기를 놓쳐 치명적인 병에 걸릴 수 있다. 통증은 몸의 곳곳에 분포한 통점이 자극을 받아서 통각 신경을 통해 뇌로 전달될 때 느껴진다. 통각 신경은 다른 신경에 비해 굵기가 가늘어서 통증이 느리게 전달되는데, 이 문제는 촉각 신경이 보완해 준다. 그런데 피부에는 1cm²당 약 200개의 통점이 분포하고 있지만 내장 기관에는 4개에 불과하다. 폐암과 간암이 늦게 발견되는 것은 이 때문이다.

① 통증은 고통을 주기 때문에 없어야 한다.
② 인체는 다른 감각보다 통증을 빨리 감지한다.
③ 우리는 피부보다 내장 기관의 통증을 더 빨리 느낀다.
④ 인체는 촉각이 반응하여 통각의 느린 속도를 보충하고 있다.

34.

> 한국의 70여 개 꽃 축제의 효시가 된 에버랜드 장미 축제가 올해 30주년을 맞았다. 에버랜드는 장미 축제가 시작된 후 지금까지 총 6,000만 송이의 장미를 선보였다. 6,000만 송이를 한 줄로 심어 놓으면 2,420km에 달한다. 올해는 에버랜드가 자체 개발한 신품종 5종을 포함해 670종의 장미 100만 송이를 선보일 예정이다. 밤에는 2만 송이 LED 장미가 빛을 내며 실제 100만 송이 장미와 어우러져 일몰 후에 찾는 사람이 더 많을 전망이다.

① 에버랜드는 야간에도 장미 축제를 한다.
② 에버랜드는 2,420km에 장미꽃을 심었다.
③ 에버랜드는 올해 670종의 신품종을 공개한다.
④ 에버랜드는 그동안 70여 개의 꽃 축제를 열었다.

※ **[35~38] 다음 글의 주제로 가장 알맞은 것을 고르십시오. (각 2점)**

35.

> 청년 일자리 문제는 한국뿐 아니라 대부분의 나라가 공통적으로 해결해야 하는 숙제다. 대학에 가지 않더라도 숙련된 기능인이나 기술자들이 좋은 일자리를 얻을 수 있고 사회적 대우를 받는 사회가 되면 많은 젊은이가 대학 대신 생산 현장으로 뛰어들 것이다. 그러면 청년 실업 문제가 어느 정도 해소될 뿐 아니라 중소기업의 인력난, 노동 시장의 구조적인 문제도 해결될 것이다.

① 숙련된 기술자에 대한 사회적 인식 변화가 필요하다.
② 좋은 일자리에 대한 인식 개선이 먼저 이루어져야 한다.
③ 대학 진학보다 생산 현장 경험을 쌓을 수 있도록 권고해야 한다.
④ 청년 실업 해소를 위해 중소기업이 나서서 일자리를 창출해야 한다.

36.

한자어는 한국어의 70%를 차지하고 있다. 따라서 한자를 몰라서 의사소통에 어려움을 겪는 경우를 종종 볼 수 있다. 한자를 외국어로 보는 사람들은 초등학교에서 한자를 교육해서는 안 된다고 주장한다. 하지만 단어의 뜻을 제대로 잘 이해하고 사용하려면 한자를 알아야 한다. 한국어는 다의어가 많기 때문에 한글만으로 의미상의 차이를 뚜렷이 구분하는 것이 쉽지 않기 때문이다.

① 한국어는 다의어가 많아서 배우기 어렵다.

② 한자어는 외국어이기 때문에 초등학교에서 가르치면 안 된다.

③ 한자어는 한국어의 대부분을 차지하므로 많이 배울수록 좋다.

④ 한국어의 정확한 이해와 표현을 위해 한자어를 가르칠 필요가 있다.

37.

입에서 나는 특이한 냄새는 일종의 건강 이상 신호일 수 있다. 대부분의 입 냄새는 구강 내 문제로 발생하지만 몸속에 이상이 있는 경우에도 입 냄새가 난다. 특히 당뇨병이나 신장 기능에 이상이 있을 때 구취가 발생한다. 당뇨가 있는 경우 입에서 과일 향이나 아세톤 냄새가 나며, 신장에 이상이 있는 경우에는 강한 암모니아 냄새가 날 수 있다. 따라서 입 냄새를 입 안의 문제라고만 생각해서는 안 된다.

① 입 냄새를 없애려면 먼저 입 안을 치료해야 한다.

② 입 냄새가 날 경우 다른 신체 질환을 의심해야 한다.

③ 입 냄새는 구강 내의 문제이므로 양치질을 잘 하면 된다.

④ 입에서 나는 과일 향과 같은 냄새는 건강하다는 증거이다.

38.

> 새로 지은 아파트나 주택, 건물에서는 인체에 해로운 화학 물질이 발생한다. 그래서 새집에서 생활하면 피부염, 두통, 신경성 질병 등 각종 질환에 시달리게 되는데, 이것을 '새집증후군'이라고 한다. 그렇다면 오래된 집은 안전한 것일까? 오래된 집에서도 사람에게 해로운 대기 오염 물질이 나온다. 따라서 우리는 유해 물질을 제거해 주는 식물을 집안 곳곳에 두고, 매일 집안을 깨끗이 청소하고 환기를 해야 한다.

① 새로 지은 집에서 살려면 새집증후군을 조심해야 한다.

② 오래된 집에서도 새집증후군 예방을 위해 노력해야 한다.

③ 집안 공기 걱정을 줄이기 위해 오래된 집에서 살아야 한다.

④ 오래된 집에 살아도 공기의 질을 개선하도록 노력해야 한다.

※ [39~41] 다음 글에서 〈보기〉의 문장이 들어가기에 가장 알맞은 곳을 고르십시오. (각 2점)

39.

> 청년 실업률이 16년 만에 최고치를 경신하자 정부는 청년들의 일자리 20만 개를 만들겠다고 대책을 발표하였다. (㉠) 민간 기준으로 임시직이 12만 5,000개인데 반해 정규직은 3만 5,000개뿐이다. (㉡) 또한 최근 6년간의 노동자 실질 임금 상승률도 연 0.6%에 불과했다. (㉢) 청년들이 일하고 싶어도 일할 자리가 없으면 한국의 미래는 어두울 것이다. (㉣) 그러므로 청년 실업 대책은 무엇보다 중요하고 시급하다.

─────〈보 기〉─────

하지만 정부의 그 많은 청년 실업 대책에도 불구하고 청년 실업은 갈수록 더 악화되고 있다.

① ㉠   ② ㉡   ③ ㉢   ④ ㉣

40.

　　'죽는 날까지 하늘을 우러러 한 점 부끄러움이 없기를……'은 '서시'라는 시의 첫 구절이다. (　㉠　) 이것은 윤동주 시인이 쓴 대표적인 시로, 짧지만 강렬한 인상을 준다. (　㉡　) 이 시는 시인의 어린 시절의 애틋한 추억을 되새기며, 조국의 광복을 염원하는 간절한 열망을 담고 있다. (　㉢　) 그는 어둡고 가난한 생활 속에서 인간의 삶과 고뇌를 사색하고, 일제의 강압에 고통받는 조국의 현실을 가슴 아프게 생각하는 시인이었다. (　㉣　)

〈보　　기〉

즉, 윤동주의 생애와 애국심을 단적으로 암시해 주는 상징적인 작품인 것이다.

① ㉠　　　　　② ㉡　　　　　③ ㉢　　　　　④ ㉣

41.

　　예상치 못한 일이나, 상상을 초월하는 일이 발생하여 어이가 없을 때 '어처구니없다' 또는 '어이없다'는 표현을 사용한다. (　㉠　) 이러한 표현의 유래에 대해서 정확하게 알려진 것은 없지만 구전되는 이야기는 있다. (　㉡　) 맷돌로 무엇을 갈아야 할 때 손잡이가 없다면 어떨까? (　㉢　) 이러한 황당하고 기막힌 상황을 빗대어 생긴 표현이 바로 '어처구니없다', '어이없다'라고 전해진다. (　㉣　)

〈보　　기〉

'어이' 또는 '어처구니'는 맷돌을 손으로 돌릴 때 쓰는 맷돌에 달린 나무 손잡이를 말한다.

① ㉠　　　　　② ㉡　　　　　③ ㉢　　　　　④ ㉣

동혁이 탄 버스가 막 떠나려는데, 놓치면 큰일이나 날 듯이 뛰어오르는 한 여학생이 있었다. 그는 조금 전 발표회에서 동혁에게 큰 감동을 주었던 채영신이었다. 영신은 승객들에게 밀려서 동혁이가 앉아 있는 좌석까지 와서는 손잡이를 붙잡고 섰다. 두 사람은 무릎이 닿을 듯한 거리에서 만나게 되었다. 두 눈이 마주치자 두 사람은 눈인사를 주고받았다. 비록 오늘 저녁 발표회에서 처음 알게 된 사이지만 여러 해 사귀어 온 오래된 친구와 같이 반가웠다. 동혁은 혼자 앉아 있기가 미안해서 "이리 앉으시지요." 하고 일어서며 자리를 내주었다. 영신은 "고맙습니다. 그런데 전 서 있는 게 좋아요." 하고 사양했다.

두 사람이 서서 서로 자리를 양보하는 사이에 옆에 서 있던 승객이 냉큼 자리에 앉아 버렸다. 그리고 <u>모른 척하며 시선을 창밖으로 돌렸다.</u> 영신과 동혁은 그러한 승객의 모습을 보고 웃음을 참느라 얼굴이 빨개졌다. 버스는 한참을 달렸다. 영신이 종로에서 내리자 동혁도 영신의 뒤를 따라 종로에서 내렸다.

심훈 〈상록수〉

42. 밑줄 친 부분에 나타난 승객의 태도로 알맞은 것을 고르십시오.

① 너그럽다　　　　　　　　　② 나태하다

③ 뻔뻔하다　　　　　　　　　④ 초조하다

43. 이 글의 내용과 같은 것을 고르십시오.

① 영신은 동혁이 탄 버스를 놓쳤다.

② 영신은 동혁에게 자리를 양보했다.

③ 동혁과 영신은 버스에서 처음 만났다.

④ 동혁과 영신은 같은 정류장에서 하차했다.

정부 지원으로 난임 시술을 받은 부부 3쌍 중 2쌍은 3개 이상의 배아를 이식한 것으로 조사됐다. 쌍둥이 이상의 다태아를 낳고 싶어 하는 부모의 바람이 반영된 셈인데 다태아 출산은 조산율이 높아 주의가 필요하다. 현재 한국에는 체외 수정 시술에 대한 의학적 기준이 마련돼 있지만 지침일 뿐, 법적인 관리 기준은 없다. 반면 다른 나라의 경우 이식 배아 수를 1~2개로 제한하고 있으며, 이를 어길 경우 3년의 징역형에 처하도록 하고 있다. 따라서 (   ) 건강한 아이와 산모에 대한 관리 기준 내용이 포함되도록 해서 최소한 국가로부터 지원받는 여성에 한해서라도 과도한 배아 이식을 막아야 할 것이다.

44. 이 글의 주제로 알맞은 것을 고르십시오.

① 난임 부부를 위한 정책 지원을 늘려야 한다.

② 다태아 출산을 장려하는 정책이 있어야 한다.

③ 정책적으로 배아 이식 수를 제한할 필요가 있다.

④ 체외 수정 시술에 대한 의학적 기준 마련이 시급하다.

45. (   )에 들어갈 내용으로 알맞은 것을 고르십시오.

① 정부 지원을 신청할 때는

② 난임 부부 판정을 받을 때는

③ 출산 장려 정책을 마련할 때는

④ 육아 관련 법안을 준비할 때는

고양이는 오랫동안 함께한 주인도 며칠 동안 못 보면 못 알아본다는 속설이 있다. (㉠) 그러나 최근에는 고양이가 육상 동물 중에서 침팬지 다음으로 지능이 높다는 설이 설득력을 얻고 있다. (㉡) 개가 기계적인 반복을 통해 학습하여 행동하는 것에 반해 고양이는 사람이 하는 것을 보고 잘 기억했다가 그대로 따라 하기도 하고 새로운 방법을 스스로 생각해 내기도 한다. (㉢) 특히 고양이는 앞발을 사용하는 데 능숙하여 서랍을 쉽게 열기도 하고 직접 선풍기를 틀어 바람을 쏘이기도 한다. (㉣) 재미있는 사실은 고양이의 지능 역시 사람과 마찬가지로 유전과 환경의 영향을 모두 받는다는 것이다.

46. 다음 문장이 들어가기에 가장 알맞은 곳을 고르십시오.

그래서 고양이가 개보다 머리가 나쁘다고 믿어 왔다.

① ㉠   ② ㉡   ③ ㉢   ④ ㉣

47. 이 글의 내용과 같은 것을 고르십시오.
   ① 고양이는 창의적인 동물이다.
   ② 고양이의 지능은 환경에 영향을 미친다.
   ③ 개는 육식 동물 중 침팬지 다음으로 지능이 높다.
   ④ 과거에는 고양이가 개보다 더 똑똑하다고 여겼다.

[48~50] 다음을 읽고 물음에 답하십시오. (각 2점)

> 고속도로에서 사고가 났을 때는 2차 사고 방지를 위해 삼각대나 불꽃 신호기 등을 설치하도록 의무화되어 있다. 앞선 차의 사고나 고장 이후에 일어나는 2차 사고에서는 (   ) 일반 사고보다 치사율이 무려 6배나 높다. 이 때문에 고속도로 2차 사고를 막기 위해 긴급 상황 때 운전자는 낮에는 차량 뒤쪽 100m 지점에 삼각대를 세우고, 밤에는 뒤쪽 200m 지점에 불꽃 신호기 등을 설치하도록 규정되어 있다. 하지만 아직도 이를 잘 모르는 운전자가 적지 않다. 게다가 이런 규정을 따르는 것이 오히려 너무 위험하다는 지적도 많이 제기되고 있다. 쌩쌩 달리는 차들을 피해가며 100m, 200m를 반대 방향으로 걸어가 설치해야 하기 때문에 사고의 위험성은 더욱 커지고 있다. 규정대로 하기 위해서는 사실상 목숨을 걸어야 하는 것이다. <u>잘 알지도 못하고 잘 알아도 지키기 어려운 삼각대 규정, 만들어진 지 이미 30년이 넘어 지금의 교통 환경과는 많이 동떨어져 보인다.</u>

48. 필자가 이 글을 쓴 목적을 고르십시오.
    ① 삼각대로 인한 2차 사고를 막기 위해서
    ② 삼각대 설치로 인한 효과를 홍보하기 위해서
    ③ 고속도로에서 삼각대 사용법을 알리기 위해서
    ④ 삼각대 규정의 비효율성에 대해서 설명하기 위해서

49. (   )에 들어갈 내용으로 알맞은 것을 고르십시오.
    ① 특히 사상자가 많이 발생하는데
    ② 사망자는 거의 발생하지 않는데
    ③ 사고의 위험이 현저히 떨어지는데
    ④ 큰 사고가 일어날 가능성이 낮은데

50. 밑줄 친 부분에 나타난 필자의 태도로 알맞은 것을 고르십시오.
    ① 삼각대 규정의 보완점에 대해 설명하다.
    ② 삼각대 규정의 필요성에 대해 강조한다.
    ③ 삼각대 규정의 실효성에 대해 회의적이다.
    ④ 삼각대 규정의 필요성에 대해 긍정적이다.

제⑩회 | 실전 모의고사
New TOPIK 新韓檢實戰全真模擬試題 第10回

TOPIK II

| 1교시 | 듣기, 쓰기 |

수험번호 (Registration No.)		
이　름 (Name)	한국어 (Korean)	
	영　어 (English)	

주 의 사 항
Information

1. 시험 시작 지시가 있을 때까지 문제를 풀지 마십시오.

   Do not open the booklet until you are allowed to start.

2. 수험번호와 이름을 정확하게 적어 주십시오.

   Write your name and registration number on the answer sheet.

3. 답안지를 구기거나 훼손하지 마십시오.

   Do not fold the answer sheet; keep it clean.

4. 답안지의 이름, 수험번호 및 정답의 기입은 배부된 펜을 사용하여 주십시오.

   Use the given pen only.

5. 정답은 답안지에 정확하게 표시하여 주십시오.

   Mark your answer accurately and clearly on the answer sheet.

   marking example   ① ● ③ ④

6. 문제를 읽을 때에는 소리가 나지 않도록 하십시오.

   Keep quiet while answering the questions.

7. 질문이 있을 때에는 손을 들고 감독관이 올 때까지 기다려 주십시오.

   When you have any questions, please raise your hand.

TOPIK Ⅱ 듣기 (1번 ~ 50번)

※ [1~3] 다음을 듣고 알맞은 그림을 고르십시오. (각 2점)　🔊 *Track 181*

1. ① 　②

　③ 　④

2. ① 　②

　③ 　④

3. ①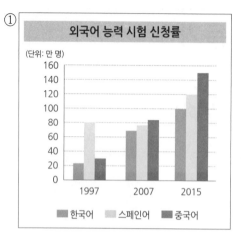

②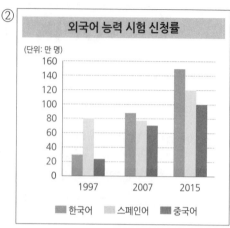

③

④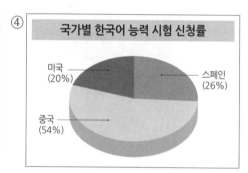

※ [4~8] 다음 대화를 잘 듣고 이어질 수 있는 말을 고르십시오. (각 2점) ◀ Track 182

4. ① 굽이 높아서 불편했었나 봐요.

② 발이 아플까 봐 걱정되시는군요.

③ 그럼 다른 색상으로 찾아볼게요.

④ 유행하는 디자인으로 보여 드릴게요.

5. ① 갈아타는 것도 많이 어려워.

② 이참에 버스를 한번 타 볼게.

③ 그러면 아침에 조금 일찍 만나자.

④ 버스로 갈아타 보는 것도 좋을 거야.

6. ① 결석하지 않게 조심할게요.

② 생각보다 높아서 놀랐어요.

③ 출석 점수가 높으면 좋겠어요.

④ 저는 수업에 빠진 적이 없어요.

7. ① 천천히 맛있게 드세요.

② 제가 가게에서 사 올게요.

③ 배달 음식 메뉴판을 가져올게요.

④ 배달이 빨리 와서 정말 다행이에요.

8. ① 열심히 일할 걸 그랬어요.

② 정말 가고 싶은데 아쉬워요.

③ 이번 달에도 휴가를 가서 좋아요.

④ 그럼 휴가 신청서를 제출하겠습니다.

※ [9~12] 다음 대화를 잘 듣고 여자가 이어서 할 행동으로 알맞은 것을 고르십시오. (각 2점)

◀ *Track 183*

9. ① 남자에게 상품을 가져다준다.

② 남자가 고른 물건을 계산한다.

③ 진열대에 상품을 채워 넣는다.

④ 창고에서 상품을 찾아서 온다.

10. ① 회식에 참가하는 인원을 파악한다.

② 식당에 전화해서 자리를 예약한다.

③ 게시판에 회식에 관한 내용을 알린다.

④ 직원들에게 먹고 싶은 메뉴를 묻는다.

11. ① 남자의 연락을 기다린다.

　　② 남자에게 전화번호를 묻는다.

　　③ 제주도 여행 상품을 예약한다.

　　④ 예약이 가능한 날짜를 알려 준다.

12. ① 학생회관으로 간다.

　　② 학교 앞 은행에 간다.

　　③ 학생회관에 전화한다.

　　④ 성적 증명서를 발급받는다.

※　[13~16] 다음을 듣고 내용과 일치하는 것을 고르십시오. (각 2점)　◀ Track 184

13. ① 여자는 수강료를 할인받을 수 있다.

　　② 여자는 학원에서 일을 한 적이 있다.

　　③ 남자는 학원에서 여자를 본 적이 있다.

　　④ 수강증이 있어야 학원에 등록할 수 있다.

14. ① 주말에는 주차장 이용이 불가능하다.

　　② 쇼핑을 한 고객은 주차비가 무료이다.

　　③ 오늘 패션쇼에 나온 옷은 신상품이다.

　　④ 패션쇼를 본 고객은 할인받을 수 있다.

15. ① 반드시 자기소개서를 가지고 가야 한다.

　　② 취업을 한 적 있는 청년은 참가할 수 없다.

　　③ 일자리 박람회는 당일 날 참가가 가능하다.

　　④ 일자리 박람회는 청년들에 의해서 만들어졌다.

16. ① 시민들이 공원 설립을 원하였다.

② 시민들이 공원 디자인에 참여한다.

③ 이 공원은 평화의 날에 만들어진다.

④ 공터는 시민들이 이용하는 장소였다.

※ [17~20] 다음을 듣고 남자의 중심 생각을 고르십시오. (각 2점) ◀ Track 185

17. ① 취미로 외국어를 배우는 것이 좋다.

② 외국어를 배우려면 학원에 다녀야 한다.

③ 외국어를 공부하면서 시험을 봐야 한다.

④ 외국어를 공부할 때는 목표를 정해야 한다.

18. ① 스트레스는 바로바로 풀어 줘야 한다.

② 스트레스를 많이 받으면 병이 생긴다.

③ 스트레스는 풀지 않으면 더 많이 쌓인다.

④ 스트레스를 받으면 아무것도 하지 말아야 한다.

19. ① 범죄자 이름을 알면 범죄를 막을 수 있다.

② 인터넷에 범죄자의 이름을 공개해야 한다.

③ 범죄자들은 또 다른 사람에게 피해를 준다.

④ 죄 없는 범죄자 가족들은 보호해 줘야 한다.

20. ① 어린아이들은 어릴 때 부모의 관심이 필요하다.

② 전자 제품은 사용 시간을 정하고 사용해야 한다.

③ 전자 제품을 많이 쓰면 눈과 목뼈가 안 좋아진다.

④ 전자 제품을 사용할 때 좋은 습관을 가져야 한다.

21. 남자의 중심 생각으로 맞는 것을 고르십시오.

① 밤에 잠을 일찍 자는 것이 좋다.

② 잠들기 전에 텔레비전을 보면 안 된다.

③ 피곤한 이유는 밤에 잠을 못 자서이다.

④ 불면증을 고치려면 생활 습관을 바꿔야 한다.

22. 들은 내용으로 맞는 것을 고르십시오.

① 남자는 밤에 늦게 자는 편이다.

② 남자는 최근에 불면증에 걸렸다.

③ 여자는 요즘 생활 습관을 바꿨다.

④ 여자는 밤늦게까지 텔레비전을 본다.

23. 남자는 무엇을 하고 있는지 고르십시오.

① 소액 결제 방법에 대해 물어보고 있다

② 소액 결제의 문제에 대해 이야기하고 있다.

③ 휴대 전화 요금 종류에 대해 알아보고 있다.

④ 자신의 휴대 전화 요금에 대해 문의하고 있다.

24. 들은 내용으로 맞는 것을 고르십시오.

① 남자는 소액 결제 제도로 휴대 전화를 샀다.

② 남자는 이번 달에 휴대 전화로 물건을 샀다.

③ 남자는 소액 결제로 10만 원 이상 사용하였다.

④ 휴대 전화 요금보다 소액 결제 요금이 많이 나왔다.

25. 남자의 중심 생각으로 맞는 것을 고르십시오.

    ① 채식을 해야 건강하게 살 수 있다.

    ② 경제가 발전해서 고기를 많이 먹게 되었다.

    ③ 짜고 매운 식단 위주의 식습관은 암을 유발한다.

    ④ 맵고 짠 식단은 고기를 자주 먹는 것보다 위험하다.

26. 들은 내용으로 맞는 것을 고르십시오.

    ① 경제 성장으로 인해 식습관이 변했다.

    ② 야채와 고기를 둘 다 먹어야 건강하다.

    ③ 고기를 많이 먹으면 암에 걸릴 수 있다.

    ④ 과거의 한국인들은 고기를 즐겨 먹었다.

27. 여자가 남자에게 말하는 의도를 고르십시오.

    ① 경복궁에 함께 가자고 부탁하기 위해

    ② 경복궁 관람의 중요성을 강조하기 위해

    ③ 경복궁 관람에 대한 정보를 제공하기 위해

    ④ 경복궁 관람 신청 방법에 대해 소개하기 위해

28. 들은 내용으로 맞는 것을 고르십시오.

    ① 경복궁은 이번에 무료로 개방한다.

    ② 여자는 경복궁에서 일하는 직원이다.

    ③ 사전 예약을 하지 않아도 들어갈 수 있다.

    ④ 전문 해설사는 하루에 한 번만 배치되어 있다.

29. 남자는 누구인지 고르십시오.

    ① 생태학자

    ② 정부 관계자

    ③ 환경 운동가

    ④ 저수지 관리자

30. 들은 내용으로 맞는 것을 고르십시오.

    ① 피라냐는 사람을 공격하기도 한다.

    ② 피라냐는 국내에 서식하는 어종이다.

    ③ 토종 물고기는 피라냐를 잡아먹는다.

    ④ 정부에서는 피라냐 수입을 금지한다.

31. 남자의 생각으로 맞는 것을 고르십시오.

    ① 다른 과목을 줄이고 체육 수업 시간을 늘려야 한다.

    ② 체육 활동을 통해 학생들이 사회성을 키울 수 있다.

    ③ 학교는 학생들이 공부를 할 수 있게 배려해야 한다.

    ④ 성적이 좋은 학생들은 반드시 체육 활동을 해야 한다.

32. 남자의 태도로 맞는 것을 고르십시오.

    ① 앞으로 발생할 일에 대해 예상하고 있다.

    ② 상대방의 의견에 대한 지지를 보내고 있다.

    ③ 예상되는 문제점에 대해 질문을 하고 있다.

    ④ 상대방의 의견에 대해 강하게 반박하고 있다.

33. 무엇에 대한 내용인지 맞는 것을 고르십시오.

　　① 존중받기를 원하는 심리

　　② 말을 잘하는 사람의 특징

　　③ 사람을 대할 때 중요한 것

　　④ 대화법을 배워야 하는 이유

34. 들은 내용으로 맞는 것을 고르십시오.

　　① 대화 기술이 좋으면 진심은 중요하지 않다.

　　② 사람을 대할 때 말을 잘하는 것이 중요하다.

　　③ 설득하는 대화법이 어떤 것인지 이해가 필요하다.

　　④ 사람들은 누구나 존중받기를 원하는 심리가 있다.

35. 여자는 무엇을 하고 있는지 고르십시오.

　　① 설문 조사 결과를 분석하여 안내하고 있다.

　　② 리서치 회사의 성장 과정을 보고하고 있다.

　　③ 설문지 분석 자료를 창업에 활용하고 있다.

　　④ 새로운 프로그램 개발에 참여를 요청하고 있다.

36. 들은 내용으로 맞는 것을 고르십시오.

　　① 지금 회사를 창업을 하면 창업 비용이 가장 많이 든다.

　　② 새 회사들은 비전문가를 위한 프로그램을 만들고 있다.

　　③ 개발자들은 응용 프로그램의 가격을 계속 높게 팔았다.

　　④ 비전문가들이 고급 소프트웨어를 쉽게 사용할 수 있게 되었다.

Track 194

37.　여자의 중심 생각을 고르십시오.

　　① 한창 배울 때는 많이 먹어야 한다.

　　② 아침을 잘 먹어야 학습 능력을 발휘할 수 있다.

　　③ 편식은 영유아기 때부터 습관을 바로잡아야 한다.

　　④ 건강 비결은 평소 생활 습관을 바르게 하는 것이다.

38.　들은 내용과 일치하는 것을 고르십시오.

　　① 패스트푸드 음식은 안 먹는 것이 좋다.

　　② 초등학교 시기에 충치 예방이 중요하다.

　　③ 편식은 초등학교 때부터 신경을 써야 한다.

　　④ 고칼로리 음식은 성장기에 되도록 많이 먹어야 한다.

39.　이 대화 앞의 내용으로 알맞은 것을 고르십시오.

　　① 유전자가 신진대사에 영향을 미칠 수 있다.

　　② 유전자가 지방을 쌓거나 태우는 기능을 한다.

　　③ 비만은 음식 섭취와 운동의 불균형이 원인이다.

　　④ 현재 전 세계는 5억 이상의 인구가 비만으로 고생을 한다.

40.　들은 내용과 일치하는 것을 고르십시오.

　　① 비만을 치료해야 암에 걸리지 않는다.

　　② FTO 유전자는 신진대사를 조절할 수 없다.

　　③ 유전자가 변형되지 않은 쥐는 50%나 날씬해졌다.

　　④ 비만 치료법에 대한 연구는 아직 완성되지 않았다.

※ **[41~42] 다음은 강연입니다. 잘 듣고 물음에 답하십시오. (각 2점)** ◀⁞ *Track 196*

41. 남자의 중심 생각으로 맞는 것을 고르십시오.

① 사람들은 타인의 말에 영향을 많이 받는다.

② 타인에게 기대를 갖고 긍정적인 말을 해야 한다.

③ 사람들은 타인의 기대에 부응하려는 경향이 있다.

④ 교사는 학생들을 긍정적인 시각으로 바라보아야 한다.

42. 들은 내용과 일치하는 것을 고르십시오.

① 실험에 참가한 초등학생은 모두 지능이 높았다.

② 교사들은 실험 내용에 대해 정확히 알고 있었다.

③ 무작위로 선별된 학생들이 실험의 대상이 되었다.

④ 실험에 참가한 학생들은 지능이 높아지지 않았다.

※ **[43~44] 다음은 다큐멘터리입니다. 잘 듣고 물음에 답하십시오. (각 2점)**

◀⁞ *Track 197*

43. 이 이야기의 중심 내용으로 맞는 것을 고르십시오.

① 남자는 이성적이고 여자는 감성적인 면이 있다.

② 남자와 여자는 서로 다른 이유로 눈물을 흘린다.

③ 남자와 여자는 서로 부족한 점을 도우며 살아야 한다.

④ 남자와 여자는 신체적인 것 외에도 다양한 차이점이 있다.

44. 여자가 남성이 창의력이 높다고 이야기하는 이유로 맞는 것을 고르십시오.

① 남자가 여자보다 이성적인 면이 발달한 편이라서

② 남자는 부정적 눈물보다는 '기쁨의 눈물'을 잘 흘려서

③ 남자는 여자보다 과감한 결정력과 경쟁력이 부족한 편이라서

④ 창의력은 고전적인 성향의 남성에게서 많이 보이는 것이라서

45. 들은 내용과 일치하는 것을 고르십시오.

　① 해마다 많은 생물종이 없어지고 있다.

　② 생물의 다양성은 식물을 제외한 다양성이다.

　③ 국제 생물 다양성의 날은 10년에 한 번 지정한다.

　④ 생물 다양성 회복은 UN의 주도로 이루어지고 있다.

46. 남자가 말하는 방식으로 가장 알맞은 것을 고르십시오.

　① 연도별로 분류하여 해결책을 제시하고 있다.

　② UN의 견해에 대해 논리적으로 반박하고 있다.

　③ 청중의 동의를 구하며 자신의 주장을 펼치고 있다.

　④ 용어의 정의와 자료를 근거로 자신의 의견을 제시하고 있다.

※　[47~48] 다음은 대담입니다. 잘 듣고 물음에 답하십시오. (각 2점)　◀ Track 199

47. 들은 내용과 일치하는 것을 고르십시오.

　① 우울증은 주로 정신이 약한 사람이 걸린다.

　② 우울증은 의지가 있으면 치료가 가능한 병이다.

　③ 현재 우울증은 심장 동맥 다음으로 많이 걸린다.

　④ 우울증에 걸리는 원인을 정확하게 찾을 수 있다.

48. 여자의 태도로 가장 알맞은 것을 고르십시오.

　① 남자의 의견에 적극적으로 찬성한다.

　② 남자의 의견에 새로운 방향을 제시한다.

　③ 남자가 제시한 의견의 장단점을 분석한다.

　④ 남자가 제시한 의견을 근거를 들어 반박한다.

49. 들은 내용과 일치하는 것을 고르십시오.

① 울돌목은 바다가 울기 때문에 붙인 이름이다.

② 울돌목의 유속은 보통 바다에 비해 5배 빠르다.

③ 울돌목은 이순신 장군이 전쟁에서 승리한 곳이다.

④ 울돌목에서 2012년에 연구용 조류 발전소를 건설하였다.

50. 여자의 태도로 가장 알맞은 것을 고르십시오.

① 한국의 물을 이용한 에너지 개발 세태를 비판하고 있다.

② 대체 에너지로서의 조력 발전의 유용성을 전망하고 있다.

③ 조력 발전소의 입지 조건에 대해 설명하면서 예를 들고 있다.

④ 조류 발전소를 설치했을 때 가져올 이점에 대해 분석하고 있다.

TOPIK Ⅱ 쓰기(51번~54번)

※ [51~52] 다음을 읽고 ㉠과 ㉡에 들어갈 말을 각각 한 문장으로 쓰십시오.
(각 10점)

51.

○○○

고객 상담 게시판 ···

제목: 바지를 교환하고 싶습니다.

　안녕하세요? 저는 지난주 금요일에 바지를 주문했습니다. 토요일에 옷을 받았는데 바지의 색깔과 디자인은 온라인 쇼핑몰 사진처럼 예쁩니다.

　그런데 (　　　㉠　　　). 그래서 크기가 작은 바지로 교환하고 싶습니다.

　(　　　㉡　　　). 제 연락처는 010-2233-4455이며, 이메일 주소는 khu4455@khu.com입니다.

52.

　변화는 누구에게나 낯설고 두렵게 느껴진다. 그래서 편안하고 익숙한 (　㉠　).
그러나 사회는 끊임없이 변화하고 있으며 변화에 적응하지 못하고 제자리에 있게 되면 더 이상의 발전을 기대하기 어렵다. 변화를 두려워하는 원인은 자기 자신에게 있기 때문에 해결책 또한 대부분 자신의 마음속에서 찾을 수 있다. 결국 변화를 가로막는 가장 큰 방해물은 자기 자신이므로 (　　㉡　　). 그렇지 않을 경우 아무것도 변화되지 않는다.

53. 다음 그래프를 보고 남녀의 차이를 중심으로 60대 노인들이 가장 원하는 복지 서비스와 그들이 겪는 어려움에 관하여 200~300자로 쓰십시오. (30점)

60대 이상의 노인 남녀 500명을 대상을 '현재 느끼는 가장 큰 어려움'과 '가장 원하는 복지 서비스'가 무엇인지에 대해 설문 조사를 하였다.

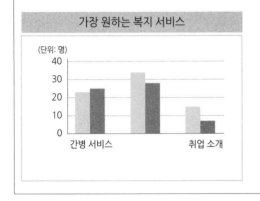

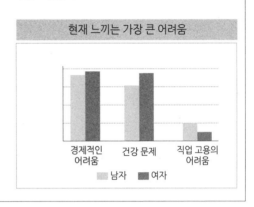

54. 다음을 주제로 하여 자신의 생각을 600~700자로 글을 쓰십시오. (50점)

인터넷을 활용한 교육 방식인 e-Learning(이러닝)이 활성화되면서 언제, 어디서나, 누구든지 자기 스스로 공부를 할 수 있게 되었습니다. 이러한 사이버 학습이 가져온 변화가 교육에 미치는 영향이 무엇인지 교육의 내용과 방법을 중심으로 자신의 생각을 쓰십시오. 그리고 교사와 학습자의 측면에서 e-Learning을 활용하는 방법과 그 효과를 중심으로 쓰십시오.

* 원고지 쓰기의 예

	머	리	는		언	제		감	는		것	이		좋	을	까	?		사
람	들	은		보	통		아	침	에		머	리	를		감	는	다	.		그

제1교시 듣기, 쓰기 시험이 끝났습니다. 제2교시는 읽기 시험입니다.

제 ❿ 회 실전 모의고사

New TOPIK 新韓檢實戰全真模擬試題 第10回

TOPIK II

2교시	읽기

수험번호 (Registration No.)		
이 름 (Name)	한국어 (Korean)	
	영 어 (English)	

주 의 사 항
Information

1. 시험 시작 지시가 있을 때까지 문제를 풀지 마십시오.

   Do not open the booklet until you are allowed to start.

2. 수험번호와 이름을 정확하게 적어 주십시오.

   Write your name and registration number on the answer sheet.

3. 답안지를 구기거나 훼손하지 마십시오.

   Do not fold the answer sheet; keep it clean.

4. 답안지의 이름, 수험번호 및 정답의 기입은 배부된 펜을 사용하여 주십시오.

   Use the given pen only.

5. 정답은 답안지에 정확하게 표시하여 주십시오.

   Mark your answer accurately and clearly on the answer sheet.

   marking example | ① ● ③ ④

6. 문제를 읽을 때에는 소리가 나지 않도록 하십시오.

   Keep quiet while answering the questions.

7. 질문이 있을 때에는 손을 들고 감독관이 올 때까지 기다려 주십시오.

   When you have any questions, please raise your hand.

TOPIK Ⅱ 읽기 (1번~50번)

※ **[1~2] ( )에 들어갈 가장 알맞은 것을 고르십시오. (각 2점)**

1. 우리는 (   ) 자기가 할 일을 남에게 미루지 말고 스스로 해야 한다.
   ① 피곤하고도   ② 피곤한 탓에
   ③ 피곤하더라도   ④ 피곤한 대신에

2. 수학 문제가 너무 어려웠지만 포기하지 않고 끝까지 (   ).
   ① 파 놓았다   ② 파고들었다
   ③ 파나 싶었다   ④ 파는 셈 쳤다

※ **[3~4] 다음 밑줄 친 부분과 의미가 비슷한 것을 고르십시오. (각 2점)**

3. <u>퇴근하는 대로</u> 출발하면 7시까지 세미나 장소에 도착할 수 있다.
   ① 퇴근할 때   ② 퇴근하자마자
   ③ 퇴근하는 김에   ④ 퇴근한 다음에

4. 정부에서 서민을 위한 정책을 내놓았지만 반대에 부딪혀 <u>그만둬야 했다</u>.
   ① 그만두기로 했다   ② 그만둘 수밖에 없었다
   ③ 그만두는 것이 당연했다   ④ 그만두는 둥 마는 둥 했다

[5~8] 다음은 무엇에 대한 글인지 고르십시오. (각 2점)

5.

> **한 알로 두통, 치통, 생리통 꽉 잡았습니다**

① 진통제   ② 소화제   ③ 영양제   ④ 비타민

6.

> 지금 구입하시면 10% 할인에, 제품을 하나 더 드립니다.
> 5분이 지나면 이 모든 혜택이 사라집니다.
> 지금 빨리 전화 주세요.

① 백화점   ② 홈쇼핑   ③ 할인 매장   ④ 온라인 매장

7.

> **위 험**
> 장마로 인하여 교통이 통제되었습니다.
> 다른 길로 돌아서 가십시오.

① 교통수단   ② 안전 관리   ③ 운전 방법   ④ 공사 안내

8.

> **더 넓은 장소에서! 새로운 모습으로!**
> 다음 달 1일부터 맞은편 건물 2층에서 여러분을 모시겠습니다.

① 개업 안내   ② 폐업 안내   ③ 휴업 안내   ④ 이전 안내

※ [9~12] 다음 글 또는 도표의 내용과 같은 것을 고르십시오. (각 2점)

9.

한아름 가족을 모십니다

- ■ **모집 분야:** 마케팅 분야 교육 강사
- ■ **지원 자격:** 캐나다 내 취업에 결격 사유가 없는 자 (영어 능통자 우대)
- ■ **지원 서류:** 자기소개서를 포함한 영문 및 한글 이력서
- ■ **지원 방법:** 직접 방문 접수 (자세한 사항은 홈페이지 확인)
- ■ **직원 혜택:** 캐나다 파견 근무, 숙식 제공, 필요 시 영어 교육비 지원

① 뽑히면 캐나다에서 일하게 된다.

② 홈페이지에 들어가서 직접 지원하면 된다.

③ 마케팅 업무 담당 직원을 뽑는 구직 광고이다.

④ 영어를 잘하는 사람에게 영어 교육비를 지원한다.

10.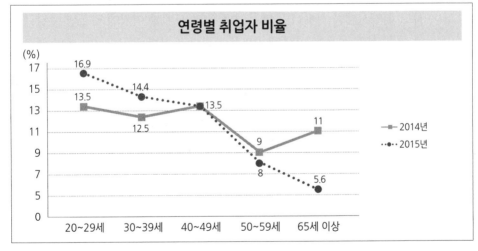

① 2014년에는 20~29세 실업자의 비율이 가장 높았다.

② 2015년에는 30~39세 취업자의 비율이 가장 낮았다.

③ 40~49세의 취업률은 2014년이나 2015년이나 변함이 없다.

④ 50세 이상의 취업률은 증가했고, 40세 미만의 취업률은 감소했다.

11.

> 　요즘 여행지로 평창이 뜨고 있다. 평창은 2018년 동계 올림픽 개최지로 결정되면서 더 많은 관심을 받고 있다. 평창은 건강의 최적 높이인 750m의 고지에 위치해서 한여름 내내 일일 평균 기온 26도 이하를 유지하기 때문에 덥지 않아 여름에도 여행지로 인기가 많다. 2017년 서울과 평창 간 고속 전철이 개통되면 더 많은 휴가 인파가 몰릴 것으로 예상된다.

① 2017년에 평창에서 동계 올림픽이 개최된다.

② 최근 여행지로 평창의 인기가 높아지고 있다.

③ 더 많은 휴가 인파가 몰리면 고속 전철이 개통될 것이다.

④ 평창은 겨울 스포츠를 즐기는 곳이라서 여름에는 인기가 없다.

12.

> 　대학의 수강 신청이나 유명 가수의 콘서트 예매 때면 포털 사이트의 인기 검색어 순위에 어김없이 '원자시계'가 등장한다. 한국의 표준시와 컴퓨터의 시계를 정확하게 맞추려는 사람이 많아서 생긴 현상이다. 포털이나 이동통신사도 원자시계를 사용하기 때문에 컴퓨터 시계를 여기에 맞추면 수강 신청이나 예매 성공 확률이 미세하나마 높아진다고 한다.

① 원자시계가 없으면 콘서트 표를 예매할 수 없다.

② 포털 사이트의 인기 검색어에는 항상 원자시계가 있다.

③ 컴퓨터 시계를 원자시계에 맞추면 예매 성공률이 급격히 높아진다.

④ 수강 신청이나 예매에 성공하려면 컴퓨터 시계를 원자시계에 맞추면 좋다.

※ [13~15] 다음을 순서대로 맞게 배열한 것을 고르십시오. (각 2점)

13.
> (가) 보존 과학자는 파손된 유물에 새 생명을 불어 넣는 예술가라고 할 수 있다.
>
> (나) 조사를 마친 유물은 재질에 따라 이를 담당하는 연구실에서 복원, 보존 처리된다.
>
> (다) 박물관에 유물이 들어오면 먼저 유물의 제작 시기, 재료, 제작 방법 등을 조사한다.
>
> (라) 이때 연구실에서 유물을 복원하고 보존 처리를 하는 사람을 보존 과학자라고 한다.

① (가)-(다)-(나)-(라)　　　② (가)-(라)-(다)-(나)
③ (다)-(나)-(라)-(가)　　　④ (다)-(라)-(나)-(가)

14.
> (가) 하지만 만 65세 이상을 노인으로 분류하는 정책이 많다.
>
> (나) 기초연금이나 노인장기요양보험 적용 시기가 대표적이다.
>
> (다) 따라서 노인으로 인식되는 연령은 65세 이상이라고 볼 수 있다.
>
> (라) 현재 노인으로 규정할 수 있는 나이를 정해 놓은 국내법은 없다.

① (나)-(가)-(라)-(다)　　　② (나)-(다)-(가)-(라)
③ (라)-(가)-(나)-(다)　　　④ (라)-(나)-(다)-(가)

15.

(가) 봄철에 자주 피곤하고 졸린 증상을 춘곤증이라고 한다.

(나) 사람들은 보통 춘곤증이 있을 때 음식으로 해결하려고 한다.

(다) 그러나 먹는 것보다 중요한 것은 생활 리듬을 제대로 갖춰 나가는 것이다.

(라) 이는 겨울에 맞춰졌던 생체 리듬이 봄이 되면서 바뀌는 과정에서 발생한다.

① (가)-(나)-(라)-(다)　　　　② (가)-(라)-(나)-(다)

③ (나)-(다)-(라)-(가)　　　　④ (나)-(라)-(가)-(다)

※　[16~18] 다음을 읽고 (　)에 들어갈 내용으로 가장 알맞은 것을 고르십시오. (각 2점)

16.

한국은 지진의 중심권에서 벗어나 있어서 최근 지진에 따른 참사는 겪지 않았다. 하지만 지진으로부터 (　　　　). 현존하는 역사서인 '삼국사기'에도 지진에 관한 기록이 보이며, '조선왕조실록'에도 지진이라는 단어가 등장한다. 과거의 사실로 미래의 지진 발생 가능성을 예측할 수 없는 것이다.

① 굉장히 자유로운 곳이다

② 많은 인명 피해가 있었다

③ 완전한 안전지대는 아니다

④ 미래의 기후를 예측할 수 있다

17.

> 여행 배낭을 쌀 때는 먼저 목적지와 여행 일정을 생각해야 한다. 꼭 필요한 것을 빼놓아서는 안 되지만, 배낭의 무게는 자기 체중의 1/3을 넘지 않는 것이 좋다. 공부를 할 때도 마찬가지다. (   ) 공부할 내용을 정하고, 지나치게 욕심을 내어 학습량을 많이 잡지 말아야 한다.

① 목표와 주어진 시간을 고려하여
② 중요한 내용을 먼저 결정한 후에
③ 학습량과 자신의 신체 조건을 생각해서
④ 자신의 지적 능력과 학습 시간을 반영하여

18.

> 요즘 중년들 사이에서 보톡스 미용 시술이 인기다. 보톡스는 칼을 대는 성형 수술에 비해 비교적 안전하고 부작용이 적다는 장점이 있다. 주로 주름 개선용으로 알려진 보톡스는 사실 (   ) 활용된다. 안과에서는 양쪽 눈의 시선이 서로 다른 사시를 교정할 목적으로, 치과에서는 턱 교정과 이갈이 완화를 위해 사용한다. 비정상적으로 땀을 많이 흘리는 다한증에도 보톡스가 효과적이다. 하지만 효과가 일시적인 것이 단점이다.

① 다양한 치료에
② 여성들의 미용을 위해
③ 성형 수술 대체 물질로
④ 일시적으로 주름을 가리고 싶을 때

한국에서 삼신할머니는 아이를 낳고 기르는 일을 주관하는 여신이다. (   ) 아이를 갖게 해 주는 신이라 하여 옛날부터 아이를 기다리는 사람들에게 숭배의 대상이 되었다. 한국에서 이러한 신앙이 자리 잡은 데에는 자손에 대한 전통 사상이 큰 역할을 했다. 대를 이을 아들을 낳지 못하는 여인들이 평생을 죄인처럼 지내야 했던 사회적 관습 속에서 아이가 없는 여인들이 무엇에라도 빌고 싶은 마음을 가지는 것은 당연한 일이었다.

19. (   )에 들어갈 알맞은 것을 고르십시오.

① 특히   ② 먼저   ③ 달리   ④ 한편

20. 이 글의 내용과 같은 것을 고르십시오.

① 죄를 지으면 아들을 못 낳았다.

② 옛날에는 아들보다 딸을 소중하게 여겼다.

③ 삼신할머니는 아이를 양육해 주는 사람이다.

④ 아이가 없는 여인들은 삼신할머니께 빌었다.

※ [21~22] 다음을 읽고 물음에 답하십시오. (각 2점)

늘 젊은이들로 북적이는 대림 미술관은 미술품 전시회보다 (   ) 부대 행사가 더 인기 있는 미술관이다. 홍대 앞 파티 문화를 전시장에 도입했고, 밴드 공연도 하고, DJ가 랩을 선보이기도 한다. 대림 미술관이 지향하는 이미지는 명료하다. '재미있는 미술관'이다. 사진 촬영에 제한을 두는 기존 미술관과는 달리 마음껏 사진도 찍을 수 있어 사람들은 미술관이 더 이상 멀게 느껴지지 않아서 좋다고 말한다. 대림 미술관은 앞으로 미술관이 지향해야 할 방향을 보여 주고 있는 것이다.

21. (   )에 들어갈 알맞은 것을 고르십시오.

① 눈 밖에 난   ② 구색을 맞춘

③ 찬물을 끼얹는   ④ 어깨를 나란히 하는

22. 이 글의 중심 생각을 고르십시오.

① 대림미술관처럼 재미있어야 젊은이들이 많이 찾는다.

② 미술관은 미술품뿐만 아니라 부대 행사를 준비해야 한다.

③ 미술관은 시민들에게 가까이 다가가기 위해 노력해야 한다.

④ 다른 미술관들도 대림미술관의 프로그램을 받아들이는 것이 좋다.

※ [23~24] 다음을 읽고 물음에 답하십시오. (각 2점)

> 대학에서 학생들을 가르치는 즐거움 중 하나는 사시사철 변모하는 캠퍼스의 아름다움을 온몸으로 느낄 수 있다는 것이다. 아직 바람이 차가운 입학식 즈음에는 매화가, 개강을 할 때쯤에는 진달래, 개나리, 목련이 핀다. 중간고사 즈음에는 단연 벚꽃이다. 계절의 여왕, 5월에는 장미꽃이 피다가 여름 방학이 시작되면 나팔꽃, 해바라기가 보인다. 이윽고 책상 위에 꽂힌 국화를 보면서 나는 가을이 왔음을 안다. 이 꽃들 중에서 어떤 꽃이 가장 훌륭한가? 이것은 참으로 어리석은 질문이다. 가장 훌륭한 꽃이란 없다. 저마다 훌륭하다. 꽃들도 저렇게 자신이 피어야 할 시기를 잘 알고 있는데, 왜 인간들은 하나같이 동백처럼 초봄에 피어나지 못해 안달인가?

23. 밑줄 친 부분에 나타난 나의 심정으로 알맞은 것을 고르십시오.

① 답답하다   ② 서운하다

③ 섭섭하다   ④ 허무하다

24. 이 글의 내용과 같은 것을 고르십시오.

① 나는 대학에서 꽃을 가꾸는 일을 한다.

② 중간고사를 볼 때쯤에는 장미꽃이 핀다.

③ 사람들은 동백처럼 일찍 피는 꽃을 몹시 좋아한다.

④ 계절마다 바뀌는 캠퍼스의 모습을 보는 것이 즐겁다.

※ [25~27] 다음은 신문 기사의 제목입니다. 가장 잘 설명한 것을 고르십시오.
(각 2점)

25. | 재미와 감동 두 마리 토끼 잡아, 늦은 시간대에도 시청률 쑥쑥 |

① 재미와 감동을 주기 때문에 늦은 시간에 방송되지만 시청률이 높다.

② 재미와 감동이 없어서 시청률이 낮은 시간으로 방송 시간을 옮겼다.

③ 재미와 감동이 있어서 시청률이 높은 시간으로 방송 시간이 변경되었다.

④ 재미와 감동이 없기 때문에 방송 시간을 바꾸어도 시청률이 계속 떨어진다.

26. | 장밋빛만은 아니었던 이민 생활, 이주민 센터에서 위안 얻어 |

① 행복하지 못한 이민자가 많아서 이주민 센터가 확대되었다.

② 이주민 센터로부터 아름다운 이민 생활 방법에 대해 배웠다.

③ 이주민 센터에서 받은 위로로 행복한 이민 생활을 꿈꾸게 되었다.

④ 이민 생활을 하면서 힘들었던 마음을 이주민 센터에서 위로받았다.

27. | 한 번 고장 나면 끝? 시행착오 반복하며 스스로 해법 찾는 로봇 등장 |

① 로봇은 한 번 고장 나면 다른 방법이 없다.

② 고장이 나면 스스로 해결하는 로봇이 나왔다.

③ 고장 났을 때 한 번에 해결 방법을 찾는 로봇이 나왔다.

④ 로봇은 시행착오를 반복하기 때문에 고장 나면 끝이다.

※ [28~31] 다음을 읽고 ( )에 들어갈 내용으로 가장 알맞은 것을 고르십시오.
(각 2점)

28.

　　'눈치가 빠르다'는 말은 다른 사람의 말과 몸짓을 읽어서 포착한 정보를 분석하는 능력이 뛰어나다는 말이다. 일반적으로 여자들은 남자에 비해 이런 직관이 뛰어나다. 우리의 언어생활에서 자주 쓰이는 언어 표현은 몇 가지 안 되지만 우리가 대화 중에 쓰는 표정과 몸짓은 대략 25만 가지가 넘는다. 여성들은 ( ) 상대방의 진심을 파악하는 것이다. 그러니 여자 친구에게 입으로 거짓말을 하고 그녀를 속였다고 안심하면 안 된다.

① 말과 표정을 읽어서
② 표정과 몸짓을 보고
③ 상대방의 눈치를 보고
④ 상대방의 마음을 읽어서

29.

　　시청률 1위를 기록하는 드라마가 방영되는 시간대에는 수돗물 사용량과 술집 매상이 떨어진다고 한다. 이는 텔레비전 드라마가 우리 생활에서 ( ) 단적으로 보여 준다. 오늘날에는 대부분의 가정에서 텔레비전을 한 대 이상씩 보유하고 있고, 인터넷이 보급되어 있어서 누구나 편하게 드라마를 시청할 수 있다. 드라마가 주는 메시지는 반복적, 누적적, 일상적이기 때문에 그 영향력이 아주 크다고 할 수 있다.

① 외면당하고 있다는 것을
② 일부분에 불과하다는 것을
③ 큰 비중을 차지하고 있다는 것을
④ 앞으로 확대될 가능성이 크다는 것을

30.

시험 전에는 머릿속에 지식과 온갖 정보로 가득했는데 시험이 일단 끝나면 공부한 내용을 모두 잊어버려서 머리가 완전히 빈 것처럼 느껴지는 경험을 해 보았을 것이다. 이것을 '자이가르닉 효과'라고 부른다. 러시아 심리학자, 자이가르닉은 미완성된 과업이 정신적 긴장을 만든다는 이론을 만들었다. 이것은 사람들이 미완성된 과업에 대해 걱정하며 최대한 빨리 그것을 끝내려고 한다는 뜻이다. 사람들은 (   ) 동기 부여를 받는다.

① 종결을 하려는 욕구에 의해

② 새로운 시작을 하려는 열망에 의해

③ 일의 과정을 즐기려는 생각에 의해

④ 잊어버린 기억을 찾으려는 노력에 의해

31.

(   ) 살아남는 지구 최강의 생명체, 신종 곰벌레가 발견되었다. 이 곰벌레는 2014년 남극에서 발견되었는데 영상 150도, 영하 273도의 온도에서도 살아남을 수 있고, 심지어 치명적인 농도의 방사성 물질에 노출되어도 죽지 않는다. 또한 진공 상태의 우주 환경에서도 곰벌레가 살아남았다. 이 때문에 곰벌레는 지구가 멸망해도 살아남을 수 있다는 바퀴벌레보다 한 수 위라는 평가를 받는다.

① 극한의 환경에서도

② 주변 환경이 자신에게 잘 맞을 때만

③ 바퀴벌레가 생존하기 유리한 곳에서도

④ 생명체가 적응하기에 적합한 조건에서만

※ [32~34] 다음을 읽고 내용이 같은 것을 고르십시오. (각 2점)

32.

> 이누이트인들은 이글루 안이 추울 때 바닥에 물을 뿌린다. 여름철 마당에 뿌린 물은 증발되면서 열을 흡수하기 때문에 시원하지만, 이글루 바닥에 뿌린 물은 곧 얼면서 열을 방출하기 때문에 실내 온도가 올라간다. 이글루에는 찬물보다 뜨거운 물을 뿌리는 것이 더 효과적이다. 이누이트인들이 과학적 원리를 이해하고 이글루를 짓지는 않았을 것이다. 이글루에는 극한 지역에서 살아가는 사람들이 경험을 통해 터득한 삶의 지혜가 담겨 있다.

① 여름에 마당에 물을 뿌리면 따뜻해진다.

② 이글루 안에 물을 뿌리면 실내가 추워진다.

③ 이누이트인들은 과학적 방법으로 이글루를 지었다.

④ 이누이트인들은 경험을 바탕으로 이글루를 만들어서 생활한다.

33.

> 게스트 하우스로 운영되는 독특한 한옥이 있다. 이 집은 방마다 국악기가 하나씩 놓여 있어서 손님이 직접 연주해 볼 수 있다. 방 크기는 악기 크기로 미루어 짐작할 수 있다. 가야금이 있는 방은 3명이 묵을 수 있고, 해금이 있는 방은 2명이, 피리가 있는 방은 혼자 지내기 좋다. 2만 원을 더 내면 게스트 하우스에서 7분 거리에 있는 공방에서 전통주와 떡 만들기 체험도 할 수 있기 때문에 내국인은 물론 외국인들에게도 인기가 많다.

① 해금은 가야금보다 작은 악기이다.

② 게스트 하우스에서 떡을 맛볼 수 있다.

③ 이 집에는 국악기가 있는 방이 하나 있다.

④ 추가 요금을 내면 피리가 있는 방을 사용할 수 있다.

34.

> 언어 예절에서는 화자가 청자를 배려하여 자신을 겸손하게 낮추는 언어 사용이 중요하다. 명령문보다는 청유문이나 의문문을 사용하면 좀 더 공손하게 표현할 수 있다. 예를 들어, 만원 버스에서 "비켜 주세요." 대신 "좀 내립시다." 또는 "내리실 거예요?"라고 하면 더 공손하다. 청자가 거절할 수 있는 여지를 남기는 말이기 때문이다. 또 "저 다음 정류장에서 내립니다."와 같이 평서문을 쓰는 것도 명령문보다 공손한 표현이다.

① 언어 예절에서는 청자가 자신을 낮추어야 한다.

② 명령문보다 평서문, 청유문, 의문문이 더 공손한 표현이다.

③ "좀 내립시다."보다 "비켜 주세요."라는 표현이 더 공손하다.

④ "비켜 주세요."는 청자가 거절할 수 있는 기회를 주는 말이다.

※ [35~38] 다음 글의 주제로 가장 알맞은 것을 고르십시오. (각 2점)

35.

> 우리는 사람을 처음 만날 때 그 사람이 어떤 사람인지를 외모와 말투 등으로 빠르게 판단하게 된다. 그리고 이렇게 한번 형성된 인상은 일관성이 유지되는 경향이 강하다. 또한 어떤 사람에 대한 상반된 정보가 시간 간격을 두고 주어질 때, 먼저 습득된 정보가 뒤에 습득된 정보보다 더 큰 영향을 미친다. 따라서 처음 만날 때 좋은 인상을 주는 것이 중요하다. 사람을 소개할 때도 긍정적인 정보를 부정적인 정보보다 먼저 제시하는 것이 좋다.

① 사람의 첫인상은 쉽게 바뀌지 않는다.

② 소개할 때 솔직하게 단점을 먼저 밝혀야 한다.

③ 나중에 얻은 정보가 먼저 얻은 정보보다 중요하다.

④ 여러 번 만나야 그 사람이 어떤 사람인지 알 수 있다.

36.

> 　사람은 음식만으로 균형 잡힌 영양소를 충분히 섭취할 수 없기 때문에 비타민을 복용한다. 비타민을 선택할 때는 한두 가지 영양소를 다량 함유한 것보다 모든 영양소가 골고루 들어 있는 제품을 골라야 한다. 영양소는 상호작용을 통해 시너지 효과를 나타내므로 영양소를 균형 있게 공급하는 제품을 선택하는 것이 좋다. 단, 좋은 영양소라도 지나치게 많으면 해로울 수 있으므로 최소의 양으로 최대의 영양소를 공급할 수 있는 것을 선택해야 한다.

① 사람은 음식만으로 충분한 비타민을 섭취할 수 있다.

② 비타민을 선택할 때는 기능이 특화된 제품을 고른다.

③ 좋은 영양소가 많이 들어있는 비타민이 좋은 비타민이다.

④ 비타민 선택 시 모든 영양소가 포함된 것을 선택해야 한다.

37.

> 　각 분야에 종사하고 있는 전문가들은 10년 뒤 유망한 직업 1순위로 데이터 사이언티스트, 빅데이터 디자이너 등 데이터 관련 직종을 꼽고 있다. 또 10년 후 자신의 직업에 가장 영향을 줄 요인으로 인공 지능과 빅데이터를 꼽았다. 반대로 10년 안에 급격히 추락할 것으로 보이는 직업이 무엇이라고 생각하느냐는 질문에는 콜센터 직원, 안내 도우미, 은행 창구 사무원, 경비 등 단순 서비스 직종을 꼽은 이가 10.7%로 가장 많았다.

① 10년 뒤에는 데이터 관련 직업을 가져야 한다.

② 단순 서비스 직종은 10년 후 완전히 사라질 것이다.

③ 10년 후 유망한 직업에 대한 전문가들의 의견이 엇갈리고 있다.

④ 데이터 관련 직종은 뜨는 직업이고 단순 서비스 직종은 지는 직업이다.

38.

> 미국 미시간 대학교 연구팀은 성인 40명을 선발하여 낮잠이 업무 효율에 미치는 영향을 실험하였다. 무작위로 두 그룹으로 나누어 한 그룹은 낮잠을 자게 하고 다른 그룹은 비디오를 보게 한 후 업무를 주었다. 그 결과 낮잠을 잔 그룹이 비디오를 본 그룹에 비해 주어진 업무에 더 많은 시간을 할애한 것으로 나타났다. 또한 낮잠을 잔 그룹은 비디오를 본 그룹에 비해 충동적인 행동을 하는 경우가 적었다.

① 낮잠과 업무 효율은 관계가 없다.

② 낮잠은 업무의 효율을 높이는 데 효과적이다.

③ 낮잠을 자는 사람은 업무에 집중하지 못한다.

④ 낮잠은 충동적인 행동을 억제하는 데 도움이 된다.

※ [39~41] 다음 글에서 〈보기〉의 문장이 들어가기에 가장 알맞은 곳을 고르십시오. (각 2점)

39.

> 여름철마다 야생 버섯으로 인한 중독 사고가 발생하고 있으므로 채취에 주의해야 한다. (㉠) 최근 야생 버섯 사고는 모두 5건으로 12명이 피해를 입었고, 이 중 2명은 목숨을 잃었다. (㉡) 독버섯 중독 사고는 잘못된 상식이나 오해에서 비롯되는 경우가 많다. (㉢) 전문가는 "이는 전혀 근거가 없으며, 버섯의 색깔은 같은 종이라 해도 기온이나 습도 등 주변 환경에 따라 다를 수 있다."고 설명한다. (㉣)

──────〈보 기〉──────

대표적인 것이 '화려한 버섯은 독버섯'이라는 오해다.

① ㉠　　　　② ㉡　　　　③ ㉢　　　　④ ㉣

40.

　　앙드레 김은 한국을 대표하는 디자이너로 한국 최초의 남성 패션 디자이너이다. (㉠) 남성 디자이너에 대한 사람들의 편견 속에서도 개성 있는 디자인으로 1966년 파리에서 한국인으로는 최초로 패션쇼를 열었다. (㉡) 한국 패션의 개척자로 평가되는 앙드레 김은 여성의 우아함을 최대한 끌어내는 의상을 고집하였다. (㉢) 그는 패션쇼에 당대 최고의 스타들을 모델로 등장시키는 것으로 유명하였다. (㉣)

〈보 기〉

그의 무대에 서야 최고의 스타로 인정받는다는 말이 있을 정도였다.

① ㉠　　　　　　② ㉡　　　　　　③ ㉢　　　　　　④ ㉣

41.

　　맷돌은 곡식을 가루로 만들 때 쓰는 기구이다. (㉠) 맷돌은 곡식을 쉽게 갈 수 있도록 화강암이나 현무암처럼 단단하고 무거운 돌을 이용해서 만든다. (㉡) 맷돌은 위짝 밑부분과 아래짝 윗부분에 곡물이 잘 갈리게 도와주는 홈이 있고, 구멍이 있어 공기를 통하게 해 주어 마찰로 인한 열을 식혀 준다. (㉢) 맷돌로 곡식을 갈면 믹서와 비교했을 때 영양소의 파괴가 적어 건강에 좋은 음식을 만들 수 있다. (㉣)

〈보 기〉

맷돌은 과학적인 구조와 원리로 되어 있다.

① ㉠　　　　　　② ㉡　　　　　　③ ㉢　　　　　　④ ㉣

> 커피! 좋다. 그러나 경성역 홀에 한 걸음을 들여 놓았을 때 나는 내 주머니에는 돈이 한 푼도 없는 것을 깨달았다. 아득하였다. <u>나는 그저 맥없이 머뭇머뭇하면서 어쩔 줄을 모를 뿐이었다.</u> 얼빠진 사람처럼 그저 이리 갔다 저리 갔다 하면서…….
>
> (중략)
>
> 나는 어디로 쏘다녔는지 하나도 모른다. 다만 몇 시간 후에 내가 덕수궁 벤치에 앉아 있는 것을 깨달았을 때는 거의 해가 질 무렵이었다. 덕수궁은 오늘처럼 주머니가 비어 있는 날, 내가 자주 가는 곳이다. 나는 아무 데나 주저앉아서 내 자라 온 스물여섯 해를 회고하여 보았다. 몽롱한 기억 속에서는 어떤 특별한 기억도 나지 않았다. 나는 또 내 자신에게 물어보았다. 너는 인생에 무슨 욕심이 있느냐고. 그러나 있다고도 없다고도 그런 대답은 하기가 싫었다. 나는 거의 나 자신의 존재를 인식하기조차도 어려웠다. 그러한 순간에도 내 머릿속에서 떠나지 않는 것이 있었다. 나에게는 아직 끝내지 못한 원고가 있다는 사실이다. 나는 마지못해 집을 향해 터덜터덜 걸음을 옮겼다.
>
> 이상 〈날개〉

42. 밑줄 친 부분에 나타난 나의 심리로 알맞은 것을 고르십시오.

① 심심하고 지루하다.

② 다급하고 짜증나다.

③ 난처하고 민망하다.

④ 불쾌하고 불안하다.

43. 이 글의 내용과 같은 것을 고르십시오.

① 나는 지금 작품을 쓰고 있는 작가이다.

② 나는 치열하게 나 자신에 대해서 고민했다.

③ 나는 생각을 하고 싶을 때 덕수궁으로 간다.

④ 나는 집으로 돌아가 살아온 날을 돌이켜 생각했다.

※ [44~45] 다음을 읽고 물음에 답하십시오. (각 2점)

소득 불평등이 지나치게 빠른 속도로 심화되고 있다. 이런 현상이 지속되면 결국 부자와 가난한 자만 남게 된다. 중간 계층인 중산층이 줄어든다는 것은 사회적 완충 지대가 사라지면서 (   )는 것을 의미한다. 소득 불평등을 개선하는 가장 좋은 방법은 물론 양질의 일자리를 제공하는 것이다. 하지만 기업들이 당장 경기 부진으로 발목이 잡혀 있다. 따라서 우선은 급한 대로 노동 개혁이라도 서둘러 일자리를 늘릴 수 있는 여건을 만들어야 한다. 더불어 소득 재분배 효과를 높이는 방안도 나와야 한다. 적재적소에 복지 지출이 이루어질 수 있도록 지원하고 필요하면 관련 법안도 개편할 필요가 있다.

44. 이 글의 주제로 알맞은 것을 고르십시오.

① 앞으로는 부자와 가난한 사람만이 존재할 것이다.

② 소득 불평등을 완화할 수 있는 개선책이 요구된다.

③ 현재 소득 재분배 효과를 누릴 수 있는 방법이 없다.

④ 경기 부진에도 기업은 일자리를 제공할 수 있어야 한다.

45. (   )에 들어갈 내용으로 알맞은 것을 고르십시오.

① 소득의 양극화가 해소된다

② 계층 구조의 변화가 일어난다

③ 계층 간 소득의 재분배가 이루어진다

④ 계층 간 갈등 유발의 가능성이 커진다

버뮤다 삼각 지대는 버뮤다 제도와 마이애미, 푸에르토리코를 삼각형으로 잇는 해역을 말한다. (㉠) 이곳에서 비행기와 배 사고가 자주 일어났는데, 배나 비행기의 파편은 물론 실종자의 시체도 발견되지 않은 경우가 많아 풀리지 않는 수수께끼로 남아 있다. 1609년부터 현재까지 비행기 15대, 배 17척이 버뮤다 삼각 지대에서 사라졌다. (㉡) 설명할 수 없는 실종 사건들에 대해 할 수 있는 것은 몇 가지 추측뿐이다. (㉢) 아직도 버뮤다 삼각 지대는 의문에 싸여 있다. 전자파나 중력의 이상, 조류의 영향, UFO의 장난 등 그 원인에 관한 여러 가지 설이 발표되었으나 현재로서는 정확히 알 수 없다. (㉣)

46. 다음 문장이 들어가기에 가장 알맞은 곳을 고르십시오.

기록된 수치가 이 정도이니 실제는 이보다 더 많을 수 있다.

① ㉠   ② ㉡   ③ ㉢   ④ ㉣

47. 이 글의 내용과 같은 것을 고르십시오.

① 버뮤다 삼각 지대에서 일어난 사건의 증거 자료를 발표했다.

② 버뮤다 삼각 지대의 현상을 앞으로도 설명하기 힘들 것이다.

③ 버뮤다 삼각 지대의 의문을 아직 과학적으로 설명하지 못한다.

④ 전자파나 중력의 이상으로 버뮤다 삼각 지대에 사고가 많이 발생했다.

음에 답하십시오. (각 2점)

　　저소득층 대학생을 위해 정부에서 시행하는 근로 장학금 제도가 있다. 형편이 어려운 학생들에게는 휴학을 하지 않고 (　　　　) 좋은 제도라고 할 수 있지만, 정작 일부 대학에선 배정된 근로 장학금 예산을 잘못 운영하고 있어서 그림의 떡이 되고 있는 실정이다. 근로 장학금은 시급이 8천 원이 넘는 데다 학교에서 일할 수 있어서 인기가 높다. 하지만 지난해 근로 장학금을 신청한 기초생활 수급 대상자 등 저소득층 학생 22만 명 중 2/3가 넘는 15만 명이 탈락했다. 탈락한 학생들은 자신들보다 가정 형편이 나은 학생들이 선정되는 경우가 적지 않다고 말한다. 일부 학생들은 근로 장학금을 특정 학생들에게 몰아주는 경우가 많이 있다며 의문을 제기한다. 이는 학생들이 선정 결과에 대해서 납득할 만한 투명한 기준이 없기 때문이다. 근로 장학금 도입 취지대로 저소득층 학생들에게 우선적으로 혜택이 돌아가도록 각 대학이 제도를 운영해야 한다는 지적이 나온다.

48. 필자가 이 글을 쓴 목적을 고르십시오.

① 근로 장학금의 효과를 홍보하기 위해서

② 근로 장학금의 필요성을 강조하기 위해서

③ 근로 장학금 운영의 투명성을 요구하기 위해서

④ 근로 장학금 운영의 문제점을 보완하기 위해서

49. (　　　)에 들어갈 내용으로 알맞은 것을 고르십시오.

① 편안하게 일할 수 있어서

② 일자리를 쉽게 구할 수 있어서

③ 공부와 병행하여 일할 수 있어서

④ 전적으로 공부에 집중할 수 있어서

50. 밑줄 친 부분에 나타난 필자의 태도로 알맞은 것을 고르십시오.

① 근로 장학금 제도에 대해서 긍정적이다.

② 근로 장학금 제도의 필요성에 비판적이다.

③ 근로 장학금 지급 방식에 있어 회의적이다.

④ 근로 장학금 예산 부족에 대해서 걱정한다.

한국어능력시험 TOPIK II

연습용

1 교시 (듣기)

성 명 (Name)	한 국 어 (Korean)	
	영 어 (English)	

수 험 번 호

※ 결 시 확인란	결시자의 영어 성명 및 수험번호 기재 후 표기	○

※ 표기 방법(Marking examples)

바른 방법(Correct)	바르지 못한 방법(Incorrect)
●	⊗ ◐ ⊙ ◉

※ 위 사항을 지키지 않아 발생하는 불이익은 응시자에게 있습니다.

감독관 확 인	본인 및 수험번호 표기가 정확한지 확인	(인)

답란

번호	답 란
1	① ② ③ ④
2	① ② ③ ④
3	① ② ③ ④
4	① ② ③ ④
5	① ② ③ ④
6	① ② ③ ④
7	① ② ③ ④
8	① ② ③ ④
9	① ② ③ ④
10	① ② ③ ④
11	① ② ③ ④
12	① ② ③ ④
13	① ② ③ ④
14	① ② ③ ④
15	① ② ③ ④
16	① ② ③ ④
17	① ② ③ ④
18	① ② ③ ④
19	① ② ③ ④
20	① ② ③ ④

번호	답 란
21	① ② ③ ④
22	① ② ③ ④
23	① ② ③ ④
24	① ② ③ ④
25	① ② ③ ④
26	① ② ③ ④
27	① ② ③ ④
28	① ② ③ ④
29	① ② ③ ④
30	① ② ③ ④
31	① ② ③ ④
32	① ② ③ ④
33	① ② ③ ④
34	① ② ③ ④
35	① ② ③ ④
36	① ② ③ ④
37	① ② ③ ④
38	① ② ③ ④
39	① ② ③ ④
40	① ② ③ ④

번호	답 란
41	① ② ③ ④
42	① ② ③ ④
43	① ② ③ ④
44	① ② ③ ④
45	① ② ③ ④
46	① ② ③ ④
47	① ② ③ ④
48	① ② ③ ④
49	① ② ③ ④
50	① ② ③ ④

한국어능력시험
TOPIK II

1 교시 (쓰기)

성 명 (Name)	한국어 (Korean)	
	영 어 (English)	

주관식 답안은 정해진 답란을 벗어나거나 답란을 바꿔서 쓸 경우 점수를 받을 수 없습니다.
(Answers written outside the box or in the wrong box will not be graded.)

51	㉠
	㉡
52	㉠
	㉡

53 아래 빈칸에 200자에서 300자 이내로 작문하십시오 (띄어쓰기 포함).
(Please write your answer below; your answer must be between 200 and 300 letters including spaces.)

									50
									100
									150
									200
									250
									300

※ 54번은 뒷면에 작성하십시오. (Please write your answer for question number 54 at the back.)

수 험 번 호

8											
⓪	⓪	⓪	⓪	⓪	⓪		⓪	⓪	⓪	⓪
①	①	①	①	①	①		①	①	①	①
②	②	②	②	②	②		②	②	②	②
③	③	③	③	③	③		③	③	③	③
④	④	④	④	④	④		④	④	④	④
⑤	⑤	⑤	⑤	⑤	⑤		⑤	⑤	⑤	⑤
⑥	⑥	⑥	⑥	⑥	⑥		⑥	⑥	⑥	⑥
⑦	⑦	⑦	⑦	⑦	⑦		⑦	⑦	⑦	⑦
⑧	⑧	⑧	⑧	⑧	⑧	●	⑧	⑧	⑧	⑧
⑨	⑨	⑨	⑨	⑨	⑨		⑨	⑨	⑨	⑨

※ 결 시 결시자의 영어 성명 및
   확인란 수험번호 기재 후 표기 ○

※ 답안지 표기 방법(Marking examples)
   바른 방법(Correct) ● 틀린 방법 방법(Incorrect) ⊘ ⊗ ◐ ◑

※ 위 사항을 지키지 않아 발생하는 불이익은 응시자에게 있습니다.

감독관 본인 및 수험번호 표기가
확인 인 정확한지 확인 (인)

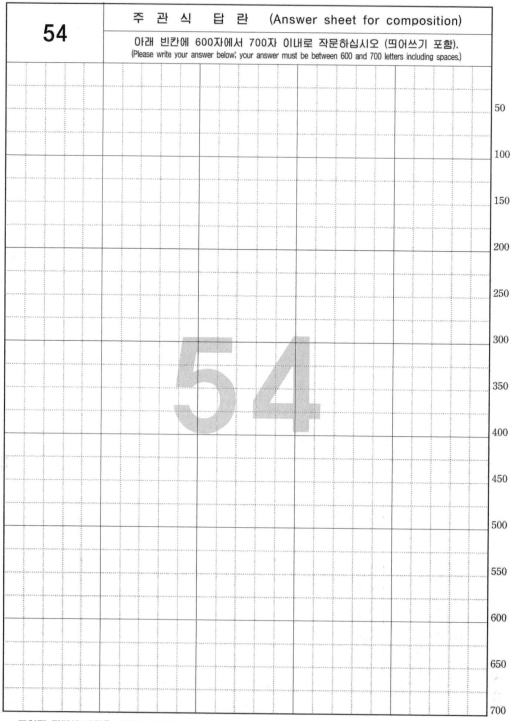

54

주 관 식 답 란 (Answer sheet for composition)

아래 빈칸에 600자에서 700자 이내로 작문하십시오 (띄어쓰기 포함).
(Please write your answer below; your answer must be between 600 and 700 letters including spaces.)

50
100
150
200
250
300
350
400
450
500
550
600
650
700

※ 주어진 답란의 방향을 바꿔서 답안을 쓰면 '0' 점 처리됩니다.
 (Please do not turn the answer sheet horizontally. No points will be given.)

번호	답			란
1	①	②	③	④
2	①	②	③	④
3	①	②	③	④
4	①	②	③	④
5	①	②	③	④
6	①	②	③	④
7	①	②	③	④
8	①	②	③	④
9	①	②	③	④
10	①	②	③	④
11	①	②	③	④
12	①	②	③	④
13	①	②	③	④
14	①	②	③	④
15	①	②	③	④
16	①	②	③	④
17	①	②	③	④
18	①	②	③	④
19	①	②	③	④
20	①	②	③	④

번호	답			란
21	①	②	③	④
22	①	②	③	④
23	①	②	③	④
24	①	②	③	④
25	①	②	③	④
26	①	②	③	④
27	①	②	③	④
28	①	②	③	④
29	①	②	③	④
30	①	②	③	④
31	①	②	③	④
32	①	②	③	④
33	①	②	③	④
34	①	②	③	④
35	①	②	③	④
36	①	②	③	④
37	①	②	③	④
38	①	②	③	④
39	①	②	③	④
40	①	②	③	④

번호	답			란
41	①	②	③	④
42	①	②	③	④
43	①	②	③	④
44	①	②	③	④
45	①	②	③	④
46	①	②	③	④
47	①	②	③	④
48	①	②	③	④
49	①	②	③	④
50	①	②	③	④

연습용

한국어능력시험
TOPIK II
1 교시 (듣기)

| 성 명 (Name) | 한국어 (Korean) |
| | 영 어 (English) |

수 험 번 호

결시자의 영어 성명 및
수험번호 기재 후 표기

결시
확인란

○

※답안지 표기 방법(Marking examples)

바른 방법(Correct) ○ 틀린 방법(Incorrect) ⊗ ⊙ ⊘ ●

※ 위 사항을 지키지 않아 발생하는 불이익은 응시자에게 있습니다.

감독관
확 인

본인 및 수험번호 표기가
정확한지 확인

(인)

번호	답			란
1	①	②	③	④
2	①	②	③	④
3	①	②	③	④
4	①	②	③	④
5	①	②	③	④
6	①	②	③	④
7	①	②	③	④
8	①	②	③	④
9	①	②	③	④
10	①	②	③	④
11	①	②	③	④
12	①	②	③	④
13	①	②	③	④
14	①	②	③	④
15	①	②	③	④
16	①	②	③	④
17	①	②	③	④
18	①	②	③	④
19	①	②	③	④
20	①	②	③	④

번호	답			란
21	①	②	③	④
22	①	②	③	④
23	①	②	③	④
24	①	②	③	④
25	①	②	③	④
26	①	②	③	④
27	①	②	③	④
28	①	②	③	④
29	①	②	③	④
30	①	②	③	④
31	①	②	③	④
32	①	②	③	④
33	①	②	③	④
34	①	②	③	④
35	①	②	③	④
36	①	②	③	④
37	①	②	③	④
38	①	②	③	④
39	①	②	③	④
40	①	②	③	④

번호	답			란
41	①	②	③	④
42	①	②	③	④
43	①	②	③	④
44	①	②	③	④
45	①	②	③	④
46	①	②	③	④
47	①	②	③	④
48	①	②	③	④
49	①	②	③	④
50	①	②	③	④

한국어능력시험
TOPIK II

1 교시 (쓰기)

성 명	한국어 (Korean)	
(Name)	영 어 (English)	

수 험 번 호

					8					
⓪	⓪	⓪	⓪	⓪		⓪	⓪	⓪	⓪	⓪
①	①	①	①	①		①	①	①	①	①
②	②	②	②	②		②	②	②	②	②
③	③	③	③	③		③	③	③	③	③
④	④	④	④	④		④	④	④	④	④
⑤	⑤	⑤	⑤	⑤		⑤	⑤	⑤	⑤	⑤
⑥	⑥	⑥	⑥	⑥		⑥	⑥	⑥	⑥	⑥
⑦	⑦	⑦	⑦	⑦		⑦	⑦	⑦	⑦	⑦
⑧	⑧	⑧	⑧	⑧	●	⑧	⑧	⑧	⑧	⑧
⑨	⑨	⑨	⑨	⑨		⑨	⑨	⑨	⑨	⑨

※ 결 시 결시자의 영어 성명 및
확인란 수험번호 기재 후 표기

○

※ 답안지 표기 방법(Marking examples)

바른 방법(Correct) ●
틀린 방법(Incorrect) ⊘ ⊙ ⊗ ●

※ 위 사항을 지키지 않아 발생하는 불이익은 응시자에게 있습니다.

감독관 확 인	본인 및 수험번호 표기가 정확한지 확인	(인)

주관식 답안은 정해진 답란을 벗어나거나 답란을 바꿔서 쓸 경우 점수를 받을 수 없습니다.
(Answers written outside the box or in the wrong box will not be graded.)

51	⊙	
	ⓛ	
52	⊙	
	ⓛ	

53 아래 빈칸에 200자에서 300자 이내로 작문하십시오 (띄어쓰기 포함).
(Please write your answer below; your answer must be between 200 and 300 letters including spaces.)

50
100
150
200
250
300

※ 54번은 뒷면에 작성하십시오. (Please write your answer for question number 54 at the back.)

주 관 식 답 란 (Answer sheet for composition)

아래 빈칸에 600자에서 700자 이내로 작문하십시오 (띄어쓰기 포함).
(Please write your answer below; your answer must be between 600 and 700 letters including spaces.)

50

100

150

200

250

300

350

400

450

500

550

600

650

700

※ 주어진 답란의 방향을 바꿔서 답안을 쓰면 '0' 점 처리됩니다.
(Please do not turn the answer sheet horizontally. No points will be given.)

번호	답란
1	① ② ③ ④
2	① ② ③ ④
3	① ② ③ ④
4	① ② ③ ④
5	① ② ③ ④
6	① ② ③ ④
7	① ② ③ ④
8	① ② ③ ④
9	① ② ③ ④
10	① ② ③ ④
11	① ② ③ ④
12	① ② ③ ④
13	① ② ③ ④
14	① ② ③ ④
15	① ② ③ ④
16	① ② ③ ④
17	① ② ③ ④
18	① ② ③ ④
19	① ② ③ ④
20	① ② ③ ④

번호	답란
21	① ② ③ ④
22	① ② ③ ④
23	① ② ③ ④
24	① ② ③ ④
25	① ② ③ ④
26	① ② ③ ④
27	① ② ③ ④
28	① ② ③ ④
29	① ② ③ ④
30	① ② ③ ④
31	① ② ③ ④
32	① ② ③ ④
33	① ② ③ ④
34	① ② ③ ④
35	① ② ③ ④
36	① ② ③ ④
37	① ② ③ ④
38	① ② ③ ④
39	① ② ③ ④
40	① ② ③ ④

번호	답란
41	① ② ③ ④
42	① ② ③ ④
43	① ② ③ ④
44	① ② ③ ④
45	① ② ③ ④
46	① ② ③ ④
47	① ② ③ ④
48	① ② ③ ④
49	① ② ③ ④
50	① ② ③ ④

NEW TOPIK

新韓檢 中高級 High-Intermediate

滿分攻略

10回聽力×閱讀全真模擬試題

解‧答‧篇

NEW TOPIK

新韓檢 中高級
High-Intermediate

滿分攻略

10回聽力×閱讀全真模擬試題

解・答・篇

서문 序言

2014년 제35회 한국어능력시험(TOPIK)부터 토픽 체제가 바뀌면서 기출 문제도 비공개로 전환되어 많은 수험생들의 혼란이 가중되었다. 한편 시험 횟수가 연 6회로 늘어남에 따라 응시자들은 점점 늘어났다. 이는 한국의 위상이 높아졌기 때문이기도 하지만, 꾸준히 한류가 인기를 끌고 있는 데다 한국에서 취업을 하거나 진학을 하고 싶어 하는 특수 목적 학습자들이 증가했기 때문이다.

한국어능력시험에 대비하기 위한 많은 수험서들이 출판되고 있는데 그중에서 TOPIK MASTER 시리즈를 아껴 주신 여러분들에게 먼저 감사하다는 말씀을 전하고 싶다. 오래 기다리게 해서 한편으로 감사하면서도 죄송한 마음이다. 여러분들의 성원으로, 개편된 TOPIK 유형에 대한 완벽한 분석과 함께 그동안의 시험 경향에 부합하는 모의고사 10회분을 수록한 'New TOPIK MASTER Final 실전 모의고사' 시리즈를 선보이게 되었다.

TOPIK MASTER 시리즈의 개정판을 오랫동안 기다려 주신 분들의 기대를 저버리지 않도록 철저한 준비와 분석을 바탕으로 성심성의껏 책을 만들었다. 국립국제교육원에서 공개한 기출 문제뿐만 아니라 한국어능력시험 개편 체제에 관한 보고서와 예시 문항을 철저하게 검토하여 모의고사 문제와 해설을 준비하였다. 그리고 다양한 문제를 통해 한국어능력시험을 대비하고 싶은 수험생 여러분들의 바람을 반영해 개정 이전과 마찬가지로 모의고사 10회분을 수록하였다. 저자진의 이러한 노력이 수험생들의 갈증을 해소하는 데에 도움이 되었으면 한다.

아무쪼록 이 책으로 한국어능력시험에 응시하는 분들의 한국어 능력이 향상되고 목표로 한 등급을 얻을 수 있기를 바란다. 뿐만 아니라 한국어능력시험 대비 강의를 담당하시는 선생님들께도 많은 도움이 되었으면 한다. 끝으로 이 책의 집필에 혼신의 힘을 쏟아 주신 경희대학교 국제캠퍼스 '한국어교육연구회'의 권미숙, 박수미, 박정아 선생님 한 분 한 분께 심심한 감사의 뜻을 표한다. 선생님들의 헌신이 없었으면 이 책의 출간은 불가능했을 것이다. 또한 이 책의 출간을 흔쾌히 허락해 주신 다락원 정규도 사장님과 이 책이 나오기까지 물심양면으로 많은 도움을 주신 다락원 한국어출판부 편집진께도 감사의 마음을 전한다.

경희대학교 국제캠퍼스 한국어교육연구회

自2014年第35屆韓國語能力考試(TOPIK)開始，TOPIK的考試方式開始改變，以往考過的試題不再公開，因此讓許多的考生感到混亂。隨著考試次數增加到每年6次，應試人數也逐漸增加。這不僅是由於韓國地位的上升，更重要的是有持續高漲的韓流熱潮，以及希望在韓國就業或升學深造等等的學習者大量增加之結果。

　　為應對韓國語能力考試，我們已經出版了很多備考書籍，在這裡首先向所有關心TOPIK MASTER系列叢書的人士表達我們的謝意！同時也由於讓大家久等而深表歉意！在各位的大力聲援下，我們對新TOPIK類型進行徹底分析，並結合過去考試的傾向；因此，收錄了10套模擬試題的《NEW TOPIK 新韓檢滿分攻略》系列叢書終於問世。

　　為了不辜負各位長久以來對本系列叢書的期待，我們做了全面準備和分析，編纂了這套書。不僅鎖定國立國際教育院公開的已考試題，還針對韓國語能力考試的改編體制報告和例題進行了徹底研討，準備了模擬考題和題示。和改編前一樣，為了反映出所有備考韓國語能力考試的考生需求，我們通過多樣化的問題，編寫出十套模擬考題，希望編輯部所有人的付出能夠真正解決考生們的需要，對他們有所幫助。

　　希望這套書能提高所有備考韓國語能力考試者的韓國語能力，進而實現更高級別的目標。不僅如此，還希望這套書能對所有擔任韓國語能力考試備考講座的老師們有所幫助。最後，向所有為本書編輯傾注心血的慶熙大學國際校區「韓國語教育研究會」的千慈玉、洪炅我、韓亨宙、辛寶羅老師表示衷心地感謝！沒有你們的付出就不會有這本書的問世。另外，也向欣然應允出版的多樂園鄭圭道社長，以及在此書出版過程中提供各種協助的多樂園韓國語出版部之所有編輯人員表示誠摯的謝意！

慶熙大學國際校區韓國語教育研究會

이 책의 구성 및 활용
本書的構成和使用

이 책은 한국어능력시험(TOPIK)의 응시자들이 시험을 효과적으로 대비할 수 있도록 집필되었으며 그 구성은 TOPIK 체계를 따른다.

'New TOPIK MASTER Final 실전 모의고사' 시리즈는 크게 '모의고사 10회분', '신문항 분석 전략', '정답 및 해설'로 구성되어 있다. 문제집에는 TOPIK 구성에 맞추어 TOPIK II 에는 총 10회분의 듣기·쓰기·읽기 모의고사 문제를 수록하였고, 별도의 해설집에는 정답과 함께 각 문제에 대한 상세한 해설, 듣기 및 쓰기, 읽기 지문을 중국어 번역과 함께 제시하였다.

실전 모의고사

개편된 TOPIK에 대한 샘플 문항과 공개된 기출 문제를 바탕으로 한 모의고사 10회분을 수록하여 학습자들이 사전에 시험에 충분히 대비할 수 있도록 하였다. 다양한 주제와 시사 정보에 관한 지문을 학습함으로써 실전 경험을 높여 실제 시험에서 목표한 점수를 얻을 수 있도록 하였다.

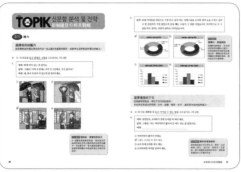

신문항 분석 및 전략

개편된 TOPIK의 출제 경향을 분석한 후 유형별로 제시, 설명하여 전체적인 시험 경향을 파악할 수 있도록 하였다. 그리고 영역별로 각 유형의 문제를 어떻게 준비하고 공부해야 하는지에 대한 학습 전략도 제시하였다.

정답 및 해설

문제집과 별도로 구성되어 있는 해설집으로 모의고사에 수록된 문제의 정답과 함께 상세한 해설을 제공하고 있다. 또한 〈듣기〉와 〈읽기〉 문제에 대한 이해도를 높일 수 있도록 모든 지문을 중국어 번역과 함께 제시하였다. 〈쓰기〉는 간략한 해설과 모범 답안을 제시하였다. 문제 풀이 후 해설집을 꼼꼼히 학습함으로써 문제 풀이 능력이 향상될 수 있도록 하였다.

本書是為了讓TOPIK的考生能有效地應對考試而編纂的，其架構完全依照TOPIK考試大綱。

　　《NEW TOPIK 新韓檢滿分攻略》系列叢書由「新制題目分析及戰略」、「10回模擬考題」和「答案及解析」所構成。根據TOPIK考試的架構，TOPIK II共收錄了10回聽力、寫作、和閱讀模擬試題；在另附的解答集中有詳盡的答案和各個聽力和寫作問題的詳細解說，閱讀原文也有中文翻譯。

實戰模擬考試

　　本書編纂並收錄了10回以TOPIK改制後的樣題和考古題為基礎所出的模擬試題，可使學生們在考前做好充分準備。通過對多樣性的主題和時事相關內容的學習來累積實戰經驗，並在實際考試中達到預期的目標。

新制題目分析及戰略

　　針對新改編的TOPIK出題傾向進行整體分析後，按照類型進行提示、說明，有助於考生把握考試的整體傾向，同時根據不同領域為考生提供應該如何備考的學習戰略。

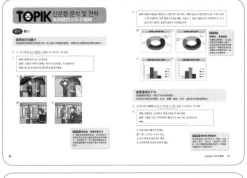

答案及解說

　　與試題集分離，內容包括模擬試題中收錄的所有問題之答案和詳細解說。同時，為了提升大家對〈聽力〉和〈閱讀〉問題的理解，所有原文都附有中文譯文。對於〈寫作〉部分，本書也給出了精煉的說明和範文解題，仔細閱讀解答集可以大大提高解題能力。

차례 目錄

10回滿分攻略 解答篇

한국어능력시험 TOPIK 안내

1. 시험의 목적
- 한국어를 모국어로 하지 않는 재외 동포·외국인의 한국어 학습 방향 제시 및 한국어 보급 확대
- 한국어 사용 능력을 측정·평가하여 그 결과를 국내 대학 유학 및 취업 등에 활용

2. 응시 대상
한국어를 모국어로 하지 않는 재외 동포 및 외국인으로서
- 한국어 학습자 및 국내 대학 유학 희망자
- 국내외 한국 기업체 및 공공 기관 취업 희망자
- 외국 학교 재학 중이거나 졸업한 재외국민

3. 유효 기간
성적 발표일로부터 2년간 유효

4. 시험 주관 기관
교육부 국립국제교육원

5. 시험의 활용처
- 정부 초청 외국인 장학생 진학 및 학사 관리
- 외국인 및 12년 외국 교육 과정 이수 재외동포의 국내 대학 및 대학원 입학
- 한국 기업체 취업 희망자의 취업 비자 획득 및 선발, 인사 기준
- 외국인 의사 자격자의 국내 면허 인정
- 외국인의 한국어 교원 자격 심사(국립국어원) 지원 서류
- 영주권 취득
- 결혼 이민자 비자 발급 신청

6. 시험 시간표

구분	교시	영역	한국			시험 시간(분)
			입실 완료 시간	시작	종료	
TOPIK I	1교시	듣기 읽기	09:20까지	10:00	11:40	100
TOPIK II	1교시	듣기 쓰기	12:20까지	13:00	14:50	110
	2교시	읽기	15:10까지	15:20	16:30	70

※ TOPIK I은 1교시만 실시함.

※ 해외 시험 시간은 현지 접수 기관에 문의하시기 바랍니다.

7. 시험 시기

- 연 6회 시험 실시
- 지역별 · 시차별 시험 날짜 상이

8. 시험의 수준 및 등급

- 시험 수준: TOPIK I, TOPIK II
- 평가 등급: 6개 등급(1~6급)
- 획득한 종합 점수를 기준으로 판정되며, 등급별 분할 점수는 아래와 같습니다.

구분	TOPIK I		TOPIK II			
	1급	2급	3급	4급	5급	6급
등급 결정	80점 이상	140점 이상	120점 이상	150점 이상	190점 이상	230점 이상

※ 35회 이전 시험 기준으로 TOPIK I은 초급 TOPIK II는 중·고급 수준입니다.

9. 문항 구성

(1) 수준별 구성

시험 수준	교시	영역(시간)	유형	문항수	배점	총점
TOPIK I	1교시	듣기(40분)	선택형	30	100	200
		읽기(60분)	선택형	40	100	
TOPIK II	1교시	듣기(60분)	선택형	50	100	300
		쓰기(50분)	서답형	4	100	
	2교시	읽기(70분)	선택형	50	100	

(2) 문제 유형
- 선택형 문항(4지선다형)
- 서답형 문항(쓰기 영역)
  - 문장 완성형(단답형): 2문항
  - 작문형: 2문항(200~300자 정도의 중급 수준 설명문 1문항, 600~700자 정도의 고급 수준 논술문 1문항)

10. 쓰기 영역 작문 문항 평가 범주

문항	평가범주	평가 내용
51-52	내용 및 과제 수행	- 제시된 과제에 맞게 적절한 내용으로 썼는가?
	언어 사용	- 어휘와 문법 등의 사용이 정확한가?

문항	평가범주	평가 내용
53-54	내용 및 과제 수행	- 주어진 과제를 충실히 수행하였는가? - 주제에 관련된 내용으로 구성하였는가? - 주어진 내용을 풍부하고 다양하게 표현하였는가?
	글의 전개 구조	- 글의 구성이 명확하고 논리적인가? - 글의 내용에 따라 단락 구성이 잘 이루어졌는가? - 논리 전개에 도움이 되는 담화 표지를 적절하게 사용하여 조직적으로 연결하였는가?
	언어 사용	- 문법과 어휘를 다양하고 풍부하게 사용하며 적절한 문법과 어휘를 선택하여 사용하였는가? - 문법, 어휘, 맞춤법 등의 사용이 정확한가? - 글의 목적과 기능에 따라 격식에 맞게 글을 썼는가?

11. 문제지의 종류: 2종(A · B형)

종류	A형	B형
시행 지역	미주 · 유럽 · 아프리카 · 오세아니아	아시아
시행 요일	토요일	일요일

12. 등급별 평가 기준

시험 수준	등급	평가 기준
TOPIK I	1급	• '자기소개하기, 물건 사기, 음식 주문하기' 등 생존에 필요한 기초적인 언어 기능을 수행할 수 있으며 '자기 자신, 가족, 취미, 날씨' 등 매우 사적이고 친숙한 화제에 관련된 내용을 이해하고 표현할 수 있다. • 약 800개의 기초 어휘와 기본 문법에 대한 이해를 바탕으로 간단한 문장을 생성할 수 있다. • 간단한 생활문과 실용문을 이해하고, 구성할 수 있다.
	2급	• '전화하기, 부탁하기' 등의 일상생활에 필요한 기능과 '우체국, 은행' 등의 공공시설 이용에 필요한 기능을 수행할 수 있다. • 약 1,500~2,000개의 어휘를 이용하여 사적이고 친숙한 화제에 관해 문단 단위로 이해하고 사용할 수 있다. • 공식적 상황과 비공식적 상황에서의 언어를 구분해 사용할 수 있다.
TOPIK II	3급	• 일상생활을 영위하는 데 별 어려움을 느끼지 않으며, 다양한 공공시설의 이용과 사회적 관계 유지에 필요한 기초적 언어 기능을 수행할 수 있다. • 친숙하고 구체적인 소재는 물론, 자신에게 친숙한 사회적 소재를 문단 단위로 표현하거나 이해할 수 있다. • 문어와 구어의 기본적인 특성을 구분해서 이해하고 사용할 수 있다.
	4급	• 공공시설 이용과 사회적 관계 유지에 필요한 언어 기능을 수행할 수 있으며, 일반적인 업무 수행에 필요한 기능을 어느 정도 수행할 수 있다. • 또한 '뉴스, 신문 기사' 중 비교적 평이한 내용을 이해할 수 있다. 일반적인 사회적·추상적 소재를 비교적 정확하고 유창하게 이해하고, 사용할 수 있다. • 자주 사용되는 관용적 표현과 대표적인 한국 문화에 대한 이해를 바탕으로 사회·문화적 내용을 이해하고 사용할 수 있다.

5급	• 전문 분야에서의 연구나 업무 수행에 필요한 언어 기능을 어느 정도 수행할 수 있다.
	• '정치, 경제, 사회, 문화' 전반에 걸쳐 친숙하지 않은 소재에 관해서도 이해하고 사용할 수 있다.
	• 공식적, 비공식적 맥락과 구어적, 문어적 맥락에 따라 언어를 적절히 구분해 사용할 수 있다.
6급	• 전문 분야에서의 연구나 업무 수행에 필요한 언어 기능을 비교적 정확하고 유창하게 수행할 수 있다.
	• '정치, 경제, 사회, 문화' 전반에 걸쳐 친숙하지 않은 주제에 관해서도 이해하고 사용할 수 있다.
	• 원어민 화자의 수준에는 이르지 못하나 기능 수행이나 의미 표현에는 어려움을 겪지 않는다.

13. 성적 발표 및 성적 증명서 발급

(1) 성적 발표 및 성적 확인 방법

홈페이지(www.topik.go.kr) 접속 후 확인

※ 홈페이지에 접속하여 성적을 확인할 경우 시험 회차, 수험 번호, 생년월일이 필요함.

※ 해외 응시자도 홈페이지(www.topik.go.kr)를 통해 자기 성적 확인 가능

(2) 성적 증명서 발급 대상

부정행위자를 제외하고 합격 불합격 여부에 관계없이 응시자 전원에게 발급

(3) 성적 증명서 발급 방법

※ 인터넷 발급 TOPIK 홈페이지 성적증명서 발급 메뉴를 이용하여 온라인 발급(성적 발표 당일 출력 가능)

14. 접수 방법

(1) 원수 접수 방법

구분	개인 접수	단체 접수
한국	개인별 인터넷 접수	단체 대표자에 의한 일괄 접수
해외	해외 접수 기관 방침에 의함.	

※ 접수 시 필요한 항목: 사진, 영문 이름, 생년월일, 시험장, 시험 수준

(2) 응시료 결제

구분	주의사항
신용 카드	국내 신용 카드만 사용 가능
실시간 계좌 이체	외국인 등록 번호로 즉시 결제 가능 ※ 국내 은행에 개설한 계좌가 있어야 함.
가상 계좌(무통장 입금)	본인에게 발급 받은 가상 계좌로 응시료 입금 지원자마다 계좌 번호를 서로 다르게 부여하기 때문에 타인의 가상 계좌로 입금할 경우 확인이 불가능 하므로 반드시 본인에게 주어진 계좌 번호로만 입금해야 함. - 은행 창구에서 직접 입금 - ATM, 인터넷 뱅킹, 폰뱅킹시 결제 확인 필수 - 해외 송금 불가

15. 시험 당일 응시 안내

홈페이지(www.topik.go.kr) 접속 후 확인

韓國語能力考試TOPIK介紹

1. 考試目的：
- 向韓語非為母語的海外僑胞和外國人指明韓國語學習方向，擴大並普及韓國語。
- 檢測和評量韓國語的使用能力，並把其結果應用在韓國大學留學及就業等。

2. 應試對象：
- 不以韓國語為母語的海外僑胞和外國人。
- 學習韓國語的人及希望到韓國大學留學的人。
- 希望在韓國企業及公共機構就業的人。
- 在外國學校上學或畢業的海外公民。

3. 有效期限：
從發佈成績之日起兩年。

4. 主辦機構：
韓國國立國際教育院、駐台北韓國代表部

5. 用途：
- 獲得政府獎學金的外國學生之升學及學生管理。
- 外國人及在外國完成12年教育課程的海外僑胞到韓國大學或研究所入學。
- 希望在韓國企業就業的人取得就業簽證及選拔和人事標準。
- 承認具有醫師資格的外國人在韓國的醫師資格。
- 取得外國人韓國語教師資格審查（韓國國立國語院）志願資料。
- 取得永久居住權。
- 申請辦理結婚移民簽證。

6. 考試時間表：

測驗級數	節次	測驗項目	入場時間	遲到者不准入場	作答開始	作答結束	作答時間
TOPIK I	第一節	聽力、閱讀	08:30	08:40	09:10	10:50	100 分鐘
TOPIK II	第一節	聽力、寫作	12:20	12:30	13:00	14:50	110 分鐘
	第二節	閱讀		15:10	15:20	16:30	70 分鐘

※ TOPIK I 只考第一節。

※ 報考TOPIK II者，若缺考第一節，則無法應考第二節測驗，且僅出席第一節者，作答不計分。

※ TOPIK II 第一節測驗結束後之休息時間請保持安靜，避免干擾他人。第二節測驗請於不准入場鈴響前提前入場就座。

※ 作答結束時間並非測驗結束時間。

（資料來源：www.topik.com.tw）

7. 考試時期：

■ 一年2次，原則上於4月及10月各辦理1次；考區設於臺北、台中、高雄。

■ 因時差關係，各地區考試日期不同。

8. 水準及等級：

- 水準：TOPIK I、TOPIK II。
- 評量等級：6個級別（1～6級）。
- 根據取得的綜合分數判定，各等級的分數區分如下。

測驗級數	TOPIK I		TOPIK II			
	1級	2級	3級	4級	5級	6級
成績等級判定	80分以上	140分以上	120分以上	150分以上	190分以上	230分以上

※ 以第35屆之前的考試為準。TOPIK I 相當於初級水準，TOPIK II 則相當於中高級水準。

9. 試題的構成：

(1) 按各水準試題的結構：

測驗級數（成績等級）	節次	考試領域和答題時間	題型	題數	各項滿分	總分
TOPIK I	第一節	聽力 (40分鐘)	選擇	30	100	200
		閱讀 (60分鐘)	選擇	40	100	
TOPIK II	第一節	聽力 (60分鐘)	選擇	50	100	300
		寫作 (50分鐘)	主觀	4	100	
	第二節	閱讀 (70分鐘)	選擇	50	100	

(2) 試題類型：

- 選擇題（四選一式）。
- 主觀題（寫作）。

■ 填空（簡答）：2道題。

■ 作文（中級水準200～300字左右説明文一題、高級水準600～700左右的議論文一題）：2道題。

10. 寫作領域作文題的評量範疇：

試題	評量範疇	評量內容
51-52	內容及課題的執行	- 是否按提出的主題填寫適當的內容。
	語言的使用	- 是否正確使用詞彙和文法等。
53-54	內容及主題的執行	- 是否忠實地完成提出的主題。 - 內容是否與所給主題有關。 - 內容表達是否豐富、多樣化。
	展開的結構	- 文章的組織結構是否明確而具有邏輯性。 - 段落構成是否與文章內容相符。 - 是否準確使用有助於邏輯表達的談話標誌。
	語言的使用	- 是否正確而多樣地使用詞彙和文法等。 - 文法、詞彙、拼寫是否使用正確。 - 是否根據文章的目的和功能按格式進行寫作。

11. 試卷種類：2種（A、B類）：

種類	A類	B類
地區	美洲、歐洲、非洲、大洋洲	亞洲
考試日期	星期六	星期日

12. 各級別的評量標準：

水準	級別	評量標準
TOPIK I	1級	● 達到「自我介紹、買東西、點菜」等生存所需的基礎語言表達能力，並可以理解和表達出「自己、家庭、興趣、天氣」等與個人或熟悉話題相關的內容。 ● 可以基於約800個基本詞彙和對基礎文法的理解進行簡單的造句。 ● 可以理解和組織簡單的生活句子和實用句子。
	2級	● 達到「打電話、拜託事情」等日常生活及使用「郵局、銀行」等公共設施所需的語言表達能力。 ● 可以利用約1,500～2,000個單詞按段落理解並使用在與個人相關或熟悉的話題之中。 ● 可以區分及使用在正式場合和非正式場合之間的語言。
TOPIK II	3級	● 日常生活不會感到有困難，達到使用各種公共設施和保持社會關係所需的基礎語言表達能力。 ● 可以按段落理解或表達熟悉而具體的題材以及自己熟悉的社會題材。 ● 可以區分口語和書面語的基本性質，於理解後加以使用。
	4級	● 達到使用各種公共設施和保持社會關係所需的語言表達能力，以及執行一般業務所需之一定程度的語言表達能力。 ● 可以理解「新聞、報刊文章」中比較簡單易懂的內容。可以比較正確而流利地理解和運用一般的社會、抽象題材。 ● 以對經常使用的慣用語和具有代表性之韓國文化的理解，可以掌握並使用社會、文化等內容。

5級	●達到執行專業領域的研究或業務所需之一定程度的語言表達能力。 ●對「政治、經濟、社會、文化」等領域之不熟悉的題材也可以理解和使用。 ●可以根據正式和非正式、口語和書面語語境（上下文等）進行區分並使用正確且適當的語言。
6級	●達到執行專業領域的研究或業務所需之正確和流利的語言表達能力。 ●對「政治、經濟、社會、文化」等領域之不熟悉的主題也可以理解和使用。 ●雖然未能達到説韓國語的本地人水準，但在語言能力和表達方面不會感到有困難。

13. 發佈成績及發成績單：

(1) 成績發佈日期和成績查詢方法：

登錄網站（www.topik.go.kr）查詢或確認成績單。

※ 登錄網站查詢成績時需要輸入測驗期別、准考證號碼，以及出生年月日。

※ 成績於當日下午2時（台灣時間）公布。

※ 國外應試者也可以通過網站（www.topik.go.kr）查詢自己的成績。

(2) 成績單發放對象：

除了作弊行為者以外，無論合格或不合格，將發放給所有考生。

(3) 成績單發放方法：

※ 網路：透過TOPIK網站的成績單功能表發放成績單（可以在發佈成績之日當天列印）。

※ 郵寄：韓國官網成績公布日後一個月內以掛號郵寄給考生。

- 如成績單寄送後約1個月仍未收到，需自行查詢成績單是否被退回考試中心。

（資料來源：www.topik.com.tw）

14. 報名方法：

(1) 報名方法：

地區	個人報名	團體報名
韓國	由個人在網上報名	由團體代表人統一報名
國外	親自到國外報考機構報名或郵寄報名	

※ 報名時需要提供的資料：照片、姓名英文拼音、出生日期、考試地區、考試場所、報名的考試等級等。

(2) 交納報名費：

※ 提供ATM、WebATM二種繳費方式。若選擇 WebATM 但不立即付款，則該筆訂單（含報名資料）將即刻失效，須重新報名。若不立即付款請選擇 ATM。

※ 請依繳費單上所載之繳費期限（即報名後3日內）繳費，繳費時請確認帳號是否輸入正確，並於繳費後當場確認交易明細表之「訊息説明欄」是否顯示「交易完成」。

※ 請保留交易明細表備查，並於約1個工作日後登入「會員中心」至「繳費狀況查詢」確認是否入帳；若逾1個工作日仍未顯示繳費成功，需以會員信箱去信考試中心並提供交易明細表（拍照／掃描）影本，以便查詢。

（資料來源：www.topik.com.tw）

15. 考試當天應試指南：

請參照網頁（www.topik.go.kr）或（www.topik.com.tw）。

NEW

TOPIK

新韓檢 滿分攻略

中高級
High-Intermediate

10回 聽力 × 閱讀 全真模擬試題

- 신문항 분석 및 전략
  新制TOPIK題目分析及戰略

- 실전 모의고사 1~10회 정답 및 해설
  全真模擬試題 第1~10回 答案及解析

듣기 聽力

選擇相符的圖片

這是聽對話和獨白尋找與內容一致之圖片和圖表的題目。測驗考生理解對話和獨白的能力。

※ [1~3] 다음을 듣고 알맞은 그림을 고르십시오. (각 2점)

1.

> 여자: 밖에 비가 오는 것 같아요.
>
> 남자: 그래요? 아까 오전에는 비가 안 오던데요. 우산 없어요?
>
> 여자: 네, 혹시 우산이 더 있으면 좀 빌려주세요.

①    ②

③    ④

> **學習戰略** 聽對話，掌握情景狀況
>
> 1~2題是透過簡短對話，尋找與其所描寫的男女主角之動作或狀況相符的圖片。在此題目中，考生應該在聽內容之前儘快瞭解圖片中對話所發生的場所和狀況。

3.

남자: 20대 여성들을 대상으로 가장 하고 싶어 하는 성형수술을 조사한 결과 눈을 고치고 싶다고 한 응답자가 가장 많았으며 살을 빼는 수술이 그 뒤를 이었습니다. 마지막으로 코 수술을 하고 싶다는 응답이 20%로 나타났습니다.

①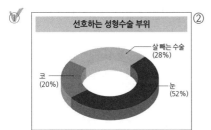

②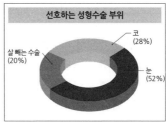

③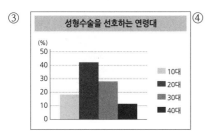

④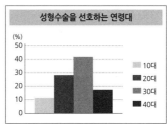

選擇連接的下句

這是聽簡短對話，尋找下句內容的題目。
考核學生對提出的問題、託付、建議、確認、命令、資訊等內容的理解能力。

※ [4~8] 다음 대화를 잘 듣고 이어질 수 있는 말을 고르십시오. (각 2점)

4.

여자: 잠깐만요. 요리하기 전에 모자를 꼭 써야 해요.

남자: 그래요? 저는 머리카락이 짧아서 안 써도 되는 줄 알았어요.

여자: _____

① 머리카락이 짧아서 안돼요.

☑ 그래도 모자를 꼭 써야 해요.

③ 요리 후에 모자를 써도 돼요.

④ 요리하려면 머리를 잘라야 해요.

選擇將要做的行動

這是聽簡短對話，尋找女子將要進行的動作之題目。
要根據男子的話來決定女子的行動，所以此題型測驗考生能否準確掌握男子最後所說的內容。

※ [9~12] 다음 대화를 잘 듣고 여자가 이어서 할 행동으로 알맞은 것을 고르십시오. (각 2점)

9.

> 여자: 자전거를 탈 만한 색다른 장소가 없을까?
>
> 남자: 자전거 동호회에 가입하는 건 어때? 자전거 타기 좋은 곳을 알 수 있을 거야.
>
> 여자: 좋은 생각이다. 그럼 혹시 아는 동호회라도 있어?
>
> 남자: 선배 중에 가입한 사람이 있어. 내가 그 선배에게 사이트 주소를 물어볼게.

① 선배에게 주소를 물어본다.
② 자전거 동호회에 가입한다.
③ 남자와 자전거를 타러 간다.
④ 선배에게 자전거를 구입한다.

學習戰略 掌握對話內容
第9~11題為日常生活、學校生活中的基本對話，第12題則為正式場合的對話。要區分男、女對話內容，掌握了女子的行動順序，即可找到答案。

選擇與對話內容相同的一項

這是聽簡短對話和獨白，選擇與內容一致的題目。
考核學生對於對話內容的準確理解能力。

※ [13~16] 다음을 듣고 내용과 일치하는 것을 고르십시오. (각 2점)

13.

> 여자: 미국에서 친구가 놀러 오는데 갈 만한 데가 없을까?
>
> 남자: 다음 주부터 고궁을 야간에도 볼 수 있대. 외국인뿐만 아니라 한국인들에게도 인기가 정말 많다는데?
>
> 여자: 정말? 그럼 빨리 표를 예약해야겠다.
>
> 남자: 현장에서 살 수도 있지만 예약을 하는 게 더 좋을 거야.

① 밤에는 고궁을 열지 않는다.
② 고궁은 한국인들에게만 인기가 많다.
③ 고궁 입장표는 현장에서 구매할 수 없다.
④ 예약을 하지 않아도 고궁에 입장할 수 있다.

學習戰略 掌握細節內容
第13題是告知資訊內容的對話；第14題為廣播通知；第15題為資訊介紹；第16題為採訪內容。與其尋找與所聽內容完全相同的句子，不如尋找與內容相似或用類似表達方法陳述的選項。

選擇中心想法

這是聽對話，選擇男子中心想法的題目。
考核學生對男子中心想法的準確掌握能力。

※ [17~20] 다음을 듣고 남자의 중심 생각을 고르십시오. (각 2점)

17.
> 남자: 집에 컵이 많네요. 왜 이렇게 많아요?
>
> 여자: 저는 외국으로 여행을 가면 기념으로 그 나라의 이름이 새겨진 컵을 꼭 사요. 컵을 안 사면 왠지 허전하더라고요.
>
> 남자: 돈은 좀 들겠지만 컵을 보면 여행했던 기억이 떠올라서 기념이 되겠어요. 저도 이제부터 컵을 모아 봐야겠어요.

① 나라 이름의 새겨진 컵을 사야 한다.
② 외국으로 여행을 가면 컵을 사야 한다.
③ 여행에서 컵을 사기 위해 돈을 모아야 한다.
④ 기념품을 보면 여행했던 기억을 떠올릴 수 있다.

20.
> 여자: 축하드립니다. 고객들이 뽑은 '이 달의 우수 서비스 사원'에 선정되셨어요. 고객들에게 어떻게 감동을 주셨나요?
>
> 남자: 감사합니다. 저는 서비스를 할 때 고객의 입장에서 생각했기 때문에 고객분들에게 칭찬을 많이 받았던 것 같습니다. 그리고 저희 매장에는 할머니나 할아버지 손님들이 많으신데 그분들을 시골에 계신 저의 할머니와 할아버지라고 생각하고 진심으로 대해 드렸습니다. 그래서 정말 저를 좋아해 주셨어요.

① 칭찬을 받기 위해 서비스를 해야 한다.
② 할머니와 할아버지께 더 잘해 드려야 한다.
③ 고객이 만족할 때까지 서비스를 해야 한다.
④ 서비스할 때 고객의 입장에서 생각해야 한다.

> **學習戰略 掌握中心想法**
>
> 仔細聽男女之間的對話，並弄清男子的中心想法是什麼。此時不僅要理解整個內容，更要注意男子的發言。在區分男、女各自的對話內容時，注意不要把細節內容誤認為是中心想法。

※ [21~22] 다음을 듣고 물음에 답하십시오. (각 2점)

> **여자:** 와, 이 강아지 좀 봐. 정말 귀엽다. 이참에 나도 강아지를 키워 볼까?
>
> **남자:** 근데 너 혹시, 지금 가족들과 함께 살고 있어?
>
> **여자:** 아니. 혼자 사니까 좀 외로워서 강아지라도 키우면 좋을 것 같아서.
>
> **남자:** 네가 요즘 집을 비우는 시간이 많으니까 강아지를 키우지 않는 게 좋을 것 같아. 나도 예전에 키워 봤는데 강아지가 집에 혼자 있는 시간이 많으면 불쌍하더라고.

21. 남자의 중심 생각으로 맞는 것을 고르십시오.

① 가족과 함께 강아지를 키워야 한다.

② 외로울 때 강아지를 키우는 것이 좋다.

③ 혼자 살 때는 집을 비우지 말아야 한다.

④ 집 비우는 시간이 많으면 강아지를 키우는 것이 좋지 않다.

22. 들은 내용으로 맞는 것을 고르십시오.

① 남자는 현재 혼자 살고 있다.

② 여자는 가족들과 함께 살고 있다.

③ 여자는 집을 비우는 시간이 많다.

④ 남자는 강아지를 키워 본 적이 없다.

※ [23~24] 다음을 듣고 물음에 답하십시오. (각 2점)

> 남자: 총무과죠? 이번 주에 회의실을 빌리려고 하는데 예약할 수 있나요?
>
> 여자: 어떡하죠? 이번 주는 이미 예약이 다 차 있네요. 언제 사용하실 건데요?
>
> 남자: 이번 주 금요일 오전이요. 갑자기 회의가 잡혔는데 빈 회의실이 없으면 큰 일이네요.
>
> 여자: 다른 예약이 취소될 수도 있으니까 일단 신청서를 작성해서 총무과로 보내 주세요. 빈 회의실이 생기면 제가 바로 연락드릴게요.

23. 남자는 무엇을 하고 있는지 고르십시오.

① 회의실 대여를 문의하고 있다.

② 회의를 할 날짜를 정하고 있다.

③ 회의실 사용 방법을 알아보고 있다.

④ 회의실 위치에 대해서 물어보고 있다.

學習戰略 掌握特定資訊

考生要透過對話掌握男子正在做什麼。注意聽整個對話的脈絡，對話開始部分含有行動理由、目的等細節內容，所以要注意聽開始的部分。

※ [27~28] 다음을 듣고 물음에 답하십시오. (각 2점)

> 여자: 요즘에 학생들이 학교에 늦게 가는 것 같더라?
>
> 남자: 응. 최근에 교육청에서 오전 9시까지 학교를 가도록 하는 9시 등교제를 실시했잖아.
>
> 여자: 과연 9시 등교제가 좋을까? 차라리 학교에 일찍 가서 자습을 더 하는 게 효율적인 것 같은데.
>
> 남자: 많은 선진국에서 9시 등교제를 실시했는데 학생들의 집중력도 높아지고 성적도 향상되었다는 결과가 있었대.
>
> 여자: 그래도 모든 학교에서 시행하기 전에 문제점에 대해 예상해 봤어야 하는 거 아닌가? 9시 등교제 때문에 오히려 다른 부작용들도 생길 것 같아.

27. 여자가 9시 등교제에 어떤 입장을 취하고 있는지 고르십시오.

① 9시 등교제에 대해 비판하고 있다.

② 9시 등교제 폐지를 설득하고 있다.

③ 9시 등교제에 대한 의문을 제기하고 있다.

④ 9시 등교제의 문제점에 대해 조언하고 있다.

學習戰略 掌握話者的意圖／立場／態度

考生要找出女子對話題採取的立場。注意聽整個對話的脈絡，對話中要強調的想法和意見基本都集中在對話結尾部分，所以要特別注意聽最後部分。另外，考生應該知道表示立場和態度的動詞是什麼。（批評、說服、揭示、忠告、轉達、告訴、反駁、主張、說明、指責、支持、提出、反對）

> 여자: 하나의 토지에 두 가구가 거주하는 땅콩집의 개념이 아직은 어색한데요. 땅콩
> 집에 대해 설명 부탁드립니다.
>
> 남자: 땅콩집은 두 가구가 공동으로 토지를 구매해서 건물을 짓고, 공간을 분리하여
> 거주하는 주택을 말합니다. 땅콩집은 공사 비용을 절약할 수 있어서 경제적이
> 라는 것이 가장 큰 장점입니다. 무엇보다 제가 땅콩집을 설계할 때 가장 고려
> 하는 점은 난방비와 같은 관리비인데요. 창문 크기를 최대한 줄이고 친환경적
> 인 방법으로 열을 차단해서 기존 아파트보다 난방비가 적게 들도록 합니다. 하
> 지만 두 주택이 붙어있는 형태로 인해 사생활 침해 문제가 발생하기도 합니다.

29. 남자는 누구인지 고르십시오.

① 공인중개사 　　　　　 ✅ 건축 설계사
③ 주택 전문가 　　　　　 ④ 공사장 감독관

> **學習戰略** 掌握男子的職業
> 這是掌握男子職業的題目。在採
> 訪的對話中會反覆出現與男子職
> 業相關的詞彙和內容，可以依此
> 推測出男子的職業。

> 여자: 요즘 소비자들에게 혼란을 주는 광고가 많은데. 과장된 광고는 어느 정도 제한
> 을 두어야 한다고 생각합니다.
>
> 남자: 네, 요즘 과장된 광고가 없다고 할 수는 없습니다. 하지만 광고의 목적이 사람들
> 의 시선을 끌기 위한 것인 만큼 어느 정도의 과장도 필요하다고 봅니다.
>
> 여자: 하지만 그런 과장으로 인해 소비자들이 피해를 보는 경우도 적지 않습니다.
>
> 남자: 물론 그럴 수 있지만 과장의 기준이라는 것이 모호하기 때문에 소비자 스스로
> 광고의 정보를 분별하고, 파악하는 것도 중요합니다.

31. 남자의 생각으로 맞는 것을 고르십시오.

① 과장의 기준을 정할 수 있다.
② 요즘에는 과장된 광고가 없다.
③ 광고 때문에 혼란스러운 소비자가 많다.
✅ 소비자가 광고의 정보를 분별할 수 있어야 한다.

> **學習戰略** 掌握男子的想法
> 這是透過話題瞭解男子想法的題
> 目。在對話中，男、女分別對同
> 一個話題闡述自己的觀點，所以
> 要分別注意聽。主要是不要把女
> 子的想法和男子的想法搞混。

※ [33~34] 다음을 듣고 물음에 답하십시오. (각 2점)

> 여자: 인간은 보고 싶은 것만 보고 믿고 싶은 것만 믿는다는 흥미로운 연구 결과가 공개되었습니다. 즉, 우리의 뇌는 착각과 현실을 구분하지 못한다고 합니다. 우리가 오감을 통해 받아들이는 정보는 1초에 천백만 개입니다. 하지만 이중에 40개 정도만 저장을 하는데요. 뇌가 우리도 모르게 보고 들은 것들을 편집하는 것입니다. 이때 생기는 생각의 오류가 착각입니다. 결국 내가 원하는 것, 내가 생각하는 것, 내가 믿는 것만 남게 되는 것이지요. 사람들은 이렇게 자신이 믿는 것을 확신하지만 이런 믿음이 착각이라는 것을 알려 주는 특정 뇌 부위는 존재하지 않습니다.

33. 무엇에 대한 내용인지 맞는 것을 고르십시오.

① 착각의 문제점
② 신비로운 인간의 뇌
③ 기억을 잘하는 방법
④ 착각을 일으키는 이유 ✔

34. 들은 내용으로 맞는 것을 고르십시오.

① 뇌는 스스로 기억을 편집하기도 한다. ✔
② 인간의 뇌는 모든 정보를 다 기억한다.
③ 착각을 담당하는 특정 뇌 부위가 존재한다.
④ 사람들은 자신이 믿는 것을 확신하지 못한다.

※ [39~40] 다음은 대담입니다. 잘 듣고 물음에 답하십시오. (각 2점)

> 여자: 그렇게 엄청난 양의 기름이 일부 국가에만 매장되어 있다는 사실이 참 불공평하다는 생각이 드는데요. 그러면 이런 점이 원유 가격 조정 실패의 주된 원인이 되는 건가요?
>
> 남자: 물론 이렇게 일부 국가에만 주로 매장되어 있다는 것도 큰 문제이기는 한데, 사실 더 심각한 이유로 볼 수 있는 것은 원유 생산 국가의 가격 결정에 숨어 있는 의도입니다. 세계 원유 시장에서 원유 가격은 원유 매장량이 풍부한 몇몇 국가들에 의해 결정됩니다. 이들 국가들이 의도적으로 생산량을 줄이면 가격이 올라가게 되고, 결국 원유가 귀해지는 거죠. 그러면 전 세계적으로 원유가 꼭 필요한 나라들이 경제적으로 큰 타격을 받게 됩니다. 자연스럽게 산유국의 의도에 따라 세계 경제가 움직일 수밖에 없는 거죠. 따라서 이들 일부 산유국들의 의도에 따라 원유 가격이 좌우되지 않도록 국제기구에 의해 가격이 결정되어야 한다고 생각합니다.

39. 이 대화 앞의 내용으로 알맞은 것을 고르십시오.

① 세계적으로 원유 가격 결정의 문제가 심각하다.

☑ 세계 원유 매장량 중 많은 양이 일부 국가에 집중되어 있다.

③ 세계 원유 시장에서는 몇몇 국가들의 주도로 가격이 결정된다.

④ 원유 생산량을 줄이면 원유가 필요한 국가는 경제적 피해가 크다.

學習戰略 推斷前面內容
主持人主導談話，內容則以主持人一邊整理前面的內容，一邊提出下一個問題的形式給出。即：要能通過主持人的第一句話掌握前面所談論的議題。談話開始的部分就有能夠找出答案的重要內容，所以要集中精神聽。

40. 들은 내용과 일치하는 것을 고르십시오.

① 산유국들은 이윤을 위해 원유를 대량 생산한다.

② 원유 가격이 오르면 국제기구가 시장에 개입한다.

③ 국제기구는 원유가 나지 않는 나라에 원유를 싸게 공급한다.

☑ 원유 생산국의 원유 생산량에 의해서 세계 경제가 움직인다.

여자: 2015년 7월 1일부터 시행된 맞춤형 복지 급여 제도가 최근 많은 사람들에게 관심을 받고 있습니다. 오늘은 이 제도에 대해서 좀 더 알아보도록 하겠습니다. 이 제도는 기초 생활 보장 제도의 문제점을 개선하여 생활이 어려운 국민들에게 주민 복지 혜택을 실질적으로 더 많이 주기 위해 만든 것입니다. 기존의 기초 생활 보장 제도에서는 소득 인정액이 최저 생계비보다 1원이라도 많으면 모든 지원이 끊기게 되어 수급자가 일할 의욕이 떨어지는 문제가 있었습니다. 그래서 이러한 문제점을 해결하고자 맞춤형 복지 급여 제도를 도입하게 된 것입니다. 달라진 것은 근로 활동을 통해 소득이 일부 증가하더라도 필요한 지원을 계속 받을 수 있도록 선정 기준을 다원화하여 생계비, 주거비, 교육비, 의료비를 지원해 준 것입니다. 가장 중요한 것은 수급자들이 보다 적극적으로 자립해 갈 수 있는 기회를 제공해 주려 했다는 것입니다.

43. 맞춤형 복지 급여 제도를 도입하게 된 이유로 맞는 것을 고르십시오.

① 기초 생활 보장 제도를 널리 홍보하기 위해서
☑ 기초 생활 보장 제도의 문제점을 해결하기 위해서
③ 기초 생활 보장 제도의 지원을 점차 줄이기 위해서
④ 기초 생활 보장 제도의 수급자 수를 늘리기 위해서

> **學習戰略 掌握細節內容**
> 考核考生能否準確掌握紀實報導細節內容的能力。務必在聽內容之前閱讀問題，這樣才不會在聽的過程中遺漏解題時需要的內容。

44. 이 이야기의 중심 내용으로 맞는 것을 고르십시오.
① 맞춤형 복지 급여 제도의 혜택을 줄여야 한다.
☑ 수급자 스스로 일어설 수 있도록 도와야 한다.
③ 수급자 선정 기준을 단일화하는 것이 중요하다.
④ 맞춤형 복지 급여 제도는 정부가 홍보해야 한다.

寫出符合文脈的句子
考核學生根據前後文脈造出意思貫通之句子的能力。

※ [51~52] 다음을 읽고 ㉠과 ㉡에 들어갈 말을 각각 한 문장으로 쓰십시오. (각 10점)

51.

- 잃어버린 휴대 전화를 찾습니다 -

지난 8월 5일에 도서관에서 잃어버린 휴대 전화를 찾습니다. 오전 11시쯤 책상 위에 휴대 전화 두고 잠깐 화장실에 다녀왔는데 휴대 전화가 없어졌습니다. 그 안에는 (㉠). 그리고 제가 여행하면서 찍은 사진들도 들어 있습니다. 제 휴대 전화는 한국전기에서 나온 흰색 휴대 전화입니다. 저에게는 정말 중요한 물건입니다. 찾아 주신 분께는 사례하겠습니다. 가져가신 분은 꼭 돌려주시고, 혹시 제 휴대 전화를 (㉡)

• 이름: 박수미   • 전화번호: 010-2828-8390

學習戰略 完成有格式要求的文章

第51題以邀請函、信件、電子郵件、公告、傳單（宣傳畫）等應用文形式出現。通常以揭示文章作用的中心部分為題，所以掌握與文章類型相符的作用／目的極其重要。在書寫答案之前要確認括弧後面是句號還是問號，由此可知應該選擇怎樣的結束形態。

52.

우리는 모든 것을 다 잘할 수는 없다. 만일 모든 것을 다 잘하려고 한다면 (㉠). 그러므로 모든 것을 잘하려고 애쓰기보다는 내가 꼭 해야 하는 것과 내가 가장 잘할 수 있는 것을 몇 가지 정하고, 원하는 목표를 이루기 위해 실천하는 것이 중요하다. 이렇게 하면 (㉡)

學習戰略 完成段落

第52題以一段說明文的形式給出，要填寫空格內容，重要的部分是要掌握什麼是中心內容。考生要先瞭解括弧所在的位置是在文章的開始、中間還是在結尾部分，然後根據中心內容寫即可。通常在文章中間應為具體說明，在文章最後則為精煉整理。如果括弧內的句子有連接副詞，最好以這一提示完成句子。

根據所給資訊寫出說明文

考核學生以問卷調查結果為依據，並將其書寫成説明文的能力。

53. 다음은 '60세가 넘어서 혼자 살아야 할 때, 행복한 삶을 위해서 꼭 필요하다고 생각하는 것'에 대해 60~75세의 노인 300명을 대상으로 실시한 설문조사입니다. 아래의 조사 결과를 비교하여 200~300자로 쓰십시오. (30점)

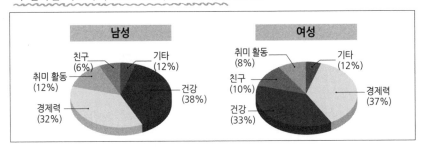

圍繞主題寫出表明個人主張的文章

考核考生針對特定主題，撰寫文章表明自身意見的能力。一定要注意字數的限制。

54. 다음을 주제로 하여 자신의 생각을 600~700자로 글을 쓰십시오. (50점)

> 현대 사회는 여러 요인으로 인해 출산율이 빠르게 감소하고 있습니다. 이러한 출산율의 변화가 미래 사회에 미치는 영향은 매우 다양합니다. 여러분은 출산율이 감소하는 원인이 무엇이며, 이러한 출산율의 감소가 사회에 미치는 영향은 무엇이라고 생각합니까? 또한 출산율을 높이기 위해 어떤 노력을 해야 한다고 생각하십니까? 이에 대해 쓰십시오.

選擇符合句子內容的詞彙或表達方法

考核中級水準須知的核心詞彙和文法。

※ [1~2] ( )에 들어갈 가장 알맞은 것을 고르십시오. (각 2점)

1. 오전에는 비가 많이 ( ) 지금은 날씨가 맑게 개었다.

　　❶ 오더니 　　　　　　② 오더라도
　　③ 와 가지고 　　　　④ 오는 대신에

> **學習戰略 掌握詞彙和文法**
>
> 第1~2題是閱讀句子內容，選擇適合括弧內的詞彙或表達的問題。掌握句子意思，尋找符合句子脈絡的選項。選項中有連接詞尾與文法相結合的表達方式，我們一起來整理學習吧！

選擇具有相似意思的表達方法

考核中級水準須知的相似意義之表達方法。

※ [3~4] 다음 밑줄 친 부분과 의미가 비슷한 것을 고르십시오. (각 2점)

3. 취업 준비생의 70% 이상이 면접시험 준비를 할 때 <u>외모로 인하여</u> 고민해 본 적이 있다고 말했다.

　　① 외모에 따라서 　　　　② 외모를 비롯해서
　　❸ 외모로 말미암아 　　　④ 외모에도 불구하고

> **學習戰略 掌握表達方法**
>
> 第3~4題是詞彙、文法問題，屬於閱讀句子再進而尋找符合句子脈絡之表達方法的題目。考生要找出與劃線部分意思相似的表達方法。我們來學習具有相似意義和功能的表達方法吧！

選擇核心內容

考核考生對應用文核心內容的掌握能力。

※ [5~8] 다음은 무엇에 대한 글인지 고르십시오. (각 2점)

5.

> 창문 열기 두려운 황사철
>
> 우리집 주치의
>
> 가습과 제습 기능은 기본, 온도 조절까지!

① 제습기   ② 가습기

③ 온도계   ④ 공기 청정기

> **學習戰略** 掌握廣告的對象和目的
>
> 第5～7題給出廣告的文字內容,包括
> 商品、公共設施、公益廣告等資訊。
> 重要的是透過羅列的名詞型簡短陳
> 述,掌握要說明的物件。

8.

★★★★★	가격 대비 품질이 좋네요.
매우 만족	디자인도 마음에 쏙 들고요.
	방송에서 본 것보다 훨씬 예뻐요.

① 이용 방법   ② 사용 후기

③ 문의 사항   ④ 상품 설명

> **學習戰略** 掌握其他應用文的對象、目的
>
> 第8題給出的是說明書、介紹、商品評價
> 等。題目通常為日常生活中常見的類型。注
> 意觀察日常生活中常見文章的韓國語表達方
> 法進行學習。

選擇相一致的內容 1

通常以介紹、資訊、圖表形式出題。考核考生對所給內容的掌握能力。

※ [9~12] 다음 글 또는 도표의 내용과 같은 것을 고르십시오. (각 2점)

9.

19회 부산 국제 영화제

- **일시:** 2015.10.02(금) ~ 2015.10.11(일)
- **장소:** 영화의 전당, 센텀시티 및 해운대 일대, 남포동 상영관
- **개막식 사회자:** 와타나베 켄, 문소리
- **폐막식 사회자:** 조진웅, 이정현
- **기타:** 79개국의 314편 작품을 상영
  영화제 기간 중 행사장 주변 교통 통제

① 개막식에서 조진웅 씨가 사회를 본다.

② 79개의 나라에서 영화를 1편씩 출품했다.

③ 영화의 전당에서 314편의 작품이 상영된다.

④ 영화제 기간에는 해운대 일대의 교통이 통제된다.

> **學習戰略 掌握細節內容**
> 第9題是介紹。通常以活動、展覽會的海報等形式出題。先閱讀選項內容，再對照原題來解題。如果是活動介紹，先記住使用的詞彙，即可快速找出答案。

10.

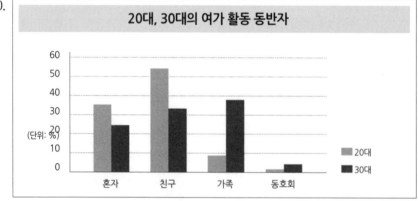

① 30대는 20대보다 동호회 활동을 더 싫어한다.

② 20대, 30대 모두 혼자 보내는 시간이 제일 많다.

③ 20대는 친구보다 가족과 더 많은 여가 시간을 보낸다.

④ 가족과 함께 보내는 시간을 중요하게 생각하는 것은 30대이다.

> **學習戰略 掌握細節內容**
> 第10題是分析圖表的題型。必須掌握各種圖表（圓形、直條型、折線型）的內容。最好多做透過圖表的標題和橫向、直向分類參數掌握圖表內容的練習。

11.

한국도로공사가 최근 졸음운전과의 전쟁을 발표했다. 그래서 졸음운전의 위험성을 알리는 문구를 눈에 잘 띄는 곳에 모두 붙였다. 도로공사에 따르면 최근 5년간 연평균 180명이 졸음운전으로 인한 교통사고로 사망했다고 한다. 그동안 방송을 통해 캠페인을 벌였지만 그다지 효과가 없었는데 이번에 하는 대대적인 광고는 효과가 있을 것으로 기대된다.

① 이번에 시행하는 캠페인의 성공을 바라고 있다.

② 졸음운전을 예방하는 방송 캠페인을 벌일 예정이다.

③ 최근 5년간 교통사고로 사망한 사람은 연평균 180명이다.

④ 한국도로공사는 졸음운전 예방에 소극적인 태도를 취하고 있다.

> **學習戰略 掌握細節內容**
> 第11～12題是將介紹、傳達資訊的文章以報導形式給出。要在掌握了整個文章內容的同時，找出與內容一致的選項。選項通常不用原文中的詞彙，而會使用類似的表達方法替換，注意不要選錯。

選擇排序正確的一項

由於文章首句為兩種固定模式，所以關鍵在於選擇哪個為首句。
考核考生將4個句子依照文章脈絡正確排序的能力。

※ [13~15] 다음을 순서대로 맞게 배열한 것을 고르십시오. (각 2점)

13.

(가) 그동안 국세청은 세금을 걷는 곳이라고만 생각했다.

(나) 하지만 이제부터 국세청을 창업 도우미로 생각해도 된다.

(다) 국세청에는 지역별 업종 현황에 대한 자세한 정보가 있다.

(라) 창업하기 전에 국세청 홈페이지에서 이런 자료를 확인하면 실패 확률을 줄일 수 있다.

① (가)-(나)-(다)-(라) ② (가)-(다)-(라)-(나)

③ (다)-(나)-(라)-(가) ④ (다)-(라)-(나)-(가)

> **學習戰略 掌握文章的邏輯性**
> 注意文章中反覆使用的表達方法、指示代名詞（이는, 이에 대해, 그런 等）、連接副詞（그리고, 그래서, 그런데, 그러므로, 그러나, 하지만, 반면에, 따라서, 또한等）來掌握句子順序。

選擇符合文脈的內容

考核考生閱讀並根據文脈推斷內容的能力。先掌握全部文脈，才能推斷出細節內容。

※ [16~18] 다음을 읽고 ( )에 들어갈 내용으로 가장 알맞은 것을 고르십시오. (각 2점)

16.

이번 사진 찍기 강좌에서는 '봄꽃 축제에서 멋진 사진을 찍는 방법'을 가르쳐
준다. 벚꽃 나무를 배경으로 예쁘게 사진 찍는 법은 물론 셀프 사진을 멋있게 찍
는 방법도 배운다. ( ) 사진 찍는 법을 배우다 보면 빛과 각도 등 과학과
관련된 상식이 저절로 풍성해질 것이다.

① 멋있는 포즈를 배우면서 　　② 배경 사진을 감상하면서

③ 봄꽃의 명칭을 공부하면서 　　④ 사진의 원리를 이해하면서

> **學習戰略 細節內容進行推論**
> 掌握括弧前後內容，找出能使句子自然連接的恰當詞彙。最好先瞭解整個文章內容。

選擇問題的正確答案 1

從第19題開始，閱讀完一篇文章要解兩個問題。考核考生掌握細節內容的能力和通過文脈進行推論的能力。

※ [19~20] 다음을 읽고 물음에 답하십시오. (각 2점)

최근 수많은 구직자들이 취업을 위해 최선을 다하지만 취업난으로 인해 합격
의 기쁨을 누리는 구직자는 소수에 그치고 있다. 불합격자들은 채용 과정의 공
정성과 신뢰성 확보를 위해 불합격 사유를 공개할 것을 요구한다. ( ) 회
사 측에서는 채용 평가에는 객관화하기 힘든 부분이 많기 때문에 불합격 이유를
구체적으로 알려 주기가 곤란하다고 말하고 있다.

19. ( )에 들어갈 알맞은 것을 고르십시오.

① 아마 　　　　　　　② 결국

③ 반면 　　　　　　　④ 마침

> **學習戰略 掌握符合文脈的連接副詞**
> 這是選擇符合文脈的連接副詞之題型。考生要瞭解全部內容，掌握括弧前後內容的關係，最後在選項中選擇答案。

20. 이 글의 내용과 같은 것을 고르십시오.

① 직업을 구하고 있는 사람이 별로 없다.

② 취업난 속에서도 수많은 합격자가 나오고 있다.

③ 회사에서는 불합격 사유를 공개하는 것을 꺼린다.

④ 합격자들은 합격 이유를 공개해 줄 것을 요구한다.

> **學習戰略 掌握細節內容：共同**
> 這是閱讀一篇文章，解答兩個問題所共有的類型。大部分選項似乎都與文章內容相似，但卻含有錯誤的資訊，因此應該採用排除選項的方法解題。

※ [21~22] 다음을 읽고 물음에 답하십시오. (각 2점)

> 우리는 병을 치료하기 위해 약을 먹는다. 하지만 그 약 때문에 더 큰 병이 생긴다면 차라리 약을 먹지 않는 것이 더 낫다. 과학도 이와 같다. 과학이 다수를 위해 옳게 사용될 때는 인류의 문제를 해결해 주는 고마운 존재가 되겠지만, 특정 소수의 불순한 이익을 위해 사용될 때는 무서운 결과를 가져올 것이다. 과학은 (   )과 같은 존재이다.

21. (   )에 들어갈 알맞은 것을 고르십시오.

❶ 양날의 칼　　　　　　② 양손의 떡
③ 그림의 떡　　　　　　④ 떠오르는 별

學習戰略 掌握慣用表達法
第21題是選擇與文脈相符的俗語或慣用語的問題。由於很難從詞意上理解其含義，所以考生要對中高級考題中經常出現的慣用語部分單獨進行學習。

22. 이 글의 중심 생각을 고르십시오.

① 병을 치료하기 위해서는 약을 먹어야 한다.
② 과학이 옳게 사용될 때는 모든 병을 고칠 수 있다.
③ 약 때문에 병이 생긴다면 차라리 먹지 않는 것이 낫다.
❹ 과학은 우리에게 병이 될 수도 있고, 약이 될 수도 있다.

學習戰略 掌握中心想法
這是選擇中心想法的問題。要掌握整個內容，找出其核心資訊。中心內容通常出現在文章的前或後面部分，要注意觀察。

※ [23~24] 다음을 읽고 물음에 답하십시오. (각 2점)

> 나는 매일 지하철로 등교한다. 지하철을 타고 가다 보면 여러 사람들의 다양한 모습을 보게 된다. 그런데 일주일에 서너 번 눈살을 찌푸리게 만드는 광경을 본다. 젊은 사람들이 자신의 자리인 양 '노약자석'에 앉아 신문이나 잡지를 읽고 있고, 노약자들은 그 앞에서 비에 맞은 나무처럼 힘겹게 서 있는 모습이다. 그런 광경을 볼 때마다 나는 얼굴이 화끈거린다. 오늘도 지하철에 앉아 신문과 잡지로 세상을 읽는 당신, 당신이 무심코 앉은 자리가 혹시 노약자나 장애인을 위한 자리는 아닌지 확인해 보라. 노약자석은 우리 이웃을 위한 최소한의 배려이다. 신문이나 잡지로 세상을 보기 전에 주변을 먼저 보는 마음을 가지는 것은 어떨까?

23. 밑줄 친 부분에 나타난 나의 심정으로 알맞은 것을 고르십시오.

① 어색하다　　　　　　❷ 창피하다
③ 감격스럽다　　　　　④ 자랑스럽다

學習戰略 掌握情緒／心情
第23～24題以文學（隨筆、小說）的形式出現。為了弄清劃線部分所示之筆者心情，重要的便是要瞭解前後的狀況。由於這是摘自長篇文章的一部分內容，會很難瞭解整個內容，所以考生根據所給的內容解題。

※ [25~27] 다음은 신문 기사의 제목입니다. 가장 잘 설명한 것을 고르십시오. (각 2점)

25.

> 얼어붙은 건축 시장에 봄바람, 소형 아파트가 경기 주도

① 건축 시장 상황이 안 좋아서 소형 아파트도 안 팔린다.

☑ 소형 아파트가 잘 팔리면서 건축 경기가 살아나고 있다.

③ 겨울이 지나고 봄이 오면 건축 시장이 활성화될 것이다.

④ 봄이 되자 건축 회사들이 주로 소형 아파트를 짓고 있다.

> **學習戰略 掌握題目的細節內容**
> 新聞報導題目通常不是完整的句子，而是以名詞的形態出現。由於省略部分多，內容必須根據所給的資訊來類推。考生要注意新聞報導題目中經常出現的詞彙（漢字詞）及表達方法。

※ [28~31] 다음을 읽고 (　)에 들어갈 내용으로 가장 알맞은 것을 고르십시오. (각 2점)

28.

> '아모니카'라는 악기는 서로 다른 양의 물로 채워진 유리컵들이다. 각각의 컵의 테두리를 손가락으로 문지르면 소리가 난다. 소리는 파동의 형태로 퍼지는데 짧은 파동이 높은 음을 만들어 내는 반면, 긴 파동은 낮은 음을 만들어 낸다. 적은 양의 물이 담긴 유리컵에는 긴 파동을 만들어 낼 만한 공간이 많이 남아 있어서 낮은 음을 만들어 낸다. 물이 거의 가득 찬 유리컵은 공간이 적어서 (　　　　).

☑ 파동은 짧아지고 음은 높아진다

② 파동은 길어지고 음은 높아진다

③ 파동은 짧아지고 음은 낮아진다

④ 파동은 길어지고 음은 낮아진다

> **學習戰略 對細節內容進行推論**
> 搞清括弧前後內容，找出能將它們自然連接起來的詞語。首先要掌握整個內容。

※ [32~34] 다음을 읽고 내용이 같은 것을 고르십시오. (각 2점)

32.

> 할랄(Halal) 식품은 이슬람 율법에 따라 무슬림들이 먹을 수 있는 식품을 말한다. 높은 출산율 때문에 2030년에는 세계 인구의 26%가 무슬림이 차지하게 될 것이라고 한다. 또한 주로 기독교와 천주교를 믿는 선진국보다 무슬림 국가들의 경제 성장 속도도 빠르다. 그래서 다국적 기업들은 일찍 할랄 전쟁에 뛰어들어 할랄 식품 시장의 80%를 장악하고 있다. 할랄을 특수한 종교 문화로 치부하지 않고 사업적 관점에서 시장을 공략한 결과이다.

① 할랄 식품은 무슬림이 먹어서는 안 되는 식품을 말한다.

② 2030년에는 무슬림이 세계 인구의 과반수를 차지하게 될 것이다.

③ 무슬림 국가는 인구 증가뿐만 아니라 경제 성장 속도 또한 빠르다.

④ 다국적 기업들은 할랄을 특수한 종교 문화로 받아들이고 활용했다.

> **學習戰略 掌握細節內容**
> 首先要瞭解全部內容，細節部分則要與選項進行比較，再仔細確認。此部分與第11~12題的出題類型相似，但主題為比較生疏的專業內容，詞彙和文法的難度水準較高。

33.

> 같은 내용이라도 글씨체에 따라서 다른 느낌을 준다. 명조체는 눈에 잘 띄지는 않지만 가독성이 높고 편안한 느낌을 준다. 그래서 부드러운 느낌을 주고 싶을 때 명조체를 사용한다. 반면 12세기에 이탈리아에서 처음 사용된 고딕체는 선이 굵고 균일하기 때문에 강인하고 단정한 느낌을 준다. 눈에 쉽게 들어오는 고딕체는 간판이나 포스터에 주로 이용된다. 서로 다른 이 두 글씨체를 혼합하면 새로운 이미지의 글씨체를 얻을 수 있다.

① 명조체는 강인하고 단정해 보인다.

② 명조체는 가독성이 높아서 눈에 쉽게 들어온다.

③ 고딕체는 눈에 잘 띄어서 간판에 많이 사용된다.

④ 고딕체는 다른 글씨체와 혼합하면 어울리지 않는다.

掌握文章主題

與初級考試不同，只有充分瞭解全部內容，才可能找出主題。
考核考生閱讀文章並推斷文章主題的能力。

※ [35~38] 다음 글의 주제로 가장 알맞은 것을 고르십시오. (각 2점)

35.

숙면을 방해하는 대표적 원인은 잘못된 수면 자세이다. 사람들은 각자 잠잘 때 편안한 자세가 따로 있는데 그것이 숙면을 방해하는 것이다. 엎드리거나 옆으로 누워서 자는 자세가 몸에 통증을 유발한다. 옆으로 누워서 자면 똑바로 누울 때보다 허리에 약 3배의 압력이 더해지고, 엎드려서 자게 되면 머리의 무게가 목에 그대로 전해져 목과 어깨에 부담을 준다. 따라서 잠을 잘 때는 천장을 바라보고 반듯하게 누워서 자야 숙면할 수 있다.

① 숙면을 취한다면 엎드려서 자도 괜찮다.
② 편안한 자세보다는 올바른 자세로 자야 한다.
③ 평상시 잘못된 자세는 잠을 자는 자세에도 영향을 미친다.
④ 숙면을 취하기 위해서는 무엇보다도 허리 건강이 중요하다.

> **學習戰略 推斷主題**
> 文章主題涉及相當專業的內容。一般可以在文章的首句或末句中找出主題，但內容較難時，常常找不到。所以考生要多進行通過全文內容找出主題句的練習。

對文章的邏輯關係進行推論

考核考生閱讀文章及置入符合文脈之句子的能力。把握提示句子的內容後，應能找到文章不順的地方。

※ [39~41] 다음 글에서 〈보기〉의 문장이 들어가기에 가장 알맞은 곳을 고르십시오. (각 2점)

40.

'피겨스케이팅 여왕'으로 불리는 김연아 선수는 2010년 밴쿠버 동계 올림픽에서 세계 신기록을 세웠다. (㉠) 김연아 선수가 전 세계 사람들의 사랑을 받은 이유는 완벽한 점프와 탁월한 연기력에 있다. (㉡) 그뿐만 아니라 속도, 높이 모두 탁월하다는 평가를 받았다. (㉢) 또한 영화 〈007〉의 음악에 맞춰 관객의 반응을 이끌어 낸 그녀의 연기에 감동하지 않은 사람이 없었다. (㉣)

─────〈보 기〉─────

그녀의 점프는 '점프의 교과서'라고 불릴 정도로 정교하다.

① ㉠   ② ㉡   ③ ㉢   ④ ㉣

> **學習戰略 對文章的邏輯關係進行推論**
> 要找出提示句在本文中最恰當的位置。提示句通常具有補充說明的作用，因此要掌握前後內容的連接關係。有連接副詞時會對掌握前後關係很有幫助。

※ [42~43] 다음을 읽고 물음에 답하십시오. (각 2점)

남편은 국이 없으면 밥을 잘 먹지 못한다. 그래서 그런지 특별히 반찬 투정은 하지 않으나 국에 대한 집착이 강한 편이다. 장맛이 좋기로 유명한 우리 집인데 올해는 웬일인지 장이 맛없게 되었다. 간장, 된장이 싱거우니 김칫국, 미역국 등 만드는 국마다 영 맛이 나질 않았다. 국을 만들 때 소금을 더 넣어도 진한 간장이나 된장으로 간을 할 때와는 그 맛이 전혀 달랐다. 남편은 열심히 요리를 한 내 입장을 생각해서 입 밖에 말을 꺼내지는 않았으나 국을 먹다가 이마가 살짝 찡그려지면서 수저의 놀림이 차츰 늦어지다가 숟가락을 놓곤 하는 때가 종종 있었다. 그럴 때면 나는 입 안의 밥알이 갑자기 돌로 변하는 것을 느끼며 슬며시 고개를 돌리곤 했다. 어떤 때 남편은 식욕을 충동시키고자 국에 고춧가루를 한 숟가락씩 떠 넣었다. 그럴 때면 매워서 눈이 빨개지고 이마에 주먹 같은 땀방울이 맺히곤 하였다. 오늘도 국에 고춧가루를 넣는 남편을 보면서
"고춧가루는 왜 그렇게 많이 넣어요?"
하는 말이 입에서 나오다가 그만 입이 다물어지고 말았다.

강경애 〈소금〉

42. 밑줄 친 부분에 나타난 나의 심정으로 알맞은 것을 고르십시오.

① 기가 막히다　　　　② 면목이 없다 ☑
③ 가슴이 벅차다　　　④ 마음이 홀가분하다

學習戰略 掌握態度／心情
透過劃線部分的前後文脈，推測登場人物（主人公、筆者）的心情。要注意學習表示登場人物心情或態度的詞彙。

43. 이 글의 내용과 같은 것을 고르십시오.

① 간장, 된장이 맛이 없으면 국도 맛이 없다. ☑
② 남편은 국이 맛이 없어서 나에게 화를 냈다.
③ 국을 만들 때 소금으로 간을 하면 맛이 있다.
④ 남편은 꼭 국에 고춧가루가 들어가야 먹는다.

※ [44~45] 다음을 읽고 물음에 답하십시오. (각 2점)

> 직장에서 오전 10시 이전에 근무를 강요하는 것은 직원들의 건강과 피로, 스트레스를 악화시키는 고문 행위와 같다는 연구 보고서가 있다. 인간의 24시간 생체 리듬을 정밀 분석한 결과, 16세 학생들의 경우 오전 10시 이후에, 대학생들은 오전 11시 이후에 공부를 시작할 때 집중력과 학습 효과가 최고조에 달한다고 한다. 이와 마찬가지로 직장에서도 직원들에게 (   ) 작업 능률을 해칠 뿐 아니라 육체적 활동과 감정에 악영향을 미쳐 생체 시스템에 손상을 가져올 수 있다. 따라서 인간의 자연스러운 생체 시계에 맞도록 직장과 학교에서 일과 공부를 시작하는 시간을 조정해야 할 필요가 있다.

44. 이 글의 주제로 알맞은 것을 고르십시오.

① 인간의 생체 리듬을 정밀 분석해 봐야 한다.

② 근무 시간은 인간의 감정에 악영향을 미친다.

☑ 생체 리듬에 맞게 출근 및 등교 시간을 조절해야 한다.

④ 오전 10시 이전에 근무하는 것은 심신에 위협이 될 수 있다.

> **學習戰略 推斷主題**
>
> 為了理解文章主題，找出主題句是很重要的。主題句包含作者想說的核心句子。這短文中主題句是：因此有必要按照人類自然的生理時鐘，去調整職場和學校開始工作和學習的時間。考生若反覆練習在閱讀後找出主題句的話，可以發展推測主題的能力。

45. (   )에 들어갈 내용으로 알맞은 것을 고르십시오.

① 업무 시간을 조정하는 것은

☑ 이른 시간에 근무를 강요하는 것은

③ 과도한 업무를 하도록 지시하는 것은

④ 근무 시간 외의 근무를 요구하는 것은

※ [46~47] 다음을 읽고 물음에 답하십시오. (각 2점)

> 엘니뇨는 원래 태평양 연안에 위치한 에콰도르와 페루의 어민들이 쓰던 말
> 이다. (㉠) 수년에 한 번씩 바닷물의 흐름이 역류하면서 따뜻한 해류가 이
> 부근을 덮게 되면 엘니뇨가 발생하고 기상에도 영향을 미친다. 기상 변화로 어
> 획량이 떨어지면서 이 지역 어민들은 경제적인 어려움을 겪게 된다. (㉡)
> 어느 때는 가볍게 지나가기도 하지만, 엘니뇨로 태평양의 해수면 온도가 비정상
> 적으로 높아지게 되면 막대한 양의 에너지가 대기로 방출되고 이에 따라 세계 곳
> 곳에서 폭염, 홍수, 가뭄, 폭설 등 다양한 형태의 이상 기상 현상이 나타나기도 한
> 다. (㉢) 엘니뇨가 발생하는 원인에 대해서는 과학자들이 아직 밝혀내지 못
> 한 부분이 많다. (㉣)

46. 다음 문장이 들어가기에 가장 알맞은 곳을 고르십시오.

> 하지만 엘니뇨가 발생했다고 해서 기상에 미치는 영향이 항상 일정하지는 않다.

① ㉠   ② ㉡   ③ ㉢   ④ ㉣

47. 이 글의 내용과 같은 것을 고르십시오.

① 엘니뇨가 발생하면 따뜻한 해류로 인해 어획량이 증가한다.

② 최근 과학자들은 엘니뇨 발생 원인에 대해 명확하게 밝혀냈다.

③ 엘니뇨로 해수면 온도가 높아지면 많은 에너지가 대기로 나온다.

④ 폭염, 홍수, 가뭄 등 이상 기상 현상으로 인해 엘니뇨가 발생한다.

選擇問題的正確答案 5

第48~50題以議論文形式出現。主題多為專業性強、比較抽象、特殊的內容，詞彙和文法的難度也很高。可以說是所有題目中最難的問題。每段內容有三個題目。

※ [48~50] 다음을 읽고 물음에 답하십시오. (각 2점)

'예금자 보호 제도'에 대해 잘 모르는 사람들이 많다. 이는 금융 기관이 고객의 금융 자산을 반환하지 못할 경우, 예금보호기금을 통해 일정 금액 한도 내에서 예금을 돌려주는 제도이다. 나라에서 예금자의 예금을 보호하는 제도를 갖추고 있는 이유는 금융 회사가 고객의 예금을 지급하지 못하게 되면 예금자의 가계 생활이 불안정해지고 나아가 나라 전체의 금융 안정성도 큰 타격을 입게 되기 때문이다. 일반적으로 저축은 원금 손실의 위험이 매우 작아 안정적으로 이자 수입을 얻어 돈을 늘려 갈 수 있는 방법임은 두말할 필요가 없다. 이는 은행 등의 금융 회사가 영업 정지나 파산 등으로 인해 고객의 예금을 지급하지 못할 경우에 대비하여 예금자를 보호하는 법과 제도가 운영되고 있기 때문에 가능한 것이다. 현재 금융 회사가 (   ) 예금보험공사가 예금자보호법에 의해 예금자에게 돌려줄 수 있는 보호 금액은 1인당 최고 5,000만 원이다.

48. 필자가 이 글을 쓴 목적을 고르십시오.
   ① 예금자 보호 제도에 대해 알려 주기 위해서
   ② 예금자 보호 제도의 폐해를 지적하기 위해서
   ③ 예금자 보호 제도의 필요성을 주장하기 위해서
   ④ 예금자 보호 제도의 안정성을 강조하기 위해서

學習戰略 掌握文章的目的

這是找出筆者寫作目的的題目。瞭解整個文章內容，要找出筆者主張的是什麼。文章的前半部分通常是揭示現象或狀況，後半部分是對它進行批判、反對、支持等意見的陳述，因此要注意在後半部分中尋找答案。

49. ( )에 들어갈 내용으로 알맞은 것을 고르십시오.
   ① 고객의 개인정보를 보호하지 못할 경우
   ② 고객의 금융 자산을 지급하지 못할 경우
   ③ 고객의 원금 손실의 위험을 막지 못할 경우
   ④ 고객의 예금으로 이자 수입을 얻지 못할 경우

정답 第1回答案

聽力

1. ③	2. ①	3. ①	4. ②	5. ③	6. ①	7. ④	8. ④	9. ②	10. ④
11. ①	12. ④	13. ④	14. ④	15. ①	16. ③	17. ④	18. ①	19. ③	20. ④
21. ④	22. ③	23. ④	24. ①	25. ③	26. ②	27. ③	28. ①	29. ④	30. ④
31. ④	32. ①	33. ④	34. ①	35. ③	36. ④	37. ③	38. ③	39. ④	40. ④
41. ③	42. ④	43. ②	44. ②	45. ④	46. ④	47. ②	48. ④	49. ①	50. ④

寫作

51. ㉠ (5점) 제 가족과 친한 친구들의 전화번호가 들어 있습니다
(3점) 많은/중요한 전화번호가 있습니다

㉡ (5점) 보신 분은 아래 번호로 연락해 주십시오
(3점) 보신 분은 연락 주십시오/연락 바랍니다

52. ㉠ (5점) 어느 하나도 완벽하게/제대로 할 수 없을 것이다
(3점) 완벽하게/제대로 할 수 없다/없을 것이다

㉡ (5점) 가장 중요한 것들을 놓치지 않을 수 있을 것이다
(3점) 원하는 것을/목표를 이룰 수 있다/있을 것이다

閱讀

1. ①	2. ③	3. ③	4. ④	5. ④	6. ①	7. ①	8. ②	9. ④	10. ④
11. ①	12. ③	13. ①	14. ②	15. ②	16. ④	17. ③	18. ①	19. ②	20. ③
21. ①	22. ④	23. ②	24. ③	25. ②	26. ③	27. ④	28. ①	29. ④	30. ①
31. ②	32. ③	33. ③	34. ②	35. ③	36. ③	37. ④	38. ③	39. ④	40. ②
41. ③	42. ②	43. ①	44. ③	45. ②	46. ②	47. ③	48. ①	49. ②	50. ②

53. <答案範本>

	60	~	75	세	의		노	인		30	0	명	을		대	상	으	로	'	60	세	가		넘
어	서		혼	자		살	아	야		할		때	,		행	복	한		삶	을		위	해	서
꼭		필	요	하	다	고		생	각	하	는		것	'	에		대	해		설	문		조	사
를		실	시	하	였	다	.	그		결	과		여	성	의		경	우	는		경	제	력	이
가	장		필	요	하	다	는		응	답	이		37	%	로		1	위	였	으	며	,	건	강 ,
친	구		등	이		그		뒤	를		이	었	다	.	반	면		남	성	의		경	우	,
여	성	과		달	리		건	강	이		38	%	로		1	위	,	경	제	력	이		2	위
로		나	타	났	다	.	이	러	한		결	과	로		볼		때	,	남	녀	의		차	이
는		있	지	만		60	세		이	후	에		가	장		중	요	한		것	은		경	제
력	과		건	강	이	며	,	그		외		취	미		활	동	이	나		친	구	가		있
어	야		행	복	하	다	고		여	기	는		것	을		알		수		있	었	다	.	

(50 / 100 / 150 / 200 / 250 / 300)

54. <答案範本>

　현대 사회는 출산율이 빠르게 감소하고 있다. 개인적 요인으로 결혼관의 변화, 자녀 양육에 대한 부담, 미래에 대한 경제적 불안 등을, 사회적 요인으로 사회적 지원의 부족, 고용 불안 등을 원인으로 볼 수 있다.

　이러한 출산율의 변화는 인구의 감소로 이어지는데, 무엇보다 큰 문제점은 경제 활동을 해야 하는 젊은 인구가 급격히 감소하는 반면 노년층의 수는 여전히 많은 비중을 차지한다는 것이다. 대다수의 노인은 더 이상의 경제 활동을 기대하기 어려울 뿐만 아니라 사회적 지원을 받아야 하는 경우가 많기 때문이다. 이러한 젊은 층과 노년층의 인구 불균형은 장기적으로 국가의 경제를 어렵게 만든다.

　출산율의 감소를 막기 위해서는 미혼 남녀가 결혼할 수 있도록 다양한 지원을 해야 한다. 최근 고용 불안과 집값 상승 등의 경제적 문제로 인해 결혼 준비 기간이 길어지면서 결혼을 포기하는 사람이 늘고 있다. 그러므로 우선 좋은 일자리를 늘려 고용의 질을 높이고 주택 공급 가격을 낮춰야 한다. 결혼을 하더라도 자녀의 양육비와 자녀를 돌볼 사람이 없는 양육 환경에 대한 부담 때문에 출산을 미루거나 한 자녀로만 족하는 경우도 많다. 따라서 출산을 한 사람들에게 적절한 경제적 지원을 하고, 어린이집이나 유치원 등 보육 환경을 고려해서 지속적으로 사회적 지원을 제공해야 한다.

　이와 같은 경제적·사회적 지원이 다양하게 이루어진다면 출산율의 감소를 막는 데 도움이 될 것이다.

[1~3] 請聽錄音，選擇與內容相符的圖片。

1.

여자　밖에 비가 오는 것 같아요.
남자　그래요? 아까 오전에는 비가 안 오던데요. 우산 없어요?
여자　네, 혹시 우산이 더 있으면 좀 빌려주세요.

女　外面好像下雨了。
男　是嗎？剛才上午沒下雨啊，沒有雨傘嗎？
女　是的，如果你有多餘的雨傘，能借給我嗎？

這是沒有帶傘的女子向男子借傘的情形。説到外面在下雨，由此可知這兩個人現在在室內。所以答案為③。

2.

남자　어서 오세요. 무엇을 도와 드릴까요?
여자　제 아이가 이 놀이 기구를 타고 싶어 해서요.
남자　죄송하지만 키가 140cm가 안 되면 놀이 기구를 이용할 수 없습니다.

男　請進！需要什麼幫忙嗎？
女　我的孩子想坐這個遊樂設施。
男　很抱歉，身高不足140cm，不能使用這個設施。

面對女子説「孩子想坐遊樂設施」的話，男子一邊表示歉意，一邊説身高必須在140cm以上才可以乘坐。所以現在一定是孩子乘坐遊樂設施之前。因此正確答案為有度量身高用量具的①。

3.

남자　20대 여성들을 대상으로 가장 하고 싶어 하는 성형 수술을 조사한 결과 눈을 고치고 싶다고 한 응답자가 가장 많았으며 살을 빼는 수술이 그 뒤를 이었습니다. 마지막으로 코 수술을 하고 싶다는 응답이 20%로 나타났습니다.

男　根據對20幾歲的女性為對象進行的有關最想實施的美容手術的調查顯示，最想修正眼睛的應答者最多，做減肥手術緊跟其後。最後想做鼻子手術的應答者占了20%。

這是對20多歲女性為對象做的有關最想實施的美容手術的調查結果內容。調查結果分別為眼睛(52%)、減肥手術(28%)、鼻子(20%)，選擇符合這一結果的統計圖表即可。所以答案為①。

[4~8] 請聽對話，選擇合適的下句。

4.

여자　잠깐만요. 요리하기 전에 모자를 꼭 써야 해요.
남자　그래요? 저는 머리카락이 짧아서 안 써도 되는 줄 알았어요.
여자　＿＿＿＿＿＿＿＿＿＿＿

女　等等！做飯之前一定要戴帽子。
男　是嗎？我頭髮短，以為不戴也可以呢。
女　＿＿＿＿＿＿＿＿＿＿＿

男子以為頭髮短就可以不戴帽子。但是女子強調説無論頭髮多長都必須戴帽子。所以答案為②。

5.

남자　운동 후 샤워 시설을 무료로 이용하려면 어떻게 해야 하나요?
여자　오늘까지 회원 등록을 하시면 무료로 이용 가능합니다.
남자　＿＿＿＿＿＿＿＿＿＿＿

男　運動之後要想免費使用洗浴設施，應該怎麼做？
女　今天申請會員的話，就可以免費使用了。
男　＿＿＿＿＿＿＿＿＿＿＿

男子詢問免費使用洗浴設施的方法，對此女子回答「如果你今天申請加入會員的話……」。由此可知男子還不是會員，可能即將申請加入會員。所以答案為③。

6.

여자　민호야, 너 아직 수강 신청을 못 했다면서?
남자　지금 하려고 해. 6시까지니까 아직 시간이 있어.
여자　＿＿＿＿＿＿＿＿＿＿＿

女　敏浩，聽説你還沒選課？
男　現在打算做。到6點為止，還有時間。
女　＿＿＿＿＿＿＿＿＿＿＿

對話中，女子問男子課程申請了沒有，對此男子很從容地説還有時間。此時女子對男子説的最恰當的內容應該是：要快點申請。所以答案為①。

7.

여자　어제 주문한 책상이 왔는데 크기가 다른 것 같아요.
남자　아, 그래요? 죄송합니다. 어떻게 해 드릴까요?
여자　＿＿＿＿＿＿＿＿＿＿＿

女　昨天訂的書桌到了，大小好像不一樣。
男　啊，是嗎？對不起。要我怎麼做？
女　＿＿＿＿＿＿＿＿＿＿＿

這裡説的是女子訂的桌子大小和實際到貨的大小有出入。從對話的脈絡來看，最恰當的回答應該是：更換成所訂大小的桌子，或者退款。所以答案為④。

8.

남자　휴대 전화를 계속 봐서 그런지 눈이 아파.
여자　눈이 아플 때는 30분씩 눈을 쉬어 주는 것이 좋대.
남자　＿＿＿＿＿＿＿＿＿＿＿

男　可能是一直看手機的緣故，眼睛痛。
女　聽説眼睛痛時，休息30分鐘比較好。
男　＿＿＿＿＿＿＿＿＿＿＿

男子長時間看手機導致眼睛疼。當他聽到女子的話時，最恰當的反應應該是④。而眼睛每休息一次要休息30分鐘的説法與30分鐘前休息是沒有關係的，所以③不正確。

9.

여자	자전거를 탈 만한 색다른 장소가 없을까?
남자	자전거 동호회에 가입하는 건 어때? 자전거 타기 좋은 곳을 알 수 있을 거야.
여자	좋은 생각이다. 그럼 혹시 아는 동호회라도 있어?
남자	선배 중에 가입한 사람이 있어. 내가 그 선배에게 사이트 주소를 물어볼게.

女	沒有能騎自行車的特別場所嗎？
男	加入自行車車友會怎麼樣？能知道很多騎自行車的好地方。
女	好主意。那有你知道的車友會嗎？
男	前輩裡有加入的人。我向那位前輩問問網站的地址。

男子勸女子加入自行車車友會，女子請男子推薦知道的車友會。由此可推測：男子把網頁地址告訴她後，她自然是會加入的。所以答案為②。而①是男子將要做的事，所以不正確。

10.

남자	정아 씨, 이번에 해외 연수 왜 안 가요?
여자	저도 정말 가고 싶은데 연수 기간이 너무 길어서요.
남자	3개월짜리 단기 연수도 있어요. 회사 홈페이지에서 한번 알아봐요.
여자	정말요? 몰랐어요. 바로 확인해 봐야겠어요.

男	正雅，這次海外研修為什麼沒去？
女	我也想去，可是研修時間太長了。
男	也有3個月的短期研修。上公司網頁上好好瞭解一下吧。
女	真的？我不知道，我這就去確認一下。

女子因為研修期限問題不打算去研修。聽了男子的話後，打算上公司網頁確認短期研修期限資訊，因此答案為④。

11.

여자	이 의자가 플라스틱인데 재활용 쓰레기로 버릴 수 있을까요?
남자	글쎄요. 크기가 커서 잘 모르겠네요. 이따가 관리실에 전화해 봐요.
여자	아까 관리실에 전화해 봤는데 점심시간이라 그런지 안 받더라고요.
남자	그러면 우리도 점심 먹고 와서 다시 전화해 봐요.

女	這把椅子是塑膠的，能作為可回收垃圾丟掉嗎？
男	是啊，尺寸太大，我也不知道，等等打電話給管理室問問。
女	剛才打電話給管理室了，也許因為是午休時間，沒人接。
男	那我們也吃了午飯再打電話吧。

女子因為想知道椅子能否作為可回收垃圾扔掉，所以打電話給管理室，不過由於是午休時間，所以沒人接。最後男子提議吃過午飯再打電話。所以答案為①。

12.

여자	저……, 이 보고서를 찾고 싶은데요. 어디에 있나요?
남자	이 보고서는 오래된 논문이라 여기에 없어요. 인터넷에서 검색해 보세요.
여자	인터넷 말고 종이로 볼 수 있는 다른 방법은 없나요?
남자	다른 대학교 도서관에 신청하면 돼요. 여기에 도서 신청서가 있습니다.

女	我……想找這篇報告，哪裡有？
男	這是篇很久的論文，這裡沒有。上網查吧。
女	不用網路，沒有能看到紙本論文的其它方法？
男	向別的大學圖書館申請就行。這裡有圖書申請書。

女子要找的報告是一篇很久以前的論文。為了看到紙本的論文，女子必須向別的大學圖書館申請，此時男子正將申請書遞給女子。所以答案為④。

13.

여자	미국에서 친구가 놀러오는데 갈 만한 데가 없을까?
남자	다음 주부터 고궁을 야간에도 볼 수 있다. 외국인뿐만 아니라 한국인들에게도 인기가 정말 많다는데?
여자	정말? 그럼 빨리 표를 예약해야겠다.
남자	현장에서 살 수도 있지만 예약을 하는 게 더 좋을 거야.

女	朋友從美國來玩，有值得去的地方嗎？
男	聽說下週開始故宮晚上也可以觀看。這不僅是外國人，聽說還很受韓國人的歡迎呢。
女	真的？那真的要快點訂票。
男	雖然也可以去現場買，但最好還是先預訂。

現在故宮夜間開放，很受外國人和韓國人的歡迎。票可以去現場買，但是預訂票更方便快捷。所以答案為④。

14.

| 여자 | 손님 여러분, 오늘도 저희 5호선을 이용해 주셔서 감사합니다. 이번에 내리실 역은 오금역입니다. 다음 정거장은 방이역입니다. 3호선으로 갈아타실 손님은 이번 정거장에서 내리시기 바랍니다. 이 열차의 종착역은 마천역입니다. |

| 女 | 各位顧客，感謝您今天也搭乘我們5號線。這次下車的車站是梧琴站，下一站是芳荑站。要換乘3號線的乘客請在這站下車。本次列車的終點站是馬川站。 |

最後說到「本次列車的終點站是馬川站」，由此可知本次列車是開往馬川站的列車。所以答案是④。

15.

| 남자 | 주부 여러분, 설거지를 깨끗이 하고 나도 영 찜찜하셨죠? 그건 바로 설거지 세제 속에 있는 나쁜 화학 성분 때문입니다. 이번에 저희 회사에서 최초로 개발한 친환경 세제는 몸에 해로운 화학 성분을 확 낮추어 인체에도 해롭지 않고, 환경에도 좋습니다. 오늘만 특별히 한 개를 구입하시면 한 개를 더 드리겠습니다. 어서 오세요. |

男　各位主婦，即便將碗筷清洗乾淨還是不太放心？那是因為廚房洗滌劑中所含的不良化學成份的緣故。這次我們公司最新開發的環保洗滌劑大幅降低了對人體有害的化學成份，不僅對人體無害，對環境也有好處。只有今天特別實行買一送一。快來吧。

透過男子說公司最新開發出的環保洗滌劑之內容可知：目前市場上沒有環保洗滌劑。所以答案為①。

16.

여자 이번 영화에서는 소방관 역을 연기하셨다는데 영화 촬영은 어떠셨어요?

남자 우선 개봉 전인데도 많은 분들이 관심을 가져 주셔서 정말 기쁩니다. 이번 영화에서는 제가 소방관이 되어 실제로 불을 끄는 연기를 하는 게 가장 힘들었어요. 소방관들이 얼마나 힘들게 일하는지도 느끼게 되었고요. 많은 분들이 이 영화를 보고 열심히 일하시는 소방관들에게 고마움을 느꼈으면 좋겠어요.

女　您在這部電影裡扮演了消防官角色，您覺得電影拍攝得怎麼樣？

男　首先我很高興在首映前就得到這麼多人的關注。在這部電影裡我作為一名消防官，有一段實際滅火的演出確實很辛苦。讓我感受到了消防官做的是何等辛苦的工作。看了這部電影要是能讓更多人對辛勤工作的消防官們心存感激就好了。

男子說在即將上映的電影中扮演消防官進行表演實際滅火的時候非常辛苦。所以答案為③。

[17~20] 請聽錄音，選擇最符合男子的中心想法的一項。

17.

남자 집에 컵이 많네요. 왜 이렇게 많아요?

여자 저는 외국으로 여행을 가면 기념으로 그 나라의 이름이 새겨진 컵을 꼭 사요. 컵을 안 사면 왠지 허전하더라고요.

남자 돈은 좀 들겠지만 컵을 보면 여행했던 기억이 떠올라서 기념이 되겠어요. 저도 이제부터 컵을 모아 봐야겠어요.

男　家裡杯子很多啊。為什麼這麼多？

女　我去外國旅行時，作為紀念，肯定要買寫有那個國家名字的杯子。不買杯子的話總覺得有點失落。

男　雖然很浪費錢，但看見杯子就能勾起旅行回憶，真是紀念品。看來今後我也要收集杯子。

聽到女子說去外國旅行買杯子做紀念的話語，男子也覺得紀念品能勾起旅行時的記憶，確實是個紀念。所以答案是④。

18.

남자 아까 그 책, 오늘 꼭 봐야 하는 책 아니었어?

여자 응, 맞아. 그런데 내가 거절을 못 해서 친구한테 빌려줬어.

남자 그럴 때는 거절을 해야지. 거절할 때는 확실히 거절을 하고 거절하는 이유를 정확하게 말해 주는 게 좋아. 그렇다고 네가 나쁜 사람이 되는 것은 아니야.

男　剛才那本書不是今天必須要看的嗎？

女　嗯，對。但是我拒絕不了，把它借給朋友了。

男　那個時候就該拒絕，要拒絕就要明確地拒絕，最好把拒絕的理由講清楚。即使拒絕了你也並不是壞人。

面對不能拒絕別人的女子，男子將自己的想法講了出來，即：要拒絕就要明確地拒絕，最好同時講出適當的理由。所以答案為①。

19.

남자 요즘 아파트를 사는 것보다 집을 짓는 게 유행이래.

여자 직접 집을 지으면 관리하기가 힘들지 않을까?

남자 좀 힘들 수도 있지만 오히려 집주인이 관리를 하니까 더 꼼꼼히 잘할 수 있어. 그리고 자신에게 필요한 시설만 지으니까 불필요한 비용이 들지 않을 수도 있고 말이야.

여자 나는 그래도 아파트 생활이 더 편리할 것 같아.

男　都說最近蓋房子比住公寓更流行。

女　自己蓋房子的話，管理起來不費力嗎？

男　會有些費力，不過屋主會管理得更仔細。而且只修建自己需要的設施，也可能會減少不必要的費用。

女　不過我還是覺得公寓生活更便利。

男子認為蓋房子住，自己親自管理的話能管理得更好。所以正確答案為③。

20.

여자 축하드립니다. 고객들이 뽑은 '이 달의 우수 서비스 사원'에 선정되셨어요. 고객들에게 어떻게 감동을 주셨나요?

남자 감사합니다. 저는 서비스를 할 때 고객의 입장에서 생각했기 때문에 고객 분들에게 칭찬을 많이 받았던 것 같습니다. 그리고 저희 매장에는 할머니나 할아버지 손님들이 많으신데 그 분들을 시골에 계신 저의 할머니와 할아버지라고 생각하고 진심으로 대해 드렸습니다. 그래서 정말 저를 좋아해 주셨어요.

女　祝賀你！在顧客評選中，你被選為「本月最佳服務社員」了。你是怎麼感動顧客的？

男　謝謝！在服務中我總是以顧客的立場來考慮，所以才能得到顧客們的好評。而且我們店裡有很多老奶奶或老爺爺顧客，我把他們當成自己住在鄉下的奶奶和爺爺來真心對待。所以他們也真心喜歡我。

男子認為得到好的結果是因為自己在服務時是站在顧客的立場進行服務的。所以答案為④。

[21~22] 請聽錄音，回答問題。

여자 와, 이 강아지 좀 봐. 정말 귀엽다. 이참에 나도 강아지를 키워 볼까?

남자 근데 너 혹시, 지금 가족들과 함께 살고 있어?

여자 아니. 혼자 사니까 좀 외로워서 강아지라도 키우면 좋을 것 같아서.

남자 네가 요즘 집을 비우는 시간이 많으니까 강아지를 키우지 않는 게 좋을 것 같아. 나도 예전에 키워 봤는데 강아지가 집에 혼자 있는 시간이 많으면 불쌍하더라고.

女 哇！快看小狗！真可愛！就這機會我也養狗試試看？

男 不過你現在或許和家人一起住？

女 沒有，因為一個人住有點孤獨，所以才覺得養狗不錯。

男 你最近不在家的時間多，還是不養狗的好。我以前也養過，總是讓狗獨自在家，很可憐。

21. 男子認為總讓狗獨自在家很可憐。所以正確答案為④。

22. 女子説現在自己獨自生活，透過男子的話可知：不在家的時間很多。所以正確答案是③。

[23~24] 請聽錄音，回答問題。

남자 총무과죠? 이번 주에 회의실을 빌리려고 하는데 예약할 수 있나요?

여자 어떡하죠? 이번 주는 이미 예약이 다 차 있네요. 언제 사용하실 건데요?

남자 이번 주 금요일 오전이요. 갑자기 회의가 잡혔는데 빈 회의실이 없으면 큰일이네요.

여자 다른 예약이 취소될 수도 있으니 일단 신청서를 작성해서 총무과로 보내 주세요. 빈 회의실이 생기면 제가 바로 연락드릴게요.

男 是總務科吧？這個星期想借會議室，能預訂嗎？

女 怎麼辦呀，這週已經都訂滿了，您想什麼時候用？

男 這個星期五上午。突然決定開會，沒有空的會議室可麻煩了。

女 其它預訂也可能會取消，先填寫申請書交到總務科吧。有會議室出來，我馬上聯繫你。

23. 男子打電話到總務科問這週五能否預訂會議室。所以答案是①。

24. 男子想預訂會議室。但是女子説這週已經訂滿了，有空的會議室的話會馬上聯繫。由此可知男子最後沒能預訂上。所以答案是①。

[25~26] 請聽錄音，回答問題。

여자 인사부에서 오랫동안 근무하시면서 많은 자기소개서를 읽어 보셨을 텐데 어떤 자기소개서가 잘 쓴 자기소개서인가요?

남자 자기소개서는 기업에게 지원자 자신을 홍보하는 도구나 다름없다고 생각합니다. 그렇기 때문에 아무리 사소한 이야기라도 꾸밈없이 담아내는 게 좋아요. 자신의 성장 과정이나 실제 경험했던 일들을 진실성 있게 서술하면서 그 경험을 통해 무엇을 느끼고 배웠는지에 초점을 맞춰서 작성해야 합니다. 또 지원자들의 나이가 대부분 20대 초반이기 때문에 인생에서 큰 사건을 겪은 사람들은 많지 않아요. 그렇기 때문에 이야기를 쓸 때 너무 부담 갖지 않아도 됩니다.

女 您在人事部工作很久，一定看過很多自我介紹，您認為哪種自我介紹是寫得好的？

男 我認為自我介紹就好比是向企業宣傳應聘者自身的道具一樣。因此再細小的話題，不加以修飾也呈現出來最好。真實陳述自己的生長過程或實際經歷的事，還應該把透過這些經歷感受到或學到了什麼作為重點來寫。而且應聘者大部分年齡都在20歲出頭，生活中經歷過大事的人不多。因此撰寫時不用有什麼負擔。

25. 男子認為寫自我介紹時再小的事情也要不加修飾坦白才好。所以答案為③。

26. 因為在開始的部分女子講到「在人事部工作很久」的話，所以答案是②。內容中還提到在20歲出頭的人中，經歷過人生大事的不多。因此④不正確。

[27~28] 請聽錄音，回答問題。

여자 요즘에 학생들이 학교에 늦게 가는 것 같더라?

남자 응. 최근에 교육청에서 오전 9시까지 학교를 가도록 하는 9시 등교제를 실시했잖아.

여자 과연 9시 등교제가 좋을까? 차라리 학교에 일찍 가서 자습을 더 하는 게 효율적인 것 같은데.

남자 많은 선진국에서 9시 등교제를 실시했는데 학생들의 집중력도 높아지고 성적도 향상되었다는 결과가 있대.

여자 그래도 모든 학교에서 시행하기 전에 문제점에 대해 예상해 봤어야 하는 거 아닌가? 9시 등교제 때문에 오히려 다른 부작용들도 생길 것 같아.

女 學生們最近好像都很晚去學校？

男 嗯。最近教育廳不是實施了上午9點去學校的9點到校制嘛。

女 9點到校制真的好嗎？還不如早些到校多做些自習更有效。

男 很多先進國家實行了9點到校制，有結果說提高了學生們的注意力，成績也提高了。

女 那也是，在所有學校實施之前難道不該設想一下它的問題之處嗎？因為9點到校制反倒可能產生其它副作用。

27. 女子認為應該考慮「9點到校制」帶來的問題，並對「9點到校制的施行」提出了疑問，所以答案為③。

28. 女子在最後説到：在所有學校實施之前難道不該設想一下它的相關問題嗎？由此看來答案為①。由於9點到校制是否招致了什麼問題還不得而知，所以②不正確。

[29~30] 請聽錄音，回答問題。

여자 하나의 토지에 두 가구가 거주하는 땅콩집의 개념이 아직은 어색한데요. 땅콩집에 대해 설명 부탁드립니다.

남자 땅콩집은 두 가구가 공동으로 토지를 구매해서 건물을 짓고, 공간을 분리하여 거주하는 주택을 말합니다. 땅콩집은 공사 비용을 절약할 수 있어서 경제적이라는 것이 가장 큰 장점입니다. 무엇보다 제가 땅콩집을 설계할 때 가장 고려하는 점은 난방비와 같은 관리비인데요. 창문 크기를 최대한 줄이고 친환경적인 방법으로 열을 차단해서 기존 아파트보다 난방비가 적게 들도록 합니다. 하지만 두 주택이 붙어 있는 형태로 인해 사생활 침해 문제가 발생하기도 합니다.

女 兩家人同住一方土地的花生房概念還有些不明確。請您就花生房做個說明。

男 花生房指的是兩戶人家共同購買土地、建造、最終按劃分空間居住的住宅。花生房能夠節省施工費用，它的經濟性是其最大的優點。和其它問題相比，我在設計花生房時考慮最多的問題就是像暖氣費這樣的管理費。最大限度地縮小窗門的大小，用環保的方法隔熱，和以往的公寓相比，讓它的暖氣費降至最少。但是兩戶人家緊鄰著生活形態也會導致私生活受侵的問題。

29. 男子對他在設計花生房時考慮的問題做了陳述。所以答案為②。

30. 男子說明花生房和以往的公寓比，窗戶的面積小，用環保的方法隔熱能降低暖氣費。所以答案為④。

[31~32] 請聽錄音，回答問題。

여자 요즘 소비자들에게 혼란을 주는 광고가 많은데. 과장된 광고는 어느 정도 제한을 두어야 한다고 생각합니다.

남자 네, 요즘 과장된 광고가 없다고 할 수는 없습니다. 하지만 광고의 목적이 사람들의 시선을 끌기 위한 것인 만큼 어느 정도의 과장도 필요하다고 봅니다.

여자 하지만 그런 과장으로 인해 소비자들이 피해를 보는 경우도 적지 않습니다.

남자 물론 그럴 수 있지만 과장의 기준이라는 것이 모호하기 때문에 소비자 스스로 광고의 정보를 분별하고, 파악하는 것도 중요합니다.

女 最近使消費者感到困惑的廣告很多。我認為應該在某種程度上限制一下誇大廣告。

男 是的，不能說最近沒有誇大廣告，但是廣告的目的就在於吸引人們的視線，在我看來，一定程度的誇張也還是需要的。

女 但是由於那樣的誇張，導致消費者受損的事也不少。

男 儘管可以那樣做，因為界定誇張的標準很模糊，因此消費者自己分辨和掌握廣告資訊的能力也很重要。

31. 通過男子在最後提到說：最好提高消費者自身分辨和掌握廣告資訊的能力。所以答案為④。

32. 男子承認女子陳述誇大廣告之存在的話，但同時也反駁說廣告也需要某種程度的誇張。所以答案為①。

[33~34] 請聽錄音，回答問題。

여자 인간은 보고 싶은 것만 보고 믿고 싶은 것만 믿는다는 흥미로운 연구 결과가 공개되었습니다. 즉, 우리의 뇌는 착각과 현실을 구분하지 못한다고 합니다. 우리가 오감을 통해 받아들이는 정보는 1초에 천백만 개입니다. 하지만 이중에 40개 정도만 저장을 하는데요. 뇌가 우리도 모르게 보는 것들을 편집하는 것입니다. 이때 생기는 생각의 오류가 착각입니다. 결국 내가 원하는 것, 내가 생각하는 것, 내가 믿는 것만 남게 되는 것이지요. 사람들은 이렇게 자신이 믿는 것을 확신하지만 이런 믿음이 착각이라는 것을 알려 주는 특정 뇌 부위는 존재하지 않습니다.

女 人總是看想看的東西並相信想相信的東西這個有趣的研究結果被公開了。即，我們的大腦無法區分錯覺和現實。我們通過五感接收的資訊每秒中有1千1百萬個。但是其中只有40個左右被儲存起來。大腦會不自覺地將看到、聽到的東西進行編輯。此時出現的不正確想法叫錯覺，最終留下的只是我期望的、我想像的、我相信的東西。像這樣人們小確信自己相信的東西，但能告訴我們這樣的信任是一種錯覺的特定大腦的部位是不存在的。

33. 這裡對導致我們大腦產生錯覺的理由，即大腦的錯誤進行了說明。所以答案為④。

34. 這裡提到大腦在我們不知道的情況下會將看到、聽到的內容進行編輯。所以答案為①。

[35~36] 請聽錄音，回答問題。

남자 오늘 이렇게 우리 도서관의 '독서 나눔 프로그램'을 알리게 되어 기쁩니다. 독서 나눔은 단순히 현직에서 은퇴한 어르신들의 지식과 경험을 활용하는 차원을 넘어 사회적 일자리를 창출하는 사업입니다. 이 프로그램은 먼저 어르신들에게 아동 독서 지도법에 대해 교육을 실시한 후 각 보육 기관에 강사로 파견할 예정입니다. 그러면 어르신들은 각 보육 기관에서 아이들에게 동화 구연과 독서 활동을 지도하게 됩니다. 앞으로 이 프로그램은 아이들에게 올바른 독서 습관을 길러 주고 즐거움을 전하며 더 나아가 세대 간 친밀감 회복에 앞장 설 것으로 기대합니다.

男 今天能這樣讓更多人知道我們圖書館的「讀書分享活動」我感到很高興。讀書分享超出了只是單純地將那些從公司退休的老年人的知識和經驗發揚光大的境界，是一個為社會創造工作機會的事業。這個活動首先要對老年人進行兒童讀書指導法教育，之後可以作為講師派到各保育機關。那麼這些老年人在各保育機關裡為孩子們講童話故事、指導讀書活動。我們期待這項活動能培養孩子們正確的讀書習慣、傳遞快樂，更進一步地縮小代溝恢復親情打頭陣。

35. 男子正在對這次的「讀書分享活動」進行說明，並介紹活動的意義。所以答案為③。

36. 上面說到要將學習了兒童讀書指導法的老年人作為講師派往保育機關。所以答案為④。

남자 작가님이 저술하신 '딸과 함께하는 요리 시간'이 요즘 화제를 모으고 있는데요. 아직 읽어 보지 않은 분들을 위해 소개 좀 해 주시겠습니까?

여자 '딸과 함께 하는 요리 시간'은 하루하루 열심히 살아가는 딸에게 너의 모든 하루가 소중하다는 응원을 보내는 책입니다. 매순간 즐거울 수는 없는 삶에서 딸이 그날의 아픔을 극복할 수 있기를 희망하며 딸과 엄마가 함께 요리한 내용을 담았습니다. 스트레스를 많이 받은 날에는 매콤한 떡볶이를, 기운이 없고 지친 날에는 '닭죽'을, 혼자 있고 싶은 날에는 '콩나물 김치라면'을 함께 만들면서 힘들고 지친 마음을 위로받을 수 있도록 했습니다. 또한 이 책을 통해, 살다 보면 힘든 순간도 있지만 맛있는 음식을 먹으며 기분을 전환하고 새로운 에너지를 얻게 해 주고 싶었습니다. 또한 인생에서 겪는 경험들은 음식처럼 다양하고 아주 힘든 날에도 네 곁엔 너를 아끼는 사람이 많다는 격려를 담은 책입니다.

男 作家您的著作《和女兒共用料理時間》最近成了話題的焦點。您能為那些還沒讀過的人介紹一下嗎？

女 《和女兒共用料理時間》是一本寫給為每天努力生活的女兒應援的書，讓她知道她的每一天都是很寶貴的，生活中雖然無法讓每個瞬間都開心，但是希望女兒能克服每日的痛苦。書中寫下了女兒和媽媽一起做飯的內容。感覺有壓力的日子就一起做辛辣的炒年糕、沒有氣力疲憊的日子就做「雞粥」，想一人獨處的時就做「豆芽泡菜拉麵」，讓辛苦疲憊的心靈得到安慰。再者，還想透過這本書讓她在生活感到難過的瞬間，能夠品嚐美食、轉換心情、獲取新的能量。另外這是一本盛滿激勵的書，人生中經歷的事就像料理一樣多種多樣，再難的日子相信身邊也會有很多珍惜你的人。

37. 女子説她寫這本書的目的是為了能夠在品嚐美食的同時，轉換心情，獲得新的能量。 所以答案為③。

38. 此題問作家在書中推薦給女兒身處什麼狀態或希望轉換心情時做什麼料理最好。答案為③。

여자 그렇게 엄청난 양의 기름이 일부 국가에만 매장되어 있다는 사실이 참 불공평하다는 생각이 드는데요. 그러면 이런 점이 원유 가격 조정 실패의 주된 원인이 되는 건가요?

남자 물론 이렇게 일부 국가에만 주로 매장되어 있다는 것도 큰 문제이기는 한데, 사실 더 심각한 이유로 볼 수 있는 것은 원유 생산 국가의 가격 결정에 숨어 있는 의도입니다. 세계 원유 시장에서 원유 가격은 원유 매장량이 풍부한 몇몇 국가들에 의해 결정됩니다. 이들 국가들이 의도적으로 생산량을 줄이면 가격이 올라가게 되고, 결국 원유가 귀해지는 거죠. 그러면 전세계적으로 원유가 꼭 필요한 나라들이 경제적으로 큰 타격을 받게 됩니다. 자연스럽게 산유국의 의도에 따라 세계 경제가 움직일 수밖에 없는 거죠. 따라서 이들 일부 산유국들의 의도에 따라 원유 가격이 좌우되지 않도록 국제기구에 의해 가격이 결정되어야 한다고 생각합니다.

女 聽到有相當數量的原油只埋藏在幾個國家的事實，覺得很不公平。那僅這一點就能成為原油價格調整失敗的主要原因嗎？

男 當然，像這樣主要埋藏於一部分國家的情況也是個大問題，但事實上作為更大的看不見的理由是原油生產國家在價格決定中所隱藏的意圖。世界原油市場上的原油價格是根據幾個保有豐富原油儲藏量的國家來決定的。這些國家有意圖地減少生產量，就會使價格上漲，最終使原油更為寶貴。那麼就會使世界上需要原油的國家在經濟上受到大的打擊。世界經濟也就會自然而然地按照產油國的意圖變化。所以我認為，為了不讓部分產油國的意圖來左右原油價格，應該由國際機構來決定價格才是。

39. 女子認為相當數量的原油只埋藏在部分國家的事實很不公平。所以答案為②。

40. 內容提到：原油生產國有意減少生產量，給一些需要原油的國家經濟帶來打擊。所以答案為④。

남자 우리는 '인간만이 생각하는 존재다'라는 착각 속에 삽니다. 동물은 본능적으로 움직이고 인간은 생각하고 움직인다는 고정관념은 사실과 다르므로 버려야 합니다. 동물도 사람처럼 그리워하는 감정을 느끼고 심지어 상대방을 속이기도 합니다. 그럼 사람과 다를 바 없는 동물의 새로운 모습을 살펴봅시다. 예를 들어, 코끼리는 물과 풀을 찾아 먼 거리를 이동하는 습성이 있습니다. 이동 중 동족의 뼈를 발견하면 냄새를 맡고 이리저리 뼈를 굴립니다. 특히 코끼리는 이동하다가도 자기 어머니의 두개골이 놓인 곳을 잊지 않고 찾아와 한참 동안 그 뼈를 굴립니다. 즉 감정이 있다는 증거죠. 한편 동물도 자신의 목적을 위해 상대를 속이기도 하는데요. 영국에서 발견된 파리의 한 종류는 짝짓기를 할 때 수컷이 암컷에게 먹이를 선물로 줍니다. 암컷이 먹이를 먹는 동안 짝짓기를 할 수 있기 때문입니다.

男 我們生活在「只有人類才是思考的存在」的錯覺當中。動物依靠本能行動、人依靠思考行動的固有觀念與事實不符，所以也應該捨棄。動物也和人一樣能體會思念的感情，甚至也會欺騙對方。那我們就來看一看與人沒有什麼不同的動物的新面貌吧。例如：為了尋找水和草，大象有著長距離移動的習性。移動中如果發現了同族的骨骼，就會去聞並把骨骼從這邊滾到那邊。特別是大象在移動中也不會忘記自己媽媽的頭蓋骨放置的地方，並會長時間滾動那骨頭。即：表示具有感情的證據。另一方面，動物為了達到自己的目的也會欺騙對方。在英國發現了一種類型的蒼蠅在交配的時候，雄性蒼蠅會把食物送給雌性蒼蠅做禮物，這是因為在雌性蒼蠅用餐的時候可以進行交配。

41. 內容提到大象為了尋找水和草有長距離移動的習性。所以答案為③。

42. 男子認為動物也和人沒什麼區別，也能感受感情，所以應該捨棄與事實不符的固有觀念。所以答案為④。

여자 2015년 7월 1일부터 시행된 맞춤형 복지 급여 제도가 최근 많은 사람들에게 관심을 받고 있습니다. 오늘은 이 제도에 대해서 좀 더 알아보도록 하겠습니다. 이 제도는 기초 생활 보장 제도의 문제점을 개선하여 생활이 어려운 국민에 주민 복지 혜택을 실질적으로 더 많이 주기 위해 만든 것입니다. 기존의 기초 생활 보장 제도에서는 소득 인정액이 최저 생계비보다 1원이라도 많으면 모든 지원이 끊기게 되어 수급자가 일할 의욕이 떨어지는 문제가 있었습니다. 그래서 이러한 문제점을 해결하고자 맞춤형 복지 급여 제도를 도입하게 된 것입니다. 달라진 것은 근로 활동을 통해 소득이 일부 증가하더라도 필요한 지원을 계속 받을 수 있도록 선정 기준을 다원화하여 생계비, 주거비, 교육비, 의료비를 지원해 준 것입니다. 가장 중요한 것은 수급자들이 보다 적극적으로 자립해 갈 수 있는 기회를 제공해 주려 했다는 것입니다.

女 從2015年7月1日起試行的按需福利發放制度最近引起了很多人的關注。今天就這一制度做進一步瞭解。這個制度改善了基本生活保障制度的缺陷，是為了能將居民福祉福利更實質性地，更多地提供給生活困難的國民而制定的。在以往的基礎生活保障制度中，如果所得認證額比最低生活標準哪怕只多出1元錢，你所有的支援就會被中斷，出現過受供給者沒有工作慾望的問題。為了解決這樣的問題，才出現了按需福利配給制度。不同的是，為了讓更多人即便透過勞動使收入有所增加也能繼續得到需要的支援，選定的標準進行了多元化的劃分，以生活費、住居費、教育費、醫療費的形式進行支援。更重要的是為受供給者們提供了積極的、能自立下去的機會。

43. 以前的基礎生活保障制度中所得認證額即便超出最低生活費一塊錢，就會斷絕所有的支援，為了解決這個問題才推出了新制度。所以正確答案為②。

44. 女子在最後說，最重要的是為那些受供給者提供積極自立下去的機會，所以答案為②。

여자 최근 초등학교 고학년 여학생 가운데 화장을 하는 어린이가 늘고 있다고 합니다. 이런 현상에 대해 부모님들의 걱정이 많다고 하는데 전 여자로서 아름다움을 추구하는 것은 자유이기 때문에 어린이들에게 화장을 하지 못하게 하는 것은 지나친 간섭이라고 생각합니다.

남자 전 적절한 관여라고 생각합니다. 이들 고학년 학생들이 화장품을 주로 구입하는 곳은 문구점인데, 문제는 이들 제품 대부분이 역한 냄새가 나거나 성분 표기가 전혀 없는 불량 제품이 많다는 것입니다. 지난해 한국소비자원이 인터넷 쇼핑몰, 문구점 등에서 판매되고 있는 어린이 색조 화장품을 조사한 결과, 조사 대상 8개 브랜드 제품 중 제조 성분, 주의 사항 등을 지킨 제품은 하나도 없었다고 합니다. 또한 전문가들은 어린 나이에 불량 화장품이라도 사용하게 된다면 성조숙증같은 부작용이 나타날 수 있다고 합니다. 이렇듯 여러 가지 문제점이 있기에 어린 나이에 화장품을 사용하는 것에 대해 부모님의 주의가 더욱 필요하다고 생각합니다.

女 最近在小學高年級的女學生中化妝的孩子數量在增加。對於這種現象很多父母在擔心，但是作為一個女性，我認為追求美是個人的自由，因此要求孩子們不要化妝的做法是一種過分的干涉。

男 我認為是恰當的干涉。這些高年級的學生購買化妝品的主要地點是文具店，問題是她們的產品大部分不是有另人作嘔的味道、就是根本沒有成份標識的偽劣產品。根據去年韓國消費者院對網路上銷售的產品及文具店裡銷售的兒童彩妝化妝品的調查結果，在被調查的8個品牌的產品中沒有一個是符合製造成份、注意事項的。並且專家們說小小年紀假如使用了劣質化妝品，有可能出現性早熟症這樣的副作用。由於存在各種問題，因此父母更有必要注意孩子們在小小年紀就使用化妝品的問題。

45. 內容中提到孩子們在文具店裡購買的化妝品大部分為劣質產品。所以答案為④。

46. 男子認為父母的干涉是恰當的，並闡述了在孩子使用化妝品時，父母為什麼必須注意的理由。所以答案為④。

남자 얼마 전, 세계 축구인의 축제인 '월드컵'이 끝났습니다. '월드컵'은 4년마다 한 번씩 열리는 대회로 전 세계인들의 축제라고 해도 과언이 아닌데요. 그런데 이와 유사하게 1년에 한 번씩 열리는 '로봇 월드컵'이 있어 화제입니다. 이 월드컵에 대해 스포츠 전문 기자에게 들어보겠습니다.

여자 네. 한국 사람들은 축구를 참 좋아하지요? 그래서인지 로봇 축구 대회는 한국에서 제일 먼저 개최되었습니다. 축구는 경기를 하는 사람, 보는 사람 할 것 없이 모두가 재미있게 즐길 수 있기 때문에, 로봇을 축구와 접목하면 많은 사람들이 로봇에 관심을 갖고 다가설 것이라는 생각에서 이 대회를 열게 됐습니다. 지금은 한국, 프랑스, 브라질, 오스트레일리아 등 전 세계 51개국이 참여하는 국제적인 행사가 되었습니다. 한국에는 초·중·고·대학에 무려 200개가 넘는 로봇 축구팀이 있을 정도로 인기가 많습니다. 종목도 휴로솟, 마이크로솟 등 다양하며, 각 종목마다 경기장 크기나 공의 크기, 규칙 등도 다릅니다. 이러한 경기를 통해 과학자를 꿈꾸는 청소년들과 로봇을 연구하는 사람들이 보다 똑똑하고 활동적인 로봇을 만들고 싶다는 열정을 불태울 것으로 기대됩니다.

男 不久前，全世界足球人的慶典「世界盃」結束了。「世界盃」每4年舉辦一次，因此稱它為全世界人的慶典也不足為過。與它類似，有一個一年一度舉辦的「機器人世界盃」成為了話題。就這一世界盃我們聽聽體育專業記者們的說法。

女 好的。韓國人很喜歡足球吧？也許是因為這個原因，機器人足球比賽是韓國最先舉辦的。因為無論是參賽的人，還是觀賽的人都可以享受到樂趣。我們將機器人和足球結合是為了能夠讓更多的人關注和接近機器人，所以才舉辦了這個大會。現在已經是有韓國、法國、巴西、澳洲等全世界51的國家參與的國際化活動了。在韓國的小學、中學、高中、大學裡已經有超過200個的機器人足球隊，受人們的歡迎。

項目也很多，如：類人機器人、微型機器人，每個項目的賽場大小、用球的大小、規則都不一樣。我們期待透過這樣的比賽讓夢想做科學家的青少年和機器人研究人員燃起製造更聰明、活動性更強的機器人的熱情。

47. 內容提到韓國最早舉辦了機器人足球賽。所以答案為②。

48. 女子就機器人足球的歷史做了說明，並對夢想做科學家的青少年和科學家們的未來做了展望。所以答案為④。

[49~50] 下面是一篇演講稿。請聽錄音，回答問題。

> 여자 그럼 다시 작가 연구로 돌아가서, 역사·전기적 접근 방법론을 써서 어떻게 작품을 해석할 수 있는지 예를 한번 들어 볼까요? 1930년대에는 시인이면서 동시에 평론 활동도 같이 했던 김기림이라는 사람이 있습니다. 이 사람은 신문 기자를 하다가 선생님이 돼서 학생들을 가르치기도 했고 과수원을 경영하기도 했습니다. 이렇게 직업을 자주 바꾸는 걸 보면 이 사람은 늘 새로운 변화를 추구하는 경향이 강했다는 걸 알 수 있겠죠? 이처럼 새로운 변화를 적극적으로 수용하는 그의 세계관을 《기상도》라는 시에서 읽을 수 있는 예를 하나 더 들어 볼까요? 식민지 때 소설을 썼던 이효석이라는 작가 얘깁니다. 이 사람은 1930년대에 이미 가족 전체가 침대 생활을 했으며 피아노를 사서 연주도 했다고 합니다. 또 책상 서랍에 버터를 넣어 두고 심심할 때마다 꺼내서 잘라 먹을 만큼 버터를 좋아했습니다. 커피의 맛과 향도 사랑했죠. 이렇게 이효석은 서구 문화에 흠뻑 빠져 있었습니다. 이런 서구 지향적 생활 태도는 이 사람의 작품에서도 쉽게 읽을 수 있습니다.

> 女 那我們再回到對作家的研究上來。如何運用「歷史·傳記型接近方法論」來解釋作品呢？我們舉例來說明。1930年有一個既是詩人、同時還做著評論活動的名叫金起林的人。這個人做過新聞記者，後來當了老師教學生，還經營過果園。從不斷更換職業來看，這個人一定是個有著強烈的追求新變化傾向的人。而積極接納這種新變化的這種世界觀我們在名為《氣象圖》的詩裡能夠讀到？再舉個例子來看看？說的是一個在殖民地時期寫過小說的名叫李孝石的作家。這個人在1930年全家就已經睡在床上了，據說還買了鋼琴演奏。而且很喜歡奶油，會在桌子抽屜裡放上奶油，無聊的時候就拿出來切開吃。還喜歡咖啡的味道和香氣。李孝石就是這樣完全沉澱於西方文化之中。而這種崇尚西方生活的態度在他的作品中也是可以很容易讀到的。

49. 女子講到金起林曾做過新聞記者。所以答案為①。

50. 透過金起林和李孝石的例子對歷史、傳記接近法做了說明。所以答案為④。

[51~52] 請閱讀下文，分別寫出符合㉠和㉡的一句話。

51. ㉠：這裡必須有為何要找尋物的內容出現。

　　㉡：在（㉡）後出現物主的名字和電話號碼。應該以這部分的內容為中心，需要按這個號碼聯繫的內容。

→ 這是尋物啟示。文章中要有遺失了何物、為何要找尋等內容。還應該有可以讓保存物品的人聯繫的聯絡方式，偶爾也會有提供報償的內容。3分的答案適用於使用初級語法和詞彙進行表達的情況。

52. ㉠：在前句中講了不可能面面俱到。然後又做了「假如想都做好的話」的假設，所以這裡必須是與前句相反的內容出現。

　　㉡：內容提到「那樣做的話」，所以必須是進行了與前句內容相同的動作之後，當作其出現之結果所進行的說明。

53. 【概略】
序論（前言）：整理問題提到的內容（介紹調查內容）
本論（論證）：比較男性和女性的調查結果
結論（結語）：整理

54. 【概略】
序論（前言）：低生育率的原因
本論（論證）：① 低生育率對社會產生的影響
　　　　　　　② 為提高生育率的努力
結論（結語）：整理自己的主張

[1~2] 請選擇最適合（　　）內容的一項。

1. 上午雨還很（　　），現在天晴了。

問題類型 選擇適合句子的詞彙（連接／生活文）
要表示現在的天氣與上午不同，所以答案為①。

> **-더니：**
> ① 表示理由。
> 　例 매일 도서관에서 공부하더니 대학교에 합격했구나!
> ② 表示過去與現在狀態的對比。
> 　例 어릴 때는 키가 작더니 지금은 키가 큰 편이다.
> ③ 表示接續的事實。
> 　例 그녀는 갑자기 창문을 열더니 소리를 질렀다.
> **注意** "-더니" 後面的句子中，不使用未來型、命令句和共動句。

● **-더라도：** 表示即便假設或認同前面的內容，也與後句內容無關，或不受影響。
　例 기훈이는 좀 힘들더라도 공부를 끝까지 해야 한다고 생각했다.

● **-아/어 가지고：**
① 用來表示維持前句出現的行動結果或狀態。
　例 해외여행을 가셨던 부모님이 내 선물을 사 가지고 오셨다.
② 用來表示前句出現的行動或狀態是後句的原因、手段或理由。是 "-아서/어서" 的口語型。
　例 어제 잠을 못 자 가지고 아주 피곤해요.

- -는 대신에 :
① 表示不做前面的動作，而用其它動作來替代。
　例 재미있는 영화가 없어서 영화를 보는 대신에 공연을 보았다.
② 表示對前句出現的行動用其它相應的方式進行補償。
　例 나는 일찍 출근하는 대신에 일찍 퇴근한다.

2. **秀民說：「太累了，今天早點回家（　）。」**

問題類型 選擇適合句子的詞尾（終結／生活文）
表達的是：因為累，希望早些回家休息的個人願望，所以答案為③。

> **-아/어야지 :**
> ① 表示話者的決心或意志。
> 　例 오늘부터 일찍 자고 일찍 일어나야지.
> ② 用於向朋友或晚輩表示應該做某事或應該處於某種狀態的時候。
> 　例 농구 선수가 되려면 키가 커야지.
> 注意 "-아/어야지"出現在句子中間時，表示必備的條件。
> 　例 한국어 실력이 좋아야지 그 회사에 들어갈 수 있다.

- -(으)ㄹ걸 :
① 表推測或預測意義的終結語尾。
　例 아마 이번 주말에는 비가 올걸.
② 表對某事的一些後悔或遺憾時的終結語尾。
　例 한 시간만 더 빨리 왔으면 좋았을걸.
- -더라 : 用來轉達自身經歷而發現某事實時的終結語尾。
　例 어제 친구 집들이 갔었는데 집이 정말 좋더라.
- -기도 하다 : 用來表示偶爾也會有那種情況的時候。
　例 보통은 기숙사에서 공부하지만 주말에는 도서관에 가기도 해요.

[3~4] 請選擇與劃線部分意思相近的選項。

3. **70%以上的待業生說：準備面試時曾因為外貌感到過苦惱。**

問題類型 選擇相近的詞尾（連接／生活文）
提到準備面試時曾因為外貌感到過苦惱，因此表示理由的③為正確答案。

> **N(으)로 인하여 :**
> 用於因為前句內容，才出現了後句結果的時候。
> 　例 환경오염으로 인하여 여러 가지 문제가 생기고 있다. 많은 학생들이 학업에 대한 스트레스로 인하여 고통받는다.
> 注意 "-(으)로 인하여"基本用於正式場合或文章，後句中不可使用命令句或共動句。可與 "-(으)로 인해(서)"和 "-(으)로 말미암아"替換使用。

- N에 따라서 : 表示依據某種狀況或基準。
　例 대통령은 법과 원칙에 따라(서) 국가를 운영하겠다고 강조했다.
- N을/를 비롯해서 : 用來表示在眾多事項中，第一次提及此內容並包括以此內容為中心的其它事情。
　例 나를 비롯해서 회의에 참석한 모든 사람들이 그 안건에 찬성했다.
- N으로/로 말미암아 : 當某物或某種現象是原因或理由時的表達方法。主要用於書面語。
　例 이번 장마로 말미암아 많은 사람들이 집을 잃었다.

- N에도 불구하고 : 用來表示前句所期待的事件沒有發生，或伴隨著出現了另一種事實的時候。
　例 가정 형편이 어려운 상황임에도 불구하고 기홍이는 항상 밝고 씩씩하다.

4. **考試期間學習的學生很多，所以圖書館的燈幾乎通宵亮著。**

問題類型 選擇相近的詞尾（終結／生活文）
提到：考試期間學習的學生很多，所以圖書館的燈幾乎通宵亮著，所以表示持續意義的④為正確答案。

> **-아/어 놓다 :**
> 用於表示維持某種行為結束時的狀態或強調要維持前面狀態的時候。
> 　例 외출할 때 난방을 꺼 놓았다.
> 　　요리를 한 후에 환기를 하려고 창문을 열어 놓았다.
> 注意 "-아/어 놓다"可與 "-아/어 두다"替換使用。

- -아/어야 하다 : 用來表示前面的內容是為了實現或達到某一目標所必需的義務性行動或必備的條件。
　例 시간이 늦어서 이만 집에 가야 해.
- -곤 하다 : 表示同一狀況的反復出現。這是 "-고는 하다"的簡稱。
　例 정진이는 방학만 되면 서울에 있는 할머니 댁에 놀러 가곤 했다.
- -게 하다 : 用於使他人做某種行動或使某物進行某種運轉的時候。
　例 나는 배탈이 나서 친구에게 나 대신 약속 장소에 가게 했다.
- -아/어 두다 : 用來表示結束前句行動並維持著這一結果的時候。
　例 손님이 오기 전에 미리 식탁에 음식을 차려 두었다.

[5~8] 請選擇這是關於什麼內容的文章。

5. **不敢開窗的黃沙季節
我們家的主治醫生
從最基本的加濕和除濕功能到溫度調節！**

問題類型 掌握文章的題材／類型（廣告文）
此廣告的核心詞彙是「황사철（黃沙季節）」。首先必須與這一詞彙有關係，而且具備了加濕和除濕溫度調節功能，即：空氣淨化器，因此正確答案為④。
- 주치의[主治醫師]:負責治療某人疾病的醫生。

6. **此刻某處正在發生火災。
不要打玩笑電話了！**

問題類型 掌握文章的題材／類型（介紹文）
這篇提示文章的核心詞彙為「화재（火災）」，與火災相關的地方就是消防隊。這是消防隊告誡不要打玩笑電話的內容，因此答案為①。

7. **每月一次請記住困難孩子們的夢想吧！
您寄送的錢將被用於沒有父母的孩子們的福利及教育事業。**

問題類型 掌握文章的題材／類型（廣告文）

這個廣告的核心詞彙為「보내 주신 돈（寄來的錢）」。寄來的錢將用於孩子們的福利和教育事業，因此答案為①。教育費指的是用於教育的錢。

- 보증금[保証金]：簽訂契約時，作為擔保支付的錢。
- 생계비[生計費]：用於生活所必需的錢。

8.

> ★★★★★
> 非常滿意。　　和價格比，品質極佳。
> 　　　　　　　款式非常中意。
> 　　　　　　　比播放時看到的漂亮得多。

問題類型 掌握文章的題材／類型（生活文）

這是購物使用後，在網路上登載使用後記的形式和內容。所以答案為②。

[9~12] 請選擇與下文及圖表內容相同的一項。

9.

> **19屆釜山國際電影節**
> - 時間：2015.10.02（星期五）－ 2015.10.11（星期日）
> - 場所：電影的殿堂，城市中心及海雲台一帶、南浦洞電影院
> - 開幕式主持人：渡邊謙，文素利
> - 閉幕式主持人：趙震雄，李貞賢
> - 其它：上映79個國家的314部作品
> 　　　　電影節期間會場及周邊實施交通管制

問題類型 選擇與文章／圖表相同的一項（介紹文）

內容提到："영화제 기간 중 행사장 주변 교통 통제"，因此電影節期間"영화의 전당, 센텀시티 및 해운대 일대, 남포동 상영관"附近實行交通管制。所以答案為④。

① 開幕式由趙震雄主持。→閉幕式
② 有來自79個國家的各一部79個國家的314部
→79個國家的314部
③ 在電影的殿堂上映314部作品。→電影的殿堂、城市中心及海雲台一帶、南浦洞電影院

10.

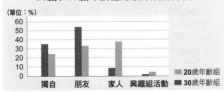

20歲和30歲年齡組的業餘活動伴侶

問題類型 選擇與文章／圖表相同的一項（介紹文）

30歲年齡組回答和家人一起參加業餘活動的最多，所以答案為③。

① 30歲年齡組比20歲年齡組更喜愛興趣組活動。
→參加得更多
② 20歲年齡組和30歲年齡組獨自打發時間的最多。
→20歲年齡組和朋友；30歲年齡組和家人
③ 和朋友比，20歲年齡組和家人共度業餘時間的更多。→和家人比，和朋友

11.

> 韓國道路公社最近宣佈向疲勞駕駛開戰。所有能看到的地方都貼上了宣傳疲勞駕駛危險性的詞句。根據道路公社的統計：最近5年間，年平均有180人由於疲勞駕駛死於交通事故。這期間也進行過廣播宣傳，但效果甚微，期待這次的大規模廣告能產生一定效果。

問題類型 選擇與文章／圖表相同的一項（生活文）

提到："이번에 하는 대대적인 광고는 효과가 있을 것으로 기대했다."所以答案為①。

② 預計展開預防疲勞駕駛的廣播宣傳活動。→期間一直進行著廣播宣傳
③ 最近5年間因交通事故死亡人數年平均180人。→因疲勞駕駛發生交通事故
④ 韓國道路公司在預防疲勞駕駛上採取很消極的態度。→積極的

12.

> 空洞是指包括道路在內的地面由於瞬間發生塌陷出現空洞的現象。這種不在特定區域，而是在地球隨處發生的空洞與地震不同，沒有預告地突然發生、形成的形狀和大小極其多樣。韓國在這期間一直認為是空洞的安全地帶，但最近到城市中心隨處出現的這種現象確實需要有解決對策。

問題類型 選擇與文章／圖表相同的一項（說明文）

內容提到："한국은 그동안 싱크홀 안전지대라고 생각해 왔지만 최근에는 도심 곳곳에서 나타나"，所以答案為③。

① 空洞基本上在一定區域內發生。→不在特定區域，而在地球四處
② 韓國一直在努力預防空洞。→需要對策
④ 空洞發展很慢，可以預測。→因為地面瞬間塌陷，是沒有預告、突然發生的，所以無法預測。

[13~15] 請選擇排序正確的一項。

13.

> (가) 過去一直認為：國稅廳只是收稅的地方。
> (나) 但現在可以把國稅廳想成是創業助手。
> (다) 國稅廳裡有各地區工種現狀的詳細資訊。
> (라) 創業之前在國稅廳網頁上獲得這些資料的話，可以降低失敗的幾率。

問題類型 排列文章順序（生活文）

內容提到不能只把國稅廳想成是收稅的地方，也可以想成是創業助手，並陳述了理由。首先出現的是有過去把國稅廳只想成是收稅之地內容(가)，之後應該是以"하지만"開始的也可想成創業助手的(나)，再後就是陳述之所以這麼想的理由(다)，最後的(라)中提到事前如果掌握了這些資料（各地區工種現狀）就可以降低失敗的幾率，因此正確答案為按照 (가)-(나)-(다)-(라) 順序排列的①。

14.
(가) 這個軟體是警政廳與通訊公司共同製作的。
(나) 並且還有只要搖動手機就會自動報警的危險提示功能。
(다) 最近「安心步行」軟體擔負起了年輕女性們夜歸的責任。
(라) 選擇「安全之路」功能，它就會為你指示安裝了安全燈、監視器等防範設施的道路。

問題類型 排列文章順序(生活文)
這是介紹「安心步行」軟體及其功能的內容。首先出來的是介紹最近「安心步行」被廣泛使用的(다)，然後是把「這個軟體」作為主要陳述物件的(가)，這之後是介紹這個軟體功能的(라)，最後是由「또한 (再有)」開始的介紹此軟體其它功能的補充說明(나)。因此答案為按照 (다)-(가)-(라)-(나) 順序排列的②。

● 애플리케이션: 指應用軟體的簡稱。通常稱為앱app。

15.
(가) 全州韓屋村有梧木台、殿洞聖堂等很多可觀覽的地方。
(나) 不僅有即使即吃的特色飲食，還有包括各種糕點在內的點心，獨具魅力。
(다) 雖然可觀覽的東西很多，但是韓屋村最吸引人的原因還是能享受美味旅行。
(라) 特別受歡迎的是豐年制果的手工可可糕點，豐年制果是全國5大糕點店中的一家。

問題類型 排列文章順序(生活文)
這裡介紹的是全州韓屋村值得看和值得吃的東西。首先是說到全州韓屋村可看的東西很多的(가)，其次是(다)說到「雖然看的東西多」，但是這之外還有受歡迎的美食旅行，接下來就是介紹美食的(나)，最後是以「特히 (特別是)」開始的介紹具體食品（手工可可糕點）的(라)。因此最自然的排序應該是 (가)-(다)-(나)-(라)排列的②。

[16~18] 請閱讀下文，選擇最適合( )內容的一項。

16.
這次攝影講座講的是「在春花慶典上拍攝精美照片的方法」。不僅教你怎樣以櫻花樹為背景拍照，還可以學習拍攝精美自拍照的方法。學習了( )照片拍攝的方法，與光線和角度等科學相關的常識也會自然而然地豐富起來了。

問題類型 選擇符合文脈的內容(生活文)
學習了拍攝方法，光線和角度等科學常識就會自然而然地豐富起來。理解了照片的原理，可以知道光線和角度，因此答案為④。

17.
善終指的是有準備的死亡、美麗的死亡。善終是為了實現「人生全過程的善始善終」，它與康樂的意思相通。從最終為達到在有生之年完美度過餘生這一點上，善終的目的可以說就在於( )。

問題類型 選擇符合文脈的內容(說明文)
這是對善終的質疑。括弧前面部分因為有「在有生之年可以珍惜生活完美度過餘生這一點」的內容，所以作為答案，②比③更恰當。②不是善終的目的而是它的意思。

18.
根據保健福祉部發表的資料顯示：2015年韓國人每週喝咖啡次數為12.2次。儘管在職人員的薪資袋變薄了，但咖啡消費卻增加了30%。與此相反，米飯的消費量減少，每週吃米飯的次數為6.9次。顯示韓國人的( )的這次調查結果再一次證明了韓國人的飲食習慣正逐漸接近西方化。

問題類型 選擇符合文脈的內容(生活文)
韓國人咖啡消費量增加了30%，但米飯的消費量卻在不斷減少，說明韓國人的消費形態發生了變化。因此答案為①。

[19~20] 請閱讀下文，回答問題。

19.
相當多的求職者為了就業竭盡全力，但就業難，使只有少數人得以享受合格的喜悅。落選者為了確保聘用過程的公正性和可信性，要求將落選原因公開。( )公司方面有很多部分難以作到客觀地進行聘用評價，因此表示很難將具體的落選原由告知對方。

問題類型 選擇符合文脈的連接詞(生活文)
在前句中陳述了落選者的立場。後句中講述了公司方面的立場。所以用來連接前句和另一方面內容的③為正確答案。

● 아마: 用於無法準確判斷或大概推測的時候。
　⑩ 그는 아마 지금쯤 서울에 도착했을 것이다.
● 결국: 最終
　⑩ 일주일을 견디다가 철수는 결국 그 일을 포기하고 말았다.
● 반면: 用來表示後句內容與前句內容正好相反的時候。
　⑩ 그 회사는 월급을 많이 준다. 하지만 늦게까지 일을 시킨다. ＝ 그 회사는 월급을 많이 주는 반면 늦게까지 일을 시킨다.
● 마침: 表示恰好與某種機會吻合時。
　⑩ 물어볼 것이 있어서 지금 전화를 하려고 했는데 마침 잘 왔다.

20. **問題類型** 掌握細節內容(一致／生活文)
內容提到：公司方面表示很難將落選原由告知對方，因此答案為③。
① ~~求職的人沒有幾個~~。→享受合格的喜悅
② 在就業中~~湧現了很多合格者~~。→能享受到合格喜悅的求職者只有少數幾個
④ ~~合格者們要求公開合格的理由~~。→落選者們落選的原由

[21~22] 請閱讀下文，回答問題。

我們為了治病而吃藥。但是假如因為那藥會得更大的病倒不如不吃藥的好。科學也與之相同。科學如果為多數人正確使用時，會成為解決人類問題的令人感激的東西，然而被用於少數不純的利益時，就會帶來可怕的結果。科學是和( )一樣的存在。

21. **問題類型** 選擇符合文脈的俗語 (說明文)
內容提到：科學可以幫助人類，也可以傷害人類，所以答案為①。

● 양날의 칼: 雙刃劍，表示即可成為利，也可成為害。

56

例 정부의 주택 담보 대출 정책은 양날의 칼이다. 잘 사용하면 주택 시장에 안정을 가져올 수 있지만 자칫 잘못하면 수많은 신용 불량자를 양산할 것이다.

● 양손의 떡: 雙手糕，用來形容擁有兩個好東西的話。主要用於二者難以抉擇的時候。

例 미영이는 회사와 대학원에 모두 합격했다. 어느 곳을 선택할지 양손에 떡을 쥐고 고민하고 있다.

● 그림의 떡: 畫中之餅，形容再中意也無法使用或擁有的時候。

例 돈이 하나도 없는 나에게 진열장 안의 만두는 그림의 떡이었다.

● 떠오르는 별: 升起的星，用來形容在某一領域嶄露頭角的人。

例 그는 연극계의 떠오르는 별이다.

22. 問題類型 掌握中心想法（說明文）

本文把科學比喻成藥物，提到：科學隨著使用方法的不同，其結果也會不同。因此答案為④。

[23~24] 請閱讀下文，回答問題。

> 我每天坐地鐵上學。坐地鐵去可以觀察到人們各自不同的面貌。但是一週有三、四次看到讓人皺眉的景象。年輕人像坐在自己的專座上一樣，坐在「老弱者專席」上看著報紙或雜誌，而老弱者們卻站立在他旁邊，像艱難地矗立在風雨中的樹木。每當看到這樣的光景，我都會覺得臉發燒。今天還仍在地鐵上坐著看報紙和雜誌通曉天下的您，仔細看一下您無心坐的座位會不會就是為老弱者、殘疾人特設的座位。老弱者席是為我們的鄰里最小的眷顧。在透過報紙和雜誌瞭解這世界之前，先預備一顆巡視周圍的心，怎麼樣？

23. 問題類型 掌握心情（生活文）

表達的是當看到年輕人坐在老弱者席上，而旁邊就站著老年人時的心情。所以答案為②。

● 얼굴이 화끈거리다: 臉在發燒，暫時間感到羞愧和慚愧，臉會變紅。

例 내 실수임을 알고 얼굴이 화끈거려 고개를 들 수 없었다.

● 눈살을 찌푸리다: 皺眉，當感覺不滿意時皺起眉頭。

例 그의 무례한 행동은 저절로 눈살을 찌푸리게 했다.

24. 問題類型 掌握細節內容（一致／生活文）

透過第六行「要先確認一下，您無心坐的座位會不會就是為老弱者、殘疾人特設的座位」之內容可知，你所坐的座位很有可能就是老弱專座。因此答案為③。

① ~~我在地鐵上看報紙和雜誌。~~ →年輕人

② ~~老弱者們有一顆留意周邊的心。~~ →年輕人在你透過報紙和雜誌通曉天下之前，要準備一顆環視周圍的心。

④ ~~每天都能看到年輕人坐在老弱席上。~~ →每週三、四次

[25~27] 下面是新聞報導題目。請選擇說明最切的一項。

25. **吹向凍結的建築市場的春風：小型公寓主導形勢**

問題類型 掌握簡化的句子（報導文）

此為新聞報導，說明小型公寓銷售的增加給建築經濟注入了活力，為建築市場吹來了春風等主題內容，最恰當的答案為②。

● 경기[景氣]: 買賣或貿易等經濟活動的狀況，可分為經濟活動的好況（良好局面）和 相反的不況（不良局面）。

● 주도[主導]: 作為中心引領某種事物

● 봄바람이 불다: 吹來春風，用於表示景氣復甦的意思。

26. **廣告上宣揚的百貨公司打折，品質一般**

問題類型 掌握簡化的句子（報導文）

這是報導百貨公司打折促銷，廣告做得很熱鬧，但品質並不好的新聞報導題目，因此答案為③，內容中並沒有說做廣告的所有商品品質都不好，因此①不正確。

● 요란하다[搖亂─]: 熱鬧，過度地雜亂和喧鬧。

27. **午睡的青少年保護法，無處可去的青少年**

問題類型 掌握簡化的句子（報導文）

作為報導由於沒有快點制訂出青少年保護法，以至離家出走的青少年不能得到保護的新聞報導標題，正確答案為④。

● 낮잠 자다: 午睡，用來形容不能物以致用被閒置浪費，或人不務正業。

[28~31] 請閱讀下文，選擇最適合（　　）內容的一項。

28. 「玻璃杯琴」這種樂器是由盛有不同量水的一些玻璃杯組成的。用手指摩擦個個杯子的邊緣就可以發出聲響。聲音按不同的波動形態傳播，波長短的發出高音，相反波長的發出低音。盛有少量水的玻璃杯由於有足夠的空間製造長波，所以能發出低音。而基本裝滿水的玻璃杯由於空間少，（　　　）。

問題類型 選擇符合文脈的內容（說明文）

由於提到"적은 양의 물이 담긴 유리컵은 파동이 길고 음이 낮다."，由此可知：裝滿水的玻璃杯波長短會發出高音，因此答案為①。

29. 構成一篇文章的最基礎元素是詞彙。這些詞彙組合起來可以構成句子，而幾個句子在一起則構成段落；而幾個段落在一起就組成了一篇文章。我們把如此構成的文章做為閱讀對象，隨著閱讀的過程，會進行多樣性的活動，結果閱讀了一篇文章的概念指的是（　　）瞭解內容、得出推論、進行批判、甚至進行擴展或重新構思等活動。

問題類型 選擇符合文脈的內容（說明文）

內容提到："단어들이 모여서 문장을 이루고, 여러 개의 문장이 모여 문단을 이루며, 문단이 여러 개가 모여 한 편의 글이 된다."，由此可知，詞彙、句子、段落是構成文章的最基本要素，因此答案為④。

30. 韓國的年輕人工作問題正在接近於西班牙、義大利等南歐國家。首先大學畢業生的人數大幅增加，而提供給他們的優質就業崗位極為不足。大企業和中小企業、正式員工和約聘職之間的兩極分化也不亞於南歐洲國家。勞動者間收入產生的巨大差異致使求職者從一開始就瞄準年薪高的大企業正規崗位的現象日趨嚴重。這正是青年人的（　　　）擴大的原因。

問題類型 選擇符合文脈的內容（說明文）

求職者一開始就希望尋找年薪高的大企業正規崗位的現象越來越嚴重。即便中小企業有就業崗位，求職者們也不去，可以說是自發性的失業。因此答案為①。

31. 都說人們在愛上別人的時候，都會感覺到一點不安。根據研究發現這與血清素有關。對陷入愛河的戀人們進行了血清素指標檢測，發現他們比一般人的要低40%。就是它使人感到不安和憂鬱，使人陷入愛河的。然而一年之後對這些戀人們重新進行檢測發現，他們的血清素指標已經恢復到了正常值。因此很多戀人1年後（　　　）也就不是讓人驚異的事。

問題類型 選擇符合文脈的內容（說明文）

內容提到：血清素指標變低就會使人感到不安、憂鬱、陷入愛河。所以血清素指標恢復正常時就會出現相反的結果，因此答案為②。

[32~34] 請閱讀下文，選擇與內容相符的一項。

32. 清真食品指的是根據伊斯蘭律法，能夠讓穆斯林人吃的食品。由於高生育率，到2030年世界人口的26%將被穆斯林人佔據。並且和信奉基督教和天主教的先進國家比，穆斯林國家的經濟生長速度也更快。因此多國籍企業很早以前就投身清真戰爭，掌握了80%的清真食品市場。它並不是被清真的特殊宗教文化佔據，而是以事業觀點進行市場攻略的結果。

問題類型 掌握細節內容（一致／說明文）

內容提到：穆斯林的出生率高，經濟生長速度快，因此答案為③。

① 清真食品指的是穆斯林人~~不可以吃的~~食品。→能吃的
② 2030年穆斯林將超世界人口的~~一半~~。→26%
④ 多國籍企業接受清真~~做為特殊的宗教文化並加以運用~~。→並不是以特殊的宗教文化佔據，而是運用了事業觀點進行了市場攻略。

33. 即使內容相同，但字體的不同會給人不同的感覺。明朝體不顯目，然而可視性高，給人舒適的感覺。因此想給人溫和感覺的時候使用明朝體。相反，**12世紀從義大利開始使用的黑體字**線條粗黑均勻，給人強悍、端莊的感覺。醒目的黑體多用於標誌板或海報。將這兩種截然不同的字體混合寫作的話，就可能得到一種新型的字體。

問題類型 掌握細節內容（一致／說明文）

提到："눈에 쉽게 들어오는 고딕체는 간판이나 포스터에 주로 이용된다."，因此答案為③。
① ~~明朝體~~顯得強悍、端莊。→黑體
② ~~明朝體~~可視性高、醒目。→黑體
④ ~~黑體與其他字體混合很不相協調~~。→明朝體和黑體混合寫作的話，就可能得到一種新型的字體。

34. 1950年韓國戰爭，當時世界宣明會被設立幫助那些挨餓的戰爭孤兒和失去丈夫的女人們。40多年來一直接受外援的韓國在1991年決定援助世界鄰國，開始了自發性的集資運動「愛心麵包運動」。麵包形狀的存錢罐將硬幣以驚人的速度累積了起來，這些錢被用於世界鄰邦的兒童援助、保健事業、教育事業等方面。現在世界宣明會由全世界的100多個會員國組成。

問題類型 掌握細節內容（一致／說明文）

內容提到："월드비전은 1950년 한국전쟁 당시에 굶주린 전쟁고아와 남편을 잃은 여인들을 위해 설립되었다."。所以答案為②。
① 世界宣明會從1991年起開始~~銷售愛心麵包~~。→愛心麵包運動
③ 世界宣明會開始是~~為援助世界兒童建立的~~。→為在韓國戰爭中挨餓的戰爭孤兒和失去丈夫的女人們
④ 世界宣明會~~用募集的資金開始了愛心麵包運動~~。→以自發的集資運動

[35~38] 請選擇最適合做下文主題的一項。

35. 影響睡眠的最有代表性的原因就是不良睡眠姿勢。每個人睡覺的時候都有自己感覺舒服的姿勢，它就是妨得睡眠的因素。趴著睡覺或者側臥著睡覺的姿勢會誘發身體痛症。側臥著睡覺比平躺著睡覺對腰部的壓力要大三倍、趴著睡覺會使頭部的重量全部傳遞下來，給頸部和肩部帶來負擔。所以睡覺時只有仰面朝天平躺著睡，才可以熟睡。

問題類型 掌握主題（說明文）

內容提到：每個人都有各自舒服的睡姿，而睡姿要正確才行，因此答案為②。

36. 「借錢買房」的政府不動產政策會讓平民百姓陷入危機的擔憂現在已成事實了。一半以上用住宅擔保貸款的人一旦房價下滑或收入減少，不能按計劃償還本利金，就會淪落為房屋窮人。急劇的房價下滑和利率上漲對大部分平民來說是場災殃。我們不能不問一句：政府是否有應對這種災殃的對策。

問題類型 掌握主題（生活文）

文章對於政府讓平民用住宅作擔保接受大筆貸款的不動產政策進行了批判，並質問政府有沒有阻止這些人成為房屋窮人的對策，因此答案為③。

37.

人們會有因為沒有時間或認為麻煩，而不間斷運動，只靠減少食物攝取來減肥的時候。但這種時候反倒會陷入食物中毒。食物在我們的大腦中被認為是快樂的事，而經常採用饑餓減肥的人對進食的快樂感覺更強烈。因為平時不常進食，所以攝取食物的時候就會去尋找更大的心理補償。所以經常採用饑餓減肥時，大腦的補償系統就會出現問題。

問題類型 掌握主題(生活文)

文章前面部分說到：進行饑餓減肥的時候，反倒會形成食物中毒，因此答案為④。

38.

著名汽車公司的廢氣排放造假風波震撼了整個世界。因為一向以按照國際環境標準最低值生產汽車而聞名的公司實際上卻為了獲取經濟利益，全然沒有顧及到地球的環境及消費者的健康。對於這家以良好形象贏得信任的公司，消費者感到的背叛感超出了想像。假如這家公司不全部公開事實，只想渡過當前危機的話，就不可能挽回消費者的心。

問題類型 掌握主題(生活文)

內容提到：如果不將事實全部表明的話，就不可能挽回感到背叛的消費者的心。因此答案為③。

[39~41] 請選擇提示的句子在下文中最恰當的位置。

39.

(㉠) 首爾一所大學的研究小組以4000名國、高中學生為對象進行了睡眠時間與憂鬱症和自殺衝動關係的調查。(㉡) 調查的結果：發現睡眠時間越短，自殺衝動越強烈。(㉢) 而睡眠時間不足7小時的學生比超過7小時的學生憂鬱程度更嚴重，出現自殺事故的危險性就越高。(㉣) 雖然在週末也進行補充，但它根本不足夠。

⟨提示⟩

發現國、高中學生平日睡眠6小時、週末8小時51分。

問題類型 插入符合文脈的句子(說明文)

文章中的「雖然在週末也進行補充，但它根本不足夠」這句話正是對提示的解釋。所以提示句放在最好在 (㉣) 最自然，所以答案為④。

40.

被稱作是「花樣滑冰女王」的金妍兒選手在2010年溫哥華冬季奧運會上創下了新記錄。(㉠) 金妍兒選手之所以能受到全世界人的喜愛就在於她完美的跳躍和卓越的表演力。(㉡) 不僅如此，她的速度和高度也得到了卓越的評價。(㉢) 沒有不被她伴隨著電影007音樂而贏得觀眾巨大迴響的演技所感染的人。(㉣)

⟨提示⟩

她的跳躍被稱作為「跳躍的教科書」，極為精巧。

問題類型 插入符合文脈的句子（說明文）

提提示的句子說的是金妍兒的跳躍。所以它跟在金妍兒之所以受人喜愛的理由是跳躍的內容之後比較自然。並且提示的句子放在由「不僅如此」開頭，針對她的跳躍進行評價的內容之前比較自然。因此答案為②。

41.

麵茶粉是用幾種對身體有益的穀物在最大限度不破壞其營養成份的條件下炒製後磨成的粉。(㉠) 大部分人只知道麵茶粉是夏季的飲料，(㉡) 但實際上麵茶粉是一年四季都可用來替代餐飯的卓越食品。(㉢) 所以它可以得到與吃一碗雜穀飯相同的效果。(㉣) 特別是極少的量可以充分替代進餐，因此正在減肥的女性吃是再好不過的。

⟨提示⟩

麵茶粉中含有身體必需的各種營養成分、給身體補氣，使胃有飽滿感。

問題類型 插入符合文脈的句子(說明文)

麵茶粉含有人體需要的各種營養成分，可以補氣、可使胃充實，是很卓越的食品。所以它後面跟著「可以得到和吃一碗雜穀飯相同的效果」比較恰當。因此答案為③。

[42~43] 請閱讀下文，回答問題。

老公沒有湯就不能吃飯。可能就因為如此他從不計較小菜，但對湯卻有著很強的執著。我們家一直以醬味好而出名，可不知為什麼今年的醬一點也不好吃。醬油、大醬很淡，做出的泡菜湯、海帶湯等所有的湯完全不對味。老公考慮到我做飯辛苦，雖然沒有把話說出來，但有幾次吃著吃著湯，就把眉頭皺起、放慢了拿湯匙的速度，甚至還有放下湯匙的時候。
每到那個時候我嘴裡的飯粒就好像突然變成了石頭、會把頭悄悄地扭向一邊。有時候老公會為提高食慾，往湯裡放一大勺辣椒粉，那時候因為辣就會使眼睛發紅、額頭就會滲出拳頭大的汗珠。今天我看著往湯裡放辣椒粉的老公真想問一句「為什麼放那麼多辣椒粉？」但是話到嘴邊還是閉上了嘴。

姜敬愛《鹽》

42. **問題類型** 掌握心情(小說)

看著因為我做的湯沒味，吃不下飯的老公，我的心情應該是「無法堂堂面對」，因此答案為②。

43. **問題類型** 掌握細節內容(一致／小說)

從筆者說：“올해는 웬일인지 장이 맛있게 되었다. 간장, 된장이 싱거우니 김칫국, 미역국 등 만드는 국마다 영 맛이 나질 않았다.”，推斷答案為①。

② 老公因為湯不好吃向我發火。→考慮到我的立場，沒把話說出來

③ 湯裡~~一定要放辣椒粉~~，老公才吃。→有時候往湯裡放辣椒粉

④ 做湯的時候往湯裡放鹽調味就~~好吃~~。→不好吃

[44~45] 請閱讀下文，回答問題。

有研究報告說：職場要求上午十點之前工作就如同像拷問行為一樣，讓職員們的健康、疲勞及壓力惡化。對人類在24小時的生理節奏進行精密分析的結果表明：16歲的學生在上午10點以後、大學生上午11點以後開始學習時，精力集中程度和學習效果可達到最高潮

與此相仿，（　　）在職場不僅對職員的工作效率有影響、在身體活動和情感上也會產生不好的影響，會給生理系統造成損傷。因此有必要按照人類自然的生理時鐘去調整職場和學校開始工作、學習的時間。

44. 問題類型 掌握主題(說明文)

內容提到：學生和上班族的生理節奏，並提到開始工作、學習的時間有必要進行調節，所以答案為③。

45. 問題類型 掌握符合文脈的內容(說明文)

括弧前面由 "이와 마찬가지로" 作為句子的開始；括弧後説 "작업 능률을 해치고 생체 시스템에 손상을 가져온다."，所以答案為②。

[46~47] 請閱讀下文，回答問題。

聖嬰現象是原來居住在太平洋沿岸厄瓜多爾和秘魯漁民們使用的話。（㉠）幾年一次的海水倒灌，使溫暖的海流覆蓋在這附近而發生聖嬰現象，也對氣象產生影響。由於氣象原因使捕魚量下降，給這個地區的漁民帶來經濟上的困難。（㉡）有時也會輕輕地過去，但由於聖嬰現象使太平洋的海面溫度異常升高，向大氣排出巨大的能量，隨之而來的就是世界各地發生酷暑、洪水、乾旱、暴雪等各種形態的氣象現象。（㉢）但就聖嬰現象發生的原因，科學家們認為還有很多無法解釋的部分。（㉣）

46. 問題類型 插入符合文脈的句子(說明文)

但是即便發生過聖嬰現象，但對氣象的影響總是不確定的。

提示應該在介紹聖嬰現象會給氣象產生什麼影響的內容前面。因此應該放在聖嬰現象有時會很輕微地過去，但有時又會招致嚴重的異常氣象現象的內容前面，所以答案為②。

47. 問題類型 掌握細節內容(一致／說明文)

內容提到：聖嬰現象會使太平洋海面溫度異常上升，由此巨大的能量就會排向大氣，因此答案為③。

① 發生聖嬰現象由於溫暖的海流使捕魚量~~增加~~。→ 減少

② 最近科學家們就聖嬰現象發生的原因~~做了明確的說明~~。→還有很多無法解釋的部分

④ ~~由於酷暑、洪水、乾旱等異常氣象現象導致聖嬰現象的發生~~。→聖嬰現象對氣象產生影響

[48~50] 請閱讀下文，回答問題。

不太清楚 "保護儲戶制度" 的人很多。它是金融機構在顧客無法償還金融資產的時候，透過存款保護基金將一定數額之內的存款返還給顧客的制度。國家之所以制定儲戶的存款保護制度是因為如果金融公司不能支付顧客的儲金，就會造成儲戶生計生活上的不安定，更進一步給國家整體的金融安定帶來巨大的打擊。一般來講，儲蓄本金損失的危險性很小，是可以穩定地獲取利息收入，使貨幣總額增加的方法，對此就不用多說了。
它是為了預防包括銀行等金融公司由於停止營業或破產等因素無法支付顧客存款，因為實行了儲戶保護法和制度這才得以實現。現在金融公司（　　）存款保險公司依據儲戶保護法可以返還給儲戶的保護金額最高為每人5000萬韓元。

48. 問題類型 掌握目的(說明文)

第一行中提到："예금자 보호 제도에 대해 잘 모르는 사람들이 많다."，由此可知寫此文章的目的在於提供有關儲戶保護制度的資訊。所以答案為①。

49. 問題類型 掌握符合文脈的內容(說明文)

儲戶保護制度指的是：一旦金融公司無法返還顧客的金融資產，可以通過存款保護基金在一定限額內返還給顧客，因此答案為②。

50. 問題類型 選擇筆者的態度（說明文）

由於相信儲蓄的本金損失之危險性很小，可以穩定地獲取利息收入，且使貨幣總額增加的確實方法，所以答案為②。

- 두말할 필요가 없다：不必再說什麼，已經知道所説內容沒錯，用不著再説什麼的意思。
- 반신반의[半信半疑]：某種程度上相信，但並不確信，有疑心。

정답 第2回答案

聽力

1. ②	2. ④	3. ③	4. ④	5. ④	6. ③	7. ④	8. ④	9. ③	10. ③
11. ③	12. ④	13. ④	14. ①	15. ③	16. ②	17. ④	18. ①	19. ②	20. ③
21. ③	22. ③	23. ④	24. ④	25. ①	26. ②	27. ①	28. ③	29. ④	30. ①
31. ②	32. ④	33. ③	34. ②	35. ④	36. ④	37. ③	38. ③	39. ④	40. ④
41. ①	42. ①	43. ①	44. ③	45. ③	46. ③	47. ④	48. ②	49. ④	50. ④

寫作

51. ㉠ (5점) 함께 지낼/사실 분을 구합니다/찾습니다/구하려고 합니다/찾고 있습니다
(3점) 같이 살 사람을 구합니다

㉡ (5점) 학교와 가까워서 편하고/편할 뿐만 아니라 건물이 매우 깨끗합니다
(3점) 편하고 깨끗합니다

52. ㉠ (5점) 어떤 일을 결정하는 데 큰 도움을 받을 수 있다
(3점) 도움이 된다/될 수 있다

㉡ (5점) 지나간 과거의 결정을 통해서 같은 실수를 반복하지 않으면 되는 것이다
(3점) 같은 실수를 안 하는 것이 중요하다

閱讀

1. ①	2. ①	3. ①	4. ③	5. ①	6. ③	7. ②	8. ④	9. ③	10. ③
11. ②	12. ②	13. ②	14. ④	15. ①	16. ②	17. ③	18. ①	19. ③	20. ③
21. ①	22. ①	23. ①	24. ③	25. ②	26. ②	27. ②	28. ①	29. ④	30. ③
31. ④	32. ③	33. ④	34. ④	35. ④	36. ③	37. ①	38. ④	39. ③	40. ①
41. ①	42. ③	43. ②	44. ①	45. ②	46. ②	47. ④	48. ①	49. ③	50. ①

53. <答案範本>

대	학	교		이	상		교	육		기	관	에		재	학		중	인		학	생		천
명	을		대	상	으	로		대	학		교	육	이		필	요	한		이	유	에		대	해
조	사	를		한		결	과	,	남	녀		모	두		'	좋	은		직	업	을		갖	기
위	해	'	라	는		대	답	이		가	장		높	게		나	타	났	다	.		그	리	고
'	능	력	과		소	질	을		개	발	하	기		위	해	'	와		'	부	모	님	의		기
대		때	문	에	'	가		그		뒤	를		이	었	다	.	이	것	은		대	학		교
육	을		받	는		목	적	이		좋	은		직	업	이	나		능	력	과		소	질	을
개	발	하	기		위	해	서	라	는		개	인	적	인		이	유	뿐	만		아	니	라
부	모	님	의		기	대	에		부	응	해	야		한	다	는		사	회	·	문	화	적	인
요	인	도		있	다	는		것	을		알	려		준	다	.	결	국		대	학		교	육
은		개	인		자	신	의		발	전	을		위	한		것	이	지	만		사	회	의
영	향	을		받	는		것	이	라	고		할		수		있	다	.						

50

100

150

200

250

300

54. <答案範本>

　흡연은 가벼운 호흡기 질환부터 폐암, 후두암과 같은 심각한 질병을 유발할 수 있다. 담배에는 인체에 해로운 타르나 니코틴, 일산화탄소 등이 있기 때문에 흡연자의 건강에 해로운 영향을 준다. 또한 담배 연기에도 이러한 성분이 포함되어 있기 때문에 흡연자뿐만 아니라 주변에서 담배 연기를 마시게 되는 간접 흡연자에게도 건강상의 피해를 줄 수 있다.

　흡연으로 인한 피해를 줄이기 위해 흡연율을 낮추는 방안 중 하나로 담뱃값을 인상하는 방안이 있다. 담뱃값이 비싸지면 경제적인 부담을 느껴 담배를 피우는 사람이 줄어들 수 있기 때문이다. 실제로 여러 나라에서 담뱃값을 인상하여 흡연율이 감소했다는 결과가 있다.

　그러나 담배는 개인의 선호도에 따른 선택 사항이기 때문에 비용을 높여 강제적으로 피울 기회를 줄이는 것을 차별이라고 생각하는 사람도 있다. 경제적으로 여유가 있는 사람에게는 담뱃값의 인상이 흡연 습관에 영향을 주지 않을 수 있기 때문이다. 결국 담뱃값 인상이 빈부의 차별을 일으키게 된다는 것이다.

　그럼에도 불구하고 담뱃값을 인상하게 되면 많은 사람들이 담배가 저렴할 때보다 편하게 담배를 사서 피울 수 없게 되고, 그 결과 흡연율은 어느 정도 감소할 수밖에 없다. 그러므로 담뱃값 인상은 흡연율의 감소에 영향을 준다고 할 수 있다.

[1~3] 請聽錄音，選擇與內容相符的圖片。

1.
남자 어서 오세요. 오시느라 고생했지요.
여자 아니에요. 집이 정말 좋네요. 이거 받으세요.
남자 감사해요. 이쪽으로 와서 앉으세요.

> 男 請進！一路辛苦了。
> 女 不辛苦！您家可真好啊！請收下這個！
> 男 謝謝！來這邊坐吧！

這是女子應邀來男子家，進屋之前將禮物遞給男子的對話。所以答案為②。

2.
여자 혹시 오늘 퇴근 후에 약속 있어요?
남자 아뇨, 퇴근길에 카페에 들러서 잠깐 동생을 만나기만 하면 돼요.
여자 그럼 저랑 뮤지컬 보러 같이 갈래요?

> 女 你下班後有約會嗎？
> 男 沒有，回家順道去咖啡廳，和我弟弟見一面就行。
> 女 那要跟我一起去看音樂劇嗎？

女子問男子下班後的計畫，因此對話場所為辦公室。現在女子正向下班沒有什麼計畫的男子提議一起去看音樂劇，所以答案為④。

3.
남자 서울 시민을 대상으로 출근할 때 이용하는 교통수단을 조사한 결과 지하철 이용객이 가장 많았으며 다음으로 버스 이용객이 많은 것으로 조사되었습니다. 그 뒤를 이어 시민들이 자가용을 이용해 출근하는 것으로 나타났습니다.

> 男 根據以首爾市民為對象進行的通勤交通工具調查結果顯示：搭地鐵的人最多，其次是搭乘公車的，再來就是自己開車的。

這是針對上下班時所使用的交通工具所作的調查內容。調查結果顯示搭乘人數由多到少依序是地鐵、公車、汽車，因此選擇最符合這一結果的圖表即可。所以答案為③。

[4~8] 請聽對話，選擇合適的下句。

4.
여자 다음 주에 워크숍을 갈 거예요. 어디인지 아세요?
남자 회사에서 가까운 곳이라고 들었어요.
여자

> 女 下週我要參加研討會，你知道在哪裡嗎？
> 男 聽說是在離公司很近的地方。
> 女

女子向男子詢問下週研討會的地點，男子回答說離公司很近。因此選擇說到「距離很近而不用花太多時間前往」的內容比較恰當。所以正確答案為④。

5.
남자 다음 주부터 온도가 떨어지면서 바람이 많이 분대요.
여자 그래요? 감기 조심해야겠네요.
남자

> 男 聽說從下週起氣溫會下降，還會刮大風呢。
> 女 是嗎？要小心感冒了。
> 男

聽到女子說注意別感冒的內容，男子最恰當的回答應該是「穿暖和些，別感冒」。所以答案為④。

6.
남자 오늘 강의 시간이 2시로 바뀌었어.
여자 그래? 그러면 다음 수업에 늦을까 봐 걱정인데.
남자

> 男 今天上課時間改成2點了。
> 女 是嗎？那樣的話，我擔心下一節課會遲到。
> 男

上課時間的變更使女子擔心下一節課會遲到。此時男子最自然的說法是「不會遲到的」。所以答案為③。

7.
여자 손님, 주문한 커피 나왔습니다. 따뜻한 커피 맞으시죠?
남자 아니요, 저는 차가운 커피를 주문했는데요.
여자

> 女 顧客，您點的咖啡好了，是熱咖啡，對吧？
> 男 不是，我點的是冷咖啡。
> 女

男子點的是冷咖啡，可女子做的是熱咖啡。因此女子應該按照男子的要求重新做才對。所以答案為④。

8.
여자 이 회사에 들어와서 하고 싶은 일은 무엇입니까?
남자 현장에 나가서 많은 경험을 쌓고 싶습니다.
여자

> 女 你來這個公司想做的事是什麼？
> 男 我想去現場多累積些經驗。
> 女

男子說以後想在公司累積更多經驗，所以最恰當的回答是④。

[9~12] 請聽對話，選擇女子將做的動作。

9.
여자 손님, 식사는 어떤 걸로 하시겠습니까? 닭고기와 해산물이 있습니다.
남자 지금은 좀 자고 싶어요. 한 시간 뒤에 먹을 수 있어요?
여자 그러면 제가 메모를 해 놓고 한 시간 뒤에 깨워 드리겠습니다.
남자 고마워요. 1시간 뒤에 닭고기 요리로 주세요.

女　顧客，準備吃點什麼嗎？有雞肉和海鮮。
男　我現在想睡覺，可以一小時以後吃嗎？
女　那我記下來，一小時以後叫醒您。
男　謝謝。一小時後給我雞肉餐吧。

和吃飯比，男子現在更想睡覺。女子說要記下來，
一小時以後再把飯拿來。所以答案為③。

10.
여자　부장님, 프린터 잉크가 다 떨어졌나 봐요.
남자　그래요？ 서랍 안에 있는 잉크를 사용해 봐요.
여자　제가 확인해 봤는데 다 쓴 잉크였어요. 가게에서 새로 사 올까요?
남자　가게에 가기 전에 인터넷에서 더 싼 것이 있는지 찾아봐요.

女　部長！印表機油墨好像都用完了。
男　是嗎？用抽屜裡面的油墨吧。
女　我看了，都是用過的。要不要從店裡買個新的？
男　去商店之前在網路上看看有沒有更便宜的。

男子建議女子在出去買印表油墨之前，先在網路上
看看有沒有更便宜的。所以答案為③。

11.
여자　이번 생일 때 카페에서 친구들과 잔치를 하려고 해.
남자　그러면 미리 예약을 해야 될 것 같은데？
여자　응. 어제 예약했어. 지금 집에 가는 길에 들러서 예약금을 내야 해. 같이 갈래?
남자　그래. 그럼 나 은행에 갔다 올 동안 조금만 기다려 줘.

女　這次生日準備在咖啡廳和朋友們一起慶祝。
男　那好像要提前預訂吧？
女　嗯。昨天預訂好了。我現在回家，經過那裡順便付訂金，要一起去嗎？
男　好，那稍微等我一下，我去趙銀行。

女子希望和男子一起去咖啡廳付訂金。男子說要去
趙銀行，並請女子稍等。所以答案為③。

12.
여자　전공이 나와 맞지 않아서 다른 전공으로 바꿔야 할 것 같아.
남자　전과 신청을 하기 전에 먼저 교수님과 상담을 해 봐.
여자　음…… 그래야겠다. 교수님 연구실이 어디인지 알아?
남자　학과 사무실에 전화해서 물어봐.

女　主修科目和我不符，好像得換個科系。
男　申請轉科之前先和教授談吧。
女　嗯……是該那樣做。知道教授的研究室在哪裡嗎？
男　打電話到系辦公室問問吧。

不知道教授研究室位置的女子要打電話到系辦公室
詢問，所以正確答案為④。

[13~16] 請聽錄音，選擇與內容一致的一項。

13.
여자　아이들 방에 책상을 하나 두려고 하는데 사이즈가 맞는 게 없어요.
남자　요즘에는 스스로 사이즈를 재고, 디자인할 수 있는 맞춤 가구가 유행이래요. 우리도 해 볼까요?
여자　저도 들어 본 적이 있어요. 그런데 너무 복잡하지 않을까요?
남자　초보자도 쉽게 할 수 있대요. 가격도 훨씬 저렴하니까 오늘 한번 알아봐요.

女　想在孩子的房間裡放一張桌子，可是大小沒有合適的。
男　聽說最近很流行自己量尺寸、自行設計的客製化家具。我們也試試？
女　我也聽說過。可是會不會太麻煩了？
男　聽說新手也能做。價格也便宜很多，今天就打聽看看吧。

男子最後說客製化家具價格會便宜很多，所以答案
為④。

14.
여자　안내 말씀 드리겠습니다. 잠시 후 두 시부터 2층에서 무료 전시 해설이 시작됩니다. 외국어 해설 서비스가 필요하신 분은 1층 안내 데스크에 신청해 주시기 바랍니다. 또 어린이 관람객을 위한 체험 행사가 박물관 외부에서 진행되고 있습니다. 많은 참여 바랍니다.

女　以下廣播通知。稍後從2點開始，2樓將免費進行展覽解說。需要外語解說服務的人請在1樓服務台申請。另外，在博物館外面還有為兒童參觀者舉辦的體驗活動。希望大家多多參與。

內容提到「需要外語解說服務的人要在1樓服務台
申請」。所以答案為①。

15.
남자　외국인이 뽑은 좋은 전통 시장으로 성안길시장이 선정되었다. 외국인 관광객이 가장 많이 찾는 성안길시장은 한국의 전통 시장 모습 그대로이다. 앞으로 더 많은 외국인 관광객을 모으기 위해 외국어 안내판 설치, 환전소 설치 등을 통해 필수 관광 코스가 될 수 있도록 여러 가지 방안이 검토되고 있다.

男　城安路市場被外國人評選為最佳傳統市場。外國遊客最喜歡光顧的城安路市場保存著韓國傳統市場的原貌。為了日後招攬更多的外國遊客，於是計畫了設置外文指示牌、設立換匯點，使之成為必選旅遊線路等多種方案。

內容提到「城安路市場已被外國人評選為了最佳傳
統市場」。所以答案為③。

16.

여자 재능 기부라는 것이 아직 어색한데요. 자세히 설명 좀 해 주시겠어요?

남자 재능 기부는 아직 국내에는 잘 알려지지 않았지만 전혀 어려운 것이 아닙니다. 얼마 전 한 여배우가 암 환자를 돕기 위해 무료로 영화에 출연하였고 자신의 출연료를 기부한 사례처럼 자신의 재능을 이용하여 봉사를 하거나 기부를 하는 것입니다. 요즘에는 대학생들 사이에서 방학을 이용하여 재능 기부가 이루어지고 있습니다.

女 才能捐助的說法對大眾來說還有點生疏，能詳細介紹一下嗎？

男 才能捐助目前在國內還鮮為人知，但做起來一點也不難。就像不久前一位女演員為了救助癌症患者而免費拍電影，將片酬捐獻出來一樣，利用自己的才能去奉獻或捐助。最近很多大學生利用假期進行才能捐助。

男子在舉例說明才能捐助之前說：才能捐助不是一件很難做的事。所以答案為②。

[17~20] 請聽錄音，選擇最符合男子的中心想法的一項。

17.

남자 이번에도 월급의 절반을 저금했다면서?

여자 응. 나는 저금을 안 하면 조금 불안해. 미래에 어떤 일이 생길지도 모르잖아.

남자 미래보다는 현재가 중요한 것 같아. 가끔, 사고 싶은 것을 사는 것도 나쁘지 않아. 아직 생기지도 않은 미래의 일 때문에 많은 기회를 놓치고 있는 것일 수도 있어.

男 聽說你這次又把一半的薪水存起來了？

女 嗯，我不存點錢就會感到不安，誰都不知道未來會發生什麼事。

男 比起未來，現在好像更重要，偶爾買些想買的也不錯。就因為那些還沒發生的未來之事，很可能讓你錯過很多機會呀。

面對將一半薪水都存起來的女子，男子說現在比未來更重要。所以答案為④。另外，男子雖然說了想買就買也不錯，但不是「總是」而是「偶爾」，由此可推斷③不正確。

18.

남자 이 복사기 수리하기로 했죠?

여자 네. 그런데 김 대리님께서 고칠 수 있다고 해서 아직 수리 센터에 맡기지 않았어요.

남자 그래도 전문가한테 맡기는 게 낫지 않아요? 돈은 아낄 수 있겠지만 괜히 우리 같은 비전문가가 고쳤다가 완전히 망가질 수도 있잖아요.

男 這台影印機決定要修理了吧？

女 是的。不過金代理說自己能修，所以一直沒送到修理中心去。

男 送給專業人員修不是更好嗎？非要讓我們這樣的非專業人員修理，雖然能省點錢，但弄不好可能會完全毀壞。

男子認為與其金代理修理，不如送到專門修理的人那裡更好。所以答案為①。

19.

남자 아까 전철에서 어떤 아주머니가 큰 소리로 오랫동안 통화를 해서 너무 불쾌했어.

여자 맞아. 전철에 사람들이 정말 많았는데 말이야.

남자 많은 사람들이 있는 장소에서는 나보다는 남을 좀 더 생각해서 배려할 필요가 있어. 퇴근하는 길에 조용히 쉬면서 집에 가고 싶은데 전화 내용을 듣고 싶지 않아도 계속 듣게 되니까 정말 불편했어.

여자 그러게 말이야. 나도 조심해야겠어.

男 剛才在地鐵裡有一位大嬸大聲講電話講很久，煩透了。

女 就是呀。地鐵上人還非常多。

男 在人多的地方不能只顧自己，應該多為別人著想才對。大家下班路上都希望安安靜靜地回家，卻不得不聽你的電話內容，確實很不舒服。

女 真是的。我也得注意了。

男子提到因為有人在地鐵裡大聲通話而感到不快的經歷，並且強調在公共場所應該多為別人著想。所以答案為②。

20.

여자 교수님께서 이번에 청소년을 위한 책을 내셨다고 들었어요. 어떤 내용인지 설명 부탁드립니다.

남자 요즘 청소년들은 공부는 잘하지만 자신의 마음을 어떻게 표현하는지를 모르더라고요. 정말 중요한 것이 무엇인지 잘 모르는 것 같아요. 그래서 부모님과 대화도 잘 하려고 하지 않죠. 이 책은 요즘 청소년들이 자신들의 마음을 어떻게 표현해야 하는지 방법을 알려 줍니다.

女 聽說教授您為青少年們寫了一本書，請您介紹一下這本書的內容吧。

男 近來，青少年們讀書都很好，但是卻不知道如何表達自己內心的想法，好像不知道什麼是更重要的。因此，也不想和父母進對話。這本書主要是告訴青少年們應該如何表達自己的心聲。

男子敘述了自己寫書的理由，說現在的青少年們不知道如何表達內心想法，還說通過自己的書可以掌握表達心聲的方法。所以答案是③。

[21~22] 請聽錄音，回答問題。

여자 세탁기가 고장이 났나 봐요. 빨래가 깨끗하게 되지 않네요.

남자 세탁기의 성능만 믿으면 안 돼요. 혹시 세탁기에 빨래를 넣기 전에 더러운 부분을 먼저 안 빨았어요?

여자 네, 요즘에는 세제가 좋으니까 더러운 부분을 먼저 빨 필요가 없을 것 같아서요.

남자 아무리 세제나 세탁기가 좋아도 직접 손으로 빤 것만 못하죠. 빨래를 하기 전에 더러운 부분은 미리 빤 다음에 세탁기에 넣도록 해요.

女 洗衣機好像故障了，衣服洗不乾淨。

男 所以不能只相信洗衣機的性能。另外，把衣服放進洗衣機之前，沒把髒的地方洗一洗嗎？

女 沒有，因為現在的洗滌劑很好，沒有必要事先清洗髒的地方。

男 洗滌劑或洗衣機再好，也不如直接用手洗的。洗之前先把髒的地方洗一下，再放進洗衣機裡去吧。

21. 男子對認為衣服洗不乾淨的女子説：洗滌劑或洗衣機再好也不如手洗的乾淨。所以答案為③。

22. 女子説了衣服洗不乾淨，所以答案為③。

[23~24] 請聽錄音，回答問題。

> 여자 손님, 지금 적금을 중단하기에는 조금 아까운 것 같아요. 왜 적금을 중단하려고 하세요?
>
> 남자 이 상품은 이자율이 좀 낮은 것 같아요. 대신 이자율이 높은 상품을 추천해 주세요.
>
> 여자 손님께서 적금 기간이 짧은 것을 원하신다면 지금 이 상품이 제일 좋아요. 이자율이 좋은 것은 적금 기간이 길어요. 그래도 바꾸시겠어요?
>
> 남자 네. 사실 적금 기간이 짧으니까 돈이 필요할 때마다 자꾸 깨게 되더라고요. 적금 기간이 길고 이자율이 높은 것으로 보여 주세요.

> 女 顧客，現在終止零存整付好像有點可惜。為什麼要終止呢？
>
> 男 這項產品的利率好像有點低，幫我推薦個利率高的產品吧。
>
> 女 您想要短期產品的話，現在這款產品最好。利率好的都是存期很長的，還想換嗎？
>
> 男 是的。其實存期短，一需要錢就領出來花。您還是給我看看存款期限長、利率又高的吧。

23. 透過女子的話可知，男子現在要終止目前的零存整付。所以答案為④。

24. 男子為了換成存期長、利率高的產品，正在終止零存整付。所以答案為④。
- 적금을 들다: 整存整付，在銀行辦零存整付

[25~26] 請聽錄音，回答問題。

> 여자 스님, 요즘 절에서 하룻밤을 자고, 절 문화를 체험해 보는 어린이 템플스테이가 인기인데요. 인기의 비결이 무엇이라 생각하십니까?
>
> 남자 아이들은 경험을 통해 배우고 자란다고 생각합니다. 그래서 어렸을 때 많은 경험을 해 보는 것이 중요한데요. 요즘 사회가 워낙 경쟁이 치열하고 빠른 것을 추구하는 편이라 아이들이 정신적인 스트레스를 많이 받는 편이잖아요. 그래서 부모가 아이에게 요즘 시대와는 다른 문화를 경험하게 해줄 수 있어서 주목을 받는 것 같습니다. 아이에게 하루쯤은 느린 삶을 경험하게 해 주면서 전통 예절도 함께 교육을 시켜 주니까 부모님들의 만족도가 높더라고요.

> 女 大師！最近來寺廟裡睡一晚，體驗寺院生活的兒童寺院宿很受歡迎。您認為受歡迎的秘訣是什麼呢？
>
> 男 我認為孩子們透過體驗能學習和成長。所以小時候多方面的體驗很重要。現在的社會競爭激烈，追求快速，孩子受到很多精神壓力。因為能讓孩子們體驗到與現在社會不同的文化，所以才會受到父母們的矚目。讓孩子們經歷一天慢節奏的生活，還可以學習傳統禮儀，所以父母們都很滿意。

25. 男子認為孩子們要在體驗中學習成長。寺院宿受歡迎可能是因為能體驗與眾不同的生活。所以答案為①。

26. 透過女子的話可知：寺院宿指的是在寺院裡住一晚的體驗。所以答案為②。因為參加寺院宿只可以體驗到寺院文化，並不能體驗多樣文化。因此④不正確。

[27~28] 請聽錄音，回答問題。

> 여자 주차할 자리가 여기밖에 없는데 공간이 좁아서 그런지 주차하기가 너무 어렵다.
>
> 남자 이럴 때는 옆에 거울만 보지 말고 창문을 내려서 바깥을 보면서 주차를 하는 게 더 좋아. 한번 봐봐.
>
> 여자 알겠어. 그런데 자꾸 옆에 차에 부딪힐 것 같아서 걱정이 돼. 네가 내려서 주차하는 것을 좀 봐 주면 안 될까?
>
> 남자 아직은 네가 초보라서 주차가 어렵게 느껴지는 거야. 앞으로 주차를 잘하려면 이런 상황에서 혼자 연습해 보는 게 좋아.
>
> 여자 그래도 혹시 사고가 날까 봐 너무 걱정이 돼. 연습은 차가 없는 다른 곳에서 해 볼게.

> 女 能停車的地方只有這裡了，可是空間太小，很難停車。
>
> 男 這種時候不要只看側燈，把窗戶搖下來，看著外面停更好。試試看。
>
> 女 知道了。但總擔心碰到旁邊的車。你下車幫我看看行嗎？
>
> 男 你還是新手才覺得難的。以後想停好車，這種時候還是自己練習的好。
>
> 女 那倒是，就擔心萬一發生事故。我會在別的沒車的地方練習的。

27. 女子因為擔心停車時發生事故，請求男子幫忙。所以答案為①。

28. 子對新手司機的女子説：想要停好車，最好獨自練習。所以答案為③。

[29~30] 請聽錄音，回答問題。

> 여자 요즘 드라마에서 출연자들이 사용하는 제품의 브랜드가 그대로 방송되면서 시청자들에게 자연스럽게 노출되고 있는데요. 이런 식의 제품 협찬은 어떤 효과가 있나요?
>
> 남자 특정 제품을 드라마 속에 자연스럽게 노출시켜 주는 대가로 협찬비를 받는데요. 저희 입장에서는 제작비가 많을수록 완성도 높은 드라마를 제작할 수 있기 때문에 많은 도움이 됩니다. 또 물건뿐만 아니라 드라마에 제공되었던 장소는 관광지로 개방되어 관광객 유치에 큰 몫을 하기도 해서 지역 경제에도 큰 영향을 미치지요. 하지만 한편으로는 이런 간접 광고가 너무 많아진다면 예술로서의 드라마, 영화와 광고의 경계가 모호해질 수 있다고 생각합니다.

> 女 最近電視劇中，直接播出演員們使用的產品，產品品牌也就很自然地顯示給觀眾了。用這種方式進行產品贊助有什麼效果嗎？

男 在電視劇中自然地露出特定商品是要收贊助費的。以我們的立場來看，製作費越多，製作出好電視劇的完成度越高，是很有幫助的。另外不僅是產品，為電視劇提供的場景可作為觀光景點開放，對維持遊客人數有很大的作用，對地區經濟也有很大影響。但從另一方面考慮，這樣的間接廣告太多，就會使作為藝術的電視劇、電影與廣告之間的界線模糊不清。

29. 男子以製作者的立場提到能夠拍攝出完成度很高的電視劇。所以答案為④。

30. 透過為拍攝電視劇提供的場景可以作為觀光名勝的內容可知，他們也接受場地贊助。所以答案為①。

[31~32] 請聽錄音，回答問題。

여자 올해 신호 위반이나 주차 위반 등과 같은 교통 범칙금이 두 배나 인상이 되었는데요. 이렇게 단순히 범칙금만 인상하는 것은 근본적인 해결책이 아니라고 봅니다.

남자 하지만 저는 범칙금 인상이 가장 쉽고 확실한 해결책이라고 생각합니다. 실제로 범칙금이 인상되면서 교통 규칙 위반 사례가 줄어들지 않았습니까?

여자 단순히 눈앞의 일만 생각하지 말고 좀 더 멀리 봐야 합니다. 범칙금 인상만으로는 돈이 많은 사람들은 교통 규칙을 위반해도 돈으로 모든 것을 해결할 수 있다고 생각할 것입니다.

남자 하지만 범칙금을 올린 다른 나라의 사례들을 살펴보면 그런 경우는 생각보다 많지 않다는 것을 알 수 있습니다. 또 범칙금이 세금으로 사용되니까 사회 복지적인 측면에서도 도움이 될 것입니다.

女 今年像交通違規或違規停車等的違規罰款提高了2倍。我認為像這樣單純提高罰款不是解決根本問題的方法。

男 但是我覺得提高罰款是最簡單且最實際的解決方法。事實不也是提高罰款以後，交通違規的事減少了很多嗎？

女 不要只單純地想眼前的事，要看得遠一點。只提高罰款額度，那些有錢的人就會認為交通違規也可以用錢來解決。

男 但是從其它國家提高罰款後的事例來看，那種情況並沒有想像的多。而且罰款可以作為稅金使用，從社會福利的面向來說也是有益的。

31. 男子説為了減少違反交通規則的現象，提高罰款是最簡單的方法。所以答案是②。

32. 男子説提高罰款額度後，交通違規的事少了很多。因此答案是④。

[33~34] 請聽錄音，回答問題。

여자 요즘 젊은이들은 주변 환경을 탓하면서 시작하는 것조차 포기하는 경우가 많습니다. 해 보기도 전에 안 될 거라고 단정한 채 도전을 회피하는 것이지요. 그러나 수많은 전쟁의 역사가 보여 주듯이 병사나 무기가 많다고 해서 무조건 승리하는 것은 아닙니다. 누구도 전쟁의 결과를 알 수 없듯이 미래도 예측할 수 없는 것입니다. 성공적인 전쟁의 전략이 싸워 보기 전에는 미리 구상될 수 없듯이 우리의 미래도 책상에 앉아 고민한다고 해서 해결되지 않습니다. 세상에는 전쟁처럼 예상하지 못한 변수들이 많기 때문입니다. 성공은 마음먹기에 달려 있습니다. 자, 이제 책상을 벗어나 세상이라는 전쟁터로 가십시오.

女 近來很多年輕人總是埋怨周圍環境，甚至都不敢去嘗試。行動之前就斷定不行，迴避挑戰。但就像很多戰爭史中看到的一樣，即使士兵、武器再多，也不能保證會絕對勝利。正如沒有人能知道戰爭的結果一樣，我們也無法預測未來。成功的戰爭戰略是無法在戰爭之前構想出來的，我們的未來也不是坐在書桌前苦思冥想就能解決的。這是因為在這世上有很多像戰爭一樣無法預測的變數，成功決定於你的決心。好，現在就讓我們離開書桌，走向世界這個戰場吧。

33. 女子將生活比喻為戰爭，希望年輕人做好心理準備。因此答案是③。

34. 女子認為戰爭的結果是無法預測的，也無法事先構思贏得戰爭的戰略。因此答案是②。

[35~36] 請聽錄音，回答問題。

남자 정기 모임에 참석해 주신 여러분, 진심으로 환영합니다. 오늘 이 모임은 정부의 '청년 일자리 창출' 계획에 기업의 적극적인 참여를 부탁드리고자 마련한 자리입니다. 청년 일자리 창출 사업은 정부가 청년 실업 문제를 해결하고 국가 경제 활성화를 위해 추진하는 사업입니다. 이 사업은 청년들의 구직 가능성을 높이고 기업의 안정적인 인재 확보에 기여할 것으로 기대됩니다. 또한 불안정한 사회 환경을 바꾸는 계기도 될 것이라고 봅니다. 여러분의 적극적인 참여를 기대하겠습니다.

男 真心歡迎來參加定期聚會的各位來賓！政府推出了「創造青年人就業機會」的計畫，今天的這個聚會就是為拜託企業積極參與而舉辦的。為青年人創造就業機會的事業是政府為了促進解決青年人失業問題、活絡國家經濟的一項事業。期待這項事業能夠提高青年人的就業可能性，確保企業能夠擁有穩定的人才，而且也可以成為改變社會環境不穩定的契機。我們期待各位的積極參與。

35. 男子正以企業為對象做創造青年就業機會的事業説明。最後一句説到，期待積極參與。所以答案是④。

36. 內容提到今天的聚會就是為了拜託企業們積極參與「創造青年就業機會」的事業。所以答案為④。內容提到政府推出的創造青年就業機會的計畫，由此可知這是由政府主導的事業。因此②不正確。

[37~38] 下面是教養節目。請聽錄音，回答問題。

여자 시장님, '독서 경영'이라는 말이 조금은 생소한데요. 이 사업이 어떤 것인지 소개 좀 해 주시겠습니까?

남자 말 그대로 책 속에서 정보를 얻어 세상 경영에 도움을 받는 것입니다. 책을 읽는 과정에서 얻은 간접 경험을 통해 자연스럽게 길러진 상상력이 세상을 이겨 낼 역량이 됩니다. 이 역량은 어떤 자리에서도 이겨 낼 힘을 가져다줍니다. 그런 역량을 지닌 사람은 기술이 아무리 발달해도 두려울 것이 없습니다. 우리 시가 '독서 경영' 사업을 통해 지역 사회 독서 문화를 확산시키고 실천하는 데 앞장서려고 합니다. 앞으로도 독서 경영을 통해 우리 시를 문화와 경제가 모두 조화롭게 발전하는 도시로 만들어 시민 누구나 행복한 삶을 살도록 할 것입니다.

女 市長！人們對「讀書經營」的這個說法感到生疏。您能幫我們介紹一下這是個怎樣的事業嗎？

男 正如字面所說，從書中獲取資訊，用於世間的經營。在讀書的過程中，透過獲取的間接經驗，自然而然地培養想像力成為戰勝世界的力量。這個力量無論你身處何地都能帶來勝出的力量。擁有這種力量的人即使技術再發達也不會懼怕。我市希望透過「讀書經營」，帶頭推廣和實踐地區社會的讀書文化。今後也希望藉由圖書經營，將我市變成文化和經濟協調發展的城市，讓所有市民都能享受幸福的生活。

37. 男子認為透過讀書經營能使全市得到發展，所以答案是③。這裡是對讀書經營事業的說明，而不是在主張選定事業。所以④不正確。

38. 男子主張從讀書經營中獲得力量的人，無論技術多麼發達也不會懼怕。因此答案為③。

[39~40] 下面是一段訪談。請聽錄音，回答問題。

여자 농촌이 자연 생태를 보호하고 녹색 혁명을 주도하고 있다니 생각하지 못했던 점입니다. 그럼 박사님, 농촌이 가지고 있는 또 다른 기능에는 뭐가 있을까요?

남자 농촌이 환경을 보호하고 녹색 혁명을 주도하고 있는 것 외에 사회·문화적 기능도 있습니다. 전통문화를 계승하고 지역 사회 유지 또는 휴양 및 레저 공간을 제공하는 거죠. 농촌의 이런 기능은 앞으로도 중요하다고 생각합니다. 이런 사회·문화적 기능을 강화하기 위해서 농촌 체험 교육과 의료·문화 시설을 확충해야 합니다. 또 지역 문화재를 발굴, 보호하고, 정서적 휴식 및 휴양 공간을 확대해 농촌의 사회·문화적 기능에 대한 홍보를 더욱 더 강화해야 한다고 생각합니다.

女 沒想到農村也在提倡保護自然生態、主張綠色革命。那麼，博士，農村還擁有其他特殊的機能嗎？

男 農村除了提倡保護自然生態、主張綠色革命之外，還擁有社會、文化功能。繼承傳統文化、維護地區文化，再就是提供休養和休閒空間。我認為農村的這些功能今後也會很重要。為了強化這種社會、文化功能，就必須擴充農村體驗教育和醫療、文化設施。另外發掘和保護地區文化遺產，擴大精神調養和休息空間，強化對農村的社會、文化功能的宣傳。

39. 女子在一開始談到了農村提倡保護自然生態和綠色革命。因此答案是④。

40. 男子説了為了強化農村的社會、文化功能，必須擴充農村體驗教育等方面。所以答案是④。

[41~42] 下面是一篇演講稿。請聽錄音，回答問題。

남자 여러분, '머피의 법칙'을 들어 본 적이 있나요? 이 법칙은 1949년에 미국 항공기 엔지니어였던 에드워드 머피 대위가 발견한 우연의 법칙입니다. 이 법칙은 잘못될 가능성이 있는 것은 어김없이 잘못된다는 거죠. 그런데 정말 이런 현상을 '법칙'이라고까지 말할 수 있을까요? 사실 세상의 모든 좋고 나쁜 일은 각각 50%씩의 가능성을 갖고 있습니다. 늘 좋은 일만 계속되지도 않고, 나쁜 일만 계속 겪는 사람도 없습니다. 그런데 왜 나쁜 일만 계속 일어난다고 생각하는 걸까요? 그것은 아마도 좋은 일보다 나쁜 일이 더 충격을 주기 때문일 겁니다. 기쁜 일보다는 슬픈 일이 더 오래 기억되는 것이죠. 그래서 우리는 이런 법칙을 믿지 말아야 합니다. 실제로 그런 법칙은 없기 때문입니다. 우리의 생각이 행복보다는 불행, 기쁨보다는 슬픔, 기쁨보다는 아픔 쪽에 더 민감한 반응을 보이기 때문에 일어나는 착각에 불과합니다. 이런 미신에 의존하지 말고 주도적으로 여러분의 삶을 이끌어 가길 바랍니다.

男 各位，你們聽說過「莫非定律」嗎？這個定理是1949年一位美國飛機工程師愛德華墨菲大尉發現的偶然的定律。這個定律說的是凡是可能出錯的事就一定會出錯。但是真能把這種現象稱之為「定律」嗎？事實上，世上的所有好事和壞事都帶有50%的可能性。好事不會經常發生，也沒有總遇到壞事的人。但為什麼總覺得壞事不停地發生呢？那也許是因為和好事比，人們更容易受到壞事衝擊的緣故。和高興的事比，傷心的事會記得更長久。所以我們不要相信這樣的定律。實際上也沒有這樣的定律。因為不幸的比幸福的、難過的比開心的、傷痛比收穫對我們思想的影響會帶來更敏感的反應，這只不過是產生的一種錯覺罷了。所以不要依賴這種迷信，懷抱希望能積極主動地引領開拓我們的生活。

41. 男子認為不幸或傷心、痛苦等對我們的思想會產生更敏感的反應。所以正確答案是①。

42. 男子舉莫非定律為例，希望大家不要依賴迷信，要主動開拓生活。所以正確答案是①。

[43~44] 下面是一篇紀實報導。請聽錄音，回答問題。

여자 안녕하세요. 여러분은 펀드에 관심이 있으신가요? 보통 수익을 올리기 위한 목적으로 펀드를 하지만 최근에 통일에도 기여할 수 있는 '통일 펀드'가 새롭게 출시되어 화제입니다. 통일론에 힘입어 2014년 한 해, 여러 개의 통일 펀드가 출시되었으며 2015년 3월을 기준으로 다른 펀드들과 비교한 통일 펀드의 수익률은 양호한 편으로 나타났습니다. 특히 최근에는 '통일코리아'가 높은 수익률을 기록하며 인기를 끌고 있습니다. 더불어 통일 펀드에는 각 운용사별로 각각 다른 철학이 담겨 있으며 '마라톤'과 '고배당'으로 대표되는 가치 투자, 장기 투자의 지향점이 통일 펀드에서도 드러난다는 것도 특징입니다. 통일이 장기적인 안목을 지니고 지켜보아야 하는 문제인 만큼 통일 펀드 또한 단기성 수익 펀드로 생각하기보다는 장기 지향적인 투자를 하는 것이 바람직하다고 생각합니다.

女 大家好！各位對基金感興趣嗎？買基金一般都是以提升收益為目的，但是最近為了統一而推出的「統一基金」成了熱門話題。憑藉著統一論的力量，2014年內推出了幾款統一基金，以2015年3月為基準，和其它基金相比，統一基金的收益率呈良好局面。最近「統一KOREA」保持高收益，吸引了很多人。再加上統一基金的各個營運公司都有著各自不同的經營理念，有以「馬拉松」和「高分紅」為代表性的價值投資、長期投資的傾向也是統一基金表現出來的特徵。正如統一是一個必須有長遠眼光的人不斷觀察的問題一樣，與其把統一基金當成短期受益的基金，不如把它當成長期的一項投資來做更理想。

43. 內容提到統一基金也是為統一出力的。所以正確答案為①。

44. 男子一邊對統一基金做說明，一邊講將它作為長期投資更理想。所以正確答案是③。而④說的也不錯，但從整體上來看是對作為長期投資專案的「統一基金」的特徵進行的說明，因此不正確。

[45~46] 下面是一篇演講稿。請聽錄音，回答問題。

남자 앞에서 잠깐 말했듯이 현대 사회를 일컬어 '정보의 시대'라고 합니다. 우리가 살고 있는 이 시대는 우주를 탐사할 정도로 과학과 기술이 매우 발달했는데, 왜 과학의 시대나 기술의 시대라고 하지 않고 굳이 정보의 시대라고 부르는 걸까요? 그것은 현대 사회가 정보와 지식을 바탕으로 운영되고 있기 때문입니다. 물론 과거에도 정보와 지식은 사회 전체를 이끌어 나가는 매우 중요한 요소였습니다. 하지만 지금은 그 어느 때보다 정보가 차지하는 자리가 크고 중요합니다. 예를 들어 옛날에는 돈을 부치기 위해 직접 은행에 가야만 했지만 요즘에는 스마트폰의 '모바일 뱅킹'을 이용하여 손 안에서 모든 것을 해결할 수 있게 되었습니다. 그러나 이러한 정보를 모르는 사람들은 여전히 은행에 직접 가야 하는 불편함을 감수해야 하는 것입니다. 이렇듯 정보의 부재는 신체적 불편함뿐만 아니라 시간의 낭비, 금전적 낭비로 이어지기도 합니다. '정보의 시대'의 도래로 인해 개인은 물론 국가의 힘도 정보의 크기로 결정된다 해도 과언이 아닐 것입니다.

男 正如前面所說現代社會可以稱為「資訊時代」。我們生活的這個時代，科學和技術已經發達到了能探索宇宙的程度，那為何不稱作科學時代或技術時代，偏偏要稱作資訊時代呢？因為現代社會是以資訊和知識為基礎運營的。過去資訊和知識也是引領整個社會前進的重要因素，但是現在和任何時候比，資訊所處的位置更大更重要。比如說，過去為了寄錢必須親自去趟銀行才行，但最近使用智慧型手機的「網路銀行」就能一手解決所有事。不過不知道這種資訊的人依然還要忍受親自去銀行的不便。像這樣不掌握資訊不僅會為身體帶來不便，還浪費時間，甚至會導致金錢的浪費。由於「資訊時代」的到來，訊息量的多寡不僅影響個人，說它可以決定一個國家的國力也並不為過。

45. 內容中提到資訊時代訊息量的多少可以決定一個國家的國力。所以正確答案是③。

46. 男子解釋了為什麼稱現代社會為「資訊時代」，還舉例說明了資訊的重要性。因此正確答案是③。

[47~48] 下面是一段談話。 請聽錄音，回答問題。

여자 최근 공교육의 문제점이 부각되면서 학교에 가지 않고 집에서 공부하는 홈스쿨링에 대한 관심이 높아지고 있는데요. 이에 아이들의 교육에 대한 어머님들의 고민도 늘어나고 있습니다. 그래서 오늘은 이 분야의 전문가 한 분을 모시고 의견을 들어 보겠습니다. 교수님, 최근 홈스쿨링이 유행하는 것에 대해 어떻게 생각하십니까?

남자 요즘 여러 문제로 탈학교 운동이 일어나고 있는 것은 사실입니다. 그렇지만 대안 학교에 보내는 것도, 집에서 직접 아이를 가르치는 것도 근본적인 해결책은 아닙니다. 가장 중요한 것은 아이에게 자기 주도 학습 능력을 길러 주는 것입니다. 그러나 자기 주도 학습이라고 해서 혼자 해야 하는 것은 아닙니다. 오히려 초기에는 이 학습법에 익숙해지도록 부모님과 선생님의 지도가 반드시 필요합니다. 그 다음에 아이 스스로 목표를 정하고, 계획도 세우고, 그에 맞춰 실천해 나가도록 해야 합니다. 이것이 바로 자기 주도 학습입니다. 틀림없이 말씀드릴 수 있는 건 이렇게 훈련을 받은 학생들은 반드시 좋은 성과를 낸다는 것입니다.

女 隨著最近公共教育問題浮出，對不去學校，在家裡自學的家庭課堂關注越來越高。對此，媽媽們對孩子教育問題的苦惱也越來越多。所以今天請來了這一領域的一位專家，我們來聽聽他的意見。教授，對於最近流行的家庭課堂您怎麼想？

男 最近因為各種問題引發脫離校園運動的確是事實，但是把孩子送到專門學校，或在家直接教孩子都不是根本的解決之策。最重要的是要教會孩子自主學習的能力。雖說是自主學習，這並不意味著就要獨自去做，相反地，在初期為了讓孩子熟悉這種學習方法，必須要有父母或老師的指導。之後要讓孩子自己確定目標、制定計劃，並按照計畫不斷實施下去才行。這才是真正的自主學習。我敢說接受了這樣訓練的孩子必定會取得好的成果的。

70

47. 內容中提到由於公共教育的問題，最近人們對在家裡學習的家庭課堂關注越來越多了。所以正確答案是④。

48. 男子確信接受了自主學習訓練的學生們肯定會取得好成果的。所以正確答案是②。

[49~50] 下面是一篇演講稿。請聽錄音，回答問題。

여자 인간은 유전자와 환경 가운데 어느 쪽의 영향을 더 많이 받을까요? 답을 말하기가 쉽지 않습니다. 생물학계에서조차도 오랜 논쟁거리가 되어 왔거든요. 복제 인간의 경우 유전자에 관심이 집중될 수밖에 없습니다. 그렇다면 복제 인간은 체세포 제공자를 어느 정도나 닮게 될까요? 일종의 '복제 인간'이라 할 만한 일란성 쌍둥이를 예로 들어보겠습니다. 쌍둥이를 연구하는 과학자들에 따르면, 일란성 쌍둥이의 경우 키나 몸무게 같은 생물학적 특징뿐 아니라 심지어 이혼 패턴과 같은 비생물학적 행동까지도 유사하다고 합니다. 그렇다면 아인슈타인을 복제하면 복제 인간도 아인슈타인과 똑같은 천재가 될까요? 과학자들은 이 같은 질문에 대부분 '아니다'라고 말합니다. 일란성 쌍둥이는 비슷한 환경에 놓이는 반면 복제 인간과 체세포 제공자는 완전히 다른 환경에 놓일 수 있기 때문에, 환경 변수로 인해 서로 다른 특징을 가질 확률이 일란성 쌍둥이의 경우보다 훨씬 클 것입니다. 그래서 과학자들은 유전자가 동일하더라도 복제 인간이 체세포 제공자와 생각보다 비슷하지 않을 거라고 예상합니다.

女 人類在遺傳基因和環境之中，受哪一方的影響更多呢？回答起來不太容易。即使在生物學界，這也是一個長久以來爭論的話題。就拿複製人來說，它也不可避免地要把注意力集中在遺傳基因上。那麼複製人的長相與提供人體細胞的捐獻者會有多大程度相像呢？我們拿稱得上一種「複製人」的——同卵雙胞胎舉例來看吧。根據研究雙胞胎的科學家闡述，同卵雙胞胎不僅在身高和體重這些生物學特徵上相似，甚至像離婚模式這樣的非生物學行動上很相似。但是如果複製了愛因斯坦，那複製人也會和愛因斯坦一樣能成為天才嗎？科學家們對這個問題的回答大部分是「不會」。與生活在相似環境中的——同卵雙胞胎相反，複製人可能會被放置在與人體細胞提供者完全不同的環境裡，因為環境的變數作用，他們具有不同特徵的機率就會比一同卵雙胞胎要多得多。所以科學家們認為即使遺傳基因相同，複製人與人體細胞提供者也不會比想像的更相似。

49. 內容提到環境的影響對複製人的作用比對——同卵雙胞胎的作用更大。所以正確答案為④。

50. 女子在提出了人的特性受遺傳基因影響大還是受環境影響大的質疑之後，用事例做了說明。所以正確答案是④。

쓰기　**寫作**

[51~52] 請閱讀下文，分別寫出符合⊙和ⓛ的一句話。

51. ⊙：這份公告的主旨是「尋求」，填空括號前提到室友要畢業了。所以應寫出尋求室友的內容。

　　ⓛ：前面提到這個房間離學校步行5分鐘的距離，也是新建的大樓，由此可知括弧中需要強調這個事項。

　→ 這是尋求室友的公告。這裡必須有介紹房間構造和使用狀況的說明，以及具體位置等內容。還應該有能讓別人聯繫的聯絡方式。3分的答案適用於使用初級文法和詞彙進行表達的情況。

52. ⊙：要寫出過去所做的決定對現在這種關鍵時刻有什麼影響等內容。

　　ⓛ：前句中寫到「過去不過是過去了的事」、「與其後悔」，所以後面應該寫與其相反的意見。

53.【概略】
序論（前言）：介紹調查內容
本論（論證）：需要大學教育的理由
結論（結語）：整理

54.【概略】
序論（前言）：整理問題提到的內容（吸菸所致的危害）
本論（論證）：① 菸價上漲對吸煙率的影響和理由
　　　　　　　② 對菸價上漲反對意見
結論（結語）：整理自己的意見

읽기　**閱讀**

[1~2] 請選擇最適合（　）內容的一項。

1.

> 健全的人都不容易（　）用這種不便的身體爬高山，真是個了不起的人。

問題類型 選擇適合句子的詞彙(連接/生活文)
用於推測「對健全的人來說都不容易」的意思，並引出下一種狀況，因此答案為①。

・-(으)ㄹ 텐데 : 前句為話者的推測，其內容為後句的根據時使用。
例 버스가 곧 출발할 텐데 서두르세요.
　내일은 바쁠 텐데 다음에 만나는 게 어때요?

● -(으)ㄹ까 봐 : 用來表示擔心或害怕會出現前句所說的狀況。
例 숙제를 안 해 온 민아는 선생님께 야단을 맞을까 봐 무서웠다.

● -(으)ㄹ 테니까 :
① 前面內容作為後句的條件，用來表示話者對某種行為或事的態度。
例 제가 선생님께 말씀드릴 테니까 걱정하지 말고 병원에 갔다가 오세요.
② 前面內容作為後句內容的條件，用來表示話者堅定的推測。
例 오늘 회의가 늦게 끝날 테니까 기다리지 마세요.

第2回　全真模擬試題 答案與解析　71

- **-(으)ㄴ 데다가**: 表示前句狀態或行動的基礎上又附加了其它狀態或行動，使程度加深的意思。
  - 例 도시는 사람이 많은 데다가 교통도 복잡해서 싫다.

2.

以後天氣慢慢變暖，山慢慢（ ）綠綠的。

問題類型 選擇適合句子的詞尾（終結/生活文）

要表達的是：以後天氣慢慢變暖，山會慢慢變綠的。所以用來表示「某種行為或狀態、以及那種變化在持續進行著」的①為正確答案。

> **-아/어 가다**: 表示某種行為或狀態、和那種變化在持續進行著。
> - 例 아이가 아빠를 점점 닮아 갔다.
>   다 먹어 가니 잠시만 기다려.
> **注意** 從過去到現在一直持續著的話，使用「-아/어 오다」；現在開始持續到未來則使用「-아/어 가다」。
> - 例 우리는 오래 전부터 친하게 지내 온 이웃이야.
>   그 선생님은 평생 제자들을 키워 오셨다.

- **-아/어 오다**: 用來表示前句出現的行動或狀態一直向著某一基準靠近，並不斷持續進行著的意思。
  - 例 인기 가수였던 그는 오랫동안 팬들의 사랑을 받아 왔다.
- **-아/어 보다**: 表示前句出現的行動是某種試驗性的行動。
  - 例 오늘 광장에서 큰 행사가 있으니 구경 한번 와 보세요.
- **-아/어 대다**: 表示前句中出現的行動不斷反復或反復進行的行動程度越加嚴重的意思。
  - 例 여자는 남자에게 잔소리를 하며 쏘아 댔다.

[3~4] 請選擇與劃線部分意思相近的選項。

3.

為了入職考試能合格，朋友送來了麥芽糖和年糕。

問題類型 選擇相近的詞尾（連接/生活文）

「-도록」作為「목적（目的）」使用時可以和「-게」替換使用，所以答案為①。

> **-도록**:
> ① 作為後句的目的。
>   - 例 내일 지각하지 않도록 일찍 잠을 자야겠다.
> ② 用來表示後面出現的行為方式或程度。
>   - 例 그는 몸살이 나도록 열심히 일했다.
> ③ 表示一直到某一時刻的意思。
>   - 例 12시가 다 되도록 집에 돌아오지 않았다.

- **-게**: 前句是後面所指事情的目的或結果、方式、程度等時的連接詞。
  - 例 아침에 일찍 일어나게 알람을 맞추어 놓았다.
- **-거든**: 表示「假如某事為事實或變成事實的話」的連接語尾。
  - 例 혹시 비가 오거든 꼭 빨래를 걷어라.
- **-(으)려고**:
  ① 表示具有行動的意圖或動機的連接語尾。
    - 例 책을 읽으려고 안경을 찾고 있다.
  ② 表示某事即將發生或狀態變化的連接語尾。
    - 例 상처에 새살이 돋으려고 한다.

- **-(으)ㄹ 만큼**: 表示後句內容以前句內容成比例或與前面內容程度或數量相當時。
  - 例 모두 깜짝 놀랄 만큼 성적이 향상되었다.

4.

一個國家的未來取決於該國的教育政策。

問題類型 選擇相近的詞尾（終結/生活文）

指的是：一個國家的未來是由該國的教育政策所決定的，因此答案為③。

> **N에 따라 다르다**: 表示結果會因為什麼而不同的意思。
> - 例 그 사람 기분은 날씨에 따라 다르다.
>   말하기 성적은 평가하는 사람에 따라 달랐다.
> **注意** 與「언제（何時），누구（誰），어디（哪裡），무엇（什麼），얼마나（多少）」等疑問詞一起使用時，使用「-느냐에 따라 다르다」形態。
> - 例 인생의 성공은 얼마나 노력하느냐에 따라 달라진다.

- **N이/가 되다**:
  ① 表示具有新的身份或地位。
    - 例 명수는 자라서 국회의원이 되었다.
  ② 表示更換或變成了另一個。
    - 例 진수는 과거와 다른 사람이 되었다.
- **N일 수가 있다**: 表示有可能出現前面所說的事。
  - 例 그는 꼼꼼한 사람이므로 이번 일은 실수일 수가 있다.
- **N에 달려 있다**: 表示某事是由這個來決定的，非常重要。
  - 例 행복은 마음에 달려 있다.
- **N(으)로 인한 것이다**: 表示前句內容是某事的原因或理由。
  - 例 비만은 잘못된 식습관으로 인한 것이다.

[5~8] 請選擇這是關於什麼內容的文章。

5.

> 「愛就是答案」
> 身為精神科醫師生活了30年的
> 作家傳遞的幸福智慧書

問題類型 掌握文章的題材/類型（廣告文）

這個廣告的核心詞彙為「행복 지혜서（幸福智慧書）」中的「서（書）」指的是圖書，因此答案為①。

6.

> 沒有去學院的時間嗎？
> 在你希望的時間，方便的場所
> 由國內最好的講師授課！

問題類型 掌握文章的題材/類型（廣告文）

指的是可以在你希望的時間和方便的場所上課的意思，所以答案為③。

7.

> 被污染的大海沒有海水浴場，也沒有海產品。
> 殺死大海的習慣！ 救活大海的習慣！
> 您要如何選擇？

問題類型 掌握文章的題材/類型（廣告文）

這裡強調的是不使大海污染的習慣、拯救大海的習慣，所以答案為②。

8.

> **2017年5月30日**
> - 雙子座：需要理性判斷的日子。有難事就求助於周邊的人。
> - 處女座：準備好了的事，最好付諸行動。可以期待好的結果。
> - 天秤座：身心疲憊，加油！只要努力就會有好結果的。

問題類型 掌握文章的題材/類型(生活文)

雙子座、處女座、天秤座都是星座的名稱。這裡說的是星座運勢，所以答案為④。
- 점[占]: 占卜，用非科學的方法猜測過去的事或預測現在或未來的命運的事。
- 사주[四柱]: 利用人出生的年、月、日、時來瞭解人運勢的占卜方法。
- 운세[運勢]: 早已確定了的未來之事。

[9~12] 請選擇與下文及圖表內容相同的一項。

9.

> **韓友利 建築博覽會**
> - 時間：2017年8月26日～8月29日
> - 場所：住宅展示館1樓
> - 特別展示館：「韓屋建築的所有」點滴角運營
> - 特徵：亞洲最大規模的世界綠色建築博覽會和網路上建築博覽會同時進行
> （透過網路上建築博覽會還可以搜索去年展覽內容）

問題類型 選擇與文章／圖表相同的一項(介紹文)

內容提到了運營「韓屋建築的所有」，所以答案為③。
① ~~只有亞洲的企業才~~可以參加的博覽會。→世界的企業
② ~~去年展覽過的內容重新在這次展覽會上展出。~~→網上建築博覽會
④ ~~網上建築博覽會是亞洲規模最大的。~~→綠色建築博覽會

10.

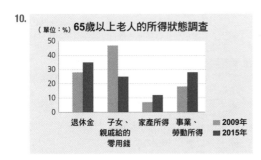

問題類型 選擇與文章／圖表相同的一項(介紹文)

結果表明 "연금、자산 소득、사업·근로 소득" 有所增加，"자녀、친지가 주는 용돈" 在減少，所以答案為③。
① ~~透過工作賺錢的老人人~~減少了。→增加了
② ~~兩年的退休金比率都為最高。~~→2009年子女和親戚給的零用錢比率、2015年的退休金比率
④ 2009年家產所得、2015年的~~勞動所得~~比率最低。→家產所得

11.

> 最近普遍認為理工科大學比其它大學好求作，因此選擇理工科做第二主修、輔系的大學生越來越多。首爾大學上個學期就有61名學生選擇了理工學為輔系。其中有24名是人文、社會等文科類的學生，還有2名是美術大學的學生。這些非理工科的學生選擇最多的學科是電腦工學。

問題類型 選擇與文章/圖表相同的一項(生活文)

從文章第一句和最後一句內容可知：非理工科學生也可以選擇理工科為輔系。所以答案為②。
① ~~文科類學生比其它類別學生好就業。~~→理工科
③ ~~非理工科學生只能選擇電腦工學。~~→選擇最多的是電腦工學
④ ~~上個學期選擇理工科為第二主修的學生有24名。~~→選擇理工科為輔系學生中的文科類學生

12.

> 人體的70%是水。肌肉的75%、大腦的80%、骨骼的50%是水分。所以水分不足，就說明肌肉會變得僵硬、大腦功能下降、骨骼會失去力量。水分不僅在人體中佔據的比重高，在功能上也起著重要的作用。水分有著循環血液、調節體溫、輸送營養的功能。

問題類型 選擇與文章/圖表相同的一項(說明文)

內容提到：水分不足就意味著骨骼將失去力量，所以答案為②。
① ~~營養輸送水分。~~→水分輸送營養
③ ~~水分在人體中起著營養成份的作用。~~→運送營養的功能
④ ~~肌肉比大腦含有更多的水分。~~→大腦比肌肉
- 비중[比重]: 相互比較時所占重要性的程度。

[13~15] 請選擇排序正確的一項。

13.

> (가) 話題是用紙纖維製作的衣服。
> (나) 作為功能性服裝有著最好的條件。
> (다) 這件衣服雖然像紙一樣輕薄，但卻不會被水打濕或撕裂。
> (라) 更驚人的是透氣性。水雖不能浸透，但空氣可以疏通。

問題類型 排列文章順序(生活文)

內容講的是利用紙纖維製作的衣服成為話題的原因。利用紙纖維製作的衣服成為了話題的（가）之後應該是由「이 옷은」開始的介紹衣服功能的（다），其後應該是由「더욱 놀라운 것은」開始的對功能進行補充說明的（라），最後是最（다）和（라）所述內容進行整理的（나）。所以答案為按照（가）-（다）-（라）-（나）排序的②。
- 통기성[透氣性]: 空氣透過的性質或程度。

14.

> (가) 今後可穿戴設備將成為生活必需品。
> (나) 不僅有管理健康的功能，還有通訊、遊戲等功能。
> (다) 具有「穿著的電腦」概念的可穿戴設備成了最新話題。
> (라) 穿戴了這種設備就可以自動收集睡眠時間、熱量消耗、脈搏等身體的幾項數據。

內容介紹了可穿戴設備的功能和前景。首先介紹了可穿戴設備的概念，並提到這種可穿戴設備成了新熱點的(다)，之後是由「이 장치를 착용하면」開始，介紹其性能的(라)，它後面是由「건강 관리 기능 뿐만 아니라」開始，對新功能做補充說明的(나)，最後是講述發展前景的(가)。所以答案為按(다)-(라)-(나)-(가) 排序的④。

● 착용[著用]：佩戴，穿著衣服或鞋子等，戴帽子。

15.
(가) 有一個想休息的時候就請假常去的地方。
(나) 現在需要休息的時候，不必非去日本不可了。
(다) 是位於日本目白站周邊的一個很幽靜、普通街區的小街。
(라) 最近知道了在韓國也有一條和那條街道相似的路。

問題類型 排列文章順序(生活文)

介紹的是一處常去的度假場所。文章從想休息就常去的地方(가)開始，下面就是介紹場所在何處的(다)，然後是講最近得知韓國也有了一條類似的小街內容的(라)，最後講的是結果，即：今後不去日本也可以的(나)。所以答案為按照(가)-(다)-(라)-(나)排序的①。

● 한적하다[閑寂──]：悠閒且安靜

[16~18] 請閱讀下文，選擇最適合( )內容的一項。

16.
鈉 ( ) 高血壓、心臟疾患、骨質疏鬆等疾病。要降低以鈉為主要成份的食鹽的攝取量也正因為此原因。但是鈉是我們人體中必需的。因為它與我們體內的調節心脈、調節體內水分含量、肌肉收縮等生理技能有關。

問題類型 選擇符合文脈的內容(說明文)

括號後寫有「나트륨이 주성분인 소금의 섭취를 줄여야 하는것은 그 때문이다.」的內容。因此括弧中應該寫鈉的副作用等內容，因此內容為「會引發高血壓、心臟疾患、骨質疏鬆等疾病」較為自然。所以答案為②。

● 주범[主犯]：導致某事不好結果的主要原因。

17.
首爾美術館星期六4點正在放映一部好電影。自從首爾美術館開始免費放映電影之後，( )。自然而然地將腳步邁向美術館，也打破了「藝術難懂」的偏見。從此美術館不再是難以接近的地方，現正變成地區居民的文化福利空間。

問題類型 選擇符合文脈的內容(生活文)

括弧後面提到「自然而然地將腳步邁向美術館」、「美術館正變成地區居民的文化福利空間」，所以答案為③。

● 편견[偏見]：不公平、帶有傾向性的想法。

18.
「T商」指的是將電視與網路連接，透過遙控器買賣商品的一種服務。消費者可以用遙控器選購、結算T商中的產品。「T商」在同一時間只介紹一種的( )，顧客們可以像網路檢索一樣隨意購買各種商品。

問題類型 選擇符合文脈的內容(說明文)

在同一時間只介紹一種產品的是「電視購物」。但即使不知道何為電視購物，也有解開此題的方法。括弧前面的內容為同一時間只介紹一種產品的形式、括弧後的內容為可以隨意購買各種商品，由此可知括弧前、後句子要說明的內容應該具有不同的性質。所以選項中有「다르다（不同）」內容的①是正確答案。

[19~20] 請閱讀下文，回答問題。

每星期排便次數不足3次則為便秘。便秘的平均發病率約為16%。以尋找便秘藥的人很多，但長期服用會降低腸道的敏感性，使( )症狀惡化。此時試試用按摩肚臍周圍，使之溫暖發熱來替代用藥吧。那樣就可以使排便的次數增加到每週兩次以上。

19. 問題類型 選擇符合文脈的連接詞(生活文)

提到服藥會使症狀惡化，所以表示「與期待的相反、與期待完全不同」意義的③為正確答案。

● 드디어：終於，期盼的事到了結尾、結局。
  例 긴 학기가 끝나고 드디어 여름 방학이 시작되었다.
● 게다가：並且，在此基礎上。
  例 날씨가 춥고 게다가 비까지 내려서 감기에 걸렸다.
● 오히려：反而。
  ① 出現了與一般想像或期待的結果完全不同或相反的結果。
    例 너무 잘하려고 애쓰다 보면 오히려 실패하기 쉽다.
  ② 那樣的話倒不如……
    例 맛없는 음식을 먹을 바에야 오히려 안 먹는 게 낫다.
● 반드시：一定，肯定會
  例 기홍이는 정확한 사람이라 약속 시간은 반드시 지킨다.
● 민감성[敏感性]：對某種刺激的反應具有相當敏銳、迅速的性質。

20. 問題類型 掌握細節內容(一致/生活文)

提到：按摩肚臍周圍並熱敷，可使排便次數增加，所以答案為③。
① 長期服用便秘藥有效。→使腸道的敏感性降低，從而使症狀惡化
② 按摩肚子可使排便次數減少。→增加
④ 每週排便3次以上為便秘。→以下

[21~22] 請閱讀下文，回答問題。

最近人們最大的特徵之一就是認識到了視覺要素的重要性了。正如「百聞不如一見」這句話所說：聽一百遍也不如一次強烈的視覺形象在頭腦中留下的記憶更長。應對這種趨勢，企業在做廣告時應該把注意力放在視覺要素上。最好準備在短時間消費者的 ( ) 的照片和影像。

21. 問題類型 選擇符合文脈的俗語（生活文）

包含有括弧的句子應該有：要準備那些能夠在短時間吸引消費者關注的照片或影像，所以答案為①。

- **시선을 끌다**: 吸引視線，使人們的注意力或興趣集中。
  例 이번 전시회에서 가장 시선을 끄는 작품은 어떤 것입니까?
- **눈치를 보다**: 看臉色，觀察他人的心理和態度。
  例 미숙이는 용돈을 받으려고 엄마의 눈치를 살피고 있었다.
- **발길이 잦다**: 經常往來。
  例 명동은 번화가라서 사람들의 발길이 잦다.
- **손길이 가다**: 做些幫助他人的事。
  例 엄마가 없는 민정이에게 나도 모르게 자꾸 손길이 갔다.

22. 問題類型 掌握中心想法（生活文）

最近人們更加注重視覺要素，因此企業在做廣告時要把注意力放在視覺要素上，所以答案為①。

[23~24] 請閱讀下文，回答問題。

> 我的小兒子應該是去年上小學一年級的年齡，但他到現在連學校附近都沒去呢。這個孩子罹患一種罕見疾病，可這已經是兩年前的事了。當時孩子的狀態很不尋常。孩子總是高燒不退，我們夫婦知道他的病如果復發，以當今醫學是沒有治療方法的。拉著孩子的手走進醫院大門的時候，我們夫婦的心裡就像壓著一塊大石頭一樣，呼吸都覺得困難。但是預想不到的結果出現了。孩子只是得了感冒，過去的病就像謊言一樣地全好了。我們夫婦太驚訝了，呆住好久都不能動彈。

23. 問題類型 掌握心情（生活文）

「무거운 돌이 가슴을 누르는 듯하다.」的說法表達了「擔心的事多，很壓抑難過」的意思。這裡表示擔心孩子的病會復發，所以答案為①。

24. 問題類型 掌握細節內容（一致/生活文）

提到：出現了預想不到的結果，所以答案為③。
① 孩子的病復發了。→好了
② 說病全好了的話是謊話。→事實
④ 孩子1年前上小學了。→無法入學

[25~27] 下面是新聞報導題目。請選擇說明最確切的一項。

25. **家用滅火器在火災初期相當於一輛消防車的效果**

問題類型 掌握簡化的句子（報導文）

標題內容說的是：火災初期，家用滅火器具有一輛消防車的效果，所以答案為③。
- **맞먹다**: 表示數量或大小等的程度相當。

26. **無痛的跨時代腦手術方法引起全世界矚目**

問題類型 掌握簡化的句子

標題內容說的是「無痛的新型腦手術方法引起了全世界人的矚目」，所以答案為②。

27. **和女兒溝通相對良好、與兒子無法對話**

問題類型 掌握簡化的句子（報導文）

標題內容為「兒子和女兒相比，和女兒對話相對比和兒子對話容易」，所以答案為②。
- **양호하다[良好──]**: 很好

[28~31] 請閱讀下文，選擇最適合（　）內容的一項。

28. 從來沒見過員警對違反「指定行車線」原則的車輛進行管制。司機原本遵守的「指定行車線制度的三大原則」為「超車必須走左側車道、超車後立即回到原來車道、行車速度要比左側車道慢、比右側車道快」。如此簡單的原則卻不遵守的原因就是因為沒有積極管制，如「千里之堤，潰於蟻穴」的道理。（　）徹底管制才能夠維持交通秩序。

問題類型 選擇符合文脈的內容（說明文）

括弧前講到：「큰 댐도 개미구멍 하나에 무너질 수 있다.」，這指的是大錯也是從起初的小錯開始的，所以答案為①。

29. 過去我們的祖先認為樹木很神聖，把樹木當成神聖的場所。祈禱全家平安或村莊安寧的場所就是樹木和樹林。但是（　）不砍伐樹木。需要的時候伐樹是可以的，但是砍伐大樹和老樹，以及這些人們崇拜的樹木是被忌諱的。我們的祖先認為：砍伐了那些樹木，會有壞事發生。

問題類型 選擇符合文脈的內容（說明文）

括弧前提到：認為樹木很神聖。而括弧前的「하지만（但是）」表示與前句內容相反，所以答案為④。
- **신성하다[神聖──]**: 珍貴而偉大，不可隨意接近。

30. 無論誰一定都聽到過肚子發生的咕嚕嚕的聲音。這種聲音是腸道壓碎食物的過程中發出的聲音。腸道是食物從裡出來之後去的場所。為了更好地將食物消化，腸道通過運動將食物壓碎。即使沒進食，腸道也在隨時蠕動著。肚子餓的時候，腸道空空，咕嚕嚕的聲音就感覺更大。咕嚕嚕的聲音不是什麼特別的東西，只不過是一種（　）罷了。

問題類型 選擇符合文脈的內容（說明文）

咕嚕嚕的聲音是腸道壓碎食物的過程中發出的聲音，腸道通過運動將食物壓碎，即使沒進食，也在蠕動著。所以答案為③。

31. 伊索寓言「螞蟻和螞蚱」稱讚了螞蟻的誠實。但是研究結果發現不是所有的螞蟻都是努力工作的「工蟻」。在螞蟻社會中也有一類是像螞蚱那樣貪玩的。最近在《動物行動》這本國際學術雜誌中就提到「透過對工蟻觀察，發現45%的工蟻什麼事也不做」。和螞蟻一起（　）蜜蜂也一樣。對蜜蜂的觀察結果發現：20%的蜜蜂做著一半以上的工作。

問題類型 選擇符合文脈的內容（說明文）

前面部分提到伊索寓言中螞蟻很誠實，而後面又說有研究發現不是所有的螞蟻都在努力工作。並且在括弧前有「和螞蟻一起」，括弧後提到蜜蜂也一樣的話。所以答案為④。

- 우화[寓話]: 將動植物或物品當作主人公編寫的含有教訓、諷刺意義的故事。
- 마찬가지: 表示兩個以上的物品的模樣或事情的狀態彼此相同。

[32~34] 請閱讀下文，選擇與內容相符的一項。

32. 隨著步入高齡化社會，如何平安變老更顯重要。即便是老人，一直堅持運動就能不亞於年輕人維持自己的健康。充足的睡眠是年輕的鑰匙。每天睡眠不足5小時的人和每天睡眠7~9個小時的人比，皮膚抗紫外線的能力較低。並且比什麼都重要的是自信心。只顧遮掩皺紋和白髮，反而適得其反。倒不如化個淡妝、將白髮理成時尚的髮型更好。

問題類型 掌握細節內容(一致/生活文)

提到每天不足5小時的人和每天睡眠7~9個小時的人比，皮膚抗紫外線的能力要低。所以答案為③。

① 將白髮染成黑色看起來顯年輕。→將白髮理成時尚的髮型更好
② 一直堅持運動就能變得青年一樣的外貌。→與外貌無關，可以不亞於年輕人，維持自身健康
④ 有自信心，大膽化妝、皺紋就看不出來。→化淡妝更好

- 역풍[逆風]: 指刮與行船方向相反的風，用來比喻事情與期待的相反，遇到困難、沒能順利進行。

33. 平常我們喝的牛奶是將生乳進行熱處理，去除了微生物之後的。對生乳進行熱處理的方法有三種。有用63度的溫度進行30分鐘的「低溫殺菌法」、用75度溫度進行15秒熱處理的「低溫瞬間殺菌法」和用134度的溫度進行2~3秒的熱處理「超高溫處理法」。用「低溫殺菌法和低溫瞬間殺菌法」處理過的牛奶的有效期限為5天左右。與之相反，經過超高溫處理過的牛奶可以長期保存1個月以上。

問題類型 掌握細節內容(一致/生活文)

按照超高溫處理法－低溫瞬間殺菌法－低溫殺菌法的順序進行的熱處理溫度很高，但按照超高溫處理法－低溫瞬間殺菌法－低溫殺菌法進行熱處理需要的時間短，所以答案為④。

① 低溫瞬間殺菌法需要的時間最多。→低溫殺菌法
② 用低溫殺菌法處理過的牛奶保鮮期最長。→超高溫處理法
③ 經過熱處理的牛奶含有大量微生物，對健康有益。→除去微生物

34. 「偽科學」多指那些不具備科學性卻打著「科學」名義的意思。最近流行的「血型心理學」就屬於這種偽科學。將與血型完全無關的個人性情或性格與血型結合起來說明的血型心理學已經形成了一種理論。沒有任何統計數字、儘管有很多人與用血型心理學解釋的性格特徵完全不符，看它仍然無視這些證據。

問題類型 掌握細節內容(一致／說明文)

儘管個人性情或性格與血型完全無關、沒有任何統計結果的依據、實際性格特性與按照血型解釋的完全不符的人很多，但它似乎還是形成了一種理論。所以答案為④。

① 偽科學解釋著科學現象。→多指毫無科學性的東西被說成是科學的
② 血型心理學是多指毫無科學性的東西被說成是科學的。→沒有任何統計結果值
③ 個人性情或性格與血型有關。→血型心理學解釋的性格特徵與實際性格不符的人很多

[35~38] 請選擇最適合做下文主題的一項。

35. 所有地鐵站都在月臺安裝了安全門。這是因為最近隨著連續發生的乘客墜落軌道事故和自殺事故，作為預防手段，在月臺安裝安全門已成義務化。要注意的一點是在發生火災等特殊狀況時，為保障乘客們能順利逃脫，月臺上的安全門都必須安裝手動開關裝置。為了安全才安裝的門如果只能自動開閉的話，危急時刻反倒會妨礙乘客的脫逃，那還不如不安裝更好些。

問題類型 掌握主題(說明文)

中間部分有這樣的主題內容：在發生火災等特殊狀況時，為保障乘客們能順利逃脫，月臺上的安全門都必須安裝手動開關裝置。還提到為了安全才安裝的門如果只能自動開閉的話，危急時刻反倒會妨礙乘客的脫逃，那還不如不安裝更好些。所以答案為④。

- 개폐되다[開閉-]: 開和關。

36. 戒菸失敗的人很多，使用戒菸輔助器會對戒菸有幫助。作為戒菸輔助器有電子菸和尼古丁戒菸貼、戒菸口香糖等。電子菸儘管有效，但比其它戒菸輔助器給經濟帶來的負擔相對大些；尼古丁戒菸貼是通過皮膚向體內慢慢提供尼古丁的戒菸輔助器；含有一定量的戒菸口香糖和尼古丁戒菸貼一樣是用來維持體內尼古丁濃度的產品。

問題類型 掌握主題(生活文)

內容提到：使用戒菸輔助器可對戒菸有幫助，並介紹了各種戒菸輔助器，所以答案為③。

37. 其間宣傳要控制使用一次性塑膠袋的活動一直都在進行著。對此塑膠袋的擁護論者們反駁說：塑膠袋和其它替代材料相比，生產費用低、可以回收利用，對環境沒有多大害處。反倒是紙袋的生產和運輸要消費掉大量原油和木材，對環境有很大危害。問題是即使回收了塑膠袋，每年不能自然分解的40億個塑膠袋都要作為垃圾扔掉。

問題類型 掌握主題(生活文)

在轉達了塑膠袋擁護者意見之後，又對此進行了反駁。反駁的理由是因為大量塑膠袋被當作垃圾扔掉，但卻沒有提及垃圾處理的內容。所以作為主題的答案為①。

38. 致使減肥失敗的最不好的習慣就是吃得太快。用餐速度快就會招致過量或暴食。慢慢進餐即使吃得不多也會有飽足感，可以減少食量。但是進餐時間過長也會起到相反的效果。長時間進餐不僅會使人忘記正在吃飯的事實，也感覺不到已經吃過量了的事實。雖然提倡在30分鐘內進餐，但可能的話在1個小時之內進餐是最好的。

問題類型 掌握主題(生活文)
筆者認為進餐速度過快是使減肥失敗的最不好的習慣，但是又提出「用餐時間過長會起反效果」。所以答案為希望以適當的速度用餐的④。

[39~41] 請選擇提示的句子在下文中最恰當的位置。

39. （㉠）口感和味道極佳的黃豆芽可以使人找回食慾、提升因酷暑疲憊不堪的體力。（㉡）因為黃豆芽含有豐富的維生素C。（㉢）並且還可以防止進入體內的病毒侵入細胞、提高免疫功能。（㉣）而且《東醫寶鑒》中說黃豆芽「在身體沉重或疼痛時可以用於治療、退燒效果極佳」。

〈提示〉
維生素C不僅能緩解疲勞，還有助於預防感冒和貧血。

問題類型 插入符合文脈的句子(說明文)
提示句子說的是維生素C的功效，所以應該放在「黃豆芽富含維生素C」的內容之後。但是（㉢）和（㉣）中分別使用了「그리고（而且）」和「또한（並且）」應該放在這兩句之前，所以答案為③。
• 보강하다[補強─]: 為比原來更結實進行幫助或補充。

40. 歷史人物作為小說或電影主人公登場的人很多。（㉠）在歷史上被評價為具有美貌和才能、並且極具挑戰精神的女性。（㉡）擁有漂亮的外貌加之文學、音樂才能的她儘管出身低賤，卻和當時的很多有識之人平等結交。（㉢）特別是黃真伊留下的詩中有好幾首被編入「詩人們推崇的最佳詩篇」中，具有極高的文學作品性。（㉣）

〈提示〉
其中能夠像黃真伊那樣深受大眾喜愛的人物並不多。

問題類型 插入符合文脈的句子(說明文)
提示的句子是由「그중에（其中）」開始的，所以前面一定提到了很多人。所以應該放在「~사람이 많이 있다」的內容之後。並（㉠）的後面沒有指明具體人名，只使用了「그녀」，所以「황진이」的名字應該出現在它前面。所以答案為①。
• 충만하다[充滿─]: 充滿。

41. 大米是韓國人的主食，也是世界上最重要的穀物中的一種。（㉠）由於地球環境變化，今年上半年地球氣溫達到了有史以來最高記錄。（㉡）根據對氣候變化的主要研究結果發現：地球每升高1度，大米的收穫量就會減少10%。（㉢）不久的將來，大米就會面臨前所未有的無法適應的氣候。（㉣）帶著責任和慧眼，我們要努力保護大米。

〈提示〉
但是在糧食安全問題上，大米也同樣處在危險的境地。

問題類型 插入符合文脈的句子(說明文)
提示的句子中提到了「식량 안보에 있어 쌀 또한 위험에 처해 있다.」，因此應該放在介紹大米的重要性（㉠）的後面。所以答案為①。

[42~43] 請閱讀下文，回答問題。

42. 這是在從大邱到首爾的火車上發生的事。我對面的位子上坐著一位男士。他一刻不停地跟坐在旁邊的女士說話。他完全不顧那女子抱著胳膊、緊閉雙眼、分明是不愛搭理的樣子還在不停地搭訕。連續幾次自問自答之後一看沒有反應，這次又轉過目光向我投來了微笑。我避開了他的視線。他暫時閉上了嘴，茫然地望向窗外、可能是不說話就無法忍耐似的突然轉向我用慶尚道口音問道：「來大邱是有什麼事啊？」，我硬生生地回答：「來出差，現在是在回程的路上。」「啊，是嗎？我在大邱生活過，移民到美國15年了，回來一看變化太大了。故鄉好像不存在了。」聽到他這番話，覺得挺可憐的，於是把身體朝向他坐好，問：「想見的人見到了嗎？」

玄鎮健《故鄉》

42. 問題類型 掌握心情(小說)
正確答案為符合儘管發出了不愛搭理的信號還是不停地搭訕內容的③。
• 가식적[假飾的]: 假意地說話或行動。
  例 그 사람의 눈물이 가식적으로 보였다.
• 냉소적[冷笑的]: 用冰冷的態度嘲笑。
  例 그 사람은 세상에 대해 냉소적이었다.
• 눈치가 없다: 不懂看人臉色（搞不清楚狀況、不識相）
  例 내 친구는 눈치가 없어서 분위기에 안 맞는 말을 할 때가 있다.
• 사려[思]가 깊다: 把某事想得很深、很謹慎。
  例 나는 그의 사려 깊은 태도가 마음에 들었다.

43. 問題類型 掌握細節內容(一致／小說)
從一直和坐在旁邊對自己沒有好感女子和我搭話的情形看，那個男子很想和別人說話。所以答案為②。
① 我是去大邱~~出差的路上~~。→出差返回的路上
③ 坐在男子旁邊的女子看起來對男子~~很感興趣~~。→不感興趣
④ 我~~從一開始就對坐在對面的男子很滿意~~。→開始並不滿意

[44~45] 請閱讀下文，回答問題。

產後憂鬱症正如（　）憂鬱症。很多產婦在產後很短一段時間裡會感覺有些憂鬱，這是極其正常的症狀。但是產後女子中有**10~20%**左右出現的產後憂鬱會導致將新生兒放置不管、致死等嚴重問題的發生。

產後憂鬱症通常是由於懼怕養育問題、睡眠不足、家務勞動負擔等很多原因引起的，但最根本的原因是由於雌性荷爾蒙的極度降低。產後如果出現頭痛、腹痛、食欲不振等症狀，最好留意一下是不是產後憂鬱症。對於產後憂鬱症和治療一樣重要的是產婦的家人和丈夫的作用。分擔家務工作和養育負擔是全家人要一起解決的問題。

44. 問題類型 掌握主題(說明文)

內容強調了對於產後憂鬱症，和治療一樣重要的是產婦的家人和丈夫的作用，並強調分擔家務工作和養育負擔是全家人一起要解決的問題。所以答案為①。

45. 問題類型 掌握符合文脈的內容(說明文)

內容提到「많은 산모들이 출산 후 짧은 기간 동안 약간의 우울감을 느끼는데」，由此可知這說的是有關生完孩子之後和憂鬱症的內容。所以答案為②。

[46~47] 請閱讀下文，回答問題。

火星表面有液狀的水流動的證據被發現以後，對火星上生命探查的熱度又提高了一成，與此同時，如何防止地球物質對火星的污染就成了一個新問題。（㉠）因為有人提出隨火星探測船一起登上火星的地球物質可能會造成火星污染。（㉡）作為國際機構的國際宇宙空間研究委員會在1967年就制訂了名為「保護行星」的規定。（㉢）根據這一規定：尋找生命體的登陸船必須潔淨。探查在其它行星上生活的生命體固然重要，但比什麼都更重要的是要進行不給其它行星造成污染的探查。（㉣）

46. 問題類型 插入符合文脈的句子(說明文)

早就存在防止地球發出的探測船對其它行星造成污染的規定。

提示中「다른 행성을 오염시키는 것을 막는 규정은 이미 존재한다.」的句子放在「'행성 보호'라고 불리는 규정을 1967년에 제정했다.」前最為恰當。所以答案為②。

47. 問題類型 掌握細節內容(一致／說明文)

內容提到：探測在其它行星上生活的生命體固然重要，但比什麼都更重要的是要進行不給其它行星造成污染的探測。所以答案為③。

① 發現了~~火星上生活著生命體的~~證據。→火星表面有液態水流動的

② 火星被地球物質~~所污染已成~~問題。→可能會被污染

④ 國際社會~~準備制~~訂防止其它行星污染的規定。→1967年制訂了

[48~50] 請閱讀下文，回答問題。

薪資封頂制是為了使勞動者能夠連續受雇、勞動者與用人單位之間通過協商以一定年齡為基準調整薪資、保證在所定期限內雇傭的制度。換句話說，就是減少達到一定年齡的勞動者工資，但確保他們得以受雇到退休，減少下來的薪資可以用來雇備新人，創造新的工作崗位。站在企業們立場上減少人事支出，站在勞動者立場上有（ ）的優點。企業們主張：這樣減少下來的薪資的相當一部分用來聘用青年人、有助於提高青年人就業率。但另一面又擔心這種制度會不會被人利用以低薪資、榨取熟練勞動者的勞動力。並且隨著退休年齡的推遲，退休人員減少，其結果會難以實現新人聘用。減少的薪資能否用於新人聘用就成了疑問。

48. 問題類型 掌握目的(說明文)

內容講述了薪資封頂制的優點和缺點。所以答案為①。

49. 問題類型 掌握符合文脈的內容(說明文)

站在勞動者立場上講了薪資封頂制的優點。並在前面提到「소정의 기간 동안 고용을 보장하는 제도」，所以答案 ③。

50. 問題類型 選擇筆者的態度（說明文）

內容對薪資封頂果真會把縮減下來的薪資用於招聘新人提高青年就業率上抱有疑問，所以答案為①。

정답 第3回答案

聽力

1. ②	2. ④	3. ③	4. ①	5. ①	6. ④	7. ②	8. ④	9. ③	10. ①
11. ③	12. ④	13. ③	14. ④	15. ②	16. ②	17. ④	18. ③	19. ②	20. ③
21. ④	22. ③	23. ②	24. ①	25. ②	26. ③	27. ①	28. ③	29. ②	30. ③
31. ③	32. ④	33. ④	34. ③	35. ②	36. ④	37. ④	38. ④	39. ④	40. ①
41. ④	42. ④	43. ③	44. ④	45. ①	46. ③	47. ②	48. ③	49. ③	50. ③

寫作

51. ㉠ (5점) 강아지를 기르실 분을 구합니다/강아지를 분양하려고 합니다
(3점) 강아지를 가져가실 분을 찾습니다

㉡ (5점) 온순하고 착하기 때문에/온순하고 착해서 (수식어 두 가지 이상, '-아/어서, -기 때문에'와 같은 표현과 함께 사용하면 5점)
(3점) 하나만 작성할 경우 3점

52. ㉠ (5점) 삶의 균형이 깨지기 마련이다/삶의 균형을 유지할 수 없다
(3점) 삶이 불균형해진다

㉡ (5점) 행복해지기 위해서는 삶의 균형을 유지하는 것이 중요하다/행복해지려면 삶의 균형을 유지해야 한다
(3점) 행복하려면 삶의 균형이 중요하다

閱讀

1. ④	2. ①	3. ③	4. ①	5. ②	6. ③	7. ④	8. ④	9. ④	10. ④
11. ④	12. ①	13. ①	14. ④	15. ②	16. ②	17. ④	18. ④	19. ③	20. ①
21. ④	22. ①	23. ①	24. ②	25. ④	26. ④	27. ③	28. ②	29. ①	30. ①
31. ④	32. ③	33. ④	34. ④	35. ②	36. ②	37. ②	38. ②	39. ④	40. ④
41. ③	42. ②	43. ③	44. ④	45. ②	46. ①	47. ②	48. ③	49. ③	50. ④

53. <答案範本>

　한국 중·고등학생을 대상으로 하루 평균 인터넷 이용 시간과 이용 유형에 대해 조사하였다. 그 결과 하루에 1~3시간 정도 인터넷을 사용하는 청소년이 55%로 가장 높게 나타났으며, 1시간 이내로 이용하는 학생이 20%로 그 뒤를 이었다. 또한 하루에 5시간 이상을 이용하는 학생도 5%를 차지하였다. 인터넷 이용 유형의 경우 청소년의 56.4%가 온라인 게임을 하기 위해서, 17.4%는 채팅을 하기 위해서 사용하는 것으로 조사되었다. 이와 같은 결과를 통해서 청소년이 인터넷을 학습이나 자기 개발보다 게임과 채팅과 같은 용도로 사용하고 있다는 것을 알 수 있다.

54. <答案範本>

	고	령	화	란		65	세		이	상	인		노	령		인	구	의		비	율	이		현
저	히		높	은		것	을		말	한	다	.	고	령	화		사	회	가		되	면		경
제	적	,	사	회	적		문	제	가		발	생	할		수		있	다	.		먼	저		경
제	적	으	로	는		노	동	력	이		부	족	해	서		생	산	성	이		감	소	할
것	이	다	.		또	한		돈	을		벌	어		세	금	을		내	는		인	구	층	은
감	소	하	고		노	인	층	을		위	한		복	지		예	산	이		늘	어	나	야
하	므	로		국	가		재	정	에		어	려	움	이		생	길		수		있	다	.
사	회	적	으	로	는		나	라	를		지	켜	야		할		청	년	층	이		감	소	하
므	로		국	력	이		약	해	져		다	른		나	라	의		위	협	을		받	을
수	도		있	다	.		이	러	한		경	제	적	,	사	회	적		문	제	로		인	해
나	라		전	체	가		어	려	움	에		처	할		수		있	다	.
	이	를		해	결	하	기		위	해	서		우	선		저	출	산		문	제	를		해
결	해	야		한	다	.	출	산	율		감	소	는		장	기	적	으	로		청	년	층	의
감	소	와		노	년	층	의		증	가	로		이	어	지	기		때	문	이	다	.	다	음
으	로		근	로		정	년	을		연	장	하	고	,	노	인	들	을		위	한		일	자
리	를		제	공	하	여		사	회	적	으	로		부	족	한		노	동	력	을		보	충
할		뿐	만		아	니	라	,	노	년	층	의		경	제	적	인		어	려	움	을		해
소	할		수		있	도	록		해	야		한	다	.	노	년	층	이		제	2	의		직
업	과		인	생	을		살	아	갈		수		있	도	록		지	원	한	다	면		급	증
할		복	지		예	산	을		줄	이	고		사	회	를		안	정	시	키	는		데
도	움	이		될		것	이	다	.	마	지	막	으	로		외	국	인	을		받	아	들	이
는		개	방	적	인		근	로		환	경	을		만	드	는		것	이		필	요	하	다	.
이	를		통	해		노	동	력		부	족		문	제	를		어	느		정	도		해	결
할		수		있	을		것	이	다	.
	고	령	화		사	회	는		경	제	적	,	사	회	적		문	제	를		발	생	시	켜
국	가	에		부	정	적	인		영	향	을		주	게		된	다	.	하	지	만		이	에
대	해		위	와		같	은		대	책	을		세	워		미	리		준	비	한	다	면
극	복	할		수		있	을		것	이	라		생	각	한	다	.

[1~3] 請聽錄音，選擇與內容相符的圖片。

1.
> 남자 이 옷 좀 봐 주세요. 유행이 지난 것 같아요?
> 여자 아니요, 괜찮은데요. 요즘에도 많이 입는 디자인이에요.
> 남자 그럼 이 옷에 어울리는 바지도 좀 찾아 주세요.

> 男 給我看看這件衣服。好像過時了吧？
> 女 沒有，還可以。是最近很多人穿的款式。
> 男 那再給我挑一件和這件衣服相配的褲子吧。

男子來到服裝店買衣服，女子協助男子選購。男子問女子衣服是否適合自己。所以答案為②

2.
> 여자 환자 분, 어떠세요? 아직도 많이 아프세요?
> 남자 네, 자전거 타다가 넘어졌는데 이렇게 많이 다칠 줄 몰랐어요. 아직 좀 아프네요.
> 여자 그럼 약을 좀 드릴게요. 수술은 잘 되어서 괜찮을 거예요.

> 女 患者，怎麼樣？現在還很痛嗎？
> 男 是的，騎自行車摔倒了，沒想到傷得這麼重。現在還很痛。
> 女 那再幫您開點藥。手術做得不錯，會好的。

這是男子騎自行車碰傷手術後的情形。女子向男子詢問手術後的恢復狀態。所以答案為④。

3.
> 남자 서울에서 지방으로 이동하는 이유를 조사한 결과 이동의 가장 큰 이유는 일자리 문제와 주택 문제 순이며 자녀의 교육 문제도 이동의 주된 원인으로 조사되었습니다. 또 전문가들은 앞으로 이동 인구수가 더 늘 것으로 예상했습니다.

> 男 就從首爾搬遷到其他地方的理由所做的調查結果顯示，搬遷的最大理由是工作問題，其次是住宅問題，而子女的教育問題也是搬遷的一個主要原因。另外專家們預測今後移動人口的數量還會增加。

這是有關從首爾搬遷到其他地方的理由調查。根據內容選擇理由依序為工作問題(48%)、住宅問題(32%)、子女教育問題(20%)順序的圖表最恰當。所以正確答案為③。因為沒有移動人口數量的資訊，所以①、②不正確。

[4~8] 請聽對話，選擇合適的下句。

4.
> 여자 오늘 외출하지 말까요? 미세 먼지 때문에 하늘이 흐리게 보여요.
> 남자 일기 예보에서 오늘 공기가 매우 안 좋대요. 만약 외출을 하게 되면 마스크를 꼭 쓰세요.
> 여자 _____

> 女 今天我們別出去了，好嗎？霧霾原因，天色看起來很暗。
> 男 天氣預報說今天空氣特別不好。如果出去，一定要戴口罩。
> 女 _____

內容提到：外出之前，女子向男子講了空氣的問題。男子向女子提議外出要戴口罩。所以答案為①。

5.
> 남자 이거 환불하고 싶은데 어떻게 해야 하지?
> 여자 왜? 어제 인터넷에서 싸게 샀다고 아주 좋아했잖아.
> 남자 _____

> 男 我想退掉這個，該怎麼做？
> 女 為什麼？昨天不還說在網路上便宜買到的，很高興嗎？
> 男 _____

男子雖然在網路上買了東西，但現在想退貨。從對話的內容脈絡來看，陳述退貨理由的說法最恰當的答案為①。

6.
> 여자 봉사 동아리에 가입하면 특별한 혜택이 있나요?
> 남자 우선 가장 큰 혜택은 봉사 활동을 통해서 다양한 경험을 쌓을 수 있다는 것이에요.
> 여자 _____

> 女 加入義務服務小組有什麼特別福利嗎？
> 男 首先最大的福利就是透過義務服務可以積累各種經驗。
> 女 _____

女子在問男子加入義務服務小組有什麼特別好處。女子想知道的是有關福利的內容。所以答案為④。

7.
> 남자 좀 더 이자가 높은 저축 상품은 없나요?
> 여자 이 상품은 어떠세요? 이자가 높아서 직장인들이 많이 사용하는 상품이에요.
> 남자 _____

> 男 沒有利息再高一點的儲蓄商品嗎？
> 女 這個商品怎麼樣？利息高，是很多在職人員利用的商品。
> 男 _____

男子正在問女子有關高利息的儲蓄商品問題。女子推薦了利息高的儲蓄商品，所以男子最恰當的話為②。

8.
> 여자 저는 주로 맨손으로 설거지를 하는 편이에요.
> 남자 설거지를 할 때는 고무장갑을 꼭 끼세요. 위생적이고 손이 트는 것을 막아 준대요.
> 여자 _____

> 女 我基本上都是用手洗碗。
> 男 洗碗的時候一定要戴塑膠手套。不但衛生，還可以防止手裂。
> 女 _____

男子對女子說戴手套洗碗既衛生又防止手裂的資訊，此時女子最恰當的回答應為④。

[9~12] 請聽對話，選擇**女子**將做的動作。

9.

여자 서점 갔더니 김 작가님 책이 3주 연속 베스트셀러였어요.

남자 그러면 이번엔 김 작가님과 인터뷰를 해 봐야겠어요.

여자 그럼 작가님께 이메일을 보내 봐요. 제가 인터뷰 장소를 알아볼게요.

남자 네. 이메일을 보내기 전에 작가님께 전화를 먼저 해 볼게요.

女 **去了趟書店，金作家的書連續3週都是最暢銷圖書。**

男 **那這次得採訪金作家了。**

女 **那發個電子郵件給作家吧，我來負責採訪地點。**

男 **好。發郵件之前先打個電話給作家。**

男子和女子決定要採訪的對象，女子說要找採訪的地點。所以答案為③。

10.

여자 부장님, 휴가 날짜를 변경하고 싶습니다.

남자 그래요? 아마 다른 사원과 휴가 날짜를 바꿔야 할 거예요.

여자 저와 김민수 씨가 휴가 날짜를 바꾸기로 했습니다.

남자 그러면 이 서류에 변경된 내용을 적고 나에게 가져와요.

女 **部長，我想換一下休假日期。**

男 **是嗎？可能要和其他職員的休假日期對調了。**

女 **休假日期我和金民秀說好互換了。**

男 **那在這份文件上變更內容交給我。**

女子想更換休假日期，並說好和金民秀換。還要把寫好變更內容的文件交給男子，所以答案為①。

11.

남자 오늘 저녁에 어제 본 식당에 가자.

여자 근데 그 식당은 예약을 해야 할 거야. 예약할까?

남자 내가 이미 예약을 했어. 식당에 전화해서 예약 확인을 해 줘.

여자 알았어. 확인하고 다시 너한테 연락할게.

男 **今天晚上去昨天看到的餐廳吧。**

女 **但那家餐廳好像要預訂。要預訂嗎？**

男 **我已經預訂好了。你打個電話到餐廳確認一下。**

女 **知道了。確認之後再和你聯繫。**

男子說已經預訂好了餐廳，希望女子進行確認。所以答案為③。

12.

여자 여기에 공부방 신청서를 내면 돼요?

남자 네. 그런데 친구들 생년월일을 모두 적어야 해요.

여자 친구들 생년월일은 잘 몰라요. 다시 물어보고 적을게요.

남자 네. 그리고 공부방은 2시부터 이용 가능해요.

女 **把自習室申請書交這裡可以嗎？**

男 **可以。但是朋友們的出生年月日都要寫。**

女 **我不知道朋友們的出生年月日。我問一下再寫。**

男 **好。另外自習室2點以後才可以使用。**

女子不知道朋友們的出生年月日，打算問過之後寫在自習室申請書上。所以答案為④。

[13~16] 請聽錄音，選擇與內容一致的一項。

13.

여자 우리 이번 주말에는 새로 생긴 캠핑장에 가는 게 어때요?

남자 좋아요. 인터넷에서 봤는데 시설이 아주 좋더라고요. 대신 음식을 준비해야 해요.

여자 네. 제가 준비할게요. 캠핑장 사용 신청은 당일에 할 수 있죠?

남자 주말에는 당일 신청이 안돼요. 제가 오늘 예약할게요.

女 **我們這個週末去新建的露營營地怎麼樣？**

男 **好啊！在網路上看到過，設施很不錯，就是吃的要準備了。**

女 **好，我來準備。露營營地當天可以申請吧？**

男 **週末當天不行，我今天預訂。**

這是男子和女子計畫週末去露營的情形。男子在最後說週末不可以當天申請，所以答案為③。

14.

여자 잠시 후 한 시부터 모의시험이 시작됩니다. 모의시험은 듣기 평가가 끝난 후 바로 읽기 평가가 진행됩니다. 듣기 평가가 시작되면 자리에서 일어날 수 없습니다. 시험 중에 화장실에 가고 싶은 분은 조용히 손을 들어 감독관에게 알려 주십시오. 지금부터 모의시험을 시작하도록 하겠습니다.

女 **稍後從1點開始進行模擬考試。模擬考試在聽力考試結束後，緊接著進行閱讀考試。聽力考試一旦開始，則不許在座位上站立，考試期間想去洗手間的人請安靜地舉手告訴監考老師。現在開始模擬考試。**

內容提到聽力考試結束後緊接著進行閱讀考試，即「中間沒有休息時間」。所以答案為④。

15.

남자 올해 초 인기를 끌었던 추억 여행 콘서트가 많은 사람들의 요청으로 이번 달부터 다시 공연을 시작합니다. 많은 분들의 사랑을 받아 5개월로 늘어난 콘서트 기간도 주목을 받고 있습니다. 특히 이번에는 서울뿐만 아니라 지방에서도 콘서트를 즐길 수 있습니다. 현장 구매보다 더욱 저렴한 인터넷 예매를 추천합니다. 지금 바로 사랑하는 부모님께 추억을 선물하세요.

男 **今年年初曾深受歡迎的追憶旅行演唱會在很多人的邀請下從本月起又開始演出了。深受眾人的喜愛，延長為5個月的演唱會期限也很引人注目。特別是這次不僅在首爾，在各地也可以觀賞演唱會。現在推薦比現場購票更優惠的網路訂票。現在就將追憶送給心愛的父母吧！**

內容提到特別是這次，不僅首爾可以，在各地也可以欣賞到演唱會。由此可知上次只在首爾開了演唱會。所以答案為②。

16.

여자 여기 이분이 바로 국내 최초로 양심 계산대를 운영하시는 카페 사장님이십니다. 사장님, 양심 계산대란 무엇입니까?

남자 양심 계산대란 종업원 없이 손님이 스스로 커피값을 내고 거스름돈을 가져가는 계산대예요. 처음엔 제대로 돈을 내는 손님들이 적었어요. 그런데 이렇게 모인 돈이 가난한 어린이를 돕는 데 사용한다는 사실을 알고 오히려 돈을 더 내는 손님도 생길 정도로 인기가 많아요. 다음 주에는 수원시에 3호점을 개업하려고 합니다.

女 這邊這位就是國內最早使用良心收銀台運營的咖啡廳社長。社長，良心收銀台是什麼？

男 良心收銀台指的是：沒有服務生，客人們自己繳納咖啡費用、自己拿回零錢的收銀台。開始時認真付錢的人很少，可當大家知道了這錢是用來幫助有困難的孩子們，甚至還出現了多付錢的人，很受歡迎。下週在水原的3號店就要開業了。

良心收銀台是在沒有服務生的情況下，客人們自己付錢、自己找零的收銀台。所以答案為②。

[17~20] 請聽錄音，選擇最符合男子的中心想法的一項。

17.

남자 어제 식당에서 여자 친구와 음식값을 똑같이 나누어서 냈는데 기분이 좀 이상했어요.

여자 왜요? 각자 먹은 음식값은 각자가 내는 게 좋지 않아요?

남자 저는 데이트할 때 남자가 돈을 내는 게 보기 좋더라고요. 이렇게 각자 나누어서 내니까 별로 친하지 않다고 느껴졌어요.

男 昨天在餐廳吃飯的錢和女朋友各付各的，覺得心情怪怪的。

女 為什麼？各自付自己吃的費用不好嗎？

男 我覺得約會的時候由男生付錢，看起來比較好。像這樣分開各付各的顯得一點都不親近。

男子認為約會時由男生付錢更好。所以答案為④。

18.

남자 이번에 새로 나온 노트북을 샀어.

여자 와, 예쁘다. 그런데 이거 신제품이라 비싸지 않아? 한 달 후면 가격이 떨어질 텐데 그때 사지 그랬어.

남자 신제품이라 좀 비싸기는 하지만 난 남들보다 더 빨리 새로운 제품을 써 볼 수 있다는 게 좋아. 그리고 가격이 많이 떨어지기 전에 중고로 팔고 또 다른 신제품을 살 수 있어.

男 這次買了新出的筆記型電腦。

女 哇，真漂亮！不過這可是新產品，不貴嗎？一個月後價格就會降下來，應該那時候再買。

男 新產品是有點貴，但是能比別人更早用上新產品，我很高興。而且還可以在價格大幅下降之前賣二手，然後再買新產品。

男子認為「新產品貴，但是能比別人更早用上很高興」。所以答案為③。

19.

남자 요즘 청소년들을 보면 화장을 많이 하는 것 같아.

여자 맞아. 어른들보다 화장을 더 잘하는 청소년도 있더라고.

남자 청소년은 화장을 안 해도 될 것 같아. 청소년들이 너무 싼 화장품을 쓰니까 피부에 화장품이 해롭기도 하고, 또 연예인을 따라서 무분별하게 화장을 하니까 학생답지 않고 다들 어른 같아 보이던걸?

여자 맞아. 사실 청소년 때는 화장을 안 해도 예쁜데 말이야.

男 看最近的青少年中化妝的特別多。

女 沒錯。還有比大人化妝化得還好的青少年呢。

男 青少年不化妝也可以。青少年們使用廉價的化妝品，而化妝品對皮膚有害，另外追隨藝人，不加區別地化妝，一點不像學生，看起來都像大人。

女 就是呀，事實上青少年時期不化妝也好看。

男子陳述著青少年們不化妝也可以的理由，認為不化妝更好。所以答案為②。

20.

여자 팬들의 사랑을 많이 받았던 수영 선수셨는데 이렇게 은퇴를 하게 돼서 정말 아쉽습니다. 후배들에게 해 주고 싶은 말이 있나요?

남자 무리하지 않고 훈련하는 것도 중요한데요. 정말 중요한 것은 은퇴 후 미래 계획입니다. 저는 어렸을 때는 다른 생각은 안 하고 수영만 했어요. 그리고 국가 대표가 된 후 훈련이 끝나면 미래를 생각하면서 틈틈이 공부를 했는데, 그게 은퇴 후에 많이 도움이 될 것 같아요.

女 作為很受粉絲們喜愛的游泳選手，就這樣退役下來，真的很可惜。有什麼要對後輩們說的嗎？

男 不要過度地訓練很重要。真正重要的是隱退後的未來計畫。我小時候沒想過別的，只想游泳。當了國家隊選手，想到了將來，就在訓練之後，抽空學習。這對退役後有很大幫助的。

男子說做國家隊選手時，想到將來，就抽空學習，這對退役後是很有幫助的。男子認為應該儘早設想退役後的計畫。所以答案為③。

[21~22] 請聽錄音，回答問題。

여자 요즘 스마트폰으로 전자책을 읽고 있는데 종이 책보다 저렴하고 편리해요.

남자 맞아요. 전자책이 편하긴 해요. 책을 무겁게 가지고 다니지 않아도 되고요.

여자 그런데 민호 씨는 왜 전자책을 안 보고 종이 책을 봐요?

남자 저는 종이로 된 책을 읽어야 정말 책을 읽고 있다는 느낌이 들어서요. 책을 읽다가 느낀 점을 책에 적어 두는 것도 좋아하고요.

女 最近在用智慧型手機看電子書，比紙本書更便宜方便。

男 對，電子書確實方便。用不著拿著沉重的書走路。

女 但是民浩為什麼不看電子書，卻看紙本書呢？

男 我覺得只有看紙本書才有讀書的感覺。我還喜歡看書時有什麼感受就寫在書上。

21. 男子覺得只有看紙本書才有讀書的感覺。所以答案為④。

22. 男子雖然更喜歡紙本書，但對電子書的優點也表示有同感，即「不否定電子書」。對話開始說到女子在用智慧型手機看書，所以答案為③。

> 여자 김 대리님, 이번에 회사에서 업무 평가제를 한다던데, 업무 평가제가 뭐예요?
>
> 남자 업무 평가제는 사원들의 업무 능력을 평가하는 거예요. 원래는 상사가 부하 직원을 평가하는 건데 이번에는 구분 없이 서로를 평가한다고 했네요.
>
> 여자 그럼 제가 상사를 평가할 수도 있는 거네요? 어쩐지 좀 부담스러워요.
>
> 남자 그래도 익명으로 진행되니까 너무 부담 갖지 마세요. 그동안 같이 일하면서 느꼈던 점을 솔직하게 적으면 돼요.

> 女 金代理，聽說這次公司實施業務評價制，業務評價制是什麼？
>
> 男 業務評價制是對職員們的業務能力的評價。以前都是上級對部下職員進行評價，但這次說是決定不做劃分，相互進行評價。
>
> 女 那我也能對上司進行評價嗎？怎麼辦，感到有些負擔。
>
> 男 那也是，都是不記名進行的，不用有什麼負擔。這段時間一起工作，感覺到什麼就直率寫下來就行。

23. 女子向男子詢問什麼是「業務評價制」，男子在向女子介紹最新更換的有關的業務評價制的相關內容。所以答案為②。

24. 女子對業務評價制感到有負擔，男子對她說因為是不記名的，不用有負擔。所以答案為①。

> 여자 시장님, 결혼 이주민 여성들을 위한 찾아가는 교실이 인기인데요. 찾아가는 교실을 만드신 이유가 무엇입니까?
>
> 남자 조사에 의하면 결혼 이주민 여성들의 가장 큰 고민은 낮은 한국어 실력이었습니다. 저 또한 결혼 이주민 여성들에게 가장 필요한 것은 한국어 실력이라 생각했습니다. 그래서 다문화 센터의 한국어 강의를 늘렸는데 강의에 잘 오지 않더라고요. 이유를 알아봤더니 결혼 이주민 여성들 대부분이 집에서 아이를 돌보거나 살림을 해야 해서 센터에 올 시간이 없다는 사실을 알게 되었습니다. 그래서 직접 가정으로 찾아가서 한국어를 가르쳐 주는 '찾아가는 교실'을 만들었습니다.

> 女 市長，聽說為了結婚移民女性辦的上門教室很受歡迎。開辦上門教室的理由是什麼呢？
>
> 男 據調查，結婚移民女性們最大的苦惱是韓語水準低落。我也同樣認為結婚移民女性們最需要的就是韓語能力。所以將多文化中心的韓語講座延長了，但她們卻不常來。經瞭解才知道結婚移民女性們大部分都要在家帶孩子或打理家務，沒有時間來中心。於是就開辦了直接去家裡教韓語的「上門教室」。

25. 男子因為考慮到結婚移民女性們沒有來中心的時間，無法學習韓語，所以開辦了「上門教室」，所以答案為②。

26. 內容提到結婚移民女性們大部分要在家帶孩子、打理家務。所以答案為③。

> 여자 이번에 스마트 시계가 새로 나왔는데 본 적 있어?
>
> 남자 난 어제 텔레비전 광고로 봤는데 스마트 시계 광고가 정말 멋져서 나도 사고 싶은 생각이 들더라고.
>
> 여자 요즘 자신에게 필요 없는 물건인데도 불구하고 신제품이 나오면 무조건 사고 싶어 하는 사람들이 많은 것 같아.
>
> 남자 응, 맞아. 신제품이 나오면 처음에는 관심 없다가도 주변 사람들이 많이 사면 나도 사야겠다는 마음이 들어.
>
> 여자 스마트 시계 같은 경우에는 가격이 저렴한 편도 아닌데 그냥 남들이 사니까 따라서 사는 것은 좀 아닌 것 같아.

> 女 這次智慧手錶新上市，你見過了嗎？
>
> 男 我昨天看廣告了，智慧手錶廣告真漂亮，我也心動想買了。
>
> 女 現在有很多人明明都是自己不需要的東西，可一出新產品，就無條件地想買。
>
> 男 嗯，就是呀。新產品出來，我一開始還無動於衷，可看周圍的人都買了，才覺得我也該買。
>
> 女 像智慧手錶這樣的東西，價格也不便宜，只是別人都買，我也跟著買的做法，我覺得不好。

27. 女子覺得明明不需要，只因為是新產品就一定要買的這種消費現象不好。所以答案為①。

28. 男子說昨天看了電視上的智慧手錶廣告，想買智慧手錶了。所以答案為③。

> 여자 요즘 지하철을 타면 스마트폰을 통해 인터넷 만화를 보는 사람들이 정말 많아졌더라고요. 요즘 많이 바쁘시죠?
>
> 남자 저의 이야기를 보면서 울고 웃는 사람들이 정말 많다고 들었어요. 정말 감사하게 생각합니다. 인터넷 만화는 일반 만화와는 다르게 독자들과 댓글로 직접 소통한다는 점이 정말 좋아요. 원래 만화 기획을 할 때 전체적인 이야기의 흐름을 계획하고 작업을 하지만 가끔 독자들의 의견을 반영하여 다음 회를 그린 적도 있어요. 또 인터넷 만화의 경우 일주일에 한 번, 정해진 요일에 만화를 인터넷에 올려야 하기 때문에 힘든 점도 있지만 그만큼 독자의 반응을 빨리 접할 수 있어서 좋아요.

> 女 最近坐地鐵時用智慧型手機看漫畫的人真的變多了。最近很忙吧？
>
> 男 聽說看著我的故事又哭又笑的人很多。真心覺得很感謝。網路漫畫和一般漫畫不同，可以和讀者用回文的形式直接對話，這一點特別好。原來做漫畫設計的時候，設計整個故事脈絡、操作，偶爾也有根據讀者們意見，畫下一集內容的時候。而網路漫畫需要每週一次在規定好的日子將漫畫上傳到網路上，這是有難度的，但可以馬上得到讀者的回饋非常好。

29. 男子作為網路漫畫家轉達著對讀者的感謝，也講了網路漫畫連載的好處和困難。所以答案為②。

30. 男子說要每週一次在規定的日子將漫畫上傳到網路上，所以答案為③。

[31~32] 請聽錄音，回答問題。

> 여자 저출산 문제를 해결하기 위한 방안으로 결혼하지 않은 미혼에게 세금을 부과하는 싱글세 도입에 대해 적극 검토해야 한다고 생각합니다.
>
> 남자 물론 저출산 문제가 심각하지만 싱글세 도입은 국가가 개인의 의사 결정권을 침해하는 행위라고 생각합니다. 결혼은 개인의 선택인데 국가에서 결혼을 강요하는 것과 다름없습니다.
>
> 여자 하지만 몇 년 내에 저출산 문제가 해결되지 않는다면 국가 경제에 위기가 올 수 있습니다.
>
> 남자 그러면 저출산 문제를 해결하기 위한 근본적인 방안을 검토해야 합니다. 뚜렷한 해결 방안 없이 결혼을 강요하고, 세금을 도입한다면 국민들이 강하게 반발할 겁니다.

> 女 作為低生育率問題的解決方案，我認為應該積極探討並推出獨身稅，即：向不結婚的單身者收取稅金的問題。
>
> 男 當然低生育率是很嚴峻的問題，但是推出獨身稅，我認為這是國家侵害個人意識決定權的行為。結婚是個人選擇，這和國家強制結婚沒有差別。
>
> 女 但是如果幾年內不解決低生育率問題的話，就會出現國家經濟的危機。
>
> 男 那就應該討論解決低生育率問題的根本方案。沒有明確的解決方案，強制結婚，收取稅金的話，民眾是會強烈反對的。

31. 男子認為實行獨身稅是國家侵害個人意識決定權的行為。所以答案為③。

32. 男子反駁女子的意見，認為實行獨身稅的話，民眾是會強烈反對的。所以答案為④。

[33~34] 請聽錄音，回答問題。

> 여자 만약에 운동 경기장에서 맨 앞줄에 앉아 있는 사람이 경기 상황을 더 잘 관람하기 위해 일어선다면 어떻게 될까요? 아마도 뒷줄에 앉아 있던 관람자들이 모두 일어서게 되고, 결국 모두가 불편한 상태에서 경기를 제대로 관람하지 못하게 될 것입니다. 이런 상황을 경제 용어로 '구성의 모순'이라고 합니다. 경제적으로 구성의 모순이 발생하는 사례로 저축을 들 수 있습니다. 개인이 저축을 많이 하면 미래의 소득이 늘어나지만, 모든 국민이 소비하지 않고 저축한다면 오히려 물건이 팔리지 않아 재고가 쌓이고 국민 소득이 감소해서 경기가 침체될 것입니다.

> 女 假如在運動賽場坐第一排的人為了更好地觀看比賽而站起來，會怎麼樣呢？可能坐在後排的觀眾也會站起來，最終所有人都會陷入不舒適的狀態，也無法好好觀看比賽。這種情況用經濟用語稱為「結構矛盾」。我們舉個儲蓄的例子作為發生經濟構成矛盾的實例。個人儲蓄多的話，未來的所得會增加，但所有國民不消費都去儲蓄的話，東西賣不出去，造成庫存積壓，國民所得減少，經濟就會停滯。

33. 女子以儲蓄為例，講述著結構矛盾。所以答案為④。

34. 內容中提到：所有國民都只儲蓄的話，就會減少國民所得，造成經濟停滯。所以答案為③。

[35~36] 請聽錄音，回答問題。

> 남자 우리 한국그룹이 '이웃 사랑' 방송 프로그램과 함께 하기로 약속한 지 벌써 10년이 되었군요. 10년 전, 이 방송 프로그램의 제작비를 전액 후원하게 된 것은 기업의 사회적 공헌이라는 회사 이념을 실천하기 위해서였습니다. 단순히 유명인을 써서 수익을 창출하는 광고를 만들기보단 기업의 사회적 역할을 강화해 가는 것이 더 필요하다고 판단했기 때문입니다. 특히 이 후원 활동은 우리 한국그룹이 진행한 첫 사회 공헌 활동이었다는 점에서도 의미가 깊다고 생각합니다. 앞으로도 지속적인 관심과 지원을 아끼지 않겠습니다.

> 男 我們韓國集團約定與《鄰里愛心》電視節目的合作已經有10年了。10年前，我們給予這個電視節目製作費全額贊助，是為了實現企業社會貢獻的公司理念。因為和製作那些單純使用名人獲取收益的廣告比，我們更需要強化企業的社會作用。特別是這一贊助活動是我們韓國集團進行的第一個社會貢獻活動，就這一點它的意義極其深遠。今後我們仍將不遺餘力地給予關心和支援。

35. 男子說「우리 한국그룹」來看，他是代表韓國集團的。而且講述了過去10年贊助節目製作費的理由以及韓國集團的社會貢獻活動。所以答案為②。

36. 男子說贊助節目是我們韓國集團的第一個社會貢獻活動，意義更為深遠。所以答案為④。

남자 오늘은 김 박사님을 모시고 '상하수도 연구소'에서 어떤 연구를 하는지 이야기를 들어 보겠습니다. 박사님, 말씀 해 주시죠.

여자 저희 '상하수도 연구소'에서 주로 하는 일은 상수도를 만들어서 깨끗한 물을 공급하고 하수도로는 우리가 쓴 더러운 물을 처리하는 것입니다. 그리고 가장 중요한 것은 환경 보전을 위한 자원 재생 연구입니다. 바로 더러운 물을 정화하여 깨끗한 물을 공급하는 방법을 연구하는 것이죠. 사람들이 많이 모여 사는 도시의 식수가 오염된다면 많은 사람들이 병에 걸리기 쉽습니다. 반대로 상하수도 시설이 잘 되어 있다면 시민들의 건강을 안전하게 지킬 수 있죠. 우리가 사는 환경과 무심코 마시는 물도 상하수도 시설을 통해 나온 것이라는 것을 잊어서는 안 됩니다.

女 今天請來了金博士，聽他談談在「上下水道研究所」從事什麼研究。博士，請說。

男 我們「上下水道研究所」主要從事的事是修建上水道輸送乾淨的水，用下水道將我們使用過的污水進行處理。並且最重要的是為了保護環境進行的資源再生的研究。即：研究污水淨化，提供乾淨的水的方法。如果人口集中的城市食用水被污染的話，就會容易生病。相反地，如果上下水道設施完備，就可以安全保障市民的健康。一定不能忘記我們生活的環境和不經意間喝的水全都是透過上下水道設施流出來的。

37. 女子說：如果上下水道設施完備，就可以安全保障市民的健康。所以答案為④。

38. 內容中提到：上下水道研究所從事的是為了保護環境進行的資源再生的研究，所以答案為④。

[39~40] 下面是一段訪談。請聽錄音，回答問題。

남자 영화감독에서 올림픽 개·폐회식 총감독으로 정말 활약이 대단하신데요. 그런데 앞에서 이야기하신 것처럼 계속 사양하시다가 왜 갑자기 생각을 바꾸신 건가요?

여자 사실 영화감독이라는 직업에 만족하며 열중해 왔던 제 자신이 자랑스러웠습니다. 그런데 되돌아보니 저는 항상 제 경력에 도움이 되는 일에만 열중하고 있다는 것을 깨닫게 되었습니다. 그래서 사회에 공헌할 수 있는 활동을 생각하고 있던 중에 전 세계인이 체육으로 하나가 되는 올림픽에서 개회식과 폐회식 공연을 맡아 달라는 요청을 받게 되었습니다. 이번이야말로 사회적으로 뭔가 해야 할 시점이 아닐까 하는 생각이 들었습니다. 그래서 개인 활동을 접고 개·폐회식 총감독직에 응하게 되었습니다. 저는 지금 첫 임무로 '지구촌 한 가족 공연'을 기획하고 있는데요. 제가 공연 예술 기획은 처음이라 아직 어려움이 있지만 국가의 상징이 되는 공연인 만큼 꼭 성공적인 개·폐회식을 만들도록 노력하겠습니다.

男 您從電影導演到奧運會開幕式、閉幕式總導演，真是太厲害了。但正如前面提到的，您先前一直都在推辭，為什麼突然改變想法了呢？

女 事實上我很滿足電影導演這個職業，並為一直熱衷於工作的自己感到很自豪。

但是回顧過去我發現自己熱衷的只是對自己經歷有幫助的事。所以就在思考有哪些是對社會有貢獻的活動的時候，得到了讓我負責以運動將全世界人結為一體的奧運會開幕式和閉幕式演出的邀請。我覺得這才真正是為社會做些什麼的時刻。所以我放下了個人活動，答應了做開閉幕式總導演。我現在正在策劃首個任務「地球村大家族公演」。做演出藝術策劃我是第一次，還有很多困難之處，但是作為國家象徵的演出，我一定要努力作出一個成功的開閉幕式。

39. 女子提到她一直很滿足自己的工作並熱衷與此，所以答案為④。

40. 女子正在思考有哪些是對社會有貢獻的活動時答應了此事。所以答案為①。女子中斷了一直感到很滿足的原有工作，開始了演出藝術的工作。她並沒有放棄電影導演的工作，只是暫時中斷做演出藝術方面的工作。所以③和④不正確。

[41~42] 下面是一篇演講稿。請聽錄音，回答問題。

남자 완벽한 결혼식을 위한 조건이 무엇이라고 생각하십니까? 한국에선 결혼식에 하객이 많이 참석하는 것이 중요하다고 생각하는 경향이 있는데요. 이 때문에 한국의 결혼식은 두 집안의 정성과 성의를 손님들에게 보여 줘야 하는 행사이기도 해서 결혼식날 하루에 쓰는 비용이 엄청난 편입니다. 이런 현상은 체면을 중시하는 한국 사람들의 '겉치레' 문화와 연관이 있습니다. 저는 이런 겉치레 문화가 개인을 가문의 일원으로 생각하고 가문의 이미지를 중시하기 때문에 생겨났다고 보는데요. 이로 인해 한국 사람들은 남들보다 더 나아 보여야 한다는 압박감을 느끼게 된 거죠. 하지만 최근에 유명 연예인들을 시작으로 '작은 웨딩', '셀프 웨딩'이 유행하면서 비싼 드레스나 예식장 대신 직접 디자인한 예복을 입고 도심을 벗어난 경치가 아름다운 공원에 소수의 지인들만을 초대하여 결혼식을 올리는 것이 대세로 떠오르고 있습니다. 남에게 보이기 위한 예식이 아닌 실속 있는 결혼이 주목을 끌고 있다는 것입니다. 이는 젊은이들 사이에서 겉치레 문화가 점차 퇴보하고 있는 긍정적인 변화 모습을 반영한다고 볼 수 있습니다.

男 你認為達成一個圓滿的婚禮的條件是什麼？在韓國有這樣的一個傾向，認為婚禮最重要的是來祝賀的人有多少。因此，韓國的婚禮可以說是向客人們展示兩個家庭誠意的日子，因此婚禮這天所花的費用非常多。這種現象與韓國人重視體面的「面子」文化有關係。我認為這種面子文化的生成是因為人們很重視家門形象，並也都把自己看作是家族的一員的緣故。正因為如此，韓國人總是有必須比別人看起更好的壓迫感。但是近來隨著由一些知名藝人們開始帶起「小型婚禮」、「自助婚禮」的流行，沒有昂貴的婚紗或禮堂，替代的是穿著自己設計的禮服，去遠離市中心的地方或風景優美的公園，邀請少數知己舉行結婚儀式的這種趨勢正在上升。不是為了做給別人看的儀式，而是有實際內容的婚禮正在受人矚目。這也反映了面子文化在年輕人中正在逐步退化的一種積極變化面貌。

41. 韓國有一種傾向，就是認為參加婚禮的人數很重要。所以答案為④。

42. 男子在文章最後部分説：面子文化在年輕人中正在逐步退化，顯示了一種積極變化的面貌。所以答案為④。

[43~44] 下面是一篇紀實報導。請聽錄音，回答問題。

> 여자 여러분은 비타민에 대해 얼마나 알고 있나요? 비타민은 소량이지만 우리 몸에 큰 역할을 맡고 있습니다. 비타민을 미량 영양소라고도 하는데요. 미량 영양소란 아주 소량이지만 우리 몸에 필요한 영양소를 의미합니다. 이 영양소는 우리 몸의 뇌 활동, 기억력, 생각하는 능력 및 감정에 큰 영향을 끼치고 신체의 성장을 돕는 핵심적인 역할을 하고 있습니다. 그러니까 비타민은 우리 몸에 꼭 필요한 요소라고 할 수 있어요. 좀 더 자세히 살펴보면 비타민 B군은 우리 몸의 에너지를 만들 때 이를 돕는 역할을 합니다. 비타민 B군이 충분한 상태가 되면 에너지를 만드는 공장이 활발하게 돌아갈 수 있는 확률이 높아집니다. 한 의학 전문의에 의하면 개나 고양이는 비타민 C를 직접 만들 수 있지만 인간은 체내에서 비타민 C를 만들 수 없다고 합니다. 그렇기 때문에 음식에서 비타민 섭취가 부족하면 다른 형태로라도 섭취를 해야 한다고 합니다.

> 女 大家對維生素瞭解多少呢？維生素量雖少，但在我們體內有相當大的作用。我們也稱維生素是微量營養素。微量營養素指的是量雖少，卻是我們體內必需的營養素。這種營養素對於我們身體的大腦活動、記憶力、思維能力和情緒產生很大影響，對身體生長有核心的輔助作用。因此可以說維生素是我們身體中必備的要素。再仔細瞭解一下的話，維生素B有幫助我們身體製造能量的作用，當人體中維生素B充足的時候，就能使製造能量的工廠提高積極運轉的概率。根據一位元醫學專家提到的，狗和貓等可以直接製造出維生素C，但人的身體無法自製維生素C。因此如果從飲食中攝取的維生素不足的話，就必須從其它途徑攝取才行。

43. 女子説維生素雖然量少，卻在身體裡有很大作用。並對稱維生素為微量營養素做了説明。所以答案為③。

44. 題目對微量營養素和它的作用作了説明，並強調維生素是人體必需的元素。所以答案為④。

[45~46] 下面是一篇演講稿。請聽錄音，回答問題。

> 남자 우리는 앞에서 기후 변화의 원인 두 가지를 알아봤습니다. 하나는 태양과 지구의 관계에서 비롯되는 것이었고 또 하나는 수증기나 이산화탄소와 같은 온실 기체로 인한 온실 효과였지요. 그렇다면 둘 중에 어느 것이 지구 기후 변화에 더 큰 영향을 끼칠까요? 네, 그렇습니다. 여러분도 아시다시피 지구 기후에 가장 많은 영향을 끼치는 것은 바로 온실 기체에 의한 변화

입니다. 인간이 자동차를 몰 때, 또는 음식을 조리하거나 불을 켜기 위해 연료를 태울 때면 대표적인 온실 기체인 이산화탄소가 배출됩니다. 이러한 인간의 활동이 바로 이산화탄소를 만들어 내고 결국에는 지구 온난화 같은 기후 변화를 일으키는 것입니다. 좀 더 자세히 설명하면, 대기에서 온실 효과를 가장 일으키는 것은 수증기입니다. 그런데 대기 중에 이산화탄소가 많아지면 대기가 따뜻해지면서 수증기를 더 많이 포함할 수 있습니다. 이로 인해 온도가 더욱 상승하는 것입니다.

> 男 前面我們探討了兩個氣候變化的因素。一個是從太陽和地球的關係造成的，另一個是由於水蒸氣或像二氧化碳這樣的溫室氣體造成的溫室效應。那麼這兩種中哪個對地球氣候的變化影響更大呢？對，沒錯！正如大家也都知道的，對地球氣候影響最大的就是由溫室氣體帶來的變化。當人們開車、煮飯、為了點火點燃燃料的時候就會產生最有代表性的溫室氣體二氧化碳。這種人類活動直接製造出二氧化碳，會造成地球溫暖化這樣的氣候變化。再進一步細說，大氣中最能引起溫室效果的是水蒸氣。但是大氣中的二氧化碳增加的話，大氣變暖，就會含有更多的水蒸氣。因此就會使溫度升得更高。

45. 題目中説到「但是大氣中的二氧化碳增加、大氣變暖，就會含有更多的水蒸氣，導致溫度升高」。所以答案為①。

46. 男子在對氣候變化的原因做説明，講到人類活動對氣候變化的影響。所以答案為③。

[47~48] 下面是一段談話。請聽錄音，回答問題。

> 여자 옛 사람들의 삶을 알고 싶을 때 살펴보는 자료로 흔히 오래되고 내용도 어려울 것 같은 옛 문헌들을 떠올리는데요. 박사님은 옛 문헌 중에서도 일상에서 주고받은 편지를 주로 연구해 오셨습니다. 왜 편지에 관심을 가지시는지, 또 그것을 연구하는 일이 현대에 어떤 의미가 있는지 궁금합니다.

> 남자 제가 연구하고 있는 편지들은 주로 양반들끼리 주고받았던 편지들입니다. 당시 일반 대중들은 글을 잘 몰랐기 때문에 일반 대중들이 썼던 편지는 몹시 드문 편입니다. 현재는 인터넷의 발달로 자주 쓰지 않지만 그 당시에 편지는 흔한 의사소통 수단이었습니다. 하지만 온전히 남아 있는 몇 안 되는 귀한 자료라는 점에서 중요도는 어느 것에도 뒤지지 않습니다. 장르도 다양해서 연애편지나 부모와 자식 간에 서로의 삶을 걱정하는 글, 상업용 문서, 편지 작성법을 모아 놓은 실용서 같은 것들이 있습니다. 대표적으로 퇴계와 고봉의 편지글은 학문적 가치도 높습니다. 이런 자료들을 통해서 옛 사람들의 삶을 구체적이고 사실적으로 복원할 수 있는데요. 이것은 문헌 연구뿐만 아니라 문화와 사상의 연구라는 큰 틀에 있어서도 아주 중요한 활동이라고 생각합니다.

> 女 想了解過去人的生活時，作為要查找的資料，常常會想起年代久遠、內容難懂的舊文獻。在眾多舊文獻中，博士一直主要研究的是日常往來的信件。我很想知道您為什麼對信件這麼關注，另外研究它對現代有何等意義。

男 我所研究的信件基本上是貴族們之間相互傳遞的信件。當時普通百姓還不識字，所以普通百姓寫的信件非常少見。現在因為電腦發達，不常親手寫信，但當時信件是最常見的交流手段。作為完整地保留下來的少數幾件貴重資料，它的重要程度不亞於任何文獻。信件類型十分多樣，有情書或父母與子女間相互擔心對方生活的信件、商業文書、將書信寫法匯總下來的實用書那樣的信件。最有代表性的如：退溪和高峯的書信內容學術價值很高。透過這些資料就可以具體地、寫實地還原這些人們的生活。我認為這不僅僅是文獻研究，在文化和思想研究的大範圍裡也是一項很重要的活動。

47. 內容説到當時普通百姓的信件很少，因此還是有的。所以答案為②。

48. 內容對過去信件內容的價值做了説明，並提到舊書信對文獻研究和文化及思想研究都有重要作用。所以答案為③。

[49~50] 下面是一篇演講稿。請聽錄音，回答問題。

여자 최근 한 결혼정보회사의 조사에 따르면 2015년 결혼 비용으로 남성은 약 1억 5천만 원, 여성은 8천5백만 원 정도를 지출했다고 합니다. 그런데 흥미로운 것은 신랑의 연령이 한 살 증가할수록 결혼 비용이 약 6백만 원 가량이 더 증가한다는 것입니다. 그리고 결혼한 남성은 연령이 한 살 더 증가할수록 연소득이 2백만 원이나 증가한다고 하니 남성 입장에서는 하루라도 더 빨리 결혼하는 것이 유리한 것 같습니다. 반면 여성은 결혼으로 상당한 손해를 보고 있는 것으로 나타났는데요. 여성은 눈에 보이지 않는 비용까지 합하면 약 천만 원 정도의 손해를 감수한다고 합니다. 더욱이 결혼하지 않고 직장 생활을 하는 것에 비해 결혼 후 직장을 그만두고 자녀를 낳아 키우는 여성은 약 1억 3천만 원의 손해를 본다고 합니다. 이렇게 따져 보면 결혼한 여성의 손해는 이만저만이 아닌데요. 그래서 예비 부부부터 이런 부분을 인식하고 보다 현실적이고 합리적인 결혼 계획을 세울 필요가 있다고 생각합니다.

女 根據最近一家結婚資訊公司的調查顯示，2015年支出的結婚費用男性大約支出了1億5千萬韓元、女性大約支出8千5百萬韓元。並且更有趣的是新郎的年齡每增加一歲，結婚費用將多增加約6百萬韓元。而且已婚的男性年齡每增加一歲，年收入也將增加2百萬韓元，因此站在男性的角度，早一天結婚就會對自己越有利。資料還顯示女性在結婚的事情上會受到相當大的損失。如果將女性用肉眼看不到的費用加起來的話，將承受約1千萬韓元左右的損失。並且和不結婚一直工作的人比，結婚後辭掉工作養育孩子的女性會受到約1億3千萬韓元的損失。這樣仔細算來，結婚女性的損失可不是小數字了。因此有必要從準夫婦開始就認識這種部分，安排更現實、合理的結婚計畫。

49. 內容提到：新郎的年齡每增加一歲，結婚費用將多增加約6百萬韓元。所以答案為③。

50. 這是對男性和女性不同年齡階段結婚費用的調查結果。所以答案為③。

쓰기	寫作

[51~52] 請閱讀下文，分別寫出符合㉠和㉡的一句話。

51. ㉠：這裡講述的是不能和小狗一起生活的理由，所以括弧中應該是寫此文章的目的。

㉡：前面有「性格」，這裡應該是介紹小狗性格的內容。後面部分提到了：在一起沒有什麼困難的，因此這裡最好使用多種陳述小狗善良、溫順性格的詞彙來描寫小狗的性格。

→ 這是尋求餵養小狗主人的啟示。這裡必須有不能餵養小狗的原因，以及小狗的品種、年齡、性格或特性等內容。還應該有想餵養小狗的人可以聯絡的聯繫方式等內容。3分的答案適用於使用初級文法和詞彙進行表達的情況。

52. ㉠：應該把因為工作不得已減少了與家人在一起的時間、對自己所擁有的感到不滿足所出現的後果與生活的均衡聯繫起來。前面提到生活的均衡很重要，後面是與生活不均衡相關的內容，所以寫的時候最好參考前後內容。

㉡：前句中講了因為生活不均衡帶來的問題，因此應該寫出解決這些問題的方法。注意要圍繞本文的主題。

53. 【概略】
序論（前言）：介紹調查內容
本論（論證）：説明青少年每日平均上網時間和上網使用類型
結論（結語）：整理

54. 【概略】
序論（前言）：高齡化的定義和它給社會的影響
本論（論證）：① 解決低生育率
　　　　　　　② 解決勞動力匱乏
　　　　　　　③ 造成開放的工作環境
結論（結語）：整理自己的意見

읽기	閱讀

[1~2] 請選擇最適合（　）內容的一項。

1.

> 今年水果產量（　），水果價格整體下降了。

問題類型 選擇適合句子的詞彙(連接/生活文)
括弧後提到「水果價格下降了」，由此可推測答案為④。

> **-아/어서인지:** 表示前面的行為或狀態有可能是後句狀態的原因，用於對此無法準確說明的時候。
> **例** 아이가 피곤해서인지 앉은 채로 졸고 있었다.
> 영화가 재미없어서인지 자는 사람들이 많았다.
> **注意** "-아/어서인지" 可以與 "-아/어서 그런지" 替換使用。

- **-ㄴ/는다면:** 表示對某種事實或狀況進行假設時的連接語尾。
  例 네가 이번 시험에 합격한다면 네가 원하는 선물을 사 줄게.

● -아/어야:
① 表示前句內容為後句內容的必要條件時的連接語尾。
　　例 영호는 아직 어려서 부모님의 허락을 받아야 여행
　　　을 갈 수 있다.
② 表示前面假設的內容對結局沒有任何影響時的連接語尾。
　　例 아무리 노력해 봐야 결과가 달라지지 않는다.

● -ㄴ/는다거나:
① 用於羅列若干個例子進行說明時。
　　例 교실에서 큰 소리로 떠든다거나 냄새 나는 음식을
　　　먹으면 안 된다.
② 用來表示選擇相互對立的兩個以上行為中某一個的時候。
　　例 기다리는 동안 책을 읽는다거나 영화를 보면 되겠네.

2. 醫生對胃炎患者（ ）食量。

問題類型 選擇適合句子的詞尾（終結/生活文）
醫生對胃炎患者最自然的說法為：要注意調節食量，因此答案為具有「使動」含義的①。

-게 하다: 用於某人使其他物件做某事的時候。
　例 선생님이 학생들에게 책을 큰 소리로 읽게 했다.
　　비가 와서 엄마는 아이를 밖에 나가지 못하게 했다.
　注意 使動的「-게 하다」可以與「-도록 하다」替換使用。

● -(으)려고 하다:
① 表示前句出現行動的意圖或意向。
　　例 영호는 모든 책임을 혼자 다 끌어안으려고 했다.
② 表示前句中的事會馬上發生或開始。
　　例 우리 학교 홈페이지 방문자의 수가 십만 명을 넘으려고 한다.
● -게 되다: 表示會成為前句中的狀態或狀況。
　　例 예전에는 몰랐는데 시간이 지나면서 자연스럽게 알게 되었다.

[3~4] 請選擇與劃線部分意思相近的選項。

3. 把黃鐘花插進花瓶擺在桌上，就好像春天來了。

問題類型 選擇相近的詞尾（連接/生活文）
把黃鐘花插進花瓶，再把它放在桌子上的意思，所以答案為③。

-아/어다가: 表示用做完某事後的結果去做後句行為的意思。
　例 도서관에서 책을 빌려다가 읽었어요.
　　은행에서 돈 좀 찾다가 주시겠어요?

● -(으)ㄹ 뿐: 表示除了現在的狀況之外沒有任何可能性或狀況的意思。
　　例 미숙이는 가만히 앉아 있을 뿐 아무것도 하지 않았다.
● -기에: 表示前句內容是後句的原因或根據時的連接語尾。
　　例 오늘은 바람이 심하기에 창문을 꼭 닫아 두었다.
● -아/어 가지고:
① 表示維持著前句出現的行動的結果或狀態。
　　例 여행을 갔던 친구가 내 선물을 사 가지고 왔다.

② 表示前句出現的行動或狀態是後句的原因或手段、理由。
　　例 영호는 늦게 일어나 가지고 학교에 지각하고 말았다.
● -는 바람에: 表示前句的行動是後句狀況的原因或理由。
　　例 길이 너무 막히는 바람에 늦었어요.

4. 儘管有政府的努力，國家經濟狀況仍然沒有好轉，實在令人惋惜。

問題類型 選擇相近的詞尾（終結/生活文）
內容是指：政府努力也沒有使國家經濟好轉，只是令人遺憾。所以答案為①。

-(으)ㄹ 따름이다: 表示除現在的狀況之外沒有其它可能性或狀況，排除別的選擇的意思。
　例 나는 내가 해야 할 일을 했을 따름이다.
　　나는 먹으라고 해서 먹었을 따름이다.

● -(으)ㄹ 뿐이다: 表示除現在的狀況之外沒有其它可能性或狀況，別無選擇的意思。
　　例 유미는 물만 먹었을 뿐인데 왜 살이 찌는지 모르겠다고 야단이다.
● -(으)ㄹ 정도이다: 表示與前面內容成比例或與前面內容的程度或數量相當。
　　例 방이 넓어서 학생 20명이 공부할 수 있을 정도였다.
● -(으)ㄹ 수 있다: 用來表示前句涉及事的可能性。
　　例 공휴일이라서 식당에 사람들이 많을 수 있다.
● -(으)ㄹ 리가 없다: 說話者用來表示絕對不可能出現前句中所說的理由或可能性。
　　例 유명한 디자이너가 만들어 준 옷인데 예쁘지 않을 리가 없지.

[5~8] 請選擇這是關於什麼內容的文章。

5.
她清新香氣的秘訣！
閃耀健康亮光的茂密髮質！

問題類型 掌握文章的題材/類型（廣告文）
此廣告的核心詞彙為「머릿결（髮質）」，這是介紹如何使頭髮成為散發清香的健康髮絲的方法，所以答案為②。
● 비결[秘訣]: 世上不知道的屬於個人的獨特方法。

6.
特級交通網！明快的自然環境！
社區內具備讀書室、最高檔的居住條件。

問題類型 掌握文章的題材/類型（廣告文）
此廣告的核心詞彙為「주거 조건（居住條件）」指具備最好的居住條件。所以答案為③。
● 완비[完備]: 沒有遺漏地完全具備。

7.
不是一張，是兩張。背面也和前面一樣。

問題類型 掌握文章的題材/類型（廣告文）
核心內容為「不是一張」、「背面也一樣」。這表示紙的背面也和前面一樣可以利用的意思。所以答案為④。

8.
•被燙傷時請用冷水冷卻後再去醫院！
•眼睛裡進東西時，請用清水洗！

問題類型 掌握文章的題材/類型（報導文）

這裡說的是被燙傷去醫院前應該做的事和眼睛裡進了灰塵應該怎麼做。所以答案為④。

- 화상[火傷]을 입다: 被火或熱的東西和化工藥品燒傷。

[9~12] 請選擇與下文及圖表內容相同的一項。

9.
手語諮詢服務介紹
－希望電話129－
- 開放時間：自2016年5月20日起
- 利用時間：24小時開放
- 申請方法：登錄保健福祉呼叫中心（www.129.go.kr）→點擊「手語諮詢服務」進行申請
※專業手語諮詢師透過畫面與有聽障者溝通，進行苦惱諮詢。

問題類型 選擇與文章/圖表相同的一項（報導文）

內容提到：「전문 수화 상담사가 화면을 통해, 청각장애인들의 고민을 상담해 줍니다.」，表明是透過視訊進行諮詢服務。所以答案為④。

- 수화[手語]: 不能聽或不能說話的人之間，或者和他們對話時使用手勢或肢體語言轉達的意思的方法。
① 這項服務夜間不能利用。→24小時開放
② 這是教手語的服務。→用手語進行苦惱諮詢
③ 要申請這項服務，打129即可。→網路上申請

10.
能源利用狀況

水能(2%)
原子能(7%)
天然氣(21%)
石油(22%)
其它(12%)
煤炭(36%)

問題類型 選擇與文章/圖表相同的一項（報導文）

內容提及：將水能(2%)、原子能(7%)、其它能源(12%)合併在一起為21%，所以答案為④。
① 石油使用量最多。→煤炭
② 天然氣和石油的使用量差別很大。→幾乎沒有差別
③ 原子能比水能所占的比例更小。→多

11.
據統計，每年大約有25萬人淪為信用不良者。因無法償還銀行貸款或無法還清信用卡貨款而成為信用不良的人均為35%，所占比例最高。而現金服務和學費貸款緊跟其後。按年齡分類：50歲年齡組佔據榜首為32%；按職業分類：自營業者為32%、公司職員為24%。

問題類型 選擇與文章/圖表相同的一項（生活文）

內容中有「而現金服務和學費貸款緊跟其後」，可知因為現金服務導致信用不良的人比因學費貸款導致信用不良的人多。所以答案為④。
① 信用不良者中，公司職員比自營業者多。→少
② 50歲年齡段的信用不良者比其它年齡段所占比例少。→多

③ 信用卡信用不良者比銀行貸款信用不良者少。
→信用卡信用不良者和銀行貸款信用不良者所占比例相同

12.
教保文庫從下個月起開始電子書服務業務。可以購買書籍、還提供借閱限期為一個月的圖書「訂閱式服務」。已經取代相當部分紙本書籍的電子書一直呈增加趨勢，其中可以輕鬆閱讀的犯罪推理書籍很受歡迎。據說最近推理小說作家一年收入中的一半來自於電子書籍。

問題類型 選擇與文章/圖表相同的一項（生活文）

內容中有：提供借閱限期為一個月的圖書「訂閱式服務」，所以答案為①。
② 在書店買書的人增加了。→在減少
③ 推理書籍收入的一半以上來自於紙本書籍。→一半
④ 紙本書已經代替了相當一部分電子書。→電子書已經替代著紙本書籍。

[13~15] 請選擇排序正確的一項。

13.
(가) 但是隨著實學者們的出現，這種視角變了。
(나) 朝鮮時代人們輕視漁業，重視農業。
(다) 特別有代表性的實學者丁若銓寫的《茲山魚譜》將人們的注意力轉向了大海。
(라) 這本記錄了155種海洋生物的書籍在當時是世界上罕見的展示科學探索方法。

問題類型 排列文章順序（生活文）

這裡介紹了丁若銓寫的《茲山魚譜》。介紹朝鮮時代人們並不認為漁業重要的內容(나)在前，其後是由：「그런데（但是）」開始的的內容：隨著實學者們的出現，視角發生了變化的(가)。然後是由「특히（特別是）」開始的講「茲山魚譜」起了重大作用的內容的(다)，最後是以「이 책은（這本書）」為主詞的(라)，所以答案為以(나)-(가)-(다)-(라)排序的①。

- 실학[實學]：指從17世紀後葉開始到朝鮮時代末期流行起來的旨在提高實際生活水準改善社會制度的學問。
- 시각[視角]이 바뀌다：指改變對問題理解和判斷的觀點。

14.
(가) 過量攝取糖分，韓國也不例外。
(나) 對於碳水化合物攝取量高的韓國人來說，糖就和鹽一樣危險。
(다) 看上去很多，看實際上只相當於喝一瓶可樂的攝取量。
(라) 美國保健當局勸告每天糖分攝取量要限制在200kcal之內。

問題類型 排列文章順序（生活文）

這裡說的是有關每天糖分攝取量的內容。美國保健當局勸告每天糖分攝取量的容(라)在前，然後是有「꽤 많아 보이는 양이지만 이는(200kcal)」容的(다)，之後是說不僅美國，韓國也不例外的(가)，最後應該是(나)介紹對韓國人來說糖很危險的理由。所以答案為按照(라)-(다)-(가)-(나)排序的④。

15.

(가) 化妝品公司們最近都熱衷於與其它領域間的合作。

(나) 用化妝品外殼的設計來吸引他們的關注。

(다) 這是為了贏得挑剔的女性們的歡心所選擇的戰略。

(라) 與時裝、電影、動畫等大眾藝術的藝術家們聯手的公司正不斷增加。

問題類型 排列文章順序(生活文)

講的是有關化妝品公司與其它領域間合作的內容。首先是介紹化妝品公司們最近都熱衷於與其它領域間的合作的內容的(가)，然後是舉例陳述的(라)。之後是由「이는（這是）」開始的陳述(라)理由的(다)，最後是陳述(다)理由的(나)。所以答案為按照(가)-(라)-(다)-(나)排序的②。

● 손잡다: 攜手，比喻齊心合力共事的意思。

[16~18] 請閱讀下文，選擇最適合(　)內容的一項。

16. 「推敲」指的是對寫完的文章重新審視，有錯修正、有不足補充的整理工作。推敲做的好壞(　)。因此文章寫之後最好重新看看，確認一下主題和素材的明確性、內容的準確性、文法和拼寫的精確度。

問題類型 選擇符合文脈的內容(說明文)

括弧後講了文章寫完後一定要重新檢查「주제와 소재의 명확성, 내용의 정확성, 문법과 맞춤법」，為提高文章的水準進行查驗。所以答案為②。

17. 並非是電影演員或歌手等演藝人員，而是由周邊居民為模特兒登場的公寓廣告常常映入眼簾。這是因為建設公司們在城市內到處張貼了以地方居民為模特兒拍的廣告宣傳的緣故。在公寓認購的熱潮中，建設公司以對本地區公寓有需求的當地居民為對象(　)，強化了拉近地區距離的行銷。

問題類型 選擇符合文脈的內容(生活文)

括弧後面提到的「지역 밀착형 마케팅」指的是不使用演藝人員，而用附近居民為廣告模特兒的事。以附近居民為模特兒是為了讓人有親近感，所以答案為④。

● 등을 돌리다: 形容(某人對其他人)排斥或斷絕關係。
　例 그는 가난한 사람들에게서 등을 돌렸다.

● 밀착[緊密]: 表示相互的關係很密切。

● 친근감[親近感]: 感情上很接近的感覺。

18. 為了讓小提琴發出悠揚的聲音，必須把挑選能做樂器的好木材長時間進行乾燥。製造弦和弓時也一樣，要融入人的真誠和努力才能造出聲音悠揚的名品。當然(　)。不具備聆聽耳朵的人怎麼能做出讓別人悅耳的樂器呢？

問題類型 選擇符合文脈的內容(說明文)

內容講的是製造出好小提琴的條件。括弧後有「要有會聽的耳朵」的內容，提到音感的必要性。所以答案為④。

● 물론[勿論]: 表示沒有再說什麼的必要。
　例 물론 월급은 매월 말에 지급될 것이다.
　　 물론 이 방법이 누구에게나 똑같이 좋은 효과를 낼 수는 없다.

● 현[弦]: 弦樂器中發聲的細長的弦。

● 현악기[弦樂器]: 像小提琴、大提琴等通過拉弦或彈弦發聲的樂器。

[19~20] 請閱讀下文，回答問題。

比較人和動物睡覺很有意思。像人們有做夢的動物、也有不做夢的動物，(　)還有不睡覺的動物。像青蛙那樣的兩棲類等的低等動物不睡覺，而像爬蟲類以上進化了的高等動物要睡覺。有斷斷續續睡覺的動物。特別是鳥即使在樹枝上睡覺，也會隨時緊張注意著不讓自己掉下來。

19. **問題類型** 選擇符合文脈的連接詞(生活文)

後面用否定的說法提到「잠을 자지 않는 동물도 있다.」，所以答案一定是與否定詞一起使用的③。

● 겨우: 盡力才勉強。
　勁 가까스로, 간신히
　例 현우가 겨우 잠이 들려고 하는데 전화벨이 울렸다.

● 훨씬: (通常與表比較的助詞「보다」一起使用、或與表示程度或時間、數量的名詞一起使用)與某物相比，其程度相差甚遠或程度疊加。
　例 그 산을 오르는 것은 생각보다 훨씬 힘들었다.

● 아예: (基本與否定詞一起使用)表示在做某事和行動之前完全從頭開始。索性。
　例 나에게 거짓말할 생각은 아예 하지 마라.

● 고작: 表示大不了，充其量。
　例 넓은 바다 위에 떠 있는 배는 고작 두 척뿐이었다.

20. **問題類型** 掌握細節內容(一致/生活文)

內容提到：低等動物們不睡覺、進化到爬蟲類以上的高等動物們睡覺，所以答案為①。

② 青蛙是睡覺的動物。→不睡的

③ 鳥為了避免掉下來不睡覺。→睡覺也緊張著

④ 人和動物睡覺沒有相似的地方。→有

[21~22] 請閱讀下文，回答問題。

21. 在滑冰時摔倒負傷的人中，嫻熟的高手反倒比初學者要來得多。開車時也一樣，開了一年以上的老司機們發生交通事故比剛開始開車的新手多。這是由於自己能力了了，也就自然驕傲起來的緣故。(　)正如有這樣的話，需要有自我戒備的姿態。

21. **問題類型** 選擇符合文脈的俗語(生活文)

內容提到：有必要告誡自己不要隨著能力的增加，產生自滿心理。所以答案為④。

● 교만[傲慢]: 指自以為是、無視別人、說話或行動很傲慢。

● 고생 끝에 낙이 온다: 表示經歷磨難之後一定會有好事出現。同「苦盡甘來」。
　例 가: 10년 동안 일해서 드디어 빚을 다 갚았어요.
　　 나: 고생 끝에 낙이 온다더니 정말 축하해요!

● 떡 본 김에 제사 지낸다: 形容利用偶然的機會做了早想做的事。
　例 가: 엄마, 왜 이렇게 음식을 많이 했어요?
　　 나: 떡 본 김에 제사 지낸다고 귀한 손님이 온 김에 잔치 기분 좀 내려고.

- **놓친 고기가 더 커 보인다**: 形容比起現有的總認為以前的更好。
  - 例 가: 지금 남자 친구도 좋은데 예전 남자 친구가 자꾸 생각 나.
    - 나: 놓친 고기가 더 커 보이는 거야. 후회하지 마.
- **벼는 익을수록 고개를 숙인다**: 用來形容有教養的人會更加謙遜。
  - 例 가: 이번 시험에서 또 일등 했어. 나는 역시 대단한 것 같아.
    - 나: 벼는 익을수록 고개를 숙인다는 말 몰라?

22. 問題類型 掌握中心想法(生活文)

提到：要告誡自己不要隨著能力的增加，產生自滿心理，即越有能力越要謙虛的意思。所以答案為①。

[23~24] 請閱讀下文，回答問題。

> 在電視裡看到了皮影戲，想起了小時候和爸爸一起玩的影子遊戲。透過變換手勢可以弄出可愛的小兔子、也可以弄成小鴨子。和影子遊戲同時清晰地回想起來的，還有爸爸講從前的故事。那時躺在床上聽著爸爸講的故事，不知不覺就會進入甜蜜的夢鄉。但是現在對這種遊戲已經完全沒有興趣。因為有更有趣的電腦遊戲。現在想想自從我開始玩了電腦遊戲，好像和爸爸越來越疏遠了。今天很想和爸爸一起玩影子遊戲，有可能重新和爸爸親近起來，可以重溫過去的回憶。

23. 問題類型 掌握心情(生活文)

提到小時候和爸爸一起玩過的影子遊戲和爸爸講過去的故事，所以答案為①。

- **그림자놀이**：影子遊戲，利用近處燈光通過移動手勢將各種影子圖形反射到牆壁或窗戶上的遊戲。

24. 問題類型 掌握細節內容(一致/生活文)

內容提到：因為有了電腦遊戲而對小時玩過的失去了興趣，所以答案為②

- ① 小時候經常玩著玩著影子遊戲就睡著了。→聽著爸爸講的故事
- ③ 現在也玩用影子做兔子和鴨子的遊戲。→現在已經完全沒興趣
- ④ 透過電腦遊戲可以拉近我和爸爸間的距離。→影子遊戲

[25~27] 下面是新聞報導題目。請選擇說明最確切的一項。

25. 香菸價格上漲使禁菸政策成功？香菸銷售量再次增加

問題類型 掌握簡化的句子(報導文)

這是介紹由於香菸價格上漲，以為禁菸政策成功了，然而香菸的銷售量卻再次增加了的新聞報導題，所以答案為④。

26. 最近的小學生，韓國人身體！ 西方人意識！

問題類型 掌握簡化的句子(報導文)

這是寫最近小學生身體外貌像是韓國人，但思考方式卻和西方人一樣的報導內容的標題。所以答案為④。

27. 中年階層人氣爆發、電影節上反映中年人生活的獲獎作品簽約競爭

問題類型 掌握簡化的句子(報導文)

這是寫：反映中年階層人氣爆發、電影節上引人注目的反映中年人生活的獲獎作品簽約競爭激烈內容的報導標題，所以答案為③。

- **입상작[入賞作]**: 獲獎作品。

[28~31] 請閱讀下文，選擇最適合(   )內容的一項。

28. 隨著名牌症候群席捲整個社會，各企業也使用了名品這個詞彙，(   )。國民所得提升，追求名牌的名品族增加似乎也是很自然的事。但是忘記自身現實，被企業的商業戰略所迷惑，只埋頭購買名牌，這問題極為嚴重。一方面喊著不行買，一方面又執著於名牌，由此導致的問題不僅使個人破產，也將會擴大為一個社會問題。

問題類型 選擇符合文脈的內容(說明文)

因為提到「기업의 상업 전략」，可知企業是使用起名品這個詞彙，煽動消費心理。所以答案為②。

- **파산[破產]**: 失去全部財產，失敗。
- **소비 심리[消費心理]**: 人們的消費意識或心理。

29. 古希臘人和羅馬人用親吻嘴、眼睛、手、甚至膝蓋或腳的方式表示對人的尊敬或問候。起初基督教人見面時也是相互在嘴唇上送上「聖潔之吻」高興得來表達心意。親吻的習慣雖然仍在延續，但今天大部分人認為親吻是「示愛的方法」。但是(   )親吻原有的用途現在也常見。國家領導人見面時常常會用相互親吻臉頰的方式表示問候。

問題類型 選擇符合文脈的內容(說明文)

從文章開始部分來看，親吻的原始用途為「表示尊重或問候」、是「聖潔的表示」。而括弧後面提到親吻原來的用途現在也很常見，並舉了國家領導人見面時的問候為例。所以答案為①。

30. 板索里小說指的是說唱的內容寫成小說的形式，充滿了對當時社會或統治階層的諷刺內容。所以能夠看出在說唱內容中出現的惡人和一般古典小說作品中登場的惡人的形象是有差異的。後者屬於那種計謀和計劃性的惡，相反地，前者即使是惡人，與其說我們會憎惡，屬於(   )類型的。

問題類型 選擇符合文脈的內容(說明文)

括弧前有「與其說憎惡」說明後面一定是說即使是惡人，也有可肯定的地方。所以答案為①。

- **풍자하다[諷刺─]**: 在文學作品中用比喻嘲笑的方法描寫對現實中不如意的東西或不符合義理的事。
- **판소리**: 按照鼓聲的長短將故事用唱和說的方式加上動作進行表演的韓國民俗音樂。

31. 炸醬麵是中國移民按照韓國人的口味製作出來的拌麵。瞭解這炸醬麵的來歷可以和中國近代史的發展相吻合。脫離西方強國的掌控，建設富強國家的中國人目標，實現起來並不那麼容易。大多數民眾苦不堪言，失去了生活根基的一部分人只好離開情深的故鄉。所以可以說炸醬麵是戰勝了苦難（　）的象徵。

問題類型 選擇符合文脈的內容(說明文)

文章開始部分提到中國人經歷苦難的內容，括弧前出現的「고난을 극복해 온」可知中國人具有很堅韌的生命力。所以答案為④。

● 내력[來歷]: 至今為止的過程或經歷。

[32~34] 請閱讀下文，選擇與內容相符的一項。

32. 有一種能在夏季看到的小蒼蠅，就是果蠅。喜歡酒的果蠅具有能分解酒精的酵素。果蠅容易生長，壽命為一週，由於非常短暫而且產卵數量多，容易進行統計處理，所以很久以來都是非常受歡迎的優良試驗對象。果蠅也用於對糖尿病、癌症、免疫、老化等相關醫學的研究，因為它與人有75%誘發疾病的遺傳基因是相似的。

問題類型 掌握細節內容(一致／說明文)

內容提到：果蠅「알을 많이 낳아 통계 처리가 용이하기 때문에」，所以答案為③。

① 和人類具有相同遺傳基因的果蠅~~可誘發糖尿病和癌症~~。→也用於與糖尿病、癌症、免疫、老化等相關醫學的研究

② 果蠅容易生長，~~壽命長~~，作為試驗對象很受歡迎。→壽命短暫

④ 果蠅繁殖力強~~最近開始用於試驗對象~~。→作為試驗對象長久以來一直深受歡迎

● 용이하다[容易—]: 不難、很方便。

● 한살이: 生物體的生命存活期間。

33. 全球性的徵才困難越來越嚴重。以42個國家的企業為對象進行的調查結果顯示：認為徵才困難的比例達到了36%。從各大洲分類來看，亞洲和太平洋地區為48%，呈現最高值，其中徵才困難最嚴重的國家是日本，有81%的企業在招募員工的問題上受挫。這次調查沒有包括韓國。出現徵才困難的最大原因是由於「掌握對應職位技術的人太少」。徵才困難也因此成了人事成本上漲的主要原因。

問題類型 掌握細節內容(一致／說明文)

內容提到：徵才困難最大的原因就是「일자리에 알맞은 기술을 갖춘 인물이 적다'는 점」，所以答案為④。

① 由於~~徵才困難使人事成本降低了~~。→徵才困難成了人事成本上漲的主要原因

② 世界上人們在~~求職~~的問題上受挫。→徵才

③ ~~雖然不比日本，但韓國的徵才問題也很嚴重~~。→韓國不是調查對象

● 구인난[求人難]: 徵才很難。⑤ 求職難。

● 애를 먹다: 非常困難、辛苦。

34. 在人的本性中，造成紛爭的主要原因有三個。即：競爭心、小心性、名譽慾。競爭心是為了獲利、小心性是為了得到安全保障、名譽慾是為的得到好的評價而試圖傷害他人。競爭心能讓人用在將他人財務據為己有的過程中、小心性在對自己的防禦過程中、名譽慾則是維護不僅自身、還有家族、同事、民族等的尊嚴的過程中使用暴力。

問題類型 掌握細節內容(一致／說明文)

內容提到：「명예욕은 자신뿐만 아니라 가족, 동료, 민족 등의 존엄성을 지키는 과정에서 인간으로 하여금 폭력을 사용하도록 만든다.」，所以答案為④。

① 競爭心、小心性、名譽慾~~促進人類的發展~~。→是造成人類紛爭的主要原因

② 因為~~小心性~~所以很在意別人對自己的評價。→名譽慾

③ 為了保護自己使用暴力是因為~~競爭心~~的緣故。→小心性

● 분쟁[紛爭]: 互不讓步、激烈爭吵。

[35~38] 請選擇最適合做下文主題的一項。

35. 利用育嬰假制度和妻子一同分擔育兒重擔的爸爸們增加了。如果擔心因為休假會造成經歷中斷的話，還有可以利用在育兒期間縮短工作時間制度的方法。男性利用育兒期間縮短工作時間制度不僅對本人和家庭，對企業也有幫助。減少職員們的壓力、提高工作滿意度、由工作方式的變化提高工作效率，最終能夠提高企業的生產率。

問題類型 掌握主題(說明文)

內容提到：男性利用育兒期間縮短工作時間制度不僅對本人和家庭，對企業也有幫助。所以答案為②。

● 경력 단절 [經歷斷絕]: 不能延續、中斷之前的學業、職業、業務和相關經驗。

36. 高年級數學是學生們覺得最難的科目之一。尤其按照教育部修訂，比起計算能力，更看重思考能力和解決問題的能力。所以有必要從以往那種反覆解題的學習方法中擺脫出來，進行思考能力的強化訓練。為此必須透過各種教具的應用活動和發表、討論等這種活動，不斷地對自身的思考內容進行審視，對錯誤的概念進行矯正，確實掌握正確的概念和原理。

問題類型 掌握主題(生活文)

內容講到：為了培養思考能力和解決問題的能力，必須確實掌握概念和原理。所以答案為②。

● 교구[敎具]: 為了有效地教和學使用的除教材之外的道具。

37. 從中東、非洲冒著生命危險逃往歐洲的難民殘酷的現實已不是昨天和今天的事了。難民的規模也是2次大戰以來最大的。面對難民收容問題呈現分歧的歐洲各國被憤怒的言論所迫，表現出了退讓一步的姿態。為了逃避政治上的指責不得已收容難民的做法是不能解決問題的。對於這些為保住生命，強行逃離死亡的人是不能置之不理的。

問題類型 掌握主題(生活文)

內容提到：為了逃避政治上的指責不得已收容難民的
做法是不能解決問題的，對於這些為保住生命、強行
逃離死亡的人是不能置之不理的。所以答案為②。

- 난민[難民]：因為戰爭或災害失去了家和財產的人。
- 마지못하다：不想做，但又不能不做。
- 한발 물러서다：放棄對立，稍作讓步。

38. 一般人們都認為應該在飯後服藥。但是每種藥
服用的時間都不一樣。像血壓藥那種一天服用
一次的藥大部分早上吃才有效。因為早上起床
時血壓最高，那時服用藥效果最好。相反地，
像綜合感冒藥、鼻子感冒藥等會出現疲倦、無
力、精神集中障礙等副作用，所以在結束了日
常生活的晚上服藥最好。

問題類型 掌握主題(生活文)

內容介紹了像血壓藥那樣一天服用一次的藥早上吃
比較好，而像綜合感冒藥、鼻子感冒藥等晚上服藥
最好。所以答案為②。

- 약효[藥效]：藥的效果。
- 장애[障礙]：擋在前面，妨礙事情的發展。

[39~41] 請選擇提示的句子在下文中最恰當的位置。

39. 蘑菇在《東醫寶鑒》的記載中有恢復體力、增
進食慾、強化胃腸的作用。（㉠）蘑菇作為降
低膽固醇、防止肥胖、預防癌症的健康食品都
很受人歡迎。（㉡）如上這些效果的核心是叫
做β-葡萄糖的成分，這種成分可以降低我們體
內的膽固醇，抗癌效果卓越。（㉢）此外蘑菇
的90%是水分，植物纖維豐富。（㉣）

〈提示〉

若因水分不足，被便秘困擾的話，最好經常攝取些
蘑菇。

問題類型 插入符合文脈的句子(說明文)

提示句子由「따라서 수분이 부족해서 변비로 고생한
다면」開始，因此這句話應該放在「버섯은 90% 이
상이 물」的說明之後最自然，所以答案為④。

- 탁월하다[卓越──]：比其他明顯卓越。

40. （㉠）隨著激戰結束時取得冠軍的高爾夫球選
手朴世利的形象被實況轉播，一直陷入IMF救
濟金融時代失意狀態的韓國人重新看到了希
望。（㉡）在父親的勸說下開始了高爾夫球的
朴世利選手從小學開始，小小年齡就獨自留在
訓練場上訓練，直到凌晨2點，為了成為世界上
最好的選手接受了嚴格的訓練。（㉢）在「朴
世利的成功神話」之後，全國增加了很多積極
學習高爾夫球的少年兒童。（㉣）

〈提示〉

這個時期開始高爾夫球取得成功的幾位女子高爾夫
球選手都被稱為「朴世利孩子」。

問題類型 插入符合文脈的句子(說明文)

「이 무렵」指的是朴世利選手成功神話之後，學習
高爾夫的少年兒童突增的時期。所以答案為④。

- 악전고투[惡戰苦鬥]：非常艱苦困難的條件下全身心
  投入戰鬥。

41. 資本主義初期企業根本沒有必要區分追求什麼
短期利益還是長期利益。（㉠）因為小資本之
間在自由競爭狀態下，無論是短期、還是長
期，拋棄利益的瞬間就等於從競爭中掉下來。
（㉡）因此企業為了在激烈的競爭中生存，最
大效率地利用所給的資源，用最低廉的價格提
供商品。（㉢）在這個階段企業的所有者就是
經營者，企業的目的集中在了追求資本家的利
益上。（㉣）

〈提示〉

這就是說追求企業的利用，其結果就意味著增加整
個社會的利益。

問題類型 插入符合文脈的句子(說明文)

提示句子是由「 （它）」開始的。這指的是前一
句講的內容。「사회 전체의 이익」是指企業以低廉
的價格提供商品，所以提示句放在(㉢)上最自然。
所以答案為③。

[42~43] 請閱讀下文，回答問題。

如果是去年和應五一起去秋收的朋友就不要再
問啦。一年裡心情都是緊張的，精心照看的水
稻豐收在望，人人都激動不已。從大清早開始
幹活也不覺得難受了。但是當夜幕降臨，脫完
粒，向地主繳完了租地稅租，剩下的就只有後
背留下的冷汗了。一起幫助脫粒的朋友眼睜睜
地看著呢，讓他們空手回家實在是真羞愧的事
了。忍了很久，終於應五的眼中流下了眼淚。
說是豐年的去年也是那樣，更何況今年上凶年
呢。稻子在東風和大雨中幾乎都倒了。等於秋
收還在工作，就沒有吃的了。債都好像沒有還
清。只好放棄收成，隨它去吧！收穫稻子，萬
一消息傳出，地主還不得全部拿走。
但是那稻田裡的水稻消失了，應五的哥哥、應
七被懷疑成了犯人。因為本來是為了弟弟去請
求少收些租金，爭執到最後他打了地主的耳
光。

金裕貞《厚顏無恥的人》

42. **問題類型** 掌握心情(小說)

內容提到：一年耕作的水稻在脫粒後，向地主償還
了租地的代價後一看，什麼也沒剩下，此時應五的
態度應該是②。

43. **問題類型** 掌握細節內容(一致／小說)

內容中有「收穫稻子，萬一消息傳出，地主還不得
全部拿走」，所以答案為③。

① 應五在~~自己的土地上~~種稻。→別人的地
② 應五~~收穫了水稻，把債務償還清了~~。→不打算收割
④ ~~應五和地主相互幫助著種地~~。→應五種稻，地主
   只是在秋後收租子
- 추수[秋收]：秋天將稻田和農田裡熟透了的糧食或作
  物收起來。

帕金森氏症是以英國的詹姆斯帕金森醫生的名字命名的一種神經退化性疾病。帕金森氏症是由於給大腦神經輸送腦神經傳導物質的多巴胺分泌減少所致。帕金森氏症患者說話不清、由於身體僵直，他們都有著相似的表情。另外由於身體顫抖（　　），神經系統出現了異常，不僅是流汗，還流很多口水。人類隨著年齡的增長，像汗、唾液等身體的分泌物會逐漸減少。因此即使沒有其它什麼症狀出現，隨著年齡增長，只要比同齡人汗或唾液流得多，最好儘快去醫院接受檢查。

44. 問題類型 掌握主題(說明文)

內容提到帕金森氏症有過多流汗和唾液的症狀。隨著年齡增長，只要比同齡人汗或唾液流得多，最好儘快去醫院接受檢查。所以答案為④。

45. 問題類型 掌握符合文脈的內容(說明文)

要選擇由於身體顫抖出現的症狀。所以答案為③。

男性人力的必要性逐漸顯示出來了，在就業困境中能提供比較穩定的工作這一點來看，護士這個職業引起了男性們的關注，越來越受到歡迎。（　㉠　）料理、美容、時裝等傳統上由女性從事的職業全部都有男性加入，還增添雄風。儘管如此，唯獨護士仍然被認為是禁止男性的領域。（　㉡　）這是因為對護士這個職業至今還遺留著性偏向型接近的文化、對這進行挑戰的男性會得到不夠有男子氣概的評價。（　㉢　）和過去比，女醫生的比例則是暴發性增加，相比之下男性護士的數量卻沒有達到那樣的程度，這一事實也正好可以成為它的基礎。（　㉣　）

46. 問題類型 插入符合文脈的句子(說明文)

但是現在看男護士的視線仍然和以前一樣是帶有偏見、不自由的。

提示句子由「하지만」開始，提到看男護士的視線仍然是帶有偏見的，因此應該放在男性們也開始對護士這個職業表示關心，很受歡迎的內容後面。所以答案為①。

- 맹위[猛威]: 粗曠勇猛的氣勢。
- 편향적[偏向的]: 有偏向某一方的傾向。

47. 問題類型 掌握細節內容(一致／說明文)

內容講了對男護士的社會偏見，所以答案為②。

① 護士~~應該是女性從事的職業~~。→男性人力的必要性呈現出來了

③ ~~對男護士個人的一社會的認識都改變了~~。→護士仍然被認為是禁止男性的領域

④ 護士業務比烹調、美容等工種更~~容易讓男性接近~~。→難讓男性接近

48.

「現在接電話的人是懷著孩子的孕婦。電話禮儀是關照的開始。」從下個月開始，向懷孕的女性公務員打電話的話，就會把懷孕事實和注意電話禮儀的提示一併透過自動語音傳出。目的是為了營造一個讓懷孕、生育等公務員能夠兼顧工作和家庭的工作環境。行政自治部有關人士解釋說：這樣做的目的是通過告知懷孕事實的電話連接音不僅對來電者、對內部職員也（　）營造文化。此外為了讓任何人都能夠很容易地知道是懷孕的女性，將懷孕公務員的身份證外殼換成了粉色。並開始借閱與胎教相關的書籍和影音服務。並且現在的女性職員原本只有在懷孕期間可免去值班，今後將延長到產後1年。但是行政自治部的這種努力到底有多大的成效還是個未知數。

48. 問題類型 掌握目的(說明文)

文章對「임신·출산 공무원이 일과 가정을 양립할 수 있는 근무 환경을 조성하기 위한 취지」中實行通話連接音服務的事實進行了說明，所以答案為③。

49. 問題類型 掌握符合文脈的內容(說明文)

讓內部職員們也知道接電話的人是孕婦，目地是為了讓大家關照懷孕的職員。所以答案為③。

50. 問題類型 選擇筆者的態度(說明文)

內容是指：行政自治部的努力到底有多大成效還不能確定，所以答案為④。

- 반신반의하다[半信半疑──]: 某種程度上相信，但不完全相信，有疑心。
- 미지수[未知數]: 會怎樣發展難以預料。

정답 第4回答案

聽力

1. ④	2. ②	3. ①	4. ④	5. ④	6. ③	7. ④	8. ④	9. ①	10. ①
11. ②	12. ②	13. ③	14. ①	15. ①	16. ④	17. ④	18. ④	19. ②	20. ②
21. ③	22. ③	23. ②	24. ③	25. ②	26. ③	27. ①	28. ②	29. ④	30. ②
31. ④	32. ③	33. ④	34. ③	35. ④	36. ④	37. ②	38. ④	39. ②	40. ③
41. ②	42. ③	43. ④	44. ②	45. ④	46. ③	47. ②	48. ②	49. ①	50. ③

寫作

51. ㉠ (5점) 아래의/다음의 일정을 참고하시기 바랍니다
　　　(3점) 다음 내용을 보십시오/보시기 바랍니다

　　㉡ (5점) 날씨가 추울 수도 있으니(까)
　　　(3점) (날씨가) 추우니(까)

52. ㉠ (5점) 지나치게 남과 비교를 하게 되면
　　　(3점) 남과 비교를 하면

　　㉡ (5점) (자신을 긍정적으로 바라보며) 자신감을 가지는 것이/게 중요하다
　　　　　 -는 것이/게 필요하다, 자신감을 가지는 게 좋다
　　　(3점) 자신을 긍정적으로 바라봐야 한다/자신감을 가져야 한다

閱讀

1. ②	2. ①	3. ④	4. ④	5. ③	6. ①	7. ②	8. ②	9. ②	10. ①
11. ②	12. ③	13. ③	14. ①	15. ④	16. ④	17. ②	18. ④	19. ②	20. ②
21. ③	22. ②	23. ①	24. ②	25. ②	26. ②	27. ②	28. ②	29. ②	30. ②
31. ①	32. ②	33. ④	34. ②	35. ①	36. ②	37. ③	38. ②	39. ②	40. ③
41. ④	42. ①	43. ④	44. ①	45. ③	46. ②	47. ③	48. ②	49. ①	50. ③

53. <答案範本>

　소비자　물가　상승률을　보면　2015년　4월에서
5월로　가면서　0.3%　감소했다.　그리고　이　기간에
소비자　심리　지수를　보면　103에서　106으로　증
가하였다.　반면에　5월에서　6월로　가면서　소비
지수가　0.4%　상승하면서　같은　기간의　소비자　심
리　지수는　106에서　99로　7포인트가　떨어진　것
을　확인할　수　있다.
　위　자료를　통해　대체로　물가　상승률이　감소
하면　소비자　심리　지수가　증가하며,　물가　상승률
이　증가하면　대체로　소비자　심리　지수가　감소하
는　것을　알　수　있다.　따라서　물가　상승률과　소
비자　심리　지수는　음의　상관관계가　있다고　할
수　있다.

54. <答案範本>

우리 사회는 장애인을 위한 편의 시설이 부족하여 장애인들이 일상생활에 많은 고통을 겪고 있다. 그들이 겪는 불편함은 생각보다 매우 크다. 비장애인에게는 일상적이고 문제가 되지 않는 많은 일들이 장애인들에게는 힘들고 어려운 일이기 때문이다. 예를 들어 횡단보도 건너기, 건물의 엘리베이터나 계단 이용하기, 교통 기관 이용하기, 화장실과 같은 시설의 이용 등 어느 하나도 쉽지 않다.

이 사회는 장애인과 비장애인이 함께 살아가는 공간이다. 비장애인이 사회의 편의 시설을 자유롭게 이용하듯이 장애인들도 그렇게 할 수 있도록 장애인 편의 시설이 충분히 갖춰져야 한다.

이를 위해 장애인에게 관심을 가지고 그들의 입장에서 가장 필요한 시설이 무엇인지를 충분히 조사해야 한다. 그리고 이러한 시설을 확충하기 위한 시행 계획을 세워야 한다. 만약 시설을 만드는 데 경제적 어려움이 있다면 장애인 시설을 짓기 위한 모금 운동 등을 통해서 비용을 마련할 수도 있을 것이다.

장애인들은 우리 주변 가까이에 있다. 그리고 누구나 장애인이 될 수 있다. 장애인들이 같은 사회의 일원으로 살아가는 데 불편함이 없도록 편의 시설을 충분히 갖춰 사회생활에서 겪을 어려움을 줄일 수 있도록 노력해야 할 것이다.

[1~3] 請聽錄音，選擇與內容相符的圖片。

1.
여자 여행 계획은 다 세웠어요?
남자 아직 세우고 있는 중이에요. 영신 씨는 영국에 가 봤죠? 맛있는 식당 좀 추천해 주세요.
여자 그럼 이 책을 볼래요? 제가 빌려 드릴게요.

女　旅行都計畫好了嗎？
男　還沒，正在做。永新去過英國吧？推薦幾家好吃的餐廳吧。
女　那你要不要看看這本書？我借給你。

男子為了做旅行計畫問女子有什麼好吃的餐廳。女子打算借書給男子。所以答案為④。

2.
남자 손님, 이곳 동물들에게는 음식을 주면 안 됩니다.
여자 죄송합니다. 몰랐어요. 너무 귀여워서요.
남자 동물들이 병에 걸릴 수도 있어요. 사람이 먹는 음식을 주면 안 됩니다.

男　顧客，這裡不能餵食動物們。
女　對不起！我不知道。因為牠們太可愛了。
男　會導致動物們生病的。不能給它們吃人類的食物。

男子是在動物園裡工作的職員，正在制止女子投遞食物給動物。所以答案為②。

3.
남자 휴대 전화 신규 가입자를 대상으로 전화 요금을 조사한 결과 지난해 10월부터 4월까지 전체적으로 평균 전화 요금이 낮아진 것으로 나타났습니다. 20대의 평균 전화 요금도 같이 낮아졌지만 전체 평균 전화 요금에 비해 더 높은 비용을 내는 것으로 나타났습니다.

男　針對新加入之行動電話使用者的電話費進行調查的結果顯示，從去年10月到今年4月整體平均通話費有所下降。20歲年齡段的平均通話費也同樣有所下降，但所付費用要高於整體平均通話費。

這裡公佈了對新加入的手機使用者為對象進行的通話費調查結果。整體平均通話費和20歲年齡段的平均通話費的比較結果顯示，20歲年齡段的通話費高於平均值。所以答案為①。

[4~8] 請聽對話，選擇合適的下句。

4.
여자 이 식탁, 아직 버리기는 아까운 것 같은데 어떡하죠?
남자 중고 시장에 팔까요? 요즘 많은 사람들이 중고 시장을 이용한다고 들었어요.
여자 ＿＿＿＿＿＿＿＿＿＿＿＿＿＿＿＿

女　這個餐桌，扔了還很可惜，怎麼辦？
男　賣給二手市場嗎？聽說最近很多人都利用二手市場。
女　

女子因為扔餐桌的問題很苦惱，男子向女子提供了二手市場的資訊，所以最恰當的答案為④。

5.
남자 2인용 자전거를 빌리고 싶은데요.
여자 공원 이용 규칙이 바뀌면서 자전거 대여 서비스는 없어졌어요. 대신에 공원 열차를 이용해 보세요.
남자 ＿＿＿＿＿＿＿＿＿＿＿＿＿＿＿＿

男　我想借一輛雙人自行車。
女　公園使用規則變了，沒有租借自行車服務了。不過可以搭乘公園火車看看。
男　

男子想在公園借自行車，得知租車服務取消了，所以接下來最恰當的答案為④。

6.
여자 우리 MT 장소가 좀 좁을 것 같아서 다시 정해야겠어.
남자 왜? 이미 예약했다고 했잖아. 교통도 편리하던데.
여자 ＿＿＿＿＿＿＿＿＿＿＿＿＿＿＿＿

女　我們MT的場地好像有點小，得重新訂。
男　為什麼？不是已經預訂了嗎？交通也很方便。
女　

女子已經預訂了MT場所，但想重訂。透過女子提到好像有點小的內容來看，選擇「參加MT的人數很多」的回答應該最恰當。所以答案為③。

7.
여자 이 드라마는 재미있지만 아이들이 보기에는 너무 폭력적인 것 같아요.
남자 하지만 요즘에 이 드라마를 안 보면 대화를 할 수가 없어요.
여자 ＿＿＿＿＿＿＿＿＿＿＿＿＿＿＿＿

女　這部電視劇很有趣，可是孩子們看好像有些太暴力了。
男　但是最近不看這個電視劇的話，就沒辦法談論。
女　

女子看了電視劇後，覺得太暴力了。女子擔心這種暴力性內容會對孩子們有影響。所以最恰當的答案是④。

8.
남자 요즘엔 밥값보다 커피값이 더 비싼 것 같아요.
여자 맞아요. 건강을 위해서라도 커피 대신 차를 마시는 것이 좋을 것 같아요.
남자 ＿＿＿＿＿＿＿＿＿＿＿＿＿＿＿＿

男　最近咖啡價格好像比正餐費還貴。
女　就是啊。為了健康，用茶代替咖啡也比較好。
男　

男子就昂貴的咖啡價格發言，女子表示贊同，並提議喝茶比較好。所以答案為④。

[9~12] 請聽對話，選擇女子將做的動作。

9.

남자 열이 많으시네요. 주사를 맞는 게 좋겠어요.

여자 네. 그런데 혹시 약을 일주일치 처방해 주시면 안 되나요?

남자 일단 약을 3일 동안 먹어 보고 결정하죠. 3일 뒤 다시 오세요. 이제 주사실로 가세요.

여자 네. 알겠습니다.

男 燒得很高呀！最好打針。
女 好，但是藥不能開一個星期的嗎？
男 先吃3天的藥看看再決定。3天以後再來。現在去注射室吧。
女 好，知道了。

透過這兩人的對話可知，女子是患者，男子是醫生。女子希望男子多開些藥，但是男子勸說先吃3天看看，並讓女子去注射室。所以答案為①。

10.

여자 김 대리, 호텔 예약했어요?

남자 네. 그런데 이번에 출장이 이틀 정도 더 길어질 것 같습니다.

여자 그럼 호텔에 연락해서 날짜를 더 연장해 보세요. 저는 출장 일정표를 찾아보고 수정할게요.

남자 네. 제가 부장님께도 말씀드리겠습니다.

女 金代理，旅館預訂了嗎？
男 是的。但是這次出差好像得延長兩天。
女 那likely旅館聯繫把日期再延長一下。我找出差日程表修改一下。
男 好。我還要報告給部長。

女子讓男子和旅館聯繫延長日期，自己要找出出差日程表進行修改。所以答案為①。

11.

여자 이곳에 주차하기 힘들 것 같아.

남자 그래? 옆 차가 잘못 주차해서 그런 것 같은데 저쪽에 다시 주차하자.

여자 저기는 장애인 전용 주차라서 안 돼. 다른 곳에 주차할 수 있는지 찾아볼게.

남자 알았어. 그동안 나는 옆 차 주인에게 전화해 볼게.

女 這地方有點難停車。
男 是嗎？旁邊的車停得不好才那樣的。還是去那邊停吧。
女 那邊是身障人士車位，不行。看看有沒有其它地方能停車。
男 知道了。這段時間我打個電話給旁邊這輛車的主人。

男子所指的地方是身障人士車位，不能停車，女子要找其它地方，所以答案為②。

12.

여자 이번 축제 때 사용할 옷은 도착했어?

남자 응. 아까 전공 사무실에 도착했다고 전화 왔어.

여자 오전에 가 봤는데 없더라고. 지금 전공 사무실에 가면 바로 가져올 수 있어?

남자 응. 가면 조교님이 주실 거야.

女 這次慶典需要的衣服到了嗎？
男 嗯。剛才系辦公室來電話說到了。
女 上午去看了，還沒有呢。現在去系辦公室能直接拿來嗎？
男 嗯，去的話，助教會給的。

慶典時使用的衣服到系辦公室了。透過內容可知，現在去可以從助教那裡拿到衣服，所以答案為②。

[13~16] 請聽錄音，選擇與內容一致的一項。

13.

여자 이번에 '지오디'의 새로 나온 노래 들어 봤어?

남자 그럼! 요즘 가게마다 이 노래가 안 나오는 곳이 없어.

여자 오늘 당장 CD를 사러 가야겠어. 너는 샀어?

남자 응, 그럼. 그건 그렇고 오늘 강남역에서 지오디의 사인회를 한대.

女 這次「god」新出的歌聽了嗎？
男 當然，最近所有商店沒有不放新首歌的。
我今天就要去買CD。你買了嗎？
男 嗯，當然。不說那個，聽說今天在江南站有god的簽名會。

男子最後說god在江南站有簽名會，可由此推測答案為③

14.

여자 고객 여러분께 알려 드립니다. 오늘 마트 1층에서 오만원 이상 상품을 구매하신 영수증을 보여 주시면 사은품을 드리고 있습니다. 더불어 오늘 고객 카드를 만드시면 다음 쇼핑 때 사용할 수 있는 할인 쿠폰을 받으실 수 있습니다. 행복마트에서 즐거운 쇼핑되십시오.

女 顧客們請注意！今天在超市1樓如果出示購買5萬韓元以上商品的收據，將送您贈品。不僅如此，今天申請顧客卡的話，可得到下次購物時能夠使用的優惠券。祝您在幸福超市購物快樂！

廣播說提供購買5萬韓元以上商品的收據，就發送贈品。所以答案為①。

15.

남자 청주시에서는 50세 이하 시민들로 구성된 시민 안전 근무조를 만들 예정입니다. 안전 근무조에 지원한 시민들은 소방관에게 안전 교육을 받은 후 휴가철에 물놀이 위험 구역을 담당하게 됩니다. 또한 물놀이 사고 예방을 위해 초등학생을 대상으로 청주시가 선발한 전문가들이 물놀이 안전 교육을 실시할 예정입니다.

男 清州市將組織由50歲以下市民組成的市民安全勤務組。加入安全勤務組的市民要在接受消防員的安全教育之後，於假期間負責戲水危險的區域。並且為了預防戲水事故的發生，清州市準備選拔專業人士，實施以小學生為對象的戲水安全教育。

內容說由50歲以下市民構成的市民安全勤務組在接受了消防員安全教育之後，將在假期間負責戲水危險的區域，所以答案為①。

16.

여자 시장님, 종로 전통 거리의 새로운 발전 방향에 대해서 설명을 부탁드립니다.

남자 종로 전통 거리는 전통이 잘 지켜져서 시장이 활성화된 반면에 시민들이 즐길 거리가 좀 부족했었지요. 그래서 이번에 거리 예술단을 만들려고 합니다. 거리 예술단의 공연 활동을 지원해 주어서 예술가들에게는 재능을 펼칠 기회를 주고 일반 시민들에게는 다양한 무료 공연을 즐길 수 있도록 할 예정입니다.

───────────

女 市長，請您對鐘路傳統街道新的發展方向做個說明。

男 鐘路傳統街道完好地保存了傳統，活躍了市場，但從反面來看，讓市民們享樂的街道有些不足。因此，這次打算組織一個街道藝術團。我們準備支援街道藝術團的演出活動，給藝術家們展示才能的機會，讓一般市民免費欣賞多樣化的演出。

男子說鐘路傳統街道裡沒有可供市民享樂的街道，因此要組織街道藝術團。所以答案為④。

[17~20] 請聽錄音，選擇最符合男子的中心想法的一項。

17.

남자 수미 씨, 또 커피를 마셔요?

여자 네, 요즘 너무 피곤해서 커피를 안 마시면 일에 집중할 수가 없어요.

남자 그래도 앞으로는 커피 대신 건강 음료를 마시도록 해요. 커피는 가격도 비싼 데다가 많이 마시면 건강에도 안 좋아요.

───────────

男 秀美，又喝咖啡？

女 是啊，太累了，不喝咖啡的話，工作無法集中精神。

男 也是，以後別喝咖啡，喝些健康飲料吧。咖啡不僅價格貴，喝了對健康也不好。

男子認為咖啡對健康不好，勸女子別喝咖啡，喝其它健康飲料。所以答案為④。

18.

남자 요즘에는 사람들이 명절에 해외로 여행을 간다면서요?

여자 네, 명절에 가족들과 함께 여행을 가니까 더 의미가 있는 것 같아요.

남자 그런데 한편으로는 전통적인 명절이 사라지는 것 같아 좀 아쉽네요. 몇 년 후에는 명절 분위기가 완전히 달라질 것 같아요.

───────────

男 都說最近人們過節都去海外旅行？

女 是的。過節和家人一起旅行好像更有意義。

男 但從另一方面來說，傳統節日可能會消失，有些遺憾。幾年後節日氣氛好像會完全改變。

男子說節日去海外旅行會導致傳統節日的消失，覺得有些遺憾。所以答案為④。

19.

남자 요즘 연예인들은 충분히 예쁜데도 계속 성형 수술을 하는 것 같아.

여자 연예인이라는 직업의 특성상 계속 관리를 하고 예뻐져야 하니까 그렇지.

남자 연예인이라고 해서 무조건 예뻐야 할 필요는 없는 것 같아. 오히려 개성이 더 중요하다고 생각해. 연예인들 때문에 보통 사람들도 위험한 성형 수술을 많이 하잖아.

여자 그렇지만 성형 수술이 꼭 나쁜 것만은 아니야.

───────────

男 最近藝人們已經很漂亮了卻好像還不停地做整形手術似的。

女 藝人嘛，職業特性上就要求要不斷管理、更漂亮。

男 我覺得藝人也沒有必要一定要漂亮，有個性反而更重要。就因為藝人，現在普通人也去做很多危險的整形手術。

女 可是做整形手術不一定是壞事。

男子認為比起藝人的外貌，個性更重要，並提到整形手術的負面影響。所以答案為②。

20.

여자 사장님께서는 최근에 젊은 나이에 성공한 사업가로 주목을 받고 있는데요. 청년들에게 한마디 부탁드립니다.

남자 많은 사람들이 실패할 거라는 두려움 때문에 도전을 포기하는 것 같아요. 저는 스무 살 때 처음 사업을 시작했는데 그때는 실패에 대한 두려움이 없었어요. 도전이 없다면 발전도 없습니다. 나이가 적을수록 많은 경험이 필요한데 실패도 좋은 경험이 될 수 있습니다. 청년 여러분, 두려워하는 마음을 버리고 도전하십시오.

───────────

女 最近社長您作為年輕的成功企業家正受到矚目。請您為年輕人講幾句話。

男 很多人因為害怕失敗而放棄挑戰。我20歲時開始創業，那時侯沒有害怕過失敗。沒有挑戰就沒有發展。年紀越小越需要經驗，失敗也能成為很好的經驗。青年朋友們，放下恐懼的心，去挑戰吧。

沒有挑戰就沒有發展，透過男子的這句話，我們知道他認為不懼怕失敗很重要。所以答案為②。

여자 '1일 1식'이라고 들어 봤어? 새로운 다이어트 방법인데 하루에 한 끼만 먹는다고 하더라고.

남자 응, 나도 텔레비전에서 본 적 있어. 그런데 실제로 주변에서 '1일 1식'을 하는 사람은 아직 못 봤어.

여자 어제 뉴스에서도 '1일 1식'을 하는 사람들이 점점 많아지고 있다고 했어.

남자 그런데 텔레비전에서 이렇게 검증되지 않은 방법을 그냥 내보내면 안 될 것 같아. 위험할 수도 있는데 무작정 따라 하는 사람들이 많아지고 있잖아.

女 聽說過「一日一餐」嗎？是新的減肥方法，就是一天只吃一頓飯。

男 是，我之前也在電視裡看過。但事實上，我周圍還沒見過「一日一餐」的人呢。

女 我昨天還聽新聞說一日一餐的人正逐漸增加。

男 電視好像不應該隨便如此播放還沒有經過驗證的方法。這可能會出危險的，因為不顧一切就跟隨著做的人越來越多了。

21. 男子認為電視臺播放沒有經過驗證的方法會有危險。所以答案為③。

22. 透過女子講的：新聞中說現在「一日一餐」的人越來越多了的內容，可知答案為③。

여자 뭘 좀 여쭤 보려고요. 제가 비밀번호를 세 번 틀렸는데 이제 로그인을 할 수 없대요. 어떻게 해야 해요?

남자 비밀번호를 잘못 누르신 건가요? 비밀번호가 기억나신다면 로그인할 수 있도록 제한을 풀어 드릴게요. 홈페이지를 다시 열어서 로그인해 보세요.

여자 아무래도 비밀번호를 잊어버린 것 같아요. 기억이 잘 안 나네요.

남자 그러면 비밀번호 찾기를 누르세요. 그다음 지금 제가 문자로 보내 드리는 인증 번호를 입력하시고 비밀번호를 변경해야 해요.

女 我想問一下。我的密碼錯了三次，現在無法登錄了，怎麼辦呀！

男 是輸入錯了密碼嗎？如果能記住密碼的話，我幫你解開限制讓你登錄。重新打開網頁登錄一下吧。

女 好像是忘記密碼。想不起來了。

男 那你按找回密碼鍵。然後輸入我現在寄給妳的驗證碼修改一下密碼。

23. 女子忘記了密碼，請求男子幫忙，男子正在告訴她找回密碼的方法。所以答案為②。

24. 男子為了幫女子找回密碼，準備寄送驗證碼。所以答案為③。

여자 이번 방학 때 부산에서 출발하여 서울까지 걸어가는 국토 대장정에 참가한다고 들었는데요. 이렇게 힘든 도전을 하려는 이유가 무엇입니까?

남자 대학교에 와서 처음 맞이하는 방학인데 긴 시간을 의미있게 보내고 싶었어요. 그러다가 인터넷에서 국토 대장정을 알게 되었는데 대학생 때가 아니면 두 번 다시 도전할 기회가 없을 것 같았습니다. 대학생 때는 이렇게 조금은 무모한 도전을 해도 괜찮을 거라 생각을 했고 실패해도 좋으니 여러 가지 도전을 해야 된다고 생각했거든요. 또 전국 각지에서 모인 여러 사람들을 만나면서 다양한 친구들도 사귈 수 있고, 다양한 경험을 쌓을 수 있을 것 같아서 신청했습니다.

女 聽說你這個假期參加從釜山走到首爾的國土大長征。你挑戰這麼辛苦的事的理由是什麼呢？

男 這是我進入大學後迎來的第一個假期，這麼長的時間我想過得更有意義些。正在此時從網路上知道了國土大長征，我想如果不是大學時期，很可能以後沒有第二次挑戰的機會了。在大學時期可以做這種輕率的挑戰，失敗了也沒關係，我認為應該做多種不一樣的嘗試。並且還可以見到來自全國各地的人，結交各類朋友，積累各類經驗，所以就申請了。

25. 男子認為大學時代做這種輕率挑戰還是可以的，參加國土大長征也是因為這樣的考慮參加的。所以答案為②。

26. 男子認為透過國土大長征可以結識來自全國各地的朋友，所以答案為③。

여자 이번에 학교에서 '걸어서 등교하기 운동'을 하던데 우리도 이번에 같이 동참해 볼까?

남자 걸어서 등교하기 운동? 그게 뭔데?

여자 한 달 동안 등교를 할 때 대중교통을 이용하지 않고, 모은 교통비를 가난한 사람들에게 기부하는 운동이야.

남자 그래도 아침부터 걸어서 등교를 하면 너무 힘들지 않을까?

여자 힘은 좀 들겠지만 건강을 위해서 운동한다고 생각하면 될 것 같아. 우리 학교가 집에서 먼 거리는 아니지만 걸어 다니기에는 좀 힘드니까 자전거를 타면 괜찮겠다.

女 這次學校號召「步行上學運動」，這次我們也響應這活動吧，好嗎？

男 步行上學運動？那是什麼？

女 就是為期一個月上學不搭公共交通工具，將積存的交通費全部捐獻給生計困難的人的運動。

男 那也是，一大早就走路上學，會不會太累？

女 是會有些累。不過把它當成是為了健康而運動就可以了。我們學校雖然不算遠，步行還是有些累，騎自行車就還不錯。

27. 女子向男子解釋「步行上學運動」，並勸男子一同參加。所以答案為①。

28. 內容提到透過「步行上學運動」要將為期一個月存下來的交通費捐助給有困難的人。所以答案為②。

남자 해마다 늘어가는 청년 실업의 가장 큰 이유로 기업은 청년의 눈높이를, 청년층은 기업의 노력 부족을 가장 먼저 꼽으면서 의견차를 보였습니다. 기업과 정부에서는 청년들이 눈높이를 낮추면 청년 실업 문제가 해결될 거라고 하는데요. 제 생각에는 대학 기관과 기업의 연계를 통해 구직자가 실무적인 업무 능력을 키울 수 있고 이를 통해 취업도 할 수 있는 프로그램을 개발해야 한다고 봅니다. 요즘 취업 센터로 찾아오는 많은 대학생들과 이야기 해 보면 자신의 전공과 원하는 업무와의 연관성을 못 찾는 경우가 많거든요.

男 企業認為年輕人眼高手低，年輕人認為企業的努力不足，這兩個有相互差異的原因被首推是造成青年人失業率年年增加的最大原因。企業和政府認為年輕人要把眼光放低就可以解決年輕人失業問題。我認為應該透過大學機構和企業聯合培養求職者實務能力，開發能藉由這些得以就業的專案。最近和許多來就業中心的大學生們談過後，發現很多主修科系和想做的工作沒有關聯性。

29. 男子説話，並舉了來就業中心的大學生為例，所以答案為④。

30. 男子説主修專業和想做的工作沒有關聯性的情況很多。所以答案為②。

여자 버림받는 동물이 많아지면서 인간도 피해를 입는 등 문제가 심각한 상황입니다. 그래서 저는 유기견 안락사에 동의하는 바입니다.

남자 유기견이 많아지는 이유는 바로 인간의 편의주의와 이기심 때문입니다. 인간의 편의를 위해 생명체를 죽이는 것은 매우 이기적인 생각입니다.

여자 하지만 유기견 보호소의 수가 매우 부족한 상태입니다. 정부와 지자체가 동물 유기 근절에 힘을 쓰지 않는다면 안락사는 불가피한 일입니다.

남자 동물들이 유기되는 것은 사람의 책임이 가장 큰데도 유기견들이 희생을 하는 것은 말이 안 됩니다. 유기견들도 생명체로 존중해서 안락사 외에 다른 방안을 찾아봐야 할 것입니다.

女 隨著被遺棄動物的增加，人類受到牽連的問題也愈加嚴重。因此我贊同對流浪犬實行安樂死。

男 流浪犬增多的原因就是因為人類的便利主義和自私心理。我認為為了人類方便而扼殺生命是非常自私的想法。

女 但是流浪犬保護所的數量都嚴重不足。政府和地方自治團體如果不出力杜絕動物流浪的話，實行安樂死是不可避免的事。

男 動物流浪主要責任在於人，讓流浪犬們做犧牲，這太不像話了。流浪犬也應該作為生命來尊重，必須找出除了安樂死之外的其它方法。

31. 男子認為動物被遺棄是因為人類的便利主義和自私心理，並反對對流浪犬實行安樂死。所以答案為④。

32. 男子認為對流浪犬實施安樂死是因為人類的便利主義和自私心理，責任在於人，所以答案為③。

여자 1774년에 출간된 소설 '젊은 베르테르의 슬픔'은 남자 주인공인 베르테르가 권총으로 삶을 마감한다는 결론으로 끝나는데요. 당시 이 책이 큰 인기를 끌면서 많은 젊은 사람들이 베르테르의 마음에 공감하며 자살하는 일이 벌어졌습니다. 현대에도 이와 비슷하게 유명인의 자살 소식이 알려지면 일반인들의 자살률이 높아지는 현상을 보고 '베르테르 효과'라고 부르게 되었습니다. 자살이 마치 바이러스처럼 전염되는 현상입니다. 모방 자살이라고도 하는 이 '베르테르 효과'는 유명인의 자살이 일반인에게 미치는 영향력이 얼마나 큰지를 보여 주는 사례입니다.

女 **1774年出版的小說《少年維特的煩惱》以**男主人公用手槍結束生命為尾聲。當時這本書引起了很大轟動，很多年輕人與維特的想法產生共鳴，自殺事件屢屢發生。現今也有類似的情形，當有名人自殺的消息傳播出來，就會出現普通人自殺率上升的現象，我們稱之為「維特效果」。自殺就如同病毒，是能夠傳染的。模仿自殺的這種「維特效果」就是名人自殺給普通人帶來極大影響的例子。

33. 內容對維特效果做了説明，並且説到名人自殺對普通人自殺的關聯性。所以答案為④。

34. 內容提到，隨著書受人曯目，很多人與維特產生心靈共鳴而自殺。所以答案為③。

남자 오늘 이렇게 우리 박물관의 고서적 전시실 개관을 알리게 되어 기쁩니다. 이 전시실은 조선 시대 의학 발전에 대해 교육할 목적으로 마련되었습니다. 조선은 한국 역사상 가장 많은 의학 서적을 남긴 나라였습니다. 또한 조선뿐만 아니라 주변 나라의 의학을 정리해 백과사전 형식으로 편찬하였으며, 그 자료를 보존하기 위해 큰 노력을 기울였습니다. 새로 문을 연 고서적 전시실은 조선 시대 의학 서적의 편찬 절차, 보존법에 대한 자료와 허준의 동의보감 같은 대표적인 의학 서적들을 전시하고 있습니다. 이 공간이 시민들과 청소년들을 위한 의학 교육의 장으로 널리 이용되기를 기대합니다.

男 很高興今天能以這種方式宣傳我們博物館古書籍展的開館消息。這個展示室是為了進行對朝鮮時代醫學發展方面的教育而準備的。朝鮮是韓國歷史上留下最多醫學書籍的國家。而且，不僅是朝鮮，還將周邊國家的醫學整理編纂成了百科全書的形式，為保存那些資料付出了極大的努力。新開放的古書籍展覽中展示的有朝鮮時代醫學書籍的編纂方式、保存方法的相關資料和許signed俊的《東醫寶鑑》那樣具有代表性的醫學書籍。我們期待它能成為向市民和青少年進行醫學教育的場所而被廣泛使用。

35. 男子一邊宣佈該古書籍展覽的開放，一邊表明其目的是為了進行朝鮮時代醫學發展方面的教育。所以答案為④。

36. 內容中提到「到新開張的古書籍展室可以瞭解朝鮮時代醫學書籍的編纂方式」。所以答案為④。

여자 평생을 교사로, 어린이 문화 운동가로 활동하신 선생님의 시집이 요즘 화제를 모으고 있는데요, 아직 읽어 보지 않은 분들을 위해 소개 좀 해 주시겠습니까?

남자 이 시집은 아이들이 자신의 마음을 건강하게 표현할 수 있는 계기가 되었으면 하는 마음으로 쓴 책입니다. 요즘 시를 읽는 분들이 많지 않은데요 시는 짧은 글로 사람들의 마음을 움직이는 힘이 있다고 생각합니다. 이 시집에는 제가 10년 동안 학생들과 상담을 마친 후, 아이들 한 명 한 명에게 주었던 시들이 수록돼 있습니다. 책 이름을 '시를 피우다'라고 한 까닭은 제자들이 앞으로 어떤 일을 하더라도 자신의 꿈을 당당하게 꽃 피우기를 바라는 마음으로 썼기 때문입니다. 아울러 자신이 어떤 삶을 살아야 할지 몰라 방황하는 제자들과 함께 지었던 시와 제 삶에 좋은 영향을 주신 분들께 드리는 헌시도 실려 있습니다.

女 一生以教師和兒童文化運動家活動的老師，其詩集最近成了當紅的話題，您能為那些還沒有讀過的人介紹一下嗎？

男 這本詩集是出自於希望它能成為讓孩子們健康地表達自己心聲而寫的。近來讀詩的人不多了，但我覺得詩雖然簡潔，卻有著動人心弦的力量。這本詩集收集了我在10年間與學生們交談後，分別寫給他們的所有詩作。之所以將書命名為「讓詩歌綻放」，是衷心希望學生們不論將來從事什麼工作，都應該讓自己的夢想堂堂地開出花朵。同時還收錄了那些不知道該怎樣生活而在彷徨的弟子們一起寫的詩，以及寫給那些曾對我人生產生良好影響的人的獻詩。

37. 男子認為詩儘管簡短，卻有著動人心弦的力量。所以答案為②。

38. 男子將書命名為「讓詩歌綻放」是充滿了希望弟子們從事的工作都能成功的期盼。所以答案為④。

여자 한국과 북한의 통일이 어려운 이유로 경제적 불균형을 말씀하셨는데요. 그러면 이런 불균형이 통일 실패의 주된 원인이 되는 건가요?

남자 물론 경제적인 불균형이 크다는 사실이 큰 문제이기는 한데요. 사실 더 심각한 이유로 볼 수 있는 것은 통일에 대한 한국과 북한 젊은이들의 인식의 차이입니다. 한국의 젊은이들은 '통일이 반드시 필요한가'라는 질문에 대해서 '그렇다'와 '그렇지 않다'가 반반의 비율로 나타난 반면 북한을 탈출하여 한국에 정착한 젊은이들은 반드시 필요하다고 응답을 하였습니다. 또한 탈북 청년들은 정부 차원에서는 교류가 없어도 민간 차원에서는 꾸준히 교류가 필요하다고 대답한 반면 한국의 젊은이들은 북한과의 교류는 정부와 민간이 함께 해 나가야 한다고 대답하였습니다. 따라서 통일을 위한 전제 조건은 이러한 인식의 차이를 극복하는 것이라고 할 수 있습니다.

女 您說過韓國和北韓的統一之所以困難是因為經濟上的不均衡，那麼，這種不均衡可以認為是造成統一失敗的主要原因嗎？

男 當然經濟上嚴重不均衡的事實是個大問題。實際上還有一個更重要的原因就是在統一的問題上，韓國和北韓年輕人意識上的差異。對於統一是否有必要的問題，韓國年輕人的回答是「需要」和「不需要」的比率各占一半，而那些逃離北韓在韓國定居的年輕人的回答是：必須的。脫北青年答說即使沒有政府範圍內的交流，也需要於民間不間斷的交流。相反地，韓國年輕人則認為，與北韓間的交流必須由政府和民間共同進行。因此實現統一的先決條件就是克服這種認知上的差異。

39. 女子向男子追問有關韓國和北韓經濟不均衡問題，所以答案為②。

40. 男子認為統一的前提條件是要克服意識間的差異。所以答案為③。

남자 여러분, 아빠의 스킨십이 자녀를 바꾼다는 말을 들어본 적 있습니까? 네, 아빠의 스킨십이 얼마나 중요한지를 알 수 있는 말인데요. 유교 사상의 영향으로 한국인들은 엄마의 이미지를 떠올릴 때 너그럽고 편한 이미지를 떠올리는 반면, 아빠는 어렵고 무서운 이미지를 떠올리는 편입니다. 하지만 자녀에게는 엄마의 사랑만큼 아빠의 사랑도 중요하다는 연구 결과가 발표됐는데요. 영국의 한 대학교에서 같은 해에 태어난 아이 7천 명을 대상으로 33살까지 성장 과정을 관찰한 결과, 자녀의 발달과 교육에 적극적으로 관심을 보이는 아빠의 자녀가 그렇지 않은 아빠를 둔 자녀보다 성공적인 사회생활과 결혼 생활을 한다는 결과가 있었습니다. 또 미국의 심리학 연구팀이 100쌍의 부모를 대상으로 조사한 결과, 1세부터 6세 때까지 아빠가 자주 목욕시킨 아이들의 3%만이 10대가 돼서 친구를 사귀는 데 문제를 겪은 반면, 아빠와 목욕한 적이 없는 아이들의 30%가 친구를 사귀는 데 어려움을 겪었다고 합니다. 이 두 연구 결과는 모두 아빠의 스킨십이 자녀에게 긍정적 영향을 준 사례입니다. 이런 사례에 비춰 봤을 때 매일 아침에 안아 주기 등, 쉽게 실천할 수 있는 것부터 시작해서 가부장적인 아빠들이 달라져야 한다고 생각합니다.

男 各位，有聽過父親的肢體接觸可以改變孩子的說法嗎？由此可知爸爸的肢體接觸有多重要。受儒家思想的影響，韓國人一想到媽媽，基本上就會浮現出寬厚安詳的形象，相反地，爸爸卻是難以溝通、可怕的形象。有調查結果表明：對子女來說，父愛和母愛一樣重要。英國的大學以同一年出生的7千名孩子為對象進行了長達33年的成長過程觀測，結果發現父親有積極關懷子女發育和教育的子女比沒有能那樣做的子女在社會生活和婚姻生活上更加成功。另外美國的心理學研究小組對100對父母為對象進行調查的結果發現，從1歲到6歲，經常由爸爸洗澡的孩子中，只有3%的孩子在10幾歲時會遇到交友的困難，相反地，沒有和爸爸洗過澡的孩子有30%在交友時遇到了困難。這兩個研究結果都是說明父親的肢體接觸對子女能產生積極影響的例子。對照這些例子，家長式的爸爸們應該有所改變了，就從每天清晨的擁抱這樣容易做到的事情開始吧！

41. 有研究結果説明，對子女來講，父愛也和母愛一樣重要。所以答案為②。

42. 男子陳述了對父親的肢體接觸給予肯定的調查結果，並希望家長式的父親們要從容易做到的事情開始做起，改變自己。所以答案為③。

[43~44] 下面是一篇紀實報導。請聽錄音，回答問題。

여자 집이 인간의 전유물일까요? 그렇지 않습니다. 동물도 집을 지을 수 있습니다. 동물들은 우리의 생각보다 훨씬 오래 전부터 집을 지어 왔습니다. 또 동물들은 인간들보다 훨씬 다양한 재료들을 이용하여 집을 짓습니다. 전문가 다운 실내 장식 솜씨를 뽐내는 동물이 있는가 하면 남이 애써 만든 집을 차지하는 뻔뻔한 동물도 있습니다. 이처럼 동물들이 집을 짓는 이유는 거친 야생으로부터 자신을 보호하기 위해서입니다. 그래서 대부분의 동물들은 본능적으로 눈에 잘 띄지 않는 안전한 곳에 집을 짓습니다. 예를 들어, 북아메리카의 야심만만한 건축가인 비버는 단단한 나무로 튼튼한 성을 만드는데 이 성은 물에 둘러싸여 있어 매우 안전합니다. 그리고 지푸라기와 진흙을 바른 두꺼운 벽 덕분에 아주 견고한 편입니다.

女 房子是人類的專利品嗎？？不，動物也可以蓋房子。而且是從遠遠超出我們想像的時候起，動物們就開始蓋房子了。而且和人類比，動物們使用更多樣的材料蓋房子。如果說有具有專家級室內裝飾能力的動物的話，也有專門把別人辛苦搭建的房子占為己有的無恥動物。像這樣動物們蓋房子的理由是為了在殘酷的野生環境中保護自己。因此大部分動物都會本能地在不招惹注意的安全地帶蓋房子。例如，北美最有野心的建築師海狸用堅硬的木頭建築堅固的城池，這座城被水環繞非常安全。而且有用稻草和黃泥塗抹起來的厚實的牆壁，非常堅固。

43. 女子提到動物蓋房子的理由是為了在殘酷的野生環境中保護自己。所以答案為④。

44. 女子提到動物們都會本能地在不被天敵看到的安全地帶蓋房子，所以答案為②。

[45~46] 下面是一篇演講稿。請聽錄音，回答問題。

남자 여러분, 미래에는 자신이 원하는 유전자로 만든 아이를 가질 수 있을까요? 네, 가질 수 있다고 합니다. 미래에는 부모가 원한다면 우수한 유전자만을 조합해 키도 크고, 지능 지수도 높으며, 병에 걸릴 위험도 적은 아이만 태어나게 하여 '슈퍼 신인류'가 나타날 수도 있다고 합니다. 하지만 우수한 유전자를 조합하는 것은 위험한 일이 될 수 있습니다. 사람의 몸은 각 부분이 알맞게 균형을 이루고 있고, 그 균형에 맞춰서 에너지도 분배됩니다. 그런데 평범한 사람보다 뇌의 기능을 더 높이거나, 근육이 더 발달하도록 조작한다면 다른 부분에서는 기형이 나타날 가능성을 무시할 수 없습니다. 또한 유전 형질이 뛰어난 사람들만 사는 세상이 온다면 경쟁은 더 치열해지고, 사람들 사이에서 유대감도 약해질 수 있겠지요. 완벽한 것이 반드시 행복을 의미하지는 않습니다. 생명 공학이 발전하면서 유전자를 이용한 다양한 치료법과 연구가 진행되고 있지만, 발전된 기술로 인해 나타날 사회적인 영향도 우리가 대비해야 할 중요한 문제라고 생각합니다.

男 各位，未來有可能擁有使用我們希望的遺傳基因培養出的孩子嗎？是的。是可以擁有的。未來只要父母希望，可以對優秀的遺傳基因進行組合，生出個子高、智商高、罹病危險也低的孩子，有可能出現「超級新人類」。但是對優秀遺傳基因的組合可能會是件危險的事。人體的各部分都是均衡構成的，能量也是按照這種均衡分配的。但是如果想製造出比平凡人的大腦的機能更強、或肌肉更發達的人的話，就不可忽視其它部位出現畸形的可能性。另外如果這世上只有具有超強遺傳體質的人生活的話，競爭就會更激烈、人和人之間的關係也會越加減弱。完美並不一定意味著幸福。隨著生命科學的發展，儘管開展了多種利用遺傳基因進行治療方法上的研究，但我認為由於不斷發展的技術問題造成的社會影響也是我們必須防備的重要問題。

45. 內容中提到如果這世上只有那些具有超強遺傳體質的人生活，競爭就會更激烈。所以答案為④。

46. 男子一邊設想隨著遺傳基因的製造呈現的未來景象，一邊陳述了負面觀點。所以答案為③。

[47~48] 下面是一段談話。請聽錄音，回答問題。

남자 최근 한 언론에서 녹색 채소를 많이 먹으면 다이어트에도 도움이 되고 건강에도 도움이 된다고 했는데요. 박사님께서는 이에 대해 어떻게 생각하시는지요?

여자 그건 잘 모르고 하시는 말씀입니다. 여러분도 자주 들어서 알고 있듯이 녹색 채소에는 동물성 식품 재료보다 식이성 섬유가 풍부하여 변비 예방에 좋으며 콜레스테롤 수치를 낮게 하는 효과가 있습니다. 하지만 몸에 좋다고 많이 먹으면 오히려 해가 될 수도 있습니다. 녹색 채소를 많이 먹으면 비타민 A 섭취는 늘어나지만 간에 안 좋을 수도 있습니다. 따라서 무조건 많이 먹을 것이 아니라 몸에 맞게 적절히 먹는 것이 중요합니다. 다이어트를 위해 식사 대용으로 녹색 채소를 주스로 만들어서 마시는 사람도 있는데요. 이 경우 하루 적당량을 여섯 번에서 일곱 번을 나눠서 먹는 것이 좋습니다. 하지만 채소를 분쇄할 때 영양소와 섬유소가 파괴될 수 있습니다. 그러므로 섬유소가 거의 제거된 맑은 액체 상태로 주스를 마시는 것은 몸에 이로운 섬유소가 낭비되는 것임을 주의해야 합니다.

男 最近一家報社說多吃綠色蔬菜不僅能幫助減肥，還有助於健康。博士，對此您有什麼見解？

女 這都是外行人的說法。正如大家也常聽說的一樣，綠色蔬菜和動物性食材相比，含有更豐富的植物纖維，具有預防便秘和降低膽固醇指數的效果。但是就因為對身體好而過量食用的話，反而會對身體有害。多吃綠色蔬菜雖然可以增加維生素A的攝取量，但可能會對肝不利。因此不能盲目多吃，重要的是要根據身體需求適當食用。聽說還有些人為了減肥，將綠色蔬菜打成蔬菜汁飲用來替代飲食。這種情況最好將一天的量分成6、7次食用。但是將蔬菜絞碎時有可能破壞其營養成份和纖維組織。因此要注意的是飲用了基本上不含纖維組織的純液體蔬菜汁就會浪費掉對我們身體有益的纖維組織。

47. 女子談到綠色蔬菜具有降低膽固醇的功能。所以答案為②。

48. 女子一邊反駁報社發表的內容，一邊闡述攝取過量的綠色蔬菜而出現的副作用，所以答案為②。

[49~50] 下面是一篇演講稿。請聽錄音，回答問題。

여자 요즘 지구촌 곳곳에 자원 부족 문제로 심각한 고통을 겪고 있는 나라들이 많습니다. 이제 곧 자원 부족 시대가 도래할 것이라는 예상이 전 세계적으로 많은 관심의 대상이 되고 있는데요. 이러한 관심은 신재생 에너지에 대한 관심으로 이어지고 있습니다. 신재생 에너지는 신에너지와 재생 에너지를 합쳐 부르는 말입니다. 신에너지에는 연료 전지, 석탄 액화 가스화, 수소 에너지 등이 있고, 재생 에너지에는 태양광, 태양열, 바이오매스, 풍력, 수력, 해양, 폐기물, 지열 등이 있습니다. 신재생 에너지는 화석 에너지에 비해 경제적 효율성은 떨어지지만, 환경 친화적이면서 화석 에너지의 고갈 문제와 환경오염 문제를 해결할 수 있습니다. 또한 앞으로 신재생 에너지는 불안정한 유가와 기후 변화 협약에서 규제한 내용 등에 대한 대응책으로 그 중요성이 점차 커지게 될 것입니다. 이에 한국은 공급 비중 면에서 폐기물이 가장 많고 태양열·풍력 등은 아직 낮은 편이기 때문에 신재생 에너지를 만들기 위해 체계적이면서도 정책적인 지원을 아끼지 않아야 할 것입니다.

女 最近地球各處有很多由於資源不足飽受痛苦的國家。預測一個資源匱乏的時代即將到來，這正成為令全世界共同關心的現象。這種關心延伸到了對新再生能源的關心。新再生能源是新能源和再生能源的統稱。新能源中有燃料電池、煤炭液化天然氣、氫能源等。再生能源中有太陽光、太陽熱、生物質能、風力、水力、海洋、廢棄物、地熱等。新再生能源與化石能源比，儘管經濟效率低，但是保護環境，能夠解決化石能源枯竭和環境污染的問題。並且未來新再生資源可以作為限制不安定油價和氣候變化合約的對策，發揮越來越重要的作用。對此，從韓國的供應比重來看，廢棄物最多，太陽能、風力等還很低，為了製造更多的新再生能源，應該不遺餘力地給予系統的政策支援。

49. 內容提到，新再生能源可以解決化石能源枯竭問題和環境污染問題。所以答案為①。

50. 女子談及新再生能源的現狀和對未來的預測，並提議出政策。所以答案為③。

쓰기　寫作

[51~52] 請閱讀下文，分別寫出符合㉠和㉡的一句話。

51. ㉠：應該以下面「다음」的內容為中心，寫出對它進行確認的內容。
　　㉡：括弧前說到山，括弧後提到讓準備暖和一些的衣服，因此一定是陳述其理由的內容。
　　→這是公司要進行郊遊的公告。內容中有舉辦郊遊的目的和郊遊日程的簡單介紹。通常在「다음」中有出發日期和時間、場所、費用等說明、還有一些注意事項。3分的答案適用於使用初級文法和詞彙進行表達的情況。

52. ㉠：前面介紹了和他人比更能客觀看自己，緊接著就是由「그러나」開始的句子，句子陳述的應該是與前面內容相反的概念，所以在寫答案是應該考慮使用「-(으)면 -기 마련이다」的句型。
　　㉡：要考慮本文的主題是什麼。應該圍繞自信心或用肯定態度評價自己的內容寫。

53.【概略】
序論（前言）：介紹表格和統計圖表的內容
本論（論證）：比較2015年4月，5月，6月就物價上升率與消費者心理指數
結論（結語）：整理

54.【概略】
序論（前言）：整理問題提到的內容（身障人士服務設施現況）
本論（論證）：① 要建設身障人士服務設施的原因
　　　　　　　② 為建設不足的設施的方法
結論（結語）：整理自己的意見

읽기　閱讀

[1~2] 請選擇最適合（　）內容的一項。

1.
> 看了他的行動，他（　　）不能相信的人。

問題類型 選擇適合句子的詞彙(連接/生活文)

從他的行動上來看，是個不能相信的人。即：想信也不能相信的意思，所以答案為②。

-(으)려야: 用「-(으)려야 -(으)ㄹ 수가 없다」的形式表示抱著某種意圖要做某事，後面通常是與其意圖相反的狀況出現，使結果無法達成。
例 영호의 장점을 찾으려야 찾을 수가 없었다.
注意「-(으)려야」是「-(으)려고 하려야」的縮略型，通常與副詞「도저히」一起使用。
例 그는 도저히 믿으려야 믿을 수가 없는 사람이다.

● **-아/어도:** 表示假設或承認前面內容，但這對後句內容沒有關係或不能造成影響的連接詞尾。
例 영호는 몸이 아파도 학교에 결석하는 일이 없었다.

- **-더라도**: 表示假設或承認前面內容，但這對後句內容沒有關係或不能造成影響的連接詞尾。
  - 例 부모들은 아이들 물건을 살 때 조금 비싸더라도 좋은 것을 사려고 한다.
- **-는 통에**: 表示前面內容是導致後句不良結果出現的狀態或原因。
  - 例 아이들이 시끄럽게 떠드는 통에 아기가 깼어요.

2. 從看護我的媽媽的手中（ ）愛。

問題類型 選擇適合句子的詞尾（終結/生活文）

內容為從看護我的媽媽的手中感受到了愛，所以答案為有被動意義的①。

> **-아/어지다**：（接在動詞後）表示使某種行為進行或某種動作的發生出現了某種狀態。
> 例 반이 둘로 나누어졌다.
> 접시를 떨어뜨려서 접시가 깨어졌다.
> **注意** 形容詞後接「-아/어지다」表示「狀態的變化」。

- **-아/어 보다**:
  ① 表示前句出現的行動是嘗試性的動作。
  - 例 오늘 광장에서 큰 행사가 있으니 구경 한번 와 보세요.
  ② 表示前句出現的行動以前曾經做過。
  - 例 너는 유명한 사람한테 사인 받아 봤니?
- **-는 듯하다**: 表示對前句內容的推測。
  - 例 아직 이 일은 아무도 모르는 듯하다.
- **-(으)ㄹ 정도이다**: 指具有與其相當的程度或量。
  - 例 너무 많이 웃어서 배가 아플 정도예요.

[3~4] 請選擇與劃線部分意思相近的一項

3. 為了進入韓國的大學而來韓國的留學生們正日益增加。

問題類型 選擇相近的詞尾（連接/生活文）

內容是以上大學為目的來韓國的留學生正在增加，所以答案為表示目的的④。

> **-고자**: 表示前句內容為後句行為的目的。
> 例 당신을 만나고자 여기까지 왔습니다.
> 나는 지금까지 좋은 선생님이 되고자 노력해 왔다.
> **注意** 主要用於正式場合或文章，後句中不能使用命令型或共動型。「-고자」可與「-(으)려고」、「-기 위해서」交替使用。使用「-고자 하다」也可表示說話者的意圖或希望。
> 例 오늘은 환경 문제에 대해서 말씀드리고자 합니다.

- **-고서**:
  ① 強調前句的事和後句的事是按時間先後出現時的連接語尾。
  - 例 기홍이는 점심을 먹고서 잠시 쉬고 있었다.
  ② 表示前句內容是後句內容的條件時使用的連接語尾。
  - 例 직접 겪어 보지 않고서 그들의 심정을 이해할 수 없다.

---

  ③ 表示前後內容呈相反的事實時的連接語尾。
  - 例 영호는 밤새 낚시를 하고서 한 마리도 잡지 못했다.
- **-아/어 봤자**: 表示前句行動即便實施了，也不會有什麼作用的意思。
  - 例 공부도 안 하는데 도서관에 가 봤자 시간만 아깝죠.
- **-자마자**: 表示前句出現的事件或狀況出現後馬上出現後句的事件或狀況時使用的連接語尾。
  - 例 나는 너무 피곤해서 소파에 앉자마자 잠이 들었다.
- **-기 위해서**: 用於表示做某事的目的或意圖的時候。
  - 例 살을 빼기 위해서 운동을 시작했어요.

4. 凡事都是開始的時候難。

問題類型 選擇相近的詞尾（終結/生活文）

凡事在開始的時候當然難的意思。所以答案為④。

> **-는 법이다**: 表示當然會出現那樣的結果的意思。
> 例 기대가 클수록 실망도 큰 법이다.
> 다른 사람에게 한 만큼 받는 법이다.
> **注意** 「-는 법이다」可以與「-는 게 당연하다」和「-기 마련이다」替換使用。

- **-아/어도 되다**: 用來表示同意或允許做某種行動。
  - 例 여기 앉아도 되나요?
  교실 청소 끝냈으면 집에 가도 돼.
- **-기만 하다**:
  ① （接於動詞後）表示不做其它事，只做一種行動的時候。
  - 例 기홍이는 묻는 말에는 대답하지 않고 웃기만 한다.
  ② （接於形容詞後）表示與某物件相關聯的其它狀況無關，用來陳述保持著某種狀態或強調那種狀態。
  - 例 나는 아직 할아버지가 무섭기만 하다.
- **-는 모양이다**: 用於透過看到的其它事實或狀況推測現在會出現哪些事或某種狀態。
  - 例 빗소리가 들리는 걸 보니 밖에 비가 오는 모양이에요.
- **-기 마련이다**: 表示這種事的出現是必然要出現的。
  - 例 어떤 일도 시간이 지나면 잊히기 마련이다.

[5~8] 請選擇這是關於什麼內容的文章。

5. 超高網速、真實通話音質、一握在手的尺寸

問題類型 掌握文章的題材/類型（廣告文）

可以上網、可以通話、可以握在手裡的大小，所以答案為③。

6. 與冬夜相呼應的電視劇主題曲
同時觀賞話題場景的時間
邀請各位共享感動的時間

問題類型 掌握文章的題材/類型（廣告文）

這篇介紹的關鍵詞彙為「드라마 주제가」，提到可以欣賞電視劇主題曲和劇情場景，所以答案為①。

7.

> 歷史、環境等17個主題直接觀看、聆聽、感受！
> 教室授課失去興趣的孩子們看起來好奇，又集中

問題類型 掌握文章的題材/類型(廣告文)

從「歷史、環境等17個主題直接觀看、聆聽、感受！對教室授課失去興趣的孩子們、有好奇心，也集中」的內容上來看，答案為②。

8.

> • 勿奔跑行走。
> • 在黃色安全線以內乘車。
> • 抓好扶手。

問題類型 掌握文章的題材/類型(介紹文)

這篇提示文的關鍵詞彙為「노란색 안전선、손잡이」。說的是在搭乘電扶梯時的注意事項，所以答案為②。

[9~12] 請選擇與下文及圖表內容相同的一項。

9.

> **陶瓷展覽入場交換券**
> • 有效日期：2017年12月31日
> • 本券限在售票處兌換入場券時使用。
> • 被竊取或遺失時，本公司一概不負責。
> • 不可兌換或退還現金。
> • 每張限2人使用。
> • 諮詢電話：驪州陶瓷展覽館

問題類型 選擇與文章／圖表相同的一項(介紹文)

有效期到2017年12月31日為止，所以答案為②。
① 用光換券可以直接入場。→要在售票處兌換成入場券。
③ 4個人要去陶器展覽的話需要4張光換券。→1張可以2人入場，所以需要2張
④ 遺失的話，可以在展覽會場重新領取。→被盜或遺失，展覽會場一概不負責。

• 도난[盜難]: 被盜。

10.

100歲以上男女的長壽秘訣（單位：%）

問題類型 選擇與文章／圖表相同的一項(介紹文)

回答節制的飲食習慣作為長壽秘訣的人最多。所以答案為①。
② 服用營養食品的人中，女性比男性多。→少
③ 男女都認為長壽的最大秘訣是規律的生活。→節制的飲食習慣
④ 女性認為和遺傳比，圓滿的家庭生活更重要。→遺傳比圓滿的家庭生活

• 절제되다[節制]: 不超出程度，適當地調節、控制。

• 원만하다[圓滿─]: 事情進行的順利。

• 낙천적[樂天─]: 把世界和人生想得快樂、美好。

11.

> 從下個月開始，地鐵和公車費用分別上漲250韓元和150韓元。並且是有史以來第一次執行「早鳥優惠制」。這是針對在早上6:30以前使用交通卡乘坐公車和地鐵的乘客優惠20%的制度。長途運行的廣域巴士也從現在的1850韓元上升到2300韓元。但是青少年和兒童費用被凍結了。

問題類型 選擇與文章/圖表相同的一項(生活文)

題目中提到：青少年和兒童費用被凍結，所以答案為②。
① 公車和地鐵費用上漲的額度相同。→地鐵250韓元，公車150韓元
③ 長途運行的公車比地鐵的費用只提高了一點。→很多
④ 早上6:30以前所有乘坐公車的大都可以享受20%的優惠。→使用交通卡的乘客

• 조조[早朝]: 早晨很早。
• 동결되다[凍結─]: 禁止使用或移動家產或資金等。
  例 요금이 동결되다.

12.

> 南大門市場是有600年歷史和傳統的地方。南大門市場有1萬2千多家店鋪、每天向40萬名顧客銷售1700多種商品。外國顧客也達1萬人之多。這裡從下午10:30開始營業，到凌晨2點時，就會形成由零售商們構成韓國最大的綜合市場的盛況。

問題類型 選擇與文章/圖表相同的一項(生活文)

內容提到：每天向40萬名顧客銷售商品。所以答案為③。
① 凌晨2點左右零售商們最少。→構成盛況
② 南大門市場上午10:30開門。→下午
④ 在南大門市場具有600年歷史的店鋪就有1200個。→南大門市場是有600年歷史的地方，現在市場裡有1萬2千家店鋪

[13~15] 請選擇排序正確的一項。

13.
> (가) 最近圍繞電視購物產業的狀況就是這樣。
> (나) 現在正是電視購物商家以優質的產品做為競爭力來扶植的時候了。
> (다) 有「雪上加霜」的說法，這指的是不好的事情接二連三地發生的意思。
> (라) 營業收益比去年急劇減少了22%，並且新的電視購物商家還會繼續增加。

問題類型 排列文章順序(生活文)

內容說的是最近電視購物產業的狀況和未來的發展方向。對「설상가상」的意思進行解釋並提出話題的(다)應該在最前面，然後是講近來電視購物產業的狀況正是如此的內容(가)，之後是對電視購物產業的狀況做具體說明的(라)，最後是提示解決方法的(나)。所以答案為按照(다)-(가)-(라)-(나)排序的③。

14.
(가) 因為在高處，上去很不容易。

(나) 南漢山城是座被海拔達500米高的南漢山所圍繞的城。

(다) 但是一旦進入城中，就能知道這是個自然景觀出眾的天然要塞。

(라) 南漢山城擁有這樣的地理條件，城池的建築技術也很卓越，已被登錄為世界文化遺產。

問題類型 排列文章順序(生活文)

內容講的是南漢山城被登載為世界文化遺產的理由。首先應該是介紹：南漢山城是被海拔達500米高的南漢山圍著的城的內容(나)，然後是講因為座落在高處(海拔500米)不容易上去的短處的(가)，這之後是由「하지만」開始介紹長處(天然要塞)內容的(다)，最後是由「이러한 지리적 조건(天然要塞)」開始的對南漢山城成為世界文化遺產理由的整理(라)。所以答案為按照(나)-(가)-(다)-(라)排序的①。

● 천혜[天惠]：上天賜予的恩惠，或自然的恩惠。

● 요새[要塞]：國防重地，修築堅固的防禦設施。

15.
(가) 成人的平均步行速度為時速4km，相當於一秒鐘走1.1m。

(나) 例如：30m的行人穿越道在30秒上加上7秒的預備時間，總共是37秒。

(다) 步行信號燈要根據人行橫道的長度，按照每公尺1秒的步行時間，加上7秒的預備時間來決定。

(라) 為了照顧無法快行的人，行人穿越道的步行信號時間就要比這再多給些充裕的時間才行。

問題類型 排列文章順序(生活文)

內容提到行人穿越道的步行信號燈時間應該再多延長一點的建議。首先應該是介紹步行信號燈時間的決定方法的(다)，然後是對(다)進行舉例說明的(나)，之後是對這種步行信號燈時間與成人的步行速度做比較的(가)，最後是本文的主題內容，認為應該把步行信號燈時間延長的內容(라)。所以答案為按照(다)-(나)-(가)-(라)排序的④。

[16~18] 請閱讀下文，選擇最適合(　　)內容的一項。

16.
企鵝雖然要在大海裡覓食，但卻對跳入大海很猶豫。這是因為他們要警戒可能藏在大海中天敵。但一群中只要有一隻先投身大海，剩下著跳進大海覓食。無論什麼事(　　)

問題類型 選擇符合文脈的內容(生活文)

括弧前的句子中提到：企鵝群中只要有一隻先投身大海，剩下的企鵝也會跟著跳進大海，由此可推斷括弧內容為「開始很重要」，所以答案為④。

17.
電腦如果不能正常運作或在網路遊戲中不能按意願進行的時候，就按一下按鍵重新設置。這被稱為「重置」，而錯誤地認為現實中也可以「重置」的症狀被稱為「重置綜合症」。初始化綜合症的表現為一遇到困難就像讓電腦重置一樣，(　　)輕易地連接或斷絕與他人的關係。

問題類型 選擇符合文脈的內容(生活文)

內容講的是當事情不能如願解決的時候就想重新開始的重置綜合症的問題。所以答案為②。

18.
根據倫敦商業學院的研究，成功的企業家中相當部分的人對自己的成功秘訣首選是：注意力不足過動症。這是一種以注意力分散、動作過度、衝動為主要症狀的精神疾病，在克服這一病症的時候就培養出了注意力集中或應對狀況能力等其它能力。人無完人。(　　)更需要的是將它作為人生動力來提升的決心。

問題類型 選擇符合文脈的內容(生活文)

內容提到：「장애를 극복하는 과정에서 집중력이나 상황 대처 능력 같은 다른 능력을 키울 수 있었다.」、「완벽한 사람은 없다.」所以需要有將自己的不足進行發展的決心。因此答案為④。

[19~20] 請閱讀下文，回答問題。

部分網友把使用數位相機拍照，並上傳到網路上的年輕人照片稱作「顏值」而受到矚目，作為話題，形成了一種新型文化。隨著這種顏值文化的快速傳播，認為外貌最重要的傾斜價值觀在社會各處埋下了種子。一開始只是一種網路遊戲式文化的美臉文化，現在已經與商業化、外貌至上主義等融合擴大成了社會問題。(　　)外貌真是那麼重要的嗎？

19. **問題類型** 選擇符合文脈的連接詞(生活文)

這裡問到：外貌真是那麼重要的嗎？所以答案為具有「對於結果真是」意思的②。

● 괜히：沒有任何理由或實際的東西。
　例 그 사람을 보면 나도 모르게 괜히 화가 난다.

● 과연[果然]：
　① 原想的一樣。
　　例 퀴즈 대회에서 일등을 하다니 승규는 과연 똑똑하다.
　② 對於結果真是。
　　例 이 방법이 과연 효과가 있을지 모르겠네요.

● 하필[何必]：用於詢問為什麼一定要那樣做的理由時。
　例 하필 왜 나에게 이런 일이 생겼을까?

● 대개[大概]：一般情況下。
　例 화장품 광고는 대개 피부가 좋은 사람이 모델을 한다.

20. **問題類型** 掌握細節內容(一致/生活文)

提到：顏值一開始不過是一種網路遊戲式的文化，所以答案為②。

① 因為是社會問題，所以顏值文化擴散了。→顏值文化擴大成了社會文化

③ 顏值文化對我們社會肯定的影響。→否定的

④ 年輕人在網路上傳照片是由於顏值文化。→部分網友對網路上上傳的年輕人照片稱作「顏值」而矚目，從而形成了一種顏值文化。

[21~22] 請閱讀下文，回答問題。

在我們社會中對藝術收藏家的看法多半是不太好的。購買藝術品的行為屬於一種非常奢侈的消費形態。因為一說起購買美術品，我們腦海裡就會閃出購買的是名作家昂貴的名作。但是那個（　）的事，大概大部分都不過是些平凡的藝術作品。有錢也不是所有人都能買畫的，只有能看懂畫的人才會買畫。

21. 問題類型 選擇符合文脈的俗語(生活文)

內容要說的是：購買名家昂貴名作的很少，大部分都是些平凡的藝術作品，所以答案為③。

- **꿈도 못 꾸다**: 認為一定做不了，完全想不出該做什麼。
  例 영호는 가난한 살림에 아이들 학원 보내는 것은 꿈도 못 꾼다.
- **색안경을 끼고 보다**: 憑主觀或過去的印象進行不好的判斷。
  例 아버지는 연예인이라면 무조건 색안경을 끼고 보셨다.
- **가뭄에 콩 나듯 한다**: 表示非常罕見。(俗談)
  例 요즘에는 출산율이 낮아져서 아기 있는 집이 가뭄에 콩 나듯 한다.
- **다람쥐 쳇바퀴 돌듯 한다**: 沒有好轉，一直處於原狀態的意思。
  例 그들은 같은 주장만을 다람쥐 쳇바퀴 돌듯 되풀이할 뿐 실질적인 대안은 내놓지 못했다.

22. 問題類型 掌握中心想法(生活文)

內容提到：有錢也不是所有人都能買畫的，只有能看懂畫的人才會買畫。所以答案為②。

[23~24] 請閱讀下文，回答問題。

那是我小學3年級的時候。夏天的某一天，爺爺把我帶到屋頂，給我一副望遠鏡，說：「過來，找找新羅排骨店的招牌吧。找到了的話，明天買豬排給你。」我轉動著鏡頭，對著焦距，認真地找著排骨店的招牌。但是找了半天也沒看到招牌。爺爺說：「總想往遠處看，當然看不見了。」他要我從近處找找。離屋頂不到20米的地方，排骨店大大的牌子就掛在那裡。我瞬間感到一陣茫然。20年過去了，今天我還保存著這副望遠鏡。當因為貪心而感覺到自身的不足的時候，我總是會想起那天，讓我去認識身旁的、自己所擁有的東西的價值。

23. 問題類型 掌握心情(生活文)

內容提到了當醒悟到自己只顧看向遠處，卻看不見眼前的愚蠢心情。所以答案為①。

- **어이없다**: 遇到意想不到的事，感到很無言。

24. 問題類型 掌握細節內容(一致/生活文)

內容提到「이십 년이 지난 지금도 나는 그 망원경을 가지고 있다.」。所以答案為②。

① 我很容易就找到了排骨店的招牌。→沒有找到
③ 排骨店的招牌在在離屋頂很遠的地方。→不過20公尺外的距離
④ 爺爺告訴我看遠處很重要。→在近處的東西

[25~27] 下面是新聞報導題目。請選擇說明最確切的一項。

25.
> 不景氣的時代、口袋變輕，可消費心理依舊

問題類型 掌握簡化的句子(報導文)

這題說的是由於不景氣，雖然沒有錢，但想購物的心理還和從前一樣的報導內容，所以答案為③。

- **불황[不景氣]**: 經濟活動絕大部分處於停滯狀態。
  類 불경기

26.
> 生態界被破壞、主因為外來魚種食人魚

問題類型 掌握簡化的句子(報導文)

這是闡述生態界被破壞了，而主要原因為外來魚種食人魚內容的報導題目，所以答案為①。

- **식인[食人] 물고기**: 食人魚。

27.
> 人員不足、動員各種超出想像的方法也無濟於事。

問題類型 掌握簡化的句子(報導文)

這是介紹為解決人員不足的問題，動員了所有可以說超出想像的方法也毫無用處的新聞報導題目。所以答案為③。

- **허사[虛事]**: 無用之事。

[28~31] 請閱讀下文，選擇最適合（　）內容的一項。

28.
> 當我們看到某商店對某種特定產品打折的時候，就會認為一定能省下很多錢。但是到購物結束時就會發現買的東西比計畫要買的多很多。這就是「特價」的力量。只求薄利甚至賠本也銷售特價商品，目的就是為了吸引更多顧客來商店（　）。所以特價商品總是特意擺在最醒目的位置。

問題類型 選擇符合文脈的內容(生活文)

內容提到：要來買低價「특가품」的顧客總會比原計劃要買的東西多，所以答案為③。

29.
> 成人通常每分鐘要眨10到15下眼睛。但是嬰兒在相同時間內只眨1、2下眼睛。誰都不知道具體的原因。有的人說：這是因為嬰兒的眼睛比成人的小，眼睛裡掉進導致我們眨眼的灰塵或土的幾率小的結果。還有人說：嬰兒每天要睡15個小時，所以眼睛變得乾燥的可能性低。不論原因是什麼（　）正常。

問題類型 選擇符合文脈的內容(生活文)

內容講的是嬰兒眨眼次數比成人少的原因。所以答案為③。

30.
> 行動和結果之間（　）行動就是一種學習。例如斯金納在安裝了能夠按照一定時間間隔自動往箱子裡投放食物的裝置，老鼠偶然發現在爬牆時會有食物正好下來，從此以後，老鼠就學會了爬牆的行動。即：老鼠得到了只要爬牆就有食物出來的想法。像這樣因為錯覺也可以完成學習。

問題類型 選擇符合文脈的內容(生活文)

內容講的是：因為偶然造成了錯覺，錯覺實現了學習的過程，所以答案為④。

● 착각 [錯覺]：對某種事物或事實產生的與事實不同的錯誤認識或感覺。

31.
> 地圖中蘊含著人類生活空間的大量資訊，這些資訊也就是當代人生活的意義。我們透過各種地圖不僅可以認識到我們自身、還可以見到過去活著的人、和在沒去過的地方生活的人，接近他們的生活。在這些方面，地圖可以（ ）。我們透過地圖理解世界的時候，地圖就成為一本很有價值的書。

問題類型 選擇符合文脈的內容(生活文)

有括弧的句子裡提到的「이런 점」是指：透過地圖可以接近生活在過去的人、和在沒去過的地方生活的人，接近他們的生活。所以答案那為 ①。

[32~34] 請閱讀下文，選擇與內容相符的一項。

32.
> 我們所陌生的「硬地滾球」是一種對腦癱癱殘疾或重症身障人士進行復健訓練的運動，是殘奧會的正式比賽項目。硬地滾球是透過投或滾，讓球接近白色目標球，最後接近目標球多的一方獲勝。它雖然和冬季運動的冰壺很相似，但不同的是比賽不分男女。按照選手們的指示，輔助投球的助手只能注視選手一方，絕對不可以注視場內。比賽按照選手的身體殘疾等級分級進行。
>
> ★註：冰壺（**Curling**）：又稱為「冰上溜石」，是冬季奧林匹克運動會的項目之一。

問題類型 掌握細節內容(一致/生活文)

在文章一開頭提到：硬地滾球是我們比較陌生的運動。所以答案為②。

① 硬地滾球是~~冬季運動冰壺的別名~~。→和冰壺相似的運動
③ 投球助手~~將場內狀況告訴選手~~。→絕對不能看場內
④ 硬地滾球~~與殘疾程度無關~~、是不分男女的比賽。→按照殘疾程度分等級

33.
> 有記載說：2008年開張的巴林世界貿易中心是世界上最早使用風力發電的建築物。這座建築在兩座50層樓的建築中間安裝了風力發電用的大型風力渦輪。從3個直徑為29公尺的渦輪獲得的能量能夠為這座建築提供所需電力的15%。設計者們為了提高風從建築之間通過時的風速，將建築物設計成了飛機機翼那樣的流線型。

問題類型 掌握細節內容(一致/生活文)

透過「從3個風力渦輪獲取的能力為這座建築提供了15%的所需電力」的內容可知：每個渦輪可為這座建築提供5%的所需電力。所以答案為④。

① 巴林世界貿易中心是世界最早的~~環保建築~~。→風力發電的建築
② 巴林世界貿易中心由~~8座~~50層樓的建築構成。→2座
③ ~~風力渦輪的扇葉~~是按照能夠提高風速的樣子設計的。→建築

34.
> 即使詞彙的概念相同，如果有些是帶有肯定的、褒義的，也有些是帶有否定、貶義的詞彙。例如「占卜師」的工作顯得很文雅，但「算命的」所做的就顯得很低賤。「夫人」或「內人」就比「老婆」更顯尊重。前面作為比較的這些詞彙，它們的意思雖然相同，但情感色彩卻完全不同。隨著社會的變化，儘管概念相同，但情感色彩不同的詞彙會越來越多的。

問題類型 掌握細節內容(一致/生活文)

內容提到「점술가」比「점쟁이」顯得文雅，「부인」比「마누라」更受尊重。所以答案為②。

① ~~概念相同的話，情感色彩也會相同的~~。→概念相同，情感色彩也會不同
③ ~~內人和老婆是含有否定和貶義的詞彙~~。→內人是含有肯定和褒義的詞彙
④ ~~夫人和老婆的概念雖然不同但情感上的意思相同~~。→觀念雖然相同，感情色彩不同

[35~38] 請選擇最適合做下文主題的一項。

35.
> 無論是誰都有想法，但不是誰都能聽有創意的話。由於懼怕失敗，而會對新的嘗試猶豫不決。只追求效率，個人和社會就不會有發展。透過執行上的誤差有可能獲得創意性的結果，所以必須承受一定風險。再卓越的想法如果不能戰勝因失敗造成的時間浪費、金錢浪費、名義損失所帶來的恐懼，向它挑戰的話，我們只會繼續停留在現在。

問題類型 掌握主題(生活文)

內容強調的是要戰勝失敗的恐懼，並進行挑戰，所以作為主題的答案為①。

● 시행착오 [試行錯誤]：為了實現某個目標，在反復的嘗試和失敗中找到適當的方法的事。

36.
> 據食品安全營養廳調查的結果：韓國國民中有**72.6%**人沒有達到每日規定的肉類攝取量。特別是牛肉和豬肉，與年齡在**19～29**歲之間的男性每日**80.8g**的攝取量相比，**65**歲以上女性只有**9.3g**，相差極大。過度地攝取肉類雖然會誘發肥胖等成人病，但隨著年齡和性別的不同，如果未達到合理攝取量，也會給維持健康和保持基本日常生活的狀態帶來障礙。

問題類型 掌握主題(生活文)

內容提到：65歲以上女性每天的肉類攝取量和男性每日定量比遠遠不足，並主張為了維持健康和日常生活的進行，隨著年齡和性別的不同，一定要攝取適量的肉類。所以答案為④。

● 편차 [偏差]：超出包括數值、位置、方向等內在的一定基準的程度或大小。

37. 未經過原作者許可，暗地將他人創作的文章、繪畫、音樂、照片等創作當作自己的進行發表或寫作的行為被稱作「剽竊」。剽竊行為隨著大眾媒體和印刷文化的發展，不僅是文學作品、播放的電視劇、廣告、大眾歌曲等也都廣範圍地盛行起來。但是剽竊是違法行為。由於侵害了他人的著作權，將依據著作權法給予處罰。

問題類型 掌握主題(生活文)
內容提到，因為剽竊是違法行為，因此將根據著作權法給予處罰。所以答案為③。
- 저작권 [著作權]：創作作品的作者或繼承擁有此權利的人對於創作作品所擁有的權利。

38. 想不被蚊子叮咬，最重要的就是不要讓蚊子進屋。蚊子哪怕有一點縫隙都會扭曲著身體擠進來。所以要提前檢查一下家裡窗戶上的紗窗有沒有小洞。另外它也會順著水池、下水道等地方爬上來，所以晚上要用蓋子蓋好。它會貼在門上，只要人一開門，它就會趁機進來，所以將滅蚊藥灑在大門周圍也會有幫助。

問題類型 掌握主題(生活文)
本文介紹的是防止被蚊子叮咬的幾種方法（檢查紗窗有沒有洞、在水池和下水口加蓋子、在大門口噴灑滅蚊藥）都是防止蚊子進入家裡的方法。所以答案為②。
- 방충망 [防蟲網]: 為防止蚊蟲進入，在窗戶等處安裝的網。
- 유입 [流入]: (錢、文化、病毒等)侵入。

[39~41] 請選擇提示的句子在下文中最恰當的位置。

39. 運動時，何時喝水最好？很多人認為沒有必要在運動前喝水。（㉠）為了預防脫水，最好在運動前30分鐘喝水。（㉡）並且由於在激烈運動後，很多水份會隨著汗排出，運動後一定要補充水份。（㉢）運動中也一樣。（㉣）運動中也不要忍著口渴，應該喝著水運動。

─────〈提示〉─────
提前補充200cc以上的水，還可以防止運動中發生頭痛。

問題類型 插入符合文脈的句子(生活文)
提示句提到運動前喝水的效果，所以放在最好在運動前30分鐘喝水的句子後(㉡)最自然，所以答案為②。

40. 史特勞斯作曲的「薔別妮塔之歌」是要以無休止的高音歌唱而出名的高難度曲目。（㉠）當時施特勞斯認為人類不可能唱這首曲子，因此修改了部分樂譜。（㉡）即便修改了，能唱出它的聲樂家也不多。（㉢）這首被判定為世界上最難的曲目竟被曹秀美用原調唱出來，對此，音樂家們評價她是超出評論的存在。（㉣）

─────〈提示〉─────
但是1994年在法國發生了讓全世界震驚的事。

問題類型 插入符合文脈的句子(生活文)
提示句子應該放在具體陳述讓世界震驚的事件內容之前的（㉢）之前，所以答案為③。

41. 資料夾或CD裡怎麼會容納數十萬張以上的畫面呢？這是每個用電腦看動畫的人都想知道的問題。（㉠）動畫作為連續畫面的集合，要想將所有畫面整理起來容量是很大的。（㉡）因此要想將碩大的動畫內容中最需要的資訊保留下來，就需要將容量壓縮到數百分之一的技術。（㉢）這種技術被稱為動畫壓縮。（㉣）

─────〈提示〉─────
在動畫壓縮中通常利用畫面間重複、圖元間重複、統計重複等。

問題類型 插入符合文脈的句子(生活文)
提示句子是關於動畫壓縮技術的內容，應該放在影像壓縮技術介紹部分之後，所以答案為④。

[42~43] 請閱讀下文，回答問題。

長篇小說要在報紙上連載半年，稿費能拿到很大一筆錢。在拿到稿費之前，我連續幾天不能入睡，翻來覆去地想了又想：拿這錢來做什麼呢？想過把家裡的家具全部換掉、還想過用漂亮的衣服和飾品把自己打扮一番。終於稿費到我手上了。我高興得不知該怎麼做才好。那天晚上我為了聽聽丈夫怎麼說，於是問到：「用這錢做什麼好呢？」
「是啊……，你也知道我朋友恒植吧？本來生活很窘迫……聽說他女兒病得很嚴重需要手術，可因為沒手術費，就沒動手術呢？」
我被這出乎意料的話驚呆了，心裡突發了一種不詳的感覺。好像從來也沒想到過：結婚的時候，就連別人都送的戒指都沒送一個。我什麼話也沒說，拿著外套走出來，頂著寒風在飄著雪花的路上不停地走著。一開始覺得要把我辛苦賺來的錢給別人的老公太討厭了，心裡像要爆炸了一樣，但隨著時間過去，恒植年幼女兒的臉卻又總浮現在眼前。

姜敬愛《稿費200韓元》

42. **問題類型** 掌握心情(小說)
前部分寫有高興地想像這筆稿費要怎麼花的內容、劃線部分後面又提到：「남들이 다 하는 결혼반지 하나 못 사 주었으면서 그런 것은 생각에도 없는 모양이었다。」，由此可知，筆者對丈夫懷有怨氣，覺得很生氣。所以答案為①。

43. **問題類型** 掌握細節內容(一致／小說)
內容中有：「결혼할 때 남들이 다 하는 결혼반지 하나 못 사 주었으면서」，所以答案為④。
① 丈夫用稿費~~幫助~~子朋友。→想要幫助
② ~~丈夫~~為報紙寫了6個月的文章。→我
③ 我拿到稿費換了家具、~~買了~~衣服。→想像著買
- 연재 [連載]: 在報紙或雜誌上連續登載文章或漫畫等。
- 딱하다: 所處的狀況或處境很可憐。

在韓國結婚不僅是個人和個人的結合，還是家庭和家庭的結合。因此特別是對那些還沒經濟獨立的20多歲新婚夫婦來說，結婚費用都要依靠父母，按照過去人們的價值很自然地會認為「男方準備房子、女方準備婚需用品」。但是最近隨著女性的社會參與和社會活動和（　）等，共同負擔房價的新婚夫婦增加了。像韓國這樣房價昂貴的國家由一個人承擔住宅費用是件負擔沉重的事。不僅是房屋費，在所有結婚費用上都沒有有必要區分男方和女方，按照相互的狀況調整進行是很有必要的。

44. 問題類型 掌握主題（生活文）

內容說的是：在房屋費和結婚費用上沒有必要區分男和女，根據相互狀況調整進行很有必要。所以作為主題的答案為①。

45. 問題類型 掌握符合文脈的內容（生活文）

括弧前有按照「男方準備房子、女方準備婚需用品」的老舊價值觀結婚的內容，帶有括弧的句子又是以副詞「하지만」開始的。因此括弧中應該是與前面相反的內容。所以答案為③。

- 혼수[婚需]：結婚時需要的物品。

問卷調查顯示，長期以來由於經濟不景氣，不得已拋棄就業、結婚、生育等年輕一代所處的經濟環境導致了1人家庭數量的激增。（㉠）根據調查，一人家庭增加的速度已經到了無法控制的地步。1人家庭激增的現象是由於社會不能很快解決老人問題、青年失業問題、生產、育兒、教育問題等長期存在的社會問題所導致的必然結果。（㉡）特別是各種稅制、福祉、住房政策等都是圍繞4人家庭設計的，相對來講1人家庭被孤立在外了。（㉢）1人家庭所承受的心理上、經濟上的不安感也是個大問題。（㉣）對1人家庭社會的基礎和認識要轉換。

46. 問題類型 插入符合文脈的句子（生活文）

1人家庭在生活上伴隨著很多困難。

提示句子放在說1人家庭在生活上伴隨著很多困難的內容之前或之後的（㉡）或（㉣）都可以，但是（㉡）後面的句子是由「특히」開始介紹具體困難的，所以答案②。

47. 問題類型 掌握細節內容（一致/生活文）

內容提到：長期以來由於經濟不景氣，不得已拋棄就業、結婚、生育等年輕一代所處的經濟環境導致了1人家庭數量的激增，所以答案為③。

① ~~為了1人家庭制定了福祉、住房政策。~~ →各種稅制、福祉、住房政策等都是以4人家庭為中心設置的。

② ~~1人家庭的激增之老人問題、青年失業問題更加嚴重了。~~ →是由於無法解決帶來的必然結果

④ ~~貧困和心理不安感是結婚的人數增加。~~ →1人家庭感受的心理上、經濟的不安感是個大問題。

名譽指對某個人在人性和社會價值方面的社會評價。最近隨著網路的發達，人們能夠自由利用網路，在網路上毀損他人名譽的事已經成了一大問題。網路名譽毀損指的是：為達到誹謗他人的目的，透過資訊通訊網（　）對他人進行名譽毀損的行為。網路名譽毀損的條件首先是要證明對方有防禦人的目的。另外，要有對他人人格的社會價值或評價有一定程度的侵害可能性的證據。因此，在網路上對於一個人的社會價值的外部評價進行毀損的行為就是網路名譽毀損罪。在網上自由闡述自己的觀點固然好，但要杜絕毀損他人名譽的事。

48. 問題類型 掌握目的（生活文）

內容介紹了網路名譽毀損的定義和條件、以及說網路名譽毀損屬於犯罪。所以答案為②。

49. 問題類型 掌握符合文脈的內容（生活文）

內容說的是：即使說實話如果它在網路上對於一個人的社會價值的外部評價進行毀損的行為就是網路名譽毀損罪。名譽毀損罪包括不是謊話而是實話，所以答案為①。

50. 問題類型 選擇筆者的態度（生活文）

劃線的部分提到：網路名譽毀損是犯罪。因為網路名譽毀損並不是自由闡述自己的觀點，而是毀損他人名譽的行為。本人提到了「인터넷 명예 훼손」的危險性。所以答案為③。

NEW TOPIK 실전 모의고사 5회

第5回　全真模擬試題 答案與解析

정답 第5回答案

聽力

1. ①	2. ③	3. ④	4. ④	5. ④	6. ③	7. ④	8. ③	9. ②	10. ①
11. ③	12. ②	13. ②	14. ②	15. ②	16. ④	17. ④	18. ②	19. ④	20. ④
21. ③	22. ①	23. ③	24. ②	25. ②	26. ①	27. ①	28. ②	29. ③	30. ③
31. ②	32. ④	33. ①	34. ③	35. ②	36. ②	37. ④	38. ③	39. ②	40. ④
41. ④	42. ①	43. ④	44. ③	45. ①	46. ④	47. ②	48. ③	49. ①	50. ④

寫作

51. ㉠ (5점) 얼굴과 손의 사진을 찍어 제출해 주십시오
   (3점) 사진을 제출해/내 주십시오

   ㉡ (5점) 통장 사본도/을 제출해 주십시오.
   (3점)통장 번호가 필요합니다./통장 사본이 필요합니다.

52. ㉠ (5점) 자존감을 높여 주고 사회에 도움이 되는 것에 보람을 느낄 수 있도록 한다
   (3점)자신감을 갖고, 보람을 느끼게 된다

   ㉡ (5점)개인적, 사회적 측면에서 모두 의미 있는 활동이다
   (3점)개인과 사회를 위해 도움이 된다

閱讀

1. ②	2. ④	3. ④	4. ②	5. ③	6. ③	7. ①	8. ②	9. ②	10. ④
11. ①	12. ①	13. ①	14. ④	15. ①	16. ①	17. ③	18. ②	19. ①	20. ②
21. ④	22. ④	23. ③	24. ④	25. ②	26. ②	27. ④	28. ④	29. ①	30. ③
31. ④	32. ④	33. ③	34. ①	35. ④	36. ④	37. ③	38. ③	39. ④	40. ③
41. ②	42. ④	43. ②	44. ②	45. ④	46. ①	47. ①	48. ②	49. ④	50. ③

53. <答案範本>

	30	~	50	대		남	성		50	0	명	을		대	상	으	로		시	간 을	활	용
하	는		방	법	에		대	해		조	사	를		한		결	과		모	든		연	령	의	50
남	자	들	이		일	에		가	장		많	은		시	간	을		보	내	고		있	었	다 .
그		다	음	으	로		취	미	·	종	교		활	동	,		가	정		관	리	의		순	서	100
로		나	타	났	다 .		이	것	은		남	성	이		가	정		관	리	보	다		주	로
경	제		활	동	을		담	당	하	고		있	음	을		보	여		준	다 .		그	러	나	150
자	세	히		살	펴	보	면		일	을		하	는		시	간		외	에		취	미	·	종
교		활	동		시	간	은		30	대	에	서		50	대	로		갈	수	록		증	가	했	200
으	나	,		가	정		관	리		시	간	은		30	대	보	다		40	대	와		50	대	가
적	었	다 .		이	를		통	해		여	유		시	간	이		많	다	고		해	서		가		250
정		관	리		시	간	이		늘	어	나	는		것	이		아	니	라	는		것	을
알		수		있	다 .																				300

54. <答案範本>

	표	절	이	란		다	른		사	람	이		창	작	한		글	이	나		영	화	,		음
악	,		디	자	인		등	의		일	부	나		전	부	를		원	작	자	의		동	의
없	이		임	의	로		사	용	하	는		것	을		말	한	다	.	
	표	절	을		하	게		되	는		이	유	는		힘	든		창	작	의		과	정
없	이		쉽	게		다	른		사	람	의		창	작	물	을		사	용	하	여		성	과
를		얻	을		수		있	다	는		편	리	함		때	문	이	다	.		또	한		표	절
이		다	른		사	람	의		결	과	물	을		훔	치	는		범	죄		행	위	라	는
점	을		사	람	들	이		인	식	하	지		못	하	는		데	에	도		그		원	인
이		있	다	.		그	래	서		끊	임	없	이		표	절		문	제	가		발	생	하	고
있	다	.		한	편		표	절		시	비	가		벌	어	지	는		경	우	도		많	은	데
이	것	은		표	절	의		범	위	를		정	하	기	가		쉽	지		않	기		때	문
이	다	.		창	작	물	의		일	부		중		어	디	까	지	를		표	절	로		봐	야
하	는	지	에		대	한		기	준	이		없	기		때	문	이	다	.	
	원	작	자	를		밝	히	고		거	기	에	서		아	이	디	어	를		얻	어		새
로	운		창	작	물	을		만	드	는		것	은		환	영	할		만	하	며		그	렇
게	함	으	로	써		발	전	을		가	져	올		수		있	다	.		그	러	나		표	절
은		다	른		사	람	의		것	을		자	기		것	인		양		내	세	우	는
것	으	로	,	원	작	자	들	의		오	랜		노	력	을		헛	되	게		만	드	는
일	이	다	.		이	러	한		일	이		반	복	되	면		새	로	운		창	작	물	을
만	드	는		이	들	은		더		이	상	의		창	작		의	욕	을		갖	지		못
하	게		될		것	이	다	.	
	표	절		문	제	를		해	결	하	기		위	해	서		우	선		사	람	들	에	게
표	절	이		범	죄		행	위	임	을		인	식	시	켜	야		한	다	.		아	울	러
각		분	야	별	로		사	람	들	이		납	득	할		만	한		표	절	의		기	준
을		정	하	는		것	이		시	급	하	다	.	기	준	이		마	련	된		후	에	는
표	절		행	위	에		대	한		제	재	나		규	제	가		필	요	하	다	.		이	를
통	해		창	작	자	의		권	리	를		보	호	하	고	,	올	바	른		창	작		문
화	를		확	립	할		수		있	기		때	문	이	다	.	

[1~3] 請聽錄音，選擇與內容相符的圖片。

1.

여자 저는 이 하얀색 모자가 마음에 드는데, 혹시 다른 디자인도 있나요?

남자 네, 두 가지가 있는데, 여자분들에게는 지금 이 디자인이 더 인기가 많습니다.

여자 다른 디자인도 한번 보여 주세요.

女 我最喜歡白色的帽子，不過還有其它的款式嗎？

男 有，有兩種。現在這種款式更受女生們歡迎。

女 再給我看看別的吧。

女子正在店鋪裡拿著已經中意的帽子問男子還有沒有其它款式的。女子說請男子拿其它款式的看看，由此可知男子手裡還沒有拿著帽子。所以答案為①。

2.

남자 내일 저녁 일곱 시에 네 명 자리를 예약하고 싶은데요.

여자 죄송합니다. 예약이 다 되어 자리가 없습니다. 취소하시는 분들이 생기면 알 수 있을 것 같습니다.

남자 음, 그럼 내일 자리가 있으면 연락 주시겠어요?

男 我想預訂明晚7點4個人的座位。

女 對不起，預訂都滿了，沒有空位。如果有人取消的話還有機會。

男 那明天有位子的話，可以和我聯繫嗎？

男子為了預訂餐廳座位正在向女子詢問。所以答案為③。

3.

남자 각 나라의 평균 수면 시간을 조사한 결과 수면 시간이 가장 긴 나라는 프랑스, 미국, 스페인 순으로 나타났으며 수면 시간이 가장 적은 나라는 한국으로 조사되었습니다. 이러한 수면 시간 부족은 근무 시간과는 관련이 없는 것으로 나타났습니다.

男 針對各國平均睡眠時間進行調查的結果，睡眠時間最長的國家依序是法國、美國、西班牙，睡眠時間最短的國家則是韓國。而且顯示這種睡眠不足與工作時間是沒有關係的。

這裡陳述的是有關各國平均睡眠時間的調查結果。結果顯示法國（12小時）、美國（9小時）、西班牙（7小時）、韓國（5小時），所以答案為④。調查項目為各國的平均睡眠時間，因此①和②不正確。

[4~8] 請聽對話，選擇合適的下句。

4.

남자 주인공들이 연기를 정말 잘하네요. 또 보고 싶어요.

여자 네, 저도요. 다음 공연은 저희 부모님과 함께 봐야겠어요.

남자 ＿＿＿＿＿＿＿＿＿＿＿

男 主角們的演技真好啊！我還想再看一遍。

女 是的，我也。下次演出得和我父母一起看。

男 ＿＿＿＿＿＿＿＿＿＿＿

男子和女子看過演出後互相談論著感想。女子說下次要和父母一起看，此時最恰當的回答應該是④。

5.

남자 이번 휴가는 어디로 가는 게 좋을까? 아직 못 정했어.

여자 국내 기차 여행은 어때? 외국도 좋지만 요즘엔 기차 여행도 많이 가더라고.

남자 ＿＿＿＿＿＿＿＿＿＿＿

男 這次休假去哪裡好呢？還沒定下來呢。

女 國內的火車旅行如何？外國雖然也好，可是最近火車旅行的人也很多。

男 ＿＿＿＿＿＿＿＿＿＿＿

男子在為決定休假地點而苦惱，女子推薦他火車旅行。男子請聽了女子意見後最恰當的回答應該是④。

6.

여자 선배, 이번 주말에 봉사 활동 같이 갈 수 있어요?

남자 하루는 갈 수 있어. 봉사자 명단에 내 이름이 있는지 모르겠다.

여자 ＿＿＿＿＿＿＿＿＿＿＿

女 前輩，這個週末能一起去義務服務嗎？

男 去一天還可以。不知道志願者名單裡有沒有我的名字。

女 ＿＿＿＿＿＿＿＿＿＿＿

男子在想志願者名單裡有沒有自己的名字。所以最恰當的回答應該是③。

7.

여자 야채를 골고루 먹어야 하는데 다 먹기가 쉽지가 않아요.

남자 그러면 야채를 갈아서 주스로 마셔 보는 건 어때요? 간편하게 먹을 수 있어요.

여자 ＿＿＿＿＿＿＿＿＿＿＿

女 蔬菜應該均衡地攝取，可全部都吃到卻不容易。

男 那就把蔬菜打成汁喝怎麼樣？吃起來很簡便。

女 ＿＿＿＿＿＿＿＿＿＿＿

女子認為蔬菜要均衡地吃有些麻煩，男子建議榨汁喝，所以最恰當的答案是④。

8.

여자 근무 시간 중에 낮잠 시간이 있으면 좋겠어요.

남자 저도 그렇게 생각해요. 하지만 퇴근 시간이 더 늦어질 수도 있어요.

여자 ＿＿＿＿＿＿＿＿＿＿＿

女 工作時間中有午睡時間就好了。

男 我也那麼想。但是下班時間可能就更晚了。

女 ＿＿＿＿＿＿＿＿＿＿＿

女子認為要是上班有午睡時間就好了，所以最恰當的答案是③。

9.

여자 인터넷 시장에서 물건을 팔고 싶은데 물건은 어떻게 등록하는 거야?

남자 먼저 홈페이지에 상인 등록을 해야 해. 그리고 파는 물건에 대한 정보를 쓰면 돼.

여자 그 다음 내가 파는 물건 사진도 찍어야 하지?

남자 응. 사진을 찍고 그 다음, 물건을 등록하면 돼.

女 想在網路商場上賣東西，可是商品該怎麼登錄上去呢？

男 首先要先在網頁上申請電子網路商店。然後把要賣的商品資訊寫上去就行了。

女 然後還要把要賣的東西拍成照片吧？

男 嗯。拍完照之後就可以進行商品登錄了。

女子想在網路商場上賣東西。男子告訴她要在網路上賣東西必須先申請商店。所以答案為②。

10.

여자 기획서에 설문 조사를 넣으려면 마케팅팀과 회의를 해 봐야 할 것 같습니다.

남자 그러면 마케팅팀에 연락해서 회의 날짜를 잡고 이번 주까지 회의를 진행하세요.

여자 알겠습니다. 그리고 설문 조사를 도와줄 아르바이트생도 필요해요.

남자 그건 내가 인터넷에서 구해 볼게요.

女 我想在計畫裡放進問卷調查，好像應該和市場組一起開個會。

男 那麼就和市場組聯繫訂定一下會議日期，在這週內開會。

女 知道了。另外還需要有幫助做問卷調查的工讀生。

男 我在網路上找找。

為了在計畫裡放進問卷調查，必須和市場組開會。男子為此指示女子訂定會議日期。所以答案為①。

11.

남자 이제 책장을 여기에 두면 돼요?

여자 잠깐만요. 바닥에 먼지가 너무 많은 것 같아요. 먼저 닦아야겠어요.

남자 그럼 정아 씨가 빗자루로 바닥을 쓸고 있을 동안 제가 걸레를 빨아 와서 닦을게요.

여자 네, 알겠어요.

男 現在把書櫃放在這裡行嗎？

女 稍等！地上土好像太多了。得先擦一擦。

男 那正雅用掃把和畚箕掃地時，我洗個抹布來擦擦。

女 好，知道了。

男子和女子打算在挪地書櫃前把地板打掃一下，並決定男子洗抹布、女子用掃把和畚箕掃地。所以答案為③。

12.

여자 이번 학기 동아리 모임 시간을 바꾸려고 하는데 어때?

남자 그러면 동아리 회의 시간에 이야기해 보자. 내가 사람들에게 문자 메시지를 보낼게.

여자 나에게 동아리 부원 명단이 있어. 메일로 보내 줄게.

남자 명단은 나도 있어. 너는 회의실을 예약해 줘.

女 這個假期想想改一下社團活動時間，怎麼樣？

男 那就在社團開會的時候說說吧。我傳個簡訊給大家。

女 我這裡有社團人員名單，用電子郵件寄給你。

男 名單我也有，你預訂會議室吧。

女子想寄名單給男子，可男子也有。男子請女子預訂會議室。所以答案為②。

13.

여자 대학생 때 이 식당에 왔었는데 그때랑 음식 맛이 다른 것 같아.

남자 최근에 식당 주인이 바뀌었대. 그래서 분위기도 많이 바뀐 것 같아.

여자 아, 그렇구나. 나쁘지 않은 것 같아. 아르바이트생도 더 많아졌어.

남자 응, 맞아. 그리고 음식도 지금이 더 맛있는 것 같아.

女 我讀大學時來過這家餐廳，餐點味道和那時好像不一樣了。

男 最近餐廳老闆換人了。所以氣氛也改變了很多。

女 啊，是這樣啊！不錯。打工的學生也變多了。

男 嗯，是的。而且餐點好像也是現在的更好吃。

男子和女子對這家大學時期來過的餐廳變化給予了好評。所以答案為②。

14.

여자 고객 센터에서 안내 말씀 드립니다. 분실물을 찾고 있습니다. 백화점 3층 여자 화장실에서 빨간색 지갑을 분실하였습니다. 빨간색 지갑을 주우신 분께서는 1층 안내 데스크로 가져다주시기 바랍니다. 또는 지갑의 위치를 알고 계시는 분은 고객 센터로 전화 주시기 바랍니다.

女 顧客中心通知。現在尋找遺失物品。在百貨公司3樓女洗手間遺失了一個紅色錢包。請有撿到紅色錢包的人送到1樓服務台。此外有知道錢包位置的人請打電話給顧客中心。

廣播說在3樓女廁遺失了一個紅色錢包，希望保管錢包或知道錢包位置的人聯繫，所以答案為②。

15.

남자 이번 사진전은 그동안 친형과 함께 활동하며 사진전을 열어 왔던 작가가 단독으로 여는 첫 사진전입니다. 작가의 사진에는 작가의 고향인 제주도에서의 삶을 생생히 담아내고 있습니다. 특히 제주도의 아름다운 바닷가 풍경은 여러 외국인들의 눈길을 사로잡고 있습니다. 이번 사진전은 서울에서 열흘간 진행될 예정입니다.

男 這次攝影展是由期間一直和親哥哥一起活動、一起舉辦攝影展的作者首次單獨舉辦的攝影展。作者的照片將他在故鄉濟州島的生活生動地表現了出來。特別是濟州島美麗的海濱風景吸引了很多外國人的目光。這次攝影展預計將在首爾舉辦10天。

內容提到作者以前都是和哥哥一起活動，這次是單獨舉辦的攝影展。所以答案為②。

16.

여자 원래 나이보다 열 살은 어려 보이시는데 도대체 비법이 무엇입니까?

남자 하하…… 제 얼굴이 처음부터 어려 보이는 얼굴은 아니었습니다. 제 얼굴의 비법은 바로 운동과 아내가 만든 천연 팩에 있습니다. 매일매일 운동은 안 하더라도 천연 팩은 꼭 하는 편이에요. 또 날마다 긍정적으로 생각하려고 노력합니다. 부정적인 생각을 하면 얼굴을 찡그리게 돼서 주름이 생기는 것 같더라고요.

女 您看上去要比自己實際年齡年輕十歲，您的秘訣到底是什麼？

男 哈哈……我的臉不是一開始就顯年輕的。我臉年輕的秘訣就是運動和妻子製作的天然面膜。即使不每天運動，天然面膜也是一定要敷的。並且每天努力想些積極的東西，若總想消極的東西會愁眉苦臉，就好像會長出皺紋似的。

內容提到：和年齡比，男子看起來年輕的秘訣之一就是每天樂觀思考。所以答案為④。

[17~20] 請聽錄音，選擇最符合<u>男子</u>的中心想法的一項。

17.

남자 이번에 졸업하면 바로 취업할 거야?

여자 응. 그런데 어떤 일을 하고 싶은지 아직 모르겠어. 내 전공대로 취업하자니 일이 재미없을 것 같아.

남자 꼭 전공대로 취업할 필요는 없지. 바로 취업을 하려고 하기보다는 여러 가지 경험을 쌓는 것도 나쁘지 않은 것 같아.

男 畢業以後馬上就業嗎？

女 嗯。但是還不知道想做什麼工作。找符合我專業的工作好像很無趣。

男 沒有必要一定要符合專業。與其馬上就業，不如積累點多方面的經驗更好。

男子認為畢業後馬上就業不如積累些經驗更好。所以答案為④。

18.

남자 유나 씨는 쇼핑하는 시간이 참 긴 것 같아요.

여자 아, 저는 쇼핑할 때 유통 기한과 원산지를 꼼꼼히 확인하는 편이거든요.

남자 와, 정말 좋은 쇼핑 습관을 가지고 있네요. 시간은 좀 걸리지만 좋은 쇼핑 습관이 있으니까 합리적인 쇼핑을 할 수 있을 것 같아요.

男 佑娜購物的時間好像很長。

女 啊，我購物時是要仔細確認販售期限和原產地的。

男 哇，真養成了良好的購物習慣。購物時間可能會長一點，有好的購物習慣就可以合理購物了。

男子稱讚女子的購物習慣好，認為有好的購物習慣就可以合理購物。所以答案為②。

19.

남자 이번 주 금요일에 회식이 있대요.

여자 네, 저도 들었어요. 근데 요즘 회식이 너무 늦게 끝나니까 주말에 너무 피곤해요.

남자 회식 시간이 길기는 하지만 회식을 하다 보면 동료들끼리 편안한 마음으로 이야기할 수 있어서 좋은 것 같아요.

여자 그래도 금요일에는 회식을 안 했으면 좋겠어요.

男 說這週五有聚餐。

女 是的，我也聽說了。但是最近聚餐結束得太晚，週末很累。

男 聚餐時間是很長，但是透過聚餐可以讓同事之間暢所欲言，我覺得很好。

女 反正要是星期五不聚餐就好了。

男子認為聚餐的好處是可以讓同事間暢所欲言，所以答案為④。

20.

여자 오늘은 건강 빵으로 유명해진 빵집 사장님과 이야기를 나눠 보겠습니다. 사장님께서는 이 빵집만의 경쟁력이 무엇이라 생각하십니까?

남자 우리 빵집은 빵을 만들 때 건강을 제일로 생각합니다. 또 저희 빵집은 양심적으로 건강에 좋은 재료로만 빵을 만듭니다. 자극적인 맛을 빼서 맛이 조금 싱겁기는 하지만 다이어트를 하시는 분들이나 환자분들에게 인기가 좋습니다. 요즘 너무 달거나 짠 음식이 많은데 하루에 한 끼 정도는 자극적이지 않은 건강한 음식을 먹는 게 좋다고 생각합니다.

女 今天請以健康麵包聞名的麵包店社長講幾句話。社長您認為這家麵包店的競爭力是什麼？

男 我們麵包店認為在製作麵包時健康是第一重要的。另外我們麵包店憑良心只使用對健康有益的材料製作麵包。沒有刺激性的味道雖顯得口感有些平淡，但是很受減肥的人或患者們歡迎。近來有很多過甜或過鹹的食品，我認為最好每天吃一次沒有刺激性的健康食品。

男子認為製作麵包最重要的考量是健康。所以答案為④。

[21~22] 請聽錄音，回答問題。

여자 이 식당이 바로 방송에 나와서 유명해진 식당이에요. 오늘 우리가 먹은 메뉴도 유명하다고 했어요.

남자 그래요? 그런데 저는 음식이 별로 맛없는 것 같아요.

여자 그러게요. 방송에서 사람들이 맛있다길래 한 시간 동안 줄 서서 기다렸는데 보람이 없네요.

남자 방송을 너무 믿으면 안 돼요. 방송에서 맛있다고 하는 사람들 중에는 부탁 받아서 거짓으로 말하는 사람도 많대요.

女 這家餐廳就是在廣播播出後才出名的。今天吃的菜也聽說是很有名的。

男 是嗎？但是我覺得餐點不怎麼好吃。

女 就是啊。就因為人們在電視上說好吃，才排了一個小時的隊，真不值得。

男 也不能太相信廣播。聽說在廣播中說好吃的人中，有很多是受雇說假話的。。

21. 男子說廣播裡也有說假話的人，不能太相信廣播。所以答案為③。

22. 對於男子說餐廳餐點不好吃的說法，女子也表示同意，並說來餐廳等沒有意義。所以答案為①。

[23~24] 請聽錄音，回答問題。

여자 이 유리컵 환불해 주세요. 영수증은 여기 있어요.

남자 손님, 죄송하지만 이 제품은 어제 진행된 이벤트에서 싸게 파는 상품이었기 때문에 환불이나 교환을 해 드리기가 어렵습니다.

여자 교환도 안 된다고요? 하지만 어제 이 유리컵을 살 때 그런 말을 들은 적이 없어요.

남자 환불에 대해서는 어제 행사장에서 여러 번 방송이 나갔습니다. 그리고 여기 영수증에 보면 환불이 불가하다고 적혀 있습니다.

> 女 這個玻璃杯請幫我退貨。這是收據。
> 男 這位客人，不好意思，這個產品是昨天進行的活動中特價的商品，不能退貨或換貨。
> 女 換也不行嗎？但是昨天買杯子時沒聽說過這樣的說法。
> 男 關於退貨昨天活動廣播了很多次，且這張收據上也寫了恕不退貨。

23. 女子要求退貨，男子仔細解釋了不予退貨的理由，所以答案為③。

24. 女子說昨天買特價的玻璃杯時沒聽到有關與退貨相關的廣播。所以答案為②。

[25~26] 請聽錄音，回答問題。

여자 요즘 해외 사이트에서 물건을 직접 구매하는 사람들인 해외 직구족이 점점 늘어나고 있는데요. 해외 직구는 어떤 장단점이 있습니까?

남자 배송 기간이 오래 걸리는 단점이 있는데도 불구하고 해외 직구를 하는 가장 큰 이유는 역시 저렴한 가격 때문이죠. 배송료를 더 지불하더라도 같은 브랜드를 국내에서 사는 것보다 해외 사이트에서 주문을 하는 게 더 저렴한 편이에요. 물론 사이트가 외국어로 되어 있기 때문에 주의 사항을 잘못 읽어서 생기는 문제도 있지만 가격 경쟁력 측면에서 뛰어나기 때문에 소비자들의 마음을 사로잡은 것 같습니다. 국내 소비 시장이 활성화되려면 가격적인 부분을 가장 먼저 고려해야 합니다.

> 女 最近在海外網站上直接購物的海外直購者越來越多了。海外直購有什麼優缺點嗎？
> 男 儘管有配送時間長的缺點，但人們採用海外直購的最大的理由就是價格部分。即使支付配送費，在海外網站上訂購時也比在國內購買相同品牌的東西更便宜。當然，由於是外文，也會因為沒讀懂注意事項而出現的問題，但因為超強的價格競爭力才贏得了很多消費者的心。要想活絡國內消費市場首先就要考慮價格部分的問題。

25. 海外直購的問題儘管很多，但人們仍然在海外網上購物最大的理由是價格部分。所以答案為②。

26. 男子認為在海外網站購物因為看不懂外文注意事項，才會出現問題。所以答案為①。

[27~28] 請聽錄音，回答問題。

여자 요즘 피아노 학원에 다니기 시작했다면서?

남자 응. 취미로 피아노를 배우고 싶어서 다녔는데 연습할 시간도 없고, 너무 어려워서 이번 달까지만 할까 해.

여자 그래도 기왕 한번 시작한 김에 더 해 봐. 나도 처음에 악기를 배울 때 힘들어서 포기하고 싶었는데 기초만 다 배워도 점점 재미있어지더라고.

남자 정말? 난 어른이 돼서 피아노를 처음 배우니까 확실히 더 어렵게 느껴지는 것 같아.

여자 그건 그렇지. 하지만 지금이 아니면 나중에는 배우고 싶어도 배울 시간이 더 없을지도 몰라.

> 女 聽說你最近開始去鋼琴教室了？
> 男 嗯。想作為興趣學學鋼琴，可沒有練習的時間，也很困難，想就學到這個月。
> 女 那也是，既然開始了就多學一段時間吧。我開始學樂器時，也曾太辛苦想放棄過，但哪怕只把基礎學完，也會慢慢覺得有意思了。
> 男 真的？我長大才第一次學鋼琴，確實感覺更困難。
> 女 那當然。但假如不是現在，以後再想學，也許就更沒有學習的時間了。

27. 女子聽說男子要放棄鋼琴教室學習，勸說他最好繼續學習，所以答案為①。

28. 從女子對男子說：開始學樂器的時候，因為太辛苦，曾想放棄的話可知：她學過樂器。所以答案為②。

[29~30] 請聽錄音，回答問題。

여자 폭염은 매우 심한 더위를 말하는데요. 이번 주에 폭염주의보가 발표되었다고 합니다. 어떻게 해야 폭염 기간을 잘 보낼 수 있나요?

남자 우선 가장 더운 시간인 낮 12시부터 오후 3시 사이에는 가급적 외출을 자제하는 게 좋습니다, 그리고 충분한 수분 섭취를 통해 땀을 흘리면서 손실된 몸의 수분을 보호해야 합니다. 또 균형 있는 식사를 하고, 음식이 쉽게 상할 수 있으니까 냉장고에 음식을 보관해야 합니다. 냉장고에 보관하더라도 음식을 오래 두지 않도록 해야 합니다. 저희도 수시로 변하는 기온을 확인하여 신속하게 보고하도록 하겠습니다. 또 폭염이 물러간 뒤에는 장마가 올 예정이니 장마 대비에도 유념하시기 바랍니다.

> 女 酷暑指的是非常嚴重的暑熱。聽說這週下達了酷暑預警。怎麼樣才能很好地度過這段酷暑時間呢？
> 男 首先儘量避免在每天12點到下午3點這段最熱的時間外出。並透過攝取足夠的水分，把由於排汗損失的體內水分保護起來。另外要確保均衡飲食，由於食物容易腐壞，一定要放在冰箱裡保存。即使放在冰箱裡保存了，也儘量不要放置過久。我們也會隨時注意溫度變化，及時通報。另外在酷暑結束後就會是梅雨季節，希望大家也要注意防備雨季。

29. 男子説要隨時注意溫度變化，及時通報。所以答案為③。

30. 男子説酷暑之後雨季就要到來，希望做好雨季防備。所以答案為③。

[31~32] 請聽錄音，回答問題。

여자 옷은 사람의 개성을 표현해 주는 중요한 도구입니다. 학교가 학생들에게 똑같은 옷을 입도록 강요하는 것은 학생들의 자유를 침해하는 것입니다.

남자 물론 학교가 학생들의 자유를 침해하면 안 되겠죠. 하지만 교복을 입으면 또래 집단에서 동질성과 소속감을 느낄 수 있다는 장점도 있습니다. 또 옷 걱정 없이 학업에만 열중하게 할 수 있고요.

여자 하지만 학생들이 모두 똑같은 옷을 입게 되면 우리도 모르게 학생들의 자유로운 사고와 상상력을 제한할 수도 있습니다.

남자 좋은 지적입니다. 그러나 단순히 교복을 입는다고 해서 자유로운 사고를 못하게 된다는 것은 지나친 우려라고 생각합니다.

女 衣服是表現人個性最重要的道具。學校要求學生穿統一的服裝是對學生們自由的侵犯。

男 當然學校不能侵犯學生的自由。但是穿校服有在同齡人中找到共同性和歸屬感的優點。此外也可以使學生們不為服裝分心，集中精力在學習上。

女 但是學生們穿著統一服裝，我們也可能會不自覺地限制學生們的自由思考能力和想像力。

男 這是個很好的指責。但是我覺得只因為讓學生們統一著裝，就會影響自由想像的發揮實屬過分憂慮。

31. 男子認為穿校服具有能夠感覺共同性和歸屬感的優點。所以答案為②。

32. 男子很尊重女子認為校服侵害了學生自由的意見，同時也講了校服的長處。所以答案為④。

[33~34] 請聽錄音，回答問題。

여자 여러분들은 성공을 위해 어떤 조건이 필요하다고 생각하십니까? 현대 사회에는 노력보다는 환경이 성공을 좌우한다는 생각이 팽배합니다. 그러나 역대 미국 대통령들이 젊은 시절에 아이스크림 가게나 주유소 등에서 아르바이트를 했다는 사실이 알려지면서 '대통령들이 높은 자리에 오른 건 자신이 처한 상황에서 열심히 일하며 한 단계씩 밟아 올라간 덕분'이라는 평가가 나오고 있습니다. 이런 사례를 통해 성공을 하기 위해서는 주어진 환경에서 노력하는 것이 중요하다는 것을 알 수 있습니다. 또 현재에 안주하기보다는 미래 지향적인 사고방식이 필요하다는 것을 말씀드리고 싶습니다.

女 各位，你們認為成功需要具備哪些條件？在現代社會中和努力比起來，環境左右著成功的想法呼聲更好。但是當知道了歷代美國總統在年輕時也在冰淇淋店或加油站打過工的事實，才得出這樣的評價：總統們之所以能登上高位是因為在所處的環境中努力工作，一步步提升的結果。透過這種例子可以得知，想要成功，重要的是在所處的環境中努力。我還想告訴大家，和目前的安居相比，更需要未來指向型的思考方式。

33. 女子舉了歷代美國總統的例子說明努力的重要性。所以答案為①。

34. 內容中提到：和目前的安居相比，更需要未來指向型的思考方式。所以答案為②。

[35~36] 請聽錄音，回答問題。

여자 사월이 되려면 아직 보름이나 더 있어야 하는데 벌써부터 날씨가 화창하고 기온이 높습니다. 이번 주말은 예년 이맘때와 달리 날씨가 덥겠습니다. 기온은 섭씨 20도까지 올라갈 것으로 예상됩니다. 국립기상센터는 한국의 서부 지역에 형성된 고기압으로 인해 예년 이맘때와 달리 비와 구름이 먼 북쪽 지역에 머무를 것이라고 전망했습니다. 하지만 다음 주 초에는 이런 상황이 변할 것 같습니다. 토요일에 고기압이 약화되기 시작하여, 구름이 다시 한국으로 몰려와 기온이 12도 정도로 떨어질 것으로 예상하고 있습니다. 다음 주 주말 나들이를 계획하신 분들은 두꺼운 옷을 준비하시기 바랍니다. 이상 이번 주말의 날씨였습니다.

女 離4月還得有半個月呢，可天氣已經緩和，氣溫很高了。與往年此時不同，這個週末天氣會很熱。預計氣溫將升到攝氏20度。國家氣象中心預測說受韓國的西部地區形成的高氣壓影響，與往年此時不同，冬雨和雲團將停留在北部地方。但是從下週初開始這種現象將發生改變。週六高氣壓開始減弱、雲團再次移動到韓國，預計氣溫將下降到12度左右。計畫下個週末出遊的人，請準備厚一點的衣服。以上是這個週末的天氣。

35. 女子正在對現在的氣溫與去年此時的氣溫做比較，並提到有關這週和下個週末的天氣。所以答案為②。

36. 女子提到這個週末與往年此時不同，很熱。所以答案為②。

여자 박사님은 축구 선수로, 연구자로 모두 성공을 거두었는데요. 최근에는 축구 심판과 관중에 대한 연구가 화제가 되고 있습니다. 어떤 연구인지 소개 부탁드립니다.

남자 한국에는 붉은 악마라는 응원단이 있는데요, 이 응원단을 '12번째 선수'라고 부르는 이유가 있습니다. 혹시 '열광적인 함성이 심판을 기죽게 한다'는 말을 들어 본 적이 있으신가요? 실제로 그런 일들이 축구 경기장에서 자주 나타납니다. 축구 경기에서 검정색 옷을 입고 경기장을 누비는 심판들은 보통 5개의 까다로운 시험을 통해 선발되지만 가끔은 상황에 휘둘려 공정하지 못한 판정을 하는 경우가 있습니다. 영국 월버햄프턴 대학교의 연구팀이 축구 심판들을 두 그룹으로 나누어 흥미로운 실험을 했습니다. 한 그룹에게는 응원 함성이 들리는 태클 장면을 보여 주고, 다른 한 그룹에는 영상만을 보여 줍니다. 그러자 응원 함성을 들은 심판들은 그렇지 않은 심판들보다 반칙으로 판정하는 정도가 무려 15%나 낮았습니다. 이렇듯 관중의 함성이나 야유가 판정에 영향을 미칠 수 있다고 생각하는 바입니다.

女 博士作為足球選手、作為研究者都很成功。最近對於足球裁判和觀眾所做的研究成了談論的話題。能介紹一下是什麼研究嗎？

男 在韓國有被稱為紅魔鬼的啦啦隊。這支啦啦隊被叫做「第12位選手」是有理由的。有聽過「狂熱的吶喊讓裁判失去了銳氣」的說法嗎？事實上這樣的事在足球場上是經常出現的。在足球場上身著黑色服裝橫穿於球場的裁判們通常是要通過5項艱難的考試選拔出來的，但偶爾也會遇到被環境所迫作出不公正判定的時候。英國伍爾弗漢普頓大學的研究小組將足球裁判們分成2組進行一項有趣的試驗。給一組看了包括啦啦隊喊聲的搶球場面，而另一組只看比賽場面。結果聽到啦啦隊喊聲的裁判們和沒聽到喊聲的裁判相比，判定犯規的程度竟然低了15%。所以我認為正如此，觀眾的喊聲或嘲弄會對判定產生影響。

37. 男子提到：透過實際試驗，在背景中有觀眾喊聲或嘲弄聲，會對判定產生影響。所以答案為④。

38. 內容提到：聽到啦啦隊喊聲的裁判們對犯規的判定程度會降低15%。所以答案為③。

여자 어린이집 감시 카메라 설치를 의무화한다는 의견에는 동의합니다. 그런데 어린이집 감시 카메라 설치 의무 대상을 모든 어린이집으로 한다면, 운영의 자율성에 법이 지나치게 간섭하는 것은 아닐까요?

남자 물론 어린이집 운영의 자율성은 어느 정도 보장이 되어야 한다고 생각합니다. 하지만 그건 본질을 정확히 보지 못하고 하는 말입니다. 어린이집 감시 카메라 설치 의무 대상을 모든 어린이집으로 해야 한다는 말이 나오게 된 원인부터 정확히 파악해야 하는데요. 최근 모 어린이집에서 교사의 기분에 따라 아이를 과잉 체벌한 사건이 발생해서 이슈가 되었습니다. 이 어린이집은 감시 카메라가 있었기 때문에 이런 사실이 밝혀진 것입니다. 아이들은 스스로 의사를 표현하는 것이 서툴기 때문에 감시 카메라가 없는 상황에서는 부모가 문제를 감지하기 힘듭니다. 어린이들의 보호받을 권리도 어린이집 운영의 자율성 못지않게 중요합니다. 따라서 모든 어린이집을 대상으로 감시 카메라 설치를 법으로 의무화하여 어린이들이 법적으로 보호를 받을 필요가 있다고 생각합니다.

女 我贊同在托兒所安裝監視器義務化的意見。但是如果把所有托兒所都作為托兒所監視器義務安裝對象的話，難道不是法律對自律經營的過分干涉嗎？

男 我認為當然要在一定程度上保障托兒所的經營自律性。但說這話是因為沒有看到它的真正本質。那我們就來準確瞭解一下提出應該把所有托兒所都作為托兒所監視器義務安裝對象的原因。最近在某托兒所發生了教師隨性對孩子實施過度體罰成為了焦點。這家托兒所因為有監視器，這個事實才被揭露出來。因為孩子們還不會表述自己的意思，在沒有監視器的情況下父母是很難發現問題的。兒童受保護的權利的重要性不亞於托兒所經營自律性。因此我認為應該以法律的形式要求所有托兒所安裝監視器義務化，孩子們也有受法律保護的必要。

39. 女子開始就說同意托兒所安裝監視器義務化的意見，所以答案為②。

40. 內容提到，由於有監視器，最近一家托兒所過度體罰的問題被揭露出來了。所以答案為④。

남자 동물들은 그저 본능에 의한 생존 법칙대로 살아가는 존재라고 생각하는 분들이 많으실 텐데요. 과연 그렇기만 할까요? 이 질문에 대한 답을 찾을 수 있는 재미있는 실험이 있어 소개합니다. 애착이란 인간을 비롯한 모든 동물이 사랑하는 대상과 가까이하고, 이를 유지하려는 행동을 말합니다. 미국의 심리학자인 할로우는 애착에 대한 실험을 했습니다. 먼저 우리 안에 두 개의 어미 원숭이 모형을 만들어 두었습니다. 어미 원숭이 모형 중 하나는 딱딱한 철사를 감아 만들어 우유병을 달았고, 또 하나는 우유병을 달지 않고 부드러운 천으로 만들었습니다. 결과가 어떻게 나왔을까요? 놀랍게도 아기 원숭이는 우유를 먹을 때 빼고는 줄곧 부드러운 천으로 만든 어미 원숭이 모형에 안겨 있었습니다. 무서울 때도 주저 없이 부드러운 천으로 모형으로 달려가 안겼습니다. 실험 전, 대부분의 사람들은 아기 원숭이가 당연히 우유병을 달고 있는 모형에 애착을 느낄 거라고 생각했지만 아기 원숭이의 행동은 그 반대였습니다. 이 실험을 통해 동물들도 먹이보다 어미와의 스킨십에 애착을 갖는다는 것을 알 수 있었습니다.

男 很多人認為大部分動物只是出於本能按照生存法則存活。真是那樣的嗎？我來介紹一下為了尋找這個問題的答案所做的一項有趣的試驗。愛戀指的是包括人類在內的所有動物希望靠近和維繫所愛的對象而付諸的行動。美國的心理學家哈利 哈洛進行有關愛戀的試驗。首先在我們中間製作了兩隻猴媽媽模型。其中一隻猴媽媽模型是用硬硬的鐵絲團起來做的，身上掛了個奶瓶、另一隻沒掛奶瓶，卻是用柔軟的布做的。會出現怎樣的結果呢？令人驚訝的是除了喝奶的時間，小猴子都是讓用軟布做的猴模型抱著的。害怕的時候也會毫不猶豫地跑向柔軟的猴子讓它抱。試驗前，

大部分人想小猴子肯定會從掛著奶瓶的模型身上感受到愛戀，但是小猴子的行動恰恰相反。通過這個試驗我們知道了比起食物，動物們也希望從和媽媽的身體接觸中感受到愛。

41. 透過試驗發現小猴子除了吃奶的時候，都是讓用柔軟的布做成的猴媽媽抱著的。所以答案為④。

42. 男子提到對猴子進行的一項愛戀試驗，結果與人們預料的不同，動物們也有愛戀。所以答案為①。

[43~44] 下面是一篇紀實報導。請聽錄音，回答問題。

여자 우리는 왜 열대야에 잠을 이루지 못하는 걸까요? 먼저 불면증의 원인에 대해 알아보겠습니다. 불면증은 정신적 스트레스가 심해서 이틀에서 일주일 정도 잠을 못 자는 급성 불면증, 특별한 유발 요인 없이 한 달 이상 지속되는 일차성 불면증, 다른 질환이나 유발 요인이 있는 이차성 불면증으로 나뉩니다. 하지만 여름에 발생하는 불면증은 이와는 달리 외부적 요인에 의해 숙면을 취하기 힘든 경우가 많습니다. 이러한 현상이 나타나는 제1의 원인은 무엇일까요? 네, 여러분이 이미 짐작했듯이 지나치게 높은 온도입니다. 사람은 잠들기 시작하면 몸 안의 열을 체외로 내보내며 체온이 0.5℃ 정도 떨어지게 됩니다. 그러면 자연스럽게 잠이 들며 숙면을 취하게 되는데, 여름에는 밖의 온도가 너무 높기 때문에 쉽게 체온이 떨어지지 않습니다. 특히 밤 최저 기온이 25℃ 이상이 되는 열대야가 잠드는 데 어려움을 겪습니다. 높은 기온은 사람이 쉽게 잠을 이루지 못하게 하고, 잠이 들더라도 깊은 잠에 이르지 못한 채 얕은 잠을 자기 쉽도록 만듭니다. 여러분도 불면증의 원인을 잘 파악하여 최적의 수면 환경을 만들어 더운 여름에 숙면을 취하길 바랍니다.

女 我們為什麼在熱帶夜晚會難以入眠呢？我們先來瞭解一下失眠的原因。失眠分為由於嚴重精神壓力造成的2天到一週程度不能入睡的急性失眠、沒有特別原因持續一個月以上的一次性失眠和其它疾病或其它誘因導致的二次性失眠。但是夏天發生的失眠與這些不同，很多是由於外部原因而難以入眠。出現這種狀況的第一個原因是什麼呢？對了，就是大家猜到的高溫。人開始進入睡眠，身體裡的熱量會向體外排出，體溫會下降0.5℃左右。這樣人就會自然入睡進入睡眠狀態，夏天由於外面溫度高，很難使體溫下降。特別是當夜晚的氣溫在25℃以上的熱帶夜晚，人們很難入睡。高溫讓人們難以入眠，即使入睡也無法沉睡，而是處於似睡非睡的狀態。希望大家能瞭解失眠的原因，營造最適合的睡眠環境，在炎熱夏季也能有良好的睡眠。

43. 夏季夜晚外面溫度高，體溫不容易降低，對入睡造成困難。所以答案為④。

44. 女子對熱帶夜晚造成的失眠做了說明，並勸大家瞭解原因在夏季更好地睡眠。所以答案為③。

[45~46] 下面是一篇演講稿。請聽錄音，回答問題。

남자 과학의 결실로 얻은 시계와 달력은 현대 생활에서 없어서는 안 될 필수품이 되었습니다. 이 밖에도 현대 생활은 과학이 없으면 제대로 돌아가지도 않을 정도가 되었는데요. 우리는 매일 텔레비전을 통해 전 세계에서 벌어지고 있는 일들을 생생하게 알 수 있습니다. 또 일기 예보를 보면서 내일이나 주말의 일을 계획하기도 합니다. 이 모든 것은 우주 공간에 떠서 지구 여러 곳에서 오는 신호를 받아 전송하는 인공위성이 없었다면 꿈도 꾸지 못했을 일입니다. 이제는 전화나 데이터 통신에까지 인공위성이 큰 역할을 하고 있으니, 우주 과학 기술이 없다면 세계가 제대로 돌아가지 않는다는 말도 과언이 아닐 것입니다. 또 과학으로 우리가 사는 집을 맑고 쾌적하게 하는 일도 가능합니다. 집을 지을 때 흔히 사용되는 단열재도 과학의 발명품 중 하나입니다. 이런 단열재는 추운 겨울에는 집 안의 열이 밖으로 나가는 것을 막고, 더운 여름에는 바깥의 열이 집 안으로 전달되는 것을 막아 주는 역할을 합니다. 거기다가 집을 지켜 주는 화재경보기와 깨끗한 물로 우리 몸을 지켜 주는 정수기도 과학 발전의 결실이라고 할 수 있습니다.

男 作為科學碩果的時鐘和日曆在現代生活中是不可缺少的必需品了。不僅如此，如果沒有科學，現代生活就幾乎完全無法運轉。我們每天透過電視可以清晰地瞭解全世界發生的事。看天氣預報來計畫明天或週末的事。假如沒有置於宇宙空間的人工衛星轉送來自地球各個角落發出的信號的話，根本是連做夢都做不到的事。現在人工衛星對電話和網路通信也負擔重大作用。沒有宇宙科學技術，世界就無法正常運轉的說法絕不是誇大其詞。也正因為科學，我們生活的家才可能潔淨、才可能舒心做事。修建房屋時常用的隔熱材料就是科學發明品中的一個。這種隔熱材料在寒冷的冬天能防止屋裡的熱量外散，炎熱的夏天有防止外面的熱量傳到屋內的作用。不僅如此，守護我們住宅的火災警報器和守護我們身體的淨水機，也可以說是科學發展的成果。

45. 男子在最後說到火災報警器也是一項科學成果。所以答案為①。淨水機可讓我們喝上潔淨的水，隔熱材料可以在炎熱夏季隔斷外部熱量傳遞進來，因此③和④不正確。

46. 男子舉了天氣預報、電話、網路通信的例子說明，活用宇宙科學的發明品是現代生活中不可缺少的必需品。所以答案為④。

남자 어떤 전문가들은 현재의 기술로는 로봇이 사람보다 냄새
를 구별할 수 있는 가짓수가 적기 때문에 로봇에 달린 코는
전혀 쓸모가 없다고 주장합니다. 박사님께서는 어떻게 생
각하시는지요?

여자 절대로 그렇지 않습니다. 지금 단계만으로도 로봇의 코
는 효용성이 아주 높습니다. 사람의 코는 1만 가지 정도
의 냄새를 가려낼 수 있지만, 냄새의 강도를 정확하게 구
분할 수는 없습니다. 그렇지만 로봇은 냄새의 강도를 수
치로 나타낼 수 있는 장점이 있습니다. 이런 능력을 잘 이
용하면 물질의 종류와 양을 손쉽게 구별할 수 있습니다.
로봇 코의 장점은 여기서 그치지 않습니다. 사람은 해로
운 기체의 냄새에 계속 노출될 경우 정신을 잃거나 심한
경우 사망할 수도 있습니다. 하지만 로봇 코는 유독 가스
의 냄새에 장시간 노출되어도 문제없습니다. 그렇기 때
문에 로봇이 폭발 사고나 유독 물질 누출 사고 등이 일어
난 현장에 투입되어 어떤 물질들이 문제가 되었는가를
조사할 수 있다면 인명 피해를 줄일 수 있을 거라 예상합
니다.

男 有些專家主張以現在的技術，機器人分辨
氣味的種類比人類少，因此安裝在機器
人身上的鼻子完全是無用之物。博士，您
對此是怎麼想的？

女 絕對不是那樣的。就現階段而言，電子鼻的
實效性相當高。人的鼻子雖然能辨別出1萬種
左右的氣味，但氣味的強度是無法精確區分
出來的。然而機器人具有把氣味強度數位化
的優點。有效地利用這種能力就可以輕鬆地
區分物質的種類和量。電子鼻的優點還遠不
僅這些。人置身於有害氣體的氣味中時很
可能發生昏厥，嚴重時會導致死亡。但是機
器人即使長時間處於有毒氣體的氣味中也沒
有問題。因此可以設想當出現爆炸事故或有
毒物質洩露事故時，如果將機器人投入現場
調查到底是什麼物質引發的問題，就可以減
少人員傷亡。

47. 內容提到了機器人具有將氣味強度數位化的優點。
所以答案為②。

48. 針對個別專家主張的依現在技術，機器人分辨氣味
的種類比人類少，因此安裝在機器人身上的鼻子完
全是無用之物的說法，女子一邊對電子鼻和人類的
鼻子進行比較，一邊反駁，並針對其實效性做說
明。所以答案為③。

여자 최근 영유아 비만이 심각한 수준에 이르렀습니다.
2015년 대한 소아과 학회의 자료에 따르면 생후 1개
월 된 영아의 비만율이 남아는 10%, 여아는 7%였습니
다. 또한 6세 이하의 비만율은 10%로 2006년 8%
에 비하면 눈에 띄게 증가한 것을 알 수 있습니다. 영
유아의 비만율이 높아진 까닭은 무엇일까요? 전문가
들은 그 원인을 분유 수유에서 찾고 있습니다. 모유
를 먹는 영아의 체중은 남아는 7개월, 여아는 4개월
까지 분유를 먹은 영아보다 높거나 비슷했지만 그 이
후부터는 분유를 수유한 영아가 체중이 더 많이 나가
는 것으로 조사되었습니다. 또 모유를 먹은 영아의 키
는 초반에는 분유를 수유한 영아를 앞질렀지만 그 이
후에는 역전된 것을 알 수 있었습니다. 학계는 이

자료를 통해 분유 수유가 소아 비만의 위험을 부추기는
원인이 아닐까 짐작하고 있습니다. 최고병원 소아과 김
유미 교수에 따르면 모유에 지방 세포의 분화와 증식을
억제하는 물질이 있는 것으로 추정되며, 모유 수유 기간
이 길수록 비만아의 비율이 낮다는 통계가 자주 보고되
고 있다고 말했습니다.

女 最近嬰幼兒肥胖已經達到非常嚴重的地
步。根據2015年大韓小兒科學會的資料可
知，出生1個月的嬰兒肥胖率男孩占10%、
女孩占7%；另外6歲以下的肥胖率為
10%，這比2006年的8%明顯增加了許多。
嬰幼兒的肥胖率增加的原因是什麼呢？專
家們在奶粉餵養上找到了原因。據調查，
母乳餵養的嬰兒體重男孩7個月、女孩4個
月內與奶粉餵養的嬰兒比稍重或相近，而
從那之後用奶粉餵養的嬰兒體重就超出了
很多。並且母乳餵養的嬰兒身高起初比奶
粉餵養的嬰兒高很多，但之後就出現了逆
轉。學術界通過這一資料猜測奶粉可能就
是導致小孩肥胖的原因。根據最權威醫院
小兒科金維美教授的推測，母乳中含有抑
制脂肪細胞的分化和增殖的物質，她還說
經常可以看到母乳餵養時間越長，肥胖兒
的比率越低的統計。

49. 女子在最後將經常可以看到母乳餵養時間越長，肥
胖兒的比率越低的統計。所以答案為①。

50. 女子根據小兒科學會資料對嬰幼兒的肥胖原因進行
了分析，認為吃奶粉的孩子的肥胖率更高，所以答
案為④。

쓰기　寫作

[51~52] 請閱讀下文，分別寫出符合⑤和ⓒ的一句話。

51. ⑤：後面提到需要照片，所以應該寫與照片相關的
內容。並且後面提到應該注意觀察臉和手的動
作，可知這是有關臉和手的照片。

ⓒ：前面提到實驗報酬透過銀行帳戶支付、後面提
到務必將資料拿來，由此可知括弧中需要有銀
行帳號以及相關資料的內容。

→本文是募集參加實驗學生的告示。因此內容中要
有實驗的目的和參加實驗的物品、實驗日期和時
間、以及實驗場所等。還有參加實驗的學生需要準
備的事項以及參加實驗的報酬。還應該有能讓希望
參加實驗的人聯繫的電話號碼和電子信箱。3分的
答案適用於使用初級文法和詞彙進行表達的情況。

52. ⑤：文章以個人的角度陳述著志願服務的意義。因
此，要陳述以個人的觀點來看的優點。

ⓒ：前面分別從個人和社會的角度對志願服務進行了
說明。因此要圍繞本文的主題將內容整理出來。

53. 【概略】
序論（前言）：介紹調查內容
本論（論證）：比較年齡段的人利用時間的方法
結論（結語）：整理

54.【概略 】

序論（前言）：整理問題提到的內容（抄襲的定義和現狀）

本論（論證）：① 抄襲的原因
② 因抄襲發生的問題

結論（結語）：處理抄襲問題的努力

읽기　閱讀

[1~2] 請選擇最適合（　）內容的一項。

1. 在針對老人就業的問卷調查中，超過半數的回答是只要健康（　）就想繼續工作。

[問題類型] 選擇適合句子的詞彙（連接/生活文）

因為它有「在健康允許的條件下」的意思，所以正確答案表示條件的②。

-는한: 在這樣的條件下。
　例 내가 살아있는 한 너를 끝까지 지켜 줄게.
　　 음식을 많이 먹는 한 절대 살을 뺄 수 없다.
　注意 和 "-(으)면" 意思一樣，在表示非常強烈的條件情況的時候使用。

- **길래**: 是 "-기에" 的口語形式。表示前句是產生後句行為的原因或根據。
　例 날씨가 흐리길래 우산을 가지고 나왔다.

- **-(으)ㄹ지라도**: 提示某種情況，或者假設與之無關的某種情況，或者接下來會出現相反情況的時候使用的連接詞尾。
　例 영호는 나이는 어릴지라도 꿈이 큰 소년이었다.

- **ㄴ/는다고 해도**: 假定前面的內容，但是與後句內容無關，或者對後句不造成任何影響的時候使用。
　例 지금 출발한다고 해도 늦을 거예요.

2. 善英對美雅發火說：「美雅，你為什麼這麼晚？我不是告訴你一點鐘開始嗎？」

[問題類型] 選擇適合句子的詞尾（終結/生活文）

善英在問美雅說過1點鐘開始，為什麼還遲到。所以答案為④。

-잖아요: 陳述聽者已知道的理由，多用於口語。
　例 가: 한국 사람들은 왜 등산을 많이 해요?
　　 나: 등산이 건강에 좋잖아요.
也在表示確認的時候使用，這個時候，如果是用非常強硬的語氣說的時候，多數聽上去像是在發火。
　例 가: 전화번호가 몇 번이에요?
　　 나: 또 잊어버렸어요? 내가 여러 번 말했잖아요.
　注意 在說明理由的時候，如果是對方已經知道的內容，那麼就用 "-잖아요"，如果是對方不知道的內容就用 "-거든요"。
　例 그 남자 배우가 요즘 인기가 많아요. 잘생겼거든요.

- **-거든요**: 表示話者針對前面的內容陳述自己的理由、原因或根據。
　例 오늘 약속을 못 지킬 것 같아요. 고향에서 친구가 오거든요.

- **-다니요**: 表示因為意外而感到驚訝或感歎。
　例 기홍이가 벌써 이렇게 컸다니요?

- **-더군요**: 對過去親身經歷的事實和對新瞭解的事實表示感歎時使用的表達方法。
　例 오랜만에 미영이를 만났는데 정말 날씬해졌더군요.

[3~4] 請選擇與劃線部分意思相近的選項。

3. 這棟公寓既視野好、又交通方便，所以很有人氣。

[問題類型] 選擇相近的詞尾（連接/生活文）

提到「이 아파트는 전망도 좋거니와 교통도 편리해서 인기가 많다.」所以答案為④。

-거니와: 表示既認定前一事實，也認定後一事實。相當於中文「既……又……」。
　例 그는 일도 열심히 하거니와 운도 좋아서 하는 일마다 큰 성공을 거둔다.
　　 선희는 얼굴도 예쁘거니와 마음까지 착해서 인기가 최고다.
　注意 「-거니와」如果接在「다시 말하다」，「다시 설명하다」之後，表示要重複與後文相關的內容。
　例 다시 말하거니와, 이번 경기는 매우 중요하니 모두 최선을 다해 주시기 바랍니다.

- **-은/는데도**: 表示後句情況的出現與前句狀況無關。
　例 나는 할 일이 많은데도 계속 텔레비전만 보고 있다.

- **-은/는 만큼**: 表示後句內容與前句內容成比例，或與前句內容的程度或數量相當。
　例 넓은 집으로 이사해서 좋지만 넓은 만큼 청소하기가 힘들기도 해요.

- **-은/는 체하다**: 雖然實際上並不那樣，但是假裝成做某種行為或狀態。
　例 나는 영호의 말에 기분이 나빴지만 옆에 사람들이 있어서 괜찮은 체했다.

- **-(으)ㄹ 뿐만 아니라**: 表示不僅前句內容，補充的後句內容也適用。
　例 기홍이는 성격이 좋을 뿐만 아니라 무엇이든 열심히 하기 때문에 배울 점이 많다.

4. 在選擇專業課的時候，要是深思熟慮之後再選擇就好了。

[問題類型] 選擇相近的詞尾（終結/生活文）

內容表示了「在選擇專業課的時候，本應該深思熟慮之後再選擇，但是卻沒那麼做，感到很遺憾」的後悔之意。所以答案為②。

-(으)ㄹ 걸 그랬다: 表示對某事感到後悔或遺憾的時候使用。
　例 방학 때 놀지만 말고 숙제도 할 걸 그랬다.
　　 몸이 피곤해서 영화 보러 안 갔는데 나도 갈 걸 그랬다.

- **-은/는 듯하다**: 表示對前句內容的猜測。
　例 요즘 영호에게 안 좋은 일이 있는 듯하다.

- **-았/었어야 했다**: 表示對某事後悔或者遺憾。
　例 친구가 여행 갈 때 따라갔어야 했다.

- **-는 셈 치다**: 表示推遲的假定。雖然沒做某事，但是當成已經做過了。
　例 가: 미안해요. 선물을 준비했는데 버스에 놓고 내렸어요.
　　 나: 괜찮아요. 받은 셈 칠게요.

- **-고 보다**: 表示判斷。
　例 나는 민주가 결정을 참 잘했다고 본다.

[5~8] 請選擇這是關於什麼內容的文章。

5.
隔離紫外線指數最高
請每兩小時塗抹一次

126

問題類型 掌握文章的題材/類型(廣告文)

這個廣告的核心詞是「隔離紫外線指數」,隔離紫外線指數高,並且是塗抹的東西。所以答案為③。

- 자외선[紫外]: 來自太陽、肉眼看不見的波長很短的光。
- 자외선 차단 지수[紫外線遮斷指數]: 用數值表示隔離紫外線的程度。

6.

> 以實際情況為話題的原著
> 評論家們稱讚其超越原著
> 現在請在螢幕上確認吧!

問題類型 掌握文章的題材/類型(廣告文)

這個廣告的主要核心詞是「스크린」,「원작을 넘어서다」,「스크린에서 확인하다」。所以答案為③。

- 평론가[評論家]: 進行專業評論的人。
- 평론[評論]: 評價事物的價值、長、短處以及優秀之處與不足之處的話語或文章。

7.

> 期望壽命快速增加
> 退休比發達國家快7~8年

問題類型 掌握文章的題材/類型(廣告文)

主要核心詞是「은퇴」。從壽命增加,但是退休變快的內容可以看出,內容對退休後的生活表示擔憂。所以答案為①。

- 선진국[先進國]: 比起其他國家,在政治、經濟、文化等方面都發達超前的國家。

8.

> 產品購入後,一週內可以。
> 摘除商標後不可以。

問題類型 掌握文章的題材/類型(介紹文)

「產品購入後一週之內可以,摘除商標後不可以」說的是換貨或者退貨。但是本題是以介紹資訊形式給出的。所以答案為②。

- 제거하다[除去−]: 去除

[9~12] 請選擇與下文及圖表內容相同的一項。

9.

> **第1屆首爾市兒童照片大獎賽**
> - 徵集對象:撫養孩子的首爾市民(無年齡限制)
> - 徵集時間:2017年9月1號−2017年9月30號
> - 徵集方法:接受網路郵件(edepal1026@saver.com)
> ※未滿周歲的兒童照片/1人1張
> - 公佈及頒獎:2017年10月5號,上午10點−下午5點 在光化門廣場,進行市民貼紙投票 活動之後,現場公佈及頒獎

問題類型 選擇與文章/圖表相同的一項(介紹文)

內容提到「광화문 광장에서 시민의 스티커 투표 진행」,可知兒童照片是市民直接選拔的。所以答案為②。

① 徵集超過一周歲的兒童照片。→未滿周歲
③ 大獎賽上被選拔的人,活動之後在網頁上公佈。→活動之後,在現場
④ 首爾市民,與年齡無關,誰都可以應徵。→正在撫養孩子的首爾市民

10.

居住在韓國的外國人現況

- 其它 (11%)
- 外國人子女 (11%)
- 留學生 (7%)
- 派遣勞動者 (9%)
- 結婚移民者(9%)
- 外籍勞工 (52%)

問題類型 選擇與文章/圖表相同的一項(介紹文)

只有外國人打工者佔據了52%的高比例,其他外國人各占7~11%,所以答案為④。

① 外國人打工者佔據一半以下。→一半以上
② 結婚移民者的數量和其他外國人的數量不一樣。→一樣
③ 在韓國生活的外國留學生比外國人子女多。→少

11.

> 從今年開始導入了「國中自由學期制」。在國中過程中,學生在一個學期裡不會因為考試而擔心,可以自主地體驗學校生活。「國中自由學期制」就是以其為宗旨而準備的政策。但這也並不是說因為不考試就不學習課本知識。而是上午上國語、英語,數學課,下午以進行多樣的體驗活動的形式執行。

問題類型 選擇與文章/圖表相同的一項(生活文)

內容提到:「學生可以在一個學期裡不會因為考試而擔心,可以自由體驗學校生活。」而「중학교 자유 학기제」就是以其 宗旨而准 的政策。所以答案為①。

② 在國中,正在實行自由學期制。→從今年開始,在國中導入自由學期制
③ 在自由學期裡,不學習課程,而進行體驗活動。→也學習課程
④ 在畢業後可以選擇自由學期制。→在中學過程中的一個學期間

- 취지[旨趣]: 表示某事的根本目的或非常重要的意思。

12.

> 大部分非洲的形象都是千篇一律地傾向一邊。世界其它國家也一樣,對於非洲我們也需要均衡的理解。就像我們不能認為同屬於亞洲大陸的韓國和菲律賓、印度、阿富汗相同,非洲也如此。非洲大陸比我們想像的更大,也更多姿多彩。

問題類型 選擇與文章/圖表相同的一項(生活文)

內容提到:「대부분 아프리카의 이미지가 천편일률적이고 한쪽으로 치우쳐 있다.」,意思就是大部分人對非洲持有偏見。所以答案為①。

② 非洲的國家比我們想象的單純。→更大和更多姿多彩
③ 人們對非洲的認識多種多樣。→千篇一律的
④ 非洲大陸的國家具有相似的特徵。→多種多樣

- 천편일률적[千篇一律的]: 沒有各自的特性,所有都差不多。

[13~15] 請選擇排序正確的一項。

13.
- (가) 在一般的常識中，與事實不同的情況不少。
- (나) 喝酒之後，酒精使血管擴張，溫暖的血液就會湧向皮膚表面。
- (다) 例如，眾所周知酒能使身體變得溫暖，但這只是錯覺。
- (라) 所以，只是一時產生的溫暖感覺，反而會奪走體內的熱量，使人處於危險當中。

[問題類型] 排列文章順序 (生活文)

舉了很多具體例子來說明在一般常識中與事實不同的事。首先應該是敘述一般常識中與事實不相同的事不少的(가)，其次是舉例說明的(다)，接著是說明喝酒後出現的症狀的(나)，最後是以「그래서」開頭來說明結構的(라)。所以答案為按照(가)-(다)-(나)-(라)排序的①。

14.
- (가) 核心秘訣在於使人吃驚的作業的力量。
- (나) 所以，以5萬名美國人為對象開始了關於家庭中日常的「學習習慣研究」。
- (다) 通過為期三年的研究，發現了在學業，情緒，社會性等方面獲得過成功的孩子們的共同點。
- (라) 羅伯特博士想透過對那些把子女培養成了優秀人才的家庭的研究找到新的教育方法。

[問題類型] 排列文章順序 (生活文)

本文講述了羅伯特博士對於「學習習慣的研究」。首先應是說明羅伯特博士研究目的的(라)，其次為以「그래서」開始的「學習習慣研究」的(나)，再接著是在研究中發現共同點的(다)，最後是發現結果的(가)，所以答案為按照(라)-(나)-(다)-(가)排序的④。

15.
- (가) 最近，關注超小型住宅的人持續增加。
- (나) 因為超小型住宅設置在田園地和週末農場，所以可以作為休息和食宿之地使用。
- (다) 並且，超小型住宅不需要特別的許可手續，僅僅申報就可以建造或者移動。
- (라) 更重要的是，用很少的費用修建自己想要的家，能感受到勞動的樂趣，這是最大的優點。

[問題類型] 排列文章順序 (生活文)

本文對超小型建築的長處進行了敘述。首先應為敘述最近關注超小型住宅的人持續增加的(가)。其次是以「초소형 주택은」開頭，敘述超小型住宅長處的(나)，接著是以「또한」開頭，講述超小型建築另一個長處的(다)，最後是以「무엇보다」開頭，來講述最大長處的(라)。所以答案為按照(가)-(나)-(다)-(라)排序的①。

- 텃밭: 住宅附屬的田或住宅附近的田。

[16~18] 請閱讀下文，選擇最適合( )內容的一項。

16.
媽媽在幫兩個孩子分披薩的時候，如果讓一個孩子切披薩，最好是讓另外一個孩子( )。如果切披薩的孩子知道自己會最後選擇披薩，那他就會最大限度公平地切披薩。而不切披薩的孩子因為獲得了優先選擇權，沒有什麼不滿。

[問題類型] 選擇符合文脈的內容 (說明文)

從括弧後因為有「피자를 자른 아이가 피자를 나중에 선택한다는 걸 알면」，可看出正確答案為①。

17.
一個樵夫在努力地砍伐樹木，但是越砍越費力，樹木也不能很快砍倒。樵夫沒有察覺到是因為斧刃太鈍的原因。樵夫繼續吃力地砍伐樹木，直到累得筋疲力盡坐下來。( )不是說只要一味努力就什麼都能實現的。

[問題類型] 選擇符合文脈的內容 (生活文)

就像用鈍了的斧頭，不管怎麼努力都不能砍倒樹木；只有磨好斧頭才能砍倒樹木一樣，只有解決了根本問題，才能做好一件事情。所以正確答案為③。

18.
因為道路交通量的增加和汽車超速行駛，導致野生動物因交通事故死亡的案例持續發生。為了阻止這樣的事情發生，雖然建設了生態通路( )，沒有達到期待的成果。想要防止野生動物交通事故的發生，必須首先對動物為了尋找食物、為了生產幼子的本能移動的特性進行研究。

[問題類型] 選擇符合文脈的內容 (說明文)

後面寫到「먹이를 구하기 위해, 새끼를 낳기 위해 동물들이 본능적으로 움직이는 성향에 대한 연구가 먼저 이루어져야 한다。」所以答案為②。

- 성향[性向]: 根據性質的行動傾向。

[19~20] 請閱讀下文，回答問題。

現今，青少年們成為了最大最重要的文化消費層。所以，媒體和文化產業動用了所有廣告和銷售戰略來蠱惑青少年。( )放下心來，就很容易被廣告戰略所迷惑。最近在街上經常看到外貌相似，穿著相似產品的青少年。現在正是青少年們需要獨立思考，保持個人特色的時代了。

19. [問題類型] 選擇符合文脈的連接詞 (生活文)

括弧前面講到，媒體和文化產業正在蠱惑青少年，後又講到很容易被廣告戰略所迷惑。所以答案為含有"조금이라도（哪怕一點）"或"아차하면（稍不留神）"之意的①。

- 자칫: (表示某事正在錯誤地進行下去)稍微不慎，差一點。
  - 例 젊은이들은 자칫 이상과 현실을 혼동하기 쉽다.
- 미처: (與「못하다」、「않다」、「없다」、「모르다」一起連用)表示還沒到達某種程度。
  - 例 얼마나 바빴던지 손님들에게 미처 감사의 인사도 하지 못했다.
- 역시:
  - ① 在那基礎上，又
    - 例 이번 일도 역시 잘 안 될 것 같아.
  - ② 怎麼想也
    - 例 한국인에게는 역시 한국적인 것이 잘 어울린다.
  - ③ 正如判斷或預料的
    - 例 이번 시험에서도 역시 1등을 했구나!
- 절대: (用於否定句)發生什麼事都……
  - 例 나는 절대 너랑 같이 가지 않을 거야.

20. 問題類型 掌握細節內容(一致/生活文)

透過「미디어와 문화 산업은 온갖 광고와 판매 전략을 동원해 청소년들을 현혹하고 있다.」這句可以看出正確答案為②。

① 在大街上富有個性的青少年很多。→相同的外貌，穿著相同風格的產品的
③ 很難找到相同風格的青少年。→經常能夠看見
④ 主體性很強的青少年被文化產業的廣告戰略所迷惑。→沒有主體性的

[21~22] 請閱讀下文，回答問題。

> 在現實中的韓國社會裡，男性參與家務勞動，具備了很艱難的條件。公司的工作和家務勞動（　）非常困難的。不僅有傳統的性差別的思想，還在於在職場的競爭、與職場同事或者上司的人際關係中所受到的壓力，也會使男性做家務勞動更加困難。工作著的女性在這一點上也是一樣的。所以，夫婦的家務勞動分擔應該由各自所處的狀況來決定。

21. 問題類型 選擇符合文脈的俗語(生活文)

內容要說的是：「公司的工作和家務勞動這兩者都想做好是非常難的。」所以答案為含有「二者都想兼具」意思的④。

- 두 손을 들다: 表示降服或者屈服。
   例 너에게 두 손 들었으니, 네 요청을 받아 주마.
- 활개를 펴다: 形容意氣揚揚獨自隨心玩耍。
   例 성규는 돈을 많이 벌더니 자기 세상을 만난 듯 두 활개를 펴고 다닌다.
- 두 다리를 쭉 뻗다: 形容無憂無慮地安逸地生活。
   例 이제 걱정이 없어졌으니 두 다리를 쭉 뻗고 잘 수 있겠다.
- 두 마리 토끼를 잡다: 形容一次獲得兩種利益。
   例 이 영화는 재미와 감동, 두 마리 토끼를 잡았다.

22. 問題類型 掌握中心想法(生活文)

本文的主題出現在文章的最後一句話裡。「부부의 가사 노동 분담은 각자 처해진 상황에 따라 결정해야 할 문제」。所以答案為④。

[23~24] 請閱讀下文，回答問題。

> 去年冬天，因為費用負擔，沒有連續讓孩子接種流感疫苗。結果對因患流感不能去學校的女兒感到非常抱歉。今年我下定決心，一定要讓孩子接種疫苗，於是去了趟醫院。回來之後，我對孩子說：「今天一定要好好休息，澡也不能洗。」聽到這話，婆婆說到：「孩子他爸也不像以前了，現在經常感冒……」，「媽，去年孩子也沒有注射疫苗，孩子他爸又不是小孩子……」對我這句沒好氣的話，婆婆說到：「孩子，別那樣，你的丈夫對我來說也是唯一的兒子。」
> 我的心頓時沉了下去，是啊，孩子的爸爸，我的丈夫對婆婆來說，也是她寶貴的兒子。

23. 問題類型 掌握心情(生活文)

內容講到我明白了丈夫對婆婆來說也是她唯一的兒子之後，內心受到的衝擊。所以答案為③。

- 예방 접종[預防接種]: 為了預防傳染病接種的疫苗，使體內產生免疫性。

- 아범: 父母稱呼自己已經結婚生子的兒子時用的話。

24. 問題類型 掌握細節內容(一致/生活文)

從「지난겨울, 비용이 부담되어 아이들 독감 예방 접종을 건너뛰었다.」這句話可以看出本題正確答案為④。

① 丈夫以前經常患感冒。→最近
② 今年女儿感染了流感，不能去學校。→去年感染的
③ 除了丈夫我們家所有人都接種了疫苗。→只給孩子接種了疫苗

[25~27] 下面是新聞報導題目。請選擇明最確切的一項。

25. 企業的業務形態變化。書面報告消失，由線上報告代替。

問題類型 掌握簡化的句子(報導文)

新聞報導的題目意義是「企業業務形態發生了變化，是由線上報告代替了書面報告。」所以正確答案為④。

- 서면 보고[書面報告]: 研究或者調查結果寫成書面形式進行彙報。

26. 春天搬家季接近尾聲。押金上升趨勢停止。

問題類型 掌握簡化的句子(報導文)

新聞報導題目的意思是，春天這個搬家季節已結束，押金上升趨勢將停止。所以答案為②。

- 주춤: 猶豫或因為輕微震驚而忽然遲疑或躊躇的摸樣。

27. 一口之家增多，速食股票攀升

問題類型 掌握簡化的句子(報導文)

新聞報導題目的意思是，隨著一口之家的增多，與速食相關的股票上漲了。所以正確答案為③。

- 쑥쑥: 突然生長或變大的樣子。
- 들썩: 黏在某處的東西很容易向上拿起的狀態。
- 가구[家口]: 生活在一個家庭裡面的所有人的群體。

[28~31] 請閱讀下文，選擇最適合( )內容的一項。

28. 除這南極大陸以外，在所有大陸黃金龜是很常見的昆蟲，它們以只動物的糞便為食。那黃金龜喜歡什麼樣的糞便？每個物種的口味不同。許多物種更喜歡食草動物的糞便，然而它們中有的也尋找肉食動物的。這些它們是（　）。黃金龜是從沙漠到樹林都要打掃的清潔夫。扮演著通過吃或者埋藏其他動物的排泄物找回土壤養分的角色。

問題類型 選擇符合文脈的內容(說明文)

內容提到：糞金龜是「사막부터 숲까지 청소하는 청소부」、「토양에 영양분을 되돌려 주는 역할을 한다。」所以答案為④。

29.

電影是透過螢幕隨著時間流逝的藝術，而話劇則是在舞臺這一被限定的場所內隨著時間變得形象化的藝術。從兩種藝術都是（　　）的這點上可以知道，和其它領域的藝術，它們彼此更加接近。並且電影和話劇也不像文學和美術那樣僅僅靠一個人的創造努力來實現的，它是把許多部分的藝術綜合起來而完成的藝術。從這點也可以看出電影和話劇是相通的。

選擇符合文脈的內容（說明文）

「영화는 스크린이라는 곳을 통해 시간으로 흐르는 예술이며, 연극 또한 무대라는 제한된 장소에서 시간적으로 형상화되는 예술이다.」 由此可知答案為①。

30.

在我們周圍能夠見到的動物當中，最常接觸到的，並且與人類關係最密切的動物之一就是狗。狗是性格最溫順，最伶俐，對主人最忠誠的動物。所以在以前的故事裡出現的狗無一例外全部都是（　　）的形象。最具代表性的故事就是「樊樹的狗」。這個故事講的是喝醉酒正在田野裡睡覺的主人，田野突然起火，狗為了救處於危險當中的主人，在撲滅火的過程中死去的故事。

選擇符合文脈的內容（說明文）

以「田野突然失火，狗為了救處於危險當中的主人在撲滅火的過程中死。」的故事為例，可知答案為③。

31.

最近，哈佛大學研究小組以法官為對象進行的調查，結果發現：有女兒的法官的判決會對女性更有利。即使是男性或是有保守傾向的法官，有女兒的情況下，都會給予女性更親和的判決。這件事告訴我們，通過親近的持續的關係，能夠學到對於不同立場的人的理解和共感能力。最終（　　）會對判決產生影響。

選擇符合文脈的內容（說明文）

「有女兒的法官的判決有對女性更有利的傾向。這件事告訴我們，透過持續的關係，能夠學到與他人的共感能力。」由此可知答案為④。

• 보수적 [保守的]: 反對新生事物，努力堅持傳統制度或方法。

[32~34] 請閱讀下文，選擇與內容相符的一項。

32.

每種動物喜歡的天氣都不一樣，蝙蝠因為能利用超聲波的聲音準確找到食物的位置，所以不喜歡下雨或者颱風。相反，青蛙卻很喜歡能使皮膚變得濕潤的下雨天；蒼蠅喜歡炎熱的悶熱天氣；北極熊喜歡下雪的寒冷的日子；眼睛看不太清楚、但是嗅覺敏銳的黃鼠狼則喜歡氣味能長久遺留、細小的聲音都能聽得見的有霧的天氣。

掌握細節內容（一致／說明文）

內容提到「파리는 푹푹 찌는 무더운 날씨를 좋아하고 북극곰은 눈이 펑펑 내리는 추운 날씨를 좋아한다.」，所以答案為④。

① 黃鼠狼的視覺和~~嗅覺很發達~~。→視覺發達

② 一般來說，~~動物都喜歡晴朗的天氣~~。→每種動物喜歡的天氣都不一樣

③ 蝙蝠和青蛙喜歡的天氣~~一樣~~。→不一樣

33.

「日用糧食」是收錄在「遠美洞」短篇集裡面的11篇作品之一。作品的空間背景是在首爾週邊的一個叫遠美洞的小村莊，時間背景有線廣播開始流行的1980年代的冬天。這部作品讓我們產生這樣的錯覺，好像就是在談論我們家、鄰居以及整個村子的小商鋪的故事。因為在這部作品裡面記載的就是像我們這種小市民的日常生活。

掌握細節內容（一致／說明文）

內容提到 "이 작품은 우리 집, 옆집 그리고 우리 동네 슈퍼 얘기를 하는 듯한 착각을 불러일으킨다." 由此可知，答案為③。

① 這部作品以~~繁華的村莊~~為背景寫的。→首爾週邊小城市

② 這部作品是以~~我們村莊~~的故事為素材寫的。→遠美洞的

④ 這部作品是~~登載有11篇作品的短篇集的標題~~。→短篇集中收錄的11篇作品中的一篇

• 유선 방송 [有線放送]: 透過在一定區域內安裝的有線發射給幾個頻道的電視廣播。

34.

仔細聽的話，常會發現人們在日常生活中說話時的發音是錯誤的。因為人們更注重寫文章的時候使用語法的正確性，而說話的時候則不然。例如，「곳곳에서」讀成[곧꼬데서]、「뜻있는」讀成[뜨신는]的人很多，而[곧꼬서서]和[뜨딘는]才是正確的發音。習慣性的發音最終也會反映在寫作裡，所以應該注意。

掌握細節內容（一致／說明文）

內容提到: "습관화된 발음은 결과적으로 쓰기에도 반영되는 경우가 많으므로" 所以答案為①。

② "뜻있는" 的正確發音是~~[뜨신느]~~。→[뜨딘느]

③ ~~寫不正確的話，發音也會出錯~~。→不能正確發音的話，寫也會出錯

④ 努力想按照語法發音的人很多。→想寫文章

[35~38] 請選擇最適合做下文主題的一項。

35.

今後，有0～2歲孩子的女性，必須繳交自己的在職證明或求職活動證明，才能得到一天12個小時的保育服務。但是，這是忽視女性勞動者現實的政策，60%的女性勞動者都是非正式工作，所以，用就業與否來證明是非常不方便的。政府應該考慮就業父母的立場而提出保育政策，加強對民間保育設施的管理監督，擴充國立、公立幼兒園。

掌握主題（說明文）

最後部分提到 "취업 부모의 입장을 고려한 보육 정책을 제시하고 민간 보육 시설에 대한 관리 감독을 강화하며 국·공립 어린이집을 더욱 확충해야 한다." 所以答案為④。

36. 最近，連周歲左右的孩子都在使用教育用的智慧型機器。因為智慧型機器的集中度和活用度很高，被經常使用，但是稍不注意，也會讓孩子的視力發育帶來不良影響。仔細觀察孩子可以發現，只要一給他們看平板電腦，馬上就會坐下來集中到電腦畫面上。集中在畫面上的孩子的眨眼次數每分鐘僅1次。這明顯少於看書時眨6次眼的數值。

問題類型 掌握主題（生活文）

內容提問：對看平板電腦時和看書時的眨眼次數進行了比較，發現智慧型機器會給孩子視力發育帶來不良影響。所以答案為④。

37. 大學機構改革的必要性，不僅僅是政府，也得到了學校方面的認定。根據大學評價結果，以那些被評價為不良大學的大學為重點進行機構改革是有必要的。從高中畢業生數量減少的趨勢來看，如果不進行大學機構改革，不良大學問題會隨著時間的推移更加嚴重。因此，為了大學構造改革不錯失時機，不變成稀裡糊塗的事，應儘快使其通過法案。

問題類型 掌握主題（生活文）

最後一句話是文章的主題。"대학 구조 개혁이 때를 놓치고 흐지부지되는 일이 없도록 하루빨리 법안을 통과시켜야 한다." 所以正確答案為②。

38. 如果身體需要的能量不足的話，我們大腦就會發出「肚子餓了」的訊號，從而誘導我們攝取食物。但有時熱量並不缺乏，大腦也會發出肚子餓的訊號，這就是假性肚子餓。如果不區分到底是真餓、還是假餓，只要一感到餓就吃食物的話，脂肪就不能分解，會不斷在體內堆積。結果就會得肥胖和糖尿病等慢性病。

問題類型 掌握主題（生活文）

「如果不區分到底是真餓還是假餓，只要一感到餓了就吃食物的話，脂肪就不能分解，會不斷在體內堆積。這就是得肥胖和糖尿病這樣的慢性病。」所以答案為③。

● 만성병 [慢性病]: 症狀不嚴重也不能很快好的病。

[39~41] 請選擇提示的句子在下文中最恰的位置。

39. 豆腐是人人都愛吃的食物，是用被稱為"田裡的牛肉"的豆子做成的。（㉠）這種高蛋白低卡路里的食物，因為能防止脂肪在體內堆積，所以作為減肥食品有很高的人氣。（㉡）因為豆腐具有大量的蛋白質，所以，如果吃得太多，會誘發蛋白質消化不良。（㉢）並且長期大量攝取蛋白質，會對腎臟造成一定的負擔。（㉣）豆腐每天攝取100～150g比較合適。

〈提示〉

即使是對身體有益的健康食品，吃得太多，也會產生副作用。

問題類型 插入符合文脈的句子（說明文）

提示的句子以「하지만」開頭，講述了豆腐的缺點

是會產生副作用。所以，這是很自然地出現在講述豆腐好處之後的。並且「提示」裡，因為寫到會產生副作用，所以以出現在「大量攝取豆腐時的副作用」之前也是理所當然的。所以答案為②。

● 유발하다 [誘發─]: 指某種東西作為原因，致其它事件或現象的發生。

40. 朴泰桓選手在5歲的時候，為了治療氣喘開始游泳。（㉠）幼年的朴泰桓很害怕水，但他戰勝了恐懼，成為了光耀韓國的世界級游泳選手。（㉡）他在韓國男子自由泳這塊不毛之地上獲得了金牌，實現了韓國游泳長期以來的夢想。（㉢）儘管惡劣環境與支援與其他國家有很大差距，但是對站在世界頂峰的他付出的努力和汗水還是被認可的。（㉣）

〈提示〉

摘得金牌的朴泰桓選手被游泳專家們稱作「努力型天才」。

問題類型 插入符合文脈的句子（說明文）

提示放在「游泳專家稱朴泰桓選手為努力型天才」的理由前面比較自然，所以答案為③。

● 불모지 [不毛地]: 比喻再開發也沒有發展的地方或狀態。

41. 滑雪板是怎麼移動的呢？（㉠）身體的重心放在要前進的那側，輕輕地把力放在行進方向那側的腳上，當行進方向和滑雪板方向一致時即可向前滑行。（㉡）具體來說，就是反方向那側的腳在前，滑雪板的方向與行進方向垂直，使摩擦力增加，速度就會慢慢減下來直至停止。（㉢）也就是說，行進方向那側的腳相當於油門，反方向那側的腳相當於刹車的角色。（㉣）

〈提示〉

相反，如果想停下來的話，就要把力放在與行進方向相反的腳上。

問題類型 插入符合文脈的句子（說明文）

提示的句子，以「반대로」開頭，講述了停止滑雪板方法，因此將其放在敘述前進方法的句子之後最為自然。並且，提示的句子敘述的是停止方法，而由「자세히 말해서」開始的句子是對停止方法的具體敘述，所以應放在提示句之後。所以正確答案為②。

[42~43] 請閱讀下文，回答問題。

42. 「我們也應像別人那樣生活啊！」

一向以藝術家妻子感到自豪的妻子是不會輕易說出這種話的。但是一旦受到了什麼刺激就忍無可忍地說出了這樣的話。每當聽到這些話，我也會生出「也該那樣」的同情心，但今天不知怎麼地心情不怎麼好。這次也一樣，那樣的妻子雖然能理解，但卻難以抑制不快的想法。

片刻之後，我露出了不愉快的神色，說到：「突然說要找個賺錢的方法，這是什麼話！慢慢會有那個時候的。」

「哎喲。還說什麼慢慢，算了吧！要等到哪個千年啊……」

妻子的臉變得通紅，甚至用從未有過的語調說了這些話。仔細一看，眼裡還含著眼淚。

那一瞬間我的火直往上冒，再也忍不住了。
狂吼道：「就該嫁給會賺錢人，誰讓你嫁給我
了！做我這種藝術家的妻子算個什麼呀！」
　　　　　　　　　　　　　　　玄鎮健《貧妻》

42. 問題類型 掌握心情(小說)
內容提到：妻子的心情雖然能理解，却也對希望像其
他人那樣生活的妻子感到失望，并且忍耐不住地發
了火。所以答案為④。

43. 問題類型 掌握細節內容(一致／小說)
內容提到：妻子的心情雖然能理解，卻也對希望像
其他人那樣生活的妻子感到失望，並且忍耐不住地
發了火。所以答案為④。
① 妻子~~常常這樣抱怨~~。→不輕易說這樣的話
③ 妻子~~對作為藝術家的丈夫感到很羞恥~~。→對作藝
術家的妻子感到很自豪
④ 對於妻子的話很~~完全不能理解~~。→雖然能理解，
但心情很不好
- 자부심[自負心]: 自豪感，充分相信自身價值或能
力的心理。
- 차차[次次]: 逐漸，表示事或物的狀態或程度的變
化隨著時間的推移慢慢繼續。

[44~45] 請閱讀下文，回答問題。

老人們由於身體方面的疾病、老化、死亡、與
他人來往斷絕等挫傷自尊心的很多因素暴露無
遺，所以很容易導致抑鬱症的發生。透過藥物
治療雖然能它改善抑鬱症症狀，但是如果同時服
用其它藥物，或很多人患有慢性疾病，服藥就
要特別注意了。這個時候，比起服用藥物，結
交各種各樣的人，或者做一些輕微運動會更
好。並且最好多吃對精神健康有益的像豆類、
堅果類、雞胸肉之類的（　　）食物。除此之
外，像睡眠不足、吸煙、肥胖都是引發抑鬱
症的主要原因。所以，要透過積極努力，去掉
這些因素。

44. 問題類型 掌握主題(說明文)
內容講了藥物治療上的問題，也講了能預防抑鬱症
的生活習慣。所以答案為②。

45. 問題類型 掌握符合文脈的內容(說明文)
講了對預防抑鬱症有益的食物，括弧前面又提到
「對精神健康有好處」。所以答案為④。

[46~47] 請閱讀下文，回答問題。

對於因為就業難和昂貴的學費等經濟問題經
受磨難的20～30多歲年齡層人的稱呼又有了
新叫法：「3棄世代」、「5棄世代」或「N
棄世代」。（　⑤　）5棄世代是指在3棄的基礎
上再加上放棄購買房子和人際關係。N棄世代
是指要放棄N種事情的世代，這個詞彙正好反
映了被青少年失業問題困擾的20～30多歲的
韓國年輕人的慘澹現實。（　⑥　）當然，最早
出現的詞是3棄世代。它指的是20～30多歲
的人不輕易談戀愛、即使談了戀愛也忌諱結
婚、即使結了婚也不生孩子的這種社會現象。

（　⑥　）隨著人們放棄的東西越來越多，就產
生了「5棄世代，N棄世代」這個詞。（　⑥　）

46. 問題類型 插入符合文脈的句子(說明文)

3棄世代就是指：放棄戀愛、結婚、生孩子的世代。

本文以「3棄世代」、「5棄世代」、「N棄世代」
的順序進行了說明。所以正答案為①。

47. 問題類型 掌握細節內容(一致／說明文)
內容中3棄世代的說法最早出現，漸漸要放棄的東西
越來越多，就產生了「N棄世代」這個詞。所以答案
為①。
② 3棄世代的3是指~~戀愛、準備房子和人際關係~~。→
指戀愛，結婚，生孩子
③ N棄世代增加不是~~社會問題，而是個人問題~~。→
不是個人問題，而是社會問題
④ ~~由於經濟問題，遭遇困難的人就是我們說的N棄~~
~~世代~~。→被青年失業問題困擾的20～30多歲的韓
國年輕人

[48~50] 請閱讀下文，回答問題。

因為移民女性形成的雙語講師的雇傭不穩定，
正在成為多文化教育的絆腳石。2009年教育
部導入的雙語講師制度的主要內容就是培養那
些畢業於四年制大學以上的結婚移民女性為（
）講師，使其能在一線學校工作。某大學的研
究小組對在小學教韓語和越南語的3名雙語講
師進行了面談，分析發現非正規雇傭不穩定的
根本原因在於很難適應學校的生活。通常簽約
期為一年，為了續簽，有要承受過重業務量的
傾向。並且與其他老師溝通、研修機會也很有
限。同時也指出了：雙語講師制度與開始計畫
的不同，是在隨意運行著的。雙語講師制度能
夠決定多文化教育的成敗與否，所以應該提高
待遇、確保雇傭穩定性、明確業務範圍。

48. 問題類型 掌握目的(說明文)
本文講述了與3位雙語教師面談的結果，發現了雙語
教師制度的問題。所以答案為②。

49. 問題類型 掌握符合文脈的內容(說明文)
講述的是雙語教師扮演的角色部分。從「이중 언어
강사」這個名字就可以知道，通過「모 대학의 연구
팀은 초등학교에서 한국어와 베트남어를 가르치는 이
중 언어 강사 3명을 면담」的內容可知他們是教韓語
的講師。所以答案為④。

50. 問題類型 選擇筆者的態度(說明文)
大學研究組向我們傳達了這樣一個結果，「雙語講
師制度和最初的計畫不同，在隨意運行著」，也就
是指責這項不僅僅是單純的停留在提出問題上，同
時還指責出沒有按照制度運營這件事制度沒有被正
確施行。此答案為③。透過「揭露」這個詞可以看
出。
- 꼬집다: (某人對其他人的感情、事實等) 進行尖
銳無情地揭露。

NEW TOPIK 실전 모의고사 6회
第6回 全真模擬試題 答案與解析

정답 第6回答案

聽力

1. ①	2. ②	3. ③	4. ③	5. ④	6. ④	7. ②	8. ④	9. ②	10. ②
11. ④	12. ③	13. ④	14. ③	15. ①	16. ②	17. ③	18. ②	19. ③	20. ①
21. ③	22. ①	23. ③	24. ④	25. ②	26. ①	27. ④	28. ②	29. ①	30. ③
31. ③	32. ②	33. ③	34. ①	35. ③	36. ③	37. ④	38. ①	39. ①	40. ③
41. ④	42. ④	43. ④	44. ③	45. ①	46. ④	47. ③	48. ④	49. ①	50. ④

寫作

51. ㉠ (5점) 회사에 들어오기(가) 불편합니다/힘듭니다
  (3점) 걸어오기가 어렵습니다

  ㉡ (5점) 회사에 주차 공간을 더 만들어 주실 것을
  (3점) 주차 공간을 만드는 것을

52. ㉠ (5점) 상대방의 의견을 경청하는 것이 중요하다
  (3점) 상대방의 의견을 들어야 한다

  ㉡ (5점) 각자 자신의 의견을 말할 기회를 가져야 한다
  (3점) 각자 의견을 제시한다

閱讀

1. ③	2. ③	3. ④	4. ①	5. ②	6. ④	7. ②	8. ①	9. ②	10. ①
11. ①	12. ④	13. ③	14. ③	15. ②	16. ④	17. ①	18. ④	19. ①	20. ③
21. ①	22. ④	23. ②	24. ③	25. ④	26. ②	27. ④	28. ③	29. ④	30. ①
31. ③	32. ③	33. ②	34. ①	35. ③	36. ②	37. ③	38. ②	39. ④	40. ②
41. ③	42. ①	43. ④	44. ①	45. ②	46. ①	47. ③	48. ②	49. ④	50. ②

53. <答案範本>

남성의 육아 휴직에 대해 설문 조사를 한 결과 실제로 육아 휴직을 받은 경우는 8.8%에 불과했다. 육아 휴직을 받지 못하는 이유로 직장 분위기 때문이라는 응답이 가장 높았으며, 그 외에 제도적으로 불가능하거나 경제적 어려움에 대한 걱정 때문이라는 대답이 있었다. 자녀 양육은 부모가 함께해야만 하는 의무이므로 남성의 육아 휴직은 좀 더 활성화되어야 한다. 이를 위해서 우선 제도적으로 육아 휴직 근무자에 대한 불이익을 금지해야 한다. 또한 가족의 중요성을 인정하는 경영 인식의 변화가 필요할 것이다.

54. <答案範本>

최근 스마트 기기의 편리함 때문에 스마트 기기를 손에서 놓지 못하고, 심지어 스마트 기기가 없으면 불안을 느끼는 사람들이 늘고 있는데 이러한 현상을 스마트 기기 중독이라고 한다.

이러한 스마트 기기의 중독은 다양한 문제점을 유발한다. 우선 작은 화면을 계속 봐야 해서 눈이 아프고, 손가락 질병 등 신체적 문제가 나타날 수 있다. 걸어가면서 스마트 기기를 사용할 경우, 주변 상황을 인식하지 못해 사고가 나기도 한다. 심지어 스마트 기기가 없으면 불안해하는 심리적 증상이 생기기도 한다. 또한 빠르게 변하는 내용을 이해하기 위해 짧은 순간의 집중에만 익숙해지므로, 깊게 생각하거나 오래 집중해야 하는 일을 잘 못할 수 있다.

스마트 기기 중독에서 벗어나기 위해서 먼저 스마트 기기의 사용 시간을 서서히 줄이는 것이 중요하다. 사용 시간과 빈도를 급격하게 줄이는 것은 어렵기 때문이다. 그리고 스마트 기기와 관련이 없는 새로운 취미를 가지는 것이 필요하다. 책 읽기, 산책하기, 운동하기 등과 같은 취미 활동을 통해 자기만의 시간을 가지게 되면 점차 스마트 기기가 없는 삶에 익숙해져 중독에서 벗어날 수 있을 뿐만 아니라 삶도 풍요로워질 것이다.

스마트 기기가 꾸준히 발전하고 있어 스마트 기기가 없는 생활을 상상하기는 더 어려워지고 있다. 그러므로 더욱 스마트 기기에 중독되지 않도록 주의할 필요가 있다.

듣기　聽力

[1~3] 請聽錄音，選擇與內容相符的圖片。

1.
여자 이 가방은 새 상품이 없나요?
남자 네, 손님. 지금은 전시된 상품밖에 없고 새 상품은 내일 들어옵니다.
여자 그럼 새 상품이 들어오면 전화로 꼭 알려 주세요.

女　這個包包沒有新商品嗎？
男　是的，顧客，只有現在陳列的商品，新商品明天到。
女　那等新商品進來一定要打電話告訴我。

現在女子在店鋪指著陳列的包並詢問有沒有新商品，所以答案為①。

2.
여자 컴퓨터가 고장 난 것 같아요. 화면이 멈췄어요.
남자 전원을 다시 껐다가 켜 보세요. 오늘 오후에 수리하는 분이 온다고 했어요.
여자 오늘까지는 꼭 고쳐야 하는데……

女　電腦好像壞了。畫面鎖住了。
男　把電源關上，再重開一下。說修理的人今天下午來。
女　今天必須得修好才行……

現在男子和女子在故障的電腦前談論修理電腦的事。所以答案為②。

3.
남자 콜라 소비량에 대한 조사에 따르면 10년간 콜라 소비량이 점점 감소하고 있는 것으로 나타났습니다. 콜라가 건강에 좋지 않다는 생각이 많아지면서 콜라 대신 차나 주스, 물 등 건강 음료의 소비량이 증가하고 있는 것으로 조사됐습니다.

男　據對可樂消費量的調查顯示，10年間可樂的消費量逐漸減少。據調查越來越多的人認為可樂對健康不利，因此替代可樂的茶或果汁、水等健康飲品的消費量則不斷增加。

發表的內容是有關可樂消費量和健康飲品消費量變化的調查結果。過去10年中可樂的消費量在逐漸減少，替代的是健康飲品消費量的增加。所以答案為③。

[4~8] 請請聽對話，選擇合適的下句。

4.
여자 부장님, 제가 오늘 몸이 안 좋아서요. 좀 일찍 들어가도 될까요?
남자 알겠어요. 회사 일은 걱정하지 말고 병원에 들러서 꼭 치료를 받으세요.
여자 ＿＿＿＿＿＿＿＿

女　部長，我今天身體不適，能早點回去嗎？
男　知道了，不用擔心公司的事，去趟醫院，一定要接受治療。
女　

身體狀態不佳的女子問男子可否提前回去，對此男子表示她一定要去醫院，說明了對女子健康狀態的擔憂，這裡最恰當的回答為③。

5.
남자 요즘 살이 많이 쪘나 봐. 옷이 다 안 맞아.
여자 나도 그래. 우리 아침에 만나서 운동할까? 줄넘기가 다이어트에 좋대.
남자 ＿＿＿＿＿＿＿＿

男　最近好像胖了很多。衣服都不合了。
女　我也是。我們早上相約運動好嗎？聽說跳繩對減肥很好。
男　

男子和女子因為胖了很多，打算今後一起減肥。針對女子說要運動的這番話，男子最恰當的回答為④。

6.
남자 책을 반납하려고 하는데요. 여기서 반납하면 돼요?
여자 네. 그런데 연체료가 있네요. 여기에 학생 이름을 적고 연체료를 내면 돼요.
남자 ＿＿＿＿＿＿＿＿

男　我要還書，放在這裡可以嗎？
女　可以，可是你有逾期罰款。在這裡寫上學生姓名，繳交逾期罰款就可以了。
男　

女子告訴男子他有逾期罰款，所以而後詢問罰款有多少的內容最恰當，答案為④。

7.
여자 취미로 배운 사진이 이렇게 재미있는 줄 몰랐어.
남자 사진 정말 잘 찍었는데 인터넷에 한번 올려 봐.
여자 ＿＿＿＿＿＿＿＿

女　沒想到只是作為愛好而學的攝影，竟然這麼有意思。
男　照片真的拍得不錯，傳到網路上看看吧。
女　

男子勸女子將照片上傳到網路上，因此後面應該是與上傳照片相關的內容。所以答案為②。

8.
남자 다음 주 회의 참석자 명단입니다. 최종 확인 부탁드리겠습니다.
여자 고생했어요. 그런데 참석자 모두에게 확인 전화는 했나요?
남자 ＿＿＿＿＿＿＿＿

男　這是下週參加會議的名單。請最後確認一下。
女　辛苦了。但是要打電話給每位參會者確認嗎？
男　

女子問男子要給下週會議的參加人員打確認電話嗎，所以最恰當的答案為④。

9.

여자 저……, 운전 면허증을 신청하려고 하는데요.

남자 지금은 사람이 많아서 한 시간은 기다려야 해요. 증명 사진은 가져왔어요?

여자 아니요. 먼저 접수하고 사진관에 가서 사진을 찍어도 되죠?

남자 네, 그럼 그렇게 하세요.

女 我……想申請駕照。

男 現在很多人，要等一個小時。證件照帶來了嗎？

女 沒有。我先報名，然後去照相館拍可以吧。

男 可以，就那樣做吧。

女子因為等候的人多，要先報名再去照相館，所以答案為②。

10.

남자 과장님. 여기 말씀하신 서류입니다.

여자 수고했어요. 그런데 여기 틀린 것이 있네요? 수정한 거 맞아요?

남자 죄송합니다. 다시 수정해서 드리겠습니다.

여자 지금 부서 회의에 참석해야 하니까 이메일로 보내세요.

男 科長，這是您說的檔案。

女 辛苦了，不過這裡有錯誤，這真的是修改過的嗎？

男 對不起，重新改過後再給您。

女 現在要參加部門會議了，傳電子郵件吧。

女子現在要參加部門會議，並請男子用電子郵件傳送文件。所以答案為②。

11.

남자 집 청소가 다 끝났는데 이 책상은 어디에 놓을까요?

여자 그 책상은 버리고 오늘 새 책상을 사러 갈 거예요.

남자 이런 큰 가구를 버리려면 먼저 경비실에 신고해야 하는 거 알죠? 돈도 내야 해요.

여자 아, 정말요? 그럼 먼저 경비실에 연락할게요.

男 屋子清掃都結束了，但這張書桌放哪裡呀？

女 這張書桌扔掉，今天要去買新書桌。

男 你知道吧？要扔掉這樣的大傢俱，要先向警衛室申請，還要交錢。

女 啊！真的？那先跟警衛室聯繫。

女子在最後說明，為了要扔掉書桌，她們得先跟警衛室聯繫，所以答案為④。

12.

여자 어쩌지? 요가 수업을 신청하고 싶은데 전공 수업이랑 시간이 겹쳐서 하나를 포기해야 해.

남자 그래? 그러면 요가는 학원에 등록하는 게 어때? 학생 할인도 받을 수 있대.

여자 정말? 학교 시간표를 다시 확인해 보고 다른 시간이 없으면 학원에 등록해야겠다.

남자 참, 학생 할인 받으려면 학생증을 꼭 가져가야 해.

女 怎麼辦？很想申請瑜珈課，可是和系上課程的時間相撞了，得放棄一個。

男 是嗎？那向瑜珈教室申請怎麼樣？還可以得到學生優惠。

女 真的？我再確認一下學校時間表，要是沒有其它時間，就得向瑜珈教室申請了。

男 對了，要想得到學生優惠一定要帶著學生證來。

女子說要再確認學校時間表，如果沒有其它時間的瑜珈課，就要向瑜珈教室申請。所以答案為③。

13.

여자 저……, 이 전자사전을 수리받으려고 하는데요. 전원 버튼이 안 눌러져요.

남자 혹시 전에 사전을 떨어뜨렸어요? 여기 이 부분이 깨져있네요.

여자 아, 정말이네요. 잘 안 보였어요. 수리비는 얼마예요?

남자 원래는 삼만 원인데 보증 기간이 남아서 무료예요.

女 我……我想修理一下這個電子詞典。電源按鈕按不下去。

男 你之前可能有摔到過詞典嗎？這裡這個部分碎了。

女 啊，真的嗎？看不出來。修理費是多少？

男 本來是三萬韓元，但還在保固期，所以免費。

電子詞典出現故障的原因是因為之前女子摔過電子詞典，所以答案為④。這裡雖說詞典碎了，但沒有說是電源按鈕，因此③不正確。

14.

여자 안내 말씀드립니다. 잠시 후 세 시에 예정이었던 강연회는 작가의 사정으로 인해 한 시간 뒤인 네 시에 진행될 예정입니다. 강연회 이후에는 예정대로 작가의 사인회가 진행될 예정입니다. 사인회는 서점 일 층에서 진행될 예정이니 관심 있는 고객님들의 많은 참여 바랍니다.

女 通知。預計稍後三點開始的演講由於作家的原因將於一小時後的四點開始。演講之後將按計劃舉行作家的簽名會。簽名會將在書店一樓進行，希望有興趣的顧客們多多參與。

演講由於作家個人的原因從三點延遲到了四點。所以答案為③。

15.

남자 다음은 경제 소식입니다. 서울에서 분홍색 택시를 본 적이 있습니까? 최근 여성들을 위한 여성 전용 택시가 여성들 사이에서 인기를 끌고 있습니다. 현재 이 택시는 서울시에서만 이용 가능하며 남성이 이 택시를 이용하려면 반드시 여성과 함께 이용해야 합니다. 이 택시는 여성들에게 큰 호응을 얻고 있는 반면 남성 단체에서는 남녀 차별이라며 문제 삼고 있습니다.

男 接下來是經濟新聞。在首爾有看過粉紅色的計程車嗎？最近為女性服務的女性專用計程車在女性當中很受歡迎。現在這種計程車只在首爾使用，男性們若想搭乘此計程車必須和女性一起乘坐。這種計程車深受女性們的好評，但也有男性團體提出這是男女差別，因此構成了問題。

在首爾運營的粉紅色計程車是女性專用計程車，所以答案為①。

여자	시장님, 이번에 노인들을 위한 문화 시설을 새로 만드는 공사가 진행 중인 것으로 아는데요. 자세한 설명 부탁드립니다.
남자	네. 그동안 시의 다양한 정책 중에서 노인을 위한 정책이 많이 부족했던 것 같습니다. 노인 문화 시설이 생기면 노인들뿐만 아니라 가족들도 함께 이용할 수 있는 체육 시설도 만들 예정입니다. 이제 육 개월 뒤에 공사가 끝나면 일 년 동안 공들여 준비했던 노인 프로그램들을 시작할 수 있습니다.

女	市長，我們知道老年人文化設施的新建工程正在進行當中。請您做個詳細說明。
男	好。這段時間在市內的各種政策當中，針對老年人的政策顯得非常不足。有了老年人文化設施後，還要建設不僅適用於老年人、也能與家人們一起使用的體育設施。等還有六個月的工程結束後，精心準備了一年的老年人活動就將開始實施。

新建的老年人文化設施不僅是適用於老年人，也是適合家人們一同使用的體育設施。所以答案為②。

[17~20] 請聽錄音，選擇最符合男子的中心想法的一項。

17.

남자	오늘 저녁엔 뭘 먹을까?
여자	먹고 싶은 게 따로 없으면 뷔페에 갈까? 다양하게 먹을 수 있잖아.
남자	음…… 난 뷔페에 가면 너무 과식을 하게 되더라고, 소화도 잘 안돼서 다음 날까지 고생했었어.

男	今天晚上要吃什麼？
女	沒有特別想吃什麼的話，就去吃自助餐？可以吃的種類多一點。
男	嗯……我去自助餐廳總是吃得太多，消化不了，第二天都會不舒服。

男子提到去自助餐廳就會吃得過多，消化不了。所以答案為③。

18.

남자	이번에 휴학하면 뭐 할 계획이야?
여자	휴학하면 아르바이트해서 돈을 모으고 싶긴 한데 아직 특별한 계획은 없어.
남자	돈을 모으는 것도 좋지만 휴학할 때는 계획을 잘 세우는 게 좋아. 괜히 시간만 낭비할 수 있거든.

男	這次休學打算要做什麼？
女	休學的話，想打工存點錢，可是還沒有什麼特別的計畫。
男	存錢是好，但休學時要好好做個計畫，不然會白白浪費時間。

男子認為沒有好好計劃會浪費時間，所以做個休學計畫很重要。所以答案為②。

19.

여자	요즘 스트레스를 너무 많이 받는데 좋은 해소 방법이 없을까요?
남자	그럼 계획 없이 그냥 여행을 떠나 보는 건 어때요? 생각과 계획이 많다 보면 오히려 더 스트레스를 받기 마련이거든요.
여자	계획 없이 가면 조금 무서울 것 같은데요?

남자	그래도 이참에 한번 그냥 떠나 보세요. 생각보다 좋을 수 있어요.

女	最近覺得壓力太大，沒有什麼好的釋放方法嗎？
男	不用計畫，直接出去旅行怎麼樣？想法和計畫太多的話，壓力反而會更大。
女	無計畫出行，好像會覺得害怕。
男	那也順便試試，就出去一次。會比想像的好。

男子認為作為一種解壓方法，無計畫出行比較好。所以答案為③。

20.

여자	지금부터 취업에 성공한 선배를 모시고 이야기 나눠 보겠습니다. 선배님, 후배들에게 취업에 대해 조언 부탁드려요.
남자	요즘에 많은 대학생들은 학점을 잘 받는 것만 생각하는 것 같아요. 물론 전공 공부도 중요하지만 외부 경험들을 통해 사회생활을 체험해 보는 것이 더 중요해요. 사회생활을 미리 체험해 보면 나중에 입사 원서를 쓸 때도 도움이 되고 새로운 적성을 찾을 수도 있어요. 적성에 안 맞는 일을 하면 정말 불행해질 수 있거든요. 또 사회생활 체험을 통해 배우는 것도 정말 많을 거예요.

女	現在開始我們請成功就業的前輩來說幾句話。前輩，在就業的問題上，請給後輩們幾句忠言。
男	最近很多大學生好像只想好好拿學分。專業學習固然重要，但更重要的是透過外部經驗去體驗社會生活。提前體驗社會生活，日後在寫求職申請時會很有幫助，可能會找到新的方向。從事不喜愛的工作會很不幸的。而且透過社會生活的體驗真可以學到很多東西。

男子認為透過外部經驗來體驗社會生活是非常好的。所以答案為①。

[21~22] 請聽錄音，回答問題。

여자	하루 종일 회사에만 있으니까 운동할 시간이 없네요. 헬스클럽에 등록해야겠어요.
남자	회사에서 틈틈이 운동을 하면 되잖아요. 굳이 돈을 들여서 운동할 필요는 없는 것 같아요.
여자	그래도 돈을 내고 운동을 하면 돈이 아까워서라도 열심히 운동을 하죠.
남자	에이, 그러지 말고 엘리베이터 대신 계단을 이용하는 것처럼 일상생활에서 간단히 할 수 있는 운동을 해 봐요.

女	一整天都在公司裡，沒有時間運動。我得去健身房註冊了。。
男	在公司抽空運動不就行了，好像沒必要花錢運動。
女	不過花錢運動的話，就會因為心疼錢好好運動的。
男	哎呀，別那樣，就像用爬樓梯代替搭電梯一樣，在日常生活中做些簡單的運動吧。

21. 男子認為和花錢運動相比，在日常生活中抽空運動更好。所以答案為③。

22. 女子一開始説整天都在公司裡，沒有運動的時間，所以答案為①。

[23~24] 請聽錄音，回答問題。

> 여자 올해부터 '카페 내 금연법'이 시행되었는데 손님들 반응은 어때요?
>
> 남자 우선 비흡연자인 손님들께서는 매우 만족하고 있어요. 그리고 카페 직원들도 좀 더 쾌적한 환경에서 일할 수 있게 되었죠.
>
> 여자 혹시 예상하지 못했던 다른 문제점은 없나요?
>
> 남자 저희 카페의 경우에는 흡연실이 따로 있는데 흡연실이 있는데도 사용을 못 하게 하니까 담배를 피우는 손님들께서는 좀 혼란스러워해요.

> 女 今年開始實行「咖啡廳內禁菸法」，客人們反應如何？
>
> 男 首先不吸菸的客人們非常滿意。而且咖啡廳職員們也可以在清新的環境中工作了。
>
> 女 有沒有其它沒想到的問題呢？
>
> 男 我們咖啡廳有單獨的吸菸室，但也禁止使用，所以有一些吸菸的客人覺得很困惑。

23. 男子在回答女子詢問客人們對「咖啡廳內禁菸法」有何反應。所以答案為③。

24. 內容提到「咖啡廳內禁菸法」實行以後，客人們不能使用吸菸室。所以答案為④。

[25~26] 請聽錄音，回答問題。

> 여자 오늘은 골목길 벽화 봉사단의 단장님과 이야기를 나눠 보겠습니다. 단장님, 벽화 봉사에 대해서 소개 부탁드립니다.
>
> 남자 같은 골목길이라 해도 벽에 그림이 있느냐 없느냐에 따라서 느껴지는 기분은 정말 달라요. 어두운 골목길에 벽화를 그려서 사람들이 그 골목길이 무섭게 느껴지지 않게 할 수도 있지요. 이렇게 벽화 작업은 밋밋한 벽에 생명을 불어넣는 일이에요. 저희 벽화 봉사 단원들 중에 미술을 전공한 사람들이 많지 않아요. 그냥 그림을 좋아하는 사람들이 모여서 도시의 골목길을 아름답게 만드는 것에 보람을 느끼고 있습니다. 또 저희는 수시로 봉사 단원을 모집하고 있어요. 많이 지원해 주세요.

> 女 今天我們請巷弄街道壁畫志願團的團長來說幾句話。團長，請介紹一下壁畫服務的內容。
>
> 男 即使是相同的巷弄街道，牆壁上有沒有畫，就讓人感覺完全不同。在陰暗的巷弄街道上壁畫，人們就可能不會感覺害怕了。這種壁畫作業就是給平凡的牆壁注入生命。在我們壁畫志願團的團員中，學過繪畫的人不多，就只是喜歡畫的人聚在一起，透過美化巷弄街道來感受自身的價值。而且我們隨時招募志願團員。希望大家踴躍申請。

25. 男子説即使是相同的巷弄街道，牆壁上有沒有畫給人的感覺完全不同，還說他們透過美化巷弄街道來感受自身的價值。所以答案為②。

26. 男子提到了和壁畫志願者們一起畫城市巷弄街道內的壁畫。所以答案為①。

[27~28] 請聽錄音，回答問題。

> 여자 이것 좀 봐. 요즘 유행하는 브랜드의 디자인이랑 똑같이 생겼어.
>
> 남자 정말이네. 대신 가격을 저렴하게 팔고 있어.
>
> 여자 그런데 이렇게 디자인을 똑같이 만들어도 되는 건가?
>
> 남자 디자인은 같은데 가격은 더 저렴한 편이니까 우리 같은 소비자들은 좋지 뭐.
>
> 여자 그래도 이건 정말 너무한 것 같아. 인기가 있다고 해서 남의 디자인을 함부로 베끼는 행동은 좀 아닌 것 같아.

> 女 看看這個。和最近流行的名牌款式完全一樣。
>
> 男 真的耶！只是賣價便宜。
>
> 女 但是像這樣款式做的完全一樣也可以嗎？
>
> 男 但是可以像這樣把款式做得完全一樣嗎？
>
> 女 但這有點太過分了。就因為受歡迎所以把別人的設計隨便拿來仿製的行為很不好。

27. 女子對仿製流行款式產品的現象進行了批判。所以答案為④。

28. 男子對款式相同，但價格低廉的產品抱有好感。所以答案為②。

[29~30] 請聽錄音，回答問題。

> 여자 최근 자신의 감정을 숨긴 채 고객을 상대해야 하는 감정 노동자들에 대한 이야기가 관심을 끌고 있는데요. 감정 노동은 어떤 문제가 있나요?
>
> 남자 감정 노동자들은 주로 서비스직에 종사하는 사람들이 많은데요. 자신의 감정을 드러나지 않게 하는 것을 업무의 한 부분으로 여기고 일을 해야 합니다. 최근에 상담소에 찾아오는 사람 대부분이 감정 노동자들인데요. 이분들은 업무를 할 때 고객들의 폭언과 무리한 요구에도 불구하고 자신의 감정을 억눌러야만 하기 때문에 과도한 스트레스에 시달립니다. 문제는 많은 고객들이 감정 노동의 가치를 잘 모른다는 것과 회사에서는 이런 상황을 모른 척한다는 것입니다.

> 女 將自身情感深藏心底，卻要面對顧客的情感勞動者的話題最近正在引起熱議。情感勞動有什麼問題呢？
>
> 男 情感勞動者基本上是從事服務行業的人。工作時要把不外露自身的情感當作工作的一部分。最近前來諮詢室的人大部分都是情感勞動者。這些人工作時面對顧客們的惡言惡語和無理要求，也要遏止自己的情感，因此承受著極大的心理壓力。問題是很多顧客根本不瞭解情感勞動者的價值，公司也對這種狀況視若無睹。

29. 男子正在講述前來心理諮詢室的情感勞動者之事。所以答案為①。

30. 內容提到：大部分情感勞動者都從事服務業。所以答案為③。

여자 역사는 한 나라와 민족의 정체성을 알려 주는 매우 중요한 것입니다. 그러므로 현재의 역사 교육을 더욱 강화해야 한다고 생각합니다.

남자 역사가 중요하다는 의견에는 저도 동의하는 바입니다. 그러면 어떤 방법으로 역사 교육을 강화하자는 의견이십니까?

여자 우선 역사 수업 시간을 늘리는 것입니다. 그리고 대학 입학시험에 필수 과목으로 지정한다면 자연스럽게 학생들이 역사를 열심히 공부하게 될 것입니다.

남자 물론 역사 과목 시험을 봐야 한다면 학생들이 공부를 열심히 하겠죠. 하지만 저는 평가 수단으로서의 역사 교육 강화에는 찬성하지 않습니다. 평가를 위한 역사 공부는 기억에 오래 남지 않기 때문입니다.

女 歷史是宣傳一個國家和民族性非常重要的東西。因此，我認為應該強化現在的歷史教育。

男 我也同意歷史很重要這個見解。那您的意見是要採用什麼方法來強化歷史教育呢？

女 首先是要增加上歷史課的時間。而且，如果把它指定為大學入學考試的必修科目的話，學生們就會自然而然地努力學習歷史了。

男 當然，如果考歷史的話，學生們肯定會努力學習。但是我並不贊成以評量手段強化歷史教育。因為為了考評而學的歷史是不會被長久記住的。

31. 男子說他不贊成以考評手段強化歷史教育。所以答案為③。

32. 男子針對女子提出要強化歷史教育的建議表示贊同，並且發表自己的見解。所以答案為②。

[33~34] 請聽錄音，回答問題。

여자 요즘 특정한 상품을 많은 사람들이 구입하면 희소성이 떨어진다고 생각하여 남들과 다른 차별화를 주기 위해 다른 상품을 구매하려는 사람들이 증가하고 있다고 합니다. 이러한 현상을 '백로 효과'라고 부르는데 이는 우아한 백로처럼 남들과 다르게 보이려는 심리를 반영한다고 해서 붙여진 이름입니다. 흔히 희귀한 미술품, 고급 가구, 의류나 한정판으로 제작되는 상품을 돈을 더 주고 서로도 구입하려는 현상을 말합니다. 이러한 소비는 남과 차별화를 두기 위해 하는 소비인 만큼 사치성 소비로 이어질 수 있다는 문제점이 있습니다.

女 最近，如果買了很多人都有買的特定商品，就會被認為缺少稀性性，所以越來越多的人為了有別於他人就去購買其它產品。這種現象被稱為「白鷺效應」，這是從優雅的白鷺希望自己看上去與眾不同的一種心理變化而得名的。這是一個我們會花更多錢購買珍貴藝術品、高級傢俱或衣類等以限量製作的商品之現象。這樣的消費是一種為了與眾不同而可能出現奢侈消費的問題。

33. 女子就白鷺效應做了解釋。所以答案為③。

34. 女子解釋了白鷺效應的概念，並提出與他人不同的差別化消費會構成奢侈性消費。所以答案為①。

남자 이번에 새롭게 단장한 미술관의 재개관식을 찾아 주셔서 감사드립니다. 6개월간의 공사를 마친 후 시설은 현대화되었고, 주차장은 기존보다 2배 더 확장되었습니다. 또한 편의를 위해 건물에 엘리베이터를 설치하였습니다. 작품을 관람하시는데 보다 더 편리하고 쾌적하게 즐기실 수 있도록 하였습니다. 더불어 이번 재개관을 하면서 저희 미술관은 두 가지 특별한 계획을 세웠습니다. 첫째로 지역의 음악가들과 예술가들을 초청하는 미술관 콘서트 시리즈를 준비하고 있습니다. 둘째로는 미술관에서 여러 지역 사회 프로그램을 진행하는 것을 계획하고 있습니다. 앞으로도 저희 미술관은 여러 지역민들과 함께하겠습니다. 지속적인 관심을 가져 주시길 부탁드립니다.

男 首先感謝大家前來參加本次美術館重新裝修後的重啟式。結束了六個月的工程，設施現在更現代化了，停車場也比以前擴大了兩倍。另外，為了便利性，建築物裡安裝了電梯，可以讓您更方便快捷又愉快地參觀作品。而且，為了這次重新開館，我們美術館推出了兩個特別計畫。第一，準備邀請地方的音樂家們和美術家們舉辦系列美術館音樂會。第二，計畫在美術館舉辦這種地區社會活動。今後我們美術館也將和各地區的人士同在。請給予我們持續的關注。

35. 男子在美術館開館儀式上，對變動的部分和新推出的計畫做了說明。所以答案為③。

36. 男子提到，為了方便觀賞作品，建物裡也安裝了電梯。所以答案為③。

[37~38] 下面是教養節目。請聽錄音，回答問題。

남자 오늘은 김혜정 박사님을 모시고 '백만 불짜리 습관, 절약'에 대해 이야기를 들어 보겠습니다.

여자 절약은 필요 없는 것을 쓰지 않는 것인 반면에 낭비는 필요 없는 것을 쓰는 것입니다. 그런데 소비 자체보다 더 중요한 것이 있습니다. 바로 낭비의 기준입니다. 전 낭비의 기준은 한계가 정해져 있는 것이 아니라 양심의 명령으로부터 나오는 것이라고 생각합니다. 공중 화장실이나 회사 사무실, 관공서에는 '절약'이라는 단어가 붙어 있는 경우가 많은데요. 이것이 바로 양심의 명령과 관련이 있습니다. 낭비는 내 것이 아니라고 생각해서 마음대로 사용하는 것에서 시작합니다. 예를 들어, 수도꼭지 물을 잠그지 않거나 공원 화장실에서 휴지를 마구 쓰는 경우입니다. 따라서 필요 없는 것을 쓰지 않는 절약도 중요하지만 무엇보다도 양심의 명령에 따라 다 같이 사용하는 것에 대한 낭비를 줄이는 것이 중요하다고 생각합니다.

男 今天請來了金惠貞博士談談「百萬美元的習慣，節約」。

女 節約指的是沒有必要就不用。相反地，浪費指的是沒有必要也用。但是就消費本身而言，更重要的就是浪費的基準。我認為浪費的基準是沒有界限規定的，是來自良心的命令。在公用衛生間、公司辦公室、和公共機關裡貼著「節約」詞彙的情形有很多，這就和良心的命令有關。浪費都是從不是我的，可以任意使用的想法開始的，例如水龍頭的水關不緊、公園衛生間

的衛生紙濫用的情況。因此，節約沒有必要就不用的能源固然重要，但我認為更重要的是執行來自良心的指令，在大家共同使用的東西上減少浪費。

37. 女子解釋了不必要就不用的節約和按照良心指令自行的節約，並在最後提到應該按照良心指令去做，自然減少浪費。所以答案為④。

38. 女子提到浪費的基準是沒有界限規定的，是來自良心的命令。所以答案為①。

[39~40] 下面是一段訪談。請聽錄音，回答問題。

남자 박사님이 좀 전에 말씀하신 전자파로 인한 꿀벌들의 떼죽음은 전자파의 위험성을 잘 보여 주는 것 같습니다. 그렇다면 전자파가 사람에게는 어떤 영향을 미치는지 궁금합니다.

여자 물론 사람에게도 피해를 줄 수 있습니다. 최근 프랑스의 보르도대학교의 공공보건연구소 연구팀이 관찰한 결과, 휴대 전화를 많이 사용하면 뇌종양에 걸릴 가능성이 높아진다고 합니다. 이 연구팀은 건강한 사람과 뇌종양에 걸린 환자 400명을 비교했는데, 그 결과 한 달에 15시간 이상 휴대 전화를 사용한 사람이 그보다 적게 사용한 사람들보다 뇌종양에 걸릴 확률이 2배 높은 것으로 나타났습니다. 전자파가 동물뿐만 아니라 사람에게도 나쁜 영향을 미친다는 것이죠. 연구팀은 휴대 전화는 물론, 잠잘 때 휴대 전화를 머리맡에 두는 습관도 좋지 않다고 설명하고 있습니다.

男 博士，您剛才提到電磁波使得蜜蜂大量死亡，讓我們看到了電磁波的危險性。那麼我們很想知道電磁波對人產生什麼影響呢？

女 當然對人也是會帶來危害的。根據最近法國的波爾多大學公共保健研究所的研究小組觀察的結果，經常使用手機會提高患腦腫瘤的可能性。這個研究小組對健康人士和四百名患有腦腫瘤的患者進行了比較。結果顯示，一個月使用十五小時以上手機的人比少於十五小時的人患腦腫瘤的機率高兩倍。也就是說，電磁波對動物和人都會產生影響。研究小組還指出，除了手機，睡覺時將手機放在頭下面的習慣也不好。

39. 男子表示，因為看到了由於電磁波導致蜜蜂大批死亡的現象，因此詢問女子電磁波對人的影響。所以答案為①。

40. 內容提到：法國大學研究結果顯示，一個月使用十五小時以上手機的人比少於十五小時的人患腦腫瘤的機率高兩倍。所以答案為③。

[41~42] 下面是一篇演講稿。請聽錄音，回答問題。

남자 여러분, 거품으로 부드러운 맛을 내는 음식에는 무엇이 있을까요? 우리 주변에서 흔히 볼 수 있는 프랑스 과자인 머랭과 마카롱 그리고 카스텔라, 케이크, 커피가 있습니다. 이 중에서 머랭과 마카롱은 둘 다 달걀흰자로 만든 것입니다. 달걀흰자에 설탕을 넣어 거품을 낸 다음 저온에서 구워낸 것이지요. 또한 부드럽고 달콤한 카스텔라나 케이크는 달걀흰자로 충분히 거품을 낸 다음 밀가루를 넣어 구워서 만든 것입니다. 마지막으로 커피가 있습니다. 카푸치노 아시죠? 카푸치노는 풍성한 우유 거품이

특징인 커피인데요. 이때 우유 거품은 커피 위에 막을 만들어 열을 차단해서 오랫동안 따뜻함을 유지하는 역할을 합니다. 커피의 거품은 7~8℃의 차가운 우유로 재빨리 수증기로 만드는 것이 중요합니다. 만약 우유가 너무 뜨거우면 거품 벽이 빨리 말라 버려 거품이 잘 생기지 않게 됩니다. 이렇게 거품은 부드러운 식감을 내는 요리에서 빠질 수 없는 중요한 요소라고 할 수 있습니다.

男 各位，有哪些飲食是由泡沫提味的呢？我們周邊常見的法國糕點就有，像是蛋白霜餅和杏仁餅，還有長崎蛋糕、蛋糕、咖啡。其中蛋白霜餅和杏仁餅都是用雞蛋清製作的，是由在雞蛋清裡放進白糖，進而打出泡沫後用低溫烘烤而成的。再來，鬆軟甜香的長崎蛋糕或蛋糕也是將雞蛋清充分攪拌成泡沫狀後加入麵粉烘烤而成。最後還有咖啡。知道卡布奇諾吧？卡布奇諾就是以豐富的牛奶泡沫為特徵的咖啡，此時牛奶泡沫在咖啡上面形成蓋子隔熱，帶來長時間保溫的作用。咖啡的泡沫最重要的是要將七到八度C的冷牛奶快速製成水蒸氣，如果牛奶過熱，就會使泡沫邊緣很快變乾，就不容易形成泡沫了。我們可以說這樣的泡沫在具有鬆軟口感的食品中是不可缺少的要素。

41. 卡布奇諾使用的牛奶泡沫會在咖啡上面形成蓋子隔熱，可以長時間保溫。所以答案為④。

42. 男子認為泡沫在具有鬆軟口感的食品中是不可缺少的要素。所以答案為④。

[43~44] 下面是一篇紀實報導。請聽錄音，回答問題。

여자 인류는 과연 지구를 떠나서 살 수 있을까요? 지구 온난화로 인한 오존층 파괴를 비롯한 환경오염 문제 등으로 인류는 제2의 지구를 찾기 위한 우주 탐사를 진행하고 있습니다. 인류가 살 수 있는 환경에는 반드시 몇 가지 필요한 조건이 있는데요. 지구에는 생명체의 생명 유지에 꼭 필요한 물과 산소가 포함된 공기가 있습니다. 하지만 지구에서 가깝고 크기도 비슷한 금성에는 육지는 있지만 산소와 물이 없습니다. 그리고 과거에 물의 흔적을 발견했던 화성에서는 아직까지도 물을 찾지 못했습니다. 만약에 물이 있는 행성을 발견한다면 그곳이 제2의 지구가 될 가능성이 매우 높습니다. 생명체의 구성 성분 중 수분이 70% 이상이기 때문에 물 없이 생명의 유지는 불가능하기 때문입니다.

女 人類真的可以離開地球生存嗎？由於地球溫暖化導致了包括臭氧層破壞等環境污染問題，人類正在進行尋找第二個地球的宇宙探索。人類可以生存的環境有幾項必須具備的條件。地球上有維持生命體生命所須的富含水和氧氣的空氣。不過離地球很近、大小相當的金星上，雖然有陸地，但是沒有氧氣和水。而且過去曾發現過水的痕跡的火星上，至今仍沒有找到水。假如發現了有水的行星的話，那裡成為第二個地球的可能性將會最高。由於在生命體的組成中，水份占70%以上，因此沒有水，要想維持生命是不可能的。

43. 內容提到：假如發現了有水的行星，那裡成為第二地球的可能性會是最高的；同時也說明如果沒有水，要想維持生命是不可能的。所以答案為④。

44. 內容是由人類離開地球能否生存的提問開始的，而因為內文提到了沒有發現有水的行星，所以答案為③。

> 남자 대기 오염은 지구가 앓고 있는 심각한 병입니다. 대기 오염의 주범으로 자동차를 빼놓을 수 없는데, 석유를 태우며 달리는 자동차는 이산화황 같은 오염 물질과 함께 이산화탄소를 내보냅니다. 도시 사람들이 자동차를 하루만 타지 않아도 소나무를 76만 그루나 심는 효과가 있다고 하니, 자동차의 배기가스를 줄이는 일이 얼마나 중요한지 알겠지요? 그래서 대안으로 나온 자동차가 '하이브리드 자동차'와 '수소 자동차'입니다. '하이브리드'는 여러 개의 요소나 기능이 하나로 섞인 것을 말합니다. 하이브리드 자동차는 석유로 작동하는 엔진뿐만 아니라 전기를 사용하는 모터로도 움직일 수 있는 자동차를 말합니다. 천천히 달릴 때는 모터를 사용하다가 빨리 달릴 때는 엔진을 사용하는 것이죠. 이렇게 전기와 석유를 번갈아 사용하면 오염 물질이 비교적 적게 나오고, 연료 효율성도 좋다고 합니다. 그 밖에 수소 자동차는 깨끗한 수소를 이용해 에너지를 얻기 때문에 환경을 전혀 오염시키지 않습니다.

> 男 大氣污染是地球患的嚴重疾病。汽車則無法免於成為大氣污染的罪魁禍首，透過燃燒汽油，奔馳的汽車將二氧化碳，也就是和二氧化硫一樣的汙染物質排放了出來。即是人一天不開車，就相當於種植了七十六萬棵松樹的效果，因此可知減少汽車尾廢氣排放的工作有多麼重要吧？所以，「混合動力汽車」和「氫動力汽車」成為了對策。混合動力汽車是將幾個要素或功能合併成一個的意思。混合動力汽車不僅有由汽油啟動的發動機，還有使用電動機移動的汽車。緩慢行駛時，使用電動機；快速行駛時，噴使用煤油發動機。這樣輪換使用電和汽油，就可以相對減少污染物質的排放，提高燃料的效率。此外，氫動力汽車是利用潔淨的氫氣來獲得動力，所以對環境完全不會造成污染。

45. 男子提到汽車是大氣污染的罪魁，燃燒汽油時，汽車就會排除污染物質。所以答案為①。

46. 男子先說明了汽車會造成了大氣污染，而作為對策，他舉了「混合動力汽車」和「氫動力汽車」這樣的例子。所以答案為④。

> 남자 보통 병원에 가면 수술을 하는 의사들이 모두 초록색 가운을 입고 있는 것을 볼 수 있습니다. 그런데 왜 초록색 수술복을 입을까요? 한국병원 김 박사님께 그 이유를 들어보겠습니다.

> 여자 네. 우리의 눈은 빛의 자극이 사라진 뒤에도 시각 기관에 어떤 흥분 상태가 남아 있습니다. 이런 현상을 '잔상 효과'라고 합니다. 붉은색을 30초 정도 응시하다가 흰 종이를 바라보면 초록색 잔상이 남고, 반대로 초록색을 응시하다가 흰 종이를 보면 붉은색 잔상이 남습니다. 이렇게 서로 보색 관계에 있는 색이 잔상으로 남는 것을 보색 잔상이라고 합니다. 수술복이 초록색인 것은 보색 잔상의 원리를 이용한 겁니다. 대부분의 수술에서는 출혈이 생기게 됩니다. 그런데 의사가 강한 조명 아래에서 오랫동안 수술을 하면서 붉은 피를 계속 보게 되면 빨간색을 감지하는 세포가 피로해지면서 집중력이 떨어지거나 판단력이 흐려질 수 있습니다. 그래서 수술실에서는 붉은 피에 의한 잔상이 눈에 남지 않도록 초록색 가운을 입는 것입니다. 충분한 설명이 됐나요?

> 男 一般去醫院的話，我們會看到動手術的醫生們穿著草綠色的外袍。但是為什麼是穿草綠色的手術服呢？我們來聽聽韓國醫院的金博士陳述的理由。

> 女 好。我們的眼睛在光線的刺激消失之後，仍然會處於視覺感官的某種興奮狀態之中。這種現象叫做「殘像效果」。凝視紅色三十秒之後再看白紙時會出現草綠色的殘像，相反，凝視草綠色後看白紙會出現紅色的殘像。像這樣相互具有補色關係的顏色所呈現的殘像稱作補色殘像。手術服使用草綠色就是利用了補色殘像原理。大部分手術會出血，而醫生在強光照明下長時間實施手術，需要持續看紅色的血，如此一來感知紅顏色的細胞就會出現疲勞，降低注意力，模糊判斷力。所以為了在手術室中不至於因為紅色的血在眼睛中出現殘像，所以要穿草綠色外袍。不知道這樣說得清楚嗎？

47. 女子說明，動刀時的醫生們穿草綠色手術服是為了防止眼睛出現由紅血造成的殘像現象。所以答案為③。

48. 女子解釋了有關身著草綠色手術服的理由、「殘像現象」，以及「補色殘像」等用語的定義。所以答案為④。

> 여자 '얕은 내도 깊게 건너라'라는 속담이 있습니다. 쉬워 보이는 일도 신중하게 하라는 뜻인데요. 그런데 이 속담 속에 아주 흥미로운 과학적 현상이 숨어 있습니다. 지금부터 무엇이 숨어 있는지 함께 알아볼까요? 여러분, 냇가나 강가에서 물의 깊이를 어림해 보면 실제보다 얕아 보일 수 있습니다. 여름철에 수영을 하러 물에 뛰어들었다가 생각보다 깊은 물이라는 것을 알고 당황했던 경험이 한 번쯤은 있죠? 그럼 왜 물의 깊이는 실제보다 얕아 보이는 걸까요? 그것은 빛이 공기 중에서 물속으로, 혹은 물속에서 공기 중으로 진행할 때 방향이 꺾이면서 우리 눈이 착각을 일으키기 때문입니다. 물속의 젓가락이 꺾여 보이는 현상, 수영장에서 다리가 짧아 보이는 현상, 물속의 물고기가 실제보다 크고 가깝게 보이는 현상들이 모두 같은 원리에 의한 것입니다. 이와 같이 빛이 한 물질에서 다른 물질로 진행할 때 방향이 꺾여 보이는 것을 '굴절 현상'이라고 부릅니다.

女　有句俗諺說：再淺的溪水，也要當深水來涉。這指的是看起來再容易的事也要慎重為之的意思。但是，在這俗談中隱藏著一個非常有意思的科學現象。現在就讓我們一起來看看，這隱藏的現象是什麼呢？各位，在溪水邊或江邊時，估計的水深會比實際水深要淺。而你有沒有感受過在夏季跳入水中游泳時，因為發現水比想像深從而感到的尷尬呢？那麼為什麼水深看上去會比實際的要淺呢？那是因為光線從空氣進入水中，或從水中進入空氣中時，因方向折射使我們的眼睛產生錯覺的緣故。水中的筷子看起來是折斷的現象、游泳池裡腿顯得很短的現象，以及水中的魚看起來比實際的大或看上去很近的現象都源自於相同的原理。和這些一樣，光線從一種物質進入到另一種物質中時，看上去方向產生改變的現象，就稱為「折射現象」。

49. 女子說明，「再淺的溪水，也要當深水涉」這句俗諺的意思指：看起來再容易的事也要慎重為之。所以答案為①。

50. 女子用很有趣的科學現象來解釋了俗諺的意義，所以答案為④。

쓰기　寫作

[51~52] 請閱讀下文，分別寫出符合㉠和㉡的一句話。

51. ㉠：由於「N때문에」用於陳述理由，因此要寫出「由於那些停著的車」所發生的事。前面提到了「走路上班」，可知說的是與上班相關的內容，因此以它為中心寫即可。

㉡：前面提到出現的問題都是由於停車位不足所引起的，所以括弧中應該是與它有關的解決辦法或結論。電子郵件開始部分揭示了建議事項，所以結合這些部分寫即可。注意此時應該使用針對問題進行提議時的「N은/는 것을 건의하다」的表達方式。

→　這是向公司提出建議的電子郵件。內容首先要寫清自己工作的部門和姓名，然後是建議的具體內容。此時必須寫清提此建議的背景或狀況，還有今後應該如何處理的對策或自己希望的事項。電子郵件必須採用鄭重的格式體，使用如：「N을 건의합니다, -해 주시면 감사하겠습니다, 감사합니다.」這樣的詞彙，注重書寫禮儀極為重要。3分的答案適用於使用初級語法和詞彙進行表達的情況。

52. ㉠：後面提到「聽到了對方的意見後」，所以以它為中心即可，括弧中要寫與它相關的內容。

㉡：和㉠一樣，由於後面有「對於各自所提的意見」，所以圍繞這個中心寫即可。

53. 【概略】

序論（前言）：介紹調查內容（男性育兒休假）

本論（論證）：① 為何男性不能申請育兒休假
　　　　　　　　② 如何才能讓男性育兒休假正常化

結論（結語）：整理

---

54. 【概略】

序論（前言）：整理問題提到的內容（何為智慧型設備中毒）

本論（論證）：① 智慧型設備中毒的問題
　　　　　　　　② 如何解決智慧型設備中毒

結論（結語）：整理自己的意見

읽기　閱讀

[1~2] 請選擇最適合（　）內容的一項。

1.

> 好好不容易哄孩子睡著了，因為電話鈴（　），孩子醒來又哭了。

問題類型 選擇適合句子的詞彙（連接/生活文）

提到：孩子醒後開始哭的原因是電話鈴響。所以答案為表示原因、理由的③。

-(으)ㄴ 탓에: 因為前句的原因，導致後句出現不好的結果。

例 눈이 많이 온 탓에 비행기가 출발을 못 하고 있다.
　　회사 일이 바쁜 탓에 아이들과 놀아 주지 못한다.

注意「-(으)ㄴ/는」也可以使用「-(으)ㄴ/는 탓이다」的形態。

例 시험에서 떨어진 것은 공부를 열심히 하지 않은 탓이다.

「-(으)ㄴ/는 탓에」後面則不能使用命令、共動句型。

● **-고서야:**
① 強調由於前面的行為，導致後面狀況的出現。
　例 김 부장은 커피를 마시고서야 일을 시작한다.
② 強調以前句的條件很難發生後句的狀況。
　例 그 영화를 다 보지 않고서야 만들 수 없는 작품이다.

● **-는 김에:** 做某件事的同時，利用做某事的機會做其它事。
　例 도서관에 가는 김에 내 책도 반납해 줄 수 없겠니?

● **-(으)ㄹ 테니까:**
① 表示說話者以前面一句的內容為條件，當作進行某行動或事的意志。
　例 오늘 저녁까지 못 먹을 테니까 지금 많이 먹어.
② 表示說話者以前面一句的內容為根據來進行強烈的推測。
　例 지금쯤 공항에 도착했을 테니까 전화해 보세요.

2.

> 裕娜下定決心說：「好好努力，這次一定要（　）！」

問題類型 選擇適合句子的詞尾（終結/生活文）

提到：下定決心好好努力，這次一定要合格。可以看出表達了強烈的決心和意志。所以答案為③。

-아/어야지:
① 表示話者的決心和意志的終結詞尾。
　例 이번에 좋은 기회가 오면 반드시 잡아야지.
② 表示說話者或其他人應該做某事或者維持某種狀態的終結詞尾。
　例 이렇게 시간을 낭비하지 말고 너도 다른 일을 찾아야지.

- -거든:
  ① 表示説話者考慮前句內容的理由、原因或根據的終結詞尾。
    例 저녁은 조금만 먹을래. 낮에 간식을 먹었거든.
  ② 表示後續內容的前提，用來引出後續內容的終結詞尾。
    例 내일이 내 생일이거든. 무슨 선물을 받을지 기대가 돼.
- -다니: 表示對意外的事感到驚訝或感嘆的終結詞尾。
    例 나하고 만나기로 해 놓고 약속을 안 지키다니!
- -는구나: 用來表達針對新發現的某種事實之感覺的連接詞尾。
    例 아이들은 키가 금방 자라는구나.

[3~4] 請選擇與劃線部分意思相近的一項。

3. 大家眾所周知，最近的世界經濟狀況不太好。

　問題類型 選擇相近的詞尾（連接/生活文）
本題大意是「和大家知道的一樣，最近世界經濟不好」，所以答案為④。

-다시피
  ① 表示「和……的一樣」的意思，連接詞尾。
    例 아시다시피 제가 요즘 건강이 안 좋습니다.
  ② 表示「幾乎與……相同」的連接詞尾。
    例 범인이 도망치다시피 그 집을 뛰쳐나왔다.

- -든지:
  ① 用來表示在兩種事實當中，選擇一種的連接詞尾。
    例 죽든지 살든지 둘 중에 하나야.
  ② 用來表示在許多事實當中，選擇哪一個都沒關係的終結詞尾。
    例 내가 어떻게 사용하든지 넌 상관하지 마.
- -더라도: 用用來表示雖然假設或者承認前一句的內容，但是都與後句內容無關或者不造成影響的連接詞尾。
    例 학교에 조금 늦더라도 밥을 먹고 가야겠다.
- -는 반면: 表示前句和後句內容相反。
    例 수미는 미술을 잘하는 반면에 체육은 못하는 편이다.
- -는 것처럼: 表示狀態或者行為相似或者一樣。
    例 너도 미숙이가 하는 것처럼 해 봐.

4. 大學畢業，最好先工作累積些經驗，再讀研究所比較好。

　問題類型 選擇相近的詞尾（終結/生活文）
「-(으)면 좋겠다」表示希望或者願望。所以①為正確答案。

-(으)면 좋겠다: 表示希望或者願望的時候使用。
    例 나도 복권에 당첨되면 좋겠다.
       저 사람이 내 친구면 좋겠다.
  注意 「-(으)면 좋겠다」能與「-았/었으면 좋겠다/싶다/하다」、「-ㄴ/는다면 좋겠다」互換使用。
    例 나도 복권에 당첨됐으면 좋겠다/싶다/한다.

- -고 싶다: 表示想要進行前一句的行動。

    例 나는 한국 회사에 취직하고 싶다.
- -(으)ㄹ 리(가) 없다: 表示對於前句的內容，説話者確信沒有那樣的理由或可能性。
    例 내가 토익 만점을 받는다 그럴 리가 없어.
- -고자 하다: 表示説話者懷著的某種目的、意圖、或希望。
    例 환경 문제에 대해서 글을 쓰고자 한다.
- -(으)ㄹ지도 모르다: 表示對不確定事實的推測或猜測。
    例 보통 때는 길이 안 막히는데 오늘은 비가 와서 막힐지도 모른다.

[5~8] 請選擇這是關於什麼內容的文章。

5. 讓大海的鮮味呈現在各位的餐桌上！
   為防止變質，使用冷藏箱包裝送達。

　問題類型 掌握文章的題材/類型（廣告文）
這篇廣告的主要核心詞是「바다의 신선함, 아이스박스」，説的是用冷藏箱包裝大海的鮮味，所以指的應是海鮮產品。因此正確答案是②。

6. 買電扇的話，能去濟州島？
   抽籤送濟州島旅遊券、最新電影觀賞券。
   抽籤時間：9月5日15點

　問題類型 掌握文章的題材/類型（廣告文）
這篇廣告文的主要核心 是「선풍기」。裡面寫道，如果買電扇，將會得到很多優惠，因此可以看出這是電子產品商店的廣告文。所以答案為④。

7. 遊動的音樂會
   帶給文化疏遠地區低收入戶兒童希望的禮物

　問題類型 掌握文章的題材/類型（廣告文）
主要核心詞是「저소득층 아동、선물」，從給低收入戶希望的禮物可知答案為②。

8. • 去除身體裡的毒素
   • 有助於防止老化、保護視力
   • 增強對各種細菌的抵抗力

　問題類型 掌握文章的題材/類型（介紹文）
這是對藥效的說明。所以答案為①。
- 用法[用法]: 使用方法。
- 用量[用量]: 使用量。

[9~12] 請選擇與下文及圖表內容相同的一項。

9. 等待讓奧林匹克機場充滿激情的志願者！
   • 招募領域：翻譯員、活動輔助人員
   • 申請時間：2016年3月1日～2017年3月30日
   • 申請方法：至平昌冬季奧林匹克網頁進行申請
   • 申請資格：20～30歲的大學生或一般人
     會外語者優先
   2018平昌冬季奧運會組織委員會

　問題類型 選擇與文章/圖表相同的一項（介紹文）
文章説「평창 동계 올림픽 홈페이지를 통해 신청」。所以答案為②。

① 提到：對於外語好的人來說，是個~~不利~~的條件。
→有利
③ 計劃~~2018冬季奧運會為止~~，將持續進行志願者的選拔。→2016年3月1日~2017年3月30日
④ ~~81歲~~擅長英語的大學生可以申請翻譯工作人員。
→20~30歲的

10.

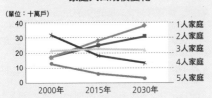

家庭人口規模變化

（單位：十萬戶）

2000年　2015年　2030年

1人家庭
2人家庭
3人家庭
4人家庭
5人家庭

問題類型 選擇與文章/圖表相同的一項（介紹文）

從圖表可以看出，3人家庭的情況，30年間幾乎沒有變化。所以答案為①。

② 2015年以前4人家庭~~增長~~得最多。→減少
③ 2015年以後開始，預計5人家庭會出現~~增長~~。
→減少
④ ~~2人家庭比1人家庭~~的數量增長得更多。→1人家庭比2人家庭增長得多

11.
上個月13號，在法國巴黎聯合國教科文組織本部1樓展館舉行了「濟州島海女照片展」。海女指的是不佩帶任何特殊裝備進入水下採取海產品的女人。現在濟州島剩餘的海女數量約為4500名，因為大部分為高齡，所以人數正在逐年減少。現在向聯合國教科文組織申請把濟州島海女列入世界非物質文化遺產的工作正在進行中。

問題類型 選擇與文章/圖表相同的一項（生活文）

文章中寫到「현재 남은 제주도 해녀는 대부분 고령인 탓에 해마다 수가 감소하고 있다。」所以正確答案為①。

② 濟州島海女~~增加到~~了4500名。→減少到
③ ~~在濟州島~~舉行了海女照片展。→在法國巴黎世界聯合教科文組織本部舉行
④ 濟州島海女是~~教科文組織世界文化遺產~~。→聯合國教科文組織正在進行將濟州島海女列為世界非物質文化遺產的申請工作

12.
在短時間內，輕微的壓力可以大幅提高人的注意力和學習能力。另外，說話時的語氣高低、或是節奏有變的話，會使聽者緊張，從而記住更多的內容。因此適當的壓力可以成為發展的原動力和生活的活力。

問題類型 選擇與文章/圖表相同的一項（生活文）

從文中「말의 높낮이나 리듬에 변화를 주면 듣는 사람을 긴장시켜 훨씬 많은 내용을 기억하게 한다고 한다。」可知④為正確答案。

① 壓力會~~阻礙發展~~。→成為發展的原動力
② 暫時的壓力會使~~生活變得有意思~~。→在短時間內，輕微的壓力可以提高人的學習能力
③ ~~長期~~適當的壓力能提高學習能力。→短期的

[13~15] 請選擇排序正確的一項。

13.
(가) 這比去年同期增長了0.8%。
(나) 上個月的青年失業率，是15年以來的最高紀錄。
(다) 原因是上個月報名公務員考試的青年比較多。
(라) 這是因為把「找了工作，但4周內沒有入職的人」定義為失業者。

問題類型 排列文章順序（生活文）

本文是講述15年來，失業率達最高記錄的原因。首先應該出現的是顯示出上個月青年失業率15年最高記錄內容的(나)。接下來應該是以「이는」開始進行展開的(가)，然後是說明數值上升的原因的(다)，最後應該是講述(다)的原因的(라)。所以答案為按照(나)-(가)-(다)-(라)排序的③。

14.
(가) 另一個共同點是，源泉技術都是誕生於國防部。
(나) 美國政府對在國防部開發技術的專利權，並不多加干涉。
(다) 機器人、無人車都具備引領未來產業的共通性。
(라) 由於這種新技術可以在民間自由使用，所以新的產業總是出現於美國。

問題類型 排列文章順序（生活文）

本文講述了在美國經常出現新產業的原因。首先出現的應是講述機器人和無人車所具有的共同點（以後都將引領未來產業）的(다)；接下來應該是講述另一個共同點（源泉技術都是產生於國防部）的(가)；然後應是講述美國政府對在國防部開發的技術並不多加干涉；最後是由以「이렇게」開始的說明很多新興的產業都出現於美國的(라)。所以正確答案為按照(다)-(가)-(나)-(라)排序的③。

● 특허권[特許權]: 發明或者研發新技術的人或團體對其發明或技術所享有之獨佔權利。

15.
(가) 治療感染性疾病的新藥開發之可能性已被開啟。
(나) 西方化的生活方式，使衛生狀態得到改善，對於預防疾病起到了重要的作用。
(다) 但是在那個過程中也會減少我們身體有益的細菌，導致新威染性疾病的增加。
(라) 亞馬遜土著居民身上攜帶的細菌比西方人多出兩倍的研究結果有著相當大的意義。

問題類型 排列文章順序（生活文）

本文講的是利用亞馬遜土著居民攜帶的細菌進行新藥物開發之可能性。首先應是講述西方化生活的長處（通過衛生狀態的改善，預防疾病）的(나)；其次以「하지만」開頭，講了(다)，因為(나)出現了問題點；接著(라)講述了（在這種情況下）亞馬遜土著居民擁有多種細菌這種研究結果是很有意義的；最後是說明(라)之研究結果的意義，也就是(가)。所以答案為按照(나)-(다)-(라)-(가)排序的②。

● 감염성 질환[感染性疾患]: 病菌進入人體擴散後產生的疾病。

[16~18] 請閱讀下文，選擇最適合（　）內容的一項。

16.
以前我們常認為打工就是在我們尋找穩定的工作之前，暫時花點時間賺點零錢的工作。但是，最近被堵在就業門外的青年們（　）性質正在被改變。從學校畢業的青年們，在最惡劣的就業寒流中，不得以被趕往打工這條路。

問題類型 選擇符合文脈的內容(說明文)

第一句話提到了打工的原始定義（暫時花點時間賺點零錢的過程）。然後以「하지만」開頭，講述了括弧性質正在被改變。所以括弧裡出現的應該是與打工性質不同的內容。接著括弧後面的句子提到「취업 한파에 억지로 아르바이트로 내몰리고 있는 것」，所以答案為④。

• 한파[寒波]: 冬季氣溫突然下降的現象。

• 취업 한파[就業寒波]: 把就業難比喻成寒流。

• 내몰리다: 從本來的位置上驅逐到外面。

17.
田野裡盛開的各式各樣的花，使春天更加美麗。再各式各樣的顏色將山峰染上色的楓葉使秋天更加富饒。大自然就是像這樣由不同事物之間的相互調和而形成的美麗世界。但是，我們會出現有（　）偏見的時候。「不同」不是「錯誤」。承認「不同」的社會，就是像花一樣美麗的社會。

問題類型 選擇符合文脈的內容(生活文)

解說：「大自然就是像這樣由不同事物之間的相互調和而形成的美麗世界」這句話後面，是接以「하지만」開始的包含括弧的內容。從這裡可以看出，括弧裡的內容應與前句內容相反。並且後一句也說到「다름（不同）」不是「틀림（錯誤）」，所以答案為①。

18.
大部分人都認為：機器是感覺不到情感的。連人工智慧學者對於機器人擁有感情也（　）。但是實際上，調節情感的大腦作用，某種程度上在資訊處理層面也適用。合理地利用情感調節原理，電腦不久也將會具有情感。

問題類型 選擇符合文脈的內容(說明文)

括弧後面以「그러나」作為開頭，講的就是與前句內容相反的內容。後面部分講到，如果調節情感的大腦作用能適用於資訊處理的話，電腦不久後也將具有情感。所以包括括弧這句話的內容應該講的是連人工智慧學者也不相信電腦具有情感。並且，看前面的文正也能推論出來，前面說的是大部分的人認為，機器是不能感覺到情感的，接著又說了「連學者也……」，故可以推論出，學者也同意大部分人的意見。所以正確答案是④。

• 호의적[好意的]: 認為某個東西好。

• 회의적[懷疑的]: 對某件事表示懷疑。

• 조차: 助詞，也可用來表示一般很難想像的極端情況。
  例 가족조차 내 말을 믿어 주지 않았다.

[19~20] 請閱讀下文，回答問題。

19.
南極擁有龐大的生物資源和地下資源。（　）過去的變化被完整地記錄下來，所以有很大的研究價值。最近關於數千年之間南極環境變化的研究材料就是沉在海裡的堆積物。因為根據氣候和水溫的不同，繁盛的生物種類也不同，其變化就會在堆積物中原原本本地被記錄下來。仔細觀察其內容，也可以類推出像大氣或者海流這樣的氣候變化。

問題類型 選擇符合文脈的內容(生活文)

括弧前面說了南極擁有生物資源和地下資源，括弧後面又講到因為過去的變化被記錄下來，所以很有研究價值。所以答案為有補充或添加意思的①。

• 게다가: 用於要在後面句子中做補充或是增加比前面句子更多事實的時候。
  例 그는 인심 좋고, 돈도 많고, 게다가 인물도 좋다.

• 차라리: 「那樣做，倒不如」的意思。用於強調比起某些事，另外的事更好。
  例 부끄럽게 사느니 차라리 죽는 것이 낫다.

• 아무리: 主要是與「-아/어도」一起使用，表示程度非常深。
  例 그는 아무리 말해도 듣지 않는다.

• 도리어: 與一般的想法或基準完全相反或不同。
  例 나무를 심은 지 한 달이 지났는데 자라기는커녕 도리어 시드는 것 같다.

• 퇴적물[堆積物]: 泥土或者死去的生物的骨頭，被水、風和冰川搬運到地表堆積的物質。

20. **問題類型** 掌握細節內容(一致/生活文)

「기후와 수온에 따라 번성했던 생물의 종이 다르고」，由此可知，正確答案為③。

① 南極是資源貧乏之地。→ 龐大的／豐富的

② 土記錄了南極的變化。→ 海裡沉積的堆積物

④ 透過對海底堆積物的研究，可開發地下資源。→ 知道氣候變化的原因

[21~22] 請閱讀下文，回答問題。

在我們的俗語中，有（　）這樣一句話，說話的表現方式稍有不同，聽者所感受到的感情也會有很大的差異。我們經常能看到這種情況，因為不能有效地使用語言而引起對方的誤會和不滿。這就是由於沒有按照時間、地點，以及對方的立場或心情來正確表達語言所致。因此，在說話的時候如何選擇詞語和傳達事情是非常重要的課題。

21. **問題類型** 選擇符合文脈的俗語(生活文)

本文講到：說話的表現方式即使稍有不同，聽的人接受到的感情也會有很大的差異。所以答案為①。

• '아' 다르고 '어' 다르다: 同一件事，也會因為說話方式的不同而變得不同。
  例 가: 영호는 왜 항상 말을 저렇게 꼬아서 하는지 모르겠어.
     나: 그러게. 같은 말이라도 '아' 다르고 '어' 다르다는 말도 모르는 것 같아.

- 말 한 마디에 천 냥 빚을 갚는다: 只要話說得好，困難的事也會很容易解決；所以會說話很重要。
  (例) 가: 민주랑 싸운 일은 어떻게 됐어?
  나: 말 한마디에 천 냥 빚도 갚는다는 말처럼 내가 진심으로 사과하니까 용서해 주더라.
- 가는 말이 고와야 오는 말이 곱다: 只有對別人說好話或做好事，別人才會對我們自己好。
  (例) 가: 당신, 나를 언제 봤다고 반말이야?
  나: 가는 말이 고와야 오는 말이 곱다는 말 몰라? 먼저 반말한 게 누구인데 그래?
- 낮말은 새가 듣고 밤말은 쥐가 듣는다: 即使在沒人的地方也要謹慎說話，不然也會傳入他人的耳朵裡。
  (例) 가: 나는 미숙이한테만 비밀 얘기를 했는데 어느새 학과 친구들이 다 알고 있더라.
  나: 낮말은 새가 듣고 밤말은 쥐가 듣는다더니 헛된 말이 아니었네.

22. 問題類型 掌握中心想法(生活文)
應該根據時間、地點，以及對方的立場和心情，選擇適合的表達方式。所以答案為④。

[23~24] 請閱讀下文，回答問題。

> 在家鄉前輩的勸說下，我開始了「搓澡工」這份工作，最開始是為了糊口過日子，打算做幾年就辭職。但是真的做的時候，發現這是一個非常有魅力的工作。更重要的是，流汗的工作非常適合我。但是有一天突然接到了孩子學校的家庭環境調查書，我猶豫了，眼前浮現出兒子的臉，想到不能在職業欄裡填「搓澡工」，於是，在那天之後用10年所積攢的錢開了一間飯店。但是因為沒有經驗，所以飯店經營得當然不是很好。結果欠了很多債，時隔一年便關門了。於是我又回到了我最擅長的澡堂去了，重新做回了為人們搓澡的藝術家。

23. 問題類型 掌握心情(生活文)
因為擔心兒子會感到羞恥，所以猶豫了，沒在職業欄裡填「목욕 관리사」，所以答案為②。

24. 問題類型 掌握細節內容(一致/生活文)
洗搓澡工這個流汗的工作很適合我，所以可以說是我能做得最好的事情。因此正確答案為③。
① 兒子推薦開飯店。→因為感到對不起兒子，所以自己開了飯店
② 做搓澡工工作，欠了很多錢。→開飯店時
④ 因為有只做幾年就辭職的想法，所以開了飯店。→開始了「搓澡工」的工作

[25~27] 下面是新聞報導題目。請選擇說明最切的一項。

25. 傾聽10多歲孩子苦悶的「好電臺」、青少年的對話廣場

問題類型 掌握簡化的句子(報導文)
題目意思是，傾聽10多歲孩子苦悶的「라디오가 좋아」這個節目已經成為了青少年的對話場所。所以正確答案為④。

26. 便裝代替西裝、消除工作和休息的界限

問題類型 掌握簡化的句子(報導文)
新聞題目的意思是，工作的時候像平常一樣穿便裝，就能更舒服地工作。所以答案為②。
- 경계를 허물다: 消除兩者間的障礙

27. 走下坡的電視購物、本月起呈明顯上升趨勢

問題類型 掌握簡化的句子(報導文)
下滑的家庭購物產業，在進入這個月後銷售量將會有明顯的上升趨勢。所以答案為④。
- 내리막길을 걷다: 力氣或者氣勢已經過了最盛的時候，出現變弱的狀態。

[28~31] 請閱讀下文，選擇最適合(   )內容的一項。

28. 最近歌劇形式的音樂劇經常出現。但是那只能稱作音樂劇，不能稱作歌劇，因為音樂劇的特徵就是音樂。音樂劇包含了歌劇的所有要素也包含了非歌劇的要素，即(   )。相反，歌劇中不允許有臺詞，如果沒有音樂烘托，哪怕一瞬間，歌劇的地位也會失格的。

問題類型 選擇符合文脈的內容(說明文)
因為括弧後面的句子是以「반면」開頭的，所以括弧裡面的內容應該是與後面相反的內容。後面又寫到「오페라는 대사를 용납하지 않고, 한 순간이라도 음악이 받쳐 주지 않으면 오페라로서의 지위가 실격된다.」，所以非歌劇要素指的就是沒有音樂而只有臺詞。所以正確答案是③。

29. 一位少年和他的父親在路上走著，被汽車撞倒，受了重傷。進入手術室的外科醫生在看到少年的瞬間，大聲喊到：「我的兒子英粹啊！」這位醫生和這個少年的關係是什麼呢？這位醫生分明應該是少年的媽媽，但是大部分人認為醫生是少年的另一個父親。從這裡可以看出很多人有著(   )主要是被男性佔據的思考方式。

問題類型 選擇符合文脈的內容(說明文)
有括弧的這個句子以「이는」開頭，這個(大部分人認為醫生是少年的另一個父親)是因為人們猜測擁有「醫生」這個職業的人應該是男人。所以正確答案是④。

30. 隨著最近使用門戶網站和手機閱讀報導的人大量增加，網路新聞市場的銷售競爭也變得越來越激烈。因此(   )變得越來越大。標題裡如果沒有呈現報導的核心內容，就會被批判為偏頗或扭曲。縮寫失敗的話，別說簡潔，就連意思都會變得模糊。報導的內容可以使用幾個核心詞彙來精煉表達，用不煽動的話佔據讀者的心，進而激發讀者的好奇心，這樣才算得上是好的標題。

問題類型 選擇符合文脈的內容(說明文)
後面部分是講的是好的報導標題的條件，因為括弧前面出現了「따라서」，所以括弧裡的內容是以前面的內容為根據，後面再概括表達。所以正確答案是①。

- 편파[偏頗]: 偏頗；不正確；向某一側傾斜。
- 왜곡[扭曲]: 解說得與事實不同，或與事實相差甚遠。
- 응축[濃縮]: 把多種意思或感情放在同一個地方。

31. 外來物種說的就是從本來的棲息地搬移到新地區的植物或者動物種類。在新的地方，外來物種沒有天敵，可以無限制地成長繁殖。最近，在江原道的一個水庫中發現了亞馬遜食人魚，接著發現了從北美引進來鱷魚龜。外來物種的接連出現，被認為可能是環境團體對像牛蛙這種外來物種（　），擾亂生態界。

問題類型 選擇符合文脈的內容(說明文)

括弧後面部分說到，可能是外來物種擾亂生態界。所以正確答案是③。

- 천적[天敵]: 對於被吃的動物來說，吃的動物。
- 식인어: 食人魚。

[32~34] 請閱讀下文，選擇與內容相符的一項。

32. 政府發表說，新類型的網路攻擊已經發生了。這個網路攻擊是癱瘓網站，與病毒不一樣。雖然沒有財產損失和重要資訊的消失，但是該網站因為受到攻擊，所以很多人的股票交易和銀行的業務辦理都受到了影響。政府聲明，為了避免受到攻擊，一定要確認下載檔案的來源，並執行電腦掃毒軟體。

問題類型 掌握細節內容(一致/說明文)

該網站因為受到攻擊，所以很多人的股票交易和銀行的業務辦理都經歷了重重關卡，由此可知正確答案為③。

① 這個網站攻擊是~~新式病毒~~。→和病毒不一樣
② 由於該網站受到攻擊，~~使財政收到了損失~~。→沒有損失
④ 想要避免受到攻擊，要確認~~清楚網站的來源~~。→確認下載的文件來源

33. 孟子的母親為了孟子的教育搬過三次家，這是我們眾所周知的故事。書生受到款待的「士農工商」社會身份制度的概念，也是在孟子之後提出的儒教理念。2500年前，孟子做學問的書生生活是在社會的最底層，而在這樣的時代背景下，孟子的母親為了子女的教育搬三次家是與當時的流行和風潮相反的，這也是一件需要極大勇氣的事情。

問題類型 掌握細節內容(一致/說明文)

文中寫到「맹자가 살았던 2,500년 전의 시대에는 학문을 하는 선비들이 사회적으로 가장 낮은 계층이었다.」，所以正確答案是②。

① ~~在「士農工商」的社會身份制度中~~，書生是最低的階層。→孟子生活的時代
③ 孟子的母親是~~順應當時的時代環境~~，讓兒子受教育。→是與當時的流行和風潮相反的
④ 孟子是為了得到~~當時人們羨慕的職業而努力的~~。→在當時，書生的地位很低，所以是為了和當時的流行和風潮相反的職業而努力的

34. 非政府機構(NGO)致力於把世界創造成一個生活美滿的地方。把醫生和護士送到有戰爭的國家，幫助貧窮的人修建房子和農場，在那些政府不提供女性教育機會的國家為女性提供教育。這些活動是伴隨著犧牲且非常不容易的事情。NGO的志願者們為了本國國民和他國國民甘願承受危險，所以這才是可行的事。

問題類型 掌握細節內容(一致/說明文)

文中寫到：非政府機構的活動家們所做的活動是「많은 희생이 따르는 결코 쉽지 않은 일」，所以正確答案是①。

② NGO志工們~~進行各國期望的志願活動~~。→也進行各國不期望的志願活動
③ NGO志工們為了把世界建設得更好，所以~~在政府工作~~。→NGO是非政府機構
④ NGO志工們~~不為自己國家的國民而工作~~。→為了本國國民和他國國民工作

[35~38] 請選擇最適合做下文主題的一項。

35. 濫用抗生素，就像氣候變化或者恐怖主義一樣，是一個極具威脅性的問題。它不僅連我們身體所需的菌類都會殺死，若抗生素過量使用，還會產生對現有抗生素的抗體，最後使抗生素失去作用，導致超強細菌的出現。抗生素開發的速度趕不上超強細菌登場的速度，這又是另一個問題。濫用抗生素這個議題，如果沒有政府、醫生，以及患者的共同合作，是解決不了的。

問題類型 掌握主題(說明文)

本文是講濫用抗生素的危險性，文中講到「항생제 오남용 문제는 정부와 의사, 환자의 협력 없이는 해결할 수 없다.」所以正確答案是③。

- 항생제 오남용[抗生素濫用]: 錯誤地使用抗生素、不遵守規定標準而任意使用。
- 내성[耐性]을 갖다: 對於持續使用的藥物產生抗體。
- 다각적[多角的]: 透過許多部門或者方面。

36. 創作物的歷史應該被慎重地對待。在歷史裡，有一些沒被記錄下來而是透過想像力所編成故事，其談論的是扭曲的歷史，因此有很多不妥的地方。但是既然是以歷史為題材，那麼不管是以多麼單純的意圖所製作的作品，都會因為多個組織間的利害關係，導致擴大再生產的憂慮。且如果對有關媒體的影響效果大的話，這樣的現象就會更嚴重。歷史不是過去結束的事件，而是延續到現在的事，所以應該謹慎對待。

問題類型 掌握主題(生活文)

本文主張在創作物中，談論扭曲歷史是錯誤的，且有擴大再生產的擔心，所以應該小心對待。所以正確答案是②。

- 왜곡[歪曲]: 與事實不同的解說，或者離事實很遠。
- 어폐[語弊]: 因為字句用得不恰當，所以產生了誤會或錯誤。

37. 對於安保和統一準備間的優先順序，國民的討論相當急迫。專家們異口同聲地強調，為了統一，擴大交流合作比穩定的安保更有必要。但是在對於北韓軍事挑釁的憂慮劇增之情況下，透過交流合作使北韓改革開放，這又是一個矛盾。提前準備好統一時代雖然很重要，但是立刻找到針對北韓軍事威脅的對策更急迫。

問題類型 掌握主題(生活文)

內文提到，爭議矛盾的點在於，大眾認為比起與北韓保持穩定的安全保衛關係，擴大與其的交流合作更有必要。益及，提前準備好統一時代雖然很重要，但是馬上找到相對應北韓軍事威脅的對策相對更急迫。以這句話結尾，可知正解為③。

● 모순[矛盾]: 某件事情的前後或者兩件事情之間互相違背。

38. 什麼時候刷牙好呢？眾所周知，吃完飯三分鐘內刷牙比較好，但這是錯誤的常識。吃完飯，喝完飲料之後，先稍微漱一下口，過30～60分鐘再刷牙比較好。特別是在吃了酸的水果或者番茄之後，直接刷牙要謹慎。因為植物當中的酸類成分會使牙齒變脆。不過，吃了甜的食物之後，直接刷牙比較好。

問題類型 掌握主題(生活文)

文中說到，吃了有酸類成分的食物之後，不能直接刷牙；吃了甜的食物之後直接刷牙才會比較好。所以正確答案是②。

[39~41] 請將提示的句子填入下文中最恰當的位置。

39. 吃剩的西瓜一般是用保鮮袋或塑膠袋包裝，或者放在密閉容器裡保管。（㉠）但是專家們說，這兩種保管方法都會使細菌大量繁殖。（㉡）這些西瓜的保存方法所產生的細菌數量，做了一個實驗。（㉢）結果，與西瓜保存方法無關，僅僅過了一天，在所有西瓜當中都檢驗出了食中毒細菌。（㉣）並且，在吃西瓜時，切開之後最好趕緊吃掉。

〈提示〉
因此，在切西瓜之前，應該把刀洗乾淨。

問題類型 插入符合文脈的句子(說明文)

提示句以「따라서」開頭，所以在切西瓜之前，應該把刀洗乾淨的理由就應該出現在前面。而（㉣）後面還有補充說明的「또한」，所以正確答案是④。

40. （㉠）指揮家 금난새 是一個盡情享受音樂給予的歡樂和飄然生活的人。沒有錢、地方不合適，或是沒有觀眾，這些限制對他來說都不構成問題。（㉡）並且，指揮家 금난새 並不單純地透過音樂溝通，而是去講解所有曲目的故事，「有解說的音樂會」就是指揮家 금난새 獨具的特色。（㉢）他經常說，想要過那種與音樂和聽眾在一起的生活。（㉣）

〈提示〉
不管在哪裡，為了能享受音樂，在建築物大廳，在圖書館都有演出。

問題類型 插入符合文脈的句子(說明文)

提示句中「不管在哪兒，都有演出」這句話應放在「돈이 없거나 장소가 마땅하지 않거나 관객이 없다는 한계는 그에게 문제가 되지 않는다.」這句話之後才自然，所以正確答案是②。

41. 所謂的「新語」，就是已經有的或者新產生的概念，或者為了表現某個事物所編造出來的話，（㉠）並且也包含那些已有的話，但具有新的含義，以及那些從不同的語言借來使用的外來詞。（㉡）新語就是人們自然製作出來使用的，以及按照語言政策計劃性地編製出來並普及的東西。（㉢）這種新語是根據現實的需要被製作出來的。（㉣）

〈提示〉
並且也有按照大眾所需將已有的說法進行更新的詞彙。

問題類型 插入符合文脈的句子(說明文)

提示句中講的是新語被製作出來的理由，所以要放在羅列理由的句子後，（㉢）後是比較合適的。所以答案是③。

[42~43] 請閱讀下文，回答問題。

飯店就位於城市中心，而房間正好臨街，所以如果把椅子拿到窗戶邊就能看到窗外的街道。從窗戶看下去人很小，一排排的汽車也很整齊，所有的東西都看上去整頓有序。我非常喜歡這種景象，在房間的時候，大部分的時間都會在窗戶邊的椅子上度過。晚飯後路燈亮起時或像現在這樣太陽升起的早晨，街道上來往的人漸漸變多的時候，是最美麗的時候。飯店食堂準備了韓餐、日餐、中餐等多樣的食物等候旅客。腦子裡突然想起酒店的早餐菜單，可又嫌去食堂太麻煩，乾脆就用麵包和咖啡代替早餐。

（中略）

「沒什麼需要的了嗎？」

把飯碗放在桌子之後，服務員也不離去，在這裡磨蹭時間。好像是在等著我給小費，我把手放到口袋裡抓到了一張一千元的紙幣，卻又停下來了，簡單地說了一句「是」

李孝石《哈爾濱》

42. 問題類型 掌握心情(小說)

明知道服務員在等著我給小費，但我卻猶豫沒給。因此具有「對東西或者錢非常節約，不大方」的意思，故①是正確答案。

43. 問題類型 掌握細節內容(一致/小說)

文中出現「이 전망이 마음에 들어서 방에 머무르고 있는 대부분의 시간을 창가 의자에서 보냈다.」。所以答案為④。

① 我在飯店~~食堂~~吃了早餐。→房間

② 服務員送來了~~韓餐、日餐、中餐~~。→麵包和咖啡

③ 現在正是街上路燈~~亮起的時候~~。→早晨太陽早早
地升起，街道上來往的人們漸漸增多的時候

[44~45] 請閱讀下文，回答問題。

大部分人不喜歡用外語說話或發言，原因是害
怕失誤。但重要的是，與其說人們會注意說外
語的人會出現什麼失誤，倒不如說他們是在威
歡用外語說話這件事本身。因為我們都知道用
外語說話是多麼不容易的一件事，所以人們只
會對那種成就和努力表示感歎。（ ）因為我們
不期待要說得很完美。理解失誤也是學習的一
部分。要記住，語言的目的是相互理解和對
話，而不是為了追求完美。

44. 問題類型 掌握主題（說明文）
「언어의 목적은 서로 이해하고 대화하는 것이지, 완벽하고
자 하는 것이 아니라는 것」。由此可知正確答案為①。

45. 問題類型 選擇符合文脈的內容（說明文）
括弧前面講到，因為知道用學來的外語說話是多麼
不容易的一件事，所以是為了能夠用外語發言所做
的努力和成績感到感歎。所以答案為②。

[46~47] 請閱讀下文，回答問題。

用隱藏攝影機悄悄拍攝女性的身體之後散佈出
去的「偷拍」犯罪正在增加。（ ㉠ ）員警為了
阻絕這種偷拍犯罪的擴散，採取了限制生產和
持有這種用於偷拍的手機，並且在人口密集地
區集中配置了搜索員。（ ㉡ ）作為員警，應該
準備相應的對策，但要用這種措施根治偷拍犯
罪是不可能的。（ ㉢ ）明確的是，有必要斷絕
這種偷拍行為的擴散，防止病態現象禁根。
（ ㉣ ）要讓全社會認識到把女性身體作為偷拍
對象，並不是由開玩笑和好奇心驅使的行為，
而是嚴重的性犯罪行為。

<提示>
分析認為，隨著手機的擴散和攝像機的小型化，犯
罪現象也同時增加。

46. 問題類型 插入符合文脈的句子（說明文）
提示句子講的是偷拍犯罪增加的理由。所以放在
（ ㉠ ）裡面是比較自然的。所以正確答案是①。
• 병리적[病理的]: 疾病的種類、原因、發生、進行過
程等。
• 동반[同伴]: 某種事情或者現象一起出現。

47. 問題類型 掌握細節內容（一致/說明文）
文中講到「숨겨진 카메라로 여성의 신체를 몰래 촬영
해 유포하는 '몰카(몰래 카메라)' 범죄가 크게 늘고 있
다.」由此可知③為正確答案。
① 偷拍犯罪主要發生在~~早晨地區~~。→發生在人口密
集地區
② 因為玩笑和好奇心的偷拍~~不屬於犯罪~~。→屬於犯罪
④ 員警為了預防偷拍犯罪，~~準備好了實際的解決方
案~~。→員警使用的措施無法杜絕偷拍犯罪

[48~50] 請閱讀下文，回答問題。

針對被動吸菸也和直接吸菸一樣對身體很不好
這一點，我們再怎麼強調都不為過。最近，在
關於室內規則的討論時，也指出被動吸菸會對
身體有惡劣的影響。被動吸菸大部分是屬於菸
草燃燒所產生的煙氣，因為這個時候的煙氣粒
子很小，也是毒性很強的化學物質，能達到肺
的最深部，所以對身體健康相當致命。特別
是致癌物質鍋，透過被動吸菸就能在體內累
積，所以是個非常嚴重的問題。雖然最近韓國
全體國民出現吸菸率下降的趨勢，但是間接吸
菸曝光率反而有變高的傾向。可以看出，對於
被動吸菸的積極管理和對策是很有必要的。吸
菸（ ）就會成為更好管理的疾患，所以不要獨
自解決，要接受專門的戒菸治療，一定要守護
好自己和家人的健康。

48. 問題類型 掌握目的（說明文）
文中提到被動吸菸的積極管理和對策之必要性，以
及主張接受戒菸治療。所以正確答案是②。

49. 問題類型 掌握符合文脈的內容（說明文）
括弧後面寫到「不要獨自解決，要接受專門的戒菸
治療。」所以正確答案是④。

50. 問題類型 選擇筆者的態度（說明文）
「아무리 -아/어/여도 지나치지 않다」是在強調「應
該……」的表現方式時使用，以及在強烈主張自己
意見的時候使用。所以答案為②。
• 간과하다[看過一]: 不關心，忽視，忽略。

NEW TOPIK 실전 모의고사 7회
第7回　全真模擬試題 答案與解析

정답 第7回答案

聽力

1. ②	2. ②	3. ①	4. ②	5. ④	6. ④	7. ③	8. ①	9. ①	10. ③
11. ③	12. ②	13. ④	14. ②	15. ③	16. ④	17. ④	18. ③	19. ④	20. ④
21. ④	22. ①	23. ①	24. ②	25. ④	26. ④	27. ④	28. ②	29. ②	30. ④
31. ②	32. ③	33. ③	34. ②	35. ①	36. ④	37. ③	38. ④	39. ②	40. ①
41. ③	42. ①	43. ②	44. ④	45. ②	46. ④	47. ③	48. ④	49. ④	50. ③

寫作

51. ㉠ (5점) 아파트의 층간 소음으로 인해(서)/위층에서 생기는 소음 때문에
　　　(3점) 위층의 (시끄러운) 소리 때문에

　　㉡ (5점) 다음의 예절을/사항을 잘 지켜 주시기 바랍니다
　　　(3점) 다음 사항을 지켜 주세요/주십시오

52. ㉠ (5점) 어제 놓친 기회가 오늘은 더 좋은 기회로 보상되기도 한다/전화위복이 되기도 한다/
　　　　　어제 놓친 기회 덕분에 다음날 더 좋은 기회를/큰 행운을 잡을 수도 있다
　　　(3점) 상황이 달라질 수도 있다/더 좋은 일이 생길 수도 있다

　　㉡ (5점) (전화위복이 될 수 있다는) 긍정적인 생각을 가지고 다음에 다가올 기회를 놓치지 않기 위
　　　　해 꾸준히 노력하는
　　　(3점) 다음 기회를 잡으려는 긍정적인

閱讀

1. ①	2. ②	3. ④	4. ③	5. ②	6. ①	7. ③	8. ③	9. ③	10. ②
11. ④	12. ①	13. ②	14. ①	15. ①	16. ④	17. ②	18. ③	19. ③	20. ②
21. ①	22. ③	23. ④	24. ②	25. ①	26. ②	27. ④	28. ③	29. ②	30. ①
31. ①	32. ④	33. ③	34. ④	35. ①	36. ④	37. ②	38. ③	39. ①	40. ①
41. ④	42. ①	43. ①	44. ④	45. ③	46. ④	47. ②	48. ③	49. ④	50. ②

53. <答案範本>

　청소년의　놀이　문화에　대한　설문　조사　결과, 청소년이　여가　시간에　주로　방문하는　업소로　남녀　모두　PC방과　노래방의　비율이　높게　나타났으며,　여학생의　경우는　카페를　이용하는　비율도　높았다. 주말이나　휴일에　여가　시간을　활용하는　방법을　보면　여학생은　주로　TV나　DVD를　시청하고　사교　관련　일을　하는　반면에,　남학생은　컴퓨터　게임이나　TV　시청,　스포츠　활동　등을　하는　비율이　높아　남녀　간의　차이가　크게　나타났다.　이번　설문　결과를　통해　청소년의　놀이　문화　공간이　한정적이며,　주말이나　휴일에　여가를　보내는　방법이　다양하지　못한　것을　알　수　있다.

50 100 150 200 250 300

54. <答案範本>

　역사 공부는 단순히 지나간 과거를 아는 것이 아니라, 과거에 일어난 일의 결과를 통해 자신을 돌아보기 위한 것이다.
　역사적 지식은 국민으로서의 정체성을 가질 수 있게 한다. 자기 나라의 역사를 인식하지 못하면 고유한 문화와 영토에 대해 주장을 할 근거를 잃게 된다. 역사 교육을 통해서 자기 나라의 과거를 배우고 그 문화와 영토에 대해 알 수 있으며, 자기 나라 문화의 우수성에 대해 알게 된다. 역사적 지식은 이렇게 자신에 대한 정체성을 확립하고 자긍심과 애국심을 가질 수 있게 하며, 전통을 보존하고 유지하는 것의 중요성을 알 수 있게 한다.
　또한 역사적 지식은 과거를 통해 다양한 시각으로 현재를 바라볼 수 있게 한다. 현대 사회에서 국가 간에 일어나고 있는 일들은 과거 역사에서도 비슷한 사례를 찾아볼 수 있는 경우가 많다. 차이는 있지만 과거에 내렸던 결정을 교훈 삼아 현재 상황에 반영할 수 있고 이는 미래의 발전과 관련이 되기 때문이다.
　그러므로 역사 교육은 어느 시대, 어느 나라에서든지 중요한 일이라고 할 수 있다. 역사를 잊은 나라는 미래가 없다는 말이 있다. 이처럼 역사 교육은 반드시 필요한 일이며, 과거를 통해 밝은 미래를 만들어 가는 기반이 된다고 할 수 있다.

[1~3] 請聽錄音，選擇與內容相符的圖片。

1.

남자 진아 씨, 지난번 회의 때 사용했던 자료, 책꽂이에 있어요?

여자 아니요. 제 컴퓨터에 있는지 확인해 볼게요. 종이로 인쇄해서 드릴까요?

남자 아니요, 자료를 찾으면 이메일로 보내 주세요.

男 真雅，上次開會時使用的資料在書架上嗎？
女 沒有，我看看在不在我電腦裡。要列印出來給您嗎？
男 不用，找到了就用電子郵件發過來吧。

男子問開會時使用過的資料在不在書架上，女子說要看看電腦裡有沒有，所以答案為②。

2.

여자 누가 여기에 커피를 쏟았네요. 자꾸 냄새가 나요.

남자 아, 그러네요. 제가 이거 마무리하고 치울게요.

여자 아니요, 자꾸 냄새가 나면 안 되니까 지금 치우세요.

女 誰把咖啡灑在這裡了。有味道。
男 啊，真是的。我把這個做完就收拾。
女 不，總有味道可不行，現在收拾吧。

女子指著灑在地上的咖啡，要正坐在桌旁做其它事的男子現在就收拾。所以答案為②。

3.

남자 직장인들을 대상으로 하루 평균 일하는 시간을 조사한 결과 30대가 9시간 54분으로 가장 길었으며 그 뒤를 이어 20대, 40대 순이고 50대가 가장 짧은 것으로 나타났습니다. 또한 앞으로 평균 일하는 시간은 점차 감소할 것으로 예상되었습니다.

男 以工作人士為對象進行了每天平均工作時間的調查結果顯示：30歲組的時間最長，為9小時54分鐘，其後是20歲組、40歲組，而50歲組的時間最短。另外預計今後平均工作時間會漸漸減少。

內容介紹了各年齡段工作人士日的平均工作時間有什麼不同。調查結果為：20歲組（9小時）、30歲組（9小時54分鐘）、40歲組（8小時）、50歲組（6小時）。所以答案為①。

[4~8] 請聽對話，選擇合適的下句。

4.

남자 오늘 저녁 7시 공연으로 예매하고 싶은데요. 지금 예매가 가능한가요?

여자 어쩌죠? 표가 모두 매진되었어요. 표를 구입하려면 공연 3시간 전에는 오셔야 해요.

남자

男 我想預訂今天晚上七點的演出，現在預訂可以嗎？
女 怎麼辦？票都賣完了。想買票得在演出的3個小時之前來才行。
男

男子因為太晚買票所以沒買到票，故最恰當的答案為②。

5.

남자 운동을 다 하고 나면 마지막에 꼭 스트레칭을 해 줘야 해요.

여자 그래요? 어쩐지 스트레칭을 안 했더니 근육이 많이 아프더라고요.

남자

男 運動結束後一定要做放鬆伸展。
女 是嗎？怪不得，沒做伸展，肌肉很痠痛。
男

男子告訴女子運動過後要做伸展運動，所以最恰當的答案為④。

6.

여자 조교님, 과제 제출하는 시간을 좀 늘려 주시면 안 돼요?

남자 이미 과제를 낸 학생들이 많아서 그건 안 됩니다. 교수님께 말씀드려 보세요.

여자

女 助教，能不能把交作業的時間再往後挪一點？
男 已經有太多學生交作業了，所以不行，跟教授說一下吧。
女

女子因為還沒有交作業，所以想延長交作業的時間，但助教要她跟教授談。所以女子現在準備跟教授聯繫，最恰當的答案為④。

7.

여자 거실 벽지를 밝은 분위기로 다시 바꾸고 싶어요.

남자 그러면 이 디자인은 어떠세요? 요즘 고객님들이 많이 좋아하는 벽지 디자인입니다.

여자

女 我想把客廳的壁紙再換成明亮一點的。
男 那這種款式怎麼樣？是最近很多客人喜歡的壁紙款式。
男

男子推薦給女子她想要的明亮一點的款式，所以最恰當的答案為③。

8.

남자 요즘 늦잠을 너무 많이 자는 것 같아. 생활 습관을 바꿔야겠어.

여자 갑자기 생활 습관을 바꾸는 것은 어려우니까 계획을 세우는 게 좋을 것 같아.

남자

男 最近好像懶覺睡得太多。要改改生活習慣了。
女 一下子改變生活習慣有點難，最好做個計畫。
男

女子對想改變生活習慣的男子說最好做個生活計畫。所以最恰當的答案為①。

9.

여자 어, 이상하다. 여기서 좌회전하면 문화 센터가 있었는데.

남자 잠깐 저기에 차를 세워 봐, 사람들한테 물어보는 게 좋겠어.

여자 조금 더 가면 경찰서가 있는데 거기서 물어보자.

남자 그래. 가는 동안 내가 지도를 확인해 볼게.

女 哎，真奇怪！從這裡左轉應該就會有文化中心啊。

男 暫時把車停下來看看。最好還是找人問問。

女 再走就有警察局，去那裡問吧。

男 好。路上我來看看地圖。

按照內容女子應該繼續開車，為了問路所以要去警察局，所以答案為①。

10.

여자 수리 센터 전화번호 알아요? 서류를 복사해야 하는데 복사기가 고장 났어요.

남자 네. 그런데 오늘은 이미 수리 센터가 문 닫았을 것 같아요.

여자 그럼 오늘은 3층에 가서 복사를 해야겠네요. 내일 출근해서 수리 센터에 전화할게요.

남자 네, 그래요. 제가 수리 센터 전화번호를 찾아볼게요.

女 你知道維修中心的電話號碼嗎？我要影印資料，但是影印機壞了。

男 知道。但是今天維修中心可能已經關了。

女 那今天要去三樓影印了。明天上班打給維修中心吧。

男 行，好的。我來找找維修中心的電話號碼。

女子所在場所的影印機故障，但是維修中心已經關門了。所以女子得去三樓影印。所以答案為③。

11.

남자 주문하신 커피 말고 필요한 것은 없으세요?

여자 네. 그런데 여기 쿠폰으로 계산해도 되죠? 도장을 다 모았어요.

남자 네, 쿠폰으로 계산하고 받은 영수증으로 이벤트에 참가할 수 있어요.

여자 그래요? 영수증을 꼭 확인해야겠어요.

男 除了您要的咖啡，沒有其他需要的了嗎？

女 是的。不過可以用這裡的優惠券結算吧。章已經都集滿了。

男 可以，用優惠券結算之後，還可以用拿到的收據參加活動。

女 是嗎？那一定要確認一下收據了。

女子問咖啡能否用優惠券結算，男子說不僅可以還能拿來參加活動。所以答案為③。

12.

여자 이번 졸업 시험 범위는 어디에서 확인할 수 있어?

남자 어제 학과 게시판에 붙어 있었는데 오늘은 없더라고. 학과 홈페이지에 들어가 봐.

여자 이상하다. 학과 홈페이지에도 없었어. 전공 사무실에 전화해 봐야겠다.

남자 그래. 조교들이 알려 줄 거야.

女 這次畢業考試的範圍可以在哪裡確認？

男 昨天系上的公告欄有張貼出來了，但今天沒有了。上系網看看。

女 真奇怪。系網也沒有。要打電話給系辦了。

男 好的。助教們會說的。

女子要打電話給系辦，向助教打聽畢業考試範圍。所以答案為②。

13.

여자 어떡하지? 지난주에 도서관에 책 반납해야 하는 것을 잊고 있었어.

남자 그러면 아마 연체료가 꽤 비쌀 것 같아.

여자 어쩌지. 오늘도 도서관에 갈 시간이 없는데.

남자 그럼 이따가 내가 도서관에 갈 때 대신 반납해 줄게.

女 怎麼辦？上週應該去圖書館還書的，可是忘了。

男 那逾期罰款一定不便宜。

女 怎麼辦。今天也沒有去圖書館的時間。

男 那等等我去圖書館的時候替你還吧。

女子忘記了上週應該還書的事，今天也沒時間去，男子準備替她還書。所以答案為④。

14.

여자 손님 여러분, 방금 좌석 벨트 표시등이 꺼졌습니다. 그러나 비행 중에는 기류 변화로 비행기가 갑자기 흔들리는 경우가 있습니다. 안전한 비행을 위해 자리에 앉아 있을 때나 주무실 때는 항상 좌석 벨트를 매 주십시오. 그리고 선반을 열 때는 안에 있는 물건이 떨어지지 않도록 조심해 주십시오.

女 各位顧客，剛才座椅上安全帶的指示燈熄滅了。但是飛機在飛行中會因氣流變化突然發生晃動。因此為了安全飛行起見，無論是在座位上坐著還是睡覺，都請您繫好安全帶。另外，打開行李架時請小心不要讓裡面的東西掉落下來。

內容提到：為了安全飛行，無論坐著還是睡覺都要繫好安全帶。所以答案為②。

15.

남자 이번 주말에 민속촌 나들이를 하는 건 어떨까요? 그동안 여러분의 많은 사랑을 받아 왔던 민속촌이 최근 새 단장을 끝내고 다음 달 새롭게 문을 엽니다. 민속촌 새 단장 이벤트로 중학생, 고등학생 그리고 대학생은 학생증을 가져오면 입장권을 삼십 퍼센트 할인받을 수 있습니다. 또한 아이와 함께하는 전통 체험 프로그램은 인터넷에서 예약이 가능합니다.

男 這個週末去民俗村玩怎麼樣？一直深受大家熱愛的民俗村最近裝修結束了，下個月要重新開張。作為民俗村重新裝修慶祝活動，現在中學生、高中生和大學生，只要持有學生證就可以得到30%的優惠。而且和孩子一同參加傳統體驗活動可以在網上預約。

中學生、高中生和大學生們只要持有學生證就可以得到30%的優惠。所以答案為③。

16.

여자 부대표님께서는 우리 회사에서 삼십 년 동안 일하셨고, 오늘을 끝으로 은퇴를 하십니다. 박수로 맞이해 주세요.

남자 저는 처음에 영업 사원으로 입사를 했는데 많은 분들의 도움으로 지금의 부대표의 자리에 오르게 되었습니다. 오늘을 끝으로 많은 추억이 있는 회사를 떠나게 되니 서운하기도 하고 기쁘기도 합니다. 저는 이제 고향에 내려가 오랜 꿈이었던 농사를 지으려고 합니다. 동료 여러분, 회사를 잘 부탁합니다.

女 副代表在我們公司工作了30年，今天終於退休了。請用掌聲歡迎他。

男 我一開始是以營業人員的身份進入公司的。由於得到很多人的幫助才登上了現在的副代表位置。到今天為止就要離開這個留下很多記憶的公司，我感到非常不捨，同時也很激動。我就要回到故鄉，去從事長久以來夢想著的農業。公司就拜託各位同事了。

女子在話裡提到男子在公司工作了30年，即將要退休。所以答案為④。

[17~20] 請聽錄音，選擇最符合男子的中心想法的一項。

17.

남자 지영 씨, 지금 뭘 보고 있는 거예요?

여자 부모님께 드릴 선물을 고르고 있어요. 근데 부모님께서 무엇을 좋아하는지 정확히 몰라서 고르기 힘드네요.

남자 차라리 부모께 필요한 걸 물어보고 사 드리는 게 좋을 것 같아요. 괜히 필요 없는 선물을 샀다가는 서로 감정이 상할 수 있잖아요.

男 智英，你現在在看什麼呢？

女 正在挑選要送給父母的禮物。可是不確定父母喜歡什麼，還選來很費力。

男 不如先問問父母需要什麼，之後再買更好。要不然白買了不需要的禮物也是相互傷了感情。

男子認為還是問問父母需要什麼再買。所以答案為④。

18.

남자 우리 아파트는 분리수거가 잘 안 되는 것 같아요.

여자 맞아요. 분명히 분리수거 방법이 게시판에 붙어 있는데도 분리수거를 제대로 안 해요.

남자 주민들이 게시판을 잘 안 봐서 그런가 봐요. 그러면 사람들이 잘 볼 수 있게 분리수거 방법을 사람들이 많이 이용하는 엘리베이터에 붙입시다.

男 我們社區的垃圾分類做得不太好。

女 確實。垃圾分類的方法分明貼在告示欄，垃圾還不嚴格分類。

男 可能是居民沒有認真看告示欄吧。為了讓大家清楚看到，就把垃圾分類的方法貼在人們最常利用的電梯裡吧！

男子認為垃圾分類做得不好的原因是因為居民不看公告欄，所以建議將垃圾分類方法貼在電梯裡。所以答案為③。

19.

남자 요즘 회사에서 에어컨을 너무 많이 트는 것 같아요. 여름인데도 너무 추워요.

여자 그러면 옷을 더 껴입어 봐요. 저도 회사에서 늘 겉옷을 입고 있어요.

남자 요즘 회사들이 에너지를 너무 낭비하고 있는 것 같아요. 에너지를 절약하려면 정부나 기업에서 먼저 모범을 보여야 하는데 말이에요.

여자 그건 그래요. 오히려 일반 가정에서 에너지를 더 절약하고 있는 것 같아요.

男 最近公司的空調好像開得太強了。明明是夏天卻很冷。

女 那再多穿件衣服吧。我在公司裡也是每天穿件外套。

男 最近的公司好像太浪費能源了。要想節約能源，政府或企業首先要做出表率。

女 那倒是。但結果反倒是普通家庭裡更加節約能源。

男子認為節約能源政府和公司應該首先作出榜樣。所以答案為④。

20.

여자 최 교수님께서는 좋은 소통 방법에 대해 연구를 많이 하셨는데요. 특별히 소통에 대해 연구한 이유가 있나요?

남자 많은 사람들이 인간관계에서 갈등을 겪는 이유 중 하나는 바로 잘못된 소통 방법 때문이라고 생각합니다. 특히 '자기 감정 중심'의 말하기는 인간관계에서 갈등을 불러일으킬 수 있습니다. 갈등을 피하려면 상대방의 기분을 먼저 파악하고 대화를 하는 게 중요합니다. 저는 소통하는 방법에 대한 연구를 통해 특히 부부들의 갈등을 줄이고자 했습니다.

女 崔教授在好的溝通方法上做了很多研究。您為什麼要對溝通的問題做特別的研究呢？

男 我認為很多人在人際關係上受挫的原因之一就是錯誤的溝通方法，特別是以「自我感情為中心」的說法，就會引起人際關係上的矛盾。要避開矛盾，重要的是對話時首先要瞭解對方的心情。我希望這個對於溝通方法的研究，可以特別用來減少夫婦之間的矛盾。

男子認為要避開矛盾，重要的是對話時首先要瞭解對方的心情。所以答案為④。

[21~22] 請聽錄音，回答問題。

여자 이번에 인터넷으로 부모님 침대를 사려고 하는데 괜찮을까?

남자 글쎄, 침대는 오래 쓰는 가구니까 매장에 가서 직접 보고 사는 것이 더 좋을 것 같은데.

여자 근데 인터넷 쇼핑몰 가격이 정말 저렴해. 매장이랑 인터넷이랑 가격 차이가 많이 나더라고.

남자 인터넷에서 싸게 좋은 물건을 살 수도 있지만 어떤 물건을 사느냐에 따라서 직접 가서 보고 사는 것이 더 좋을 수도 있어.

女 這次打算在網路上買床給爸爸媽媽，可以嗎？

男 嗯，床是要長久使用的傢俱，去店裡親自看看再買會好一點。

女 但是網路上的價格真的很便宜。商店和網路上的價格差很大。

男 網路上是可以買到好東西，但要看買什麼東西，現場看了再買也許會更好。

21. 男子認為現場看了再買也許會更好。意即床是要直接看了再買的東西，所以答案為④。

22. 女子說網路上賣的床比店裡買的更便宜。所以答案為①。

[23~24] 請聽錄音，回答問題。

여자	우리 회사 이력서를 보니까 업무와 상관없는 개인 정보를 많이 써야 하는 것 같네요.
남자	네, 맞아요. 요즘 개인 정보 유출 문제도 심각한데 업무와 관련된 정보만 쓸 수 있게 이력서 내용을 바꿔 보는 것은 어때요?
여자	그러는 게 좋겠어요. 이력서에 아버지의 직업을 적는 건 좀 아닌 것 같아요.
남자	맞아요. 이렇게 업무와는 관련 없는 개인 정보를 적게 하는 것은 지원자의 사생활까지 침해한다고 생각해요.

女	看看我們公司的履歷表，好像有很多與工作無關的個人資訊。
男	對，沒錯。最近洩露個人資訊的問題也很嚴重，我們把履歷表的內容改成只填寫與工作相關的資訊怎麼樣？
女	那太好了。履歷表上填寫父親的職業，好像有點不對。
男	是啊！我覺得填寫這些與工作無關的個人資訊有點侵犯申請者的私生活。

23. 男子說履歷表裡要填寫很多與工作無關的個人資訊，並提議更改履歷表內容。所以答案為①。

24. 女子對履歷表中需要填寫父親職業的部分做了指責，所以答案為②。

[25~26] 請聽錄音，回答問題。

여자	최근 미용 전문점에 가지 않고 집에서 직접 관리하는 셀프 미용이 유행인데요. 셀프 미용이 인기를 끄는 이유가 무엇입니까?
남자	불황이어서 그런지 젊은 여성들이 집에서 할 수 있는 것들에는 돈을 잘 쓰려고 하지 않아요. 아예 피부 관리실에서나 볼 수 있었던 전문 미용 기기를 사는 소비자들도 많았습니다. 저도 비싼 미용 서비스를 한 번 받는 것보다 전문기기를 사 놓고 여러 번 사용하는 게 더 경제적이라고 생각해요. 또 요즘에는 텔레비전이나 인터넷을 통해 전문가의 도움 없이 스스로 미용 관리를 할 수 있는 미용 정보를 쉽게 접할 수 있으니까 특별히 전문점에 가야 할 필요성을 못 느끼는 것 같습니다.

女	最近不去專業美容室，而在家裡自己進行美容管理的自助美容很流行。自助美容受人歡迎的理由是什麼呢？
男	可能因為不景氣吧？年輕女性們只要能在家裡做的就不會願意花錢去做。甚至越來越多的消費者乾脆購買了只有皮膚保養室才能見到的專業美容設備。我也認為與其接受一次昂貴的美容服務，不如買專用設備來反覆使用，這樣更經濟實惠。而且最近透過電視或網路也能很容易地接觸到一些無需專家幫助、可以自己進行美容管理的美容資訊，所以好像沒有必須去專業美容室的必要。

25. 男子認為與其接受一次昂貴的美容服務，不如買專用設備來反覆使用，更經濟實惠。所以答案為④。

26. 內容提到：不去美容院而選擇在家裡自己進行的自助美容最近很流行。所以答案為④。

[27~28] 請聽錄音，回答問題。

여자	어제 카페에 갔는데 직원이 물어보지도 않고 일회용 컵에 커피를 주더라고.
남자	요즘에는 다 그렇게 주잖아. 난 종이컵에 커피를 마시는 게 편리하고 좋던데.
여자	종이컵이 편리하긴 하지만 작은 노력으로 환경을 보호할 수 있다면 불편을 감수해야 된다고 생각해.
남자	개인이 노력한다고 해서 환경 오염이 얼마나 줄어들 수 있을까? 기업이나 정부 차원에서 해결책을 내놓는 게 더 좋지 않을까?
여자	환경 보호는 개인들의 자발적인 참여에서 이루어진다고 생각해. 정부나 기업에서 환경 보호를 시작한다고 해도 개인이 참여하지 않으면 아무 소용이 없을 거야.

女	昨天去咖啡廳，店員問也沒問，就給了一次性紙杯的咖啡。
男	最近不都是這樣。我覺得喝咖啡用一次性紙杯更便利更好。
女	紙杯雖然方便，但我覺得如果透過小小努力就能保護環境的話，這點不方便是可以接受的。
男	你個人的努力能減少多少環境污染呢？以企業或政府的角度制訂出對策不是更好嗎？
女	我認為環境保護要透過每個人的自發參與來實現。假如政府或企業開始進行了環境保護，但個人不參與的話，也是毫無用處的。

27. 女子認為，針對環境保護，個人的參與比政府或企業的側面執行更重要，並向男子強調自己的觀點。所以答案為④。

28. 男子說用紙杯喝咖啡很便利很好。所以答案為②。

[29~30] 請聽錄音，回答問題。

여자	최근 신종 전화 사기가 극성이라고 하는데요. 선생님, 전화 사기에 대한 가장 좋은 예방법은 무엇입니까?
남자	전화 사기는 주로 피해자와의 직접적인 전화를 통해 통장 비밀번호를 알아낸 후 돈을 빼 가는 수법이 많습니다. 저희도 이번에 전화 사기단을 검거하기까지 정말 오랜 시간이 걸렸습니다. 그리고 조사 결과 피해자들 대부분이 개인 정보가 유출이 된 사람들이었습니다. 이런 전화 사기를 예방하기 위해서라도 개인 정보 관리에 각별한 주의가 필요합니다. 또 모르는 번호로 전화나 메시지를 받았을 경우 절대로 통장 번호나 통장 비밀번호를 알려 주지 마시기 바랍니다.

女	最近新型電話詐騙很猖獗。先生，預防電話詐騙最好的方法是什麼呢？
男	電話詐騙最常見的方法就是與被害者直接通話，再得知帳戶密碼後，將錢領走。這次我們花了很長的時間才將電話詐騙集團拘留起來，且調查結果顯示，大部分被害者皆是個人資訊被洩露的人。為了預防這種電話詐騙，特別注意個人資訊的管理是

很有必要的。而且如果接到不認識的電話或簡訊，也希望你絕對不要把帳戶號碼或帳戶密碼說出去。

29. 男子提及，這次已將電話詐騙集團拘留了。所以答案為②。

30. 透過男子的話，我們可以得知被害者們都是在和詐騙集團直接通話的過程中，將密碼説出來，從而被詐騙。所以答案為④。

[31~32] 請聽錄音，回答問題。

> 여자 시민의 쉼터는 규모가 작지만 많은 시민들이 이용하는 곳입니다. 그런데 이곳을 없애고 불필요한 평화 기념관을 건립하자는 의견에 반대합니다.
>
> 남자 평화 기념관은 우리 도시의 상징이 될 것입니다. 우리 도시가 이렇게 특색 있는 도시가 되면 많은 관광객을 끌 수 있습니다.
>
> 여자 도시에 사는 시민의 편의를 더 먼저 생각해야 하는 것이 아닙니까? 편의 시설도 없어지는 데다가 외부인이 많아지면 시민들은 더욱 불편해질 것입니다.
>
> 남자 그래서 시민 여러분의 협조가 필요합니다. 지금은 좀 불편하더라도 장기적으로 보면 관광객들의 유입은 도시 경제를 활성화시킬 것입니다.

> 女 市民休息場所的規模雖然小，但確實是市民們使用的地方。所以反對要取締這裡並建立沒有必要的和平紀念館之意見。
>
> 男 和平紀念館將成為我們這個城市的象徵。我們的城市要成為這種有特色的城市才能吸引更多的觀光客。
>
> 女 首先要考慮的不應該是生活在這個城市裡的市民們的便利嗎？本來就沒有什麼便利設施，外來人口一旦再增多，只會讓市民更加不便的。
>
> 男 所以才需要各位市民們的協助。現在雖然有些不便，但從長遠來看，觀光客的湧入會活絡城市經濟的。

31. 男子提到紀念館會成為城市的象徵，使之成為有特色的城市，從而吸引更多觀光客。所以答案為②。

32. 男子不同意女子的任何意見，只主張自己的見解，所以答案為③。

[33~34] 請聽錄音，回答問題。

> 여자 얼마 전만 해도 '너무 좋다', '너무 고맙다'라는 말에서 사용된 '너무' 때문에 이 문장은 틀린 말이었습니다. 기존의 사전에서 부정적인 표현에만 '너무'를 쓴다고 정의했기 때문입니다. 그러나 많은 사람들이 '너무 좋다'와 같이 긍정적인 의미로도 폭넓게 사용하기 때문에 부정문과 긍정문에서 모두 사용할 수 있도록 뜻풀이를 바꾸었습니다. 사람들이 왜 '너무'를 더 많이 사용하는지, 왜 부정을 강조하는 말을 긍정의 의미로 쓰게 됐는지는 확실하지 않습니다. 다만, 한번 문법이 정해졌다 하더라도 다수의 사람들이 사용하는 방향으로 문법이 바뀐다는 사실을 알 수 있습니다.

> 女 即使是不久前，在「너무 좋다（太好了）」和「너무 고맙다（太感謝了）」的話中，使用「너무（太）」算是錯誤的句子。這是因為以往的詞典曾定義「너무」只能用於否定性表現的時候。但是由於很多人在表達肯定性意思，比如「너무 좋다」這樣的時候也會很廣泛地使用「너무」，因此「너무」的解釋就被修改為既適用於肯定性句子也適用於否定性句子。人們為什麼喜歡使用「너무」，又為什麼原本只可用於表達否定意義，現在卻又允許用其於表達肯定性意義呢，其原因並不明瞭。只是從中可以知道，語法即使被確立，也會因著人們使用的方向來改變。

33. 以「너무」為例，説明語法的體系會隨著多數人的使用方向來改變，所以答案為③。

34. 內容介紹了原本強調否定意義的「너무」由於被廣泛用於肯定性句子，因此語法體系也相應地改變了。所以答案為②。

[35~36] 請聽錄音，回答問題。

> 여자 끝으로 성과 보고서에 포함될 몇몇 세부 사항들을 알려드리고자 합니다. 최근 몇 년간 우리는 대외적으로 크게 성장했습니다. 특히 지난 2년 동안에만 수익이 35퍼센트 증가했습니다. 저는 우리가 이렇게 성장하게 된 주요 요인이 고객의 요구를 충족시켰기 때문이라고 생각합니다. 많은 운송 회사들이 소형 물품 운송을 전문으로 하고 있지만 우리 회사는 산업용 차량이나 기계류처럼 규모나 부피가 큰 물품을 전문으로 운송하고 있습니다. 최근 실시한 고객 만족도 조사에 따르면, 우리 회사가 이런 제품들을 잘 다룬다는 데 만족도가 높은 것으로 나타났습니다. 고객들은 우리 회사가 조심성이 있고 고객을 내 물건처럼 소중히 다룬다는 것을 믿고 있었습니다. 저는 여러분 모두가 자랑스럽습니다. 앞으로도 지금까지 해온 것처럼 열심히 잘해 나갑시다.

> 女 最後想告訴大家有關成果報告書中包含的幾個細部事項。最近幾年，我們對外有了很大的成長。特別是過去2年間的收益增長了35%。我認為這種增長的主要原因，是因為我們充分滿足了顧客的需求。很多運送公司專門配送小型物品，但我們公司專門運送產業用車輛或機械類這樣規模和體積龐大的物品。根據最近實施的顧客滿意度調查，在公司處理這種製品的方面滿意度很高。顧客們相信我們公司會非常謹慎地將顧客的物品當作自己的物品來珍重處理。現在，我為所有人感到驕傲。希望今後也能像以前一樣繼續努力下去。

35. 女子在説明報告中包含的一些細部事項，並介紹了與公司收益增長相關的公司成果。所以答案為①。

36. 內容提到：這個顧客滿易度調查中，顧客對於公司處理大件物品的滿意度很高。所以答案為④。

여자 작가님, '글씨를 통한 마음 수양'이 무엇인지 소개 좀 해주시겠습니까?

남자 네, 서예에는 서법, 서예, 서도가 있는데 모두 붓글씨를 쓰는 것을 의미하지만 글씨를 통해 얻고자 하는 것은 차이가 있습니다. 서법은 글씨를 쓰는 법을, 서예는 글씨를 쓰는 예술을, 서도는 글씨를 예술로 승화시키며 수양하는 자세를 배운다는 의미입니다. 오늘 제가 말씀드리고자 하는 것은 서도입니다. 서도는 글씨를 쓰면서 마음을 수양하는 것이고 또한 오래된 글씨를 따라 쓰며 옛 사람들과 대화를 나누는 것입니다. 그런데 이러한 서도의 최우선적 전제는 정형화된 펜과는 달리 붓만이 갖는 독특함, 즉 굵고 약함을 조절할 수 있는 붓의 힘과 글씨를 쓰는 사람의 인품이 함께 어우러지는 것입니다.

女 作家先生，能請您介紹一下「透過字體修養心靈」是什麼意思嗎？

男 好的。書藝中有書法、書藝、書道，指的都是寫毛筆字，但是透過字體所獲得東西卻有差異。書法指的是寫字的方法、書藝是用毛筆寫字的藝術、而書道是將字昇華為藝術，從中學習一種修養的姿態。今天我想要和大家講的就是書道。書道是一邊寫字一邊進行心靈修養，且臨摹古字就是和古人對話。但是這種書道最重要的前提就是只有毛筆才具備的獨特性，要利用的是只有毛筆才具備的獨特性，意即，調節筆劃粗細及強弱的毛筆力度是與書寫人的人品相融合的。

37. 男子首先對書道最重要的前提做著說明，並指出寫字時最重要的是毛筆的力度要與書寫人的人品相融合的。所以答案為③。

38. 男子說書法、書藝、書道，都是用毛筆寫字。所以答案為④。

여자 고액의 학원비 때문에 고생하는 학부모님들의 이야기를 잘 들었습니다. 그래서인지 최근 과외나 학원에 비해 부담이 없는 학습지를 이용하는 학부모가 늘고 있는데요. 이 시간엔 학습지의 장점과 활용 방법에 대해서 들어보겠습니다. 박사님, 학습지의 장점은 무엇입니까?

남자 말씀하신 대로 학습지는 저렴한 가격으로 학습 효과를 높일 수 있다는 장점이 있습니다. 또한 아이의 수준에 맞는 단계를 선택할 수 있어야 실력 평가를 할 수 있을 뿐만 아니라 아이가 학교 수업에서 미처 따라가지 못한 내용을 보충하거나 심화, 응용 학습까지 할 수 있습니다. 잘만 활용하면 저렴한 값으로 몇 배의 학습 효과를 낼 수 있습니다. 하지만 아이에게 맞는 학습지를 고르고 잘 이용하기란 생각보다 쉽지 않습니다. 더욱이 다른 아이들이 하니까 무조건 따라 한다면 아이가 학습지로 인해 스트레스만 받고 오히려 학습 의욕이 저하될 수 있습니다. 따라서 학습지를 선택할 때 꼼꼼히 따져 보고 아이의 특성에 맞게 선택하는 것이 중요합니다.

女 我們聽到了受高額學費之苦的學生家長們所做之發言。也許就因為這樣，最近和課外或補習班比，利用沒有負擔的學習冊的家長越來越多了。那麼就利用接下來的時間，聽一聽學習冊的優點和使用方法。博士，學習冊的優點是什麼？

男 正如您所說，學習冊的優點就在於以低廉的價格提高學習效果。再來就是其可以針對學生的水準選擇適合的程度，不僅可以測量實力，甚至還可以針對孩子們在學校學習時完全跟不上的內容進行補充，做深化、應用的學習。只要好好利用，就可以用低廉的價格獲得好幾倍的學習效果，但是一定要挑選和利用適合孩子的學習冊，這可沒有想像地容易。而且如果是因為別的孩子都做，所以我也無條件跟著做的話，就會讓孩子對學習冊感到壓力，反而造成學習欲望降低。所以選擇學習冊時，最重要的是仔細地規劃，選擇最適合孩子特性的學習冊。

39. 女子一開始提及聽到了受到高額學費折磨的學生家長們之發言。所以答案為②。

40. 男子說只要好好利用學習冊就可以以低廉的價格得到好幾倍的學習效果。所以答案是①。

남자 여러분, '햄버거 커넥션'이라는 말을 들어 본 적이 있습니까? 오늘은 햄버거가 어떻게 이상 기후에 영향을 주는지 알아보려고 합니다. 보통 햄버거 속의 고기 패티의 재료는 소고기입니다. 유럽과 미국의 햄버거 패티는 대부분 중앙아메리카 지역에서 자란 소로 만들어집니다. 그런데 문제는 여기에 있습니다. 중앙아메리카에서는 이 소들을 키우기 위한 공간을 만들기 위해 먼저 나무를 벱니다. 보통 햄버거 1개를 만들기 위해 숲 1.5평이 사라진다고 하니 어마어마한 면적의 숲이 사라지는 것입니다. 1960년대 이후로 숲의 25% 이상이 소를 키우는 공간으로 변했습니다. 이렇게 햄버거 패티를 얻기 위해 나무를 베고 목장을 만들면, 숲이 없어지기 때문에 지구의 온도가 오르게 되고 결국에는 지구 곳곳에 이상 기후가 발생하게 됩니다. 바로 이런 현상을 '햄버거 커넥션'이라고 합니다. 작은 햄버거가 이상 기후를 만들어서 결국 사람의 생명까지 위협할 수도 있다는 것입니다.

男 各位，聽說過「漢堡連結」這句話嗎？今天我們就來瞭解一下漢堡是怎樣對異常氣候產生影響的。通常漢堡中肉餅材料是牛肉。歐洲和美國的漢堡肉餅大部分是用生長在中美洲地區牛肉製作的。但是問題就在這裡。在中美洲，為了餵養這些牛，首先就要伐樹。而一般要製作一個漢堡包就會消失1.5（4.95m²）坪樹木。也就是說，有相當大面積的樹林會消失。60年代以後，25%以上的樹林將變成養牛的空間。如此一來，為了要得到漢堡包肉餅就伐木建農場的話，樹林就會消失，地球的溫度接著上升，結果導致地球處處氣候異常。就是這種現象被人稱為「漢堡連結」。小小的漢堡包會造成異常氣候，最終也是會威脅到人的生命的。

41. 內容提到：中美洲為營造飼養牛的空間而伐樹，造成樹林消失。所以答案為③。

42. 男子一開始就提到，接著來瞭解一下漢堡包是如何對異常氣候產生影響的，所以答案為①。

여자 길거리 아무 곳에나 쓰레기를 함부로 버리는 사람들을 종종 볼 수 있습니다. 또 개인뿐만 아니라 기업과 같은 집단에서도 오염수를 정화하지 않고 그냥 배출하기도 합니다. '나 하나쯤이야.'라는 생각으로 주변의 환경을 더럽히는 행위인 것입니다. 자신이 저지른 환경을 더럽히는 행위가 얼마나 위험한지 반드시 깨달아야 합니다. 자연이 한번 파괴되면 환경을 원상 복구하는 것이 힘들기 때문입니다. 그럼, 자연을 지키기 위해 우리가 할 수 있는 일은 무엇이 있을까요? 그리 어려운 것은 아닙니다. 작은 생활 습관부터 바꾸어 나가면 됩니다. 예를 들어 쓰레기는 분리수거하여 재활용을 철저히 하고, 무심코 버리는 종이 하나라도 아껴 쓰는 자세가 필요합니다. 또 평소에 낭비를 줄여 쓰레기를 적게 배출하고, 주변에 작은 화초를 키우거나 나무를 심는 것도 좋습니다. 자, 여러분! 이제 여러분도 지구의 환경을 지킬 수 있으시겠지요?

女 時常能看到在路上隨意丟垃圾的人。不僅是個人，像企業這樣的集團對污水也不做淨化處理，直接排出，這都是由「不過就這麼一點」的想法開始污染周邊環境的。我們一定要認知到自己污染環境的行為有多麼危險。這是因為大自然一旦被破壞，環境就很難復原。為了守護大自然，我們能做些什麼呢？不是什麼難事，從改變小小的生活習慣開始就行。例如：將垃圾分類，嚴格篩撿可回收物品，哪怕是無意丟掉的一張紙，對節約來說都很重要。再來，減少平時的浪費，少扔垃圾，在周圍種植小花、小草或者種樹也很好。好，各位，現在各位也能夠保護地球的環境了吧？

43. 女子說環境一旦被破壞，便很難復原。所以答案為②。
- **原狀復原[原狀恢復]**: 重新回到原來的狀態或毀損之前的狀態。

44. 女子說明了破壞環境的原因和破壞環境的危險性，還提了保護環境的幾種方法。所以答案為④。

남자 여러분, 친환경 자동차로 바꿔야만 에너지 낭비를 줄일 수 있을까요? 꼭 그렇지는 않습니다. 운전 습관을 조금만 바꾸어도 에너지를 크게 절약할 수 있습니다. 가장 중요한 것은 '3급'을 피하는 것입니다. 여기서 '3급'이란 급출발, 급제동, 급가속을 말하는데요. 이 3급만 줄여도 기름을 많이 절약할 수 있으며, 나아가 환경도 보호할 수 있습니다. 한 연구 결과에 따르면, 3급 운전을 하지 않았을 때 고속도로에서 기름을 최대 30퍼센트나 아낄 수 있으며, 모든 차량이 급출발과 급가속을 하지 않으면 약 615억 원을 절약할 수 있다고 합니다. 또한 경제속도인 시속 54~94킬로미터로 주행할 경우에도 연료 사용이 24퍼센트나 줄어든다고 합니다. 차 안의 짐과 외부 장식을 줄이고, 부품 정비를 잘 해 두는 것도 에너지 효율을 높이는 데 큰 효과가 있다고 합니다. 에너지를 절약하기 위해 우리가 할 수 있는 일이 그리 어렵지 않지요?

男 各位，只有將汽車換成環保的汽車才能減少能源浪費嗎？並不然。稍微改變一下開車習慣也可以大幅減少能源。最重要的是避免「三急」。這裡的「三急」指的是：急出發、急制動、急加速。僅僅減少

這三急，就可以節約很多汽油，進一步保護環境。根據一個研究結果顯示，開車不做三急時，在高速路上可以節省高達30%的汽油，保證車輛不急出發和急加速的話，則可以節約615億元。另外維持時速在54～94公里的經濟速度行駛，可減少24%的燃料使用。減去車內物品和外部裝飾，以及維持好汽車零件等對大幅提汽車高能效也具有很好的效果。我們能為節約能源做的事不難吧？

45. 男子一開始說稍微改變一下開車習慣就可以大大節約能源。所以答案為②。

46. 男子根據研究結果，提及了改變開車習慣就能節約能源的資訊。所以答案為④。

남자 요즘 청소년들 대부분이 아침을 거르는 일이 빈번합니다. 많은 것을 배우고 익혀야 할 청소년기에 아침을 걸러 영양소를 제대로 섭취하지 못하게 되면 뇌 활동에 문제가 생길 수 있습니다. 이에 한국 영양학회 오예지 박사님을 모시고 청소년기에는 어떤 음식을 어떻게 섭취하는 것이 좋은지 이야기를 들어 보겠습니다.

여자 사람의 두뇌 발달은 4살 이전에 끝난다고 할 수 있습니다. 이후로도 뇌가 활발히 제 기능을 다 하려면 필수 영양소를 꾸준히 공급받아야 합니다. 대부분의 연구에 따르면 아침 식사를 거르면 하루에 필요한 영양 섭취가 충분히 이뤄지지 않을 뿐 아니라 인지 기능이 떨어지게 되어 학습 활동에 좋지 않은 영향을 미친다고 합니다. 미국에서 발표한 연구 결과를 보면 이러한 사실이 더 명확해집니다. 시험을 앞둔 학생들을 대상으로 아침 급식에 참여한 학생과 그렇지 않은 학생으로 나누어 시험 성적을 비교했습니다. 그 결과 아침 식사를 한 학생들의 성적이 아침을 먹지 않은 학생들보다 높게 나타났습니다. 이런 결과에 따르면 두뇌 발달을 위해 전반적으로 균형 잡힌 아침 식사를 하는 것이 바람직하다고 생각합니다.

男 最近大部分青少年不吃早餐的現象頻繁發生。很多知識要學習和掌握的青少年們若不吃早餐便不能好好地攝取營養，可能就會出現大腦活動上的問題。對此，我們請來了韓國營養學會吳藝智博士，聽她講講青少年時期如何進食最好。

女 可以說人的大腦在4歲之前就發育完成了。之後想要讓大腦積極發揮其全部功能的話，就必須不斷吸收足夠的營養。根據大部分研究來說，不吃早餐不僅攝取不到一天所需的營養，還可使認知功能下降，給學習活動帶來不好的影響。從美國發表的研究結果來看，這種情況就更為清楚了。研究以備考的學生為對象，並將他們分成兩組，也就是參加供餐和不參加的學生，然後對他們的考試成績進行比較。結果顯示，吃早餐的學生的成績要高於不吃早餐的學生。根據這一結果，我認為為了有助於大腦發達，食用營養全面均衡的早餐很重要。

47. 美國大學進行的試驗研究結果顯示，吃早餐的學生比不吃早餐的學生學習成績更高。所以答案為③。

48. 透過對吃早餐的學生和不吃早餐的學生之學習效果進行比較，內文鼓勵大家要吃早餐。所以答案為④。

[49~50] 下面是一篇演講稿。請聽錄音，回答問題。

여자 여러분은 아침에 일어나면 제일 먼저 무엇을 하나요? 전 하늘의 변화를 연구하는 연구자답게 제일 먼저 창문을 열고 하늘의 표정을 살펴봅니다. 입고 나갈 옷을 선택하는 것에서부터 비행기에 이르기까지 날씨는 우리 생활과 밀접하게 연관돼 있습니다. 그래서 예로부터 사람들은 여러 가지 방법으로 대기의 상태를 가늠해 날씨를 예측했습니다. 그중에서 오늘은 역사적으로 홍수를 어떻게 예측했는지 알아보려고 합니다. 지금과는 달리 옛날에는 댐을 건설하거나 예보 기술을 활용하여 홍수에 대비할 수 없었기 때문에 가장 큰 자연재해 중 하나가 홍수였습니다. 조선 시대에는 평균 5년에 두 번 정도 큰 홍수 피해가 일어났다는 기록도 남아 있습니다. 그래서 조선 시대 관상감은 보슬비부터 폭우까지 비의 강도를 8단계로 구분해서 관측했다고 합니다. 특히 세종 때에는 청계천의 수표교를 비롯한 여러 다리에 강물의 수위를 재는 수표가 설치되기도 했습니다.

女 各位早晨起床之後最先做什麼呢？我作為一個研究天氣變化的研究人員，最先是打開窗戶觀察天空的容貌。從選擇要穿的衣服起，到操作飛機，天氣都和我們的生活息息相關。所以很久以前，人們就開始使用各種方法觀測大氣狀態來預測天氣。今天我們就來瞭解其中一個，也就是歷史上是怎麼預測洪水的。和現在不同，過去就算建設堤壩或使用預報技術也無法防備洪水，所以最大的自然災害之一就是洪水。有記錄記載，朝鮮時代平均5年發生2次左右的大洪水災害。因此朝鮮時代將雨的強度從毛毛雨到暴雨分成8個等級進行觀測。在世宗時期，甚至在包括清溪川水標橋的幾座橋上都設置了衡量江水水位的水標。

49. 內容提到：世宗時期甚至在包括清溪川水標橋的幾座橋上都設置了衡量江水水位的水標。所以答案為④。

50. 女子說明要講述有關歷史上是如何預測洪水的資訊。所以答案為③。

쓰기　寫作

[51~52] 請閱讀下文，分別寫出符合㉠和㉡的一句話。

51. ㉠：後面有「住在樓下居民都經歷的不便」，所以括弧中應該寫它的緣由。但是下面內容中提到的「跳、運動、洗衣機或吸塵器」都是有噪音的，以此作為提示，括弧中應該寫有關公寓樓層間噪音或樓上製造噪音的理由之內容。

㉡：下面所寫的內容全部都是使用了「-아/어 주세요」這種託付的話語，因此括弧中應該是希望能遵守下列事項的內容。最後作為提示，用到了「서로의 예절을 잘 지킨다면」的說法，因此內容也最好使用「예절」。

→ 這是公寓管理辦公室給公寓居民的公告。通常都是介紹些公寓的最新消息或公寓發生的事件。偶爾

公寓裡出現問題，也會就問題來進行解釋，並號召公寓居民遵守規則，避免類似問題再次發生，給居民帶來不便。3分的答案適用於使用初級語法和詞彙進行表達的情況。

52. ㉠：因為有「반대로」，所以一定是與前面內容相反的說法。使用具有此意的漢字成語也好。由於不是實際發生的狀況，而是假設萬一發生某一狀況，所以必須使用「-기도 하다, -(으)ㄹ 수도 있다」的 法。

㉡：應該寫如前面所說「후회하기보다는」的內容相反之狀況。此時的「자세」作為名詞，所以文章必須是修飾名詞的句子。

53. 【概略】
序論（前言）：介紹調查內容（青少年娛樂文化）
本論（論證）：① 青少年的營業場所探訪率
　　　　　　　② 青少年利用空閒的方法
結論（結語）：整理

54. 【概略】
序論（前言）：歷史教育何以重要
本論（論證）：① 透過歷史教育可以學到的東西
　　　　　　　② 歷史教育給我們社會帶來的益處
結論（結語）：整理自己的意見

읽기　閱讀

[1~2] 請選擇最適合（　）內容的一項。

1.
> 與其和不愛的人一起（　），還不如獨自過一生。

問題類型 選擇適合句子的詞彙(連接/生活文)
這句話的意思是「比起和不愛的人過完這一生，還不如平生獨自過好」，所以答案為後句中表示選擇意義的①。

> **-느니: 用於雖然對後句的情況也不滿意，但是比起前句會更好的時候。**
> 例 이렇게 불행하게 사느니 죽는 게 낫겠다.
> 이런 재미없는 영화를 보느니 영화를 안 보겠다.
> **注意** 「-느니」後面經常使用「차라리」。

● **차라리**: 倒不如……；強調對於某種狀態或動作的選擇上，比起某個，另一個會更好。
　例 차라리 모르는 게 약이다.

● **-더니**:
　① 用於過去的事實或者情況之後，表示接下來發生某種事實或情況。
　　例 구름이 몰려오더니 비가 온다.
　② 表示對過去經歷某件事情之後，知道的事實或者有其他新的事實。
　　例 수업 전에는 눈이 오더니 지금은 그쳤다.
　③ 表示對於過去的某種事實，有與它相關的其他事實出現。
　　例 수지가 계속 몸이 아프더니 병원에 입원을 했구나.

第7回　全真模擬試題 答案與解析　**161**

- **-도록**: 當前句為後句的目的、結果、方式、程度時使用。
  - 例 두 사람 다 기분이 나빴지만 싸우지 않도록 조심했다.
- **-ㄴ/는다고 해도**: 表示與前面狀況無關，出現後面狀況的時候。有假設的意思。
  - 例 내일 비가 온다고 해도 행사는 진행될 예정이다.

2.
路邊開的花非常（　）把車停下來，照相。

問題類型 選擇適合句子的詞尾(終結/生活文)

停車拍照是因為路邊開的花非常漂亮。所以正確答案是②。

> **-기에**: 「-기에」的口語表現形式，用於前句是後句的根據或理由時。
> 例 어제부터 계속 배가 아프기에 병원에 갔어요.
> 학교에 오다가 꽃이 예쁘기에 한 송이 샀어요.

- **-(으) ㄴ 듯**: 表示推測後句內容與前句內容相似。
  - 例 아들은 기분이 좋은 듯 나를 보며 환하게 웃었다.
- **-고도**: 表示隨著前面事實的出現，後面又出現了與之相反或具有不同特性的時候。
  - 例 이 영화는 높고도 깊은 부모님의 사랑에 대해 이야기하고 있다.
- **-(으)ㄹ 정도로**: 表示後句內容與前句內容成比例，或者和前面內容的程度、數量相似。
  - 例 제주도는 말로 표현할 수 없을 정도로 아름다웠다.

[3~4] 請選擇與劃線部分意思相近的一項。

3.
如果不是學習，我的生活會很幸福的。

問題類型 選擇相近的詞尾(連接/生活文)

句子意思是「如果沒有學習的事，我的生活就會很幸福」。所以正確答案是④。

> **만 아니면**: 用於強調某種無法躲避的條件或理由時。
> 例 시험만 아니면 여행을 떠났을 텐데.
> 내가 너만 아니면 참지 않았을 것이다.
> 注意 「만 아니면」和「만 아니라면」可以互換。
> 例 공부만 아니라면 즐겁게 살 수 있을 것이다.

- **뿐이면**: 只有那個的話，只有一個的話。
  - 例 틀린 문제가 하나뿐이면 시험을 정말 잘 본 거예요.
- **만 있으면**: 用於表達唯一的條件的時候。
  - 例 나는 너만 있으면 돼. 다른 것은 필요 없어.
- **만 같아도**: 表示認為能達到那種程度就好。
  - 例 우리 아이가 너만 같아도 걱정이 없겠어.
- **을/를 제외하면**: 除了……的話。
  - 例 나는 월급이 적은 것만 제외하면 내가 하는 일에 만족한다.

4.
從觀看電影的觀眾超過100萬名可以看出，那部電影好像很有意思。

問題類型 選擇相近的詞尾(終結/生活文)

內容提到，從觀看電影的觀眾超過100萬名可以看出某些事，所以正確答案是表示推測的③。

- **-나 보다**: 用於根據某種事實或狀況進行推測。
  - 例 하늘에 구름이 많아지는 것을 보니 비가 오려나 봐요.
  - 注意 「-나 보다」和「-는 것 같다」，「-는 모양이다」、「-는 듯하다」互換使用。「-나 보다」的形態：動詞「-나 보다」；形容詞「-(으)ㄴ가 보다」；名詞「-인가 보다」。
- **-기는 하다**: 表示承認。(承認前句的事實，但後句的事實更重要)
  - 例 진수가 공부를 열심히 하기는 하지만 성적은 좋지 않아요. 저는 영어를 배우기는 했지만 잘 못해요.
- **-기만 하다**:
  - ① 表示不做其他行動，只做一種行動。
    - 例 그는 긴장해서 발표 내용을 말하지 못하고 떨기만 했다.
  - ② 用於涉及某個物件的，和其他情況無關的某種狀態持續，或者強調那個狀態。
    - 例 아무리 청소해도 내 방은 왜 이렇게 지저분하기만 할까?
- **-는 것 같다**: 表示推測。
  - 例 퇴근 시간이라 길이 막히는 것 같으니까 지하철을 타고 가자.
- **-기 마련이다**: 表示有那樣的事是理所當然的。
  - 例 아무리 어려운 일에도 끝이 있기 마련이다.

[5~8] 請選擇這是關於什麼內容的文章。

5.
**充滿活躍養分的純淨水！
為你的健康負責。**

問題類型 掌握文章的題材/類型(廣告文)

這篇廣告的核心詞是「깨끗한 물」。能製作出純淨的水的東西是淨水器。所以正確答案是②。

6.
**安全保護顧客的財產
強化網路資產管理服務**

問題類型 掌握文章的題材/類型(廣告文)

這篇說明文的核心詞彙是「자산 관리 서비스」。這樣的服務主要是在銀行，所以正確答案是①。

7.
**國際化時代！
與國外的交流活躍，國際婚姻增加**

問題類型 掌握文章的題材/類型(廣告文)

核心詞彙為「국제 결혼」，是由透過國際婚姻組成的家庭。所以答案是③。

8.
**・請不要拆掉包裝放入冰箱。
・3日後食用，請放置於冷凍。**

問題類型 掌握文章的題材/類型(介紹文)

這題講述的是保管食物的方法。所以正確答案是③。

[9~12] 請選擇與下文及圖表內容相同的一項。

9.

千年慶典，江陵端午節

- 活動地點：江陵市南大川端午場以及指定活
動地點
- 活動時間：2015年6月16日－2015年6月23日
（8天）
- 被選定為聯合國教科文組織非物質文化遺產
10周年紀念慶典：6月16日，下午2點
- 金額：免費
- 相關旅遊：離活動場20分鐘距離，有鏡浦海
水浴場和烏竹軒

問題類型 選擇與文章/圖表相同的一項(介紹文)

講述了「世界教科文組織非物質文化遺產10周年紀
念慶典」。所以答案是③。

① 江陵端午慶典場內有烏竹軒。→20分鐘距離
② 江陵端午節是具有~~10年~~傳統的節日。→千年
④ 活動期間，~~每天~~舉行世界教科文組織選定紀念慶
典活動。→6月16日下午2點

10.

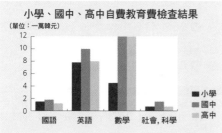

小學、國中、高中自費教育費檢查結果

（單位：一萬韓元）

問題類型 選擇與文章/圖表相同的一項(介紹文)

國中和高中學生，數學自費教育支出最多。所以答
案是②。

① 國中生英語自費教育花費最少。→社會，科學
③ 接受國語自費教育的比率~~小學生比國中生更高~~。
→國中生比小學生高
④ 比起高中生，國中生的社會，科學教育費支出~~更
少~~。→更多

11.

最近，圖書館「出現的核心顧客」是老年層。
查看資料可以發現，比起10年前，60歲以上的
比率增長了200%。但是特別的是，60歲以上的
男女比例幾乎為99：1。奶奶的比率確實比10年
前有所增加，但是差距依然很大。專家說，這
反映了奶奶們多忙於養育孫子和操持生計。

問題類型 選擇與文章/圖表相同的一項(生活文)

因為奶奶們忙於孫子的養育和生計，所以60歲以上
利用圖書館的顧客男女比例是99：1。所以正確答
案是④。。

① ~~圖書館顧客的99%是60歲以上的老人~~。→單純
透過內容無法知曉
② ~~爺爺~~們因為來往於孫子和圖書館，所以很忙。→
照看孫子的人是奶奶。／文中沒有提到爺爺帶孫
子去圖書館。

③ ~~奶奶~~輩顧客增加，成為圖書館的主要顧客。→爺
爺

12.

乘坐在電影裡出現的智慧無人駕駛汽車並於道
路上奔馳的日子不遠了。國內汽車產業將不需
要人類操控的無人汽車商用化時期定在了15年
後。現在正在試運行的無人汽車事故頻率在6年
中只有11起。無人汽車和人不一樣，它能夠集
中行駛和掌握周邊狀況，所以更安全。

問題類型 選擇與文章/圖表相同的一項(生活文)

內容提到：「무인 자동차의 상용화 시기를 15년 뒤
로 잡고 있다。」所以正確答案是①。

② ~~比起無人汽車，由人駕駛的車更安全~~。→比起由
人駕駛的車，無人車更安全
③ 試運行中的無人汽車，因為出了~~很多事故~~，所以
不安全。→事故頻率在6年期間只發生了11起
④ ~~商用化之後~~，無人汽車事故頻率6年只有11起。
→正在試運行的

[13~15] 請選擇排序正確的一項。

13.
(가) 很多人認為肌肉越多越健康。
(나) 肌肉維持在男性體重的80～85%及女性體
重的75～80%比較合適。
(다) 肌肉過多，會增加腎臟負擔，使心臟和肝
也受到影響。
(라) 但是研究結果顯示，肌肉量過多的人死亡
率很高，所以給人們很大的衝擊。

問題類型 排列文章順序(生活文)

本篇內容講的是人們認為肌肉越多越健康，但事實
不是那樣的。首先是人們認為肌肉越多越健康的
(가)，接著是連接詞以「그런데」開始，出現相反研
究結果的(라)；之後是講述研究結果內容的(다)，最
後是告訴人們肌肉量需適合的(나)。因此答案是②。

14.
(가) 韓國人大部分都特別喜愛松樹。
(나) 可能正是因為如此，松樹林佔據了韓國山
林面積的23%。
(다) 但是，問題是以松樹林為首的針葉林，因
為災害正變得脆弱。
(라) 針葉林樹根很淺，遇到風或是暴雨很容易
倒下，而且在山體滑坡面前也很脆弱。

問題類型 排列文章順序(生活文)

本文講的是松樹林多的理由和松樹林的缺點。首
先應是韓國人大部分都喜愛松樹的(가)，其次是以
「그래서인지」開頭，推測其理由的(나)；之後是以
「그런데」開頭的(다)，講述松樹林面對自然災害時
會很脆弱的缺點；最後才是(라)，說明在災害發生
時，松樹林相對易受損害的理由的。所以正確答案
是①。

- 침엽수[針葉樹]: 葉子像針一樣尖，對於乾燥和寒
冷有高耐性的樹木。

15.

(가) 這是起因於伊斯蘭教的高出生率和高青年人口比率。

(나) 未來伊斯蘭教徒數可能會超過基督教徒數。

(다) 一名伊斯蘭教徒女性，平均生的孩子是3.1名，伊斯蘭教徒的34%是15歲以下。

(라) 到2050年，伊斯蘭教徒的比重將會接近於基督教徒數，而從2071年起將會出現逆轉。

問題類型 排列文章順序(生活文)

這題說明了未來全世界的伊斯蘭教徒會變得比基督教徒數更多，以及其理由。首先應是描述伊斯蘭教徒數將會超過基督教徒數的(나)，接下來是對(나)進行詳細介紹的(라)，其次是由「이는」開始的(가)，講述此前景的理由，最後是對(가)進行詳細說明的(다)。所以答案為以(나)-(라)-(가)-(다)排序的①。

[16~18] 請閱讀下文，選擇最適合( )內容的一項。

16.

橡樹向蘆葦炫耀力量，嘲笑微風也能很輕易把它吹彎。對此蘆葦就那樣低著頭。在那個時候，刮來了一陣大風。雖然蘆葦左右搖擺抵禦著風，( )而橡樹最後卻被吹斷了。

問題類型 選擇符合文脈的內容(說明文)

橡樹嘲笑蘆葦「即使是微風也會被輕易吹倒」。括弧前面有「-아/어/였지만」，所以接下來應該連接與前面內容相反的內容。也就是括裡講述的是橡樹被吹彎理由，且應該是和蘆葦相反的橡樹的動作。所以正確答案是④。

17.

人類透過熟悉社會的文化，瞭解自身在社會中的角色，成為社會的一分子。這樣的過程被稱為「社會化」。但是社會一員並不僅僅是依靠社會角色或是文化規範( )，因此，可以說社會化是個人和社會的相互作用的過程。

問題類型 選擇符合文脈的內容(生活文)

括弧前面講了「사회 구성원들은 사회의 역할 기대나 문화 규범을 따르기만 하는 것이 아니라」，所以括弧裡的內容應該是說明社會成員是如何構成的。而且括弧後面又講到「사회화는 개인과 사회의 상호작용 과정」，所以括弧裡面應是講述有關不斷地相互作用而構成的內容。所以正確答案是②。

18.

招牌就是，用最簡略的形式來敘述建築物內部的內容，就像眼鏡店、小吃店、書店一樣。所以，沒有招牌就不會有商業行為，沒有招牌就像城市不存在一樣。如果沒用招牌的話，我們買感冒藥就會花很長的時間。因此可以看出招牌在城市中( )。

問題類型 選擇符合文脈的內容(說明文)

含有括弧的句子是對前面內容進行整理的最後一句。前面講了沒有招牌的話，就不會發生商業行為，沒有招牌，買感冒藥就會花很長的時間。所以，括弧裡的句子應是總結，概括前面句子的內容。所以正確答案是③。

[19~20] 請閱讀下文，回答問題。

對早期外語教育的問題目前還處於贊同與否的對峙狀態，很難說哪一邊對哪一邊錯。( )僅僅考慮發音的話，誰都認可越早開始越好這一點。但是如果讓主體性判斷還不足的孩子學習外語的話，很顯然就會使孩子珍惜文化和傳統的意識變得淡薄。

19. **問題類型** 選擇符合文脈的連接詞(生活文)

括弧前面講述了，目前早期外語教育的贊成和反對意見目前仍呈現嚴重對立；後面句子又講到，如果只考慮發音的話，越早開始越好，所以答案為連接前後兩個句子的③。

- **마침**: 正好適合某種機會或情況。
  例 물어볼 것이 있어서 지금 전화를 하려고 했는데 마침 잘 왔다.

- **혹시**: 用於表示「假定」或「疑惑」的時候。
  例 혹시 김 선생님을 만나면 제가 먼저 간다고 좀 전해 주십시오.
  혹시 내가 꿈을 꾸고 있는 건 아닌가 볼을 꼬집어 봤다.

- **다만**: 用於後句的內容是前面句內容的例外或條件，連接前後兩個句子的詞彙。
  例 용돈의 액수는 자녀의 설명을 듣고 정하도록 한다. 다만 잔소리는 하지 않아야 한다.

- **끝내**: (主要與否定句一起使用)終於。
  例 끝내 그녀는 내게 사과하지 않았다.

20. **問題類型** 掌握細節內容 (一致/生活文)

「발음 한 가지만을 놓고 볼 때는 일찍 시작할수록 좋다는 점을 누구나 인정한다.」，由此可知，正確答案是②。

① 學習外語越早越有益。→對於早期外語教育，贊成與反對意見還存在嚴重對立。

③ 比起反對早期外語教育的人，贊成的人更多。→對於早期外語教育，贊成和反對意見還存在嚴重對立。

④ 為了自己國家的文化和傳統教育，早期外語教育是有必要的。→如果讓孩子過早學習外語的話，很顯然就會使孩子對自己的文化和傳統的熱愛變得淡薄。

[21~22] 請閱讀下文，回答問題。

我們知道，如果在實驗室裡培養微生物的話，它會成長到某個瞬間，然後經過一定的時間後，由於食物枯竭和廢物堆積，停止生長，最後死去。人類也不例外，如果放任人類生產活動的附屬產物，像大氣污染、水質污染，以及土質污染不管的話，環境問題就會超越環境污染成為環境破壞。接下來的結果是( )的事。

21. **問題類型** 選擇符合文脈的俗語(說明文)

環境破壞後的結果，我們都是能預測到的事。所以正確答案是①。

- **불 보듯 뻔하다**: 對以後發生的事毫無疑問，很清楚明白。
  例 용돈을 받자마자 계속 쇼핑을 하는 걸 보니 곧 돈이 없어질 것이 불 보듯 뻔하다.

- **사서 고생하다**: 即使不是辛苦的事，卻自討苦吃。
  - 例 배낭여행을 가겠다는 내 말에 어머니는 왜 사서 고생을 하냐고 하셨다.
- **손꼽아 기다리다**: 充滿期待與焦慮的心，數著日子等待。
  - 例 그는 여자 친구가 출장에서 돌아오는 날을 손꼽아 기다렸다.
- **물불을 가리지 않다**: 不考慮危險和困難，硬著頭皮行動。
  - 例 그는 돈을 벌기 위해 물불을 가리지 않고 닥치는 대로 일을 했다.

22. 問題類型 掌握中心想法(說明文)
人類如果就那樣放著環境污染不管的話，就會導致環境破壞，接下來的結果就是很明顯的事。所以正確答案是③。
- **배양하다[培養──]**: 人工養育細胞，或者細菌、微生物等。
- **고갈[枯渴]**: 資源或者物質都用罄。
- **치닫다**: 奮力地、快速地向前走。

[23~24] 請閱讀下文，回答問題。

> 放假時，我在學校圖書室發起了閱讀營。「大家都聽過能實現願望的魔法燈故事嗎？」熟悉的童話故事很快就使得孩子們沉浸在課堂裡面。講到如果每天把自己的夢想說二十遍並且努力去做願望就會實現時，孩子們每個人都紛紛講了自己的願望，有人想成為富人的孩子，有人想成為歌手的孩子，但是載宇什麼話也沒說。
> 下課後，在回家的路上，看見了載宇。載宇一個人埋著頭獨行。我走向他，聽見了他的喃喃自語。「想和媽媽爸爸一起生活，想媽媽和爸爸一起生活。」我鼻子發酸，載宇的話說得多麼懇切。

23. 問題類型 掌握心情(生活文)
因為是在聽見載宇自言自語的話「엄마, 아빠랑 같이 살고 싶다。」之後產生的心情，所以正確答案應是④。
- **코끝이 찡하다**: 由於感動，心裡感到心酸或激動的感覺。
  - 例 지수가 우는 모습을 보니 괜히 나까지 코끝이 찡했다.
- **괘씸하다**: 因做了違背期待或信任的不恰當行為，所以很討厭。
  - 例 나는 한참 어린 동생의 버릇없는 말투가 괘씸하게 생각되었다.
- **섭섭하다**: 遺憾。
  - 例 수미는 친구가 자신의 생일을 잊어버린 게 매우 섭섭했다.
- **답답하다**: 因為焦慮或擔心，心裡著急與不安。
  - 例 김 과장은 이번 달 목표를 달성하지 못할 것 같아 마음이 답답했다.
- **안쓰럽다**: 因別人處境或境況可憐，心情不好。
  - 例 추운 날씨에 아이가 밖에서 일하는 모습이 안쓰러웠다.

24. 問題類型 掌握細節內容(一致/生活文)
載宇在聽到老師說「每天說二十次自己的夢想，並且努力做的話，夢想一定會實現」之後，講述了自己夢想，所以正確答案是②。

① 載宇説想要成為富人。→想和媽媽爸爸一起生活
③ 載宇現在和爸爸媽媽一起生活。→沒一起生活
④ 載宇沒參加讀書大本營。→參加了

[25~27] 下面是新聞報導題目。請選擇說明最確切的一項。

25. 最高人氣漫畫，登臺後卻不怎麼樣？
問題類型 掌握簡化的句子(報導文)
最高人氣漫畫登上舞台，選擇用具有結果與期待不同意思的「글쎄?」疑問形式來傳達的新聞題目，所以正確答案是④。
- **글쎄**: 用於面對對方的問題或要求時，態度不明確。
  - 例 가: 선생님, 이 점수면 합격하겠습니까?
    나: 글쎄, 결과가 나와 봐야 알겠는데.

26. 修養林內山莊「旺季，淡季分開」已成為過去
問題類型 掌握簡化的句子(報導文)
養老林內山莊在以前是旺季淡季分開的，現在不分淡季旺季。所以正確答案是②。
- **성수기[盛需期]**: 購買商品或享受服務的人最多的時期。
- **비수기[非需期]**: 商品賣得不好或服務需求很少的時期。

27. 大學畢業女性就業亮綠燈，男女工資差異問題仍急需解決
問題類型 掌握簡化的句子(報導文)
新聞題目意思是，雖然大學畢業女性就業情況好，但是男女薪資差異仍是留待解決的問題。所以正確答案是③。
- **청신호[青信號]**: （比喻）能看到某些事情以後會進展得很好的跡象。反 적신호 [赤信號]
  - 例 좋은 일자리가 빠른 속도로 늘어나면서 경기 회복의 청신호가 나타났다.

[28~31] 請閱讀下文，選擇最適合( )內容的一項。

28.
> 在有些國家( )的動作，在其他國家卻是可以自然地使用的動作。比如說在韓國，彎曲食指指別人的行為是不行的。但是美國人用這個手勢時，是表示叫服務員。手肘朝外然後手放在腰上的行為在韓國被看成是很傲慢的一種姿勢，而在美國則表示那個人很開放，並且有寬闊胸懷。

問題類型 選擇符合文脈的內容(說明文)
帶括弧的句子後面舉了具體的例子。根據所舉例子可以看出，在某些國家被視為無禮的行為，在其他國家卻被看成是很自然的肯定的行為。所以正確答案是③。

29. 最近，因為學生作弊行為而成為問題的某大學自然科學院決定引進「無監考考試制度」。這一行動正成為熱門話題。這跟大學本部的「強化考試」方針方向不一樣。自然科學院院長表示，比起強化監考，倒不如讓他們對自身名譽有正確認識。自己對作弊行為（　）進行的教育更好。

問題類型 選擇符合文脈的內容(說明文)

想想「無監考考試制度」的宗旨，也就是比起強化監考，不如教育學生自覺抵制作弊行為更好。所以答案是④。

- 유혹을 뿌리치다: 拒絕誘惑。

30. 假使一個人在黑暗的荒野上遇到雷劈，被恐懼包圍的人會因此悔悟之前犯下的罪，斷然開始新的生活。那麼，這個時候的雷劈（　）可以說是神的懲罰。對這種情況，如果說前者是針對這個現象的科學解釋，那麼後者就是人類的解釋。如果說有科學法則支配的領域，那麼也會有不受科學法則支配的部分。

問題類型 選擇符合文脈的內容(說明文)

括弧後面的句子講到「전자가 현상에 대한 과학적 해석이라면, 후자는 인간적 해석」，所以前者是自然現象，後者是神的懲罰。因此正確答案是①。

- 가령[假如]: 假如說
- 황야[荒野]: 荒原

31. 一般的情況是下，電影製作者（　）拍攝。所以需要準備2個小時左右的膠捲進行編輯。他們會選擇場面，把它們集中在一起，然後剪掉不合適的部分，有時候也會縮短拖拉的場面或者剪掉，由此編排出一個具有生動感的部分。這個工作會花費好幾個月的時間，只有所有場面都按照正確的順序合成，上映準備才算完成。

問題類型 選擇符合文脈的內容(說明文)

括弧後面的句子說到「그래서 필름을 2시간 전후 분량으로 편집을 한다.」，因此帶括弧的句子說的應該是關於「比所需量更多的拍攝」。故正確答案是①。

[32~34] 請閱讀下文，選擇與內容相符的一項。

32. 化妝品公司的化妝品使用期限就像食物的有效期一樣，將會更簡單明確地標示出來。快樂化妝品等韓國代表的化妝品公司表示，從明年開始，產品的使用期限將標記成「○年○月為止」，在此之前雖然產品的生產日期和開封後的使用期限都標記在了產品上，但是僅靠生產日期來推算保質期是很難的，而且像「6M（6個月）」、「12M（12個月）」等等這樣的開封後使用期限，也同樣會使消費者產生混淆。

問題類型 掌握細節內容(一致/說明文)

從明年開始，產品的使用期限將標記成「○년 ○월까지」，可知正確答案是④。

① ~~食品有效期限~~將會簡單地標記。→化妝品的使用期限
② 在此之前，化妝品的使用期限被~~明確地標記~~。→然生產日期和開封後使用期限標記在了產品上，但是很難知道效期，因此仍容易使消費者產生混淆
③ 以後化妝品的效期將標記為~~6M，12M~~。→○年○月為止

33. 隨著年齡的不同，感受到的寒冷程度也不同。寒冷的程度不是依據氣溫，而是依據體溫調節機能決定的。參與體溫調節的是脂肪組織。脂肪組織分為白色脂肪和褐色脂肪。褐色脂肪起產生熱量的作用，白色脂肪則扮演著阻止熱量流散到體外的作用。人類是帶著褐色脂肪出生的，隨著年齡的增加，褐色脂肪漸漸減少，等到了老年就不再生成了。

問題類型 掌握細節內容(一致/說明文)

文章說明，到了老年的時候，就不再產生褐色脂肪了。所以正確答案是③。

① ~~依據氣溫來~~決定寒冷的程度。→依據體溫調節機能
② ~~白色脂肪~~扮演產生熱量及保護熱量的角色。→褐色脂肪充當生產熱量的角色
④ ~~年齡越小，白色脂肪越多~~，褐色脂肪越少。→關於白色脂肪的內容，從敘述中不能知道。但是年齡越小，褐色脂肪越多。

34. 外型像樹的花椰菜是抗癌效果極強的蔬菜。花椰菜是所有蔬菜當中，含鐵量最多且低熱量的食物，並且具有豐富的纖維質，所以作為減肥食物也是很好的。如果想發揮花椰菜的功用，烹飪方法很重要。生的花椰菜保留了所有的營養固然很好，但是它會刺激腸道，產生氣體。而煮得太久或是熬湯的話，則容易降低花椰菜的效果，所以稍微燙一下吃是最好的。

問題類型 掌握細節內容(一致/說明文)

文中講到，「要想發揮花椰菜的效能，烹飪方法很重要。最好的方法是稍微燙一下」。所以正確答案是④。

① 花椰菜是~~樹的一種~~。→長得像樹的蔬菜
② 花椰菜要~~充分地煮著吃才好~~。→輕輕地燙一下
③ 生吃花椰菜會~~降低效能~~。→效能好，但是會產生氣體

[35~38] 請選擇最適合做下文主題的一項。

35. 由於智慧型手機的發達，我們可以預測人類將會擁有一個更自由的正向未來。但是，在大部分人都擁有智慧型手機的今天，職場人士反而叫苦。因為24小時內隨時隨地都要處理業務，閒暇時間也經常加班。當然，也肯定有提高業務效率的部分，但是同時必須忍受被迫在上班時間之外也得處理事情。

問題類型 掌握主題(說明文)

大部分人擁有智慧型手機，因此即使離開公司，也得忍受被強迫處理事情。故正確答案是④。

- 잔업[殘業]: 規定的上班時間結束後，還有要做的事。
- 강박[強迫]에 시달리다: 意志因某種想法或情緒所感受到嚴重壓迫。

36.
花生作為和清涼啤酒一起吃的下酒菜，很受歡迎，甚至有「消遣花生」的說法。花生對於韓國人來說，不是為了健康才吃的食物，而是把它作為零食來看待的。但是，如果知道了花生的功效之後，可能會改變你的想法。花生裡含有比香蕉更多的鈣，對於排除人體內的鈉有很卓越的效果。所以對經常吃鹹食的韓國人來說特別有用。

問題類型 掌握主題(生活文)
「한국 사람들에게 땅콩은 건강을 위해서 먹는 음식이 아니라 주전부리 정도로 인식되고 있다. 하지만 땅콩의 기능성을 알고 나면 생각이 달라질 것이다.」。由此可知，這裡在強調花生不是單純的零食，還是對健康有好處的食物。所以正確答案是④。

• 주전부리: 消遣時吃的東西。

37.
和寵物狗一起出去散步的時候，一定會幫狗穿戴好，也就是戴好頸鏈或胸鏈。從外形來看，胸鏈比起頸鏈能更自由地活動；但是任何東西都是有優缺點的，無法說哪種鏈更適用於散步。這是因為用途和本身作用不同，這兩種在散步的時候使用都沒有負擔，所以可以選擇和愛犬一起走時使用更安全和方便的鏈條。

問題類型 掌握主題(生活文)
文章說到，與頸鏈胸鏈無關，可以選擇和愛犬一起行走時使用更安全和更方便的鏈條。所以正確答案是③。

38.
人們為了消耗熱量，會特意抽出時間去做運動。但是在日常生活中也能消耗熱量。比如說，擦60分鐘地板，能消耗114卡路里；做飯能消耗掉68卡路里；熨燙衣服能消耗65卡路里；單純地笑也能消耗33卡路里。減少坐著的時間，做伸展運動，不坐電梯改走樓梯等替換這些生活習慣，會比平時消耗更多的熱量。

問題類型 掌握主題(生活文)
減少坐著的時間，做伸展運動，不坐電梯改走樓梯等改掉這些生活習慣，會比平時消耗更多的熱量。由此可知正確答案是③。

[39~41] 請將提示的句子填入下文中最恰當的位置。

39.
準備創業的人，認為比起政府的支持還有更重要的東西。（㉠）換句話說，就是聽取成功前輩創業家創業時考慮的事項、失敗過程，以及創業成功的故事等多種資訊和事例。（㉡）因為透過共用從失敗中學到的東西和成功的技巧，可以減少實踐時的失誤。（㉢）這樣從前輩創業家那裡得到各種資訊，對於準備創業的創業家來說，是非常重要的第一步。（㉣）

〈提示〉
是來自創業成功前輩所傳授的用錢買不到的實戰經驗。

問題類型 插入符合文脈的句子(說明文)
留意提示句子最前面的「바로」和（㉠）後開始的話「다시 말해」。提示句子是對「從創業成功前輩那裡得到的實踐經驗的傳授」這一句話的一個說明，所以放在（㉠）裡是很自然的。所以正確答案是①。

• 바로: 馬上，即
例 가: 오늘 새로운 직원이 왔다고 하던데.
　나: 바로 저 사람이야.

40.
離開韓國，成為日本最佳打擊手的李承燁選手，不是一位單純只靠身體力量轟出全壘打的選手。（㉠）作為投手也是非常優秀的選手，所以能夠預先猜到對方投手會投出怎麼樣的球。（㉡）但是因為手臂受傷，所以要從投手轉為打手的時候，誰也沒有把握他會成功。（㉢）現在作為國民打擊手，他受到了很多人的喜愛，這都是因為他付出巨大的努力才得以實現的。（㉣）

〈提示〉
他是懂得用頭腦競技的聰明選手，是從投手轉成打擊手的選手。

問題類型 插入符合文脈的句子(說明文)
將提示句子放在「作為投球手也是很優秀的選手，所以能夠預先猜到對方投手會投怎樣的球。」這部分前面的（㉠）會比較自然，所以正確答案是①。

41.
雙胞胎分為同卵雙生和異卵雙生。同卵雙胞胎說的就是，受精卵分裂成細胞的時候，各自作為獨立的個體生長。（㉠）所以同卵雙胞胎不光是性別，連血型，遺傳基因都一樣。（㉡）受精卵在細胞分裂後才進行分離的原因，還不太清楚。（㉢）相反，異卵雙胞胎就是一次性排卵2個以上、卵子分別和不同的精子形成受精卵生長。（㉣）

〈提示〉
所以遺傳基因不同，性別也可能不同。

問題類型 插入符合文脈的句子(說明文)
文章裡說到「일란성 쌍둥이」不光是性別，連血型，遺傳基因都一樣。由此可知，「유전자도 다르고 성도 다를 수 있다.」應該是對異卵雙胞胎的說明。因此放在對於異卵雙胞胎說明後的（㉣）是比較自然的。所以正確答案是④。

[42~43] 請閱讀下文，回答問題。

「風這麼大，你爸的船沒事吧？」
「爸爸的船是新船，所以會很安全的。」
對於不知道兒子是否安全，心裡焦急如焚的老奶奶，我雖然已經回答了她的問題，但是作為女兒也同樣不安。颱風越來越大，爸爸的生死和船的命運，都不知道會怎麼樣，我陷入了極度不安。
「天氣預報說今天會刮颱風，不要坐船。」
「說颱風是晚上才來，早去早回不會有事的。」
父親不顧女兒的勸阻，保證說不會走太遠，淩晨便出門了。從上午開始就一滴兩滴地下起了雨，到了下午就變成了雷雨天氣，開始刮起了大風。颱風越來越大，淩晨就出去的父親到了深夜還沒回來，女兒心裡萬分焦急。電話鈴響起了，父親說是因為發生急事沒去捕魚，而是去了首爾。聽到父親電話的女兒雙腿發軟癱坐了下來。

李益相《漁村》

42. 問題類型 掌握心情(小說)
這是在颱風天時，女兒於確認乘船出去卻深夜未歸的父親之安全後的行為。所以正確答案是①。

43. 問題類型 掌握細節內容(一致/小說)
從上午開始就一滴兩滴地下起了雨，到了下午就變成了雷雨天氣，開始吹起了大風。由此可知①為正確答案。
② 父親很早就乘船出去了。→沒有乘船
③ 父親聽了女兒的話後，沒有乘船。→因為發生了急事
④ 女兒擔心父親的安全，所以癱坐下去。→確定了安全後
● 주저앉다: 無力地癱坐下去

[44~45] 請閱讀下文，回答問題。

如果發生了大型事故，就會很容易驚慌失措，把原因歸咎成別人的過錯。特別是最近，把大型事故發生的原因究責於國民對安全麻木不仁的事件變得頻繁。但是單純地找出這種錯誤反覆發生的原因，並防止其再次發生是最重要的。為此，預防再次發生的政策設想和對於政策效果的縝密評價，是非常必要的。觀察那些有先進安全的國家就可以看到，維持安全社會的嚴格現場安全制度設施正在運行。政府不要僅止步於制訂和發表各種制度，而是應該在現場執行這個制度，關心其是否具有實效性。

44. 問題類型 掌握主題(說明文)
預防大型事故發生時，不要把大型事故發生的原因歸咎於國民對安全的麻木不仁，而是應該在現場執行相關制度，關心其是否具有實效性。所以作為本文的主題，正確答案是④。

45. 問題類型 掌握符合文脈的內容(說明文)
括弧前面的句子講了「把大型事故發生的原因究責於國民對安全麻木不仁的事件變得頻繁」，而括弧後面的句子是「找出這種錯誤反覆發生的原因，並防止其再次發生是最重要的」。所以選項「對於安全」，比起要責任歸咎於個人的疏忽」比較正確，故選③。

[46~47] 請閱讀下文，回答問題。

喝了酒之後，頭痛心灼熱的原因是什麼呢？酒的主要成分是水和酒精。（㉠）如果喝酒後出現了很多症狀，這都是由酒精引起的。（㉡）在小腸和胃裡被吸收的酒精，會在分解我們體內毒物的肝裡，依次變為乙醛和乙酸。（㉢）酒精變為乙醛，這對每個人來說，沒有太大的差別。而由乙醛變為乙酸，就會有很大的差別。根據分解乙醛的速度，則顯現了每個人喝酒程度的差別。（㉣）因此可以說，從科學角度來講，會喝酒的人是分解乙醛的能力極強的人。

46. 問題類型 插入符合文脈的句子(說明文)

乙醛是使心臟難受且頭痛的宿醉物質，毒性很強。

提示句是說明乙醛的部分，因此放在說明乙醛的句子後面比較合適。另外「숙취 물질로 독성이 강하

다.」這句話放在「술을 잘 마시는 사람은 아세트알데히드의 분해 능력이 뛰어난 사람이라 할 수 있다.」這句話前面是比較自然的。所以正確答案是④。

47. 問題類型 掌握細節內容一致(說明文)
文中寫到「술을 잘 마시는 사람은 아세트알데히드의 분해 능력이 뛰어난 사람」所以正確答案是②。
① 酒的主要成分是乙醛和乙酸。→水和酒精
③ 酒精轉變成乙酸，每個人的差異都很大。→乙醛轉變成乙酸
④ 喝酒後頭痛心裡難受是因為乙酸。→乙醛

[48~50] 請閱讀下文，回答問題。

為了擴大企業對於青年實習制度的參與，導入認證制度是必要的。青年就業論壇在25日於首爾中區韓國新聞中心舉行了學術界、經濟團體、青年，以及大學生等共同參與的「關於青年工作經驗討論會」。參加論壇的一名教授主張，分散在各個部門的現場實習、實習制度，及職場體驗活動等（　　）應該系統性地管理工作和職場的工作經驗，並且提出了職務體驗型的實習工作。職務體驗型工作是依據學生職務經驗需求變高，因此增加並大幅擴大財政支援，讓就業連接型實習工作和國家勞動獎學金工作等連接的方案。這位教授提到，為了擴大中堅企業等優質企業對於實習制度的參與，認證制度是必要的，他還提高了嗓音說，如果不是青年實習制度的認證企業，就不允許參與工作經驗專案的方案。

48. 問題類型 掌握目的(說明文)
文中講到，為了擴大中堅企業等優質企業對於實習制度的參與，認證制度是必要的。所以正確答案是③。

49. 問題類型 掌握符合文脈的內容(說明文)
括弧的前面寫到「각 부처 등에 산재된」，括弧後面又寫到「체계적으로 관리해야 한다.」，所以括弧裡的內容應該是管理標準化的事物。所以正確答案是④。
● 인턴(intern): 在成為公司或者機關的正式職員之前接受訓練的職員，也可指接受訓練的過程。
● 포럼(forum): 1～3名專家公開發表自己的主張之後，和聽眾一起以辯論問答形式進行討論，又叫做「公開討論」。
● 산재되다[散在─]: 零散於四處

50. 問題類型 選擇筆者的態度(說明文)
劃線部分句子的意思是，為了擴大對於青年實習制工作的優質企業之參與，教授強烈主張只有得到認證的企業才能夠參與工作經驗專案。所以正確答案是②。

TOPIK 실전 모의고사 8회
第8回　全真模擬試題 答案與解析

정답 第8回答案

聽力

1. ②	2. ④	3. ③	4. ①	5. ③	6. ③	7. ②	8. ②	9. ②	10. ④
11. ①	12. ③	13. ②	14. ②	15. ①	16. ②	17. ②	18. ④	19. ①	20. ②
21. ④	22. ②	23. ③	24. ②	25. ③	26. ①	27. ③	28. ③	29. ①	30. ③
31. ④	32. ③	33. ③	34. ②	35. ④	36. ④	37. ④	38. ①	39. ①	40. ④
41. ②	42. ②	43. ④	44. ②	45. ③	46. ④	47. ②	48. ②	49. ④	50. ③

寫作

51. ㉠ (5점) 다른 사람에게는 필요한 물건일 수 있습니다
(3점) 다른 사람에게는 필요합니다

㉡ (5점) (경제적인 측면에서) 환경과 자원의 보존에 도움이 됩니다
(3점) '환경에/자원 보존에/절약에 도움이 됩니다' 중 한 가지만 언급한 경우

52. ㉠ (5점) 많은 것을 동시에 하려고 하는 것은 좋지 않다
(3점) 많은 것을 정하는 것은 좋지 않다

㉡ (5점) 목표의 선택과 목표에 대한 집중이라고 할 수 있다
(3점) 목표를 선택하고 집중하는 것이다/선택과 집중이다

閱讀

1. ③	2. ①	3. ②	4. ④	5. ①	6. ③	7. ①	8. ①	9. ③	10. ①
11. ①	12. ②	13. ④	14. ②	15. ①	16. ①	17. ③	18. ①	19. ②	20. ④
21. ③	22. ①	23. ②	24. ④	25. ②	26. ③	27. ③	28. ②	29. ③	30. ④
31. ③	32. ②	33. ②	34. ①	35. ③	36. ②	37. ③	38. ②	39. ②	40. ④
41. ③	42. ③	43. ①	44. ①	45. ③	46. ①	47. ②	48. ④	49. ④	50. ②

53. <答案範本>

20대 남녀 500명에게 직업을 선택할 때 가장 중요하게 생각해야 할 요인에 대해서 설문조사를 한 결과, 남성과 여성이 각각 32.8%, 29.3%로 모두 수입을 가장 중요하게 생각하였으며, 남성의 경우는 안정성이 26%, 적성과 흥미가 22.7%로 그 뒤를 이었다. 그러나 여성의 경우는 적성과 흥미가 26.4%, 안정성이 26.3%로 거의 비슷한 수준으로 나타났다. 다소 차이는 있지만 남녀 모두 적성과 흥미, 안정성보다는 수입을 가장 중요하게 생각하고 있다는 것을 알 수 있다.

54. <答案範本>

　과학의　발달은　장점과　단점을　모두　가지고　있다.　그　중　유전자　조작　식물,　인공　장기　등이　포함되어　있는　유전　공학　분야도　그러하다.
　유전　공학의　발달이　가져오는　장점은　다음과　같다.　우선　유전자　조작으로　콩,　옥수수와　같은　식물　등의　대량　생산이　가능해져서　식량　부족을　해결할　수　있다.　또한　인공　장기　등을　개발하여　병으로　힘들어하는　많은　사람들을　도울　수　있다.　복제　생물　기술의　발전으로　멸종　위기의　동물도　보존할　수　있게　되었다.
　그러나　유전　공학의　발전은　여러　가지　단점도　유발할　수　있다.　식물　DNA의　변형으로　생물계의　인위적인　변화를　일으켰으며,　이러한　변화가　인간에게　도움이　될지　피해를　가져올지는　아직　아무것도　예측할　수　없다.　또한　복제　생물이나　생명체를　다루는　실험이　많아지면서　많은　동물들이　희생되고　있다.　그　결과　생명을　가볍게　여기는　부작용이　나타날　수도　있다.
　이처럼　유전　공학의　발달은　인간에게　도움이　되기도　하지만　오히려　큰　피해를　가져올　수　있다.　생명체를　다루는　학문인만큼　과학자의　윤리성,　도덕성　측면이　가장　중요하게　고려되어야　할　것이다.　그리고　새롭게　개발된　기술은　개인적　이익보다는　사회적　이익을　우선으로　생각하여　적용되어야　할　것이다.

듣기 聽力

[1~3] 請聽錄音，選擇與內容相符的圖片。

1.
여자 사장님, 아까 두 시에 이 상자가 배달 왔습니다.

남자 그래요? 어제 주문했던 재료들이 다 들어 있는지 확인 좀 해 주세요.

여자 네, 여기 종이에 표시하면 됩니까?

女 社長，這個箱子剛才兩點送來了。
男 是嗎？請確認一下有沒有昨天要的材料。
女 好，在這張紙上標出來就可以了嗎？

男子和女子正站在送來的箱子面前對話。女子問是否在紙上做標記就行，所以答案為②。

2.
남자 이렇게 높은 곳에서 아래를 내려다보니까 좋네요.

여자 네, 등산하는 것은 힘드니까 가끔 건물 위로 올라와서 도시를 보는 것도 참 좋아요.

남자 네, 그래도 우리 다음에는 산에도 가 봐요.

男 從高處這樣往下面看，真好。
女 是啊，去登山有困難，偶爾這樣爬到建築物屋頂上俯瞰城市，也很不錯。
男 是的，但是下次我們也上山吧。

男子和女子正站在建築物屋頂上俯瞰著城市說話。所以答案為④。

3.
남자 30대 남녀 직장인을 대상으로 퇴근 후 활동에 대해 조사한 결과 남녀 모두 TV를 본다는 응답이 절반 이상을 넘는 것으로 나타났습니다. 다음으로 직장인 여성들은 주로 친구·이성과의 만남을, 남성들은 운동을 한다는 응답이 많았습니다.

男 針對在職男女的30歲組別所進行的下班後活動調查，其結果顯示：無論男、女，回答看電視的超過一半以上。其次，在職女性回答見朋友或和異性見面，以及男性回答運動的方面人很多。

這裡講的是針對在職男女的30歲組別所進行的下班後活動調查內容。調查結果為回答看電視的男、女最多（54%、60%），女性回答見朋友或與異性見面（35%），以及男性回答運動（30%）則占第二位。所以答案為③。

[4~8] 請聽對話，選擇合適的下句。

4.
남자 저 실례지만 혹시 이 자리 예약한 거 맞으세요?

여자 네, 제 자리가 맞는데요. 혹시 다른 칸 아니에요?

남자 _____

男 很抱歉，請問這是你預訂的座位嗎？
女 是的，是我的座位，你會不會是別的車廂？
男

面對女子「會不會是別的車廂？」的疑問，男子一定會重看票，確認座位。所以答案為①。

5.
여자 사무실용 복사기를 주문하려고 하는데요. 가격을 알려 주시겠어요?

남자 사무실에 몇 명이 있으세요? 6인 정도면 월 20만 원 정도 합니다.

여자 _____

女 我想買辦公室用的影印機，能告訴我價格嗎？
男 辦公室裡有幾個人？6人左右的話，20萬韓元左右。
女

女子問男子影印機價格，男子回覆了有關價格的資訊，因此最恰當的答案為③。

6.
여자 김 교수님 수업은 조금 어려운 것 같아. 더 쉬운 수업으로 바꿔야겠어.

남자 박 교수님 수업 들어 봤어? 난 지난 학기에 들어 봤는데 재미있고 쉽더라고.

여자 _____

女 金教授的課好像有點難，得換成比較簡單的課了。
男 有上過朴教授的課嗎？我上個學期修過，很有趣又簡單。
女

男子問女子是否聽過朴教授的課，因為他上個學期有聽過，因此向女子推薦，所以最恰當的答案為③。

7.
남자 사장님, 청소 다 했어요. 이제 걸레를 빨까요?

여자 잠깐만요. 저기 창문을 다시 닦아야겠어요. 아직 얼룩이 있어요.

남자 _____

男 社長，打掃完了。我現在來洗抹布？
女 等等。那邊的窗戶得重新擦，還有印漬呢。
男

女子對打掃完畢的男子說窗戶上還有印漬，所以最恰當的答案為②。

8.
남자 아까 택시에 두고 내린 지갑을 찾고 싶은데요.

여자 일단 저희 회사로 오셔서 분실물 신고서를 작성해 주셔야 해요.

남자 _____

男 我想找回剛才掉在計程車上的錢包。
女 那您得先來我們公司填寫遺失物品登記表。
男

為了找回錢包，男子要去計程車公司填寫遺失物品登記表，所以詢問公司位置的②為正確答案。

9.
여자 인터넷에서 가방을 사려고 하는데 어느 사이트가 좋아?

남자 여기는 어때? 가격을 비교해 줘서 같은 제품을 가장 싸게 살 수 있어.

여자 우와, 고마워. 즐겨찾기에 등록하고 나서 회원 가입 해야겠다.

남자 그리고 사기 전에는 꼭 상품 평을 읽어 보도록 해.

女 想在網路上買個包包，哪個網站比較好？

男 這個怎麼樣？有價格比較，相同產品能用最便宜的價格買到。

女 哇！謝謝！先把它放入我的最愛，再進行會員登錄。

男 另外在買之前，一定要先看看商品評價。

女子説要將男子推薦的網站放入我的最愛，再進行會員登錄。所以答案為②。

10.
남자 이제 서류 전형 합격자들 다 뽑은 거죠?

여자 네, 오늘 저녁에 서류 합격자들에게 면접 장소를 공지하려고 합니다.

남자 그 전에 김 대리에게 서류 합격자 명단을 보내 주고 나한테도 이메일로 보내 줘요.

여자 네, 알겠습니다.

男 現在資料審核的合格者都挑選完畢了吧？

女 是的，準備今天晚上就向資料審核的合格者公佈面試場所。

男 在那之前請先把資料合格者的名單傳給金代理，用電子郵件也傳給我。

女 好，知道了。

男子指示女子將資料合格者名單先發給金代理，所以答案為④。

11.
여자 그럼 내일 전철역 앞에서 만나서 공항버스를 타는 거지?

남자 응, 공항버스 표는 인터넷에서 내가 예약했으니까 잊지 말고 꼭 인쇄해 와.

여자 그래, 알았어. 집에 가자마자 할게.

남자 그러면 나는 역에서 공항까지 얼마나 걸리는지 스마트폰으로 검색해 볼게.

女 那明天在地鐵站前面見面後，就坐機場巴士吧？

男 嗯，機場巴士票我已經在網上預訂了，別忘了一定要列印好帶來。

女 好的，知道了。一到家就做。

男 那我用智慧型手機查查從車站到機場需要多長時間。

男子要求女子將自己預訂的機場巴士票列印後拿來，所以答案為①。

12.
남자 이 책을 빌리고 싶은데요. 지금 이 책은 없나요?

여자 지금 그 책은 모두 대여 중이에요. 도서 대여를 예약하시겠어요?

남자 네, 예약해 주세요. 제가 직접 예약하는 건가요?

여자 제가 지금 예약해 드릴게요. 책이 반납되고 대여가 가능해지면 문자가 갈 거예요.

男 我想借這本書，這本書現在沒有了嗎？

女 現在這本書全都借出去了。你要預約借書嗎？

男 好，請幫忙預約。我要親自預約嗎？

女 我現在幫你預約。書還回來可以借閱時會傳訊息。

男子不能自己預約借閱，只能讓女子來申請，所以答案為③。

13.
여자 요즘에 채식에 관한 책을 읽고 채식에 관심이 생겼어.

남자 채식이라고 하면 고기는 안 먹고 야채만 먹는 거 아니야? 달걀도 안 먹는다던데?

여자 그렇지 않아. 채식하는 사람을 채식주의자라고 하는데 채식에는 단계가 있어서 채식주의자마다 먹는 음식이 다르더라고.

남자 그렇구나. 자기 체질에 맞는 채식을 하면 되겠다.

女 最近讀了一本關於素食的書，對素食感興趣了。

男 素食不就是不吃肉，只吃蔬菜嗎？聽說連雞蛋都不吃吧。

女 也不是。吃素的人統稱素食主義者，素食是有階段的，每個素食主義者吃的飲食都不一樣。

男 這樣啊！那只要選擇適合自己體質的素食就可以啦。

女子否定了男子所説的素食主義者不吃雞蛋的話，所以答案為②。

14.
여자 매년 회사 워크숍이 진행되는 거 아시죠? 올해는 특별히 춘천에서 진행됩니다. 이번에는 사원들과 임원들의 대화의 시간이 있습니다. 또 부서별 장기 자랑을 통해 선발된 한 부서에 부서 회식비를 지원하기로 했습니다. 특히 지난해에 워크숍에 참가하지 않았던 분들께서는 꼭 참가해 주시기 바랍니다.

女 每年公司都要組研討會，您知道吧？今年特別選在春川進行。這次安排了職員和負責人對話的時間。另外還決定將部門聚餐費頒給透過才藝表演選拔出的部門。特別希望去年沒參加研討會的人務必參加。

公司研討會每年都舉行，但希望去年沒參加的人這次務必參加，所以答案為②。

15. 남자 요즘 점심값보다 비싼 커피값에 놀라지 않으세요? 저희 회사에서는 사무실과 가정집에 커피 기계를 빌려 드립니다. 커피 기계를 빌리시면 한 달에 한 번 관리사가 찾아가 관리를 해 줍니다. 또 고장이 나면 전화 주세요. 저렴하게 수리도 해 드립니다. 이제 사무실과 집에서 저렴하게 고급 커피를 즐겨 보세요.

男 最近咖啡價格比午餐費還貴，不驚訝嗎？我們公司有咖啡機可以出租給辦公室和家庭。借用咖啡機的話，我們管理公司每個月會上門一次進行管理。而且，出現故障時請打電話，可以便宜修理。從現在起就在辦公室和家裡享受便宜的高級咖啡吧。

內容提到，咖啡價格比午餐價格還貴，所以答案為①。

16. 여자 기자님, 요즘 서울 한복판에서 한복을 입은 사람들을 많이 볼 수 있는데요. 왜 요즘 젊은 사람들이 한복을 입는 걸까요?

남자 한복을 입는 것이 하나의 유행이 된 것 같습니다. 처음 몇몇의 청년들이 한복을 입고 서울에서 찍은 사진이 퍼지게 되면서 자연스럽게 한복 동호회가 만들어졌습니다. 이 동호회에는 한국인들과 소수의 외국인이 있는데 동호회 덕분에 젊은 사람들에게 유행이 된 것이죠. 앞으로 지방으로 유행이 계속 번져 나갈 것 같습니다.

女 記者，最近在首爾市中心能看到很多身著韓服的人。為什麼最近年輕人要穿韓服呢？

男 穿韓服好像已經成了一種流行。一開始只是幾個年輕人身著韓服在首爾照相，相片被傳出去了以後，自然就形成了韓服同好會。在這個同好會裡有韓國人和少數的外國人，而托同好會的福，才在年輕人中流行起來。今後這種流行可能會繼續蔓延到地方去。

內容提到：穿韓服的流行趨勢將傳到地方。所以答案為②。

[17~20] 請聽錄音，選擇最符合男子的中心想法的一項。

17. 남자 저는 밥을 먹고 나서 꼭 물을 마셔야 소화가 되는 느낌이에요.

여자 그런데 밥을 먹고 바로 물을 마시면 소화가 잘 안돼서 건강에 안 좋대요.

남자 네, 그런데 습관을 고치는 일은 정말 힘든 일이더라고요. 특히 이런 식습관은 노력해도 정말 바꾸기 힘들어요.

男 我覺得吃完飯後好像一定要喝水才能消化似的。

女 但是聽說飯後馬上喝水會不好消化，對健康不好。

男 是的，但是改變習慣真是件難事。特別是這種飲食習慣，即便努力也很難改變。

男子認為再努力，改變習慣也很難。所以答案為②。

18. 남자 지나 씨, 오늘 또 지각을 하셨네요.

여자 정말 죄송해요. 아침에 운전해서 왔는데 길이 많이 막히더라고요.

남자 출근 시간에는 될 수 있으면 대중교통을 이용하세요. 좀 불편해도 교통비도 아낄 수 있고, 길이 막혀서 지각하는 일도 없을 거예요.

男 志娜，妳今天又遲到了。

女 實在對不起，早上開車來的，路上很塞。

男 上班時間盡可能利用公共交通。雖然有些不便，但既可以節省交通費，塞車也不會發生遲到的狀況。

男子向女子推薦上班時間利用公共交通，並說明了它的好處。所以答案為④。

19. 남자 요즘에 혼자 사는 사람들이 많아진 것 같아요.

여자 네, 맞아요. 앞으로 혼자 사는 사람이 더 많아질 것 같아요.

남자 남자는 괜찮은데 여자가 혼자 사는 건 좀 위험할 것 같아요. 혼자 살다가 나쁜 일이 생기면 바로 도와줄 사람이 없잖아요.

여자 아무래도 그렇죠. 친구랑 같이 사는 건 괜찮을 것 같아요.

男 最近好像獨自生活的人變多了。

女 是，沒錯。以後獨自生活的人還會增加的。

男 男生還可以，但女生獨自生活會有點危險。一個人生活遇到壞事，沒有人能幫助啊！

女 一定是的。所以和朋友一起住也不錯。

男子認為和男人比，女人一個人生活比較會有危險，所以答案為①。

20. 여자 현재 단장님께서는 자원봉사 센터를 운영하신다고 들었는데요. 자원봉사에 대해 설명 부탁드립니다.

남자 자원봉사라 하면 힘들고 어려운 일만 생각하기 마련인데요. 봉사의 종류는 수백 가지가 넘기 때문에 힘든 일만 있는 것은 아닙니다. 자원봉사를 잘하려면 자신의 재능과 경험을 살려서 하는 게 가장 좋습니다. 전문적인 지식을 가지신 분들의 도움이 필요하기도 하거든요. 그리고 꾸준히 하는 게 좋아요. 도움을 받는 입장에서 봉사자가 바뀌면 혼란스러워하거든요.

女 聽說團長在運營志願服務中心工作。現在請講講志願服務。

男 說起志願服務，大家自然會想到的都是很艱辛的事。但義務服務的種類超出百種之多，所以並不都是辛苦的事。想要做好義務服務，能發揮自己的才能和經驗最好。我們也需要有專業知識的人士來幫忙，而且最好能堅持做下去。站在接受幫助者的立場來看，更換志願者的話，會感到混亂的。

男子認為要做好志願服務，最好是能發揮自身的才能和經驗。所以答案為②。

여자 최근에 SNS를 시작했는데 오랫동안 연락이 끊겼던 친구를 찾게 되었어요.

남자 와, 잘됐어요. 그래서 요즘에 수지 씨가 SNS를 열심히 하는 거군요.

여자 네. 친구들이 올린 사진을 보고 소식을 바로 알 수 있어서 좋은 것 같아요.

남자 그런데 그만큼 개인의 사생활이 너무 쉽게 노출되는 것 같아요. 저는 SNS에 사진을 올리거나 의견을 남길 때도 좀 조심스러워져요.

女 最近開通的SNS（社交網站）讓我找到了長久以來聯繫中斷的朋友。

男 哇，太好了！所以最近秀智才這麼專注使用SNS。

女 是的。看到朋友們上傳的照片便能很快收到消息，好像真不錯。

男 但是，與此同時，個人私生活也好像很容易曝露。我在SNS上傳照片或者留言時，總是很小心。

---

21. 男子説明，在SNS上很容易洩露個人資訊，所以在SNS上傳照片或留下意見時，總是很小心。所以答案為④。

22. 女子講她第一次透過SNS找到了之前聯繫中斷的朋友，所以答案為③。

여자 어제 인터넷으로 비행기 표를 예약했는데요. 비행기 표는 어디에서 받나요?

남자 비행기 표는 출발하는 날 공항에서 짐을 부칠 때 여권을 보여 주면 받을 수 있어요.

여자 그런데 제가 인터넷 면세점에서 물건을 미리 구매를 하려고 하는데 비행기 표가 있어야 한다고 해서요.

남자 그건 인터넷에서 비행기 표를 예약하시면 이티켓이 나와요. 비행기 표를 받기 전까지는 이티켓을 비행기 표라고 생각하시면 돼요.

女 昨天在網路上預訂了機票。要在哪裡拿機票呢？

男 出發那天在機場托運行李時，只要出示護照，就可以拿到機票了。

女 但是，我想提前在網路上的免稅店裡買東西，說是一定要有機票才可以。

男 從網路上預訂的機票會有電子機票，在機票出來之前可以先把電子機票當成機票。

---

23. 男子向女子説明了拿機票的方法，並對電子機票做了説明。所以答案為③。

24. 男子告訴女子在拿到機票之前，可以先把電子機票當成機票使用。在免稅店裡也可以使用電子機票。所以答案為②。

여자 10년 전에 유행했던 노래를 본인의 스타일로 재해석해서 만든 리메이크 앨범 반응이 정말 뜨거운데요. 어떻게 이런 생각을 하셨어요?

남자 요즘에 나오는 가요에 비해서 옛날 가요는 좀 다른 매력이 있어요. 오래된 가요의 멜로디와 가사는 자극적이지 않고 은은하지만 중독성이 있어요. 특히 옛날 가요의 가사는 요즘에 나오는 가요들보다 훨씬 전달력이 있다고 생각해요. 그래서 옛날 가요들의 멜로디를 조금 세련되게 바꿔서 요즘 신세대들에게도 소개하면 좋을 것 같다고 생각했죠. 그런데 신세대보다 기성세대들의 반응이 더 좋은 편이라 깜짝 놀랐어요. 기성세대들이 이 노래를 통해 향수를 느끼는 것 같아요.

女 將10年前流行過的歌按照自己的風格重新詮釋、翻唱製作，目前唱片的反應很熱烈。您是怎麼想到這樣做的呢？

男 和最近的歌謠歌詞比，過去的歌謠有著不同的魅力。悠久歌謠的旋律和歌詞雖然不激烈、很溫和，但有很強的感染力，特別是過去的歌謠歌詞和最近出來的歌謠相比，我認為感染力高很多。所以我想，如果把過去歌謠的旋律改得稍微流行一點，介紹給現在新時代的年輕人，一定很不錯。但結果中老年人的反應比年輕人還好，令我大吃一驚，也許是因為這首歌能讓中老年人體會出一縷鄉愁吧。

---

25. 男子説，過去的歌謠跟現在的比，具有不一樣的魅力，並介紹了過往歌謠的特徵。所以答案為③。

26. 男子説，老歌謠的旋律和歌詞雖然不激烈但相當溫和，但有很強的感染力，所以答案為①。

여자 이번에 휴가를 외국으로 간다면서? 네가 키우는 강아지는 어떻게 할 거야?

남자 친구한테 부탁해 보려고 하는데 그 친구도 휴가를 가야 해서 어떻게 해야 할지 모르겠어.

여자 애견 호텔에 맡겨 보는 건 어때? 애견 호텔은 주인들이 휴가를 가거나, 애완동물을 장시간 돌볼 수 없을 때 대신 돌봐 주는 곳이래.

남자 아, 나도 들어 봤어. 그런데 비싸지 않아?

여자 하룻밤에 이만 원 정도인데 휴대 전화로 강아지 상태를 확인할 수도 있고, 강아지들이 불안해하지 않고 휴식을 취할 수 있게 전문가들이 돌봐 준대.

女 聽說你這次休假要去外國？你養的小狗怎麼辦？

男 本來想託給朋友，但是那個朋友也要去休假，真不知道怎麼辦了。

女 把它寄放在寵物旅館怎麼樣？寵物旅館是當主人去休假或長時間無法照顧寵物的時候，可以替代照看的地方。

男 啊，我也聽說過。但是不貴嗎？

女 一晚上2萬韓元左右，可以用手機確認小狗的狀態，還有專業人士照看，不會讓小狗感到不安，能好好休息。

27. 女子對要去國外休假的男子說，可以把小狗託到寵物旅館裡，並介紹了有關寵物旅館的資訊。所以答案為③。

28. 內容提到可以用手機確認小狗在寵物旅館裡的狀態。所以答案為③。

[29~30] 請聽錄音，回答問題。

여자 개인 웹 사이트인 블로그의 인기가 날로 높아지면서 사이버 공간에서 영향력을 가진 사람들이 많아지고 있는데요. 선생님은 어떻게 블로그를 시작하게 되었습니까?

남자 처음에는 제가 정말 맛있게 먹었던 음식들을 인터넷 웹 사이트에 기록하기 위해 블로그를 시작했어요. 그러다가 점점 많은 사람들에게 제가 갔던 식당에 대해 질문을 받았어요. 그래서 식당의 위치나 전화번호 등을 블로그에 남기게 되었는데 사람들에게 정보를 주는 것에 보람도 느끼고 재미를 느꼈어요. 원래 직업이 따로 있었는데 지금은 블로그만 운영하면서 식당에서 음식을 맛보거나 여러 제품들을 직접 사용하고 후기를 올려 주는 대신 돈을 벌고 있어요.

女 個人網頁，也就是部落格，日漸受人關注。目前在網路空間裡有很多極富影響力的人，先生，您是怎麼開始部落格的呢？

男 我剛開始只是因為想將吃過的最好吃的食物記錄下來才開始寫部落格的，可是漸漸接到了很多人就我去過的餐廳提出的問題，所以就把餐廳的位置和電話號碼等寫在部落格。透過給人們提供資訊，我感受到了意義，也體會到了情趣。以前我另有一份工作，現在則只經營部落格，透過去餐廳品嘗美食，或者親自使用一些產品後，將紀錄上傳來賺錢。

29. 男子對女子說明開始經營部落格的契機，還說現在仍持續經營。答案為①。

30. 內容提到：男子以前有另一份工作，現在則只經營部落格，所以答案為③。

[31~32] 請聽錄音，回答問題。

여자 정부에서 실시한 금연 캠페인의 결과를 보면 지난 5년간 흡연율이 0.8%밖에 하락하지 않았습니다. 담뱃값 인상이야말로 확실한 금연의 유인책입니다.

남자 캠페인이 실패했다는 것은 인정합니다. 그런데 갑자기 담뱃값을 인상하게 되면 담배를 기호품으로 여기는 서민들의 생활에 부담을 줄 수 있습니다.

여자 하지만 지난 10년간 담뱃값이 인상되지 않았으므로 물가 상승률을 고려해서라도 담뱃값을 인상할 필요가 있다고 생각합니다.

남자 그러면 물가를 고려해서 적정한 수준에서 담뱃값을 인상하되 인상된 가격에 따라 걷힌 세금을 흡연자의 건강 증진 목적으로 사용하는 것이 좋겠습니다.

女 從政府實施的禁菸運動結果可以看到，過去5年間吸菸率只下降了0.8%。因此只有提高香菸價格才是確實實的禁菸宣導良策。

男 我承認這次運動的失敗。但是突然提高香菸價格，把香菸變成一種滿足個人嗜好的物品，只會給普通人的生活帶來負擔。

女 但是過去10年間都沒有提高過香菸價格，我認為即使從物價上升率來考慮，也有提高香菸價格的必要。

男 那從物價上來考慮的，我認為可以在適當的範圍內上調香菸價格，而且最好將隨著價格提高所收取的稅金用在增進吸菸者健康的目的上。

31. 男子提到：提高稅金可以，但應該用在提高吸菸者健康的目的上。所以答案為④。

32. 男子同意女子說禁菸運動失敗了的想法，同時也提出了一個恰當的妥協方法。所以答案為③。

[33~34] 請聽錄音，回答問題。

여자 누구나 처음을 경험합니다. 우리가 인생을 사는 것 또한 처음 경험하는 일이기 때문에 살다 보면 누구나 잘못된 선택과 판단으로 실수를 할 수 있습니다. 부모의 역할이라는 것 또한 처음 경험하는 일이기 때문에 쉬운 일이 아닐 겁니다. 아무리 현명한 사람이라도 부모 역할을 처음 경험하면 실수를 하기 마련입니다. 그렇기 때문에 부모들은 좋은 부모가 되는 방법을 반드시 공부해야 합니다. 부모 학교를 통해 좋은 부모가 되는 방법을 배울 수 있을 뿐만 아니라 부모로서 자신을 돌아볼 수 있는 뜻깊은 시간을 경험하게 될 것입니다.

女 誰都會經歷第一次。我們活著本身就是第一次，因此無論誰都可能會因為錯誤的選擇和判斷而造成失誤。為人父母也都是第一次，所以不是件容易的事。再賢明的人，第一次當爸媽的時候，也必定會出現失誤的。因此，要成為一個好父母就需要父母們學習。透過父母學校，爸媽們不僅能學習成為好父母的方法，還可以經歷一段回顧自己作為父母的寶貴時光。

33. 男子主張父母也需要教育。所以答案為③。

34. 男子說，再聰明的人，一開始教育孩子也會有失誤的。所以答案為③。

[35~36] 請聽錄音，回答問題。

남자 이번 정기 간담회에 참석해 주신 여러분, 진심으로 환영합니다. 저는 벤처기업연합회 회장 이관형입니다. 오늘 이 간담회는 최근 정부에서 추진하고 있는 '창조 경제 사업'에 벤처 기업들의 적극적인 참여를 부탁드리고자 마련된 자리입니다. 창조경제 사업은 정부가 벤처 기업의 창업을 활성화하기 위해 추진하는 사업입니다. 세계적으로도 창조 경제 사업과 유사한 정책들이 실시되고 있는데 일본의 '앙트레 IT', 프랑스의 '라 프렌치 테크'가 이와 유사한 사업입니다. 이 사업은 창업과 혁신을 경제 발전의 새 엔진으로 삼아 일자리 창출을 통해 국내 경제를 안정시키는 데 기여할 것으로 기대됩니다. 또한 대기업 주도의 경제 질서를 바꾸는 계기도 될 것이라고 봅니다. 여러분의 적극적인 참여를 기대합니다.

男 真心歡迎出席這次定期懇談會的人。我是風險企業聯合會會長李冠亨。今天舉行這個懇談會的目的，就是想拜託風險企業們積極參與最近政府促進的「創造經濟事業」。創造經濟事業是政府為了讓風險企業活躍發展而推薦的事業。現在全世界也推行著與創造經濟事業相類似的政策，日本的「Entrée×IT」、法國的「La French Tech」

就是與之相類似的事業。我們期待這一事業
能把創業和革新當作經濟發展的新動力,透
過創造工作機會,為穩定國內經濟作出貢
獻,其也可成為改變以大企業主導的經濟格
局之契機。期待大家的積極參與。

35. 男子正在拜託風險企業們積極參與創造經濟事業。
所以答案為④。

36. 男子舉了世界上幾個推行與創造經濟相類似政策的
國家的例子來加以說明,所以答案為④。創造經濟
事業是政府促進的事業,不是風險企業主導的,因
此①不正確。

[37~38] 下面是教養節目。請聽錄音,回答問題。

남자 오늘은 이선경 박사님을 모시고 바다 숲을 이루는 식물
인 '해조류'에 대해 이야기를 들어 보겠습니다. 박사
님, '해조류'는 어떤 식물인가요?

여자 말씀하신 대로 땅 위 많은 나무와 풀이 숲을 이루듯이 바
다 속에서도 바다 숲을 이루는 식물이 있는데 이것이 해
조류입니다. 해조류에는 엽록소가 들어있어 이산화탄소
와 햇빛을 이용해 광합성을 합니다. 그래서 바다 속에 있
는 이산화탄소를 흡수하여 산소를 만들어 냅니다. 해조
류가 지구에서 발생하는 산소의 70퍼센트를 만드니
하니 바다뿐 아니라 지구 전체에 영향을 많이 끼친다고
말할 수 있겠죠? 특히 다시마는 지구에 있는 식물 가운데
광합성 능력이 가장 뛰어납니다. 또한 해조류 숲은 물고
기들이 편안하게 쉴 수 있는 집이 되기도 합니다. 이와 같
이 해조류는 바다 환경과 깨끗한 지구를 위해 꼭 필요한
존재라고 할 수 있습니다.

男 今天請來了李善京博士,聽他來講講構成
海洋森林的「海藻類」植物。博士,「海
藻類」是什麼植物呢?

女 正如您所說,就像陸地是由許多樹木和花
草構成樹林一樣,在海洋裡也有形成海洋
森林的植物,這就是海藻類。海藻類中含
有葉綠素,可以利用二氧化碳和陽光進行
光合作用,所以可以吸收大海裡的二氧化
碳,製造出氧氣。海藻類製造的氧氣占地
球生成氧氣的70%,因此可以說,不僅是
海洋,它對整個地球都有著很大的影響。
特別是海帶,在地球所有植物中,它的光
合能力極為突出。而且海藻類森林也可以
成為魚類平安棲息的家。因此我們可以
說,海藻類是維護海洋環境和潔淨地球的
必不可少的存在。

37. 女子提到海藻類可以生成地球氧氣總量的70%,因
此不僅是對海洋,也對整個地球起了潔淨和維護的
作用。所以答案為④。

38. 內容提到:海藻類中含有葉綠素,可以利用二氧化
碳和陽光進行光合作用。所以答案為①。

[39~40] 下面是一段訪談。請聽錄音,回答問題。

여자 물 부족 사태가 이렇게 많은 문제를 발생시킬 수 있다는
말씀에 심각성을 느낍니다. 물 부족 국가가 점차 늘어나
고 있는 현 상황을 해결할 수 있는 방법에는 무엇이 있을
까요?

남자 네, 현재에도 세계 인구의 약 40퍼센트 정도가 만성적인
물 부족에 시달리고 있는 것으로 알려져 있습니다. 특히
기후 변화와 인구 증가가 현재 상태로 계속된다면, 2025
년이면 세계 인구 80억 중 40억 정도가 물 부족을 겪게
될 것이라고 합니다. 이처럼 심각한 물 부족 사태를 개선
할 수 있는 방법으로 많은 과학자들은 과학 기술을 제시
하고 있습니다. 환경 개선 등 기본적인 문제점을 해결하
는 방안이 선행되어야 하지만, 가장 효과적인 방법은 '해
수담수화'라는 과학 기술입니다. '해수담수화'란 생활용
수로 사용할 수 없는 해수에서 염분을 제거하여 마시는
물이나 생활용수를 얻어 내는 일종의 물 처리 과정입니
다. 현재 많은 국가들이 실제 사용하고 있으며 계속해서
더 발전된 기술을 연구하고 있는 상황입니다.

女 聽了由於缺水情況竟然導致這麼多問題發
生的資訊,我們可以感受到它的嚴重性。
現在缺水國家不斷增多,有什麼方法能解
決這種狀況嗎?

男 是的。據瞭解,現在有占世界40%左右的
人口正在受著慢性缺水的折磨。而如果氣
候變化和人口增加又特別像現在這樣繼續
的話,到2025年,世界人口80億中的40億
左右將面臨缺水的問題。作為改善這種嚴
重缺水事態的方法,很多科學家提出了新
的科學技術。雖然首先要實施改善環境等
基本問題的解決方案,但最有效的方法是
被稱為「海水淡化」的科學技術。「海水
淡化」指的是將無法作為生活用水的海水
去掉鹽分,使之成為飲用水或成為生活用
水的一種水處理過程。實際上,現在很多
國家都在使用,並且還在繼續研究和發展
這項技術。

39. 女子開始提到聽了由於缺水事態竟能導致這麼多的問
題發生,可以感受到它的嚴重性。所以答案為①。

40. 根據男子的話,2025年世界人口80億中的40億左右
將面臨缺水的問題。所以答案為④。還提到:現在
很多國家利用著海水淡化技術,所以在限定地區使
用的②不正確。

[41~42] 下面是一篇演講稿。請聽錄音,回答問題。

남자 여러분, 갯벌이 어떻게 만들어지는지 아시나요? 갯벌은
밀물과 썰물의 높이 차이에 따라 주기적으로 바다에 잠
기었다가 물이 빠지면서 공기 중에 노출되는 모래나 점
토질이 평평하게 쌓이면서 만들어지는 것입니다. 육지에
서 모래와 진흙이 강이나 하천을 통해 운반되어 썰물 때
바다로 밀려 나갔다가 밀물 때 육지 쪽으로 밀려오는 과
정을 수없이 반복하여 오랜 시간 쌓여서 만들어진 곳이
지요. 대표적인 곳이 순천만 갯벌과 태안 갯벌입니다. 그
런데 이렇게 만들어진 갯벌의 중요한 역할은 무엇일까
요? 갯벌은 육지에서 나오는 각종 오염 물질을 걸러내는
정화 기능을 합니다. 갯벌로 흘러 온 오염 물질은 지렁이,

게, 조개 등의 각종 생물과 미생물에 의해 자연 분해되고
제거되기 때문이죠. 그래서 우린 갯벌을 흔히 자연의 콩
팥으로 부릅니다. 이렇듯 갯벌은 늘 건강한 생태계를 유
지하는 데 중요한 역할을 합니다.

男 各位，你知道濕地是怎麼形成的嗎？濕地是因為漲潮和退潮的落差，透過週期性海洋的覆蓋，在水退去時，因空氣中的砂子或黏土露出進而平坦地累積形成的。陸地上的沙子和淤泥透過江河反覆運送，退潮時流向大海，漲潮時推向陸地，藉由無數次這樣的重覆，久而久之就沉澱出了這樣的地方。代表性的地點有順天灣濕地和泰安濕地。但是，這樣形成的濕地的重要作用是什麼呢？濕地具有過濾從陸地帶來的各種污染物質的淨化功能。因為流進濕地的污染物質會被蚯蚓、螃蟹、貝類等各種生物和微生物自然分解去除。所以，我們經常把濕地稱為大自然的腎臟。正因為如此，濕地時時刻刻起著維持生態界健康的重要作用。

41. 內容提到濕地具有過濾從陸地帶來的各種污染物質之淨化功能，由此可知，濕地可以淨化各種污染物質。所以答案為②。

42. 男子認為濕地時時刻刻起著維持生態界健康的重要作用。所以答案為②。

[43~44] 下面是一篇紀實報導。請聽錄音，回答問題。

여자 장미의 꽃말은 '정열, 그리고 열렬한 사랑', 물망초의 꽃말은 '나를 잊지 마세요' 등 이렇게 최근 누리꾼 사이에서 꽃말이 의미 있는 꽃을 선물하는 고백이 화제가 되고 있습니다. 이렇게 꽃의 의미에 많은 사람들이 열광하는 이유는 최근 인기리에 종영한 드라마에서 남자 주인공이 여자 주인공에게 꽃을 주며 한 고백이 화제가 되면서부터입니다. 드라마의 인기를 반영하듯 젊은이들 사이에서 기념일에 의미가 담긴 꽃으로 고백을 하는 것이 인기를 끌게되고 있습니다. 선물을 고르느라 골머리를 앓는 사람들에게도 좋은 소식이지만 마음을 고백할 때 많은 말보다는 때론 의미 있는 꽃 한 송이가 진심을 전달할 수도 있다고 생각하는 사람들이 늘어나고 있다는 것이지요. 그래서 꽃말에 대한 관심도 금방 수그러들지 않을 것이라 예상합니다. 또 꽃말뿐만 아니라 어떤 특정 의미를 가진 물건에 대한 누리꾼들의 관심이 높아지면서 이러한 물건을 선물하는 것이 각광을 받고 있습니다.

女 玫瑰代表著「熱情和摯愛」、勿忘草代表「不要忘記我」等，最近很多網友們會依據這些花的寓意來送禮傳遞心聲，且此做法已經成了話題。像這樣很多人熱衷於花語的緣由，是起源於最近一齣對人氣正旺時結束的電視劇裡男主角向女主角獻花時的告白。電視劇之所以受人歡迎，是因為它利用了對年輕人來說具有紀念日意義的花來吐露心聲。雖然這對因為挑選禮物而絞盡腦汁的人來說是個好消息，但是也有越來越多的人認為在袒露心聲的時候用不著更多的語言，只用蘊含意義的一支花就可以轉達一片真心。所以對於花語的關注，也許不會很快降溫。而且不僅僅是花語，隨著那些網友們對蘊含某種特定意義物品關注的上升，用這種物品送禮的事也將受人矚目。

43. 人們對花語感興趣的理由是因為最近在年輕人當中，送含有紀念日意義的花來吐露心之做法很深受歡迎，所以答案為④。

44. 最近用含有寓意的鮮花做禮物進而表達心聲的做法很受歡迎，而且物品所含的寓意也受人矚目。所以答案為②。

[45~46] 下面是一篇演講稿。請聽錄音，回答問題。

여자 자녀와의 대화가 쉽지 않으시죠? 자녀들과 소통하기 위해 대화를 하다 보면 오히려 서로에게 감정적으로 상처를 주게 되고 소통은커녕 거대한 벽을 만들게 됩니다. 어떻게 하면 자녀와 잘 소통할 수 있을까요? 무엇보다 소통을 방해하는 말을 하지 말아야 합니다. 이를 위해서는 첫 번째, 아이들이 하는 말에 대해 자신의 기준으로 판단하거나 도덕적으로 평가하는 말을 하지 말아야 합니다. 이런 말은 자녀를 궁지로 내몰게 되고 대화를 거부하게 만듭니다. 두 번째, 부모 역할을 빌미로 자신의 욕망을 내세우고 강요하는 말을 하지 말아야 합니다. 이러한 말들은 감정의 대립으로 치닫게 합니다. 부모님의 욕구를 자녀들의 욕구로 혼동하지 말라는 것입니다.

女 和子女對話不太容易吧？原本是為了和子女溝通，卻反而互傷感情，別說溝通了，還會築起一道高牆。怎麼樣才能好好地和子女溝通呢？無論如何，都不要說出會妨礙溝通的話。首先，對於孩子說的話，不要以自己的標準來進行判斷或道德上的評價。這些話會把子女推向困境，從而拒絕對話。第二，不要以父母為藉口，按照自己的欲望說強行要求的話，這樣會造成感情對立，使危機四起。不要把父母的需求和子女的需求混在一起。

45. 女子提到，只依照父母的欲望說些強迫的話，只會使感情對立，危機四起。所以答案為③。

46. 女子正在簡單介紹父母和子女對話的最好方法，所以答案為④。

[47~48] 下面是一段談話。請聽錄音，回答問題。

남자 똑같은 커피라도 끓이는 온도에 따라 맛이 크게 좌우된다고 알고 있습니다. 그래서 오늘은 커피 전문가 한 분을 모시고 커피의 맛에 대해서 이야기를 나눠 보겠습니다. 박사님, 언제, 어떻게 먹어야 커피의 맛을 최대한 즐길 수 있는지 그 비결을 말씀해 주세요.

여자 네, 깔끔한 맛이 일품인 원두커피를 가장 맛있게 먹는 방법을 말씀드리겠습니다. 미국 커피 추출 연구소는 섭씨 92℃에서 커피를 내려야 가장 맛있다고 밝혔지만 제 생각은 좀 다릅니다. 전 개인의 기호에 따라 적당한 온도가 다르다고 생각합니다. 진한 원두커피를 좋아하는 사람은 95℃에서 커피를 내리면 강한 향과 깊은 맛을 느낄 수 있습니다. 반대로 연하고 부드러운 커피를 좋아하는 사람들은 92℃에서 내리면 풍부한 맛을 즐길 수 있습니다. 그런데 만약에 100℃가 넘는 온도에서 커피를 내리면 쓴 맛을 내는 카페인이 많이 추출되게 됩니다. 이런 커피는 식으면 특유의 향 없이 쓴맛만 남게 됩니다. 그래서 높은 온도에서 커피를 내리는 것은 추천하지 않습니다.

男 我們都知道，同樣的咖啡會因煮開溫度的不同，味道也隨之改變。所以今天請來了一位咖啡專家，聽他談談咖啡的味道。博士，我們該在什麼時候以及怎麼喝才能以最大限度地享受咖啡的味道。請講講它的秘訣。

女　好的。下面我就聊聊如何讓原豆咖啡更好喝的方法。美國咖啡萃取研究機構公佈說，在攝氏92℃時沖泡的咖啡味道最好。但我的觀點不同。依我個人喜好，我認為最適合的溫度會有所不同。喜歡濃原豆咖啡的人在95℃時沖泡的咖啡就會使人感覺到很強烈的香味和很深厚的味道。相反地，喜歡清淡柔和咖啡的人在92℃時沖泡的咖啡就可以品嚐出很豐富的味道。但是如果用超出100℃的溫度沖泡咖啡的話，就會提取出含有苦澀味道的咖啡出來。這種咖啡冷了之後，沒有特有的香味，只會留下苦味。所以不推薦在高溫下沖泡咖啡。

47. 女子說，根據她的個人喜好，品嚐原豆咖啡味道的方法也不一樣，同時她也介紹了她個人認為喝咖啡最恰當的溫度，所以答案為②。

48. 女子根據個人愛好說明了享用咖啡的最佳溫度，並介紹了享用咖啡的方法。所以答案為②。

[49~50] 下面是一篇演講稿。請聽錄音，回答問題。

여자　동물도 생각을 할 수 있을까요? 많은 동물들이 새끼나 동료가 죽었을 때 슬프게 울거나, 화가 나는 일이 있으면 적대감을 표시하며 상대를 공격합니다. 그런 행동을 보면 분명 동물도 단순한 감정은 느끼는 것처럼 보입니다. 그런데 여기서 잠깐, 감정을 느낀다고 해서 과연 생각을 한다고 말할 수 있을까요? 한 가지 예를 들어 보겠습니다. 일본 원숭이에 대한 이야기입니다. 어느 날 공원의 관리원이 먹이로 줄 감자를 들고 가다 그만 땅에 떨어뜨리고 말았습니다. 그때 다른 원숭이는 퉤퉤거리며 그냥 흙이 씹히는 대로 먹는 반면에 '이모'라는 원숭이는 흙 묻은 감자를 물에 씻어 먹었습니다. 그러자 모든 원숭이들이 '이모'를 따라 감자를 씻어 먹기 시작했습니다. 지금 원숭이들은 무엇을 한 걸까요? 이들은 더 나은 결과를 보장하는 새로운 행동을 보고 배운 거라고 생각하지 않습니까? 더 나은 결과를 위해 새로운 행동을 보고 배우는 것, 이것이 문화입니다. 문화가 있다는 것은 바로 머리로 생각을 한다는 증거입니다. 여러분의 생각은 어떻습니까?

女　動物也會思考？很多動物會在幼兒或同伴死去時傷心地哭泣，或者遇到生氣的事時會表示出敵對感，攻擊對方。看到這種行為便能明顯地感覺到動物好像也有單純的感情。但是到這裡請稍等，我們能說因為有感情所以就真的會思考嗎？舉個例子來看看。這是日本猴的故事。有一天，公園的管理員拿著準備餵食的食物馬鈴薯走著，不慎將馬鈴薯掉到了地上。其它猴子都唧唧叫著，連黏在上面的土也一同吃下去了，可一個叫「一毛」的猴子卻把黏有土的馬鈴薯用水洗了才吃下去。從此所有猴子都跟「一毛」一樣開始洗馬鈴薯吃。現在猴子們會做什麼呢？難道你不認為，它們在看到了能保證得到更好結果的新行為時就會去學習嗎？為了得到更好的結果，見到新的動作就去學習，這就是文化。有文化就是用頭腦思考的證據。大家的想法怎麼樣？

49. 女子透過「一毛猴」的例子，說明了其它猴子也會像一毛猴一樣開始學習洗馬鈴薯吃，所以答案為④。

50. 一開始，女子從提出動物也會思考嗎的問題開始，再透過後面「一毛猴」的事例告訴我們，動物不僅僅有單純的感情，還會思考。所以答案為③。

쓰기　寫作

[51~52] 請閱讀下文，分別寫出符合㉠和㉡的一句話。

51. ㉠：前面內容講了：賣的東西對我毫無用處，「但是」，所以括弧中一定是與之相反的內容。此時應該是「對我毫無用處，但對～很有用」這種對稱性句子才行，並且這個意見并不準確，所以最好使用表示推測意義的表達方式。

㉡：前面介紹了在開放市場裡能以低廉價格購買物品，而且還介紹了可以將要扔掉的物品重新利用。有此提示後，內容可以就廢舊物品再利用的好處進行展開。

→ 本文是介紹開放市場的開張公告，包括開放市場和銷售商品的種類，還有開張的日期、時間、場所以及參加物件。

52. ㉠：後面提到只選擇一兩個目標的做法比較適當。由此提示可知括弧中一定是有很多目標的相關內容。

㉡：前面說只選擇一兩個目標，選擇好目標後，就集中於目標。將其作為提示，考慮本文的主題，可推知括弧中一定會有與選擇和集中相關的內容。此時，針對問題所提示的句型應該以「가장 중요한 것은 N이다.」的形式出現。

53. 【概略】
序論（前言）：介紹問卷調查內容
本論（論證）：比較20多歲的男和女在選擇職業時考慮的側重點
結論（結語）：整理

54. 【概略】
序論（前言）：整理問題提到的內容（科學發達的兩面性）
本論（論證）：① 遺傳工程發達的優點
　　　　　　　② 遺傳工程發達的缺點
結論（結語）：關於遺傳工程研究必須要考慮的問題

읽기　閱讀

[1~2] 請選擇最適合（　）內容的一項。

1.

真的盡力（　），再沒有什麼遺憾了。

問題類型 選擇適合句子的詞彙(連接/生活文)
因為真的盡力了，所以也沒有什麼遺憾的意思。所以正確答案為③。

-(으)므로： 表示原因或理由的連接詞尾。

例　바다가 깊으므로 조심해서 수영을 하셔야 합니다.
　　전기 제품에 물이 닿으면 위험할 수 있으므로 조심해야 한다.

- -다가:
  ① 表示某種行為或狀態被中斷，進而轉換到另一個行為或狀態。
    例 우리는 밥을 먹다가 술을 한잔 마셨다.
  ② 表示前面的內容是後面內容的原因或根據的連接詞尾。
    例 공부는 안하고 그렇게 놀기만 하다가 시험 망친다.
- -건만: 表示由於前句內容出現了與期待完全不同的結果時之連接詞尾。
    例 겨울이 되었건만 온도가 떨어지지 않네.
- -거니와: 表示認同前句內容的同時，又在後面附上某些內容。主要用於在前一事實的基礎上有出現了後面的事實，所以更加怎樣了的時候。
    例 그는 일도 열심히 하거니와 운도 좋아서 하는 일마다 큰 성공을 거둔다.

2. 再（　　　），為了健康也一定要吃早餐。

問題類型 選擇適合句子的詞尾（終結/生活文）

與忙無關，為了健康一定要吃早餐的意思，表示就算與前面的行為或狀態無關，後面的事情也一定發生，所以答案為①。

-아/어도: 表示與前面的行為或狀態無關，後面事情也一定發生。
  例 철수는 키는 작아도 힘은 세다.
    아무리 바빠도 아침밥은 꼭 먹는 것이 좋다.
  注意 經常使用「아무리 –아/어도」的句型。與「-아/어도 되다/좋다/괜찮다/상관없다」一起使用時也表示允許或容許。
    例 오전 10시 이후에는 환자를 면회해도 좋아요.

- -(으)나: 表示前面的內容和後面的內容不同的連接詞尾。
    例 그 둘은 10년 동안 사귀었으나 결혼은 하지 못했다.
- -던데: 表示為了引出後句，事先陳述過去及與之相關狀況時所使用的連接詞尾。
    例 노래를 아주 잘하던데 가수가 될 생각 없어요?
- -거든: 表示假如某事為事實或可能變成事實時的連接詞尾。
    例 신청자가 고등학생이거든 신청을 받지 마세요.

[3~4] 請選擇與劃線部分意思相近的一項。

3. 去慶州辦事，順便打算去看看文化遺產和遺址。

問題類型 選擇相近的詞尾（連接/生活文）

這是想趁去慶州的機會順便去看看文化遺產和遺址這些地方的意思，所以答案為②。

-는 김에: 表示利用做某行為的機會順便做後面的事情。
  例 내 옷을 사는 김에 네 옷도 하나 샀어.
  注意 「-는 길에」表示去或來某處的機會，或在去、來某處的路上之意。當表示前者時，可與「-는 김에」互換使用。
    例 편의점에 가는 길에 우유 좀 사다 줘. (= -는 김에)
    학교에 갔다 오는 길에 친구를 만났다.

- -(으)ㄹ 텐데: 用於説話者對某事做了強烈推測並進行陳述的時候。
    例 먼 길 오시느라 힘드셨을 텐데 여기 좀 앉아서 쉬세요.
- -는 길에: 表示去做某事的途中或趁某個機會。
    例 엄마 심부름을 하는 길에 만화방에 살짝 들렀다.
- -는 바람에: 表示前面的動作是後句狀況的原因或根據。
    例 갑자기 비행기가 취소되는 바람에 출국하지 못했다.
- -기가 무섭게: 表示一件事情結束後緊接著發生另外一件事。
    例 시험이 끝나기가 무섭게 모두 교실에서 나가 버렸다.

4. 今天我校棒球隊從決賽比到了延長賽，很遺憾還是輸了。

問題類型 選擇相近的詞尾（終結/生活文）

提到：遺憾的是我校棒球隊輸了，表示對不希望發生的事情表示遺憾。所以答案為④。

-고 말다: 主要表達不希望發生的事情的最終還是發生了，表示遺憾的心理。
  例 옷에 커피를 쏟고 말았다.
    숙제를 다 못했는데 그만 잠이 들고 말았다.

- -아/어야 하다: 表示前句是為了做某事或實現某種情況的義務之必要條件。
    例 갑자기 해고를 당하게 되어 새로운 직장을 찾아야 해요.
- -(으)ㄹ 뻔하다: 表示儘管前句事實沒有發生但已接近事件發生的狀態了。
    例 하마터면 계단에서 떨어질 뻔했어요.
- -곤 하다: 表示相同情況的反覆出現。
    例 늦은 밤에 집에 돌아갈 때면 아버지가 골목길까지 마중 나오시곤 했다.
- -아/어 버리다:
  ① 表示前句行為的完全結束。
    例 남은 음식을 다 먹어 버렸어요.
  ② 表示討厭的事情結束後鬆的感覺。
    例 숙제를 모두 끝내 버렸어요.
  ③ 表示對不希望的事情留有遺憾。
    例 새로 산 옷에 커피를 쏟아 버렸어요.

[5~8] 請選擇這是關於什麼內容的文章。

5.
柔軟的牛皮製品，
高跟鞋也如同運動鞋一樣，四季舒服服！

問題類型 掌握文章的題材/類型（廣告文）

這則廣告的核心詞是牛皮製品及高跟。這是用牛皮做成的高跟鞋廣告。所以答案是①。

6.
包裝迅速，親民服務，
安全運送您的貴重物品
如鋼琴、保險櫃等重量級物品額外增收費用

問題類型 掌握文章的題材/類型（廣告文）

這則指南的主要核心詞是「포장」；把物品安全地搬運，可以知道是「포장 이사」的廣告。所以答案是③。

7.

> 「媽媽，爸爸，我想去學校。」
> 讓學生幸福的學校
> 由政府來創建。

問題類型 掌握文章的題材/類型(廣告文)
這則廣告的核心詞是「학교、정부」，內容為幸福的學校由政府來創建的意思。所以答案為①。

8.

> 大風降溫天氣將持續下去。
> 今天將成為今年以來晝夜溫差最大的一天。
> 注意不要感冒！

問題類型 掌握文章的題材/類型(介紹文)
這道題的核心詞是「일교차」，這是在天氣預報中能聽到的內容，所以答案為①。
- 일교차[日較差]：一天中最高氣溫和最低氣溫的差異。

[9~12] 請選擇與下文及圖表內容相同的一項。

9.

> 當「李孝石文學的森林中」小說的主人公吧！
> 受管一冬的文學森林，終於開放
> - 期間：2017年8月26日～8月29日
> - 入場費：成人2000韓元／學生1500韓元／
>   兒童1000韓元
>   （李孝石文學館遊客優惠500韓元）
> - 開放時間：上午9點～下午5點
>
> 以森林深處李孝石的小說「蕎麥花開時」為背景，再現當時的市場和登場人物。

問題類型 選擇與文章/圖表相同的一項(介紹文)
再現森林裡「메밀꽃 필 무렵」的背景和登場人物，所以答案為③。
① 文學森林~~全年無休~~。→在冬季受管制
② ~~兒童團體交500韓元可以入場~~。→李孝石文學館遊客500韓元
④ 在~~李孝石文學館裡~~，市場佈置得跟小說裡面的市場完全一樣。→森林裡
- 겨우내：整個冬天

10.

大學生月均生活費分佈

問題類型 選擇與文章/圖表相同的一項(介紹文)
使用20～30萬的學生占29%、31～40萬的學生占25%，因此使用21～40萬的學生占54%。所以答案為①。
② 使用~~41~50萬~~的學生比率最高。→21~30萬韓元
③ 整體來說，使用生活費的數額~~幾乎差不多~~。→差異很大
④ 使用51～60萬韓元的學生比10萬元以下的學生~~多~~→少

11.

> 在不景氣的情況下，甜點熱潮向年輕女性襲來。不論價格問題，甜點咖啡店也在擴大的緣由是因為能以便宜的價格享受到高檔的東西和服務的人正在增加。即使買不起昂貴的東西和別墅，也要享受生活中的小小奢侈來感受幸福。

問題類型 選擇與文章/圖表相同的一項(生活文)
文中寫道：年輕女性在日常生活中，「작은 사치를 통해 행복을 느끼려고 한다.」，所以答案為①。
② 因為甜點價格~~便宜~~，所以掀起了甜點熱潮。→不顧昂貴的價格
③ ~~經濟狀況好轉~~的同時，甜點咖啡店也在增加。→不景氣的情況下
④ ~~人們透過名車和別墅~~來感受幸福。→在日常生活中享受小小的奢侈

12.

> 欣賞古典音樂時，為了更投入，要當演奏完全結束後才鼓掌。但是欣賞爵士時，每當即興演奏結束時就要鼓掌。但是大多數的觀眾不知道什麼時候該鼓掌，別人鼓掌時就隨著鼓掌的情況很多，所以爵士樂演奏者們可以根據觀眾的掌聲來判斷觀眾的水準。

問題類型 選擇與文章/圖表相同的一項(生活文)
內容提到：「상당수의 관객은 언제 박수를 치는지 몰라 남이 박수를 칠 때 따라하는 경우가 많다.」，所以答案為②。
① ~~掌聲越大~~，觀眾的水平越高。→鼓掌的時候知道的
③ 觀眾們在~~古典音樂演奏期間鼓掌~~。→古典音樂演奏完全結束後
④ 欣賞爵士樂時要~~和其他人一起鼓掌~~。→每當即興獨奏結束時

[13~15] 請選擇排序正確的一項。

13.

> (가) 以往可以利用平面照片或影片看到這些。
> (나) 即配戴裝置就可以讓頭腦產生親臨現場的感覺。
> (다) 但是虛擬實境透過3D立體影像能讓人身臨其境這一點有所不同。
> (라) 虛擬實境是透過生動的畫面、影片，和聲音來感受像現實一樣的技術。

問題類型 排列文章順序(生活文)
這是在陳述虛擬實境照片或影片的不同點。在陳述虛擬實境是什麼的(라)後面應緊接著對它進行詳細說明、以「즉」開始的句子(나)，之後是講使用現有的平面照片或影片就可以看到這些內容的(가)。最後一個就是以「하지만」開始，說明平面照片或影片和虛擬實境之不同點的(다)，所以答案為按照(라)-(나)-(가)-(다)排序的④。

14.

> (가) 提醒員警查酒後駕駛的導航出來了。
> (나) 因此對安全駕駛是利還是弊引起了爭議。
> (다) 和使用者不多的app不同，汽車導航波及的效果更大。
> (라) 智慧型手機app雖然有差不多的功能，但是對汽車導航來說這是首次。

問題類型 排列文章順序(生活文)

內容談論著新出的汽車導航。首先是提醒員警查酒後駕駛的汽車導航出來了的 (가)，接著是具有這種功能的汽車導航儀是首次出現的(라)，下面跟著汽車導航波及效果更大的(다)，最後是以「따라서」開頭的句子(나)。所以答案為按照(가)-(라)-(다)-(나)排序的為正確答案②。

[19~20] 請閱讀下文，回答問題。

> 在家庭中，男子們從小就被要求要像男人一樣，女子們則被教育待人接物要像女人一樣。不僅僅家庭教育是如此，連在學校所學的教科書和教育制度也將性別差異合理化了。女性解放的主體是女性，但是這對男性來說也是個重要的問題。女性解放，與男子立足於平等的地位時 (　) 男子也可以從大男子主義裡的約束中解放出來。

15.
(가) 不偏食讓身體攝入均衡營養才健康。
(나) 資訊也是一樣的，不要傾向某一方，而是要掌握多種多樣的資訊。
(다) 因此，比起網路，透過紙本的報紙掌握均衡的資訊更好。
(라) 用網路看新聞的話，接觸到的都只是感興趣一些報導和入口網站上經常登載的紀錄。

問題類型 排列文章順序(生活文)

本文在說明用食物象徵掌握多種多樣信息。首先是講只有均衡進食才是健康的內容是(가)，其次是信息也是如此(마찬가지)的(나)，後面是通過互聯網看新聞只能掌握特定報導的(라)，最後是以"그러므로"開始的(다)。所以答案為按照(가)-(나)-(라)-(다)排序的①。

[16~18] 請閱讀下文，選擇最適合(　)內容的選項。

16.
> 手機(　)該怎麼辦呢？如果當下如果不能直接去維修中心的話，放進米桶就可以。因為大米可以吸收濕氣，保護零件。只是放了手機的米桶裡的大米就無法食用了，所以最好拿出一些來再使用。

問題類型 選擇符合文脈的內容(說明文)

後面有「쌀이 습기를 흡수해 부품을 보호해 주기 때문이다.」，所以正確答案為①。

17.
> 視生命為絕對價值的宗教界，與作為一個人，只希望不受痛苦地結束生命的普通人之間，分歧無處不在。儘管安樂死在有些國家已被認可，但將其視為殺人行為的國家仍然見多。所以關於「協助自殺是醫療嗎」的爭議還是一如既往。但是中斷治療對於那些不可能起死回生的重症病人來說的，(　)還是可以接受的。

問題類型 選擇符合文脈的內容(生活文)

內容提到「인간답게, 고통 없이 삶을 정리하고 싶어하는 일반인들」，因此對於那些不可能起死回生的重症病人來說，中斷治療是可以的，這是為了捍衛做人的尊嚴。所以答案為③。

18.
> 盛傳在外國的大型博物館裡「禁用自拍棒」。自拍棒是將手機連接在一個長杆子上，即使一個人也可以拍到全景的照相神器，最近成為遊客們必備的道具。但是，在博物館內(　)。最大的理由是擔心文物或展示品受損，以及因為其破壞了觀賞氛圍，引起了遊客不滿。

問題類型 選擇符合文脈的內容(說明文)

可以看出自拍棒不受歡迎的原因是損壞文物或展示品和破壞觀賞氛圍，所以正確答案為①。

19. **問題類型** 選擇符合文脈的連接詞(生活文)

只有當女子和男子處在地位平等的位置，男子也才能夠從大男人主義裡的束縛中解放出來，所以答案是②。

• **여전히**: 和以前一樣。
  例 십오 년 만에 만난 그 친구는 여전히 멋있었다.
• **비로소**: 形容之前不對的事必須在某事出現之後才得以可能。
  例 선생님이 상황을 자세히 설명을 하자 비로소 엄마의 표정이 좋아졌다.
• **억지로**: 不符合道理或條件勉強進行（強制性）。
  例 입맛이 없었지만 약을 먹어야 해서 억지로 죽을 먹었다.
• **그다지**: 表示以這種程度或不需要那樣。
  例 이번 시험은 그다지 어렵지 않았다.

20. **問題類型** 掌握細節內容(一致/生活文)

文中寫道「가정에서 남자들은 어렸을 때부터 남자답게 행동하도록 강요받고, 여자들은 여자답게 처신하도록 길러진다.」，所以答案為④。

① 女性解放的問題只是~~女人的問題~~。→對男性來說也是重要的問題
② 學校教育說：~~性別歧視是不對的~~。→在學校學的教科書和教育制度甚至將性別差異合理化了
③ 女性地位的提高會讓男性~~陷入大男人主義思想~~。→從大男人主義思想中解放出來

[21~22] 請閱讀下文，回答問題。

> (　) 有這樣一句話，想爬得更高就要從低處一步一個腳印，若不這麼想，實現目標就會很難。也沒有哪位偉人是一次就到達頂峰的。學習也是一樣，必須扔掉那種還不熟悉概念就想解決問題的急躁心理。只有在初期打好堅實的基礎，在問題面前才會變得強大。

21. **問題類型** 選擇符合文脈的俗語(生活文)

括弧的後句提到：「높은 곳에 이르기 위해서는 낮은 곳부터 차근차근 밟아야 하듯이」這句話表達了不管做什麼事情，起頭很重要的意思。所以合適的俗語為③。

• **울며 겨자 먹기**: 哭著也要吃芥末的意思，比喻勉強做不喜歡的事情。
  例 울며 겨자 먹기로 그의 제안을 받아들였다.
• **같은 값이면 다홍치마**: 如果是相同的價格，但是付出同樣努力的話，那麼就挑選品質高或者樣子好的東西之意。
  例 같은 값이면 다홍치마라고 유명한 게 더 좋아 보였다.
• **천 리 길도 한 걸음부터**: 無論何事，起頭最重要的意思。同：「千里之行始於足下」。

例 천 리 길도 한 걸음부터라는데 우리도 힘내서 해 보자.

● **구슬이 서 말이라도 꿰어야 보배**: 比喻無論是多優秀的東西，都要整理整理後才會更有價值。表示再好的東西也要收拾整理好了、把它變成有用的東西才有價值的意思。同：「玉不琢，不成器」。
例 구슬이 서 말이라도 꿰어야 보배인데 아들이 좋은 머리만 믿고 노력을 안 해서 걱정이다.

22. **問題類型** 掌握中心想法(生活文)
學習的時候要從打下堅實的基礎開始。所以答案為①。

[23~24] 請閱讀下文，回答問題。

今天聽到了手機發出的口哨聲。我喜歡口哨聲，甚至到了把它當作手機鈴聲的程度。不知道為什麼一聽到口哨聲臉上就會洋溢起微笑、心怦怦亂跳。那是因為它與我的初戀融合在一起。25年前，有那麼一個總跟著我的羞澀少年。有一天，這個少年問我：「難道你沒聽到口哨聲嗎？」我回答說沒聽到，那個少年接著說：「每晚7點都在你窗外吹呢」。
後來發生了奇妙的事情。在耳邊我清楚地聽到了從沒聽到的那個聲音。「鈴~」、「鈴~」，每晚一到7點就絕對能聽到那個聲音。隨著時間流逝，我開始期待聽見那個聲音。現在，我與那個吹口哨的少年結了婚過著甜蜜的生活。

23. **問題類型** 掌握心情(生活文)
透過畫線句子後面的部分可看出，想起初戀時，心會怦怦地跳。所以正確答案是②。

24. **問題類型** 掌握細節內容(一致/生活文)
因為吹口哨所促成的初戀，還談了關於25年前吹口哨的少年，因此正確答案是④。
① 我想和我的初戀的男性結婚。→結婚了
② 現在也是每晚7點聽到口哨聲。→25年前
③ 我手機的鈴聲是吹口哨的歌曲。→口哨聲

[25~27] 下面是新聞報導題目。請選擇說明最確切的一項。

25. 濟州漢拿山1,400mm「水炮彈」，空中航線和海上航線皆被困

問題類型 掌握簡化的句子(報導文)
「물 폭탄」是下很大的雨的意思，「하늘 길도 바닷길도 묶였다」則是無論是天上還是地上都被限制住了的意思。所以正確答案為②。

26. 向世界各國電影新世界的起航準備完畢，且期待告別炎熱的電影節

問題類型 掌握簡化的句子(報導文)
用「영화의 신세계」來比喻電影節；「출항」是出發，也有開始的意思，所以正確答案是③。
● 출항[出航]: 指船或飛機出發。
例 기관사는 출항 준비를 마치고 신호만 기다리고 있었다.

27. 如零用錢的退休金、全世界史無前例的龜跑改革

問題類型 掌握簡化的句子(報導文)
「용돈 연금」是指養老金金額少的意思；「거북이 개혁」則指改革速度慢得像烏龜。所以答案為③。
● 유례[類例]없다: 沒有過相同或類似的例子。

[28~31] 請閱讀下文，選擇最適合( )內容的一項。

28. 山水畫畫的是自然風景，但又不像西洋風景畫那樣是以再現自然為目的。內心深處的山水，雖然現實中不存在，但畫出的是理想中的自然風景。即使是畫真實景色，也不完全是視覺性的真實寫照，而是透過風景展示自己內心的心境。所以，在山水畫裡畫的不是普通的景色，而是非常優美且神秘的意境。因此山水畫( )從這些方面有著與風景畫不同的樣態。

問題類型 選擇符合文脈的內容(說明文)
內容提到：「경치에 비추어 자신의 마음을 표현한다.」與寫實的西洋風景畫不同。所以正確答案是②。

29. 給小狗吃巧克力很危險。有多危險呢？( )不一樣。巧克力含有一種可可鹼的化學物質，和人類不一樣的是，狗對類似咖啡因的可可鹼的是不能有效地消化的。與白巧克力比起來，黑巧克力的數值更高，所以更危險。即使只吃少量的巧克力，對狗來說，也會引起腹瀉和嘔吐，如果大量吃的話，會引起內出血和心臟麻痺。

問題類型 選擇符合文脈的內容(說明文)
比起白巧克力，黑巧克力更危險，給狗吃少量巧克力的話可能會引起腹瀉和嘔吐，所以正確答案是③。

30. 薪水封頂制是用延長退休年齡來替代到規定年齡就降低或凍結工資的制度。實行這一制度的話，勞動者就可以避免提前退休。但是，選擇薪水封頂制的比率會根據行業而不同。在轉換成薪水封頂制之後，生產線上的勞動者職責不會改變，可以繼續從事之前的工作，而與之不同的辦公室勞動者( )對選擇薪水封頂制就顯得有所顧慮。

問題類型 選擇符合文脈的內容(說明文)
這裡對生產線的勞動者和辦公室勞動者進行了比較。提到「임금피크제 전환 후에도 직책 변경 없이 하던 일을 계속 할 수 있는 생산직 근로자와 달리」，所以括弧中一定是與之相反的內容，故答案為④。

31. 為了贏得顧客的歡迎，且將某種商品以比產品本身更高的價格賣出，很多商家煞費苦心地在設計、商標、包裝上下功夫。人也是一樣，現在是一個重視「高價推銷自己」的社會。就像一些化妝品或藥品等商品，不是用自身的功能價值，而是用容器的外形設計或奢華的廣告來獲得消費者的心一樣，人的價值也受( )左右。

問題類型 選擇符合文脈的內容(說明文)
透過外觀好就能暢銷的商品,因而反應出人的價值,所以正確答案為③。

[32~34] 請閱讀下文,選擇與內容相符的一項。

32.
白熾燈發光效率低、裡面的燈絲容易斷開、壽命也較短。發光效率是指電力轉換為光的比率。兩邊有燈絲的日光燈光線亮度可相當於白熾燈用電量之30%所發出的光。並且與白熾燈相比,其紅外線輻射少,壽命也比它長5~6倍。相反,LED即便沒有像燈絲那樣的加熱體,也比日光燈的壽命長,能量損失也相對少。

問題類型 掌握細節內容(一致/說明文)
內容提到:白熾燈的燈絲容易斷開;日光燈兩邊有燈絲;LED沒有像燈絲那樣的加熱體。所以答案為②。
① 壽命最長的是日光燈。→LED
③ 耗電最多的是LED。→白熾燈
④ 白熾燈使用日光燈用電量之30%。→日光燈使用白熾燈的

33.
如果被馬蜂蜇到了,被蜇的部位周圍大部分會腫起來並出現疼痛。想要防止蜂毒擴散至全身,就要在最短的時間內用止血繃帶纏住。被蜇的部位由肉眼能看見,最好像信用卡那樣薄且堅硬的東西往外擠,拔出蜂刺。硬要用手拔除的話,蜂刺反而會鑽入到皮膚深處,將毒素傳遍全身。取出蜂刺後最好使用冰敷。

問題類型 掌握細節內容(一致/說明文)
內容提到:用像信用卡那樣薄且堅硬的東西往外擠,拔出蜂刺,所以答案是②。
① 被蜜蜂蜇後,最好去醫院。→文中內容沒有提到
③ 被蜜蜂蜇後,用手擠出蜂刺。→利用像信用卡那樣薄且堅硬的東西
④ 被蜜蜂蜇了,不能碰。→從皮膚內取出來

34.
據說探戈始於阿根廷社會地位低的民眾,是他們為了撫慰疲憊的生活而跳的舞。當時,阿根廷的統治階級把探戈蔑視為「在碼頭跳的低賤舞蹈」,但它以特有的感染力透過移民傳向了歐洲。20世紀探戈在歐洲盛行後,阿根廷的主流階層也逐漸開始學習探戈。探戈現已成為了阿根廷的主要觀光資源。

問題類型 掌握細節內容(一致/說明文)
20世紀時探戈在歐洲處於鼎盛時期。所以答案為①。
② 初期的探戈是阿根廷上流社會人士跳的舞。→社會底層的
③ 阿根廷人們在歐洲積極傳播探戈。→移民們
④ 歐洲人把探戈看成是傳染病,認為應該回避。→喜歡探戈

[35~38] 請選擇最適合做下文主題的一項。

35.
韓流粉絲們喜愛韓國產品是理所當然的。要維持韓流持續升溫,就必須提高韓流內涵的自身競爭力。最近有很多對韓流感到膩煩的批判,文化產品就和流行差不多,只有不斷地推陳出新才能站住腳,不能只追求眼前利益。政府和文化企業一起不斷擴展海外通道,同時要樹立多樣化的文化戰略,建立長遠規劃。

問題類型 掌握主題(說明文)
內文說明,韓流要想持續成長的話,就必須提高韓流內涵的自身競爭力,接著告訴我們,為了這個目標要樹立多樣化的文化戰略,所以正確答案是③。
● 식상하다[食傷—]: 對同樣的食物或事產生厭煩。
● 활로[活路]: 戰勝困難可以生存下去的路

36.
從工作中解脫出來,沒有任何壓力的生活該多好啊?一定會有突然產生這種想法的人。但是長時間處於失業狀態仍帶來負面影響的研究報告已引起了大家的關注。據研究結果表明,以長時間失業的男女為客體的話,「親和性」會比以前減弱很多。失業時間越長就越會被負面想法所困,陷入再就業困難的惡性循環。

問題類型 掌握主題(生活文)
此文以說明失業狀態持續越長越會產生負面影響(親和性下降、陷入不積極的想法中)的現象為主題,所以正確答案是②。

37.
最近年紀輕輕就被眼花所困擾而感覺不便的人很多。據統計局資料顯示,在30~40歲的年輕人中,眼花、白內障患者正在增加。視力下降後,除了做手術以外,並沒有其它之恢復的方法,因此要特別注意平時的眼睛保護。交替凝視遠處和近處,養成聚焦的習慣,以及讓眼睛得以經常休息的話,不僅可以預防眼花,而且還能提高工作效率。

問題類型 掌握主題(生活文)
最近即使是年輕人仍因眼花感受到不便的人很多。所以要輪流看遠與近處、養成聚焦的習慣,以及經常讓眼睛得以休息,在用眼方面多花些心思。所以答案為③。

38.
夏天休假時,山和海去哪更好呢?假如是關節不好的人,海邊是最好的休養地。安靜地躺在被酷暑烘熱了的熱乎乎沙灘裡,用被曬熱的沙子蓋住10~15分鐘的話,就可以促進血液迴圈來緩解肌肉和關節的不適。走在柔軟的沙灘上可以減少膝蓋造成的衝擊。海水浴也對關節有好處。海水含有豐富的鈣、鎂、鉀等礦物質,可以促進新陳代謝。

問題類型 掌握主題(生活文)
以對關節不好的人來說,海邊是最好休養地的主張為題目,所以正解是②。

[39~41] 請將提示的句子填入下文中最恰當的位置。

184

39. 長時間經歷頭痛的人，一般不會忍受疼痛，而是把手伸向止痛藥。（㉠）但要注意，經常服用止痛藥，有可能會因為藥而加重頭痛。（㉡）即使吃藥，症狀也沒有好轉。（㉢）現在開始每隔2～3天就出現一次無法進行正常生活的嚴重頭痛。（㉣）頭痛還會伴隨著嘔吐，不安，焦躁，憂鬱等症狀。

〈提示〉

因藥物過度使用的原因頭痛時，還會出現如下的症狀。

問題類型 插入符合文脈的句子(說明文)

提示句子應放在由於藥物過度使用而頭痛的各種症狀之前。所以正確答案是②。

40. 和身為韓國人一樣，有一個名字可引以為傲，那就是聯合國秘書長潘基文。（㉠）他在高中時，聽了約翰·F·甘迺迪「要服務世界、要熱愛自己的國家」的演說後，便決心要當一名外交官。（㉡）夢想當外交官的少年，經歷了人生的各種挫折後，夢想實現了，現在也擔任聯合國秘書長一職。（㉢）他是一位溫文爾雅且沉穩的人。（㉣）人們對他的評價是既慈祥、又具才智的領導者。

〈提示〉

同時還流利地回答外國記者的問題，並幽默地逆轉回答。

問題類型 插入符合文脈的句子(說明文)

提示句子以「그러면서도」開始的，可以看出前面提示了潘基文的性格特點。所以答案為④。

41. （㉠）靜電是由摩擦產生的。（㉡）在乾燥的冬季脫掉毛質的外套時，或抓金屬製的門把手的時候，一定有遇過突然有電流通過的時候吧。（㉢）每當那時，我們身體和物體就會互相傳遞電子，身體和物體本身都會儲一點電氣。（㉣）當電量的存儲超過一定限度時，就要使用適當的導體去接觸它們，將其積累下來的電力瞬間釋放火花轉移出去，這就是靜電。

〈提示〉

在生活中，和身邊的物體接觸就會產生摩擦。

問題類型 插入符合文脈的句子(說明文)

提示句子中因為有「이렇게」，所以要放在所舉的在生活中與身邊物體接觸的事例之後，故正確答案為③。

[42~43] 請閱讀下文，回答問題。

成雲呆呆地注視著流動的江水，注視了很久很久。這是10年前父親去世後第一次回到故鄉。望著江水的他感到無比悲傷。那些年他一心想著成功，只顧努力向前奔跑。有一天忽然發現自己成了一個工作狂後，便漫無目的地登上了旅程。恢復理智時，他發現自己正坐在兒時玩耍過的江邊，今天成雲是那麼地想念父親。

成雲的父親一生種田。他租用別人家的耕地種田。即使生活舉步維艱，也還是為了讓成雲完成學業不辭辛苦地生活著。

成雲大學畢業後進入一家小公司時，成雲的爸爸還感覺自己的孩子取得了多大的成功似的，得意地聳著肩膀。

成雲捲起袖子，將胳膊浸在水裡，還把水撩到臉上。靜靜流淌的河水聲如同父親溫柔的嗓音。成雲眼裡突然掉下了大大的淚珠。

趙明熙《洛東江》

42. **問題類型** 掌握心情(小說)

使用「어깨를 으쓱하다」想到兒子成功，表達了做了一個很自豪的舉動，正確答案是③。

● 어깨를 으쓱하다：將肩膀聳起放下。

43. **問題類型** 掌握細節內容(一致/小說)

內容中有成雲發現自己成了工作狂的內容，所以正確答案為①。

② 成雲因為想念父親去旅行了。→發現自己成工作狂後

③ 成雲從很久前就計劃旅行。→無目的的

④ 成雲父親去世後經常回故鄉。→第一次

● 일벌레：工作狂，比喻別的並不放在眼裡，只是對工作很熱忱的人。

● 무작정[無酌定]：無計畫、漫無目的

[44~45] 請閱讀下文，回答問題。

是否贊成韓國歷史教科書改為由國家編纂的問題引發了熱議。國家編纂指的是只能選擇唯一的一種教科書。贊成國家編纂的論者認為，這可以減少不必要的理念論爭、減少歷史被扭曲。為了國家整體性，主張經過驗證的相同歷史內容教給大家。但根據國家的情況，就可能出現歷史解說千篇一律的危險。比起國家編纂，自由發行制可以保障教育在政治上的中立性，且更有價值。對歷史有可能有各種解釋，有必要向學生介紹各種不同的見解。因此（　）只教一個歷史的主張是牽強的。

44. **問題類型** 掌握主題(說明文)

內容提到：歷史可以是多樣化的解說，因此對學生介紹各種見解，是教育所必須的。最後說「하나의 역사를 가르쳐야 한다는 주장은 억지 논리이다.」，故正確答案是①。

45. **問題類型** 掌握符合文脈的內容(說明文)

內容提到：因為歷史可以有很多種解釋，所以歷史不能是唯一的。所以正確答案是③。

（㉠）腦的大小一般都用重量來衡量。到目前所知，我們人腦中最小的有0.45kg，最大的則有2.3kg，兩者智力都很普通。（㉡）在動物中，鯨魚腦大概是5～8kg，雖然最大，但比人類的智商低很多。與腦的大小比起來，腦所占的比例跟智商關係更密切。（㉢）比如說，鯨魚腦占身體的兩千分之一，但是人腦大概占了五十分之一，比地球上任何動物所占的比例都大。（㉣）人腦比例比其他動物大的原因是因為大腦發育變化大。從動物進化來看，就可以知道大腦的大小是逐漸往大的方向發展的。

46. 問題類型 插入符合文脈的句子(說明文)

> 腦子大智商就高嗎？

提示的句子應該放在闡述腦的大小和智商的關係之句子前，所以答案是①。

47. 問題類型 掌握細節內容(一致/說明文)
內容提到：以動物的進化來看，腦的大小是漸漸往大的方向發展，因此可以知道，越是高等的動物，大腦就越發達，所以答案是②。
① 智商與腦的大小有很大的關係。→和比例
③ 在人類的腦中，大腦占的比例最低。→幾乎占了大部分
④ 在地球的動物中腦的比例最大的是鯨魚。→大小

[48~50] 請閱讀下文，回答問題。

「雇傭女性配額制」是指為了消除男女差別化，以法律及政治手段保障女性參與和就業率到達一定的比例，也就是在指定的事項中優先考慮女性的措施。即：在雇傭和升職時，按照法律和政府制度保障女性佔有一定量比例的制度。在贊成一方的立場上來說：女性也應該擁有同樣的雇用機會，不是作為少數、而是作為社會主流來行使各種權利，所以需要有這樣的制度。但是僅僅就因為是女性而享受被雇傭、升職的優待是否恰當呢？在女性的社會威望升高的同時，若我們必須按照一定比例雇用女性的話，這就是一種男女不平等，也就是對男性的反向歧視。雇傭女性配額制不是機會上的平等，而是保障無條件平等結果的不平等制度，與其採用這樣的方法（　）需要構建教育系統和培訓體制。

48. 問題類型 掌握目的(說明文)
內文介紹了贊成雇傭女性配額制的人之立場，同時也對該制度是否合宜進行了質疑，還講到雇傭女性配額制可以說是對男性的反向歧視，所以正確答案為④。

49. 問題類型 掌握符合文脈的內容(說明文)
這樣的「이런」指的是「不是機會的平等而是保障無條件平等結果」的不平等制度。所以括弧裡應該填入不保障結果平等的內容。所以正確答案是④。

50. 問題類型 選擇筆者的態度(說明文)
在問雇傭女性配額制是否得當。因為後面在說這個制度是不公平的制度，是對男性的逆差別。所以正確答案是②。

- 반신반의하다[半信半疑]: 一方面信任，一方面感到懷疑。
- 풍자적[諷刺的]: （用其它東西影射或攻擊別人的缺點），具有諷刺的性格。

NEW TOPIK 실전 모의고사 9회
第9回　全真模擬試題 答案與解析

정답　第9回答案

聽力

1. ②	2. ①	3. ②	4. ④	5. ④	6. ②	7. ①	8. ④	9. ③	10. ①
11. ④	12. ④	13. ③	14. ③	15. ②	16. ④	17. ②	18. ③	19. ④	20. ④
21. ④	22. ④	23. ③	24. ④	25. ②	26. ④	27. ②	28. ②	29. ②	30. ④
31. ③	32. ②	33. ③	34. ①	35. ①	36. ②	37. ③	38. ②	39. ①	40. ①
41. ③	42. ②	43. ④	44. ④	45. ③	46. ④	47. ④	48. ③	49. ②	50. ③

寫作

51. ㉠ (5점) 다음 주에 여행을 갈 수 없게 되었습니다
　　　(3점) 여행을 못 가게 되었습니다

　　㉡ (5점) 예약 일정을 다음 달로 바꿔도 되겠습니까/될까요
　　　(3점) 예약을 바꿀 수 있습니까/있을까요

52. ㉠ (5점) 음식물 쓰레기를 줄이려는 노력이 필요하다
　　　(3점) 음식물 쓰레기를 줄여야 한다

　　㉡ (5점) 계획을 세워 필요한/적당한 양만큼만 사도록 해야 한다
　　　(3점) 계획을 세워서 적당한 양만 사야 한다

閱讀

1. ③	2. ②	3. ①	4. ③	5. ①	6. ②	7. ②	8. ③	9. ④	10. ④
11. ②	12. ④	13. ②	14. ①	15. ①	16. ②	17. ④	18. ③	19. ④	20. ①
21. ③	22. ②	23. ④	24. ②	25. ①	26. ①	27. ②	28. ②	29. ④	30. ④
31. ①	32. ①	33. ④	34. ①	35. ①	36. ④	37. ②	38. ④	39. ①	40. ③
41. ②	42. ③	43. ④	44. ③	45. ③	46. ①	47. ①	48. ④	49. ①	50. ③

53. <答案範本>

　20 16년도　20~30대　취업　준비생의　취업　현황을 전년도와　비교했을　때　취업률은　변화가　없지만 취업　분야에는　변화가　있었다.　크게 5개의　취업 분야를　조사한　결과,　사업　시설　관리　및　사업 지원　서비스업에　취업한　사람의　수가 7.6% 늘어 나　가장　많이　증가했으며,　제조업이 3.9%,　숙박· 음식점업이 3.5%　증가한　것으로　나타났다.　반면에 농림어업과　금융·보험업에　취업한　사람　수는　각 각 5.7%, 7.4%　줄어들어　전년도에　비해　감소된 것으로　조사되었다.

54. <答案範本>

	옛	날	부	터		발	생	하	여		전	해		내	려	오	는		그		나	라	고
유	의		문	화	를		전	통	문	화	라	고		한	다	.	이	처	럼		전	통	문	화
는		오	랜		시	간		동	안		민	족	의		고	유	한		생	활		속	에	서
다	양	하	게		변	형	,	계	승	되	어		정	착	한		것	으	로		그		속	에
는		조	상	의		지	혜	가		있	다	.	각		나	라	의		의	식	주		등	의
전	통	문	화	는		각		민	족	의		특	성	과		자	연		환	경		조	건	에
맞	게		조	정	되	어		자	리	잡	은		것	이	라	고		할		수		있	다	.
	또	한		전	통	문	화	에	는		고	유	한		민	족	정	신	이		담	겨		있
다	.	역	사	를		볼		때	,		전	통	문	화	가		사	라	진	다	는		것	은
그		민	족	을		지	탱	하	는		정	신	이		없	어	지	게		되	는		것	이
다	.	민	족	정	신	이		없	어	지	면		다	른		나	라	의		침	략	시	
쉽	게		무	너	지	게		된	다	.	강	대	국	이		약	소	국	에		영	향	을
미	치	는		방	법		중		하	나	로		문	화	적		전	파	를		중	시	한
것	이		그		예	라	고		할		수		있	다	.	그	러	므	로		민	족		고
유	의		정	신	,	즉	,		민	족	의		정	체	성	을		지	키	고		유	지	하	는
것	은		매	우		중	요	한		일	이	라	는		것	을		알		수		있	다	.
	아	울	러		전	통	문	화	는		과	거	와		현	재	를		이	어	주	는		수
단	이	다	.	옛	것	이		가	장		새	로	운		것	이	라	는		말	처	럼		전
통	문	화	는		과	거	의		산	물	이	지	만		현	재	에	도		영	향	을		미
치	고		있	고	,	현	대	의		문	화	와		맞	물	려		새	로	운		변	화	를
하	며		또		다	른		전	통	으	로		거	듭	나	고		있	다	.	전	통	문	화
에	서		아	이	디	어	를		얻	어		현	대		사	회	가		맞	닥	뜨	린		문
제	를		해	결	하	는		경	우	도		있	다	.	이	와		같	은		이	유	로	
전	통	문	화	는		꾸	준	히		계	승	되	고		보	존	되	어	야		한	다	.
	전	통	문	화	는		민	족	의		정	체	성	을		유	지	하	고	,	조	상	의
현	명	함	을		배	우	게		되	는		가	치		있	는		일	이	기		때	문	에
반	드	시		계	승	되	고		보	존	되	어	야		한	다	고		생	각	한	다	.	

<... >
</...>

듣기　聽力

[1~3] 請聽錄音，選擇與內容相符的圖片。

1.

여자 왜 이렇게 바빠요? 점심은 먹었어요?

남자 아직요. 혹시 지금 밖에 나가는 거면 저 빵 좀 사다 줄 수 있어요?

여자 네 그럴게요. 조금 쉬면서 해요.

女　怎麼這麼忙？吃午餐了嗎？
男　還沒。你如果有出去的話，能幫我買個麵包嗎？
女　可以，好的。休息一下吧。

男子現在忙著工作，所以託要去外面的女子買麵包回來，所以答案為②。

2.

남자 아까 계속 전화하던데 무슨 일이 있어요?

여자 휴가 날짜가 갑자기 바뀌어서 비행기 표를 다시 검색해보고 있어요.

남자 그러면 제가 휴가 날짜를 바꿔 드릴까요?

男　剛才一直打電話，有什麼事嗎？
女　因為休假時間突然變了，所以正在重新找機票。
男　那我跟你換休假日期？

女子因為休假時間突然變動，所以正在用電腦找機票，且男子正和女子說話，故答案為①。

3.

남자 종이책 판매량을 조사한 결과 인터넷 서점에서의 판매량이 가장 높았으며 일반 서점이 그 뒤를 이었습니다. 대형 마트에서의 종이책 판매량이 가장 적고 판매량 또한 줄어든 것으로 조사되었습니다. 한편, 전자책의 판매량도 점점 증가하는 걸로 나타났습니다.

男　針對紙本書籍銷售量所的調查結果顯示，網路書店的銷售量最高，一般的書店則緊追其後。大型超市紙本書籍銷售量最低，且銷售量正在減少。同時電子書的銷售量也在逐漸增加。

男子正在宣布紙本書籍銷售量的調查結果。調查結束呈現以下順序：網路書店（49％）、一般書店（31％），大型超市（20％），所以答案為②。

[4~8] 請聽對話，選擇合適的下句。

4.

여자 이번 전시회는 다양한 언어로 안내하는 게 좋을 것 같아요.

남자 좋은 생각이에요. 외국인 관람객들이 전시회를 더 잘 이해할 수 있겠어요.

여자 ＿＿＿＿＿＿＿＿＿＿＿＿

女　這次展覽如果能使用多國語言介紹會好一點。
男　好想法。這樣外國遊客們就更能好好地了解這個展覽了。
女　＿＿＿＿＿＿

女子向男子提議，這次展覽如果使用多國語言會更好，所以答案為④。

5.

여자 회사에서 다 같이 봉사 활동을 나오니까 좋네요.

남자 봉사 활동은 좋지만 저는 주말에는 쉬고 싶어요. 정말 피곤해요.

여자 ＿＿＿＿＿＿＿＿＿＿＿＿

女　公司全部一起參加義務活動，真不錯。
男　義務活動雖然好，可是我週末想休息，真的很累。
女　＿＿＿＿＿＿

對義務活動持肯定態度的女子應該對覺得很累的男子說些鼓勵的話才比較恰當。所以答案是④。

6.

남자 재미있게 들을 만한 수업이 없을까?

여자 이 수업 같이 들어 볼래? 방학 때는 다 같이 스키를 타러 간대.

남자 ＿＿＿＿＿＿＿＿＿＿＿＿

男　沒有什麼有趣的課值得聽嗎？
女　要不要和我一起聽聽這門課？聽說放假的時候都會一起滑雪。
男　＿＿＿＿＿＿

男子詢問有沒有什麼有趣的課值得聽，女子則向他推薦了滑雪課，因此最恰當的答案是②。

7.

남자 낮에는 더웠는데 밤이 되니까 춥네요.

여자 네. 요즘 밤과 낮의 기온 차이가 큰 편이에요. 감기에 걸리지 않도록 조심해요.

남자 ＿＿＿＿＿＿＿＿＿＿＿＿

男　白天還很熱，到了晚上就變得真冷！
女　沒錯。最近夜晚和白天溫差很大，注意別感冒。
男　＿＿＿＿＿＿

女子提醒男子小心別感冒，因此最恰當的答案是①。

8.

여자 요즘 제가 가는 식당 음식들이 너무 짠 것 같아요.

남자 네. 그래서 요즘은 집에서 만드는 음식들이 모두 싱겁게 느껴져요.

여자 ＿＿＿＿＿＿＿＿＿＿＿＿

女　最近去的餐廳的菜好像太鹹了。
男　是的。所以感覺最近家裡做的菜都有點淡。
女　＿＿＿＿＿＿

女子在抱怨餐廳的菜太鹹，男子則說感覺家裡的菜味道很淡，因此女子對男子的回覆以④最為恰當。

[9~12] 請聽對話，選擇**女子**將做的動作。

9.

여자 우리 강아지가 아프고 나서 털이 많이 빠지는 것 같아. 어떡하지?

남자 그러면 샴푸를 바꿔 보는 건 어때? 내가 가입한 인터넷 애견 카페에 샴푸를 바꿨더니 효과가 있었다는 글이 있었어.

여자 바꿔 봤는데 소용이 없어. 그래서 동물 병원에 다녀오려고.

남자 그래. 그게 좋겠다. 병원에 갔다 와서 나에게 전화해.

女 我們的小狗自從生病，毛好像掉了很多。怎麼辦？

男 那換一種洗毛精怎麼樣？我在加入的網路寵物社群裡看到有人寫洗毛精很有效果。

女 換過了，沒用，所以打算去動物醫院。

男 對呀。那樣也好。去醫院回來後打電話給我。

男子已經換過狗用洗毛精，但不見效，所以打算去動物醫院，所以答案為③。

10.

여자 우리 회사에서 무료로 영어 수업을 들을 수 있다면서요? 같이 신청할래요?

남자 저는 지난달에 들었어요. 대신 한 달 전에 신청해야 해요. 일주일 전까지는 취소도 할 수 있어요.

여자 빨리 다음 달 수업을 신청해야겠어요. 어떻게 신청해요?

남자 먼저 인사팀에 가서 신청서를 받아야 해요.

女 聽說我們公司可以免費聽英語課？要不要一起申請？

男 我上個月已經聽了，而且要一個月以前申請。一個星期之前可以取消。

女 那要趕緊申請下個月的課了。該怎麼申請？

男 首先去人事組拿一張申請表。

男子告訴女子要先去人事組拿申請表才能申請聽公司裡的免費英語課。所以答案為①。

11.

여자 저……. 여기에서 사용할 수 있는 할인 쿠폰이 문자로 왔는데 어떻게 사용하는 건가요?

남자 인터넷에서 본인 확인을 받고 사용할 수 있어요. 한 달에 한 번 우편으로도 보내 드리고요.

여자 그래요? 가장 빠른 방법은 뭔가요? 지금 당장 사용하고 싶어요.

남자 지금 여기서 할인 쿠폰을 보여 주고 본인 확인을 하면 돼요.

女 哎……。簡訊收到了能在這裡使用的優惠券，這要怎麼使用？

男 在網路上進行本人確認後就可以用了，也可以每個月用郵件寄給你一次。

女 是嗎？最快的方法是什麼？我現在就想使用。

男 現在在這裡出示優惠券，確認一下是本人就可以。

男子對現在就想使用優惠券的女子説，只要出示優惠券，確認一下本人就可以使用。所以答案為④。

12.

여자 우리 학교 학생 식당은 가격은 저렴한데 조금 불친절한 것 같아.

남자 요즘 이 애플리케이션을 다운로드 받으면 학생 식당에 대한 서비스를 평가할 수 있대.

여자 그래? 다운로드 받아야겠다. 학교 게시판에 글 올리는 것보다 낫겠어.

남자 응. 그리고 무료 식권 이벤트에도 참가해 봐.

女 我們學校的學生餐廳價格蠻便宜的，可是好像有點不親切。

男 聽說最近只要下載這個應用軟體，就可以對學生餐廳的服務進行評價了。

女 是嗎？那就要下載了。比在學校公告欄裡發文章有用。

男 嗯。而且可以參加免費餐券活動。

女子準備下載能評價學校餐廳服務的應用軟體，所以答案為④。

[13~16] 請聽錄音，選擇與內容一致的一項。

13.

여자 물건을 공동으로 구매하면 싸게 살 수 있다면서?

남자 응. 대신 공동 구매자가 많을수록 싸지니까 공동 구매자들이 모일 때까지 좀 기다려야 해.

여자 그래서 우리 같은 학생들이 많이 이용하는구나.

남자 응. 이번에 나도 전공 책을 공동 구매했어.

女 聽說團購的話商品可以買得比較便宜。

男 嗯。因為團購的人越多越便宜，所以要先揪到買東西的人。

女 所以像我們這樣的學生才喜歡團購啊。

男 嗯。這次我也團購了專業書籍。

團購要等一起購買的人到了才買，所以答案為③。

14.

여자 주민 여러분 안녕하십니까. 오늘 우리 아파트에서 오전 아홉 시부터 저녁 일곱 시까지 알뜰 시장이 열릴 예정입니다. 오늘 알뜰 시장에서는 신선한 채소를 시장보다 저렴한 가격으로 판매합니다. 또 선착순 열 명에게만 수박을 절반 가격에 드리는 행사도 예정되어 있습니다. 단, 아파트 주민만 배달이 가능합니다.

女 各位居民，大家好！今天我們公寓將從上午9點到晚上7點開設勤儉市場。今天的勤儉市場將以比市場低廉的價格出售新鮮蔬菜，此外還有給先來的前十名半價西瓜的活動。特別要注意的是：只限本公寓的居民才可享受送貨上門的服務。

內容提到：公寓從上午9點到晚上7點將開設勤儉市場，所以③。

15.

남자 지난해 미국에서 인기를 끌었던 한국 뮤지컬 공연 소식입니다. 이 뮤지컬은 실제 있었던 역사적 사실을 바탕으로 만들고 그 시대의 의상과 소품을 재연하고 있습니다. 한국인의 이야기이지만 미국 사람들의 눈길을 끌었던 이유는 바로 뮤지컬 음악 때문입니다. 외국인 음악 감독에 의해 새롭게 탄생한 한국 전통 음악은 많은 세계인들에게 호응을 얻고 있습니다.

男 這是去年在美國曾大受歡迎的韓國歌舞劇的演出消息。這個歌舞劇是以實際存在的歷史事實為基礎編排的，再現了那個時代的服裝和服飾。雖然是韓國的故事，但是能讓美國人感興趣的理由正是來自於歌舞劇裡的音樂。根據外國音樂導演的評論，這個重新誕生的韓國傳統音樂贏得了很多外國人的好評。

這個歌舞劇去年在美國很受歡迎。所以答案為②。

16.

여자 박사님. 앞으로 인간 복제 기술이 가능해진다면 어떤 문제점이 생길까요?

남자 사람이 죽어도 또 살릴 수 있다고 생각할 수 있어요. 그러면 생명의 가치가 떨어질 수 있다는 것입니다. 또 인간 복제가 가능하게 되면 범죄율이 감소할 것이라는 연구 결과도 있지만 분명 더 나쁘게 이용될 수도 있어요. 인간 복제의 위험성에 대한 경고가 많은데도 불구하고 사람들이 인간 복제에 대해 좋게만 생각하는 것도 문제입니다.

女 博士，如果說未來複製人技術變成可能的話，會出現什麼樣的問題呢？

男 我們可以認為人能死而復生。那麼就代表說生命的價值會降低。之前曾有過這樣的研究結果，說如果真可以複製人，犯罪率就會減少，但即便如此，其他擺明會被利用於不當之處。儘管對於複製的危險性有過很多的警告，但問題是人們還是只把複製人的問題想得太過美好。

內容提到如果複製人真的成為可能的話犯罪率就會降低的研究結果。所以答案為④。

[17~20] 請聽錄音，選擇最符合男子的中心想法的一項。

17.

남자 오늘 오후에 회의가 있어서 점심을 빨리 먹어야 해요.

여자 그럼 편의점에서 컵라면을 사 먹을까요? 간단하게 빨리 먹을 수 있잖아요.

남자 간단하게라도 밥을 먹는 건 어때요? 아침도 간단하게 먹는데 하루 중에 점심을 제일 영양이 있는 음식으로 먹어야 한다고 생각해요.

男 今天下午有個會議，午餐吃快點。

女 那就在便利店裡買泡麵吃？這樣不就可以吃得簡便快捷嗎。

男 再簡單也還是得吃飯吧，怎麼樣？早餐就是隨便吃的，我覺得一天當中，午餐一定要吃最有營養的食物。

男子認為一天當中，午餐一定要吃最有營養的食物。所以答案為②。

18.

남자 많이 걸었더니 조금 피곤하죠?

여자 네. 좀 쉬고 싶은데 아직 일정이 남았나요?

남자 이제 남산에서 야경을 봐야 해요. 여행을 왔으면 좀 피곤하더라도 그 도시의 야경은 꼭 봐야 한다고 생각해요.

男 走得太多，有點累了？

女 是啊。想休息一下了，但還有行程嗎？

男 現在還有南山的夜景要看。我認為出來旅行，再累，那個城市的夜景也是一定要看的。

男子認為：去旅行，就一定要看那個城市的夜景，所以答案為③。

19.

남자 제 동생이 외국인과 연애하고 있는데 결혼까지 생각하고 있는 것 같아요.

여자 와, 정말 멋지네요. 요즘엔 국제결혼이 많아지고 있대요.

남자 그런데 문화적인 차이가 있을까 봐 좀 걱정이에요. 작은 오해로 싸움이 날 수 있고, 음식도 잘 안 맞을 수 있잖아요.

여자 그럴 수도 있겠네요. 하지만 서로 사랑하는 마음이 크면 다 극복할 수 있어요.

男 我弟弟／妹妹正在和一個外國人談戀愛，好像還考慮要結婚。

女 哇，太棒了。最近聽說這種跨國婚姻變多了。

男 但還是擔心會有文化差異。小誤會可能會引起爭吵，飲食方面也可能會不合的。

女 確實也會有這種可能啊。但只要深深相愛，都是可以克服的。

男子很擔心跨國婚姻會因為文化差異產生問題。所以答案為④。

20.

여자 전주에서 가장 유명한 한옥 호텔을 운영하고 계신다고 들었는데요. 어떻게 이런 한옥 호텔을 생각하게 되신 건가요?

남자 저는 외국에 관광을 갈 때마다 그 나라의 주거 문화를 체험했는데 그게 가장 기억에 남았어요. 그래서 외국인들에게 한국의 주거 문화도 체험하게 해 보면 좋을 것 같아서 사업을 시작했습니다. 외국인 손님들께서 처음에는 온돌 문화가 조금 불편하다고 하지만 따뜻한 바닥에서 하룻밤을 자고 나면 몸이 좋다고 하시더라고요. 이렇게 전통적인 주거 체험을 해 봐야 그 나라를 제대로 여행했다고 생각합니다.

女 聽說您在全州經營一家最有名的韓屋飯店。您是怎麼有韓屋飯店這個想法的呢？

男 我每次去外國旅行都會去體驗那個國家的住居文化，且對那個的印象最深。所以我覺得，如果要是能讓外國人也能體驗到韓國的住居文化應該會很不錯，所以就開始了這項事業。外國客人剛開始會覺得暖炕文化有些不便，可是在溫暖的地上睡一晚後，就會說身體感覺不錯。我認為只有進行了這種傳統住居體驗，才可以說自己真的到了那個國家旅行。

男子認為：我認為只有體驗了這種傳統住居，才能夠真正瞭解那個國家。所以答案為④。

여자 요즘 한류 열풍 때문에 그런지 서울에 외국인 관광객이 정말 많아진 것 같아요.

남자 네, 맞아요. 특히 한류 스타들의 얼굴이 새겨진 물건이 정말 많기도 하고 잘 팔리는 것 같아요.

여자 그런데 한류를 제대로 체험할 수 있는 한류 관광 상품은 별로 없는 것 같아요.

남자 그렇죠. 단순히 한류 스타와 관련된 물건을 사기만 하는 관광이 아니라 한류를 직접 체험할 수 있는 관광 상품을 개발할 필요가 있어요.

女 或許是因為最近的韓流，首爾的外國遊客好像真的增加了很多。

男 是的，沒錯，特別是很多印有韓流明星頭像的物品也都賣得很好。

女 但是好像沒有什麼能真正體驗韓流的韓流旅遊商品。

男 真的。不能夠只有這種單純地買一些與韓流明星相關商品的旅遊，有必要開發能親身體驗韓流的旅遊商品。

21. 男子認為：不能夠只有這種單純地買一些與韓流明星相關商品的旅遊，有必要開發能親身體驗韓流的旅遊商品，所以答案為④。

22. 根據男子的說法：好像很多印有韓流明星頭像的物品也都賣得很好，便可以知道外國人買許多與韓流明星有關的物品。所以答案為④。

여자 개인 사정 때문에 휴가를 좀 빨리 사용하고 싶은데요. 가능할까요?

남자 언제 사용하려고요? 지금은 휴가철이 아니라서 안 될 수도 있어요.

여자 마지막 주에 3일 정도 쉬려고 하거든요. 그러면 혹시 주말에 일을 하고 평일에 쉬는 것으로 대체하는 것은 안 될까요?

남자 우선 여기 신청서가 있으니까 작성하시고 부장님께 확인 받아서 다시 오셔야 해요.

女 因為個人因素，我想儘快用掉休假，可以嗎？

男 想什麼時候用？現在不是休假季節，可能也不行。

女 最後一週想休息3天左右，要不然就用週末工作來替代平日的休假，不行嗎？

男 這裡有個申請表，先填好後讓部長確認後再來吧。

23. 男子要求不是休假季卻要休假的女子先寫好申請表給部長確認後再過來，告訴她辦理休假申請的方法，所以答案為③。

24. 女子要在最後一週休息3天左右。所以答案為④。

여자 선생님께서는 10년 동안 주말을 이용해서 '사랑의 도시락' 배달을 해 오셨다고 들었는데요. '사랑의 도시락' 배달에 대해 간단히 소개해 주시겠습니까?

남자 '사랑의 도시락' 배달은 독거노인분들을 직접 찾아뵙고 도시락을 배달해 드리는 봉사 활동입니다. 특히 '사랑의 도시락' 배달은 주말이나 명절에 더욱 많이 해야 합니다. 왜냐하면 가족이 없는 노인분들께서 주말이나 명절에 더욱 외로움을 느끼시기 때문입니다. 이 봉사는 단순히 밥 한 끼를 챙겨 드리는 것이 아니라 사람을 그리워하시는 노인분들의 친구가 되어 드리는 게 목적인 봉사입니다. 노인들에게서도 봉사자들을 자식처럼 생각해 주시니까 한번 시작하면 그만둘 수가 없습니다.

女 先生，聽說您十年間一直利用週末送「愛心飯盒」，您能為我們簡單地介紹一下「愛心飯盒」嗎？

男 「愛心飯盒」是親自上門為獨居老人們送飯盒的志願活動。特別是在週末或節日，「愛心飯盒」更要多送。這是因為沒有家人的老人們在週末或節日時會更加感到孤獨。這項服務並不是單純只是要解決一頓飯的問題，而是以與老人們做朋友為目的的一項服務。老人們同時也會把志工們當成自己的子女一樣，因此開始了就不能停止。

25. 男子認為沒有家人的老人們每到週末或節日會更加感到孤獨，所以要付出更多，所以答案為②。

26. 男子提到：送餐服務不是單純只是為了解決一頓飯，目的是為了與感到孤獨的老人們做朋友，所以答案為④。

여자 화장품 가게마다 세일 기간이 달라서 세일 정보를 잘 모르겠어.

남자 그래서 어제 화장품을 안 산 거였어?

여자 응. 한 달에 한 번 50% 세일을 하는데 그 기간을 놓치면 제값을 주고 사야 하거든. 그런데 왠지 손해를 보는 기분이야.

남자 그래도 50% 세일 행사는 일종의 고객을 위한 이벤트나 다름없는 거니까 좋지 않아?

여자 고객을 위한 세일 행사라고 하지만 오히려 회사 입장에서는 재고를 처리하고 신제품을 홍보하는 행사일 수도 있어.

女 每間化妝品店的優惠期都不同，根本無法得知優惠資訊。

男 所以昨天才沒買化妝品？

女 嗯。每月有一次50%的優惠，錯過那個時間就只能用原價買，覺得很吃虧。

男 不過，50%優惠就是替顧客辦的活動，不是很好嗎？

女 的確是為顧客辦的優惠活動，但是從公司立場來看，反倒可以是清倉、宣傳新產品的活動。

27. 女子說每間化妝品店的優惠期不同，所以不知道優惠資訊，同時也對優惠制度產生了疑問所以答案為②。

28. 女子昨天沒買化妝品的理由是因為錯過了優惠期，所以答案為②。

여자 그동안 건강에 관련된 내용을 다룬 기획으로 상을 많이 받으셨는데 이번에는 어떤 내용을 다루었나요?

남자 요즘 젊은 여성들 중에서 무리한 다이어트로 인한 거식증 환자가 많아지고 있습니다. 재미있는 사실 중 하나는 다이어트를 하고 있는 사람들보다 다이어트에 성공한 사람들 중에서 거식증에 걸린 사람이 더 많다는 사실입니다. 다이어트에 성공한 후 다시 살이 찌지 않으려고 하다 보니 자연스럽게 음식물 섭취를 거부하게 되고, 그것이 거식증으로 이어진 것이지요. 이런 추세와 시청자 의견을 반영하여 이번 특집에서는 거식증에 대해서 다루었습니다.

女 據說這段期間內，您的健康特別節目獲得了很多獎項，那麼在這次特輯裡您又談論了什麼內容呢？

男 由於過度減肥，最近年輕女性中的厭食症患者越來越多了。有一個有趣的事實是，和正在減肥的人相比，患厭食症的人在減肥成功的人中更多。減肥成功後，為了避免再次復胖，會自然而然地會拒絕食物的攝取，這就導致了厭食症。這次特輯主要涉及的是厭食症的內容，加以反映此趨勢和觀眾們的意見。

29. 內容提到：男子有幾個與健康相關內容的特別節目獲獎，這次關於厭食症的特輯也反映了觀眾們的意見，由此得知此人是導演，所以答案為②。

30. 透過男子的話可知減肥成功的人中患厭食症的更多。所以答案為④。

여자 인간은 그동안 과학의 발전이라는 명분으로 생명체인 동물을 가지고 실험해도 된다고 당연하게 생각해 왔습니다. 지금이라도 동물 실험을 중단해야 합니다.

남자 동물 실험 없는 인류의 발전도 없습니다. 지금도 수많은 변종 바이러스의 치료제는 동물 실험을 통해 만들어집니다. 동물 실험이 없다면 병으로 죽는 인간들이 많아질 것입니다.

여자 만약 동물 실험이 불가피한 일이라면 최소한 살아있는 생명체에 대한 존중이 필요합니다. 실험을 통해 너무나 잔인하게 희생되고 있는 동물들이 많습니다.

남자 동물 실험에 이용되는 동물들을 보호하는 규제가 잘 지켜지지 않다뿐이지 분명히 있습니다. 그것은 과학자들의 윤리 의식에 맡겨야 할 부분인 것 같습니다.

女 人類一直藉著科學發展的名義，順理成章地認為使用活體動物來進行試驗是可以的。但即便是現在，我們也必須中止動物試驗。

男 沒有動物試驗就沒有人類的發展。現在也還有很多變異病毒的治療藥劑需要透過動物試驗來製作。沒有動物試驗，因病死去的人就會增加。

女 如果動物試驗無法避免，那也有必要對活著的生命給予最基本的尊重。在試驗中被極度殘忍地犧牲掉的動物為數眾多。

男 那是由於動物試驗中使用動物的保護規則沒有被好好地遵守，但規定分明是存在的。那這就是要仰賴科學家倫理意識的部分了。

31. 男子認為沒有動物試驗就沒有人類的發展。所以答案是③。

32. 對於女子的話，男子一點也不贊同，並用堅定的口吻反駁了女子的意見，所以答案是②。

여자 경기 불황임에도 불구하고 오히려 저가 화장품의 판매율이 상승하고 있다는 흥미로운 조사 결과가 발표되었습니다. 이렇게 불황기에 오히려 저가 화장품의 매출이 올라가는 현상을 '립스틱 효과'라고 합니다. 이는 돈을 아끼면서도 최소한의 품위를 유지하고 심리적인 만족을 추구하는 소비 성향을 의미합니다. 요즘 경기가 나빠지면서 명품 가방 같은 비싼 제품의 구매율이 감소하고 상대적으로 작은 투자로 큰 만족을 느낄 수 있는 향수나 디저트와 같은 제품의 구매율이 상승하는 것도 이런 경향의 예라고 볼 수 있습니다. 이를 통해 최근 소비 경향이 과시하기 위한 것이 아닌 일상생활에서 스스로 만족할 수 있는 제품을 소비하는 방향으로 바뀌고 있다는 것을 알 수 있습니다.

女 儘管經濟不景氣，仍有這樣一個有趣的調查結果，其公佈廉價化妝品的銷售量反而在上升。我們將這種在不景氣之下卻出現了廉價化妝品的銷量上升現象稱之為「口紅效應」。這指的是那種既要省錢，又要保持最基本品味追求的心裡滿足消費取向。可以說是此種傾向的例子還有，因近期經濟下滑，像名牌包這樣昂貴製品的購買率在減少，但在如香水或甜點等這樣相反地進行少量投資卻能獲得巨大滿足的商品購買率之上升現象。透過這些，我們可以瞭解到，近來的消費傾向不是為了炫耀，而是因為在日常生活中，得到自我滿足的消費方向正在發生改變。

33. 最近的消費傾向不是為了炫耀，而是因為其正在日常生活中往得到自我滿足的方向進行改變，所以答案是③。

34. 內容提到：儘管經濟不景氣，但廉價化妝品的銷售量反而在上升。所以答案為①。女子說人們不景氣時，透過小投資就能擁有巨大滿足的甜品消費，可以讓自己感到滿足。因此②和③是錯的。

남자 저희 경주미술관에 오신 것을 환영합니다. 저는 오늘 여러분의 안내를 맡은 김성민입니다. 여러분은 이제 경주미술관이 이 도시에서 가장 오래된 건물이라는 사실과 이곳이 최고의 보안 시스템을 갖추고 있는 아주 현대적인 곳이라는 사실을 알게 되실 겁니다. 또한 다른 미술관에서는 전혀 볼 수 없었던 새로운 전시 방법에 대해서도 소개해 드리겠습니다. 경주미술관의 미술품이 어떻게 전시되어 있는지에 대해서 궁금하시죠? 여러분도 이미 아시다시피 미술관은 모두 5층으로 이루어져 있 습니다. 그런데 미술품이 전부 연대순으로 전시되어 있다는 사실도 알고 계셨나요? 가장 오래된 작품은 1층에 있고 가장 최근의 작품은 맨 위층에 있습니다. 그럼 1층 후문 근처에서 전시되고 있는 '미술관 기획전'부터 관람을 시작하겠습니다.

男 歡迎光臨我們慶州美術館。我是今天負責向大家做介紹的金成民。從現在起你們將會了解到，慶州美術館是這座城市中最古老的建築，也是配有最高級保安系統的現代化場所。另外，我還將向各位介紹在其它美術館中絕對看不到的最新展覽方法。想知道慶州美術館的美術作品是如何展出的吧？正如各位所知，美術館一共5樓，但是你們是否知道美術作品全部是按照年代順序展出的這一事實呢？最古老的作品在1樓，最近期的作品則在最高樓層。那麼，我們就從1樓後門附近展出的「美術館規劃展」開始參觀吧。

35. 男子介紹了慶州美術館的簡略特徵，並進一步說明了這座美術館獨特的展覽方法。

36. 男子說，慶州是這座城市裡最古老的建築，由此可知美術館是這座城市裡最早落成的建築。所以答案是②。

[37~38] 下面是教養節目。請聽錄音，回答問題。

여자 최근 부모님들이 자녀들의 책 읽기에 대해 고민이 많은데요. 그래서 오늘은 독특한 책 읽기 방법을 제시한 선생님을 모시고 이야기 나누겠습니다. 선생님, 우리 자녀들이 어떻게 책을 읽어야 할까요?

남자 적극적 읽기를 권장합니다. 요즘 아이들은 단순히 글자를 읽는 경우가 많기 때문에 독서량과 상관없이 독서 능력에 크게 차이가 나지 않습니다. 책을 읽어도 제대로 이해하지 못하게 되고 결국 체계적인 지식이 쌓이지 않습니다. 적극적 읽기는 단순히 글자를 읽는 것이 아닌 맥락을 이해하면서 읽는 방법입니다. 글 내용을 바탕으로 다양한 질문을 만들 수 있어야 하고, 대상은 같으나 관점과 내용이 다른 글의 차이를 비교하면서 읽어야 합니다. 그런데 읽기 능력이 부족하면 적극적 읽기를 적용하기 어렵습니다. 따라서 수준에 맞는 책을 고르는 것이 적극적 읽기의 중요한 시작입니다.

女 最近很多父母因子女們的學業問題產生很多苦惱。所以今天我們請來了提倡獨特讀書方法的老師來談談。老師，我們的子女應該要怎麼學習才好呢？

男 我提倡積極閱讀。近年來，孩子們單純讀書的時間很多，因此與讀書量無關，但讀書能力也沒有太大的改變。也就是即便讀了書，如果沒有真正理解，最終也還是不能系統性地獲得知識。積極閱讀指的是以理解內容脈絡來進行閱讀的方法，而不是單純地讀文字。要以文章內容為基礎，再提出各種問題。閱讀時，即使客體相同，也可以透過比較來瞭解其觀點和內容與其它文章的不同。但如果閱讀能力不足，就很難做到積極閱讀。因此挑選適合個人水準的書籍是開始積極閱讀的重要一環。

37. 男子認為如果閱讀能力不足，就很難做到積極閱讀。因此為了做到積極閱讀，應該要挑選適合個人水準的書籍。所以答案是③。

38. 積極閱讀指的是以理解內容脈絡來進行閱讀的方法，而不是單純地讀文字，所以答案是②。

[39~40] 下面是一段訪談。請聽錄音，回答問題。

여자 '열린 교육'에 대한 최근의 경향을 설명해 주셔서 감사합니다. 최근 교육계에 '열린 교육' 바람이 불기 시작하면서, 교실 안 교육에서 벗어나려는 움직임이 나타나고 있는데 좋은 현상이라고 생각합니다.

남자 맞습니다. 교육은 교실 안에서만 이루어지는 것은 아니라고 생각합니다. 교실 밖에서도 충분히 효과적인 교육이 이루어질 수 있습니다. 최근 교실 밖에서 사물과 현상을 직접 보고 듣고 느끼는 현장 체험 학습이 활발히 이루어지고 있습니다. 대표적으로 박물관과 과학관은 훌륭한 교육적 효과를 얻을 수 있는 공간이라고 생각됩니다. 그러나 박물관과 과학관을 단순히 '숙제하는 곳'이라고 생각하는 아이들이 많습니다. 그래서 이러한 공간을 어떻게 활용해야 하는지 방법을 가르쳐서 하루 종일 있어도 지루하지 않은 아이들의 놀이터이자 학습 공간으로 만드는 것도 열린 교육 못지않게 중요하다고 생각합니다.

女 感謝您針對「開放式教育」的近期趨勢做說明。最近，教育界開始刮起了一股「開放式教育」的熱風，大有要從課堂教育脫離的傾向。我認為這是一種好的現象。

男 對。我認為教育不一定只有在教室內才可以執行。在教室外也可以進行具有相當成效的教育。最近在教室外實施的對事物和現象直接耳聞目睹並親身感受的現場體驗學習正在活躍地進行中。特別是有代表性的博物館和科學館，我認為其是能獲得突出教育效果的空間。但是很多孩子單純地把博物館和科學館當成是「做作業的場所」。所以我認為，如果能教會他們利用這種空間的方法，使它成為即便待上一整天也不會感到無聊的遊樂園兼學習空間，其效果也並不亞於開放式教育。

39. 透過女子的前面的話，我們得以確認最近教育界流行著開放式教育，所以答案是①。

40. 開放式教育被視為是脫離課堂的運動，而男子認為在教室之外也可以進行充分有效的教育，所以答案是①。

[41~42] 下面是一篇演講稿。請聽錄音，回答問題。

남자 여러분은 하루에 텔레비전을 몇 시간 정도 시청하시나요? 또 잠은 얼마나 자는 편인가요? 텔레비전을 보느라 너무 늦게 자면 잠을 잘 자는 데 방해가 됩니다. 실제로 텔레비전을 많이 볼수록 수면 장애를 겪을 확률이 높다는 연구 결과가 나왔습니다. 오늘은 어린이들이 텔레비전을 보는 시간과 수면 장애가 어떤 관계가 있는지 알아보고자 합니다. 미국의 한 보건대학 원에서 텔레비전이 있는 방에서 생활하는 어린이가 잠을 덜 잔다는 것에 주목하여 연구를 한 적이 있습니다. 생후 6개월부터 8살까지 어린이 1,800명을 대상으로 관찰한 결과 텔레비전을 보는 시간이 많으면 많을수록 수면 장애를 겪을 가능성이 높아진다고 합니다. 어린이가 하루에 텔레비전을 1시간씩 볼 때마다 수면 장애를 겪는 시간이 7분씩 늘어난다고 합니다. 나이가 많은 어린이보다 나이가 적은 어린이들이, 특히 여자 어린이보다 남자 어린이들이 이런 현상을 많이 보인다고 합니다. 아이가 어릴수록 텔레비전 시청 시간을 줄이는 것이 아이가 건강한 수면 습관을 가지도록 하는 비결인 것 같습니다.

男　各位每天看幾個小時的電視？而睡覺通常睡多久？會這麼問是因為看電視並晚睡會阻礙一夜好眠。有研究結果說明，電視看得越多，實際受到睡眠障礙影響的機率就越高。今天，我們就來看看兒童看電視的時間和睡眠障礙之間有怎麼樣的關係。美國一所保健研究院注意到，孩子生活在放有電視的房間裡時，會出現睡眠不足的現象。他們對此進行了研究，觀察1800名出生6個月到8個月的嬰兒，結果發現看電視的時間越多，受睡眠障礙影響的可能性就越高。兒童一天每多看一個小時電視，受睡眠障礙影響的時間就增加7分鐘。而年齡小的孩子比起年齡較大的，特別是男孩比女孩，有更多人呈現出這種狀態。年齡越小就越應減少看電視的時間，這才是培養孩子健康睡眠習慣的秘訣。

41. 內容提到：孩子越小，受到由電視造成的睡眠障礙影響的孩子越多，所以答案是③。

42. 男子拿出「孩子越小，受到來自電視造成的睡眠障礙影響的孩子越多」的研究結果，並提議為了讓孩子們擁有健康睡眠，最好減少看電視的時間。所以答案是②。但選項中因為沒有一項提到過睡眠障礙是因為受電視有無的影響，因此此③不正確。

[43~44] 下面是一篇紀實報導。請聽錄音，回答問題。

여자　최근 서울숲에서 열린 '생태 탐사' 행사에 대해 들어 본 적 있나요? 이 행사는 2010년부터 산림청에서 주관하고 있으며, 주로 생물의 다양성을 탐사합니다. 전문가부터 학생과 일반인 참가자까지 다양한 사람들이 이 행사에 참여할 수 있습니다. 어떤 이유로 도시 한복판에서 생태 탐사 행사가 열리게 된 것일까요? 이 행사는 생물 다양성에 대한 이해를 높이는 활동을 할 수 있게끔 개최했다고 합니다. 전문가들은 새로운 생물종을 조사하며 학생과 일반인 참가자들은 주로 각 분야별 생물종에 대한 특징을 익히고 체험하는 활동을 하게 됩니다. 주의해야 할 점도 있는데요. 일반인은 생물종에 대한 이해가 부족해 생물에 해를 끼치거나 생물을 채취하다 위험해질 수 있기 때문입니다. 그런데 이 행사가 유명해진 것은 이 행사의 의의와 관련 있습니다. 대도시 사람들에게 대도시에서 사는 생물종이 얼마나 되는지, 또 그 생물이 건강하게 살고 있는지 관심을 가질 수 있는 기회를 만들었다는 것입니다.

女　聽說過最近在首爾林舉辦的「生態探查」活動嗎？這個活動自2010年起，由山林廳主管主要用於探查生物的多樣性。從專家、學生到一般人，什麼人都可以參加這項活動。是什麼原因使得生態探查活動在城市的中心舉辦呢？這個活動是為了讓人們提高對生物多樣性的理解才舉行的。專家們可以來調查新的生物種類，學生和一般參加者則可以藉此熟悉各種生物種類的特徵和進行體驗的活動。但也有要注意的地方。由於一般人對生物種類缺乏瞭解，因此會做出一些對生物有害的事，或是因為採摘而遇到危險。然而，這項活動之所以能出名，也是與這項活動的意義分不開的。這項活動是想替大城市裡的人製造一個了解的機會，讓他們知道在大城市裡生活的生物種類有多少，以及這些生物是否還在健康地生活著。

43. 女子在最後說，活動是因為想替大城市裡的人製造一個了解的機會，並讓他們培養對生物的興趣才出名的。所以答案是④。

44. 女子提到這個活動的意義是讓人們能關注在大城市生長的生物，所以答案是④。

[45~46] 下面是一篇演講稿。請聽錄音，回答問題。

남자　여러분이 일하고 있는 곳이 세상에서 가장 위험하고 무서운 곳이라면 과연 아무 걱정 없이 일을 할 수 있을까요? 보통 사람이라면 그럴 수 없을 겁니다. 하지만 더 이상 걱정하지 않아도 됩니다. 과학 기술의 발달로 사람이 가기 위험하고 무서운 곳을 이제는 로봇들이 가기 때문입니다. 사람들은 사람이 갈 수 없는 위험한 곳에 대신 가서 일할 수 있는 로봇을 만들어 왔습니다. 깊은 물 속에서 일하는 로봇이 그 예입니다. 좀 더 구체적으로 살펴볼까요? 2004년에 한국과학기술연구원과 한 회사가 공동 개발한 '롭해즈'라는 위험 작업 전문 로봇이 있습니다. 이 로봇은 야간 정찰과 폭발물 탐색에 있어 남다른 재능을 가지고 있습니다. 크기는 작지만 시속 12km의 속도로 험한 길을 달리면서 주변에 폭발물이나 지뢰가 있는지를 조사하는 로봇입니다. 또한 심해 무인 탐사 로봇이 있습니다. 지금까지 바다에 잘못 떨어진 수소 폭탄을 찾고 침몰한 타이타닉호의 사진을 찍는 등 세계가 깜짝 놀랄 일들을 많이 해냈습니다.

男　各位，假如你工作的地方是世界上最危險最可怕的地方的話，你真的可以毫無顧慮地工作嗎？普通人可能做不到，但是我們也再也用不著擔心了。這是因為科學技術的發展，使機器人現在可以去人們認為危險可怕的地方。人們製造出了能替他們前往無法到達的危險環境裡進而工作的機器人，比如在深水裡作業的機器人。要說得再具體一點？在2004年，出現了一個由韓國科學技術研究院和一家企業共同開發的「羅伯哈次」危險作業專用機器人。這個機器人在夜間偵察和探查爆炸物上具有與眾不同的才能。其體積雖小，但卻是個能以12KM的速度在崎嶇路段奔跑探查周邊有沒有爆炸物或地雷的機器人。另外還有深海無人探查機器人。至今為止，機器人已做出了像是尋找誤入大海的氫彈以及替沉沒的鐵達尼號拍照等讓世界震驚的事。

45. 內容提到「羅伯哈次」是由韓國科學技術院與某一企業共同開發的，所以答案是③。而替代人去危險地方作業的機器人是科學技術發展到近期的事，因此④不正確。

46. 男子舉例了幾種替代人從事危險作業的機器人，並堅持自己的意見，所以答案是④。

[47~48] 下面是一段談話。請聽錄音，回答問題。

여자　장애를 극복하고 평생을 장애인의 권리를 위해 애써 오신 한준희 선생님을 모시고 말씀 나눠 보겠습니다. 이번 장애인 기능 올림픽에서 처음으로 '장애인 특별상'이 만들어졌다고 들었습니다. 먼저 여기에 대해 간단하게 말씀해 주시지요.

男子 네. 이번 장애인 기능 올림픽에서부터 '장애인 특별상'을 시상하게 됩니다. 이 상은 장애를 극복하려는 의지를 가장 잘 보여 주면서도 기술적으로 기능이 뛰어난 선수에게 수여하는 상입니다. 이 상을 받은 수상자들이 자부심을 가지고 사회 곳곳에서 당당하게 자리를 잡아, 많은 사람들에게 존경과 사랑을 받았으면 좋겠습니다. 더불어 장애인들이 비록 장애가 있더라도 한 사회 구성원으로 제 몫을 다하기를 바랄 뿐입니다.

女 今天，讓我們請克服身體障礙，且一生為維護身障人士權利而付出的韓准熙先生來說幾句。聽說這次身障人士奧運會首次設立了「身障人士特別獎」。就先請您簡單地從這裡講起吧。

男 好的。這次在身障人士奧運會上得到了「身障人士特別獎」，這個獎是頒給那些最能體現具有克服殘疾毅力又具有傑出技術技能的選手的獎項。獲得這個獎項的人，如果能樹立自豪感，在這個社會找到自己的位置，並受到更多人的尊敬和愛戴就好了。殘疾人儘管有此殘疾，但我只希望，作為社會的一員，我要盡自己的一份力。

47. 透過女子在一開始針對男子的介紹，也就是「克服身體障礙，平生為維護身障人權利而付出的」的內容，可知男子克服了殘疾，是一生為別人而生活的人。所以答案是④。

48. 男子在最後說希望作為社會的一員的身障人士們能盡到自己一份力。所以答案是③。

[49~50] 下面是一篇演講稿。請聽錄音，回答問題。

男子 대중문화는 한마디로 이야기해서 소비자의 호주머니를 겨냥해서 만들어지는 문화라고도 할 수 있습니다. 그것도 보다 많은 소비자들이 돈을 많이 쓰게 하는 용의주도한 마케팅 전략이 필요한 문화죠. 물론 그것이 나쁘다는 뜻은 아닙니다. 다만 문제는 대중문화를 이용하고 받아들이는 소비자들이 늘 현명한 것은 아니며, 대중문화 상품을 만드는 사람들이 그 점을 노릴 때가 많다는 데에 있습니다. 소비자들이 현명하다면 저질 대중문화 상품이 큰 인기를 얻지 못해야 마땅하겠지만, 현실은 꼭 그렇지 않기 때문이죠. 따라서 대중문화는 생산자들의 건전한 양심과 소비자들의 올바른 자세가 갖추어질 때, 비로소 모두가 건강하게 향유할 수 있는 문화로 자리매김할 수 있다고 생각합니다.

男 大眾文化用一句話來說的話，就是瞄準消費者的口袋所製造的文化，而且是一個需要以讓消費者花更多的錢為目的的市場戰略來做主導的文化。當然這不是說它不好，問題在於，利用並接受大眾文化的消費者並不總是很聰明的，且製作大眾文化商品的人很多就是覬覦到了這一點。如果消費者很明智的話，低俗的大眾文化商品就不會受歡迎才對，但現實並非如此。因此我認為只有當生產大眾文化的人有了良心，且消費者具備了正確的姿態時，才可以說它真正成為了讓所有人都能健康享受的大眾文化。

49. 男子說，大眾文化就是瞄準消費者口袋所製造的文化，也是讓消費者花錢的文化。所以答案是②。

50. 男子最後說，只有當生產大眾文化的人有了良心，且消費者具備了正確的姿態時，才可以說它真正成為了讓所有人都能健康享受的大眾文化，並介紹了對大眾文化變化上的期待，所以答案是③。

쓰기 寫作

[51~52] 請閱讀下文，分別寫出符合⊙和ⓛ的一句話。

51. ⊙：這裡陳述著「급한 일이 생겨서」的原因，而且後面提示有「更改了日期、旅行日程變更」等內容，因此括弧中應該寫下周不能去旅行了的內容。

ⓛ：內容中說要更改旅行日程就必須得到對方的允許，所以要使用與之相應的表達方法。因此要使用「-아/어도 되다」的表達方式。

→ 本文是請求變更預約計畫的電子郵件。內容首先要寫郵件人的姓名和預約號碼，以及變更的理由說明，最後還要請旅行社看是否可以給予答覆。

52. ⊙：後面介紹了能夠減少廚餘垃圾的方法。因此括弧中一定要言及減少廚餘垃圾的問題。

ⓛ：前面有「구매할 때, 미리」，因此括弧中要有計劃好了再買的內容。此時為了實現減少廚餘垃圾的目的，內容談到了購買飲食的方法，因此最好使用能表達目的的語法「-도록」。

53. 【概略】
序論（前言）：和上一年相比，現在20歲～30歲待業人員的就業現狀
本論（論證）：各行業領域就業人員的變化（增加人員的領域）
結論（結語）：各行業領域就業人員的變化（減少人員的領域）

54. 【概略】
序論（前言）：傳統文化的定義和價值
本論（論證）：① 需要繼承和保存傳統文化的理由（民族精神）
② 需要繼承和保存傳統文化的理由（它對現代所產生的影響）
結論（結語）：整理自己的意見

읽기 閱讀

[1~2] 請選擇最適合（　）內容的一項。

1.
他家環境困難，（　）連高中都沒上。

問題類型 選擇適合句子的詞彙（連接/生活文）

內容提到他家環境困難，大學當然沒讀，高中也沒讀，所以正確答案為③。

N은/는커녕: 用於不僅前句狀況，連有可能實現的後句狀況也難以實現的時候。
例 택시는커녕 버스 탈 돈도 없다.
시험 공부를 다 하기는커녕 아직 시작도 못 했다.
注意 「N은/는커녕」的後句基本為消極的狀況。

- **N조차:** 用來表示難以想到的或難以預料的極端狀況時之助詞。
  - 例 아랍어는 쓰기도 어려운 데다 읽기조차 힘들다.
- **N마저:** 用來表示在現在的狀態和程度中，最後一個也沒有留下之意的助詞。
  - 例 날씨가 추운데 바람마저 불어서 다니기가 힘들다.
- **N(이)야말로:** 表示強調確認之意的助詞。
  - 例 이 사람이야말로 이번 영화의 주인공 역할에 딱 맞다.

2. **邊喝酒邊對朋友說心裡話（ ）心裡變輕鬆了。**

   問題類型 選擇適合句子的詞尾（終結/生活文）

   內容為：一邊喝酒一邊對朋友說心裡話，心裡變輕鬆的意思，所以正確答案為②。

   > **-았/었더니:**
   > ① 表理由時使用。
   >   例 아침에 밥을 많이 먹었더니 점심 생각이 없네요.
   > ② 用於表示在做完某事之後發現了新出現的事實之時。
   >   例 오랜만에 고향에 갔더니 많은 것이 변해 있었다.
   >
   > **注意**「-았/었더니」不是「-더니」的過去式，而是一個新的語法。「-았/었더니」接在動詞後，前面的主語通常為第一人稱。相反，「-더니」可與動詞或形容詞連接，前句主語不能是第一人稱。（請參考第一回第一題的解說）

- **-던데:** 為了引導後句提前說出與之相關的先前情況時所使用的連接詞尾。
  - 例 저녁마다 외출하던데 무슨 일 있어?
- **-기에는:** 表示揭示對某物的評價，或是對其批判的標準時所使用的語法。
  - 例 이 옷은 여름에 입기에는 더워요.
- **-는데도:** 表示後句狀況的出現與前句狀況無關。
  - 例 눈이 많이 오는데도 차를 몰고 갈 거야?

[3~4] 請選擇與劃線部分意思相近的選項。

3. **非常生氣，可聽完他說的話，我也理解他的行為了。**

   問題類型 選擇相近的詞尾（連接/生活文）

   聽完他的描述後，我理解了他的行為之意，所以正確答案為①。

   > **-고 보니:** 做完前句出現的動作之後，對後句的事實有了新感受的意思。
   >   例 호랑이를 그리려고 했는데, 그리고 보니 고양이가 되었다.

- **-고 나니:** 表示前句動作的結束。
  - 例 아르바이트를 끝내고 나니 무척 힘들었다.
- **-는 만큼:**
  - ① 表示後句內容和前句內容成比例或，或與前句內容的程度或數量相當之意。
    - 例 네가 노력하는 만큼 좋은 결과가 있을 것이다.
  - ② 表示前句內容為後句內容的理由或根據。
    - 例 태풍이 예상되는 만큼 피해가 없도록 미리 대비를 해야 한다.

- **-고 해서:** 用來表示前句內容為後句行為的理由或根據。
  - 例 수업도 휴강이고 해서 친구들이랑 노래방에 갔다.
- **-는 사이에:** 表示執行某一動作的期間。
  - 例 내가 샤워를 하는 사이에 동생이 식사 준비를 해 주었다.

4. **為什麼提了那麼多錢？那錢要花在哪？**

   問題類型 選擇相近的詞尾（終結/生活文）

   因為問的是那筆錢都用在哪裡的內容，所以答案為詢問意圖的③。

   > **-게(요):** 問對方意圖的時候使用，同「想怎麼」。
   >   例 언제 집에 가게?
   >   그걸로 뭐 하게?

- **-고(요):** （初級）用於回話時。主要是用於回應可省略後面的疑問，作為句尾的終結語尾。
  - 例 시내 구경이나 해 볼까 하고요.
- **-(으)ㄹ까요:** 表示話者對於還沒發生的或不知道的事情進行推測或提問。
  - 例 다음 주까지 리포트를 제출하면 늦을까요?
- **-(으)려고(요):** 對於某種情況表現出疑心和反問時使用的語法。
  - 例 지금 이 시간에 들어가서 밥을 먹으려고?

[5~8] 請選擇這是關於什麼內容的文章。

5. **不只是單純的傢俱。**
   舒適的睡眠讓你的早晨變得不一樣。

   問題類型 掌握文章的題材/類型（廣告文）

   這個廣告主要的核心詞是「가구、수면」。睡覺時使用的傢俱是床，所以答案為①。

6. **用春花來裝飾便當**
   製作能夠戰勝夏天的保養食品

   問題類型 掌握文章的題材/類型（廣告文）

   這個指南的主要核心詞是「도시락 만들기」及「보양식 만들기」，因為在說的是製作便當和保養食品的指南，所以正確答案是②。

- **보양식[保養食]:** 對健康有益的飲食。

7. **就我一人！ 您會這麼想嗎？**
   您是我們的顏面
   秩序是我們所有人的人格

   問題類型 掌握文章的題材/類型（廣告文）

   這則廣告的核心詞是「질서」，這是用「질서는 우리의 인격」的陳述來進行比喻的公益廣告。所以正確答案為②。

8. **• 用塑膠包裝有味道或漏水的製品。**
   • 將易碎的玻璃製品裝在紙箱或塑膠泡沫箱裡。

   問題類型 掌握文章的題材/類型（廣告文）

   主要核心詞是「비닐로 싸다」或「상자에 담다」，由此可知這是關於根據製品特性選擇不同包裝的內容。所以正確答案為③。

[9~12] 請選擇與下文及圖表內容相同的一項。

9.

居民中心健康項目

時間(下午)	項目	費用	時間
7：00-8：00	歌曲教室	45,000韓元	1月-3月 (三個月 期間)
8：00-9：00	健身舞蹈	50,000韓元	
9：00-10：00	瑜珈	40,000韓元	

※ 每週日休息
※ 對象：住在希望洞的居民
※ 報名多項時每個減免5,000韓元的活動費。

問題類型 選擇與文章/圖表相同的一項(介紹文)

對象是在 "희망동(希望洞)" 居住的居民，所以正確答案為：④。
① 所有的項目費用統一價格。→不一樣
② 三個月期間每晚進行項目。→除週日外
③ 一人只能申請一個專案。→可以申請多個專案

10.

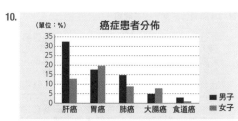

(單位：%) 癌症患者分佈
男子 女子
肝癌 胃癌 肺癌 大腸癌 食道癌

問題類型 選擇與文章/圖表相同的一項(介紹文)

男女差異最大的是肝癌，所以正確答案為④。
① 肺炎男女分佈差不多。→胃癌
② 在患胃癌和食道癌的性別上，女性比男性更多。
→患食道癌的男性比女性更多
③ 比起其它癌症，男性更容易得大腸癌。→肝癌

11.
每年的5月1日是勞動節，根據法律，此節日被規定為有薪休息日。雇用5人以上的企業，如果在5月1日工作的話，要支付比平時多1.5倍的薪水。但是像這樣的法定節日對勞動者來說仍然只是畫餅充饑。

問題類型 選擇與文章/圖表相同的一項(生活文)

雇用5人以上的企業，如果在5月1日工作的話，要支付比平時多1.5倍的薪水。但是這對勞動者來說仍然是畫餅充饑（그림의 떡），所以正確答案為②。
① 勞動節一個月一次。→一年
② 5月1日不工作也是平常的1.5倍。→工作的話
③ 5人以上的公司，職員們工作的話，要少收50%→要多收
• 그림의 떡: 用來表示再怎麼如意，也用不了或者不能占為己有的情況。

12.
最近在20～30歲的男性之間，流行穿同樣的衣服到照相館拍「友情照片」。在SNS裡也是，經常可以看到當兵前夕和就職紀念等以各種說法拍攝的男子團體照，就像過去男女情侶那樣，男孩子們聚在一起照相。而女性這邊呢，一起拍友誼照則很早以前就流行了。

問題類型 選擇與文章/圖表相同的一項(生活文)

對於男性來説「SNS에서도 군 입대를 앞두고, 취직 기념 등 갖가지 사연을 담은 남자 단체 사진을 흔히 볼 수 있다.」。對於女性來説「한편 여성들 사이에서는 이미 오래 전부터 우정 사진이 유행하고 있었다.」所以正確答案為④。
① 為了上傳到SNS，照友情照片。→以各種緣由拍友情照片再上傳到SNS
② 友情照片是男子情侶們的照片。→不是情侶的男子們也可以照友情照片
③ 男子比女子更早流行拍友情照片。→女子比男子先

[13~15] 請選擇排序正確的一項。

13.
(가) 最後在汽車玻璃上貼阻絕陽光的貼膜。
(나) 在汽車上安裝玻璃是從1910年開始的。
(다) 但是使用透明玻璃的話，炎熱的太陽光就成了問題。
(라) 隨著汽車速度的提高，空氣阻力加大，因此使用了可以看到前面的玻璃作為擋風裝置。

問題類型 排列文章順序(生活文)

首先是介紹汽車安裝玻璃時期的(나)，後面則是使用玻璃的理由(라)。接著是使用玻璃時會出現的問題(다)，最後才是使用「결국 –게 되다」講述解決辦法的(가)。所以答案為按照(나)-(라)-(다)-(가)排序的②。

14.
(가) 但是現在發展成了全世界的人們能一起歡聚的慶典了。
(나) 東南亞從4月到五月連續舉辦和水相關的特色慶典。
(다) 也就是將傳統文化昇華為吸引遊客一同遊戲的觀光產品了。
(라) 這個慶典原本是消除噩運、祈願萬事安寧與豐年的傳統儀式。

問題類型 排列文章順序(生活文)

內容講的是在東南亞舉行的與水有關的慶典。首先是介紹東南亞特色慶典的(나)，後面是這個慶典原來意義的(라)，接著是以「그러나」開頭來介紹其現今發展樣態的(가)，最後是講慶典主旨變化意義的(다)。所以答案為按照(나)-(라)-(가)-(다)排序的①。
• 안녕[安寧]: 沒有任何問題或擔心。

15.
(가 不僅如此，這和自殺也具有相關性。
(나) 像霧霾或臭氧這樣的大氣污染物質是導致呼吸疾病的原因。
(다) 所以政府在制定自殺預防對策的時候，就有必要考慮大氣污染的相關性。
(라) 霧霾嚴重及臭氧濃度高會加重抑鬱症，也就會提高自殺的可能性。

問題類型 排列文章順序(生活文)

內容講的是大氣污染與自殺的相關性。文章首先是說明大氣污染為引發呼吸疾病主要原因的(나)，後面是以「뿐만 아니라」開頭的涉及大氣污染和自殺相關性的(가)。接著是闡述(가)之根據的(라)，最後是以「따라서」開頭來提出解決方法的(다)。所以答案為按照(나)-(가)-(라)-(다)排序的①。

[16~18] 請閱讀下文，選擇最適合(　　)內容的一項。

16.
> 小丑感到悲哀的理由，是因為生活的重心不在自身幸福上，而是為了迎合他人的歡笑。關於我們不能幸福的原因是(　　)執著的原因。人不可能在所有人眼中都是好人。我們要不懼流言蜚語，努力去尋找只屬於自己的幸福。

問題類型 選擇符合文脈的內容(說明文)

小丑因為自己的幸福就是他人的歡笑，所以感到很悲哀，這之後引出了我們不能幸福的原因。所以正確答案為②。

17.
> 世間最堅實的物質，也就是代表「永恆」的鑽石，長久以來被用作象徵人們愛戀不變的信物。但是鑽石在17世紀之前(　　)。所以鑽石一直到17世紀都還是國民們又害怕又敬重的王族飾物。

問題類型 選擇符合文脈的內容(說明文)

內容提到：國民們又害怕又尊敬的王族飾品。可以知道鑽石象徵著的是「권위（權威）」和「존경（尊敬）」。所以正確答案為④。

18.
> 飛行員在太空艙裡想要奔跑的話，要用繩子把身體固定在鍛煉器材上。這是因為在無重力的狀態下，身體會漂浮於空中，這是身體沒有重力的結果。但是由於繩索拉著身體，所以仍感覺不方便。儘管如此，飛行員們仍然為了健康，進行定期(　　)。因為不那樣的話，肌肉密度就會快速下降。

問題類型 選擇符合文脈的內容(說明文)

內容前面部分講了在太空船裡跑步的時候要用繩索把身體固定住的理由，因為在失重的狀態下身體會在空中浮起，體重會消失。所以飛行員為了使肌肉密度不至於變低，必須進行鍛煉，所以答案為③。

[19~20] 請閱讀下文，回答問題。

> 俗語中出現的動物形象通常多為中立性的，而消極形象和積極形象則緊跟其後。(　　)消極形象比積極形象多的原因是因為俗語本身所具有的教訓性之緣故。在韓國俗語中，螞蟻和蜜蜂代表著勤勞的形象；老虎和狼代表著慵懶的動物形象；狗具有責任感的動物形象；而猴子則擁有變化無常、自滿自大的動物形象。

19. **問題類型** 選擇符合文脈的連接詞(生活文)

俗語一般的特徵就是教訓性，因此具有「整體性」及「一般性」之意的④為正確答案。

● 마침내: 終於。
　例 긴 장마가 마침내 끝났다.

● 그러면: 前句內容是後句內容之條件時所使用的詞彙。
　例 이번에 토픽 4급을 꼭 받도록 해. 그러면 내가 그 직장에 추천해 줄게.

● 도저히[到底-]: 再怎樣做也。
　例 나는 도저히 그 사람을 이해할 수 없다.

● 대체로[大體-]: 大體上，一般性。
　例 김 선생님은 대체로 나이보다 젊어 보인다는 말을 많이 들으시죠?

20. **問題類型** 掌握細節內容(一致/生活文)

狗是具有責任感的動物的形象，所以正確答案為①。
② 俗語中出現的動物以消極形象出現的居多。→中立的
③ 含有教訓意義的俗語中多具有積極性的表達。→中立性的表達最多，其次是消極的和積極的
④ 韓國俗語中的螞蟻和蜜蜂都是以消極的形象出現的。→積極的

[21~22] 請閱讀下文，回答問題。

> 最近社會掀起了健康生活的熱潮。但是健康生活大部分都是侷限在飲食攝取和居住上，心理健康被定義在運動上這一點相當令人堪憂。如果不把精神上的平和和互相抱持感恩的心融入到普通生活，使之變成日常化的東西，就很難真正實現健康的生活。在競爭已化為日常的環境中(　　)形式的可怕團體生活，即使在生活中食用有機蔬菜及生活在健康的家裡，也不算實踐健康的生活。

21. **問題類型** 選擇符合文脈的俗語(生活文)

內容提到：在競爭已經成為日常的環境中過可怕的團體生活，表示感悟死亡，盡全力的意思，所以正確答案為③。

● 꿩 먹고 알 먹기: 做一件事情，想到得到兩種以上的利益。
　例 가: 그냥 회사와 가까워서 집을 계약했는데 사자마자 집값이 올랐어요.
　나: 와, 꿩 먹고 알 먹기네요. 부러워요.

● 땅 짚고 헤엄치기: 事情非常容易的意思。
　例 가: 이번에 지원자가 나밖에 없어서 땅 짚고 헤엄치기였어.
　나: 축하해. 열심히 준비하더니 잘됐다.

● 죽기 아니면 까무러치기: 感悟死亡，盡全力。
　例 가: 그렇게 어려운 일을 어떻게 해내신 거예요?
　나: 죽기 아니면 까무러치기라는 마음으로 노력했거든요.

● 닭 잡아먹고 오리 발 내놓기: 殺雞後，拿出鴨掌的比喻，表示欲蓋彌彰。
　例 가: 엄마, 제가 그런 거 아니에요. 형이 그랬어요.
　나: 자꾸 닭 잡아먹고 오리 발 내놓을래? 네가 한 거 엄마가 다 봤어.

22. **問題類型** 掌握中心想法(生活文)

內容提到：如果不把精神上的平和和互相抱持感恩的心融入普通生活，使之變成日常的話，救就很難實現真正的健康生活。所以正確答案為②。

[23~24] 請閱讀下文，回答問題。

> 這是在以《未來在等待的人才》一書所聞名的
> 未來學者丹尼爾·平克於訪問韓國時的事情了。
> 我為了寫關於他的一篇報導，做了一場訪談，
> 拜託他對韓國的年輕人說幾句話。他是這樣說
> 的：「不要制定計劃。」然後他對聽了他的回
> 答而發愣的我做了這樣的解釋。「世間萬變，
> 它絕對不會按照你所預想的方式進行。比起制定
> 計劃，不如學些新的東西，嘗試做些更為重
> 要。」他強調了有意義的錯誤之必要性，還說：
> 重要的不是不犯錯，而是不要重複低級錯誤。

23. 問題類型 掌握心情(生活文)

這是聽到著名未來學者勸說不要制定計劃後的反
應。所以正確答案為④

- 어리둥절하다: 由於意想不到的事情感到恍惚、迷惑
  的意思。

24. 問題類型 掌握細節內容(一致/生活文)

內容後面提到：중요한 것은 실수를 하지 않는 것이 아니
라, 어리석은 실수를 반복하지 않는 것, 所以正確答案
為②。

① 我寫了叫《未來在等待的人才》的書→有名的未
   來學者丹尼爾·平克

③ 比起制定計劃，不犯錯更重要。→學習新的東
   西，嘗試做一做

④ 作為未來學者的丹尼爾強調了計畫的必要性。→
   犯錯的必要性

[25~27] 下面是新聞報導題目。請選擇說明最確切的一項。

25. **「無視生計、無視經營」，勞資雙方均對最低
工資金額不滿**

問題類型 掌握簡化的句子(報導文)

內容提到：「노사 모두 최저 임금 액수에 불만」。
可知勞工因低工資金額不滿，而資方則因金額高不
滿，所以正確答案是①。

- 노사[勞資]: 勞工與資方
- 최저 임금[最低賃金]: 規定向勞動者支付的最低工
  資額。

26. **選擇想乘坐的呼叫計程車，「路途近的話不作
聲，路途遠當場派車」**

問題類型 掌握簡化的句子(報導文)

目的地近的不會應答，遠的話就會派車接送的意
思，所以正確答案為①。

- 행선지[目的地]: 要去的目的地。
- 묵묵부답[默默不答]: 對提出的問題，閉口不言，
  沒有應答。
- 배차[派車]: 根據時間或順序分派汽車或火車前往
  指定路線。

27. **網路恐怖襲擊？股市和航空先後癱瘓**

問題類型 掌握簡化的句子(報導文)

這是懷疑股市和航空接連不能運行的原因是否為網
路恐怖襲擊的內容，所以正確答案為②。

- 증시[證市]: 證券市場的縮寫。
- 먹통: 沒有任何反應的機器。
- 줄줄이: 某事一連串地發生。

[28~31] 請閱讀下文，選擇最適合(　　)內容的一項。

28.

> 這個世上所有的職業都有它生存的理由，其中
> 醫生這個職業隱藏著特殊的意義。(　　)是維繫
> 人命的職業，它還必須擔任生病鄰居的諮詢師
> 和老師，也就是也要成為一名教導者。因此，
> 不能讓那些只以掙錢為目的人成為醫生。醫生
> 應該是要先考慮病人，然後才是自己，要努力
> 成為一位堂堂正正的有醫德的醫生。

問題類型 選擇符合文脈的內容(說明文)

括弧內容的理由是「醫生是維繫人的生命，還必須
做病人的諮詢師和老師」，所以正確答案為②。

29.

> 漫畫是透過記號讓現實再現的一種形式。漫畫
> 裡登場的人物雖然不像電影的演員那樣是真實
> 人物，但是透過記號，他們便可以成為作品裡
> 活生生的人物。就像微笑標誌(　　)被認可為
> 笑臉一樣，卡通形象也是透過熟悉的記號被讀
> 者所接受。因此非現實的人物或事件需要有背
> 景才能產生說服讀者的效果。

問題類型 選擇符合文脈的內容(說明文)

內容提到：漫畫透過記號來再現現實，並舉了微笑
的例子說明漫畫形象是透過記號進而被讀者接受
的，所以正確答案為④。

30.

> 最近看電視節目的話，就會發現比起提高國民
> 思想水準的節目，編排主要以娛樂節目是大
> 宗。這是因為收視率是由廣告費左右的結果。
> 因此，廣播局經營組利用了編排電視節目的強
> 大影響力，將收視率高的娛樂節目安排在黃金
> 時間播出。但是這樣(　　)就失去了廣播最重要
> 的價值 — 公益性。

問題類型 選擇符合文脈的內容(說明文)

內容提到：娛樂節目廣告費編排收視率高是廣播局
追求商業性的結果。所以正確答案為④。

31.

> 趙廷來是韓國著名的小說家，透過閱讀他最具
> 代表性的3部長篇小說就可以知道(　　)。《阿
> 里郎》是以1904年到1945年的光復時期為背
> 景，記述了當時韓國民族飽受苦難的作品。
> 《太白山脈》寫的是1950年6.25戰爭，以及因
> 為戰爭而分離的痛苦。《漢江》則是記述1959
> 年的後30年，為韓國人為實現產業化所流下的
> 汗水和眼淚之真實寫照。

《阿里郎》寫是1904年到1945年這段時期；《太白山脈》描述的是1950年6.25戰爭，以及因為戰爭而分離的痛苦；《漢江》寫的則是1959年的後30年，故讀完這3部小說，就可以很自然地了解韓國的近代和現代歷史。所以正確答案為①。

[32~34] 請閱讀下文，選擇與內容相符的一項。

32. 讓符合商品特性形象的人拍攝，廣告效果才更好，例如像是汽車、照相機、牙膏這樣的商品，重要的是本身的性能或效果，所以具有專業性和信賴感的人物會比較合適。相反地，具有鮮明感官印象如寶石、巧克力、旅行等商品，選擇有魅力和親和力的模特兒就會更適合。不過，如果名人在多種商品廣告中重複出現的話，就會使形象分散，替廣告效果帶來負面的影響。

問題類型 掌握細節內容（一致/說明文）

提到：像汽車、照相機、牙膏這類商品，具備專業性和信賴感的人比較合適。所以正確答案為①。
② 牙膏廣告讓能給人親切感的人代言會有效果。→有專業性和信賴性的
③ 即使重複出現，用名人打廣告仍具有效果。→名人重複出現在多種廣告中，會對廣告效果有負面影響
④ 巧克力廣告要以自身的性能或效能為中心。→感性的感覺

33. 身體不舒服時會感覺到疼痛，而如果痛感消失，就可能是錯過了治療時期，因而招來致命性疾病。痛症是當分佈在身體各個部位的痛點受到刺激後，透過痛感神經傳達給大腦進而感覺到疼痛的感覺。痛感神經比其它神經更細，所以痛感傳遞較慢，而這個問題就會接著由觸覺神經來補足。但是在每1cm²的皮膚上，大概會分佈著200個的痛點，而內臟器官內不過只有4個。所以肺癌和肝癌會發現得晚就是這個原因。

問題類型 掌握細節內容（一致/說明文）

提到：痛感神經比其它神經更細，所以痛感傳遞較慢，而這個問題就由觸覺神經來補足了。所以答案為④。
① 痛症因為使我們感覺到痛苦，所以必須去除。→沒有了痛症就很可能是錯過了治療時期，招致命性疾病，所以很有必要。
② 和其它感覺比，大體對痛症的感知更迅速。→痛感神經比其它神經細，所以傳遞較慢
③ 和皮膚比，我們對內臟器官痛症的感知更迅速。→和內臟比，我們對皮膚的疼痛感知更迅速

34. 在韓國70多個鮮花慶典中，最先登場的愛寶樂園玫瑰慶典在今年滿30周年了。愛寶樂園玫瑰慶典從開始到現在一共展出了6000萬朵的玫瑰花。如果將這6000萬朵花種成一行，可長達2420km。今年愛寶樂園預計展出670種100萬朵玫瑰，其中包括自行開發的新品種。晚間將有2萬朵LED閃亮玫瑰與100萬朵玫瑰交相輝映。日落之後來觀看的人數將會劇增。

問題類型 掌握細節內容（一致/說明文）

提到：晚間將有2萬朵LED玫瑰閃亮，由此可知晚間也有玫瑰慶典。所以正確答案為①。
② 愛寶樂園種了2420km玫瑰花。→若將玫瑰慶典從開始到現在展出的所有玫瑰花種成一行的話，可達2420km。
③ 愛寶樂園今年將讓670種新品亮相。→5種
④ 愛寶樂園在那期間開辦了70多個鮮花慶典。→愛寶樂園玫瑰慶典開啟了國內70多個鮮花慶典
● 효시 [嚆矢]：最先開始的。

[35~38] 請選擇最適合做下文主題的一項。

35. 青年就業問題不只是韓國，也是很多國家需要共同解決的課題。如果社會成了技術熟練者或者技術家即便上不了大學也可以找到好工作的社會的話，很多年輕人就不用非得上大學，而能投身到生產線上了。那麼，不僅青年失業問題可以在某種程度上得到緩解，中小企業的人力荒，以及勞動市場的結構問題也能得到解決。

問題類型 掌握主題（說明文）

提到：「숙련된 기능인이나 기술자들이 대학에 가지 않더라도 좋은 일자리를 얻을 수 있고 사회적 대우를 받는 사회가되면 많은 젊은이가 대학 대신 생산 현장으로 뛰어들 것이다.」。所以正確答案為①。

36. 漢字在韓語中占了70%，所以我們經常能看到因為不識漢字而造成溝通困難的場景。把漢字視為外語的人，主張不能在小學教漢字。但是要想準確理解和使用詞彙的話，就必須知道漢字的意思。韓語中多義詞很多，因此只用韓文是很難準確區分詞義上的差異的。

問題類型 掌握主題（生活文）

把漢字看做外語的人，主張不能從小學開始教漢字，但是要想準確瞭解和使用詞彙，必須知道漢字才行。所以正確答案為④。

37. 嘴裡有異味是一種健康異常的信號。大部分的口臭會出現是因為口腔出現了問題，但是體內出現異常時也會有口臭，特別是患有糖尿病或心臟機能出現異常時就會出現口臭。有糖尿病的人嘴裡會有水果香或丙酮的味道，心臟異常則會有很強的氨味。所以認為口氣只是口腔裡的問題是不對的。

問題類型 掌握主題（說明文）

提到：從嘴裡出來的特殊氣味可能是某種健康異常的信號，因此有異味出現時，不能只將之認為是口腔的問題。所以正確答案為②。

38.
新建的公寓、住宅，以及建築物裡存有對人體有害的化學物質，所以在新房子裡生活，會受到皮膚炎、頭痛、神經性疾病等各種疾患的困擾，這被叫做：新居綜合症。那麼老房子就安全嗎？在老房子裡，也有對人體有害的空氣污染物質。所以我們應該在家中各處擺放些去除有害物質的植物，每天將家裡打掃乾淨，注意通風。

問題類型 掌握主題(說明文)

老房子裡也有空氣污染物質，所以要多擺放一些可消除有害物質的植物，每天打掃乾淨，注意通風。所以正確答案為④。

[39~41] 請將提示的句子填入下文中最恰當的位置。

39.
青年失業率達到了**16年來的最高值**，政府為此公佈了調整出20萬個職位的對策。（㉠）按照民間基準，臨時職位是12萬5000個，相反地，正式職位不過只有3萬5000個。（㉡）而且，在最近6年間，勞動者的工資上升率是實際上不過只有年0.6%。（㉢）青年人想工作，但沒有職缺的話，韓國的未來將一片黑暗。（㉣）因此找出解決青年失業的對策比什麼都重要和急迫。

〈提示〉
即使政府有解決眾多青年失業的對策，但青年失業還是持續惡化。

問題類型 插入符合文脈的句子(說明文)

提示句子為「정부의 그 많은 청년 실업 대책에도 불구하고」，因此提示句子前面應該是言及政府對策的內容。接續「청년 실업은 갈수록 더 악화되고 있다.」的後文若談及現象或實際例子會比較自然。所以正確答案為①。

40.
「直到死去的那天，我對蒼天也無半點羞愧……。」這是「序詩」詩篇中的第一句。（㉠）這是詩人尹東柱最具代表性的詩篇，儘管簡短，卻給人留下了強烈的印象。（㉡）這首詩再現了詩人對兒時深情的回憶和對祖國光復的熱切期盼。（㉢）他在黑暗困苦的生活裡，為人生苦惱，並進行不斷的探索，是一位為在日本統治下遭受痛苦且因祖國現實而痛心的詩人。（㉣）

〈提示〉
也就是說，這是暗示了尹東柱的生涯與愛國心的象徵性品。

問題類型 插入符合文脈的句子(說明文)

提示句的最前面有表示「也就是說」之意的「즉」，因此放在以「這首詩」開頭的作品說明後面會比較自然。正確答案為③。

41.
當發生了預料之外或超乎想像並令人感到無語的事時，我們經常使用「어처구니없다.」或「어이없다.」的說法。（㉠）對這些說法的由來雖然沒有準確的解釋，卻有口述下來的由來。（㉡）想用石磨磨東西的時候，發現磨上沒有把手會怎麼樣呢？（㉢）形容這樣荒唐且令人哭笑不得的情況時，表達方式就是「어처구니없다」和「어이없다」。（㉣）

〈提示〉
「 "어이" 或 "어처구니"」指的是用手推磨時，插在石磨上的把手。

問題類型 插入符合文脈的句子(說明文)

提示句子 的是石磨上的把手，因此在「맷돌로 무엇을 갈아야 할 때 손잡이가 없다면 어떨까?」的前面出現很自然。所以正確答案為②。

[42~43] 請閱讀下文，回答問題。

東赫乘坐的公車正準備出發，這時一位好像錯過公車會出大事似的女學生跑了過來。他就是之前在發表會上讓東赫很感動的蔡穎欣。穎欣被乘客們推著，在東赫坐著的座位前抓著把手站著。兩個人就這樣在路上膝蓋挨著膝蓋似的相遇了。兩人的眼睛對視，用目光表示了問候。雖然只是在今晚的發表會上才認識，卻像認識了好多年的朋友一樣高興。東赫不好意思自己坐在那，說了句「請坐這吧」，就起身讓了座位給穎欣。穎欣推辭說：「謝謝！我喜歡這樣站著。」就在兩人互相推讓的時候，旁邊一位乘客不客氣地坐下了，隨即裝作不知道發生什麼事，將視線轉向了窗外。穎欣和東赫看到那樣的乘客，便為了忍住笑臉紅了臉。公車開了很長一段時間。穎欣在鐘路一下車，東赫就也隨後跟著下了車。

沈熏《常綠樹》

42. **問題類型** 掌握心情(小說)

從穎欣在鐘路下車，東赫也隨後下了車的內容來看，兩人是在同一站下車。所以正確答案為④。

● 뻔뻔하다: 做了丟臉的事卻很坦然，有理。

43. **問題類型** 掌握細節內容(一致/小說)

從穎欣在鐘路下車，東赫也隨後下了車的內容來看，兩人是在同一站下車。所以正確答案為④。
① 穎欣錯過了東赫搭的公車。→搭上車了
② 穎欣讓位給東赫。→東赫讓給穎欣
③ 東赫和穎欣在車裡第一次見面。→在發表會

> 據調查，在政府支援接受難以受孕之手術的3對
> 夫婦中，有兩對接受了3個以上的胚胎移植。
> 這只反映了父母想生多胞胎的盼望，要注意的
> 是，多胞胎的早產率高，雖然當今韓國有達到
> 體外受精手術的醫學標準，但僅只是方針，沒
> 有法律上的管理。而在其它國家，移植胚胎數
> 限制在1～2個，若違反會處以3年徒刑。所以
> （　）包括對健康孩童與產婦的管理標準在內，
> 至少還要包括禁止接受國家支援女性進行過多
> 的胚胎移植。

44. 問題類型 掌握主題(說明文)
提到：至少還要包括禁止接受國家支援女性進行過
多的胚胎移植，所以主題為③。

45. 問題類型 掌握符合文脈的內容(說明文)
政府對難以受孕之手術的支援是作為獎勵生產的一
種政策。所以正確答案為③。

> 有這樣的說法：貓即使是一起生活了很長時間
> 的主人，在幾天不見後也會認不出來。（㉠）
> 但是最近又有除了黑猩猩以外，貓在肉食動物
> 中是智慧型最高的說法，其相當有說服力。
> （㉡）狗透過反覆的機式化訓練進行學習和練
> 習動作；相反地，貓看到人做事，就能透過記
> 憶去跟著做，或者自己找出新的方法。（㉢）
> 特別是，貓的前爪很靈活，可以很熟練地打
> 開抽屜、開電風扇吹風。（㉣）有一個有意思
> 的事實是，貓的智商和人一樣，且受遺傳和環
> 境的影響。

46. 問題類型 插入符合文脈的句子(說明文)

> 所以認為貓的頭腦比狗差。

提示句子以「그래서」開頭，所以前部分應該是認
為貓腦袋不好的理由，所以正確答案為①。

47. 問題類型 掌握細節內容(一致/說明文)
貓會自己想辦法，可以說是有創造力的動物。所以
正確答案為①。
② 貓的智商對~~環境有影響~~。→受環境的影響
③ 過去大多認為~~貓比狗~~更聰明。→狗比貓
④ ~~狗~~是肉食動物中智商僅此於大猩猩的。→貓

> 在高速道路發生事故的話，為了防止第2次事
> 故，放置三腳架或打開訊號燈已成義務。因前
> 方車輛事故或故障所導致的第2次事故（　）比起
> 一般事故致死率要高達6倍。因此，為防止2次
> 事故，便規定在緊急情況時，駕駛員在白天要
> 於距車子100公尺處放置三角架，而在晚間時
> 在需於車子後方200公尺處打開訊號。但是，
> 不知道這些規定的駕駛員很多，再加上還有人
> 提出了按照這樣的規定做反而更危險的指責。
> 要避開風馳電掣般飛奔的汽車然後逆行100公
> 尺、200公尺去設置三角架，發生事故的危險
> 性更大。為了按照規定就得冒著生命危險，且
> 本來也不知道，而知道了也不能照做的三腳架
> 規範，頒布已經超過30年了，由此看來，其與
> 現在的交通環境是完全脫節的。

48. 問題類型 掌握目的(說明文)
人們對2次事故的規定不清楚，且就算知悉了也很
難遵守，其規範頒佈同時已經超過30年，與現在的
交通環境完全脫節。所以正確答案為④。

49. 問題類型 掌握符合文脈的內容(說明文)
括弧後接著「比起一般事故的致死率高達6倍」的
內容，所以正確答案為①。

50. 問題類型 選擇筆者的態度(說明文)
「잘 알지도 못하고 잘 알아도 지키기 어려운 삼각대
규정, 만들어진 지 이미 30년이 넘어 지금의 교통 환경
과는 많이 동떨어져 보인다.」，從這點可知不能相信
三腳架規範的實效性。所以正確答案為③。
● 실효성[實效性]: 實際效果的性質。

TOPIK 실전 모의고사 10회
第10回　全真模擬試題 答案與解析

정답 第10回答案

聽力

1. ②	2. ①	3. ①	4. ②	5. ③	6. ④	7. ③	8. ④	9. ②	10. ①
11. ①	12. ②	13. ①	14. ③	15. ②	16. ①	17. ④	18. ①	19. ②	20. ④
21. ④	22. ④	23. ④	24. ②	25. ④	26. ①	27. ③	28. ③	29. ③	30. ①
31. ②	32. ④	33. ③	34. ④	35. ①	36. ④	37. ④	38. ②	39. ②	40. ④
41. ③	42. ③	43. ④	44. ④	45. ①	46. ④	47. ②	48. ④	49. ③	50. ③

寫作

51. ㄱ (5점) 바지 크기가 생각보다 큰 것 같습니다/제가 입기에는 바지가 너무 큽니다
   (3점) 바지가 큽니다

   ㄴ (5점) 교환 방법(과 비용)을 알려 주시기 바랍니다/알려 주십시오
   (3점) 어떻게 교환을 해야 합니까?

52. ㄱ (5점) 현재 (상황)에 머무르기를 원하는 경우가 많다
   (3점) 상황을 더 좋아한다/선호한다

   ㄴ (5점) 변화에 적응하기 위해서는 자기 자신(의 마음)이 먼저 변해야 한다
   (3점) 자신이 먼저 변해야 한다

閱讀

1. ③	2. ②	3. ②	4. ②	5. ①	6. ②	7. ②	8. ④	9. ①	10. ③
11. ②	12. ④	13. ③	14. ③	15. ②	16. ③	17. ①	18. ①	19. ①	20. ④
21. ②	22. ③	23. ①	24. ④	25. ①	26. ④	27. ②	28. ②	29. ③	30. ①
31. ①	32. ④	33. ①	34. ②	35. ①	36. ④	37. ④	38. ②	39. ③	40. ④
41. ②	42. ③	43. ①	44. ②	45. ④	46. ②	47. ③	48. ③	49. ③	50. ③

53. <答案範本>

60대 이상의 남녀 노인을 대상으로 그들이 가
장 원하는 복지 서비스에 대해 설문조사를 실
시하였다. 그 결과 가장 원하는 복지 서비스로
건강 검진이 가장 높게 나타났으며, 간병 서비스
와 취업 소개가 그 뒤를 이었다. 건강 검진과
취업 소개를 원하는 정도는 남성이 여성에 비해
더 높은 반면, 간병 서비스는 여성이 남성보다
더 높았다. 다음으로 남녀 노인이 느끼는 가장
큰 어려움을 조사한 결과 경제적인 부분이 가장
컸으며, 그 다음으로 건강 문제에 대한 어려움,
직업·고용의 어려움 순으로 나타났다.

54. <答案範本>

	사	이	버		학	습	은		인	터	넷	을		이	용	하	여		학	습	을		하	는
것	을		말	한	다	.		사	이	버		학	습	은		우	선		교	육		내	용		측

사이버 학습은 인터넷을 이용하여 학습을 하는 것을 말한다. 사이버 학습은 우선 교육 내용 측면에서 다양한 자료와 시청각 교재를 사용하여 수업을 구성할 수 있으며, 교육 방법 측면에서는 인터넷 환경만 갖춰져 있으면 학습이 가능하기 때문에 직접 교육을 받는 장소에 가지 않아도 되므로 시간을 절약할 수 있다.

이러한 사이버 학습으로 인해 다수의 학생이 지역과 상관없이 우수한 강사진의 수업을 받을 수 있게 되었다. 또한 직업을 가지고 있거나 몸이 불편하여 장소와 시간에 제약이 있는 사람들도 쉽게 수업을 받을 수 있게 되는 등 교육에 긍정적인 영향을 미치고 있다.

교사의 입장에서 본 사이버 학습은 수업 자료 준비나 구성에 제한이 별로 없기 때문에 다양하게 수업을 구성할 수 있으며, 질문에 대한 대답이나 과제물, 테스트 등을 인터넷 게시판을 통해 점검하는 방법 등으로 이용이 가능하다. 학생의 입장에서는 본인이 원하는 시간을 활용하여 다양한 수업을 들을 수 있는 기회가 있으므로 자신에게 맞는 수업을 고르고 시간을 계획하여 적절하게 활용할 수 있다.

이와 같이 사이버 학습은 많은 사람들에게 교육의 기회를 줄 수 있기 때문에 장소나 시간 등의 이유로 원하는 공부를 하지 못했던 많은 사람들의 기회가 늘어났다는 점에서 사회에 큰 영향을 미치고 있다.

[1~3] 請聽錄音，選擇與內容相符的圖片。

1.

여자　어서 오세요. 무엇을 도와 드릴까요?

남자　어제 이 셔츠를 샀는데 색상이 마음에 안 들어서요. 교환 할 수 있나요?

여자　네, 우선 영수증을 보여 주시겠어요?

女　歡迎光臨！有什麼要幫忙的嗎？

男　昨天買了這件襯衫，顏色有些不太滿意，可以換嗎？

女　可以，能先把收據給我看嗎？

男子為了換昨天買的襯衫，正把襯衫拿給女員工看，所以答案為②。

2.

남자　와, 요리가 정말 맛있어요. 요리 대회에 나가 보는 게 어때요?

여자　고마워요. 하지만 아직 실력이 부족하다고 생각해요.

남자　아니에요. 정말 훌륭해요. 요리 대회에 꼭 나가 보세요.

男　哇！飯真好吃！去參加烹飪大賽怎麼樣？

女　謝謝！但是我覺得水準還不夠。

男　不。很了不起。一定要參加烹飪大賽。

男子津津有味地吃女子做的飯後，稱讚女子的烹飪水準，並說服她去參加烹飪大賽，所以答案為①。

3.

남자　한국어능력시험 신청자 수에 대한 조사 결과 1997년 한국어능력시험이 처음 시작된 이후 현재까지 신청자가 꾸준히 상승한 것으로 나타났습니다. 또 외국어 능력 시험 중 스페인어, 중국어 능력 시험에 이어 3번째로 신청자 수가 많은 것으로 조사되었습니다.

男　針對申請參加韓國語能力考試報名者數量所做的調查結果顯示：自1997年韓國語能力考試首次實施以來，報名人數持續上升，並且報名人數是在外國語能力考試中居西班牙語、中國語之後，排名第三位的。

內容將參加韓國語能力考試的報名人數與其它外國語能力考試的報名人數做了比較。參加韓國語能力考試的報名者人數自1997年之後持續在增加，且報名人數居西班牙語、中國語之後，排名第三的。所以答案為①。

[4~8] 請聽對話，選擇合適的下句。

4.

남자　손님, 이 구두 어떠세요? 이 구두의 색상은 지금 유행하는 색상이에요.

여자　예쁘네요. 그런데 굽이 너무 높은 것 같아요. 저는 편한 구두가 좋아요.

남자　_____

男　客人，這雙皮鞋怎麼樣？這雙皮鞋的顏色是現在流行的顏色。

女　很漂亮。但是鞋跟好像太高了。我喜歡舒服一點的鞋。

男　_____

女子對男子推薦的皮鞋雖然滿意，但還在找更舒服的鞋，所以答案為②。

5.

여자　아침에 버스를 타면 길이 많이 막히는 것 같아.

남자　그러면 전철을 탈까? 그런데 전철은 많이 갈아타야 해서 시간이 오래 걸려.

여자　_____

女　早上坐公車的話，路好像會很塞。

男　那坐地鐵呢？不過地鐵要轉很多次，很花時間。

女　_____

男子一邊說要和女子坐地鐵，同時又擔心要轉車很多次，會花很多時間，所以恰當的答案為③。

6.

남자　제 학점이 생각보다 너무 낮아요.

여자　혹시 결석한 적 없어요? 이 수업은 출석 점수가 높아요. 한번 확인해 볼래요?

남자　_____

男　我的學分比想像的低好多。

女　你沒有缺席嗎？這門課出席率佔分很高。要不要確認一下？

男　_____

男子詢問了關於自己學分的問題，女子要他確認一下有沒有缺席，所以最恰當的答案為④。

7.

남자　정아 씨, 오늘 점심은 배달 음식을 먹을까요?

여자　좋아요. 오늘 회의가 기니까 간단하게 빨리 먹는 게 좋을 것 같아요.

남자　_____

男　正雅，今天中午要不要叫外賣吃？

女　好啊！今天會議很長，快速吃點簡單的就好。

男　_____

男子和女子決定要叫外賣，所以最恰當的答案為③。

8.

여자　사장님, 지난달에 사용하지 않았던 휴가, 이번 달에 사용해도 될까요?

남자　물론이죠. 열심히 일했으니까 쉬기도 해야지요.

여자　_____

女　社長，上個月沒用的休假，這個月可以使用嗎？

男　當然，工作那麼努力，也是得休息啊。

女　_____

女子從男子那裡得到了可以使用休假的許可，所以最恰當的答案為④。

[9~12] 請聽對話，選擇女子將做的動作。

9. 여자 손님, 이 상품은 지금 행사 중이어서 두 개를 사면 한 개를 더 드려요. 한 개 더 가져오세요.

남자 그래요? 그런데 진열대에 두 개밖에 없었어요.

여자 제가 지금 창고에 더 있는지 확인해 볼게요. 가져다 드릴까요?

남자 괜찮아요. 그냥 계산해 주세요.

女 顧客，這個商品現在有活動，買二送一，再拿一個來吧。

男 是嗎？但是架上只剩兩個了。

女 我現在看看倉庫裡還有沒有。要幫您拿來嗎？

男 不用了，就這樣結吧。

男子本來可以再得到一件商品，可是卻要直接結帳。所以答案為②。

10. 여자 부장님, 어제 말씀하신 식당으로 회식 장소 예약하면 될까요?

남자 그래요. 예약해 주세요. 회식에 참가하는 인원은 파악됐어요?

여자 지금 하려고요. 직원들에게 먹고 싶은 메뉴도 물어볼까요?

남자 그래요. 인원이 파악되면 게시판에 회식에 관한 내용을 올려 주세요.

女 部長，聚餐場所就預訂昨天您說的餐廳，可以嗎？

男 好，就預訂吧！參加聚會的人數都統計好了嗎？

女 正要統計呢，要不要再問問職員們想吃什麼？

男 好的。統計好之後，將聚餐相關內容都傳到告示欄裡吧。

女子現在正準備統計參加會餐的人員，所以答案為①。

[11~14] 這是關於什麼內容的對話？仿照例子，選擇正確答案。

11. 남자 이번 주 주말에 출발하는 제주도 여행 상품을 예약하려고 하는데요.

여자 죄송하지만 이번 주 주말은 예약이 다 찼습니다.

남자 다른 날은 가격이 더 비싼가요? 저녁에 다시 전화해도 되나요?

여자 출발 날짜에 따라 가격이 모두 다릅니다. 저녁에 원하는 날짜를 알려 주시면 제가 메일로 상품 정보를 보내 드리겠습니다.

男 我想預訂這個週末到濟州島的旅遊行程。

女 對不起，這個週末的預訂已經滿了。

男 其它日期的價格會更貴嗎？晚上再打電話可以嗎？

女 出發的日子不同，價格也會不一樣。晚上您告訴我您想去的日期，我再用電子郵件將旅遊資訊發給您。

男子還沒決定旅行出發的日子，他打算晚上再聯繫女子。所以答案為①。

12. 여자 성적 증명서를 발급받으려면 어디로 가면 되나요?

남자 학생회관에서 돈을 내고 성적 증명서를 발급받을 수 있어요.

여자 그래요? 그럼 저는 학교 앞에 있는 은행에 먼저 들러야겠어요. 얼만지 알아요?

남자 제가 전화해서 알아볼게요.

女 請問要去哪申請成績證明？

男 在學生會館繳費後就可以拿到成績證明了。

女 是嗎？那我得先去趟學校前面的銀行了，你知道要繳多少錢嗎？

男 我打電話瞭解一下。

內容提到：開立成績證明需要繳錢，所以女子在去學生會館之前要先去一趟銀行，所以答案為②。

[13~16] 請聽錄音，選擇與內容一致的一項。

13. 여자 영어 수업 오전반에 등록하고 싶은데요.

남자 네. 혹시 예전에 저희 학원에 다닌 적 있나요?

여자 네. 두 달 전에요. 그러면 수강료를 할인받을 수 있죠?

남자 네. 지난번 수업 수강증을 보여 주시면 돼요.

女 我想報名早上的英語課。

男 好，你以前曾經在我們補習班上課過嗎？

女 是的，2個月以前，那學費可以優惠吧？

男 是的，請把上次上課的聽課證給我看就可以了。

女子2個月前在補習班報過名，學費可享受優惠，所以答案為①。

14. 여자 지금 저희 쇼핑몰 3층 여성복 매장에서는 신상품 패션쇼가 진행 중입니다. 패션쇼가 진행되는 동안 패션쇼의 옷을 구매하는 고객분들께 특별히 추가 할인이 적용될 예정입니다. 더불어 오늘은 주말인 관계로 쇼핑몰 주차장 무료 이용이 불가능합니다. 단, 오만 원 이상 구매하신 고객은 무료 이용이 가능합니다.

女 現在在我們購物大樓3樓的女性服裝賣場正在進行新商品的服裝秀。我們將為在表演期間購買表演服裝的顧客特別提供追加優惠。而且，由於今天是週末，購物大樓停車場不能免費使用，但是購物滿5萬韓元以上的顧客就可以免費使用。

內容提到在3樓的女性服裝賣場正進行著新商品的服裝秀。所以答案為③。

15. 남자 수원시에서는 지난해부터 청년들에게 일자리 기회를 제공하기 위해 일자리 박람회를 열었습니다. 한 번도 취업을 하지 않은 청년들을 대상으로 열리는 일자리 박람회에는 대기업뿐만 아니라 많은 중소기업들이 참여합니다. 참여를 원하는 청년들은 미리 참가 신청을 해야 합니다. 또한 이력서와 자기소개서를 가지고 가는 것이 도움이 된다고 합니다.

男 為了給年輕人提供就業機會，水原市從去年開始舉辦了就業博覽會。以未就業過的年輕人為對象所舉辦的博覽會不僅有大企業，還有很多中小企業共襄盛舉。有意參與的年輕人得提前申請參加，另外，據說帶著履歷表和自我介紹會更有幫助。

這次就業博覽會主要是以從沒就過業的年輕人為對象所舉辦的，因此就過業的年輕人不可以參加。所以答案為②。

16.
여자 의원님, 도시의 공터를 이용하여 평화 기념 공원을 만든다는 소식을 들었는데요. 자세한 설명 부탁드려요.

남자 네, 이 공터는 오랫동안 방치되어 있었습니다. 이 공터를 어떻게 사용할지 시민들에게 의견을 받은 결과 이번 평화의 날을 맞이하여 공터를 기념 공원으로 만들기로 결정했습니다. 공원의 디자인은 디자이너에게 공모를 받았고요. 공원의 시설물은 시민들의 의견을 반영하여 만들기로 했습니다.

女 議員，我聽到了要利用城市空地興建和平紀念公園的消息。請詳細說明。

男 好。這塊空地長久以來是閒置的。我們收集了很多市民對於這塊空地的使用意見，因此為了迎接這次的和平日，我們便決定要將空地建成紀念公園。公園的設計網羅了設計師們的設計，而公園的設施也決定要依照市民意見來建造。

這裡提到根據市民們的意見，他們便決定在空地修建公園的。所以答案為①。

[17~20] 請聽錄音，選擇最符合男子的中心想法的一項。

17.
남자 정아 씨, 요즘 퇴근하고 어디에 가는 거예요?

여자 저 요즘에 취미로 중국어를 배우러 학원에 다녀요. 재미있더라고요.

남자 정말 멋지네요. 그냥 취미로 외국어를 배우는 것도 좋지만 시험과 같은 구체적인 목표를 정하면 더 좋을 것 같아요.

男 正雅，最近下班後都去哪呢？
女 我最近因為興趣去學院學中文。很有趣。
男 真棒。作為興趣學學外語也很好，但是能樹立一個像考試那樣的具體目標就更好了。

男子認為作為興趣學學外語也很好，但是能樹立一個像考試那樣的具體目標就更好了。所以答案為④。

18.
남자 너 요즘 시험 때문에 스트레스 많이 받는 것 같더라.

여자 응. 정말 중요한 시험이라 잠도 못 잘 정도로 너무 스트레스를 받고 있어.

남자 스트레스를 많이 받을 때는 하던 일을 잠시 중단하고 바로 풀어 줘야 해. 스트레스를 그때그때 풀지 않으면 더 많이 쌓여서 병이 생길지도 몰라.

男 你最近好像因為考試壓力很大。
女 嗯，是很重要的考試，覺都睡不著，壓力太大。
男 壓力大的時候就應該暫時放下工作，化解壓力。壓力不隨時抒發的話就會越積越多，還可能會引發疾病喔。

男子認為有壓力時就要暫時放下工作，化解壓力。所以答案為①。

19.
남자 이것 좀 보세요. 인터넷에 죄를 지은 사람들의 명단이 올라왔어요.

여자 요즘엔 이렇게 범죄자의 이름을 바로 인터넷에서 확인할 수 있어요?

남자 그럼요. 사람들이 범죄자의 이름을 알아야 조심할 수 있잖아요. 또 다른 사람들에게 피해를 줄 수도 있으니까 인터넷에 이름과 얼굴을 알리는 게 맞다고 생각해요.

여자 하지만 죄 없는 범죄자 가족들이 정말 불쌍해요. 가족들은 보호해 줘야 할 것 같아요.

男 看看這個吧。網路上刊出了犯罪者名單。
女 最近犯罪者的名單可以像這樣在網路上確認嗎？
男 當然。人們唯有知道犯罪者的姓名才能小心防範。而且因為他們也有可能對其他人帶來傷害，所以我認為在網上登出姓名和長相是正確的。
女 但是無罪的犯罪者家屬很可憐。家屬們好像也應該受到保護。

男子認為，為了預防其他犯罪，最好在網路上登出犯罪者的姓名和長相。所以答案為②。

20.
여자 박사님께서는 평소에 건강하게 생활하기 운동을 알리기 위해 노력하는 걸로 유명하신데요. 특히 강조하시는 것은 무엇입니까?

남자 건강하게 생활하기 위해서는 전자 제품을 사용할 때 좋은 습관을 갖는 것이 가장 중요합니다. 특히 요즘 스마트폰이나 컴퓨터 등을 너무 오래 사용해서 눈과 목, 어깨가 안 좋은 분들이 많아졌는데요. 전자 제품은 정해진 시간만 사용하는 것이 좋습니다. 또 어린아이들의 경우 부모님께서 특별히 신경을 써서 어릴 때부터 좋은 사용 습관을 가지도록 해야 합니다.

女 博士由於平時致力於推廣健康生活運動而聞名。有什麼特別要強調嗎？
男 為了健康生活，使用電器時重要的是要有好的習慣。特別是近年來，由於長時間使用智慧型手機或電腦而造成眼睛、脖子和肩膀不適的人增多了。電子產品在規定時間內使用最好。另外針對孩童的話，做父母的要特別當心，需要讓孩子從小養成好的使用習慣。

男子認為使用電子產品最重要的是要有好的習慣。所以答案為④。

[21~22] 請聽錄音，回答問題。

여자 요즘 불면증 때문에 잠을 못 자서 너무 피곤해요.

남자 그래요? 불면증에는 이유가 있어요. 잠을 자기 전에 주로 무엇을 하는 편이에요?

여자 밤에 잠을 자고 싶은데 바로 잠이 안 와요. 그래서 항상 텔레비전을 보다가 잠드는 편이에요.

남자 불면증을 고치려면 가장 먼저 생활 습관부터 고쳐야 해요. 잠자기 전에 TV를 보거나 스마트폰을 보다 보면 늦게 자는 생활 습관이 반복되고 결국 불면증이 생기거든요.

女 最近因為失眠睡不著覺，很累。
男 是嗎？失眠是有原因的。睡前你主要都做些什麼呢？

女 晚上想睡覺，卻不能馬上入睡，所以總是看著電視入睡。

男 要想治癒失眠，首先要改變生活習慣。睡覺之前看電視或看手機就會使晚睡的生活習慣不斷反復出現，最終失眠。

21. 男子認為失眠是有原因的，要治療失眠，首先應該改變生活習慣。所以答案為④。

22. 女子提到她會看電視入睡，所以答案為④。

[23~24] 請聽錄音，回答問題。

남자 이번 달에 휴대 전화 요금이 많이 나온 것 같은데 사용 내역을 좀 알 수 있을까요?

여자 네, 이번 달에 휴대 전화로 소액 결제를 하셔서 요금이 많이 나왔네요.

남자 소액 결제요? 그게 뭐죠?

여자 10만 원 이하의 금액을 휴대 전화 요금으로 지불하는 거예요. 이번 달에 휴대 전화로 쇼핑하셨죠? 이것 때문에 통신 요금이 많이 나왔어요.

男 這個月手機費好像不少，我能知道使用明細嗎？

女 可以，這個月有手機小額付款，所以費用變多了。

男 小額付款？那是什麼？

女 就是10萬韓元以下的金額可以用手機來支付。這個月你有用手機買東西吧？因此就會在手機費多出來了。

23. 因為手機費用比平時多出很多，因此男子正在問詢使用明細。所以答案為④。

24. 男子這個月使用了用手機支付貨款的小額結算制度。所以答案為②。

[25~26] 請聽錄音，回答問題。

여자 박사님께서는 그동안 한국인의 식습관에 대해서 연구를 해 오셨는데 한국인 식습관의 가장 큰 특징은 무엇입니까?

남자 과거 한국인들은 육류보다는 채식 위주의 반찬을 즐겨 먹어서 건강했습니다. 그런데 급격한 경제 성장 이후 채소보다는 육류를 더 즐겨 먹는 경향이 보이고 있습니다. 또한 즐겨 먹는 식단을 조사한 결과 짜고 매운 음식을 선호한다는 사실을 알 수 있었습니다. 저는 육류를 즐겨 먹는 것보다 짜고 매운 음식을 즐겨 먹는 것이 더 큰 문제라고 생각하는데요, 짜고 매운 위주의 식습관은 정말 위험합니다. 이런 식습관은 한국인의 가장 사망 원인인 암과도 관련 있습니다.

女 博士這段時間針對韓國的飲食習慣進行了研究，請問韓國人飲食習慣上最大的特徵是什麼呢？

男 在過去，比起肉類，韓國人主要是吃以蔬菜為主的小菜，所以很健康。但是在快速經濟成長之後就顯示出和蔬菜類比更喜歡吃肉類的傾向。另外，從針對常吃的食譜所做的調查中也可以得知到喜歡吃鹹辣食物此一事實。我認為，和常吃肉類比，吃鹹和辣的食物是更大的問題。以鹹辣食物為主的飲食習慣真的很危險。這種飲食習慣與韓國人死亡原因最多的癌症也有關係。

25. 男子認為和常吃肉類比，以鹹辣食物為主的飲食習慣更危險。所以答案為④。

26. 內容提到：經濟快速成長以後，和蔬菜類比，人們更喜歡吃肉類了，所以答案為①。

[27~28] 請聽錄音，回答問題。

여자 경복궁에서 일하는 분한테 들었는데 이번에 경복궁 야간 개방을 한다. 이참에 한번 가 봐.

남자 그런데 사전에 예약하는 게 좀 복잡하더라고. 사전에 신청해야만 들어갈 수 있는 거지?

여자 인터넷으로 사전 신청도 할 수 있고, 직접 가서 표를 살 수도 있어. 이번에는 전문 해설사가 매시간 배치되어 있다고 해.

남자 그렇구나. 고마워. 그런데 또 특별한 이벤트가 있다던데 뭐였더라?

여자 지금 경복궁에 한복을 입고 가면 무료 관람할 수 있는 이벤트가 진행 중이거든. 혹시 가지고 있는 한복이 있으면 꼭 입고 가.

女 從在景福宮裡工作的人那裡聽說，景福宮這次會夜間開放，趁這機會去一趟吧。

男 但是提前預約很麻煩。要提前預約才能進去吧？

女 可以提前在網路上預約，也可以直接買票。聽說這次每個小時都安排了專門的解說員。

男 這樣啊！謝謝！但是還聽說有特別活動。那是什麼活動？

女 現在正舉行身著韓服去就可以免費參觀的活動。如果有韓服的話，一定穿著去。

27. 女子向男子透露了景福宮夜間開放的有關資訊，並推薦他去看一次，所以答案為③。

28. 女子對男子說也可以直接去買票。所以答案為③。

[29~30] 請聽錄音，回答問題。

여자 최근 강원도 저수지에서 외국 물고기인 피라냐가 발견되면서 혼란을 빚었는데요. 선생님, 전문가로서 이런 현상에 대해서 어떻게 생각하십니까?

남자 피라냐는 원래 국내에서는 발견할 수 없는 어종인데요. 육식성인 피라냐는 강하고 날카로운 이빨을 가지고 있어서, 국내에 서식하고 있는 웬만한 토종 물고기들을 다 잡아먹을 수 있습니다. 그렇게 되면 국내 생태계에 큰 혼란을 줄 수 있습니다. 게다가 사람도 공격할 수 있기 때문에 더욱 문제가 되고 있습니다. 문제가 더 커지기 전에 정부 차원에서 피라냐의 수입을 금지하고, 강이나 저수지에 피라냐를 버리면 처벌하는 규정을 만들어야 할 것입니다.

女 聽說最近在江原道水庫發現了外國魚類食人鯧所引起的混亂。先生，作為專家，您對於這種現象是怎麼想的？

男 食人鯧以前是在國內見不到的魚種。食肉的食人鯧因為有著堅硬銳利的牙齒，會將在國內棲息大部分的當地魚全部吃掉。那樣的話，就會擾亂國內的生態界帶來很大的混亂。而且牠們也會攻擊人，所以就更是個問題了。在問題擴大之前，要在政府方面禁止食人鯧的進口，並制定出一旦將食人鯧丟進江河或水庫就要受到處罰的規定。

29. 女子問男子：我國的水庫裡發現了外來魚種的食人魚，作為專家您的意見是什麼。所以答案為①。

30. 透過男子的話可知，食人魚也會攻擊人，所以答案為①。

[31~32] 請聽錄音，回答問題。

여자 체육 시간에 체육 활동을 하지 않고 교실에 남아서 자습을 하는 학생이 많다고 하는데 이럴 바에는 체육 수업을 축소하는 게 좋겠습니다.

남자 학교는 공부를 잘하는 학생을 만들어 내는 곳이 아닙니다. 체육과 같은 다양한 과목을 통해 사회성과 협동심도 길러 줘야 합니다.

여자 너무 이상적인 이야기만 하시는 거 아닙니까? 대부분 학생들의 목표는 좋은 대학교에 입학하는 것입니다. 학교에서 공부하는 분위기를 조성해 줘야 한다고 생각합니다.

남자 학생들이 건강해야 공부에도 열중할 수 있는 것입니다. 체육은 학생들의 건강 증진을 위해서라도 반드시 필요한 과목입니다.

女 聽說在體育課時間不參加體育活動而留在教室裡自習的學生很多。與其這樣，縮短體育課時間不就好了。

男 學校不是為了培養成績好的學生之地，其也要透過和體育課一樣的多樣科目來培養社會性和合作精神。

女 你講的太理想化了不是嗎？大部分學生的目標是考入好的大學，我認為學校就應該要營造學習的氣氛。

男 學生們只有健康才可能熱衷於學習。就當是為了增進學生們的健康。體育課是必不可少的科目。

31. 男子提到學校的目標不是為培養成績好的學生，並說要透過體育教育培養社會性。所以答案為②。

32. 男子用堅決的口吻反駁了女子的主張，所以答案為④。

[33~34] 請聽錄音，回答問題。

여자 사람을 대하는 것만큼 어려운 것이 또 있을까요? 요즘 많은 사람들이 타인을 대하는 기술을 배우겠다고 대화법 공부에 집중합니다. 하지만 가장 성공적인 대화법은 마음 깊숙이 깔린 타인에 대한 이해와 관심, 배려를 통해 완성되는 것입니다. 특히, 다른 사람을 설득하는 대화법에 있어서 상대방을 먼저 이해하려고 하는 배려가 밑바탕에 깔려 있어야 합니다. 사람이라면 누구나 존중받기를 원하고 존중받았을 때 마음이 열리기 때문입니다. 말을 잘하는 것도 중요하겠지만 이보다 중요한 것은 진심입니다. 결국 대화법보다 중요한 것은 그 사람을 대하는 나의 마음가짐이라고 할 수 있습니다.

女 還有比待人更難的事嗎？最近很多人都說要學習待人的技術，且集中於說話技巧的學習。但是最成功的話術是要透過發自內心的對他人的理解、關心和照顧來完成的。特別是說服他人的話術，首先就要以努力理解對方為基礎才行。這是因為，身為人，誰都希望受到尊重，而也只有受到尊重才能敞開心扉。話說得好固然重要，但與它相比，更重要的是真心。說到最後，比話術重要的就是對待對方時自身的心態

33. 這裡女子講到沒有比待人更困難的事，同時說明了待人時最重要的是何物。所以答案為③。

34. 女子講，身為人，誰都希望受到尊重，所以答案為④。

[35~36] 請聽錄音，回答問題。

여자 비즈니스 관련 리서치 회사의 창업 관련 설문 결과를 분석하였더니 다음과 같은 결과가 나왔습니다. 회사 창업 비용은 지금이 가장 적게 들 때입니다. 이것은 저렴한 가격으로 이용할 수 있거나 무료로 사용 가능한 프로그램 덕분입니다. 개발자들이 자신들의 응용 프로그램이 가능한 널리 이용되기를 원해서 가격을 최대한 낮게 유지하려고 하는데다, 상업적 목적으로 개발하지 않은 고급 소프트웨어도 많아 이를 활용할 수 있기 때문입니다. 처음에는 비전문가들이 이런 많은 프로그램을 이용하기 어려웠지만, 최근에는 프로그램 사용법이 단순해져서 훨씬 더 사용하기 편해졌습니다. 덕분에 새 회사들은 소프트웨어에서 절약한 돈으로 연구 개발에 좀 더 자금을 쓸 수 있게 되었습니다. 따라서 새롭게 창업을 하고자 하는 사람들은 최근 분석 결과를 창업 자료로 잘 활용하길 바랍니다.

女 根據對商業調查研究公司進行的有關創業之調查，透過問卷結果分析得到了以下的結果。公司創業費用現在是投入最少的時候，而這都是托廉價或免費程式的福。開發者們希望自己的應用程式被廣泛使用，所以最大限度地放低了價格，其中有很多不是具有商業目的的高級軟體，所以大家都能使用它。剛開始，非專業人士使用這麼多的程式會感到困難，但最近程式使用方法簡單化了，使用起來也容易多了。新公司們可以將在軟體上節約下來的錢多多應用在研究開發上。所以，希望打算開始創業的人能夠善加利用最近的分析結果，將之作為創業資料。

35. 女子在對商業調查研究公司進行的問卷結果進行分析，並向希望創業的人做介紹。所以答案為①。

36. 開發者們希望自己的應用程式被廣泛使用，所以最大限度地放低了價格；還有其中是很多不具商業目的的高級軟體，所以非專業人士也可以很容易地使用高級軟體。所以答案為④。

[37~38] 下面是教養節目。請聽錄音，回答問題。

남자 한창 많은 것을 배우고 익혀야 할 나이에 자주 아프면 그것처럼 속상한 일이 없을 텐데요. 어머님은 어떻게 자녀의 건강을 잘 유지했는지 말씀해 주시겠어요?

여자 다른 큰 비결은 없습니다. 평소 생활 습관만 올바르게 잡아 줬을 뿐입니다. 먼저 아무리 바빠도 아침밥은 꼭 먹게 했습니다. 아침 식사가 학습 능력과 연결된다는 연구 결과를 믿고 아침을 잘 준비해 줬습니다. 둘째로 편식은 고른 영양 섭취를 방해하므로 영유아기 때부터 신경 써서 습관이 되지 않도록 했습니다. 셋째로 비만에도 신경을 썼습니다. 달거나 기름진 고칼로리 음식은 되도록 적게 먹이고, 규칙적으로 식사하도록 하였습니다. 비만을 유발하는 패스트푸드나 인스턴트 식품은 될 수 있으면 적게 먹도록 했고요. 마지막으로 치아 관리입니다. 치아 관리의 핵심은 치료보다 예방이라고 생각했습니다. 특히 초등학교 시기는 유치가 영구치로 바뀌는 시기이므로 충치 예방에 더 신경을 써서 하루 3번, 식후 3분 이내에 3분 이상 양치질을 하는 습관을 갖도록 했습니다.

男　沒有比正值需要大量學習、掌握知識的年齡卻經常生病更讓人傷心的事了。媽媽您能講講您是如何良好地維持子女健康的呢？

女　沒有什麼特別的大秘訣，只是糾正了平時的生活習慣罷了。首先，再忙也必須吃早餐。我相信那些說明早餐與學習能力具有相互關係的研究結果，所以早餐我都是精心準備的。第二，偏食會妨礙營養的均衡攝取，所以從小我就注意不讓孩子養成偏食的習慣。第三，我非常注重肥胖問題，會儘量少給甜的或是高油高熱量的食物，努力做到規律吃了三餐，以及少提供吃了會引起肥胖的速食或方便食品。最後就是牙齒管理。和治療相比，我認為預防才是牙齒管理的核心。小學階段特別是幼齒換為恆齒的階段，所以要特別注意預防蛀牙，養成每天三次、餐後三分鐘之內刷牙3分鐘以上的習慣。

37. 女子說在養育孩子時，只是糾正了平時的生活習慣，並說明了自己的經驗。所以答案為④。

38. 女子提到：小學階段是幼齒換為恆齒的階段，所以要特別注意預防蛀牙。答案為②。

[39~40] 下面是一段訪談。請聽錄音，回答問題。

여자　비만이 음식 섭취와 운동의 불균형 탓에 생긴다는 전통적 견해에 대해선 잘 들었습니다. 그런데 최근 유전자가 신진대사에 영향을 미칠 수 있다는 연구 결과가 나왔는데요. 박사님, 이에 대해 어떻게 생각하시는지요?

남자　상당히 획기적이라고 생각합니다. 아직 연구 결과를 좀 더 지켜봐야 되겠지만요. 그동안 FTO 유전자의 명령을 받은 뇌가 식욕이나 음식 선택을 조절한다는 가설은 나온 적이 있으나 지방을 쌓거나 태우는 신진대사를 조절한다는 연구 결과는 이번이 처음인 것 같습니다. 이 연구팀은 쥐를 대상으로 연구를 진행했는데 유전자가 변형된 쥐는 그렇지 않은 쥐보다 50%나 날씬해졌다는 결과가 나왔습니다. 즉, 쥐의 유전자를 변형시켜 비만을 억제하는 효과가 나온 것입니다. 다시 말해 연구팀의 말처럼 유전자가 변형된 쥐는 고지방 음식을 먹더라도 살이 찌지 않을 것입니다. 현재 전 세계에는 5억 명 이상이 비만에 시달리고 있으며, 이러한 비만은 각종 질환의 원인이 될 뿐만 아니라 심지어는 당뇨나 암으로 이어질 수도 있어 앞으로 비만 치료법에 획기적인 연구가 되기를 기대해 봅니다.

女　我們都聽過肥胖是由飲食攝取和運動不均衡所引起的這種傳統見解。但是，最近新出來了一項遺傳基因會對新陳代謝產生影響的研究結果。博士，對此您是怎麼認為的呢？

男　這是個相當劃時代的想法，雖然研究結果還需要繼續觀察。在這之前，曾經有過大腦接受來自FTO基因指令會對食欲或飲食選擇進行調節的假設，不過能調節脂肪堆積或燃燒新陳代謝的研究結果這似乎還是首次。這個研究小組以老鼠為對象進行了研究，結果發現基因變型的老鼠和沒變的老鼠相比，竟然瘦了**50%**。即：將老鼠的基因變型後，便出現了抑制肥胖的效果。

也就是正如研究小組所說，進行了基因變型的老鼠即使吃了高脂肪食物也不會變胖。現在全世界有5億以上的人正受著肥胖困擾，這種肥胖不僅會成為各種疾病的原因，甚至還會引發糖尿病或癌症。我期待對肥胖治療法的研究能成為劃時代的研究。

39. 女子說明我們都聽過「肥胖是由飲食攝取和運動不均衡所引起的這種傳統見解」，所以答案為③。

40. 男子對肥胖治療法做說明，並指出研究結果還需要繼續觀察，所以答案為④。

[41~42] 下面是一篇演講稿。請聽錄音，回答問題。

남자　사람들은 타인의 기대와 말에 큰 영향을 받습니다. 이 효과는 실제로 증명된 바가 있습니다. 하버드대학교 심리학 교수인 로버트 로젠탈은 재미있는 실험을 진행하였습니다. 초등학생의 지능 지수를 검사한 후 발전 가능성이 큰 학생들의 명단을 교사들에게 전달했습니다. 1년 뒤 같은 학생들을 대상으로 조사한 결과 지능이 눈에 띄게 향상되었다는 것을 알 수 있었습니다. 이 실험이 흥미로운 이유는 명단에 있는 학생들은 실제로 지능이 높지 않았고, 무작위로 뽑힌 학생들이었기 때문입니다. 사실을 몰랐던 교사들은 명단에 있는 학생들을 긍정적인 시각으로 바라보며 지도하였고, 학생 또한 선생님들의 기대에 부응하기 위해 노력한 것이 결과에 영향을 끼친 것입니다. 이렇듯 타인의 기대를 갖고 긍정적으로 바라보면 인정을 받았다고 생각한 사람이 자신의 태도와 행동을 그 기대에 부응하기 위해 스스로 변화하게 됩니다.

男　他人的期待或言語能給人極大的影響，這個影響是已經得到證明的了。哈佛大學心理學教授羅伯特羅傑托做了一項有趣的實驗：在小學做完智慧指數測試後，將發展可能性大的學生名單交給了老師。1年後，透過以相同學生為對象再進行調查的結果發現，其智力明顯提高了。這項實驗之所以有意思，是因為名單上學生的智力其實並不高，他們只是隨即挑選出來的學生。而不知情的老師對名單上的學生總以肯定的角度去觀察、指導，學生們也就會為了不辜負老師們的期待竭盡全力。正是這樣才對結果產生了極大的影響。像這樣當別人抱以期待投以肯定目光的話，人們便會認為自己是被肯定的人，他自身的態度和行動就會為了不辜負那樣的期待而發生改變。

41. 男子在一開始提到，他人的期待和話語能給人帶來極大影響，並以實例做了說明。透過例子可知，人們傾向於不辜負他人的期待，所以答案為③。但是沒有勸大家應該對別人抱以期待或是說肯定的話，因此②不正確。

42. 內容提到：這個實驗實際上是隨機挑選了智力水準並不高的普通學生，而在一年後進行重新檢測時，他們的智力水準卻提高了，所以答案為③。

[43~44] 下面是一篇紀實報導。請聽錄音，回答問題。

여자 남자와 여자는 신체 구조뿐만 아니라, 다양한 면에서 차이를 보입니다. 흔히 남성은 이성적, 여성은 감성적이라고 평가합니다. 그렇다면 기발함과 창의력은 어느 쪽이 더 강할까요? 실험 결과 창의력은 '고전적인 남성의 경향과 밀접한 관련이 있음이 밝혀졌습니다. 즉, 과감한 결정력과 경쟁력, 위험을 부담하고서라도 새로운 것을 시도하려는 진취성, 야망 등의 성향을 가진 남성이 협동이나 이해 등의 성향을 가진 여성에 비해 창의력을 가진다는 것이죠. 또 재미있는 연구 결과로, 남자와 여자는 서로 다른 이유로 눈물을 흘린다고 합니다. 네덜란드 연구진이 연구한 결과, 남성은 자신이 응원하는 스포츠 팀이 중요한 경기에서 승리를 거뒀을 때나 어떤 미션을 성공적으로 해냈을 때 '기쁨의 눈물'을 흘리는 반면, 여성은 자신이 무력하다고 느낄 때 혹은 화가 날 때 등 부정적인 상황에서 눈물을 흘리는 것으로 나타났습니다. 뿐만 아니라 지역에 따라서도 남녀의 우는 횟수는 다소 차이가 있었습니다.

女 男人和女人不僅是身體構造上不同，在很多方面也能看出差異。通常，男性被評價為理性的，而女性則是感性的。那麼就突發奇想與創造力方面，哪一方更厲害呢？根據實驗結果表明：創造力和「典型男性傾向」有密切關係。即：果斷的決策力和競爭力、儘管感受到了危險仍希望嘗試新鮮事物的進取心、野心，以及渴望嘗試新鮮事物的男性要比傾向於妥協或理解的女性具備更高的創造力。還有一項有趣的研究結果說明：男人和女人會因為不同的理由而流淚。根據荷蘭研究人員研究出的結果，男性在自己支持的運動隊伍於重大比賽獲勝的時候，或終於成功完成任務時，就會流下「激動的淚水」。相反地，女性通常會在感到自身無力或生氣等不好的狀況時流淚。不僅如此，隨著地區的不同，男女哭泣的次數也多少有些不同。

43. 女子在一開始就說到：男人和女人不僅身體構造上不同，在很多方面也能看出差異，並具體談了女人和男人的不同點。所以答案為④。

44. 試驗結果說，創意力與典型的男性傾向有密切關係，所以答案為④。

[45~46] 下面是一篇演講稿。請聽錄音，回答問題。

남자 여러분, 생물 다양성을 지킬 수 있는 가장 좋은 방법은 무엇일까요? 먼저 생물 다양성의 정의부터 알아봅시다. 생물 다양성이란 동물과 식물, 지구상에 존재하는 모든 생물의 다양성을 의미합니다. 산, 강, 바다, 습지, 사막 등 다양한 곳에 존재하는 생태계의 다양성을 의미하기도 합니다. 그런데 UN에 따르면, 매해 2만 6천 종의 동식물이 멸종하고 있다고 합니다. 그것은 갑자기 일어난 기후 변화와 인간의 자연 파괴 때문입니다. 그래서 UN에서는 2011년에서 2020년까지 생물 다양성 10년 계획을 다시 세우고 자연과 조화롭게 살아갈 수 있도록 노력하고 있습니다. 이외에도 매년 5월 22일을 국제 생물 다양성의 날로 지정하여 지구의 소중한 생물을 지키려고 하고 있습니다. 이러한 생물 다양성 회복을 위한 노력은 세계 곳곳에서 생물 다양성 협약, 오염 규제, 국제적 공원 체계 확립 등을 통해서 다각도로 이루어지고 있습니다. 그러나 무엇보다도 중요한 것은 바로 우리의 적극적인 참여입니다. 아무리 세계적 차원의 계획이 있다 하더라도 가정과 학교에서 우리 각자가 노력하고 실천하지 않는다면 큰 변화를 가져올 수 없을 것이기 때문입니다.

男 各位，保護生物多樣性的最好方法是什麼？首先，我們先瞭解一下生物多樣性的定義吧。生物多樣性指的是：動物和植物以及地球上存在的所有生物的多樣性。也可以指：在山川、江河、大海、濕地、沙漠等各種地帶存在的生態學多樣性。但是根據聯合國公佈，每年有2萬6千種動植物滅絕了，原因是突然的氣候變化和人類對大自然的破壞。所以，聯合國計畫重新設立從2011年開始到2020年的10年生物多樣性計畫，努力實現與大自然的和諧共存。此外，還將每5月22日定為國際生物多樣性日，以保護地球上寶貴的生物。為了恢復生物多樣性所做的努力正在世界各處透過對生物多樣性協定、限制污染，以及確立國際公園體系等很多方面不斷實施著。但是比什麼都更重要的，就是我們的積極參與。這是因為即使有世界性的計畫，若我們各自不在家庭和學校努力實踐的話，也不會帶來多大變化的。

45. 根據聯合國報告，每年已有2萬6千種滅絕的動植物物種。所以答案為①。內容提到恢復生物多樣性的努力正在世界各地多角度地進行著，因此④不正確。

46. 男子重申了生物多樣性的定義，並用資料揭示為了恢復生物多樣性所做的各種努力，並闡述了自己的見解。所以答案為④。

[47~48] 下面是一段談話。請聽錄音，回答問題。

남자 사람들은 흔히 우울증은 정신이 나약한 사람들만 걸리며, 한 번 걸리면 치료가 힘들다고 말합니다. 지금 제 옆에 한국보건학회 회장이신 박영신 박사님이 나와 계시는데요. 박사님, 정말 그렇습니까?

여자 절대로 그렇지 않습니다. 우울증은 정신적으로 강한 자극이나 억압을 받을 경우 누구에게나 찾아올 수 있는 질병입니다. 가만히 두면 악화되는 반면, 고치려는 의지가 있으면 얼마든지 치료가 가능한 병입니다. 사람들이 우울증에 대해 너무 막연하게 알고 있는 것이 문제입니다. 우울증은 지금도 세계 인구의 약 10% 정도가 앓고 있는 흔한 병입니다. 세계보건기구의 크리스토퍼 머리 박사는 2020년이면 우울증이 심장 동맥 질환 다음으로 가장 많이 걸리는 병이 될 거라고 예측하였습니다. 그럼에도 불구하고 아직 우울증을 병으로 인식하고 치료를 받는 사람은 적은 것 같습니다. 우울증을 병이 아닌 단순한 증상으로 여기거나 증상을 보이는 사람이 여러 가지 이유로 정신과를 찾지 않는 경우가 많기 때문입니다. 우울증은 유전적, 정신적, 환경적 요소가 복합적으로 작용하여 일어나기 때문에 정확한 원인을 찾는 것이 쉽지 않습니다.

男 人們總說憂鬱症只有心臟脆弱的人才會得到，且得上了就很難治療。現在，在我旁邊的是韓國保健學會會長朴永信博士。博士，真的是那樣嗎？

女 絕對不是的。憂鬱症是精神受到強烈刺激或受到壓抑且任何人都可能得到的疾病，如果放著不管就會惡化。相反地，這也是個如果有治療意志就一定有可能治癒的病。問題在於，人們對憂鬱症的瞭解太模糊。憂鬱症現在也是世界上大約有10%的

214

人患有的常見病。世界保健機構的克裡斯托夫·穆雷博士預測說，到2020年，憂鬱症將成為暨心臟動脈疾病之後罹患數量最多的疾病。儘管如此，把憂鬱症當成疾病來接受治療的人好像很少。這是因為人們不把憂鬱症當成疾病、只將之看作是單純的症狀的原因，或者是出現了症狀又會因為種種理由不去精神科的緣故。憂鬱症可能會因遺傳、精神狀態，或是環境因素等綜合作用而出現，所以要尋找它的準確原因並不容易。

47. 女子説有想治好憂鬱症的意志，就一定有可能治癒。所以答案為②。

48. 針對憂鬱症很難治療的大眾想法，女子反駁了男子的話，表示絕對不是那樣。所以答案為④。

[49~50] 下面是一篇演講稿。請聽錄音，回答問題。

여자 2009년 미국의 대통령 오바마는 '지구의 날'에 물을 이용한 조력과 파력 에너지 개발에 주력할 것이라고 했습니다. 즉, 물을 이용해 에너지를 만들겠다는 말입니다. 그런데 한국에도 물을 이용해 에너지를 만들고 있는 곳이 있어요 오늘 여러분에게 자세하게 소개하려고 합니다. 전남 해남과 진도 사이에 가면 바다가 우는 길목이라는 의미의 '울돌목'이라 불리는 곳이 있습니다. 빠른 물살로 인해 바닷물 소리가 마치 바다가 우는 듯하다고 하여 붙여진 이름입니다. 이곳은 조선 시대 명량해전 시 이순신 장군이 이곳의 빠른 유속을 이용하여 왜적을 무찌른 곳으로 유명한 곳입니다. 조류 발전의 입지적 조건 중 첫 번째는 빠른 유속입니다. 하지만 유속이 지속되지 않거나, 발전소를 건설하기 위한 공간적 조건, 즉 수심과 수로의 폭이 맞지 않다면 유속이 빨라도 소용이 없는데 이런 조건을 모두 갖추고 있는 곳이 바로 울돌목입니다. 이 울돌목의 유속은 최대 초속 6.5m로 바다보다 3배 이상 빠르다고 합니다. 이는 세계적으로도 5번째 안에 드는 빠른 물살이어서 조류 발전 건설을 위한 최적의 장소로 평가받고 있습니다. 2013년에 울돌목에 상용 조류 발전소를 건설하여 매년 약 200억 원의 에너지 수입 대체 효과를 내고 있습니다.

女 2009年時，美國總統歐巴馬在「地球日」當天表示，其將要投入到利用水的潮汐能和波能源的開發上。即：利用水來製造能源。但是在韓國，其實也有利用水來製造能源的地方，今天就替各位做個詳細介紹。在去全羅南道的海南和珍島之間，有一個被比喻為大海哭泣且被稱作「鬱陶項（鳴梁）」的通道之地。其因湍急的水流讓海水聲聽起來好像在哭泣而得名。這個地方也是朝鮮時代鳴梁海戰時，李舜臣將軍利用這種的流速擊敗外敵而聞名的地方。在潮汐發電的立地條件中，首先就是高流速。但是如果流速不能持續、或因為建設發電站的空間條件，即水深和水路的寬度不符合的話，那麼流速再快也沒用。但鬱陶項正是具備了這些條件的地方。鬱陶項的流速最高可達每秒6.5米，比大海要快3倍以上。它是世界上水流最快的5個場所之一，所以它被評為最適合建設潮汐發電設施之地。2013年，商用潮汐發電站已在鬱陶項設立，每年發揮著折合大約200億韓元進口能源的作用。

49. 女子提到：朝鮮時代鳴梁海戰時，李舜臣將軍曾利用了鬱陶項的流速擊敗外敵，所以答案為③。

50. 以鬱陶項為例説明了建設潮汐發電站最基本的立地條件，所以答案為③。

쓰기 寫作

[51~52] 請閱讀下文，分別寫出符合㉠和㉡的一句話。

51. ㉠：後面説到想換一條小一點的褲子，因此括弧中一定要有説明褲子太大的內容。

㉡：前面講了想換褲子，且在後面留下了聯絡方式，因此括弧中應該是有關如何進行替換以及希望對方告知交換方法的內容。

→ 本文為請求更換購買產品的電子郵件。首先要對購買產品的種類和必須交換的理由進行陳述，並且還要對希望交換商品的顏色和大小進行仔細説明。注意，可交換時可能會出現追加費用，所以一定要像賣家詢問清楚具體的交換方法。為了方便與賣家聯繫，通常還要把電話號碼或電子郵箱等聯絡方式留下。

52. ㉠：前面寫到由於對變化感到陌生和懼怕，所以作為結果，其中有對安逸和熟悉的內容，因此括弧中一定要有希望保持不變或停步的説明。特別是「편안하고 익숙한」的形容詞後有括弧，所以一定是以名詞開始的句子。

㉡：前面提到最大的障礙物就是自己，而且後面提到「不那樣的話，什麼都改變不了」。因此對照前後內容可知：自己應該成為改變的中心才行。

53.【概略】

序論（前言）：介紹調查內容
本論（論證）：調查所進行的60多歲男女間的比較與差別
結論（結語）：整理

54.【概略】

序論（前言）：網路學習的定義和好處（教育內容和方法）
本論（論證）：① 網路學習對教育產生的正面影響
　　　　　　② 使用網路學習的方法和效用（教師的立場、學生的立場）
結論（結語）：整理（網路學習對社會產生的影響）

읽기 閱讀

[1~2] 請選擇最適合（　　）內容的一項。

1. 我們（　）把自己的事情推給別人，應該要自己做。

問題類型 選擇適合句子的詞彙(連接/生活文)
內容指：我們即使再疲憊也要做自己該做的事情。所以正確答案為③。

> **-더라도**: 表示認同前句內容，但這對後句內容沒有影響時使用。
>
> **例** 이번에 실패하더라도 실망하지 마세요.
> 아무리 늦더라도 그는 서두르는 법이 없다.
>
> **注意** 「-더라도」可與「-아/어도」替換使用。

- **-고도**: 表示前句事實出現，但後句內容為與之相反或者具有不同特徵時的連接詞尾。
  - 例 영화는 슬프고도 아름다운 사랑 이야기를 보여 주었다.
- **-(으)ㄴ 탓에**: 表示前句內容為後面出現的消極結果之原因或理由。
  - 例 과일값이 비싼 탓에 조금밖에 못 샀어요.
- **-(으)ㄴ 대신에**:
  ① 表示前句內容與後句內容的狀態或行動相互不同或相反時的表達方法。
     - 例 이 약은 효과가 좋은 대신에 많이 쓰다.
  ② 用於與前句的行動相應之其它東西來做為前面行為的補償之表達方法。
     - 例 이 식당은 가격이 비싼 대신에 유기농 재료만 사용한다.

2.

數學題目很難，不要放棄（ ）到最後。

問題類型 選擇適合句子的詞尾（終結/生活文）

表示雖然數學題目很難，但還是要堅持做到最後的意思，所以正確答案為②。

-고 들다: 表示粗暴無禮地行事，或者執意要去做某事。
- 例 그가 계속 따지고 드는 바람에 어찌할 수가 없었다.

- **-아/어 놓다**: 表示某一行為結束後仍在持續，或者強調前面的狀態正在持續。
  - 例 외출할 때 난방을 꺼 놓았다.
- **-나 싶다**:
  ① 表示說話者對前句有主觀或不確定的推測。
     - 例 같은 감독이 만든 영화이지만 이번 작품이 더 재미있지 않았나 싶다.
  ② 表示說話者對前句行動表示懷疑或後悔。
     - 例 내가 괜한 말을 했나 싶어서 후회가 된다.
- **-는 셈 치다**: 表示認為是那樣或同意是那樣。
  - 例 돈 5만 원을 잃어버렸는데 그냥 외식 한 번 한 셈 쳤다.

[3~4] 請選擇與劃線部分意思相近的一項。

3.

一下班就出發的話，7點前可以到達研討會的地點。

問題類型 選擇相近的詞尾（連接/生活文）

內容為：下班就出發的話，7點可以到達研討會現場，因此前句動作在實現以後緊接著其它動作。所以答案為②。

-는 대로: 做完某事後立即……。
- 例 취직하는 대로 결혼하려고 해요.
  날이 밝는 대로 떠날 예정이다.

注意 「-는 대로」前不可使用過去式。
- 例 집에 도착한 대로 저에게 전화 주세요. (✗)

- **-(으)ㄹ 때**: 表示一行為或情況持續的時間或期間。
  - 例 할머니는 비가 올 때 꼭 목욕탕을 가신다.
- **-자마자**: 表示某一事情發生後，緊接著發生另一情況。
  - 例 아들은 나를 보자마자 뛰어와 안겼다.

- **-는 김에**: 表示在做某一行為時，利用這個機會順便再進行另一行為。
  - 例 사건이 이렇게 된 김에 솔직히 이야기해 봅시다.
- **-(으)ㄴ 다음에**: 表示前句所指的事情或過程結束之後。
  - 例 청바지는 한 번 뒤집어서 세탁한 다음에 입어야 한다.

4.

雖然政府為百姓制定了政策，但由於反對，只能放棄。

問題類型 選擇相近的詞尾（終結/生活文）

內容指：雖然政府為百姓制定了政策，但是由於遭受反對，所以沒辦法只好放棄的意思，所以正確答案是②。

-아/어야 하다: 為了做某事需要的狀態和條件。
- 例 싸고 좋은 물건을 사려면 대형 할인 매장에 가야 한다.

注意 **-아/어야 했다**: 表示只能那樣做。
- 例 싸고 좋은 물건을 사기 위해 대형 할인 매장에 가야 했다.

- **-기로 하다**: 表示要做前句行動的決心或約定。
  - 例 이번 학기에 열심히 공부해서 장학금을 받기로 했다.
- **-(으)ㄹ 수밖에 없다**: 表示除了那個以外，沒有其他的辦法或可能性。
  - 例 모르는 것이 너무 많아서 인터넷을 검색할 수밖에 없었다.
- **-는 것이 당연하다**: 表示做某行為是理所當然的。
  - 例 부모님을 모시는 것은 당연하다.
- **-는 둥 마는 둥 하다**: 表示做某事很草率且不認真。
  - 例 아들이 내 말을 듣는 둥 마는 둥 하는 모습에 화가 치밀어 올라왔다.

[5~8] 請選擇這是關於什麼內容的文章。

5.

一粒就可解決頭痛、牙痛、經痛。

問題類型 掌握文章的題材/類型（廣告文）

這則廣告的主要核心詞是「두통、치통、생리통」，指的是疼痛，而這些時候要吃止痛藥，所以正確答案是①。

6.

現在加入可享受10%優惠並多贈送一個。
5分鐘後，所有優惠即會結束。
現在快撥打電話。

問題類型 掌握文章的題材/類型（廣告文）

此廣告的核心詞為「할인（優惠）」、「전화（電話）」，且廣告說會給予優惠，並讓「지금 빨리 전화주세요。」所以答案為②。

7.

危險
因逢雨季，交通管制。
請繞道。

問題類型 掌握文章的題材/類型（廣告文）

這則指南的主要核心詞是「장마、교통 통제」。指的是因梅雨季的危險，道路開始進行交通管制，需要繞道，所以正確答案為②。

8.

> 場所更開闊！全新的面貌！
> 從下月1日起在對面建築物的2樓招待各位！

問題類型 掌握文章的題材/類型(介紹文)

透過「다음 달 1일부터 맞은편 건물 2층에서 여러분을 모시겠습니다.」可知答案為④。

[9~12] 請選擇與下文及圖表內容相同的一項。

9.

> 邀請來到韓樂家族
> ・招聘職位：市場部教育講師
> ・申請條件：在加拿大內無就業問題者
> 　　　　　　(諳英語者優先)
> ・申請材料：含有自我介紹的英文及韓文簡歷
> ・申請方法：現場報名(具體事宜請參考網頁)
> ・員工待遇：派遣到加拿大工作、提供住宿食宿、依需要提供英語學習費用

問題類型 選擇與文章/圖表相同的一項(廣告文)

內容提到：申請資格為「캐나다 내 취업에 결격 사유가 없는 자」，所以正確答案為①。

② 通過網頁報名即可。→現場報名

③ 這是一則招聘市場部負責人的求職廣告。→市場部教育講師

④ 向諳英者提供英語學習費用。→向職員

10.

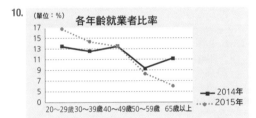

各年齡就業者比率 (單位：%)

問題類型 選擇與文章/圖表相同的一項(介紹文)

2014年和2015年的40～49歲之就業者比率總共是13.5%，所以正確答案為③。

① 2014年20～29歲的失業者的比率最高。→就業者

② 2015年30～39歲的就業者的比率最低。→50～59歲

④ 50歲以上的就業率增加，未滿40歲的就業率減少。→減少、增加

11.

> 最近平昌日漸成為旅遊勝地，且從被特別選定為2018年冬季奧運會舉辦地點後受到了更多的關注。平昌處於對健康最佳的海拔750米之高地，整個夏天的日平均氣溫維持在26度以下，因此在夏天也是人氣很高的度假之地。預計在2017年開通首爾和平昌間的高鐵之後，這裡將人潮如流。

問題類型 選擇與文章/圖表相同的一項(生活文)

因為有最近平昌日漸成為旅遊勝地的內容，所以正確答案為②。

① 2017年在平昌舉辦冬季奧運會。→2018年

③ 休假的人增多，就會開通高鐵。→在2017年

④ 平昌是冬天運動的地方，所以夏天大氣低溫。→平昌在夏天也是人氣很高的旅遊勝地

12.

> 大學選課申請時或有名歌手的演唱會預售的話，入口網站的人氣搜索語排行榜就毫無疑問地會出現「系統時間」。這是因為要把韓國標準時間和電腦的系統時間對準的人太多所出現的現象。由於入口網站或手機通信公司也使用系統時間，所以按照電腦系統時間操作，預售的成功率才會稍微高一點。

問題類型 選擇與文章/圖表相同的一項(生活文)

透過「포털이나 이동통신사도 원자시계를 사용하기 때문에 컴퓨터 시계를 여기에 맞추면 수강 신청이나 예매 성공 확률이 미세하나마 높아진다고 한다.」可以正確答案是④。

① 沒有系統時間的話不能預售演唱會票。→即使沒有系統時間也可以預售演唱會票，但為了提高預售成功，所以與系統時間相符最好。

② 入口網站的人氣搜索語經常有系統時間。→大學選課申請時或有名歌手的演唱會預售時

③ 電腦時間與系統時間一致的話，預售的成功率會激增。→微小的／一點點

・-나마: 將對某種狀況之不滿或遺憾作為後句內容的條件時之連接詞尾。

・원자시계 [原子時計]: 利用原子或分子本身的固定震動數值原理所製造的鐘錶，不受重力、地球自轉，以及溫度的影響，精確度極高。

[13~15] 請選擇排序正確的一項。

13.

> (가) 修復科學家被稱為將新的生命注入破損遺物裡的藝術家。
> (나) 調查結束後的遺物再按照材質的差異於不同的研究室裡進行復原及保存處理。
> (다) 遺物送進博物館先要從遺物的製作時間、材料、製作方法等進行調查。
> (라) 這個時候在研究所負責修復遺物和保存處理的人叫做修復科學家。

問題類型 排列文章順序(生活文)

本文說的是在博物館處理遺物的過程和修復科學家的工作性質。內容首先是介紹遺物送進博物館後首先要透過調查的(다)，然後是由「조사를 마친 유물은」開頭的說明要進行復原及保存處理的(나)；再來是以「이때」開頭談論復原、保存處理工作的人叫做修復科學家的(라)，最後才是對修復科學進行補充說明的(가)。所以答案為按照(다)-(나)-(라)-(가)排序的③。

14.
(가) 但是，以老人為滿65歲以上來進行分類的政策很多。
(나) 具有代表性的是基本退休金或老人長期療養保險適用期。
(다) 所以可以說65歲以上即是被視為老人的年齡。
(라) 目前國內法律中還沒有規定出生年紀到多大才為老人的法律。

問題類型 **排列文章順序(生活文)**
本文談論的是老人的年齡界定問題。首先是(라)，說明目前國內法律還沒有規定幾歲可以劃分老人和其他人；然後是由「하지만」開始講與之相反內容的(가)，(가)闡述了政策中有已很多都將65歲以上的人界定為老人；其後是介紹具有代表性政策的(나)；最後是以「따라서」開始下結論的(다)。所以答案為以(라)-(가)-(나)-(다)排序的③。

15.
(가) 在春天經常感到疲勞和想睡的症狀叫做春困症。
(나) 人們一般試圖用飲食來解決春困症。
(다) 但是比起吃東西，更重要的是要按照良好的節奏來生活。
(라) 這是由於原本符合冬天的人體節奏為了適應春天的到來而進行變更的過程。

問題類型 **排列文章順序(生活文)**
內容說的是克服春困症的方法。首先是講春困症概念的(가)，其後是從「이는」開始講發生春困症原因的(라)，接著是(나)，介紹人們對付犯春困症的一般辦法，最後是以「그러나」開頭來敘述相反內容的(다)，介紹了能更有效克服春困症的方法。所以答案為按照(가)-(라)-(나)-(다)排序的②。

[16~18] 請閱讀下文，選擇最適合(　　)內容的一項。

16.
由於韓國沒有處於地震帶上，所以近來沒有發生過因地震所引發的悲慘事件。但是由地震（　　）。在現存的史書「三國史記」裡也能看到了關於地震的記載，「朝鮮王朝實錄」裡也出現過「地震」這個詞彙。透過過去的事實是可以預測到地震發生的可能性。

問題類型 **選擇符合文脈的內容(說明文)**
提到：有括弧的句子前面有表示與內容相反時所使用的「하지만」，而且括弧後面的句子也有將括弧內容作為根據，說明關於過去地震之記載的內容。所以正確答案為③。

17.
在準備旅行行李時，首先要考慮的是目的地和旅行日期。不能漏掉必需品，背包的重量最好也不要超過體重的三分之一。學習的時候也是如此。要（　　）決定好要學的內容，不要貪心給自己訂下太多的學習目標。

問題類型 **選擇符合文脈的內容(生活文)**
括弧前面的句子裡有「공부할 때도 마찬가지다.」。即：準備徒步旅行的行李時，要像考慮目的地和日程一樣考慮時間。所以正確答案為①。

18.
最近在中年層流行著注射美容肉毒桿菌。比起動刀的整形手術來說，肉毒桿菌具有較安全且副作用小的優點。事實上，主要用於去皺的肉毒桿菌（　　）被廣泛使用，可用於眼科來矯正兩眼視線不同的斜視，在牙科也被用來糾正下頜以緩解磨牙症狀。肉毒桿菌對不正常的多汗症也非常有效，但缺陷就是效果維持的時間短。

問題類型 **選擇符合文脈的內容(說明文)**
因為括弧後面有對斜視、下巴矯正、磨牙，以及多汗症的治療內容，所以正確答案是①。

- 교정 [矯正]: 對不齊的、扭曲的，或不對的東西進行修正。

- 이갈이: 磨牙的症狀。

[19~20] 請閱讀下文，回答問題。

在韓國，三神婆婆是主管生孩子和養孩子的女神。（　　）是送子之神，很早以來就是那些期待孩子到來的人參拜的對象。韓國有這樣的信仰是因為受到了要想立足就要有子孫的傳統思想之影響。不能生兒子傳宗接代的女性，其一生如同罪人，在這種社會風俗下，沒有孩子的女性們不管其他事，認為只要能生孩子就去祈求也是很自然的事了

19. 問題類型 **選擇符合文脈的連接詞(生活文)**
三神婆婆主管的是生孩子和養孩子的事情，其中最主要的是讓人懷上孩子。因此具有「和普通不一樣」以及「特別是」之意的①為正確答案。

- 특히[特別]: 和普通不一樣的。
  例 내가 만든 작품은 특히 창의력 부분에 탁월하다는 평가를 받았다.

- 먼저: 時間或順序在前。
  例 먼저 해야 할 일이 무엇인지 모르겠어.

- 달리: 事情或條件等相互不同的。
  例 다른 아이들과 달리 말도 없고 웃지도 않는 민수가 걱정이 된다.

- 한편[—便]: 對所述內容從另一個方面評論時所使用的用語。
  例 학생들 대부분은 경기에 진 것에 실망했다. 한편 나는 잘 되었다고 생각한다.

20. 問題類型 **掌握細節內容(一致/生活文)**
不能生兒子傳宗接代的女性，其一生就如罪人一樣生活，在這樣的社會風氣中，沒有孩子的女性們無論如何都有祈求之心是必然的。所以正確答案是④。
① ~~作孽的話不能生兒子~~。→生不了兒子的女人一生像罪人一樣度過
② ~~和兒子比—更重視女孩~~。→兒子比女兒
③ 三神婆婆是主管~~養育~~孩子的女神。→生完孩子主管養育之事的女神／讓人孕育生命的神

[21~22] 請閱讀下文，回答問題。

> 比起美術品展示會，總是被年輕人充斥的大林美術館是個（ ）附加活動人氣更高的美術館。展館裡曾經引進了弘大前的派對文化、樂隊演出、也展示過DJ饒舌。大林美術館的形象很簡明，即：「有趣的美術館」。跟以往那些禁止拍照的美術館不同，裡面可以盡情拍照，人們的說美術館最好是能夠讓人沒有距離感。大林美術館目前正在以展示美術館本身的方向發展。

21. [問題類型] 選擇符合文脈的俗語(生活文)

附加活動比展示會更有人氣，因為附加活動是由弘大前進行的派對文化、樂隊、饒舌演出等多種形式的活動所組成，所以正確答案為②。

- **눈 밖에 나다:** 對他人失去了信賴而感到厭惡。
  - 例 서림이는 이번 일을 계기로 선생님의 눈 밖에 났다.
- **찬물을 끼얹다:** 破壞了原本順利進行之事的氛圍。
  - 例 일이 겨우 해결되려고 할 때 그가 와서 찬물을 끼얹었다.
- **구색을 맞추다:** 全部俱備齊全。
  - 例 새어머니는 구색을 맞춰 완벽하게 내 결혼식 준비를 해 주셨다.
- **어깨를 나란히 하다:** 具有同樣的地位或權勢。
  - 例 그는 당대의 유명한 선수들과 어깨를 나란히 했다.
- **부대 행사[附帶行事]:** 在主要活動之外附帶進行的活動。

22. [問題類型] 掌握中心想法(生活文)

因為提到「사람들은 미술관이 더 이상 멀게 느껴지지 않아서 좋다고 말한다. 대림미술관은 앞으로 미술관이 지향해야 할 방향을 보여 주고 있는 것이다.」所以答案為③。

[23~24] 請閱讀下文，回答問題。

> 在大學教導學生時，能感受的快樂之一便是能夠全身心地感受校園一年四季不斷變化的美景。還剛著冷風的入學季的梅花；開課時杜鵑花、迎春花、玉蘭花會盛開；期中考試前後當然是櫻花；而到5月時玫瑰花便會綻放。等到開始放暑假時，就可以看到牽牛花、向日葵。接下來就是當我們看到插在桌上的菊花時，就知道秋天已經到來。在這些花中，哪些花最了不起呢？這著實是個愚蠢的問題。沒有最了不起的花。都很了不起。花兒們都那麼清楚地知道自己應該在哪個季節開放，為什麼人卻全部都像山茶花那樣，因為不能開在初春而焦躁不安呢？

23. [問題類型] 掌握心情(生活文)

在「안달인가?」中的「안달」是心焦氣躁的意思。筆者看著人們焦躁地期待早點成功的樣子因而感到鬱悶。所以答案為①。

24. [問題類型] 掌握細節內容(一致/生活文)

因為提到：「대학에서 학생들을 가르치는 즐거움 중 하나는 사시사철 변모하는 캠퍼스의 아름다움을 온몸으로 느낄 수 있다는 것이다.」所以答案為④。

---

① 在大學做整頓花草的工作。→教學工作
② 期中考試是時候~~玫瑰花開放~~。→櫻花
③ 人們喜歡像山茶花那樣~~早開的花~~。→人們本身想早點盛開／想早點成功

[25~27] 下面是新聞報導題目。請選擇說明最確切的一項。

25. 一起擁有樂趣和感動、晚間收視率也咻咻上漲

[問題類型] 掌握簡化的句子(報導文)

標題說明談論對象具有「趣味和感動」兩種特色，且即使在晚間播放收視率也很高。所以答案為①。

26. 並非只有玫瑰的移民生活、在移民中心獲得安慰

[問題類型] 掌握簡化的句子(報導文)

這是報導移民們在生活中非但沒有獲得幸福，反而遭受痛苦，最後在移民中心受到安慰的內容標題，所以答案為④。

- **장밋빛[薔薇—]:** 比喻一種希望的狀態。
  - 例 대통령 후보들은 제각기 국민들에게 장밋빛 미래를 약속하였다.

27. 只要一次故障就完了？透過反覆運行自行尋找解決方法的機器人登場

[問題類型] 掌握簡化的句子(報導文)

這是介紹透過反覆執行錯誤，便可以自行找出解決方法的機器人出世之報導題目，所以正確答案為②。

- **시행착오[試行錯誤]:** 為達到某一目標而進行的反覆嘗試。

[28~31] 請閱讀下文，選擇最適合（ ）內容的一項。

28. 「有洞察力」是指透過解讀別人的語言和動作來分析及捕捉資訊的卓越能力之意。女性在這方面的直覺比男性敏銳。雖然在我們語言生活中經常使用的表達方式並不多，但是在對話中我們所使用的表情和動作則大概超過25萬種。女性們（ ）瞭解對方的真心。因此對女友說謊話、欺騙了她的話，不要掉以輕心。

[問題類型] 選擇符合文脈的內容(說明文)

提到：「우리 언어생활에서 자주 쓰이는 언어 표현은 몇 가지 안 되지만 우리가 대화 중에 쓰는 표정과 몸짓은 얼추 25만 가지가 넘는다.」及「여자 친구에게 입으로 거짓말을 하고 그녀를 속였다고 안심하면 안 된다.」。由此可以看出：比起語言，女性們具備很強的透過表情和動作就能瞭解對方心理的能力。所以正確答案為②。

29. 據說在收視率第一名的電視劇播放時段，自來水使用量和酒吧的營業額都下降了。這可以看出電視劇在我們語言生活中的（ ）。現在大部分的家庭都有一台以上的電視，且因為電腦的普及，無論誰都可以很容易地收看電視劇。因為電視劇傳達給我們的資訊是反覆的、累積的、日常的，所以電視劇可以說是影響力很大。

在收視率第一的電視劇播放時間，自來水使用量和酒吧的營業額降低了，因此可以看出電視劇與我們的生活息息相關。所以正確答案是③。

30. 您一定也有過這樣的感覺吧？考試前腦中滿滿的都是各種知識和資訊，一旦考完，學過的內容全便消失得無影無蹤，感覺腦袋一片空白，這就被稱作「蔡格尼克記憶效應」。俄羅斯心理學家蔡格尼克總結出了尚未處理完的事情會給人在精神層面上製造緊張感的理論。這個就是人們總是會擔心尚未完成的事情，總想儘快完成的意思。人們（　）賦予動機。

提到：人們對於尚未完成的事總想在最短的時間內完成，所以答案是①。

31. （　）發現了地球上生命力最強的生命體是水熊蟲。水熊蟲是2014年在南極被發現的，其能在150度到零下273度的溫度裡存活，甚至在致命濃度的放射性水質中也能生活，而且在真空狀態的宇宙環境裡也能存活下來。正因為如此，人們評論說，即使地球毀滅了，水熊蟲的存活可能性也會比蟑螂存活的可能性要高得多。

內容提到：能在150度到零下273度的溫度裡存活，甚至在致命濃度的放射性水質中也能生活。由此可知：水熊蟲是在極限環境中也能存活下來的生命體。所以正確答案是①。

• 극한[極限]: 某事物或事情等可以到達的界限。

[32~34] 請閱讀下文，選擇與內容相符的一項。

32. 因紐特人在冰屋裡感覺冷的時候，就往地上灑水。夏季時往地上灑的水會蒸發，可以吸收熱量，變得涼爽，而往冰屋地上灑水時就會立刻結冰，從而釋放熱量，室內的溫度即可升高。往冰屋裡潑灑溫水比冰水的效果更好。因紐特人並不是先理解了這些科學原理才蓋冰屋，這是生活在極限地區之人於冰屋中透過經驗而領略出的生活智慧。

內容提到：冰屋中蘊含著生活在這個地區的人們透過經驗總結出的生活智慧。所以正確答案為④。

① 夏天往地上灑水會變暖和。→變涼爽
② 往冰屋裡灑水室內變冷。→變暖和
③ 因紐特人用科學方法建冰屋。→不是按照科學原理來建造

• 이누이트: 愛斯基摩的別名。

33. 有間特別韓屋，其被作為旅店經營著。這家旅店每個房間都擺放著一種國樂樂器，所以客人可以親自演奏。房間大小是按照樂器大小推算的。有伽倻琴的房間可以住3個人，有奚琴的可以住2個人，有笛子的最好是一個人住。如果多交2萬韓元的話，還可以在離旅店大約7分鐘距離的工坊裡體驗傳統酒和年糕的製作，因此不僅是本國人，其他很受外國人的歡迎。

內容提到：房間大小與樂器大小相仿。有伽倻琴的房間可住3個人，有奚琴的可住2個人，由此可知伽倻琴比奚琴大，所以正確答案為①。

② 旅店可以嚐到年糕→工坊
③ 這家旅店有國樂樂器的房間只有一個。→每個房間都有放置一個國樂樂器
④ 多付費用的話，可以使用有笛子的房間。→在工作坊裡體驗傳統酒和年糕的製作

• 국악기[國樂樂器]: 演奏國樂的器具。
• 국악[國樂]: 韓國的傳統音樂。

34. 在用語禮節中，說話者關照聽者時使用謙虛、自謙的語言是很重要的。比起命令句，使用疑問句或勸誘句是更能表示恭遜的表達方式。比如說，在坐滿的公車內，把「請閃開！」換成「讓我下車吧！」或「您要下車嗎？」的話，就會顯得更恭敬一些，因為這給聽者留下了可以拒絕的餘地，或是使用「我下站下車。」這樣的陳述句也比命令句顯得更恭敬。

內容提到：「명령문보다는 청유문이나 의문문을 사용하면 좀 더 공손하게 표현할 수 있다.」、「평서문을 쓰는 것도 명령문보다 공손한 표현이다.」所以正確答案為②。

① 在用語禮節中，聽者需降低自身的姿態。→話者
③ 「請閃開」比「下車吧」更委婉。→「下車吧」比「請閃開」
④ 「請閃開」是給聽者可以拒絕的機會。→「下車吧」或「要下車嗎？」

[35~38] 請選擇最適合做下文主題的一項。

35. 我們初次與人見面時，通常會透過外貌和談吐等來判斷那個人是怎麼樣的人。這種一次形成的印象對維持日後的形象有著很大的影響。另外，我們對某人所擁有的相關資訊在一定的時間間隔中，最先得到的資訊會對後面才瞭解的資訊造成更大的影響。所以初次見面時留下好印象非常重要。在介紹人的時候，先介紹好的資訊會比先介紹不好的資訊更好。

內容提到：留下的印象會有很強的延續性，所以在一開始就留下好印象很重要。所以答案為①。

36.
因為單靠飲食所以不能充分攝取均衡營養，所以選擇服用維生素。但選擇維生素時，與其選擇大量含有一兩種營養成分的產品，不如選擇各種營養含量皆均衡的產品。營養素透過相互作用會產生最佳效果，所以最好是選擇營養供給均衡的產品。但是，再好的營養成分若過量攝取就會有害，因此選擇能以最少量提供最多營養的產品最好。

問題類型 掌握主題(生活文)

內容提到：「비타민을 선택할 때는 한두 가지 영양소를 다량 함유한 것보다 모든 영양소가 골고루 들어있는 제품을 골라야 한다.」所以答案為④。

37.
在各領域工作的專家們皆首推10年後最有希望的職業為數據科學家和數據設計師等與數據相關的職業。人工智慧及大數據被認為是10年後對自己工作影響最大的因素。相反地，問到10年之內會急劇萎縮的職業為何的問題時，答案最多的是呼叫中心客服人員、諮詢員、銀行窗口職員，以及保全等單純性職業，佔了10.7%。

問題類型 掌握主題(說明文)

文章說的是前途光明的職業及前景暗淡的職業。所以作為主題，答案應為④。

- 뜨다：用來比喻日後將受歡迎或出名的事物。
- 지다：用來比喻日後不受歡迎或即將消失的事物。

38.
美國密西根大學的研究團隊選了40位成年人，並對他們進行了午睡對工作效率影響的實驗。他們被隨機分為兩組，一組午睡，另一組則看影片，然後讓他們執行任務。結果發現，午睡組比看影片組的人在工作上使用的時間更多，且午睡組與看影片組相比，其所做的衝動行為較少。

問題類型 掌握主題(說明文)

內容提到：根據午睡對工作效率的影響研究結果發現，午睡組處理工作所花的時間更多。所以答案為②。

[39~41] 請將提示的句子填入下文中最恰當的位置。

39.
每到暑假都會發生野生蘑菇中毒事件，因此採摘蘑菇要注意。（㉠）最近發生的5起野生蘑菇事件造成了12名受害者，其中2名身亡。（㉡）蘑菇中毒事件多出於錯誤的常識或誤解。（㉢）專家表示：這毫無根據，儘管蘑菇種類相同，蘑菇的顏色也會由於氣候和濕度等周邊環境的差異而有所不同。（㉣）

〈提示〉

最具代表性的是對「華麗的蘑菇是毒蘑菇」的誤解。

問題類型 插入符合文脈的句子(說明文)

提示句子舉了「毒蘑菇中毒事件最具代表性的例子」。因此最適合放在「독버섯 중독 사고는 잘못된 상식이나 오해에서 비롯되는 경우가 많다.」所以答案為③。

40.
安德列金是一位代表韓國的設計師，也是韓國第一位男性時裝設計師。（㉠）在人們對男性設計師持有偏見的情況下，其於1966年以韓國人身分首次在巴黎舉辦了設計獨特的時裝秀。（㉡）被評價為韓國時裝開拓者的安德列金堅持製作以最大限度表現女性優雅的服裝。（㉢）他的時裝秀總是以當代一流明星為模特兒而聞名世界。（㉣）

〈提示〉

甚至有人說只有站在他的舞臺上才可以被認為是最出色的明星。

問題類型 插入符合文脈的句子(說明文)

從（㉡）後面開始講述石磨的構造和原理，因此提示句子應該放在（㉡），所以答案為②。

41.
石磨是指把穀物做成粉末時所使用的工具。（㉠）為了能較容易地將穀物碾碎，石磨通常是用花崗岩或像玄武岩那樣又堅硬又沉重的石頭製作的。（㉡）石磨上的底部和底盤的上方都有利於粉碎穀物的刀槽，還有個幫助通風的洞，可以冷卻石磨磨擦時發出來的熱。（㉢），與粉碎相比，用石磨粉碎的穀物營養成分被破壞得少，因能製作出對健康有益的飲食。（㉣）

〈提示〉

石磨具有科學的構造和原理。

問題類型 插入符合文脈的句子(說明文)

從（㉡）後面開始講述石磨的構造和原理，因此提示句子應該放在（㉡），所以答案為②。

[42~43] 請閱讀下文，回答問題。

咖啡！好。但是我一進京城站大廳時就發現，口袋裡一分錢都沒有。我很迷茫。我無力地感到猶豫和不知所措，就像木雞一樣走來走去。
（中略）
都不知道我走向了哪裡。但幾個小時後當我意識到自己坐在德壽宮長椅時，太陽已經落下了。德壽宮是像今天一樣口袋空了的時候經常去的地方。我隨便坐著，回顧了過去成長的26年。在朦朧的記憶裡我沒有任何特別的記憶。我又一次問了自己：「你對人生有欲望了嗎。」但我不想說有，又不想說沒有。我甚至連自己的存在都不願意承認。但是我發現在我腦子裡，有一個一刻也沒消失過的東西，就是我還有未完成的文稿。我不得不蹣跚地朝家裡走去。

李箱《翅膀》

42. **問題類型** 掌握心情(小說)

內容提到在走進京城站大廳後發現沒有錢時的心理狀態。所以答案為③。

43. 問題類型 掌握細節內容(一致/小說)

內容提到:「나에게는 아직 끝내지 못한 원고가 있다.」所以答案為①。

② ~~我的內心產生了一種強烈的苦悶。~~ → 在朦朧的記憶裡沒有任何特別的記憶,甚至不願意回答我自己的問題。

③ ~~我思考的時候去~~德壽宮。→ 沒錢時

④ ~~我回家~~,回顧起了我過往的歲月。→ 在德壽宮

[44~45] 請閱讀下文,回答問題。

> 收入不平等正以迅猛的趨勢惡化。若這些現象持續下去的話,結果就是只剩下富翁和貧窮的人。作為中層的中產階層之減少,意味著社會中緩衝地帶的消失,從而導致( )。改善收入不平等最好辦法的就是給人們提供良好的工作職位。但是所有企業都被經濟蕭條綁住了手腳。因此,要儘快營造出透過勞動改革便能及時擴大工作崗位的環境,而且還要制定出能提高收入再分配效果的方案,同時要提供適才適所的福利支出,需要的話也有必要修改相關法案。

44. 問題類型 掌握主題(說明文)

內容提到有人提出改善收入不平等的方法與意見。作為主題,正確答案為②。

45. 問題類型 掌握符合文脈的內容(說明文)

作為中層的中產階層若減少的話,就會使富人和窮人之間的緩衝地帶消失,從而發生階層間的矛盾。所以答案為④。
- 완충 지대[緩衝地帶]: 為了避免相互對立的勢力間發生衝突,在勢力範圍內所設立之中立地帶。
- 적재적소[適材適所]: 用於最恰當之處。

[46~47] 請閱讀下文,回答問題。

> 百慕達三角是指把百慕達群島與邁阿密及波多黎各連接為三角形的海域。(㉠)這個地區頻繁發生客機及海船事故,而且很常見到不僅是船或是飛機殘骸碎片找不到,連失蹤者的屍體也一樣,因此留給世上一道解不開的謎。在百慕達的三角地帶,過去一百多年來有75架飛機和數百艘船隻失蹤。(㉡)我們對無法解釋的失蹤事件只能做出幾個推測。(㉢)百慕達三角仍然保有疑惑。儘管曾有過電磁波、重力異常、潮流影響,以及 **UFO** 作怪等各種原因說法的發表,但目前還無法知道準確的答案。(㉣)

46. 問題類型 插入符合文脈的句子(說明文)

> 被記錄下來的數字就這麼多,但實際上還會更多。

提示句子內容中有「기록된 수치」,表示前面應該有表示數字的內容,所以正確答案是②。

47. 問題類型 掌握細節內容(一致/說明文)

內容提到:「버뮤다 삼각 지대에서 발생한 사고가 풀리지 않는 수수께끼로 남아 있다.」、「그 원인에 관한 여러 가지 설이 발표되었으나 현재로서는 정확히 알 수 없다.」。所以答案為③。

① ~~在慕達三角地帶發生之事件的證據資料已經發表了~~。→ 目前還有疑問,只是對時間的推測

② ~~百慕達三角地帶的現象今後也很難說明~~。→ 現在還不明確

④ ~~因為電磁波或重力異常導致百慕達三角地帶事故頻發~~。→ 儘管有認為是電磁波或重力異常等原因的說法,但現在還無法證實

[48~50] 請閱讀下文,回答問題。

> 為了來自低收入家庭的大學生,政府實行勞動獎學金制度。這對家境有困難的學生來說,不需休學,( )可以說是一項好制度。但實際上,有一部分的大學由於勞動獎學金預算運用不到位,可能現實中會使該制度成為畫中之餅。勞動獎學金由於時薪超過8千元韓幣,並能在學校工作,所以很受歡迎。但是,在去年申請獎助學金做為基礎生活保障金的人士以及低收入家庭學生的共22萬人中,有超過3分之2的15萬名學生落選了。這些學生說,有很多比他們的家境還好的學生被選上了,還有一部分學生甚至提出了學校是否會將獎學金分發給某些特定學生們的問題。這是因為沒有能說服學生們接受選定結果的透明性之標準。人們指責說,應該要遵照勞動獎學金頒發的宗旨,讓低收入戶學生優先得到補貼,且各個大學要按照此制度去運行。

48. 問題類型 掌握目的(說明文)

內文提到勞動獎學金制度的問題。文章説,其沒有能讓學生接受選定結果的透明性標準,這意味著該制度要做到勞動獎學金的運作透明性。所以答案為③。

49. 問題類型 掌握符合文脈的內容(說明文)

括弧前面有「휴학을 하지 않고」的説法,所以答案為③。

50. 問題類型 選擇筆者的態度(說明文)

內容提到:雖有勞動獎學金預算,但有一部分的大學運作不當,使其成為了畫中之餅。這是指:雖然有好的制度,但實際上無法完善執行的意思。所以正確答案為③。
- 그림의 떡: 用來比喻雖然可觀,但卻無用或無法實現的情形。
- 회의적[懷疑的]: 對某事抱有懷疑態度。